西班牙与西班牙语美洲文学通史

× 1 ×

主编 陈众议

西班牙文学：中古时期

陈众议 宗笑飞 著

译林出版社

图书在版编目(CIP)数据

西班牙文学：中古时期/陈众议，宗笑飞著．—南京：译林出版社，2017.3
(西班牙与西班牙语美洲文学通史/陈众议主编)
ISBN 978-7-5447-6677-7

Ⅰ.①西… Ⅱ.①陈…②宗… Ⅲ.①文学史-西班牙-中古 Ⅳ.①I551.09
中国版本图书馆CIP数据核字（2016）第247595号

西班牙文学：中古时期　陈众议　宗笑飞/著

丛 书 名　西班牙与西班牙语美洲文学通史
主　　编　陈众议
责任编辑　金　薇
装帧设计　韦　枫
责任校对　张　萍
特约校对　孙玉兰
责任印制　颜　亮

出版发行　凤凰出版传媒股份有限公司
　　　　　译林出版社
出版社地址　南京市湖南路1号A楼，邮编：210009
电子邮箱　yilin@yilin.com
出版社网址　http://www.yilin.com
经　　销　凤凰出版传媒股份有限公司
排　　版　南京展望文化发展有限公司
印　　刷　江苏凤凰扬州鑫华印刷有限公司
开　　本　718毫米×1000毫米　1/16
印　　张　34.75
插　　页　2页
字　　数　454千
版　　次　2017年3月第1版　2017年3月第1次印刷
书　　号　ISBN 978-7-5447-6677-7
定　　价　118.00元

总 序

陈众议

清代史家章学诚撷“六便”“二长”以界定通史。“六便”即“免重复”“均类例”“便铨配”“平是非”“去牴牾”“详邻事”，“二长”是“具翦裁”“立家法”。但同时他认为通史或有“三弊”，谓“事实之失据，去取之未当，议论之未醇”或“无短长”“仍原题”“忘标目”。[①] 这当然是一概而论。与之不同的是唐朝史家刘知几，他反对通史，理由是历史如烟、史料浩渺，修者难免厚此薄彼、挂一漏万。事实上，无论会通还是求专，均可能取法乎上，仅得其中；取短舍长、燕瘦环肥也总会有所偏侧，至于是非美丑之类的价值评判或审美评骘则更是见仁见智。然而，正所谓尺有所短，寸有所长，学人大可以纵横捭阖、择其以为善而从之。

诚然，随着西学的进入，通史渐为我国学界所接受，钱穆的《国史大纲》、黄仁宇的《中国大历史》、白寿彝的《中国通史》等皆

① “通史之修，其便有六：一曰免重复，二曰均类例，三曰便铨配，四曰平是非，五曰去牴牾，六曰详邻事。其长有二：一曰具翦裁，二曰立家法。其弊有三：一曰无短长，二曰仍原题，三曰忘标目。”“《通志》精要，在乎义例。盖一家之言，诸子之学识，而寓于诸史之规矩，原不以考据见长也。”章学诚著，叶瑛校注：《文史通义校注·卷四·释通》，北京：中华书局，1985年，第373—375页。

是显例。而文学通史作为其“副产品”或“先声”也一发而不可收。自1904年林传甲和黄摩西各自编撰《中国文学史》至今，我们有了数千部规模不同的通史，其中绝大多数为近二十年所产。但是，《西班牙与西班牙语美洲文学通史》（以下简称《通史》）却是第一套真正意义上的西语国家文学通史，且不尽限于西语国家，盖因它起自相对独立的拉丁西哥特王国（包括今西班牙、葡萄牙和法国南部），后经阿拉伯安达卢斯（极盛时期有原西哥特王国大部并西西里岛、撒丁岛、意大利南部和马格里布地区），及至15世纪西班牙凭借航海大发现成为横跨欧美大陆的庞大帝国，迄今涉国众多、延年千余；外加纵贯美洲的古代玛雅、印加和阿兹台克文明之遗产，其蕴甚丰，其史更久。由是，与目前我国已有的几种十几至五十余万字的单卷本西班牙文学史或拉丁美洲文学史不同，它不仅贯通古今，而且呼应两洲，无论广度还是深度均大大超出以往。这个以往自然包括现有西班牙和西班牙语美洲国家同行所著，后者即或卷帙浩繁，亦必有所摈斥，其中的意识形态惯性不言自明。

《通史》凡五卷：

第一卷《西班牙文学：中古时期》；

第二卷《西班牙文学：黄金世纪》；

第三卷《西班牙文学：近现代》；

第四卷《西班牙语美洲文学：古典时期》；

第五卷《西班牙语美洲文学：近现代》。

《通史》当力取会通之义，并不拘一格，既撷取法国式（朗松、泰纳）的写作路径，同时适当借鉴剑桥方法，以期有点有面、有史有论。此外，随着批评方法的日益多元（20世纪或因之被称为“批评的世纪”），从结构主义到后结构主义到后之后，形式主义、新历史主义、后殖民主义、后人道主义以及新批评、叙事学、符号学、心理学、比较学、认知学、传播学、伦理学、接受美学、文化批评、生态批评等此起彼伏，流散、空间、身体、记忆、性别、身份、族裔、互文等甲未唱罢乙登场，真可谓斗艳争奇、各领风骚。它们在拓宽视野、深化认知、激发思辨等方面或有可取之处，但本著不拘牵于以上任何一种，而将立足于历史唯物主义和辩证唯物主义，力求点面结合，庶乎既见树木也见森林，既有一般文学史、断代史的规约，又不完全泥于时序。瞻前顾后、上溯下延、繁简博约、纵横捭阖，全凭需要。鲁迅说过："倘要论文，最好是顾及全篇，并且顾及作者的全人，以及他所处的社会状态……"[①]诚哉斯言！因为，人是无论如何都不能拽着自己的小辫离开地面的。

第一卷"西班牙文学：中古时期"由三部分组成：

第一部分为西哥特拉丁文学。西哥特王国是由西哥特人与其他日耳曼部族战胜西罗马帝国之后在伊比利亚半岛及今法国南部建立的封建王朝，此乃西班牙王国的雏形。这一时期的文学却是极端宗教化的，它几乎完全游离于西哥特人或苏维汇人的宫廷争斗和普通民众的日常生活之外。这种情况一直要到穆斯林占领时期，乃至"光复战争"后期才有所改变。然而，卡斯蒂利亚语（即西班牙语或西班牙语的主体）、加泰罗尼亚语、加利西亚-葡萄牙语等"俗语"主要由拉丁文演变而来；因此，拉丁文及其文学，及至广义的书写对于西班牙语及其文学便不啻是影响：说源头固可，谓血脉也罢，无论如何，其亲缘关系毋庸置疑。然而，除了语言的延承关系，后来的西班牙文学与拉丁文学相去甚远，这里既有时代社会变迁的原因，更有伊斯兰文化加入之故。需要说明的是，迄今为止，还鲜有西班牙文学史家将西哥特拉丁文学和阿拉伯安达卢斯文学纳入视野。究其原因，语言障碍是其一；西方中心主义是其二；而因西方中心主义一不做，二不休，将阿拉伯安达卢

①《鲁迅全集》第6卷，北京：人民文学出版社，1981年，第430页。

斯之前及同时并存的拉丁文学弃之不顾是其三。由是，横贯近千年的西哥特－西班牙拉丁文学被浓缩在一两万字的小册子里，是谓不相杂厕，而它与其说是简史，毋宁说是人名作品目录。至于阿拉伯安达卢斯文学则同样乏人问津，罔论一视同仁。

第二部分为阿拉伯安达卢斯文学。公元711年，阿拉伯人从北非马格里布地区长驱直入，迅速占领了伊比利亚半岛的大部分地区，并在塞维利亚建立总督府。稍后，伍麦叶王朝倾覆，其唯一后人阿布杜勒·拉赫曼以科尔多瓦为中心建立了独立于阿拔斯王朝的阿拉伯－伊斯兰安达卢斯。伊斯兰学者在几代爱弥尔或哈里发的率领下，翻译传播古典学术、打造伊斯兰西方王国。与此同时，阿拉伯安达卢斯文学全面开花，并在诗歌、小说、散文方面创造了大量杰作。它们迥异于西哥特拉丁文学，而且以彩诗等原创体裁反过来影响了阿拉伯本土文学。而最早的西班牙语文学，乃至普罗旺斯民歌便是由彩诗等阿拉伯安达卢斯文学催生的。诚然，阿拉伯安达卢斯文学的丰富性和重要性至今没有获得西方学界的充分关注和认可。而阿拉伯安达卢斯文学的世俗化倾向恰好与西哥特拉丁文学形成了极大的反差，而其伊斯兰神秘主义又为后来的西班牙神秘主义文学打开了一扇别样的天窗。

第三部分为西班牙语早期文学。西班牙语文学的历史并不悠久，但它具有古希腊罗马基因，中世纪又融汇了日耳曼和阿拉伯血脉。15和16世纪，随着美洲的发现，西班牙语文学再经与古代印第安文学碰撞、化合，催生出更加绚烂的景观。但是，西班牙文学对西方乃至世界文学的影响远未得到应有的阐发。这与西班牙帝国的急速衰落有关。作为特殊的意识形态，文学生产固然不直接受制于社会生产力和经济基础，但必然反映经济基础和生产力的发展方向，其传播方式和影响力更与后者密切相关。19世纪的法国文学、英国文学，以及目下美国文学的流行当可更好地说明这一点。作为反证，西班牙语美洲的“文学爆炸”固然取决于这一文学本身所呈现的繁复、迤逦和奇妙，但其在全世界引发这般关注，却明显得益于“冷战”，即拉丁美洲作为东西方两大阵营的缓冲地带而使其文学同时受到美苏的推重。从这个意义上说，文学其实也很势利，盖因文学所来所去皆非真空。

第二卷“西班牙文学：黄金世纪”书写15世纪末至17世纪末西班牙文学的繁荣时期。“黄金世纪”这个概念是从古希腊搬来的，借以指称这一时期西班牙文学的辉煌灿烂。虽然西班牙和国际文史学家对西班牙（甚或葡萄牙）“黄金世纪”的起讫时间和内涵外延的界定很不一致，但一般趋向于认为它从1492年阿拉伯人被赶出其在欧洲的最后一个堡垒格拉纳达、西班牙完成大一统和哥伦布发现新大陆开始，至1681年伟大的戏剧家卡尔德隆去世而终结，历时近两个世纪。在这两个世纪中，西班牙文坛天才辈出，群星璀璨。本《通史》倾向于把“黄金世纪”视作一个渐进的发展过程，不主张给它以过分确切的时间界定，因此对有关作家作品的排列与一般文学史的断代方式有所不同。以体裁为例，这一时期西班牙产生了神秘主义诗潮、巴洛克诗潮、新谣曲、田园牧歌等；形式上则受到了阿拉伯诗歌和更为复杂的十四行诗、亚历山大体等外来诗体的冲击和影响。小说方面，这一时期涌现了更多类型或子体裁，如骑士小说、流浪汉小说、“现代小说”、牧歌体小说、拜占庭式小说等。其中，流浪汉小说是西班牙对世界文学的一大贡献，产生于16世纪中叶。《小癞子》（佚名）是它的开山之作，初版于1554年，其笔触自下而上，用极具震撼力和穿透力的现实主义风格展示了西班牙社会的全面衰落。“现代小说”是除流浪汉小说之外“黄金世纪”西班牙文坛涌现的人文主义小说，而塞万提斯被认为是“现代小说之父”，其代表作《堂吉诃德》和一系列中短篇小说奠定了西班牙文学在西方，乃至世界文坛的崇高地位。我国自林纾、周氏兄弟以来，围绕堂吉诃德与哈姆雷特的争论与思考今犹未竟。在戏剧方面，真正划时代的作品一直要到15世纪末才得以出现。它便是悲喜剧《塞莱斯蒂娜》。作为首创，这部悲喜剧在以鲜明人文主义精神和“爱情至上”观反击封建禁欲主义的同时，利用“拉纤女人”这个来自下层社会的角色大胆革新了脱离实际的“文学语言”。这部作品对西班牙和欧洲文学的影响仅次于《堂吉诃德》，且不逊于《小癞子》。它之后是一大批喜剧、悲剧和闹剧。其中《败坏名誉者》塑造了后来闻名世界的“唐璜”。然而，西班牙戏剧真正的骄傲是天才的洛佩·德·维加。他创作了上千个剧本（虽然流传的只有三四百种），并将文学题材拓宽到了几乎所有领域。他在当时的影响远远超出塞万提斯，因而颇受塞万提斯本人及其他同代作家的推崇，被称为“自然界的精灵”“天才中的凤凰”。从某种意义上说，维加和贡戈拉是当时西班牙文坛的两座并峙的高峰，前者的“门徒”（主要有“瓦伦西亚派”、“马德里派”和“安达卢西亚派”），产生了胡安·鲁伊斯·德·阿拉尔孔、纪廉·德·卡斯特罗（二者对高乃依的影响可能超过任何一个法国作家）等一大批剧作家；后者则改变了西班牙诗歌的走向乃至整个西班牙语文学的话语方式。之后出现的蒂尔索·德·莫利纳和卡尔德隆·德·拉·巴尔卡等无不受惠于维加和贡戈拉。蒂尔索·德·莫利纳的作品散佚殆尽，但留传的《塞维利亚的嘲弄者》(1630) 等少数剧作至今仍在上演，表现出恒久的艺术魅力。而塞万提斯一直要到19世纪浪漫主义时期才真正被定为一尊。

第三卷“西班牙文学：近现代”自18世纪至今，将见证西班牙国运衰落之后的文坛凋敝。说文学作为特殊的意识形态不受制于生产力，这显然不是普遍现象。文学体裁更迭与生产力的关系证明了这一点，发达国家的文学影响力同样证明了这一点。当然，这并不否定一个事实，即文学并不完全受制于生产力的发展程度，它与姐妹艺术一样，可以自立逻辑。我们的任务是既要揭示文学发展的一般规律，也不能遗漏某些表征文学特殊性的重要作家作品所呈现的偶然性。概而言之，18世纪以降，西班牙丧失了引领风气的先机，开始亦步亦趋地追随法、英、德等发达国家，文坛困顿，作家乏力。本卷仍将以时间为线，串联起18至20世纪西班牙文学。其中，18和19世纪对于西班牙来说，是两个充满了失败和屈辱的世纪。西班牙极盛时期，领土广达一千多万平方公里，超过古罗马帝国两倍，横跨欧、亚、非、美四大洲，是人类历史上第一个真正的“日不落帝国”。然而，长期的穷兵黩武和偏商经济使西班牙迅速没落。刚刚跨入18世纪，西班牙就经历了十三年的王位继承战。此外，对美洲殖民地治理不善也是导致西班牙帝国坍塌的一个重要因素。首先，西班牙殖民者不同于英国殖民者；前者的主体是冒险家和掠夺者，而后者却基本上是移民和清教徒。其次，西班牙在美洲殖民地实行监护制，这是殖民者强加于印第安人的一种剥削制度。殖民者（征服者）实际上享有土地权，其中仅五分之一的收入归西班牙王室。而且，这种监护制（或委托监护制）逐渐演变成了世袭制。虽然它曾一度被西班牙王室废黜，但事实上一直延续到了18世纪。监护制不可避免地导致了大地产制，从而造成了社会分配的严重倾斜、损害了一般土生白人和混血儿的利益。总督大佬各自为政，这无疑为西班牙美洲独立运动的爆发埋下了最初的导火线。与此同时，资本主义在欧洲全面崛起，邻国法兰西的启蒙运动更是轰轰烈烈。面对崛起的资本主义欧洲，西班牙开始闭关锁国；面对纷纷独立的美洲殖民地，西班牙徒叹奈何。在文学方面，西班牙全面陷入低谷，直至浪漫主义的兴起。然而，无论是浪漫主义还是稍后的现实主义，既非西班牙原创，也没有完全改变西班牙文坛的萧瑟凋敝和二流地位。西班牙真正走出困境是在19世纪和20世纪之交，因为失去了包括古巴和菲律宾在内的最后几块殖民地，老牌帝国终于放下架子，开始面对现实。随着“98年一代”以及“27年一代”的先后出现，西班牙文坛逐渐找回了自信。尽管佛朗哥时期的西班牙再一次闭关锁国，但文学的火焰并未熄灭，及至开放后重归欧洲大家庭并迅速呈现出令人目眩的光彩。

第四卷“西班牙语美洲文学：古典时期”包括古代印第安时期和西班牙殖民地时期。前者主要由玛雅、印加和阿兹台克文学组成。众所周知，美洲曾经是印第安人的家园，它自亿万年前地壳变动而成为一洲以来，一直在那里，就在那里，既不旧也不新。玛雅、印加、阿兹台克等印第安人在那里创造了辉煌的文化和丰富的文学。其中，玛雅文化的发祥地在今墨西哥南部至洪都拉斯北部。羽蛇（称之为龙亦未尝不可）的子民在那里创造了令人叹为观止的天文、历法、数学、农业和语言文学等，遗憾的是早在西班牙殖民者入侵之前，其文化已然盛极而衰。个中因由至今还是不解之谜。玛雅人的文学表征被岁月和殖民者毁灭殆尽，残存的只有神话《波波尔·乌》和几种兼具纪年和历史叙事的文本如《索洛拉纪事》《契伦·巴伦之书》《拉比纳尔武士》等。阿兹台克文化的发祥地位于今墨西哥中部。西班牙入侵时达到鼎盛。除丰富的神话传说外，阿兹台克人创造了优美的诗篇和散文，但流传至今的唯有奈萨瓦科约特尔等少数诗人的残篇断章。印加文化的发祥地位于今秘鲁、厄瓜多尔、玻利维亚和阿根廷北部，中心在秘鲁境内海拔三千米的库斯科，其主要文学表征为神话传说、诗歌和戏剧。残留至今的有一些神话、历史传说、少量诗歌和一部剧作《奥扬泰》。西班牙殖民地文学起始于1492年，时年哥伦布发现美洲。他的航海日志被认为是“新大陆”文学的开端。从此，随着殖民者的纷至沓来，一个新的种族在美洲大陆诞生了：印欧混血儿。这个以印第安人的鲜血和屈辱为代价产生的新的种族几乎完全放弃了古老的美洲文明，以至于后人不得不在梦游般的追寻中将其重新复活，是谓魔幻现实主义。

于是，在三百多年的殖民统治中，西班牙文化在西属美洲一统天下。巴洛克主义在缤纷繁复、血统混杂的美洲世界找到了新的契机，催生了以“第十缪斯”胡安娜·伊内斯修女为代表的“新西班牙文学星团”。19世纪初，美国独立运动、法国大革命波及西属美洲，殖民地作家以敏锐的触角掀开了启蒙主义的帷幕，独立革命的号角南北交响。奥尔梅多、贝略、费尔南德斯·德·利萨尔迪等纷纷为西班牙殖民统治敲响丧钟。

第五卷“西班牙语美洲文学：近现代”展示近二十个西语美洲独立国家的文学从步履蹒跚到繁荣昌盛，及至轰然“爆炸”的艰难历程。独立革命后，西班牙语美洲狼藉一片、哀鸿遍野。然而，百废待兴的新生国家并未顺利进入发展轨道，文明与野蛮、民主与寡头的斗争从未停息，以至于整个20世纪的西班牙语美洲几乎是在“反独裁文学”的旗帜下踽踽行进的。

文学的繁盛固然取决于诸多因素。但是，人不能拽着自己的辫子离开地面，更不能无视“一切社会关系的总和”这个事实，除或有“内部规律”及偶然性外，政治经济、社会文化等“外部环境”均不可避免地对文学产生这样那样的影响，而“寻根运动”无疑是在时代社会的复杂关系中衍生的，它进而成了西班牙语美洲文学崛起的重要原动力。20世纪二三十年代，针对汹涌而至的世界主义或宇宙主义等先锋思潮，墨西哥左翼作家在抵抗中首次置立足点于印第安文化，认为它才是美洲文化的根脉，也是拉丁美洲作家摆脱西方中心主义的不二法门。由是，大批左翼知识分子开始致力于发掘古老文明的丰饶遗产，大量印第安文学开始重见天日。“寻根运动”因此得名。这场文学文化运动旷日持久，而印第安文学，尤其是印第安神话传说的再发现催化了西班牙语美洲文学的崭新的肌理、激活了西班牙语美洲作家的古老的基因。魔幻现实主义等标志性流派随之形成，衍生出了以加西亚·马尔克斯为代表的一代天骄。我国的“寻根文学”直接借鉴了西班牙语美洲文学，并正在或已然产生了具有深远影响的耦合或神交。与此同时，基于语言及政治经济和历史文化的千丝万缕的关系，西方文学思潮依然对前殖民地国家产生了巨大的“后殖民”作用，或用卡彭铁尔的话说是“反作用”，它们迫使美洲作家在借鉴和扬弃中确立了自己。于是，在魔幻现实主义和形形色色先锋思潮的裹挟下，结构现实主义、心理现实主义、社会现实主义等带有鲜明现实主义色彩的流派思潮应运而生，同时它们又明显有别于19世纪批判现实主义，其作品在西班牙语美洲文坛如雨后春笋般大量涌现，一时间令世人眼花缭乱。人们遂冠之以“文学爆炸”这般响亮的称谓。然而，这些五花八门的现实主义并未淹没以博尔赫斯为代表的保守主义和幻想文学。面壁虚设、天马行空，或可给人以某种“邪恶的快感”(略萨语)。总之，在一个欠发达地区产生如此辉煌的文学景观，这不能不说是个奇迹，它固然部分且偶然地印证了文学的特殊性，但个中因由之复杂值得深入探讨。

如今，“文学爆炸”尘埃落定，但西班牙语美洲文坛依然活跃，其国际影响力依然不可小觑，尽管同时也面临着资本的压迫和市场的冲击。至于网络文学，则尚需假以时日才能评判，而其与古来畅销文学，乃至口传文学的近似性可谓有目共睹、无忝所来。

值得一提的是，作为发展中国家，尤因中华民族崛起是盼、复兴有望，我们更需要了解世界。但是，人不能事事躬亲、处处躬亲，而文学正是我们洞察世界、感知世道人心的最佳窗口。正所谓“以铜为镜，可以正衣冠；以史为镜，可以知兴替；以人为镜，可以明得失”；文学史则是我们探询文学规律，乃至文明进程的重要渠道。

作为这个简短序言的结语，我想重复“外国文学学术史研究·总序”中说过的一席话：

在众多现代学科中有一门过程学。在各种过程研究中，有一种新兴技术叫生物过程技术，它的任务是用自然科学的最新成就，对生物有机体进行不同层次的定向研究，以求人工控制和操作生命过程，兼而塑造新的物种、新的生命。文学研究很大程度上也是一种过程研究。从作家的创作过程到读者的接受过程，而作品则是其最为重要的介质或对象。问题是生物有机体虽活犹死，盖因细胞的每一次裂变即意味着一次死亡；而文学作品却往往虽死犹活，因为莎士比亚是“说不尽”的，“一百个读者就有一百个哈姆雷特”。

换言之，文学经典的产生往往建立在对以往经典的传承、翻新，乃至反动（或几者兼有之）的基础之上。传承和翻新不必说；但奇怪的是，即使反动，也每每无损以往作品的生命力，反而能使它们获得某种新生。这就使得文学不仅迥异于科学，而且迥异于它的近亲——历史。套用阿瑞提的话说，如果没有哥伦布，迟早会有人发现美洲；如果伽利略没有发现太阳黑子，也总会有人发现。同样，历史可以重写，也不断地在重写，用克罗齐的话说，“一切历史都是当代史”。但是，如果没有莎士比亚，又会有谁来创作《哈姆雷特》呢？有了《哈姆雷特》，又会有谁来重写它呢？即使有人重写，他们缘何不仅无损于莎士比亚的光辉，反而能使他获得重生，甚至更加辉煌灿烂呢？

这自然是由文学的特殊性所决定的，盖因文学是加法，是并存，是无数“这一个”之和。鲁迅现身说法，意在用文学破除文学的势利；马克思关于古希腊神话的“童年说”和“武库说”则几可谓众所周知。同时，文学是各民族的认知、价值、情感、审美和语言等诸多因素的综合体现。因此，文学既是民族文化及民族向心力、认同感的重要基础，也是使之立于世界之林而不轻易被同化的鲜活基因。也就是说，大到世界观，小到生活习俗，文学在各民族文化中起到了染色体的功用。独特的染色体保证了各民族在共通或相似的物质文明进程中保持着不断变化却又不可湮没的个性。唯其如此，世界文学和文化生态才丰富多彩，也才需要东西南北的相互交流和借鉴。同时，古今中外，文学终究是一时一地人心民意的艺术呈现，建立在无数个人基础之上，并潜移默化、润物无声地表达与传递、塑造与擢升着各民族活的灵魂。这正是文学不可或缺、无可取代的永久价值、恒久魅力之所在。

于是，文学犹如生活本身，是一篇亘古而来、今犹未竟的大文章。

目录

第一编

第一章　拉丁文学

第二章　阿拉伯语文学

第二编

第一章　拉丁文学

第二章　阿拉伯语文学

第三章　西班牙语文学

附　录

第一卷

西班牙文学：中古时期

陈众议　宗笑飞　著

第一编

第一章　拉丁文学

引言

在西班牙这方水土，历史的源头照例可以追溯至公元前数千年，甚至更为遥远的旧石器时代——如阿尔塔米拉（Altamira）岩画时期；但相形之下，其文学却并不那么悠久，这大抵与种族、民族、语言的变迁、更迭和形形色色的战乱、劫难有关。后者使可能产生或遘有的初民文学难以流传。同样，世事迁流，先于文学的音乐舞蹈也未能幸免于天灾人祸。就目前可以查考的资料看，远的不说，伊比利亚（Iberia）人至少早在印欧人到来之前（约公元前4000年左右）就已在这里繁衍生息了。公元前1200年左右，来自中北欧的凯尔特人（Celtas，英文作Celtics）开始从北部进入半岛。金发凯尔特人和肤色稍深的伊比利亚人通婚，并在整个半岛繁衍生息。伊比利亚半岛历史上唯一未被任何外来势力侵入的是北部山区的巴斯克地区。关于巴斯克人的起源，历史学界至今尚无定论。但人们普遍认为她是一个十分古老的民族，却和任何邻近民族之间基本上没有亲缘关系。20世纪，有人在巴斯克语和日语之间找到了一些共同点，尽管它们纯属巧合。巴斯克族分明是最少受到外来影响的伊比利亚原住民，巴斯克语也几乎未曾受到印欧语言的浸染，故而更多地保有了早期伊比利亚语言的特征。自公元前两千多年至罗马人侵入，这一带便出现了青铜时代——如阿尔加尔（Argar）文化。虽然准确时间难以查考，但一般认为公元前12至前9世纪来自北方的凯尔特人进入并统治半岛，公元前10至前6世纪来自东方的腓尼基人（Fenicios，英文作Phoenician）占领了半岛的大部分地区，及至公元前3世纪前后同样来自东方的迦太基人（Cartagenos，英文作Carthages）入主半岛，这里的人种已然非常混杂。中间还夹杂着一个希腊占领期及其与迦太基人的拉锯战。这仅仅是粗线条勾勒的结果，有关史料汗牛充栋，缠绕着至今鲜有定论的诸多问题，在此恕不赘述。需要特别说明的是，鉴于有关地名、人名或种族、民族的称谓在不同语言中有所区别，本文大体尊重西班牙语的习惯拼法，除非必要。①

“饥者歌其食，劳者歌其事。”②“凡音者，生人心者也。情动于中，故形于声；声成文，是谓音。”③料西方也是如此，尽管彼人缺乏我国先民这样明确的“志”及如《礼》《乐》《诗》《书》的分门别类。因此，除了希腊时期的伊比利亚（Iberia），腓尼基时期的伊斯帕尼亚（Hispania）④和罗马时期的有关行省⑤曾有明确记载外，真正的西班牙历史或可从西哥特（Reino Visigodo，英文作Visigothic Kingdom）时期算起，而伊比利亚（Iberia）则是古希腊以来⑥人们对半岛的统称。西哥特王国是由西哥特人与其他日耳曼部族战胜西罗马帝国之后在伊比利亚半岛及今法国南部建立的封建王朝，它保留了罗马时期的许多理政方式。王国以骑兵为主要军事力量，并由西哥特贵族领导，其他国家机器和专政工具也主要由西哥特人掌控，政治上与被征服的罗马人和平共处，甚至接受了拉丁文和天主教，废黜了同罗马

① 陈众议：《西班牙文学——黄金世纪研究》，南京：译林出版社，2007年，第17页注①。

②《春秋公羊传·宣公十五年解诂》，《十三经注疏》，北京：中华书局，1980年，第31页。

③《礼记·乐记》，《十三经注疏》，北京：中华书局，1980年，第4页。

④ 希腊人对伊比利亚半岛的统称，今“西班牙”这个称谓便源于斯。陈众议：《西班牙文学——黄金世纪研究》，南京：译林出版社，2007年，第19页。

⑤ 称谓和区域划分在不同时期有所区别，如奥古斯都（Augustus）时期为三大行省，公元3世纪被划为五个行省，最多时达到七个。陈众议：《西班牙文学——黄金世纪研究》，南京：译林出版社，2007年，第19页。

⑥ García Bellido, Antonio: *Los más remotos nombres de España*, Madrid: Editorial Arbor, 1947, pp.5—28. 陈众议：《西班牙文学——黄金世纪研究》，南京：译林出版社，2007年，第19页。

人通婚的禁忌。天主教是基督教三大宗派之一（另两个为东正教和16世纪崛起的新教；后者现又常被泛称为基督教），始创于公元1世纪，其正式名称为“罗马天主教会”或“罗马公教”，由罗马教宗领导。天主教特指信奉罗马教廷理论体系，包括道德、圣祭仪式以及教条的宗派，以服从圣座为最高教长。根据信理神学教条（Quapropter Theologia Dogmatica）的论证和阐述，天主教会是由耶稣基督亲手建立的、唯一的、至圣至公的、由使徒直接传布的正宗教派。大师徒圣彼得（Sancti Petri，又译圣伯多禄）被认为是天主教首任教宗。史学界普遍认为西哥特时期的西班牙遵从的是“神权政治的原则”。[①]

然而，西哥特王朝始终没有创立王位继承制度，以致内讧不断、政变频仍，直至711年穆斯林长驱直入。在这一过程中，教会似乎只是纯粹的精神存在[②]，即并未像后来的“天主教双王”伊萨贝尔（Isabel Ⅰ）和费尔南多（Fernando Ⅱ）[③]那样形成政教合一的有效秩序。奇怪的是，这一时期的文学却是极端宗教化的，它几乎完全游离于西哥特人或苏维汇人的宫廷争斗和普通民众的日常生活。这种情况一直要到穆斯林占领时期，乃至“光复战争”后期才有所改变。然而，卡斯蒂利亚语（即西班牙语或西班牙语的主体）、加泰罗尼亚语、加利西亚-葡萄牙语等“俗语”主要由拉丁文演变而来；因此，拉丁文及其文学，及至广义的书写对于西班牙语及其文学便不啻是影响：说源头固可，谓血脉也罢，无论如何，其亲缘关系毋庸置疑。然而，除了语言的延承关系，后来的西班牙文学与拉丁文学相去甚远，这里既有时代社会变迁的原因，更有伊斯兰文化加入之故。问题是，迄今为止，鲜有西班牙文学史家将西哥特拉丁文学和阿拉伯安达卢斯文学纳入视野。究其原因，语言障碍是其一；西方中心主义是其二；而因西方中心主义一不做，二不休，将之前与之同时并存的拉丁文学弃

① 基佐（Guizot，F.P.）：《西方文明史》（*History of Civilization in Europe*），程洪逵、阮芷译，北京：商务印书馆，2005年，第62页。

② 斯皮瓦格尔，杰克逊（Spielvogel，Jackson）：《西方文明简史》（*Western Civilization*），董仲瑜等译，北京：北京大学出版社，2010年，第165—166页。

③ 史称斐迪南二世（1452—1516），任王储期间与卡斯蒂利亚女王伊萨贝尔（1474—1504）结婚，后继任阿拉贡国王，夫妻联合完成“光复战争”的“临门一脚”。

之不顾是其三。由是，横贯近千年的西哥特-西班牙拉丁文学被波德隆（Bodelón，Serafín）和迪亚斯·伊·迪亚斯（Díaz y Díaz，Manuel Cecilio）等浓缩在一两万字的小册子里，而这些小册子与其说是简史，毋宁说是人名作品目录（其中大多数作品已经散佚）。至于阿拉伯安达卢斯文学则同样乏人问津。

需要说明的是，后来流行于西方的哥特式小说与东、西哥特王国实质上并无直接关联，但从文学发生学的角度看，短暂而充满宗教色彩的哥特王国又确为后世文学创作提供了某些想象的空间。尤其是在遥远的英国，18世纪以来就有大量哥特式小说问世，尽管这些作品倘与哥特人有关，也大抵只是假托哥特王国的古堡、修道院说事。由是，西班牙学者塞萨尔·富恩特斯（Fuentes，César）经过多年探究，对哥特式小说与哥特王国的关系进行了梳理，认为前者只是在初始阶段伪托过后者的神秘：一、故事每每发生在神秘的古堡或修道院；二、故事及个中人物、灵异事物使悬念丛生；三、古老的预言或箴言和灵异人物、怪诞事物使描写充满玄虚和恐怖；四、故事在超现实语境中衍生新的故事；五、人物情感往往受非理性驱使，或狂热，或盲目，或病态；六、受非理性或神秘力量驱使，情节往往具有反伦理色彩、反传统倾向，等等。[①] 蒙田说："强劲的想象可以产生事实。"[②] 哥特式小说似乎是对中世纪的否定性想象或幻想，或谓新教国家对天主教极端时期的戏说、夸张和反讽，一定程度上也是后世对中世纪神学所鄙弃的原始巫术的否定之否定，一如骑士小说是一种致使"美梦成真"、发思古之幽情的强劲的玄想。从某种意义上说，一方面，地理和文化之距使英国有了比南欧更为自如的、对中世纪神学和哥特式修道院生活[③] 的否定性想象空间，而诸如此类的否定多少蕴含着"欢天

① Fuentes, César: *Mundo Gótico*, Barcelona: Llinars del Valles, 2007, pp.17—18.

② 蒙田：《蒙田随笔》，梁宗岱等译，北京：人民文学出版社，2005年，第69页。

③ 德国学者格茨（Goetz，Hans-Werner）在《欧洲中世纪生活》（*Life in the Middle Ages*）中指出："对中世纪文化起源的任何研究，都不可避免地要给西方修道院制度的历史以重要地位，因为，从古典文明的衰落到12世纪欧洲各大学的兴起这一长达700年的整个时期内，修道院是贯穿其中的最为典型的文化组织。"在哥特王国也许是唯一的文化组织。格茨：《欧洲中世纪生活》，王亚平译，北京：东方出版社，2002年，第62页。

喜地”的新教徒对“自作自受”的老天主教徒的有意无意的嘲讽与鄙夷；另一方面，英国弥久不衰的巫文化又不可避免地斜刺里为哥特式小说插上了翅膀。在新近出版的《魔幻与现实：莎士比亚戏剧中的超自然因素研究》一书中，作者攫取莎士比亚《仲夏夜之梦》《麦克白》《暴风雨》等作品，对英国由来已久、百折不挠的巫文化进行了梳理和点乱，从而验证了其在莎士比亚及英国文学中春风野火般的生命力。[①]关于这一点，“惧鬼甚于惧神”的“我们”当不难想见。

但是，随着社会生产力的发展，尤其是阿拉伯人的侵入，中世纪初南欧地区相对完整、稳定或死板、沉闷的政治格局被打破，从而出现了群雄并举、纷争不断的所谓“传奇时代”。宗教文化、骑士文化、市井文化和种族矛盾、民族矛盾、阶级矛盾在碰撞中化合，在化合中迸裂。及至中世纪后期，坊间出现了不少稀奇古怪的“显圣”传说和灵异故事。它们夸大了东、西哥特王国时期的精神因素。这是后话。

此外，本章所涉人名、地名大抵按目前西班牙语国家公认的拼写方式移译，它们与罗马时期的拉丁拼法有所不同；但这并不包括罗马人名、地名和个别约定俗成者，如伊西多尔（Isidoro）[②]等。后者如是，罗马时期的人名、地名基本亦基本尊重我国已有通用译法。

第一节　西哥特时期

476年[③]，在强悍的日耳曼各部族和大批起义奴隶的夹击下，西罗马帝国彻底坍塌。西哥特人、苏维汇人在今西班牙（包括今葡萄牙和法国南部）建立了西哥特王国，定都托莱多。为便于统治，西哥特人不得不沿用拉丁文并承认基督教的合法性。这为拉丁文化在这一地区的遗存与延续创造了条件。然而，这时的拉丁文学充其量只能算作

---

① 汤平：《魔幻与现实：莎士比亚戏剧中的超自然因素研究》，成都：四川大学出版社，2015年。

② 标准的拉丁拼法为Isidore或Isidorus。

③ 史学界对这一时间的看法并不一致。爱德华·吉本在《罗马帝国衰亡史》中将其描述为一个渐进的过程，而大多数史家则将帝国灭亡的时间定格于476年罗慕卢斯·奥古斯都卢斯被废黜。

是一种广义的文学，完全失去了古罗马文学极盛时期的辉煌，更无维吉尔、贺拉斯、奥维德、卢克莱修，乃至出生于今西班牙境内的老小塞内加那样的大师现身。这一点在大批神学家身上表现为明确的去世俗化倾向，从而巩固了西哥特人的统治地位；同时，西哥特王室投桃报李，赐予前者以话语权，以致基督教神学得以发扬光大，并走向极端：文艺复兴运动的世俗学者称之为“黑暗”。[①] 同理，罗素（Russell, Bertrand）在《西方哲学史》（*A History of Western Philosophy*）中称公元5世纪是破坏性世纪。随着蛮族入侵和西罗马帝国的衰亡，哲学和文学荡然无存。但他同时认为，这恰恰反过来决定了欧洲此后的发展方向：英吉利人入侵不列颠，使它变为英格兰；法兰克人入侵高卢，使后者变成法兰克；旺达尔人入侵西班牙，将其族名镌刻在伊比利亚—安达卢西亚……粗野的日耳曼人继承了罗马帝国的官僚政治，却各自为政，频仍的战争使道路荒芜、商业废止。[②] 与此同时，罗马教廷不断诏告教士、修女，明令禁止其染指世俗生活、世俗文学。

以下是西哥特时期可怜兮兮的作家、文人。他们主要是神学家，而且大都被罗马教廷相继封为圣徒。

一、伊西多尔

伊西多尔，又称塞维利亚的伊西多尔（Isidoro de Sevilla），无疑是西哥特时期伊比利亚半岛最重要的百科全书式人物。他生于公元556年（一曰560年），卒于636年。人们大致认为他来自迦太基，童年时期随家人迁至塞维利亚，不久父母双亡，由兄长莱昂德罗（Leandro）扶养成人。主要教育背景来自修道院，公元600年接替哥哥成为塞维利亚主教至卒年。有关他的家世，史学界倒是颇有些记载，谓父亲出身名门，乃西哥特贵族；母亲则同时拥有日耳曼

① 关于中世纪是否黑暗，学术界有许多争议，但本著遵从马克思的观点。至于后来西班牙天主教双王的政教合一，则与西哥特王国时期的教会势力的不断增强大有关系。

② 罗素：《西方哲学史——从其与古代到现代的政治、社会情况的联系》，何兆武、李约瑟译，北京：商务印书馆，1996年，第511页。

和罗马贵族血统，又曰其为东哥特狄奥多里克大帝（Theodoric）之女[①]。其中最重要的一条是乃父曾帮助罗马教廷说服西哥特人皈依了天主教。由此可见，1598年伊西多尔被罗马教皇克雷芒八世（Clement Ⅷ）封为圣徒乃实至名归。当然，作为古希腊罗马文明的忠实守望者，伊西多尔的确为西方古代文明的传承做出了非凡的努力和巨大的贡献。他被认为是中世纪最伟大的拉丁学者之一。他博闻强记，有学者将其与格列高利一世（Gregory Ⅰ）并列为“中世纪导师”。[②]由是，但丁（Dante Alighieri）在《神曲·天堂篇》[*Paraíso*（*Divina Comedia*）] 中提到了他：“看啊，升腾的火焰，那是伊西多尔燃烧的精神。”[③]

伊西多尔雕像

伊西多尔在政治上继承了父辈和兄长与西哥特王室的亲密关系。612年，西斯布尔（Sisebur）登上王位，他曾师从伊西多尔，故而对后者可谓言听计从、尊崇有加。[④]这为伊西多尔著书立说提供了不可多得的客观条件。

伊西多尔的主要作品有：

（一）《西班牙》（*La Hispania*），这是一部记述西班牙或伊比利亚半岛宗教经典的著作，属于习作，分三大部分，第一部分为“早期”，第二部分为“前胡利安时期”，第三部分为“《圣经》（*Biblia*）拉丁化时期”。该著为时人传诵，却并不为后人所关注。

（二）《论事物的本性》（*De Natura Rerum*）是献给西斯布尔的，

① Bodelón, Serafín: *Literatura Latina de la Edad Media en España*, Madrid: Akal, 1989, p.15.

②《词源》英文版译者序（Isidoro de Sevilla: *Isidore of Seville's Etymologies*, Throop P. trans., Vermont: Medieval MS Press, 2005, p.10.）

③《神曲·天堂篇》第10章第130—131节。

④ Quiles, Ismael: *San Isidoro de Sevilla*, Madrid: Editorial Espasa-Calpe, 1965, p.36.

并援引后者的诗篇作为题词或绪言。作品记述了希腊化时期以来有关太阳、月亮和日食、月食等方面的天文知识。

（三）《论区别的两卷书》（*Libri Duo Differentiarum*），包括《论语词的区别》（*De Differentiis Verborum*）和《论事物的差别》（*De Differentiis Rerum*）。其中，《论语词的区别》是一部同义词和反义词词典，按字母排序，解释语词（尤其是同义词）之间的区别；《论事物的差别》，顾名思义，则解释了有关事物的区别。

（四）《审判之书》（*Sententiarum Libri*）是一部神学著作，呼应了格列高利一世的某些著述。作品重在解析神学术语之间的区别，比如"dues"（神）与"dominus"（魔），及其与"populus"（人）和"terrarum"（世界）的关系。该著被认为是仅次于《词源》的重要作品，旨在厘清基督教的一些基本概念，曾广为流布。格列高利一世（约540—604）作为罗马教廷第六十四任教皇（590—604年在位），是继奥古斯丁（Augustinus）之后对中世纪西班牙影响最大的宗教领袖，他对奥古斯丁的继承和修正被一些近代神学家夸大为类似于佛教大乘宗对小乘宗的贡献。他年轻时当过隐修士，590年被选为教皇，595年兼任罗马行政长官，在意大利中部及西西里、撒丁尼亚和科西嘉推行政教合一。他相信信徒可以通过虔心修行洗刷原罪、升入天堂，同时又以敏锐的政治经济嗅觉极大地提高了罗马教廷和教皇的地位，从而相对削弱了君士坦丁堡的影响力。主要著作有《司牧训话》（*Regula Pastoralis*）、《对话录》（*De Vita et Miraculis Patrum Italicorum et de Aeternitate Animarum*）、《约伯伦理记》（*Moralia in Job*）（或《道德论》），并将一些圣歌和赞美诗收集整理成册，凡三千余首，是谓《唱经歌曲》（或《圣咏》）。这些著作在伊西多尔及其同代西哥特僧侣作家中留下了深刻的印记。

（五）《论数》（*Liber Numerorum*）继承了毕达哥拉斯（Pythagoras）的传统，对有关数理问题进行了梳理，但着重点仍在基督教神学，尤其是对《圣经》中有关数字的解析和编排。

（六）《名人传》（*De Viris Illustribus*）和《西班牙》一样，作者归属存疑，但后人多将其归于伊西多尔。作品按年代编撰了三十位名人传略，其中多为基督教神学家的生平作品。

（七）《创世记》（*Chronica Mundi*）是关于世界起源及至615年成书的“历史记叙”。其中的神学内容多源自奥古斯丁，而有关西班牙部分的“历史”则遵从了罗马和西哥特王国早期的一些神学和史学资料。纪实或纪事是西哥特时期盛行的文史体裁。“Chronica”或“Chronicon”原是一种编年史，但时人却用以记述人物或重大历史事件，文体和时序均较为自由，故译作“记”或“纪实”“纪事”。这样的“编年史”普遍存在于中世纪天主教王国。

（八）《论西哥特、苏维汇和旺达尔王国史》（*Historia Regum Gothorum, Sueuerom et Vandalorum*）被后人认为是伊西多尔最富有文学性的著述。作品不仅提供了三个日耳曼部族在半岛建立王国的过程，而且塑造了苏英蒂拉（Suintila）王子的光辉形象。后者作为西斯布尔的继承人之一，不久将与雷卡雷德二世（Reccared Ⅱ）共掌王国江山。他的睿智与仁厚得到了伊西多尔的赞美。

（九）《论教规》（*Regula Monachorum*）被认为是一部有关基督教教规的集大全之作，但有学者认为它相对温和的姿态改变了早期西哥特教会的严厉与苛刻。这为他稍后的《驳犹太人》奠定了理论基础。

（十）《驳犹太人》（*Contra Judaeos*）为呼应西斯布尔的犹太政策而作，主要内容为劝诱犹太人改宗并皈依基督教。作品献给了身为女修道院长的胞姐（一曰胞妹）弗罗伦蒂娜（Florentina）。早在古罗马时期，就有大批犹太人集居伊比利亚半岛，西哥特时期犹太人口有增无已。这为犹太人西法底（Sefardí）文化奠定了基础。

（十一）《论异教》（*De Haeresibus*）是关于古来有关异端邪说的神学著作，其中的主要内容源自奥古斯丁。奥古斯丁无疑是中世纪影响最大的古典基督教神学家。他于公元4世纪中叶出生在塔加斯特（今阿尔及利亚的苏格艾赫拉斯），距《米兰敕令》（*Edictum Mediolanense*）（313年）颁布约40年。乃父是异教徒，母亲则虔诚地信奉基督。弱冠之年前往迦太基学习，期间与情妇生下一子，而后立志攻读哲学，不久便开始信奉摩尼教。摩尼教是一个叫摩尼（Mani）的波斯僧侣于公元3世纪创立的，意在综合基督教和佛教的精要。但奥古斯丁不久便对摩尼教感到了失望。他随即奔赴罗马，后到米兰。先在米兰的一所哲学院担任教授，并在研修新柏拉图主义哲学的同时对基督教有了新的认识；几年后正式接受洗礼、改信基督教；391年成为河马市助理主教。五年后主教去世，奥古斯丁继任主教之职。他身体孱弱，但在速记员的帮助下创作了大量神学著作。至今尚存布道约500篇，书信200多封。代表作《上帝之城》（*De Civitate Dei*）和《忏悔录》（*Confessiones*）影响巨大。奥古斯丁相信原罪说，且认为仅仅通过个人努力是无法赎罪的，要获得拯救必须依赖上帝的恩典。他同时认为信仰的基础之一是放弃性爱，尽管这并不容易。关于后一点，他在《忏悔录》中有所表露。譬如，他认为情欲是腐臭的，性的冲动曾经"从我粪土般的肉欲……吹起阵阵浓雾，笼罩并蒙蔽了我的心，以致分不清什么是晴朗的爱、什么是阴沉的情欲。二者混淆地燃烧着，把我软弱的青春时代拖到私欲的悬崖，推进罪恶的深渊"。[①]他的这一观点强烈地影响了中世纪，天主教僧侣从此将原罪和性欲紧密联系在了一起。《论上帝之城》是针对时人对基督教的指责所创作的重要著述，它否定了罗马等世俗城池的历史地位，认为重要的是精神之城，而非物质世界。这些观点对伊西多尔则不仅是影响，它们甚至可以说是基调。

（十二）《论象征》（*Allegoriae*）主要描述《圣经》中有关人名、地名的象征意义，后世学者认为路易斯·德·莱昂修士（Fray Luis de León）的有关作品或受其影响。[②]

（十三）《谴责的同义词》（*Synonimorum de Lamentatione*）实为谴责世俗生活，并主要针对七情六欲，体现了作者虔心神学的坚强意志和坚定信念。神学家作为仅次于王室的社会阶层，享有崇高的声望。同时，由于教会掌握了几乎全部教育资源，神学很大程度上也是贫民子弟跻身上流社会的唯一捷径。因此，该书甫一发表，便广为传抄。

（十四）《论神职》（*De ecclesiacis officiis liber*）或谓《神职之书》，是伊西多尔献给另一位兄弟富尔亨西奥（Fulgencio）主教的。

① 奥古斯丁：《忏悔录》，周士良译，北京：商务印书馆，2013年，第25—26页。

② Bodelón, Serafín: *Literatura Latina de la Edad Media en España*, Madrid: Akal, 1989, p.27.

作品对神职人员和基督徒的信仰进行了等级划分；同时对那些托钵修士进行了严厉的批判，认为他们借此哗众取宠的背后是放浪形骸。这在中世纪后期，尤其是天主教遭新教进攻时颇受争议和诟病，并被四大赤脚修会全盘否定。

（十五）《关于圣父和圣母》（*De Ortu et Obitu Patrum*）是对《圣经·旧约》有关章节的解析。主要观点遵从了奥古斯丁等前辈神学家。此书的一个重要细节是首次提到圣雅各为西班牙的守护神。

（十六）《〈圣经〉学发凡》（*In Libros Veteris et Noui Testamenti Proemia*）是对古来《圣经》学的梳理，攫取了大量有关《旧约》和《新约》的注疏，为后人研究《圣经》提供了帮助。然而，有学者认为它是一部伪作，其真正的归属有待钩沉与澄清。[①]

（十七）一些被归入他名下的序言、信笺和诗篇。其中，个别序言和信笺之所以被怀疑，是因为那些作品的某个或某些细节令后世学人感到了诧异；而诗作则因"非他所长"，更易被疑为伪作。

（十八）《词源》（*Etimologias*）无疑是伊西多尔的代表作，梅嫩德斯·伊·佩拉约（Menéndez y Pelayo）在《西班牙的伟大杂家·西哥特时期的西班牙》（*Los grandes polígrafos españoles: España Visigoda*）中固然间接地对诗歌"非他所长"这种说法表示赞同，却认为伊西多尔是中世纪西班牙文化的象征，[②]而且除了传承古希腊罗马文化，还对西班牙美学思想的发展产生了深远的影响。他断言"伊西多尔既是个柏拉图主义者，同时也是个亚里士多德主义者，盖因他认为诗歌是用隐晦而略加修饰的形象摹仿宇宙"。[③]但也有学者对此不以为然。格拉纳达大学罗德里格斯（Miguel Rodríguez）教授撰文表示，伊西多尔只是一座通向古罗马诗坛的桥梁。他因而悉心梳理了伊西多尔援引或称颂的古罗马诗人诗章，其中既有人们耳熟能详的大诗

① Bodelón, Serafín: *Literatura Latina de la Edad Media en España*, Madrid: Akal, 1989, p.28.

② Menéndez Pelayo, Marcelino: *Los grandes polígrafos españoles*, Madrid: Fundación Ignacio Larramendi, 1999, pp.174—184.

③ Menéndez Pelayo: *Historia de las ideas estéticas en España*, Vol.Ⅰ, Madrid, CSIC, 1974, pp.135—139.

人如卢克莱修（Lucretius）、西塞罗（Cicero）、维吉尔（Virgilius）、贺拉斯（Horatius）、奥维德（Ovidius）等及其诗句，也有人们不太熟悉的马尔提阿利斯（Martialis）、卢卡努斯（Lucanus）、库尔提乌斯（Curtius）、佩尔西乌斯（Persius）等人的作品。

梅嫩德斯·伊·佩拉约说得在理，伊西多尔的确表达了自己的诗学思想，认为诗人的职责在于“以别样的方式或新颖的形象表现世界”。[①]他据此剥夺了卢卡努斯的诗人名位，说后者的诗缺乏诗性，故而只是“历史”叙述。他同时以十分简约的语言概括了悲剧和喜剧，谓它们是“真实的镜子或影子”。[②]

仅止于斯。伊西多尔虽不时地援引古典诗人，然并未为文学单辟一卷，甚至未及让“诗”或“文学”之类的字眼在其目录中出现。这显然与文学的意识形态属性有关，同时也表明作者的旨趣在于穷经皓首的包罗万象。于是，文学似乎只是用来“略加修饰”的装点，因为他需要传递的古典知识实在太多，用汗牛充栋喻之当不为过。而这些知识正在离人们远去。用我们的话说：子在川上曰，逝者如斯乎！

相对于文学，伊西多尔似乎更钟情于音乐。除了音乐在宗教仪式中的作用等相对客观的原因，这也许还得归功于它的非意识形态色彩（尽管传统基督教神学中不乏僧侣对音乐的批判，认为音乐既能净化灵魂，也可使人沉溺于斯，从而腐蚀其心志）。音乐和语言一样，是人类最伟大的创造。伊西多尔在《词源》第三部中辟九章评述音乐，并提到了缪斯、俄耳甫斯等古希腊神话人物。他显然意识到了古典音乐的衰微，认为音乐不仅是一门艺术，它同时也是一门科学，是人类灵性和智性的结合，具有深入人心、触动灵魂的功效。[③]第十五、十六章梳理了音乐的“起源”。古希腊神话将音乐的起源归功于缪斯，但世俗学者却认为它是毕达哥拉斯的创造。同时，希伯来人摩西认为

① Isidoro: *Las etimologias*, Ⅲ, Madrid: Biblioteca de Autores Cristianos, 1993, pp.157—159.
② Isidoro: *Las etimologias*, Ⅷ, Madrid: Biblioteca de Autores Cristianos, 1993, p.511.
③ Isidoro: *Las etimologias*, Ⅲ, Madrid: Biblioteca de Autores Cristianos, 1993, pp.177—223.

早在“洪水”和挪亚之前，该隐的后人已经发明了音乐。第十七章叙述了音乐的功能。在古典时期，不懂音乐和不识字一样，是野蛮无知的代名词。我族先人也十分重视音乐，有“致乐以治心”之谓。[①]后来，音乐渐渐发达，及至非乐不礼。伊西多尔说，没有音乐，万事不成。战争需要鼓角，以激励斗志；愤怒时需要音乐，以安心宁神；就连动物也会受到音乐的感染（现代科学则连植物也被赋予了感知音乐的能力）。第十八章叙述了音乐的三大要素：和谐、节奏和韵律。第十九章关于音乐种类部分对弦乐、管乐和人声进行了总结。第二十章专论人声，即歌唱，对音准、音频、共鸣、交响等进行了叙说。第二十一章是记叙管乐的，其中包括对风琴、管风琴、号、笛、箫等古典乐器的介绍。第二十二章记述弦乐，同样对竖琴、七弦琴（里拉）、印度琴、腓尼基琴等进行了介绍。伊西多尔认为琴声犹心声；而乐手弹拨琴弦的同时，人们的心房在跳动、血脉在流淌。第三十三章又回到数学，认为数理与乐理是相通的，二者从不同的角度、用不同的方式揭示万物运动、变化的规律。

然而，音乐只是伊西多尔梳理的众多学科中的一个门类。他的功绩在于蜜蜂采花似的采撷知识、传承知识。众所周知，4世纪末，随着帝国的分裂，东西罗马渐行渐远；及至半个世纪后西罗马帝国被日耳曼人毁灭，双方也就彻底分道扬镳了。然而，拜占庭因拥有古希腊语这一官方语言，使得古典学术较为顺利地保存下来。哥特王国则不同，它同古典学术的疏虞不仅在于客观上失去了希腊与古希腊语，而且同时因教会势力不断扩大主观上丧失了全面传承和发展古希腊罗马文化的诉求。拉丁文化的反世俗化或文化沙漠化愈演愈烈，一些有识之士开始感到担忧。伊西多尔是少数有识之士中的一位。他包罗万象的百科全书式的著述便是显证。将古典学术思想和各种知识记录下来，本是古希腊罗马时代的传统。古希腊有埃拉托色尼（Eratosthenes）、波西多纽（Posidonius）等人。罗马时期有瓦罗（Varro）、小塞内加（Seneca，公元前4—65年）、老普林尼（Pliny）、卡尔西迪乌

①《礼记·乐记》，《十三经注疏》，北京：中华书局，1980年。

斯（Calcidius）、马克罗比乌斯（Macrobius）、卡佩拉（Capella）等。西罗马帝国覆灭后，则有波爱修斯（Boethius）、卡西奥多鲁斯（Cassiodorus）。伊西多尔是这一传统的继承者，在他之后又有比德（Bede）等人薪火相传，但无论规模还是影响力均未超越伊西多尔。对世俗知识，尤其是科学知识的怠惰开始意兴阑珊地笼罩西方。

另一方面，基督教神学吸收新柏拉图主义思想，在神秘主义的道路上愈走愈远。天主教僧侣不再对物质世界感到好奇，而是将注意力集中在了纯而又纯的精神世界，甚至汲汲于超念世界，并乐此不疲。这无疑是导致古典学术传统断裂的重要原因，也是天主教盛极而衰的症候。

唯其如此，以伊西多尔为代表的拉丁百科全书式作家的努力才显得弥足珍贵，尤以《词源》为甚。据有关学者统计，这部百科全书涵盖144位古典作家学者，内容涉及数学、历史、文学、天文、医学，以及动物学、地理学、气象学、地质学、矿物学、植物学等众多学科。作者应布劳利奥（Braulio）主教之邀开始编撰这部皇皇巨著，耗时十余年，但至死未及完成。后者将这一未竟之作分成二十部出版，它们依次为：

第一部：语法

第二部：修辞、辩证法

第三部：数学、音乐、天文学

第四部：医学

第五部：法律、时间（历史）

第六部：书籍、神职

第七部：上帝、天使和信徒

第八部：宗教和教派

第九部：语言、民族、王国、军事、城市和家庭

第十部：名物

第十一部：人和奇人异士

第十二部：动物

第十三部：世界及其构成

第十四部：大地及其构成

第十五部：房屋、土地

第十六部：矿石和金属

第十七部：农业

第十八部：战争和体育

第十九部：船舶、建筑和服饰

第二十部：食品、炊具和器皿

由此可见，它更像是一部百科全书。后世对伊西多尔的推崇也主要是因为他的博学和神学著述。尤其是在被罗马教廷封圣之后，他也便自然而然铭刻在西哥特，乃至天主教历史的丰碑上了。

二、乌赫尔的胡斯托（Justo de Urgel）

胡斯托生卒年月不详，但根据有关资料记载，他曾于517至531年先后在乌赫尔等地任主教，故又名乌赫尔的胡斯托。伊西多尔在《名人传》中将其列为西班牙圣贤。由此，我们还知道胡斯托弟兄四个都是神职人员，并先后担任主教。这与伊西多尔的情况颇有些相似。他《关于〈雅歌〉的象征》（*In Cantica Canticorum Explicatio Mystica*）是西哥特王国有关《雅歌》的第一篇评论。一定程度上说，他对西班牙文学的贡献因此而得到了后世的肯定。值得一提的是，胡斯托并未拘泥于基督教神学，他广泛撷取世俗学者的成果，为其所用。伊西多尔曾给予其高度评价，认为胡斯托风格凝练、清新入目。同时，伊西多尔也没忘记挑剔，谓胡斯托只是传递前人成果，并未阐发独创性见解。关于这一点，胡斯托并不讳言。伊西多尔自己又何尝不是如此？当时学术衰微，传承经典已然是功莫大焉。《雅歌》固出《圣经》，但它也是《圣经》中最富有世俗精神和世俗色彩的篇章。所罗门与其妻妾的生活、情感细节，不可谓不世俗。散落境外的大量手稿表明胡斯托的这一作品曾广为流传。

《关于〈雅歌〉的象征》由三部分组成：第一部分为献词和序言，以说明著述内容、前提，尤其是应何人之邀、受何人资助，等等。这一传统一直延续到文艺复兴运动时期。人们著书立说，言必称献给某某达官贵人，以求庇佑或重视，及至后来逐渐演变为恭敬或感谢亲朋好友。第二和第三部分为两封写给塔拉戈纳主教的信笺。和伊西多尔的风格以及他对胡斯托的评价不同，后者在作品中竭尽修辞能力，因此借着阐释对象，展示象征、铺陈华丽。同时，为尽力避免来自教廷的可能指责，他在序言中开宗明义，谓此乃虔心之作；又曰应同道之邀，难违难却。同时，他将此作分抄数份，发至三位兄弟之手，并请其务必传抄与人。可见其心心念念、孜孜矻矻的程度。这为《雅歌》在文艺复兴运动初期再次成为宗教斗争的焦点埋下了伏笔，也为宗教诗人如胡安·鲁伊斯（Juan Ruíz，又称伊塔大司铎）等“打着红旗反红旗”开了先河。

胡斯托另有一些作品迄今仍存在归属问题，在此恕不赘述。

三、利西尼亚诺（Liciniano）

利西尼亚诺，又称迦太基的利西尼亚诺，生卒年月不详。由于伊西多尔在《名人传》中的褒奖，利西尼亚诺得以跻身圣贤行列。公元6世纪后半叶，他在迦太基任主教，这构成了他的主要生活经历。关于他的猝死，曾有零星记载，谓他殁于拜占庭，死因是有人下毒，但何人下毒、因何原因却一直是个谜。

任迦太基教区主教之前，利西尼亚诺是某修道院修士，期间与罗马教廷关系密切。主要作品有信笺三封，其中包括《致教皇格列高利一世》（*Epistula ad Gregorium Papam*）。这些信笺本身并无文学价值，但后人仍可怜巴巴地视它们为西哥特时期的拉丁文学作品，[①]尽管书信确实也有极具文学价值的，至于后来的书信体就更待言，如法国著名的启蒙思想家孟德斯鸠（Montesquieu）的《波斯人信札》（*Lettres Persanes*）。

且说利西尼亚诺在信中广征博引，阐释其宗教理念。显然，由于种种原因，天主教内部纷争颇多，主教之间因理解不同产生分歧

① Bodelón, Serafín: *Literatura Latina de la Edad Media en España*, Madrid: Akal, 1989, pp.11—12.

已然在所难免，而结派营私、任人唯亲造成内讧也不是什么偶发事件。利西尼亚诺之所以写这些信件，主要便是为了申辩和请命。作为依据，他免不了援引和引申奥古斯丁的前辈圣贤的著述。在《致味增爵》（*Epistola ad Vincentium*）中，利西尼亚诺义正词严地驳斥了教会内部装神弄鬼、弄虚作假的恶弊，认为：所谓收到来自天庭信笺（耶稣亲笔信），纯属无稽之谈。在《致教皇格列高利一世》中，利西尼亚诺一方面竭尽赞美，另一方面又毫不隐讳地提醒教皇，建章立制是一回事，践行又是另一回事；知行合一，是为大善。这是利西尼亚诺针对教皇《牧民手则》（*Regula Pastorilis*）发表的一番议论，同时请求教皇赐予《约伯伦理记》（*Moralia in Job*）。该信写于595年。

四、突尼斯的维克托（Victor de Túnez）

维克托，又称突尼斯的维克托，出生时间和地点不详，约卒于570年。年轻时饱读典籍，后任突尼斯主教，这期间写作《三章》（*Tres Capitulum*），被指揶揄攻击查士丁尼一世（Justinus Ⅰ），结果遭到了来自拜占庭和西哥特宫廷的责难，《三章》被禁，他也因此而身陷囹圄。出狱后遭流放，最后获终身软禁。正是在软禁期间，他又秉直写去，作品固名《纪实》（*Chronicon*）[1]，实则臧否历史，纵横捭阖，结果当然不妙。因此，《纪实》留给后人的只是一个残编，即444至566年发生的部分历史事件及相关人物。当然，身为高级僧侣，维克托并未疏于记录教内人事。同时，他还对旺达尔人占领北非深表关注。

维克托的重要贡献在于奉行了“公允不阿”的史家风范，并对随其而至的胡安等编年史家产生了影响。

五、比克拉罗的胡安（Juan de Biclaro）

胡安（约540—621年），又名比克拉罗的胡安，生于今葡萄牙境

① 拉丁原文为“编年史”；然鉴于此类作品实非编年史，而是一般意义上的简史，甚至连简史都称不上，故译作纪实或纪事。

内，少年时期在君士坦丁堡学习，故能诵读古希腊罗马经典。青年时期移居西班牙，但因血气方刚、善辩好斗而开罪巴塞罗那主教，故被流放。不久自立门户，创建比克拉罗修道院，并效法先贤和格列高利一世撰写《教规》（*Regula*），后任突尼斯主教。然而，他为后人所称颂的却是《纪事》（*Chronicon*）。

《纪事》师法哲罗姆（Jerome）、维克托等前辈、先人，但同时也成了后期史家、学人如伊西多尔、迪亚斯·伊·迪亚斯（Díaz y Díaz）等人的案头读物。[①]

《纪事》以（拜占庭）朝代编年方式记述了公元5世纪至6世纪的重大历史事件，并写两面，即西方拉丁王国和东罗马帝国的人事变迁，尤其关注双方愈来愈稀少的交叉点，譬如对波斯、阿拉伯人的战争。作品从查士丁尼一世（Justinus Ⅰ）起笔，至摩里士（Mauricius）皇帝收笔，所涉及年代有限，但每每细节毕露，且文风朴实，深得后世学者赞许。其中，作者对查士丁尼一世处理两个违逆儿子的方式的描写令人过目不忘。兄弟俩意欲谋害深得父皇喜爱的表兄查士丁尼，结果东窗事发，被分别处以极刑：一个被野兽吞噬，另一个被活活烧死。而作者对兄弟俩的作案方式也与一般记述和传说不同，盖因一般传为他们在表兄食品中下毒，而胡安却将其写成了更具戏剧性的慢慢用铅使其中毒。至于他有何依据，则有待考证。史家在一些细节上的处理亦可谓“继之者，善也；成之者，性也”；“参伍以变，错综其数，通其变，遂成天下之文 。”[②]而且文史自古不分家，变通乃天下史文之公器，古今中外，概莫能外。

六、杜米奥的马丁（Martín de Dumio）

杜米奥（或布拉加）的马丁，又名马丁·杜米恩塞，出生在匈牙利。他的本名已无从查考。在当时的拉丁王国，人们只有名，没有姓。姓是几个世纪之后才逐渐产生并沿用至今的。早期最常见的姓氏其实多为地名。世俗贵族以封地，一般人等则或以出生地、职业等作

①《纪实》，第12页。

②《周易·系辞上》，《十三经注疏》，北京：中华书局，1980年，第78页。

为姓氏，而且必得到公元10世纪之后才逐渐确定下来，譬如比克拉罗的胡安、乌赫尔的胡斯托……现在人们已经习惯于将这些姓名直接移译为胡安·德·比克拉罗、胡斯托·德·乌赫尔等。然而，匈牙利在欧洲是个例外，它的主要人口来自东方。罗马帝国灭亡后，大量移民陆续迁移到多瑙河流域的这个盆地，并定居下来。较早到来的是匈奴，他们在阿提拉（Attila）的领导下建立了强大的帝国。匈牙利这个名字可能来源于斯，尽管有学者认为匈牙利人主要来自中亚，是突厥人或欧诺古尔人。从马丁·杜米恩塞的姓名及其排列情况看，他已经拉丁化了。事实上，他从匈牙利经巴勒斯坦到君士坦丁堡，再由君士坦丁堡至西哥特王国，一路走来，既学会了古希腊语，也掌握了拉丁文。因此，当他决定在西班牙生根时，不仅倒转了姓名①，而且已是位虔诚的天主教徒。

杜米奥的马丁（中世纪插图）

马丁·杜米恩塞生卒年月不详。他的姓名显然是他到苏维汇人聚居地后更改的。6世纪中叶在今葡萄牙境内杜米奥兴建修道院，撰有《杜米奥修道院》（*Monasterium de Dumio*），并开始传播古典学术和基督教神学。之后又相继创立多座修道院，及至6世纪60年代任布拉加大主教，成为半岛西北最负盛名的神学家、文学家之一，同时说服苏维汇首领特奥多米洛（Teodomiro）接受洗礼，并于563年召开大会，促成苏维汇人全面改宗、接受罗马教廷和约翰三世（Juan Ⅲ）的领导，史称布拉加教务会议。

572年，马丁·杜米恩塞主持召开了第二次布拉加教务会议，促成苏维汇新君米洛（Miro）签署允许教会在加利西亚全面传教的协定，

---

① 匈牙利人是古代西方极少数既有名又有姓的民族之一，而且他们保持了东方传统，即姓在前、名在后的习惯。

这为日后天主教会在半岛西北部消除各种异端邪说铺平了道路。在这期间，马丁·杜米恩塞创作了不少宗教诗篇，并编纂了八十四种《经典文献》(*Parentibus Orientalis*)，得到了罗马教廷的赞扬。伊西多尔在《名人传》中也对他给予了高度评价。

主要作品有《民众指导》(*De Correctione Rusticorum*）和《东方问题讨论》(*Sententiae Patrum Aegipteorum*)。前者是一系列守则以及如何在普通民众中开展传道活动的要领，其中牵涉到如何纠正传统信仰、占卜、迷信、巫蛊等问题，同时还致力于在拉丁王国推广基督教圣徒日，并试图以此替代传统纪日方式（如Luna，Marte，Mercurius，Juppiter，Venus，Saturnus，Solis)。除了周日（Dominicus）逐渐得以以圣徒多明我命名而外[1]，其他均未获得成功。《东方问题讨论》则一度成为半岛天主教禁欲主义教材，其中的戒律是马丁·杜米恩塞直接从东方借来的。

其他作品有《信规》(*Formula Vitae Honestae*)、《谦卑之道》(*Pro Repellenda Iactantia et Exhortatio Humilitatis*)、《三重洗礼》(*De Trina Mersione*)、《论戾气》(*De ira*）等。但这些作品并非完全没有归属问题，而且有的已经散佚，譬如《论戾气》。伊西多尔在《名人传》中是这样评价马丁·杜米恩塞的：

> 杜米奥的马丁，某修道院的神圣院长，从遥远的东方踏浪而来……使苏维汇人改信了天主教。他建立教规、创办修道院、撰写了大量布道文章……我曾有幸拜读《四大美德的区别》(*Differentiae Quatur Virtutes*）和书信集。他引领我们正确地生活，教导我们要坚定信仰、反复祷告、救扶贫苦，尤其是修身从善。正因为如此，他在特奥多米洛、查士丁尼和阿塔纳吉尔德（Athanagild）的王国，以及东罗马和广大西班牙地区享有崇高的威望。[2]

---

① 英语中周日（Sunday）延续了罗马习惯。

② Isidoro: *De Viris Illustribus*, Ⅻ, 转引自Codoñer Merino, Carmen: *El De Viris Illustribus de Isidoro*, Salamanca: Ed. Usado/Cantidad, 1964, p.131。

诚然，马丁·杜米恩塞的诗作乏善可陈，这是中世纪古典文学传统断裂的又一显证。相对落后的日耳曼民族未能在东西哥特王国和法兰克王国恢复传承古希腊罗马文化，直至公元8世纪阿拉伯人占领半岛。

七、塞维利亚的莱昂德罗（Leandro de Sevilla）

莱昂德罗是伊西多尔的长兄，出生时间不详，卒于600年。他为西哥特王国信奉基督教作出了不懈的努力。在此过程中，他曾导致王室内讧。他也因此而被利奥维吉尔德（Leovigild）流放至君士坦丁堡。但他痴心不渝，并且因缘巧合，结识了教皇格列高利一世。不久，西哥特新王登基，大赦天下，莱昂德罗带着众多流放人士返回西班牙，并出任塞维利亚主教，继续致力于宗教事业。

莱昂德罗出生在迦太基，自幼随父母迁居西班牙，曾辅佐乃父劝说西哥特人皈依天主教。因父母早逝，两个弟弟和一个妹妹在他的带领下遁入空门。两个弟弟先后在不同教区任主教，妹妹弗罗伦蒂娜则成了西哥特王国，甚而西班牙的第一位女诗人，只可惜岁月无情，她的诗作散佚一空。经过三次托莱多教务会议，尤其是新君雷卡雷德一世（Reccared Ⅰ）皈依天主教之后，西哥特王国逐渐成为罗马教廷的坚强后盾。

他与教皇格列高利的友谊被传为美谈，而两人之间的信笺来往更为后世研究中世纪西班牙天主教历史提供了不可多得的珍贵资料。伊西多尔在《名人传》中以饱蘸深情的笔墨记述了兄长的“丰功伟绩”。据称莱昂德罗著述颇丰，但流传至今的却寥寥无几。其中，《基督教贞女教育与如何鄙弃世俗生活》（*De Institutione Uirginum et de Contemptu Mundi Libellus*）是唯一没有归属问题的著作，但写作时间不详。该著是他献给胞妹弗罗伦蒂娜的。莱昂德罗在作品中传承奥古斯丁等前辈基督教神学家的衣钵，对女性的贞操和基督教禁欲主义进行了梳理，列举并褒扬了一些贞女。然而，伊西多尔在其作品中提到了兄长的另两部著作，一部是《再论异端邪说》（*Duos Aduersus Hereticorum Dogmata Libros*），另一部是《雅利安人偏见刍议》（*Opusculum Aduersus Instituta Arrianorum*）。可惜这两部作品均已散佚。此外，《关于洗礼》

（*In baptismus*）和《论不怕死亡》（*Contra Metum Mortis*）也被认为是莱昂德罗的作品，前者是致格列高利的一封长信，后者是写给富尔亨西奥或伊西多尔的。但是，这些信笺究竟是否莱昂德罗手笔，学术界尚有异议。当然，分歧最大的是《论诗人》（*Psalmographus*），又作《诗人与祷告之书》（*Liber Orationum Psalmographus*）。对此，学术界一直众说纷纭，莫衷一是。好在书中并未涉及真正意义上的诗人，而是关于祷告的宗教著作，通篇洋溢着虔诚的宗教精神。

莱昂德罗去世后，由胞弟伊西多尔继任塞维利亚主教。

八、萨拉戈萨的布拉乌利奥（Braulio de Zaragoza）及其弟子萨拉戈萨的塔洪（Tajón de Zaragoza）

布拉乌利奥（590?—651）与比克拉罗的胡安是亲兄弟，而塔洪（?—683）则是布拉乌利奥的弟子。布拉乌利奥的主要作品是《信札》（*Epistularium*）；而塔洪的主要作品也是一系列信札，在此姑且称之为《信笺》（*Cartas*），以示区别。

《信札》由四十四封信笺组成，涉及古罗马时期众多经典作家，如贺拉斯、维吉尔、奥维德等。其中三十二封出自布拉乌利奥之手，十二封为相关人等给他的回复。而塔洪的《信笺》不仅相当一部分是写给导师布拉乌利奥的，而且很大程度上是对前者有关著述的诠释。

师生之谊使布拉乌利奥与塔洪过从甚密。应前者之托，塔洪曾于7世纪40年代前往罗马寻找格列高利一世的《约伯伦理记》。塔洪不负师嘱，亲手将该著抄录一份带回西班牙。西班牙学者塞拉诺（Serrano，Luciano）在《圣格列高利〈约伯伦理记〉对西哥特西班牙文学的影响》（"La obra *Morales* de San Gregorio en la literatura hispanogoda"）一文中盛赞塔洪及其抄录的《约伯伦理记》，认为它奠定了西班牙宗教文学的伦理高度。[1]此外，塞拉诺对布拉乌利奥的

① Serrano, Luciano: "La obra *Morales* de San Gregorio en la literatura hispanogoda", *Revista de Archivos, Bibliotecas y Museos*, 24 (1911), Madrid, pp. 182—189.

《信札》和塔洪作为《约伯伦理记》抄录者序言的一封长信进行了比较，发现两者不仅有着明显的传承关系，而且不少段落几乎如出一辙。另一个值得关注的方面是他们一再援引贺拉斯、维吉尔、奥维德等古典诗人，并在修辞方面颇费工夫。布拉乌利奥在致塔洪的一封信（《信札》第三十二）中写道：

> 你看，这是一封冗长的信，仿佛只为你启封后一直读到我离开人世……①

同样，塔洪在上述序言中写道：

> 你瞧，我就像一名制作双耳陶罐的新手，把这封信拉抻得如此冗长……②

当然，作为神职人员，他们更注重继承奥古斯丁、哲罗姆、利金（Origen）、奥古斯丁等人的著述。

九、托莱多的欧亨尼奥（Eugenio de Toledo）

欧亨尼奥（?—657），出生时间不详，因645至657年任托莱多大主教，史称托莱多的欧亨尼奥，被认为是继伊西多尔之后西哥特王国"最重要的诗人"，"甚至可以说是唯一的真正的诗人"。③迪亚斯·伊·迪亚斯称之为"古典风格的传承者"。④

欧亨尼奥出身于西哥特贵族家庭，与前述拉丁文人不同的是他虽

---

① Serrano, Luciano: "La obra *Morales* de San Gregorio en la literatura hispanogoda", *Revista de Archivos, Bibliotecas y Museos*, 24 (1911), p.185.

② Ibid.

③ Madoz, José: *Segundo decenio de estudios sobre Patrística española, 1941—1950*, Madrid: FAX, 1951, pp.131—132.

④ Díaz y Díaz: *Estudio de la presencia de Eugenio de Toledo*, Salamanca: Universidad de Salamanca, 1958, p.117.

为主教，却并不一概排斥世俗主题，尤其是他对自然的亲近非其他僧侣可及。他讴歌自然，马嘶鸣，驴嗷叫，牛哞哞，羊咩咩，猪猡咕噜噜，响彻字里行间。同时，他将人们司空见惯、习以为常的燕子描写为“梁上来客”，“盖因它们难以栖身于广袤的田野，/也未能筑巢于繁茂的树冠”。凤凰被描绘成“死亡与复活的意志”。在世人看来，蔚蓝的海岸线用“咸湿的水/盛满巢穴，/拍动羽翼；远航的船/到达彼岸……”夜莺，夜的情郎，拥有柔美的歌喉：

夜莺，拥有柔美的歌喉，
唱出不加修饰的美丽。
你是诗人的最佳伙伴，
超越竖琴与和风呢喃，
使所有乐器相形见绌。
释放你穗子般的颤音，
安慰深夜焦虑的灵魂。
栖于鲜花烂漫的原野，
育于幽静的丛林深处，
繁衍生息，用歌声回报
自然造化的和谐平衡。
……
夜莺啊，颤动你的巧舌，
奏出精美绝伦的音韵。
夜莺啊，请勿停止歌唱。[①]

这样富有原创精神的诗情画意，在西哥特拉丁文学中几可谓绝无仅有。在《萨福的伤悲》(*Sappfico Tristi*) 中，欧亨尼奥记述了托莱多的一场旱灾。河流干涸，土地干裂，葡萄蔫了，蛤蟆乱蹦，蛇蝎横行。闷热的天气令人窒息，仿佛大地染上了天花。苍蝇在诗人头上盘

① Vollmer, Friedrich: “Eugenii Toletani episcopi carmina”, *Monumenta Germaniae Historica*, *Auct.* Ant. 14, Berlin, 1915, pp. 239—240.

旋，昆虫排成长队，但这正是否极泰来、暴风雨将至的征兆。在诗人仅存至今的近百篇诗章中，约有三分之一是写灾难的，其中绝大部分与诗人的健康有关。不少作品是诗人晚期创作的，表现了他对疾病和死亡的思考。这些作品由后人一并编入了《欧亨尼奥诗抄》（*Libellus Diversi Carminis Metro*）。

十、托莱多的伊尔德丰索（Ildefonso de Toledo）

伊尔德丰索（607—667）是欧亨尼奥的继任者，657至667年任托莱多大主教。他也是一位多才多艺的西哥特高级僧侣，著有《永恒童贞马利亚祝福三个异教徒》（*De Perpetua Uirginitate Beatae Mariae Aduersus Tres Infideles*）、《续名人传》（*De Viris Illustribus*）。后者与伊西多尔的《名人传》同名，却是《名人传》的续编，故称之为“续”，以示区别。

托莱多的伊尔德丰索

伊尔德丰索也是继欧亨尼奥之后的又一位西哥特诗人，但宗教色彩更加鲜明。如是，他成了托莱多后世作家、艺术家的表现对象，并被罗马教廷封圣。他的名字不仅赫然铭刻在托莱多大教堂的钟楼上，而且成了格列柯（El Greco）、贝尔塞奥（Berceo，Gonzalo de）笔下的重要人物。

他的《续名人传》不同于哲罗姆和伊西多尔等人的同类作品。作者在序言中按时间顺序提到了三位传主，但尔后笔锋一转，开始委婉地指责伊西多尔，认为前者在选择传主时多有疏虞，故而必须予以补充。另一个特点是他笔下的传主不尽是作家，甚至有五位连广义的作家都称不上。此外，他的十三位传主都是托莱多人（或长期旅居于此的僧侣）。因此，他与其说是为名人立传，毋宁说是为托莱多树碑。

十一、托莱多的胡利安（Julián de Toledo）

胡利安（642—690）是继伊西多尔和欧亨尼奥之后最重要的西哥特作家之一，出身于犹太改宗家庭。青年时代师从欧亨尼奥，伊尔德丰索离世后继任托莱多大主教。曾有历史学家们指责胡利安唆使朝廷下令迫害犹太人。但是，对犹太人的迫害始于公元7世纪90年代末，而当时胡利安早已故世。据有关史料记载，西哥特王国曾于7世纪末颁布法律，将所有不愿皈依天主教的成年犹太人作为奴隶出售；而他们的孩子则由西班牙天主教家庭自愿收养。

作为作家，胡利安非常多产，著有《忏悔录》（*Apologeticum Fidei*）、《忏悔三章》（*Apologeticum de Tribus Capitulis*）、《祷告》（*Orationes*）和有关欧亨尼奥和伊尔德丰索的传记、有关西哥特国王旺贝的《旺贝远征记》（*Historia de Wambae expeditione*）等。此外，他研究并记录了西哥特西班牙礼仪，收集整理了犹太习俗；编纂了《占卜》（*Prognosticum futuri saeculi*），凡三卷和有关葬礼的书籍。同时，他也曾潜心研究天主教仪式，著有多种记录中世纪宗教活动的作品。

十二、别尔索的弗鲁图奥索和瓦莱里奥（Fruttuoso del Bierzo，Valerio del Bierzo）

弗鲁图奥索（?—665）和瓦莱里奥（625—695）是来自别尔索地区的两位僧侣。前者出身名门，乃父是西哥特骑士首领；后者也是西哥特贵族子弟。他们先后进入圣彼得修道院，又先后在布拉加任主教，故史家常将其置于别尔索或布拉加名下，尽管事实上弗鲁图奥索在神学和文学创作方面几乎乏善可陈，倒是瓦莱里奥青出于蓝，留下了《修士族群》（*De Genere Monachorum*）等重要著述。

迪亚斯·伊·迪亚斯的《别尔索的瓦莱里奥：生平、作品》（Díaz y Díaz, Manuel: *Valerio del Bierzo. Su persona. Su obra*）是迄今为止有关瓦莱里奥的权威著作。该作详细转述了瓦莱里奥笔下的中世纪西哥特王国，尤其是莱昂地区的天主教僧侣。值得一提的是，作者对教会腐败问题进行了鞭笞。[①]

今天已经没有人怀疑瓦莱里奥的赞美诗和圣歌了，它们对灵魂的思考彰显了它的独特气质，并让古老的宗教文学得到了发展。首先是自传《我的叹息，我的伤悲》（*Ordo Querimonie, Prefatio Discriminis*），迪亚斯·伊·迪亚斯称之为“精神自传”。作品记录了瓦莱里奥少年时期至他进入鲁菲亚纳修道院的生活，可谓平淡无奇。嗣后，在《致圣女艾赫丽娅》（*Epistula Beatissimae Egeriae Laude Conscripta*）中，作者记述了圣女艰难的朝圣之旅，并掺入了传主本人的日志和信札。可惜作品的前半部分已经散佚。《关于天堂》（*De Caelesti Reuelatione*）是他假借三位前辈抒发的宗教情感。作品从不同的角度描写了天堂的情景。灵魂在鸽子的羽翼下抵达天堂，那里有永恒的绿色草地，由衷的美丽在不朽的时空中闪闪发光，童贞的紫色玫瑰和白色百合在阳光下绽放。银色的沙滩簇拥着晶莹的水流，美酒佳酿甘甜醇香，令人无法形容。反之，地狱传来号叫，哭泣的灵魂和狂犬的怒吠响彻云霄，冰河与火海，让罪恶的灵魂生不如死，直至它们得到宽恕。上帝在天庭富裕世界取之不尽、用之不竭的财富和日月更替，并通过各种方式传达他的威严和伟大。瓦莱里奥用诗意盎然的、音乐般的语言传递了这些意念。在天堂花园和地狱深渊之间，瓦莱里奥嵌入了一些圣徒和自己的传略，表达了他年轻时代的一个愿景：老年来临时到某个修道院隐修。前辈圣徒的苦修、死亡以及死亡之后如何被鸽子模样的天使带到天堂等经过，在作者的笔下细节毕露，仿佛亲身经历，并有意无意地表达了瓦莱里奥对禁欲主义的认同。这在他的另一部作品《智慧人生》（*De uana saeculi sapientia*）中体现得非常明确。在他看来，宗教修行是人生最智慧的选择。循着原罪说，瓦莱里奥将人生的一切苦难皆理解为赎罪过程，并再一次描述了地狱的恐怖、天堂的美好。与此配套的是另一部神学著作：《关于徒劳无益的世俗智慧的最后版本》（*Nuperrima editio de uana saeculi sapientia*）。尽管此书已经散佚，但从题目即可推断其主要内容，后人将之与格列高利一世的同类作品相提并论。

① Díaz y Díaz, Manuel: *Valerio del Bierzo. Su persona. Su obra*, León: Ed. Centro de Estudios e Investigación San Isidoro, 2006, pp.284—286.

除此之外，瓦莱里奥可能还注疏过有关约翰、哲罗姆等前辈圣徒的作品和一些关于宗教生活的诗作，如《吟痛苦》（"Epitameron Propriae Necessitudinis"）、《痛苦与诗》（"Epitameron Proprium Praefati Discriminis"）、《致圣徒请愿书》（"Epitameron Propriae Orationis"）、《杂谭或建议》（"Epitameron de Quibusdam Admonitionibus uel Rogationibus"）等数十余首，但它们大多没有流传下来。其中，《杂谭或建议》中有一些属于诗艺游戏，但并不关心韵律，因此充其量只能算是散文诗。

十三、弗罗伦蒂娜

弗罗伦蒂娜

弗罗伦蒂娜（？—633）是伊西多尔的胞姐，一直致力于宗教事业，曾任修道院院长等职。父母早亡，长兄若父，莱昂德罗对她的影响不啻是宗教信仰，还有亲情。前者弥留之际，曾明确嘱咐妹妹："最后，亲爱的妹妹，请为我祈祷。还有，不要忘了我们的小弟弟伊西多尔，他是父母对我们的托付。"[①]

据莱昂德罗所言，弗罗伦蒂娜出生在卡塔赫纳，从小楚楚动人，而后出落成远近有名的美女。"你来到这个世界时，世界已经很老。我们甚至不知道它是什么时候被创造的。对它，你无须心存眷恋，怨艾生于欲望，悔恨来自索求，痛苦必定是享乐的结果。"这是莱昂德罗对妹妹的循循善诱，[②]也是《基督教贞女教育与如何鄙弃世俗生活》的主要内容。

① Leandro de Sevilla: *De institutione virginum et contemptu mundi*, traducción, estudio y notas de Jaime Velázquez, Madrid: Fundación Universitaria Española, 1979, p.31.

② Ibid.

弗罗伦蒂娜毕生致力于宗教事业，创办了四十多座修道院，培养了一大批虔诚的修女。这是她后来被罗马教廷封圣的主要原因。同时，弗罗伦蒂娜素有“西班牙第一女诗人”[①]之称。马埃斯图（Masdeu，Juan Francisco）在其《西班牙及西班牙文化批评史》（*Historia crítica de España y de la cultura española*）中大篇幅盛赞弗罗伦蒂娜，谓“她是西班牙天主教第一女诗人，作品温婉多情”，对中世纪西班牙拉丁文学产生了影响。[②]遗憾的是她的作品已悉数散佚，空留下一堆赞许和一片唏嘘。

中世纪修道院

除上述作家外，西哥特时期尚有不少佚著作家和佚名作品。其中常被文学史家提及的作家、诗人有杜米奥的帕斯卡西奥（Pascasio de Dumio）、梅里达的保罗（Paulo de Mérida）、萨拉戈萨的马克西莫（Máximo de Zaragoza）、布尔加拉诺伯爵（El Conde Bulgarano）、旺贝、雷卡雷德二世、西斯贝托（Sisberto）等；较之上述作家，佚名作品更多，但真正富有文学价值的篇什并不常见，盖因当时的文化完全由僧侣掌控，而僧侣写作普遍倾向于简洁晓畅，其传教目的非常明确；世俗创作则难有立足之地。

第二节　西班牙拉丁文学（上）

公元711年夏，阿拉伯人从北非进入伊比利亚，三年后征服整个

① Pericot y García, L.: *Historia de España*, Barcelona: Instituto Gallach de Librería y Ediciones, 1958, p. 94.

② Masdeu, J. F.: *Historia crítica de España y de la cultura española*, 2t., Madrid: Imprenta de Sancha, 1972.

半岛（今天的葡萄牙和西班牙）。此后的数个世纪，西哥特人逐渐退守北部山区，并联合法兰克王国以比利牛斯山为屏障，阻断了阿拉伯人的北扩。阿拉伯人以科尔多瓦为中心，建立了伊斯兰文明，史称阿尔-安达卢斯文明，取代了罗马帝国留下的文化真空，从而使西班牙在数个世纪内成为西欧的文化中心，并在科技、军事、医疗、农业、文学艺术等诸多方面领先于西方诸国。

在此期间，退守北部山区的原西哥特西班牙人和葡萄牙人，由退守到“光复战争”经历了漫长的时期，其中前几个世纪是毫无威胁的局部争斗，真正的战斗是从11至13世纪真正展开的。在西方看来，“光复战争”是基督教反击伊斯兰教侵犯的重要组成部分，故而也是罗马教廷号召的十字军战争的重要组成部分。从公元8世纪初至11世纪，拉丁文学继续存在，而以卡斯蒂利亚语为代表的拉丁俗语文学也开始产生并于公元12至13世纪趋于成熟。

花开两朵，各表一枝。本节旨在概略梳理阿拉伯占领时期拉丁文学的有关情况。首先，阿拉伯人的突然降临对于沉溺于宗教氛围的西哥特伊比利亚何啻于震惊。王室和教会纷纷撤退，百姓仓皇逃窜。阿拉伯人长驱直入，如入无人之境。曾经摧毁罗马帝国的彪悍民族在强大的敌人面前一时间毫无招架之功，遑论还手之力。文学的重心发生变化，边境纪实和简信短札超越了冗长的说教，成为首选体裁。当然，惯性使然，宗教文学依然存在，并牢牢掌握着道德的尺牍。换言之，无论英雄如何了得，最终必得是虔诚的天主教徒，然后才是王国的卫士。

一、埃万西奥（Evancio）

埃万西奥（?—737）生于托莱多，曾任托莱多副主教。主要作品仅留下一封信笺，名曰《西哥特信笺》（“Epistula Visigothica”），其余皆已散佚。埃万西奥在信中援引了奥古斯丁、哲罗姆和格列高利。三位天主教先哲恰好也是阿拉伯占领区基督徒的主要阅读对象，有研究者故此推断他的信笺是发往安达卢西亚的。信笺的核心内容据称是针对犹太教和素食主义者的诘问，并且断言“没有任何东西是肮脏的，包括血液”。作者认为上帝创造了植物，也创造了动物。因此，素食和杂食不能用道德尺牍来衡量。信笺回响着毕达哥拉斯主义余音，盖因有关素食主义和杂食主义之争早在古希腊时代就已展开，只不过随着希伯来文化的融入，这一源远流长的论争不断衍生出新视角、新观点。8世纪，随着阿拉伯人的入侵，这一话题再次变热，盖因穆斯林统治者给予天主教徒以一定的宽容度，但前提是后者不能食用猪肉。多年以后，《754年纪事》［*Crónica del 754*，又称《莫斯阿拉伯西班牙纪事》（*Crónica Mozárabe*）］是这样评价埃万西奥的：“在那个时期……因其美妙的赞歌，阿克西塔纳主教乌尔巴诺（Urbano）和托莱多天主教堂的副主教埃万西奥素有智者之称。”[①]

二、《741年纪事》（*Crónica del 741*）

《741年纪事》又称《拜占庭-阿拉伯》，由四十三个片段组成。它们按时序排列，记录了拜占庭皇帝利奥三世（Leo Ⅲ）自717年登基至741年谢世在东西方（拜占庭和穆斯林西班牙）所发生的重大事件。但作品并未局限于这短短的24年，它同时讲述了雷卡雷德一世之后的西哥特西班牙的历史变迁。穆斯林占领伊比利亚半岛后，拜占庭帝国遭到波斯人的进攻，而佚名作者对西哥特王国的怀念显而易见让位给了对东罗马帝国的关切。

在西班牙，纪事文学或文学纪事可以追溯到比克拉罗的胡安和更为久远的伊西多尔。作品（手稿）没有署名，学术界普遍认为此乃作者有意为之，盖因时人并不重视署名权，况且从风格角度看，《741年纪事》非但并未超越前人，反倒显得十分拘谨。此外，由于作者有可能借鉴了伍麦叶王朝从阿拉伯文翻译至希腊文的《世界纪事》（*Crónica Universal*），故而有意隐藏姓名也未可知。《世界纪事》完成于7世纪末叶，而且着重描述了7世纪末叶发生在阿拉伯帝国及

① Gil, Juan (ed.): *Corpus scriptorum muzarabicorum*, Madrid: Instituto Antonio de Nebrija, CSIC, 1973, p.38.

周边地区的重要事件。再则，作品较为客观地记述了伍麦叶王朝入主伊比利亚半岛后致力于文化建设的事实。这也许同样是一般基督徒比较敏感，并多少需要避讳的内容。然而，正因为作者较为客观地展现了阿拉伯人的所作所为，有学者认为《741年纪事》的作者有可能是刚刚改宗为穆斯林的西班牙人。同时，鉴于作者广征博引，迪亚斯·伊·迪亚斯认为《741年纪事》应该是在当时的文化中心塞维利亚、科尔多瓦或梅里达创作的。首先，作品是用拉丁文创作的，但同时明显夹杂着阿拉伯词汇；作者对穆斯林西班牙和拜占庭帝国的近况十分了解，还多次提及穆罕默德（Muhammad）。其次，上述城市拥有庞大的图书馆，而阿拉伯人将它们完好无损地保存了下来。再次，除却安达卢西亚，是年已鲜有胡安和伊西多尔的相关手稿流传。[①]

然而，何塞·卡洛斯·马丁（Martín，José Carlos）却颠覆了前人的观点。在他看来，《741年纪事》完全有可能出自阿拉伯人之手，理由是：第一，作品固然是用拉丁文创作的，但夹杂着大量拉丁化阿拉伯词汇，并对穆斯林西班牙和拜占庭帝国的近况十分了解，还多次提及穆罕默德；第二，作者对西哥特王国的态度完全可以用冷漠来形容。相反，他明显倾向于认同阿拉伯文化。更有甚者，作者在前三分之一处放弃了西哥特王朝的纪年方式，转而改用阿拉伯人的纪年方式；第三，作者显然熟谙阿拉伯语，否则很难驾驭来自东方的大量信息。马丁甚至认为作者之所以很少提及天主教，也是因为他心目中的唯一真神是穆罕默德。[②]马丁的观点也许不无道理。且不说价值取向，让西班牙人在短时间内学会阿拉伯语恐亦殊是不易；而阿拉伯人占领伊比利亚半岛后所做的第一件大事恰恰是文化建设，这其中自然不仅是翻译。事实上，一直要到几个世纪之后才慢慢有西班牙人熟练掌握阿拉伯语，并开始用阿拉伯语写作。当然，那是后话；而反过来看，

① Díaz y Díaz: “La historiografía hispana desde la invasión árabe hasta el año 1000”, *De Isidoro al siglo XI. Ocho estudios sobre la vida literaria peninsular*, Barcelona: El Albir, 1976, pp.203—234.

② Martín, José Carlos: *Chronica Byzantia-Arabica. Contribución a la discusión sobre su autoría y datación, y traducción anotada*, URL: E-Spania 1, Junio, 2006 (e-spania. Revues.org.es).

安达卢斯穆斯林却从一开始就有不少人熟练掌握了拉丁文，这有伍麦叶至阿拔斯王朝的“百年翻译运动”为证。

三、《754年纪事》（*Crónica del 754*）

《754年纪事》又称《穆斯林西班牙纪事》，是继《741年纪事》之后出现的又一部佚名作品。作品明显继承了《741年纪事》，但篇幅更大，视野更广。毫无疑问，它是公元8世纪前几十年西班牙历史的重要表征，而且叙述典雅，具有极高的文学价值。作品从611年出发，至754年戛然而止，凡77章。尤其重要的是，作品格外重视叙事方式，多次提及波斯叙事诗、阿拉伯叙事诗、罗马叙事诗、拜占庭叙事诗，乃至西哥特叙事诗。遗憾的是作品涉及的大量文献并未留存下来，今人因此只能从后来的西班牙叙事诗和谣曲揣摩有关作品的风采。

迪亚斯·伊·迪亚斯同样认为《754年纪事》出自天主教僧侣之手。[①]理由与其对《741年纪事》相仿。但更多学者倾向于认为《754年纪事》的作者并非基督徒，而是穆斯林。虽然后者用拉丁文创作，但字里行间充满了对西哥特王国失败的反思，而且这种反思并不关涉宗教原因，尽管在我们看来西哥特贵族的全面天主教化极大地削弱了西哥特民族的尚武精神。从某种意义上说，选择天主教，尤其是随着大批西哥特贵族子弟遁入“空门”，西哥特这个曾经以彪悍彪炳于世的民族开始丧失军事优势。这在《754年纪事》中可见一斑。

和《741年纪事》一样，《754年纪事》被公认为是描述阿拉伯占领伊比利亚半岛的最早文献。在阿尔巴兰·伊鲁埃拉（Albarran Irruela）看来，阿拉伯人是在对西哥特王国的强大的军事压迫和不断的协商和谈中占领伊比利亚半岛的，他们并未对居民造成伤害。他们根据人们拥有的财产制定税收政策，因此安抚和稳定了原住民的正常生活，而且在宗教信仰方面也给予了相当程度的宽容。阿尔巴兰·伊

---

① Díaz y Díaz: *De Isidoro al siglo XI. Ocho estudios sobre la vida literaria peninsular*, Barcelona: El Albir, 1976, p.165.

鲁埃拉同时认为《754年纪事》无论在可信度还是艺术性方面均大大超过了《741年纪事》。[①]

有学者认为《754年纪事》的作者应该是科尔多瓦人，理由是他称科尔多瓦为首都。[②]也有学者认为他来自托莱多，理由是他对托莱多的关注。[③]第三种观点则认为他生活在穆尔西亚一带，是某位天主教僧侣也未可知。[④]这些观点大都基于作者对这些地区的偏爱。如此，有关作者来自何方，迄今未有定论。而他对天主教历史和西哥特王国宗教事务的了解一直是学术界关注的焦点。大多数学者也据此认定他曾是西哥特王朝的天主教高级僧侣。

作品由三大部分组成：一是拜占庭帝国，二是穆斯林安达卢斯，三是西哥特王国。这三部分齐头并进，直至阿拉伯人占领伊比利亚半岛。至此，三条线索合为一体：穆斯林西方帝国的诞生。作者显然不仅是《741年纪事》的继承者，而且同时熟谙胡安、伊西多尔、胡利安等西哥特王朝的前辈作家。另一方面，从他对伍麦叶王朝的友好态度，以及对阿拉伯历史文化的了解程度，不难想见他与阿拉伯人的密切关系。鉴于作品起讫时间是649至754年，作者用了不少篇幅以叙

① Albarran Irruela, Javier: "Dos crónicas mozárabes, fuentes para el estudio de la conquista de al-Ándalus", *Revista Historia Autónoma*, número 2, Madrid, marzo 2013, p. 51.

② Dozy, Reinhart: *Recherches sur l'histoire et la litterature de l'Espagne pendant le moyen age*, 2 Vol., París: Maisonneuve, 1881; Tailhan, Jules: *Anonyme de Corduve. Chronique rime des derniers rois de Tolède et de la conquête del'Espagne par les árabes*, París: Imprimerie National, 1885; Colbert, Edward: *The Martyrs of Córdoba (850—859): A Study of the Sources*, Washington: Catholic University of America Press, 1962.

③ Madoz, José: "La literatura en época mozárabe", en Díaz-Plaja (coord.), *Historia general de las literaturas hispánicas*, Vol. 1, Barcelona: Editorial Barna, 1949; Sánchez-Albornoz, Claudio: *Investigaciones sobre historiografía hispana medieval (siglos Ⅷ— ⅩⅢ)*, Buenos Aires: Instituto de Historia de España, 1967; Díaz y Díaz, Manuel Cecilio: "La historiografía hispana desde la invasión hasta el año 1000", en *La storiograffa altomedievale. Settimane di studio del Centro italiano di studi sull'alto Medioevo*, 17 (1970), pp. 313—355; Gil, Juan; *Corpus Scriptorum Muzarabicorum*, Vol. 1, Madrid: Instituto Antonio de Nebrija, 1973, pp.15—54; Collins, Roger: *La conquista árabe. 710—779*, Barcelona: Ed. Crítica, 1991, p. 31.

④ López Pereira, José Eduardo: *Continuatio Isidoriana Hispana. Crónica Mozárabe de 754. Estudio, edición crítica y traducción*, León: Centro de Estudios e Investigación San Isidoro, 2009, pp. 55—61.

述阿拉伯帝国的崛起。作者对大马士革的历任哈里发及其事迹如数家珍。更有甚者，他还十分了解伊斯兰教，并熟练掌握阿拉伯语。他盛赞伍麦叶王朝的王子们勇武异常，“在完全没有上帝相助的情况下横扫前罗马帝国的疆域”。[1]

为使作品尽可能保持客观公允、不偏不倚，作者对苏维汇人抵抗阿拉伯人入侵的战事进行了动情的描述，直至双方于713年达成停战协议（是为《特奥多米洛和约》）。至此，西哥特王朝大势已去，除少数军队退守伊比利亚北部山区外，王朝臣民几乎悉数归顺伍麦叶王朝。关于西哥特末代君王罗德里戈（Rodrigo），《754年纪事》是这样描写的："因桑乔（Sancho）[2]的请求，受命于危难之际。"[3]

奇怪的是，作品只字未提越过直布罗陀海峡直取伊比利亚半岛的穆斯林统帅将领塔里克·伊本·齐亚德（Ṭāriq Ibn Ziyād）。711年末，罗德里戈因西哥特军队溃逃，甚至倒戈之故命丧黄泉，随后西哥特贵族围绕王位之争发生内讧。经过一番纷争，阿吉拉二世（Agila Ⅱ）登上王位，而当时西哥特王朝实际上已经不复存在，阿吉拉及其后续的阿尔多（Ardo）朝廷只不过是苟延残喘罢了。对此，作者明显表现出了感情色彩，一些段落堪称如诉如泣。“面对如此灾变，笔何以达？面对如此灾变，情何以堪？西班牙所遭受的灾难实非人类可以承受，亦非人力可以描述……”[4]作者固然不讳言战争的残酷，却从未提及宗教对抗。事实上，穆斯林确实未曾将自己的信仰强加给伊比利亚原住民。

四、托莱多的西克西拉（Cixila de Toledo）

西克西拉（774？—783？）之所以为后人所关注，是因为一部

① López Pereira, José Eduardo: *Continuatio Isidoriana Hispana. Crónica Mozárabe de 754. Estudio, edición crítica y traducción*, León: Centro de Estudios e Investigación San Isidoro, 2009, p. 231.

② 罗德里戈的叔父。

③ López Pereira, José Eduardo: *Continuatio Isidoriana Hispana. Crónica Mozárabe de 754. Estudio, edición crítica y traducción*, León: Centro de Estudios e Investigación San Isidoro, 2009, p.225.

④ Op. cit., p. 229.

叫作《伊尔德丰索生平》(*Vita Ildefonsi*)的作品。关于这部作品是否出自西克西拉之手，学术界尚未达成共识。作品全名为《圣徒伊尔德丰索生平及其丰功伟绩》(*La Vita vel Gesta Sancti Ildefonsi*)，顾名思义，是7世纪托莱多大主教伊尔德丰索生平传略。相当一部分学者认为托莱多的埃拉迪奥（Eladio de Toledo）才是它的真正作者。不仅作品的归属有待考证，其确切的生成时间也一直使学术界众说纷纭，莫衷一是。

然而，重要的是《伊尔德丰索生平》作为穆斯林统治期间产生的天主教圣徒列传或传略，本身就值得关注。这是因为：一、它可以证明科尔多瓦哈里发们对原住民的宗教信仰大体上持宽容态度；二、原西哥特臣民，尤其是天主教僧侣并未完全抛弃自己的传统。至于缘何选择伊尔德丰索而非他人，学术界并不关心。这大抵是因为伊尔德丰索本人是《续名人传》的作者，同时他作为大主教曾名噪一时，对故都托莱多和西哥特王国的宗教事业更是功不可没。《伊尔德丰索生平》概略地记述了这一切。除此而外，作品几乎是乏善可陈。

五、埃利潘多（Elipando）

埃利潘多（717—800）是托莱多人，因宣扬基督并非上帝之子而闻名遐迩。在他看来，基督降生是人类自然繁衍的结果，而非圣灵之功。为了自圆其说，他认为基督是上帝之选，而非上帝之子。后人称之为“选择主义”。这一观点可能受到了伊斯兰教的影响。盖因当时穆斯林西班牙天主教徒和穆斯林和平共处，《古兰经》和有关穆罕默德的一些著述也相继移译到了拉丁文。伊斯兰教，甚至更为悠远的佛教等其他东方宗教关于“觉悟者”的说法无疑进入了埃利潘多等天主教僧侣的视阈。这或可反证天主教正统对此观点大为不满的原因。由是，埃利潘多引发了大多数天主教僧侣的批判，一时间舆论哗然。但哗然的结果使“选择主义”不胫而走，并得到了一些穆斯林的支持，同时也为费利克斯（Félix)、费德利奥（Fidelio)

等少数天主教僧侣所认可。后者认为“圣灵–圣母”之说不合自然法则，对约瑟也大为不公。反之，承认基督乃上帝所选，才令人信服。[①]

埃利潘多的主要作品有《信征》（*Symbolus Fidei*）和若干信笺。800年，埃利潘多死于穆斯林的一次谋杀。时任科尔多瓦哈里发的阿尔–哈盖姆一世（Al-Haqam Ⅰ）对托莱多的“混乱状态”十分不满，故派其亲信阿穆鲁（Amru）前去治理。根据《特奥多米洛和约》，托莱多作为西哥特王国的故都享有高度自治。因此，那里除了穆斯林，还集居着大量西哥特–西班牙人和犹太人；宗教信仰也比较庞杂，可谓伊斯兰教、天主教和犹太教三教并列。关键是大批前朝贵胄和宗教僧侣继续对伊比利亚半岛发挥影响力，从而危及安达卢斯的稳定。阿穆鲁抵达托莱多之后，设宴“犒劳”各界名人，凡四百余，其中就有埃利潘多。是夜，赴宴宾客陆续到齐，阿穆鲁命人关闭门窗，四百人全数遇害，无一幸免。遇害者被连夜埋入预先挖好的巨坑之中，是谓托莱多大屠杀，史称“坑宴”[②]。

六、列巴纳的信徒（Beato de Liébana）

列巴纳的信徒，生卒年月不详，真实姓名不详，是阿斯图里亚斯地区的宗教僧侣。曾游历法兰克王国，回国后致力于信仰重建。作为埃利潘多的主要诤友和对手，他的《反埃利潘多二人书》（*Aduersus Elipandum Libri Duo*）被认为是穆斯林时期维护天主教正统的重要神学著作。其他著述有《伊连塞纪事》（*Chronicon Iriense*）、《孔波斯特拉纪事》（*Chronicon Compostelano*）、《论世界末日》（*In Apocalypsim libri Duodecim*）、《圣地亚哥之歌》（*Himno a Santiago*）等。

虽然个别作品的归属尚有争议，但列巴纳的信徒作为埃利潘多“异端邪说”的反诘者却历来为学术界所公认。在《反埃利潘多二人

① Flórez, Enrique: *Symbolus Fidei*, t. Ⅳ, Madrid: Antonio Marín, 1750, pp.533—562.
② 西班牙语原文为“Jornada del Foso”。

书》中，作者与奥斯马的埃特里奥（Heterio de Osma）联袂对埃利潘多的宗教观进行了严厉的批判。他们以利金、可敬的比德等先哲的著述为证，雄辩地“证明了”埃利潘多的离经叛道。[①]

七、阿斯卡里科（Ascarico）和图塞雷多（Tuseredo）

阿斯卡里科和图塞雷多，皆生卒年月不详。有关的情况，今人只能从1047年发现的一些信笺查考。通过这些信笺，人们得知他们是埃利潘多的支持者。

除了胡安·希尔等极少数学者偶尔提及外，迄今为止有关这两个人物及其著述的描述几乎等于零。希尔在《西班牙莫斯阿拉伯作家》（*Corpus Scriptorum Mozarabicorum*）中概略地提到了阿斯卡里科和图塞雷多，谓二者可能是穆斯林西班牙天主教僧侣；其中后者可能还是高级僧侣，并熟知格列高利一世、奥古斯丁、哲罗姆和胡利安、伊西多尔等人的作品。[②]

八、《穆罕默德传》（*Historia de Mahomet*）

《穆罕默德传》是佚名作品，产生于8世纪末叶。当时，无论是因为改宗，还是讨好科尔多瓦穆斯林朝廷，或者出自穆斯林之手，有关穆罕默德生平、业绩的作品时有出现。而这部传略是一名叫作欧罗西奥（Eulogio）的僧侣在前往潘普罗纳的旅程中偶然发现的，他随即将其纳入《先烈传》（*Liber Apologeticus Martyrum*）。作品本身无特别之处，其价值在于“锦上添花”，即为西班牙的伊斯兰化和不断涌现的穆罕默德传加量。

---

① Beato de Liébana y Heterio de Osma: *Aduersus Elipandum Libri Duo*, Paul Tombeur (ed.), Turnhout: Brepols Publishers, 2009.

② Gil, Juan: *Corpus Scriptorum Mozarabicorum*, Madrid: Consejo Superior de Investigaciones Científicas, 1973, p.483.

九、《以诺、以利亚和敌基督的来临》(*Indiculus de Aduentu Enoch et Eliae atque AntiChristi*)

《以诺、以利亚和敌基督的来临》的产生时间约为8世纪末9世纪初，作者不详。作品预言1000年将是世界末日，而以诺、以利亚和敌基督将先后出现。佚名作者借鉴了列巴纳的信徒的《论世界末日》，同时从伊西多尔、格列高利一世和哲罗姆的相关著述中汲取了养分。这类著述公元10世纪广为流传，但正所谓事实胜于雄辩，千禧年之后它们也便自然而然地被人们忘却，成为文人墨客偶作谈资的存在了。

十、欧罗西奥（Eurosio）

欧罗西奥（?—859）便是前述发现《穆罕默德传》的那位穆斯林西班牙的天主教僧侣。有关他的生平，早在9世纪就已由科尔多瓦的阿尔瓦罗（Albaro de Córdoba）记录下来。后者是前者的挚友，曾同为僧徒埃斯佩兰德奥（Esperandeo）的弟子。

欧罗西奥有三个兄弟，两个姐妹。自罗马帝国时期，欧罗西奥一家祖祖辈辈生活在科尔多瓦。著述颇丰，主要有《圣徒回忆录》(*Memoriale Sanctorum*)、《先烈史料》(*Ducumentum Martyriale*）和《先烈传》等。上述作品中最为后人称道的是记录两位女狱友的《先烈史料》。在这部札记中，作者高度赞扬两位女教徒的人格和虔诚。他记述了她们所遭受的威胁和凌辱，称她们是“真正的贞女”，“圣洁的灵魂永远不会受到玷污”。[①] 同样，在《先烈传》中，欧罗西奥表示他宁死也不会改宗信奉伊斯兰教。

据阿尔瓦罗在其《欧罗西奥生平》(*Vita Eulogi*）中的记载，欧罗西奥曾赴西班牙北部潘普罗纳旅行，返回科尔多瓦时带来了不少书籍，其中包括维吉尔、奥古斯丁、瓦莱里奥等人的作品。

① Díaz y Díaz: *De Isidoro al siglo XI. Ocho estudios sobre la vida literaria peninsular*, Barcelona: El Albir, 1976, p.332.

欧罗西奥就义（油画）

这引起了科尔多瓦穆斯林当局的关注。嗣后，时任科尔多瓦主教的欧罗西奥在前往罗马朝圣路上（另说因窝藏一名改信天主教的阿拉伯女子）被捕，并被羁押于科尔多瓦郊区的一座监狱。《先烈史料》等多部著作正是他在狱中创作完成的。两个圣女被穆斯林当局处死后，欧罗西奥获得释放，但很快又被捕入狱，直至就义。

十一、科尔多瓦的阿尔瓦罗（Albaro de Córdoba）

阿尔瓦罗（?—861）生于科尔多瓦，曾在修道院接受教育，期间结识欧罗西奥，二人成为莫逆之交。但阿尔瓦罗并未遁入空门、成为教士，却仍与欧罗西奥过从甚密、友情益笃。后者被捕后，他着手撰写《欧罗西奥生平》。他写道：在埃斯佩兰德奥的指引下，"我们如饥似渴地阅读文学作品，每发现一部，就好像发现一个黑海。我们沉溺于美妙的诗韵、悠远的诗意，仿佛潜入了蜜罐"。[①]同时，阿尔瓦罗认为欧罗西奥的诗韵"前所未有"。[②]他虽曾一度还俗，并结婚生子（另说他一直是某修道院修士），但始终视欧罗西奥为知己，二人鸿雁往来，从未间断。遗憾的是在后者第二次被捕之前，他们以约焚烧了所有信笺。

年青一代开始漠视天主教传统，拉丁文也在急剧蜕变，阿拉伯习俗开始在基督徒中蔓延，这使阿尔瓦罗唏嘘叹惋。有学者认为，阿尔瓦罗是9世纪最重要的拉丁文人，在《欧罗西奥》及有关信笺中，广征博引。仅在致弗拉维奥的信笺中，他五十次引证哲罗姆，十五次引

① Díaz y Díaz: *De Isidoro al siglo XI . Ocho estudios sobre la vida literaria peninsular*, Barcelona: El Albir, 1976, p.332.

② Ibid.

证奥古斯丁，八次引证伊西多尔，五次引证维吉尔，三次引证利金、格列高利一世和利奥一世（Leo Ⅰ）。其他被引证的罗马和西哥特作家诗人不计其数。

在《光明真道》（*Indiculus Luminosus*）中，阿尔瓦罗以匿名方式直击《古兰经》（*Coran*）。作品写于854年，是年穆斯林当局大肆逮捕包括欧罗西奥在内的“不安分子”。愤慨之余，阿尔瓦罗奋笔疾书，表现了他对格列高利一世、哲罗姆、伊西多尔等天主教先哲的崇敬和对伊斯兰教的不屑。859年，欧罗西奥殉难，阿尔瓦罗创作了《忏悔》（*Confessio*）。改著效法奥古斯丁，但字里行间充溢着对故友的怀念。《欧罗西奥生平》也是在这一期间开始写作的。

此外，阿尔瓦罗还是一位诗人，他的一些抒情诗曾广为流传。这些诗篇继承了欧亨尼奥等前辈诗人的传统，直接将笔触伸向自然深处。它们以鲜花、公鸡、夜莺、狼等为对象，展示了诗人古典风范及其对自然的热爱。

天庭的和煦阳光
同百合融为一体，
心花怒放的玫瑰
将大地染成紫色。
当星星闪烁天际，
光芒再沐浴百合，
濡湿少女的秀颈，
与僧袍交相辉映。
……①

不少学者称阿尔瓦罗是公元9世纪穆斯林西班牙最重要的诗人。他的抒情诗虽未完全超越宗教意境，却多少保持了古典韵味。在他的作品中，人们可以找到维吉尔、奥维德甚至荷马（Homeros）的影子。在他的笔下，自然在言说，古老的传说似乎也被部分地激活了。譬如

① Gil, Juan (ed.): *Corpus scriptorum muzarabicorum*, Madrid: Instituto Antonio de Nebrija, CSIC, 1973, p.347.

他歌颂普罗克涅和菲洛墨拉，称夜莺为“恬美的妻子”。读过奥维德《变形记》（*Metamorphoses*）的人都知道，普罗克涅和菲洛墨拉因为忒柔斯的恶行而让他吃下自己的孩子，两人在逃跑途中变成了燕子和夜莺，而忒柔斯为追捕他们将自己变成了体型硕大的戴胜鸟。

哦，菲洛墨拉，我的妻子，
释放你竖琴般甜蜜的歌喉，
让伟大而温柔的诗意发散。
菲洛墨拉，恬美的妻子哦，
你的歌声赛过缪斯的竖琴，
更超过七弦琴百倍、千倍，
撩拨人心，令人无限陶醉。
……
用美妙的歌喉让天籁绕梁，
……
用动人的歌喉让心弦颤动。[①]

这些作品在中世纪实属罕见。它们像鲜花绽放，鲜艳夺目；它们似夜莺歌唱，温婉诱人。然而，他的宗教作品就没有这么美妙了，尽管他的《圣欧罗西奥墓志铭》（*Epitaphio a Eulogio*）、《圣欧罗西奥日颂歌》（*Hymno en la Fiesta de S. Eulogio*）、《圣哲罗姆之歌》（*Versos en alabanza de S. Jerome*）、《十字架之歌》（*Versos en alabanza de la Cruz*）、《图书馆之歌》（*Versos en alabanza de la Biblioteca*）等也曾广为流布。[②]

十二、萨姆森（Samsón）

萨姆森（?—890），天主教僧侣，出生时间、地点不详。主

---

① Gil, Juan (ed.): *Corpus scriptorum muzarabicorum*, Madrid: Instituto Antonio de Nebrija, CSIC, 1973, p.344.
②Op. cit. p. 350.

要作品为《守望》（*Apologeticus*）和《论血缘关系》（*De Gradibus Consanguinitatibus*），它们旨在传承西哥特拉丁文化经典，故涉及从奥古斯丁到伊尔德丰索等一大批拉丁-西班牙先哲、僧侣。作品辑录（抄录）了有关先哲的重要思想。除弗罗雷斯（Floréx）等极少数学者外，萨姆森及其作品基本乏人问津。

然而，萨姆森的一些墓志铭得到了时人的重视，可惜目前仅有三首墓志铭留存并藏于马德里的西班牙国家图书馆。在《奥费隆墓志铭》（*Epigrama de Offilón*）中有这样几行：

> 不征服人心难以征服世界，
> 小女孩也懂得用俏皮可爱
> 令人过目不忘、无法抗拒。
> ……[①]

十三、莱奥维希尔多（Leovigildo）

莱奥维希尔多生卒年月不详，可以确定的是他曾担任科尔多瓦主教，故又名科尔多瓦的莱奥维希尔多。萨姆森在其《守望》中提到了他，阿尔瓦罗则在其诗作中称他是位致力于诗书的西哥特后人。主要作品为《僧侣操守》（*De Habitu Clericorum*）。它明显继承伊西多尔，同时大量援引《圣经》。作品凡十章，其中第三、第四和第十章较受关注。第三章写天主教僧侣的剃度方式及其原因；第四章写东方的宗教僧侣可以蓄胡须，而西方的天主教僧侣则不然；第十章解释为什么东方的宗教僧侣可以结婚，而西方的天主教教士却不然，如此等等。这其中充满了偏见和无知，譬如他完全不了解佛教僧人的戒律，它们（除个别情况外）通常都要比基督教戒律更为严格。

据有关资料显示，莱奥维希尔多也是一位诗人，尽管其影响力远逊于阿尔瓦罗。

---

① Gil, Juan (ed.): *Corpus scriptorum muzarabicorum*, Madrid: Instituto Antonio de Nebrija, CSIC, 1973, p.665.

十四、西普里亚诺（Cipriano）

西普里亚诺，科尔多瓦大司铎，生卒年月不详。他是公元9世纪穆斯林西班牙重要诗人之一，但流传至今的只有7首诗作，现存马德里国家图书馆（10029号）。这些作品被统称为《诗铭》（*Epigramas*）。根据它们所提供的信息，我们大抵可以确定作者为科尔多瓦人，而且是天主教神职人员，其生活时间应为公元9世纪末至10世纪初。作品歌颂图书馆、歌颂阿杜尔福伯爵（El Conde Adulfo）、歌颂阿西斯克罗（Acisclo）、歌颂吉弗雷多（Guifredo）和吉辛多（Guisindo）等。余下为墓志铭，如《萨姆森墓志铭》。在献给佐伊罗（Zoilo）的诗篇中，西普里亚诺写道：

鸟儿飞回绿色的草地，
你听到它们唏嘘慨叹，
悲伤哀悼，令人落泪。①

《萨姆森墓志铭》写于890年，它不仅为我们确定西普里亚诺的生活年代提供了参照，而且也为我们了解另一位作家萨姆森提供了帮助。后者于890年谢世，生前曾担任修道院院长。西普里亚诺高度赞扬萨姆森，谓其"丰富了语言"。

十五、维森特（Vicente）

有关维森特的生卒年月学术界至今没有定论。但他留下了一份珍贵的手稿（马德里国家第13062号），体现了时人除颂歌而外，最重视的体裁还有悲歌和忏悔诗。

表痛苦淋漓尽致；

① Gil, Juan (ed.): *Corpus scriptorum muzarabicorum*, Madrid: Instituto Antonio de Nebrija, CSIC, 1973, p.687.

魔鬼赢得了胜利，
我所为非尔所愿。

其中，第一和第三行既有尾韵，也有内韵：

didi os uersus **idem** tristis et amarus qui**dem**;
……
Miscerique sanctis **tuis** non confido bonis **meis**.

这样的处理或许是后来十六或十二音节西班牙语谣曲的基础之一。在有关学者看来，这种内韵和尾韵相结合的诗韵具有古代谣曲的遗风，有利于吟唱。如果说古代谣曲的类似押韵是行吟诗人吟唱的需要，那么维森特的处理显然受到了颂歌的影响。在一首《辟邪诗》（“Carmen Sicut Exorcismus”）中，诗人写道：

Ne fraude nos**trum** possis adire to**rum**.
Ne tur**bes** nec mortis uincla minist**res**,
Ne fallax ani**mam** sordides ipse **meam**.

去你的迷惑，我们不惑。
我们不惑呵，无论如何；
我们不受惑，神清志醒。

大意如此。此诗保持了古典“对歌”的某些风格，但“对话”的对象并非恋人、情敌、政敌等，而是魔鬼。这类作品保存了原始巫歌的某些特征，而在当时则介于巫蛊/宗教/迷信之间，应该为数不少，但因不登大雅之堂故保留至今的寥寥无几。中世纪末叶的某些传奇体现了这类作品的遗风。同时，一些加利西亚-葡萄牙现代民歌从中萃取了一些因素，是谓“诅词”（“Mal decir”）。

十六、佚名诗人

公元8世纪初，西哥特王国基本完成了拉丁化进程。然而，囿于天主教僧侣掌控了话语权和几乎全部文化资源，世俗文学濒临灭绝。同时，鉴于公元8和9世纪在拉丁读者中流传的大量诗作的归属难以确定，一般文史学家认为除少数诗篇可以确定其作者外，绝大多数为佚名作品。

毫无疑问，8世纪的拉丁文学延续了西哥特时期的文学传统。而这一传统在诗艺方面并不给力，遑论创新。自罗马帝国盛极而衰至文艺复兴运动之前，伊比利亚半岛，乃至整个西方世界再无大诗人现世。杜米奥的马丁、欧亭尼奥、胡利安、西塞布特(Siseburt)、瓦莱里奥、伊西多尔、西斯贝托等，被认为是西哥特时期的重要拉丁诗人。美国学者拉比认为无论西哥特时期还是后西哥特时期，颂歌都是伊比利亚拉丁诗歌的重要组成。[①]这并非毫无根据。事实上，早在罗马教廷与西哥特王朝之间的第四份《托莱多协约》(*Concilio de Toledo*)中，颂歌就被写入了章程。这奠定了颂歌在西哥特文学中的独特地位，从而使天主教精神得到了有效的发扬光大。当然，出于艺术需要，少数世俗（非天主教经典）颂歌也被分别纳入了《颂歌集》(*Liber Hymnorum*)、《颂歌目录》(*Repertorio Hymnologicum*)、《穆斯林西班牙作家》和《拉丁时期诗人》(*Poet Latin Aeui Carmina*)。

学者佩雷斯·德·乌贝尔认为《颂歌集》中的大多数作品创作于西哥特时期，而且绝大多数篇什是佚名作品。[②]进入公元10世纪后，拉丁文学因为众所周知的原因逐渐衰微。其中最重要的原因无疑是来自穆斯林当局的压力。这在托莱多的“坑宴”和科尔多瓦欧罗尼奥等人的遭际中可见一斑。

---

① Raby, Edward: *A History of Christian-Latin Poetry From the Beginnings to the Close of the Middle Ages*, Oxford: At The Clarendon Press; New York: Oxford, 1953, p.128.

② Pérez de Urbel, Justo: “El orígen de los himnos mozárabes” , en *Bulletin hispanique*, 28, Bordeaux, 1926, p.211.

（一）颂歌

圣地亚哥：圣雅各

公元8世纪，圣地亚哥以耶稣使徒圣雅各（Sancti James）命名的这座城市，也是“摩尔人的屠夫”孔波斯特拉的圣地亚哥（Santiago de Compostela）的故乡，二者逐渐被确立为西班牙的保护者。圣城起源于一次“发现”：传说中的耶稣使徒圣雅各被处死后，骸骨埋葬在孔波斯特拉。这次发现由两大因素构成，首先，随着穆斯林人的长驱直入，西哥特王国退守至伊比利亚北部山区。在孔波斯特拉建造教堂时出土了一具骸骨，被认为是使徒雅各。后者是加利利的渔夫，是耶稣另一使徒圣约翰的兄弟。耶稣死后，圣雅各在巴勒斯坦宣讲福音，直至被罗马人斩首示众。他可能于公元44年殉难，因此是第一个殉难的使徒。据说，他曾在西班牙布道，死后被信徒辗转运往加利西亚埋葬。其次，公元8世纪以雅各命名的西哥特僧侣圣地亚哥（故译，以示区别）因率众顽强抵抗穆斯林入侵，素有“摩尔人的屠夫”之称，并因此成为日后基督徒“光复战争”的传奇人物之一。8世纪以降，以雅各和圣地亚哥命名的孔波斯特拉（现全称为圣地亚哥·德·孔波斯特拉）也便成了西方基督徒朝觐的圣地（是谓“圣地亚哥之路”）。

由是，献给圣地亚哥的颂歌大量产生。其中，重要的有收藏于马德里国家图书馆的第10029号佚名颂歌二首。第一首开篇写道：“哦，神的话语被父辈出卖。”父辈指谁？有学者认为他是指莫雷加托（Mauregato），而呼之欲出的“明主”则无疑是阿尔丰索二世（Alfonso Ⅱ）。众所周知，阿斯图里亚斯是西哥特人于公元5世纪初在南欧建立的第一个领地。阿拉伯人入侵时，西哥特人又退守至阿斯图里亚斯，即除巴斯克[①]地区之外的几乎整个伊比利亚半岛北部。这时，西哥特人

① 巴斯克地区依仗着难攻易守的有利地形，从未被罗马帝国和西哥特人占领。因此，巴斯克语不仅不属于拉丁语系，而且几乎没有受到拉丁文的浸染。

已经拉丁化并与伊比利亚半岛的基督徒通婚。于是，被半岛天主教徒称为继耶路撒冷、梵蒂冈之后的第三圣地——圣地亚哥，自然而然地成了朝圣之地。天主教徒们无论贵贱，毕生皆会想方设法前去朝拜。圣城拥有西班牙最古老的天主教堂，基下埋有天主教圣徒的遗骸。

同样，第二首也是开宗明义："以全部的虔诚守护信仰。"而另一佚名诗篇《缪斯诗》（*Carmen Musarum*）则明显具有世俗化倾向。作品仅留下九行，每一行对应一位缪斯：

……
克利俄她娓娓道来。
欧忒耳珀诗意相随。
墨尔波默涅刚教哭泣。
塔利娅就让颜开。
波吕谟尼娅五色修辞。
厄拉托一路情歌。
忒普西科瑞舞蹈曼妙。
乌拉妮娅八方远眺。
卡利俄普滔滔不绝。[①]

此诗是佚名作者在抄录伊西多尔《词源》时兴意所致插入其间的。当然，歌颂缪斯是古典传统，但是，如前所述，这一传统在西哥特时期因（天主教）宗教精神高涨而逐渐淡出人们的记忆。有关诗人"老话重提"显然意在重拾古希腊罗马传统。

（二）存疑作家作品

由于战乱，加之来自穆斯林当局的压力和宗教诗人大都不重视署名权、版权意识远未确立等原因，公元8和9世纪伊比利亚半岛流散着大量佚名诗篇。与此同时，北方非伊斯兰领土的存在也不断诱使天

① Gil, Juan (ed.): *Corpus scriptorum muzarabicorum*, Madrid: Instituto Antonio de Nebrija, CSIC, 1973, p.693.

主教文人骚客心向往之，从而导致一些反伊斯兰教匿名作品的产生。二者相加，其数可观。

在这中间，不乏少数逃离西班牙，并在流散中写作的诗人。譬如有个叫作皮尔米尼奥（Pirminio）的僧侣，于公元8世纪成功逃离伊比利亚半岛。随行的还有其他一些教士和西哥特文献资料。他们从今加泰罗尼亚北部经地中海逃至罗马，后到莱茵河流域及今瑞士、比利时和卢森堡一带，一路上传教、布道，并创办了若干修道院。

1. 皮尔米尼奥（Pirminio）

有关皮尔米尼奥的身世，学术界至今没有达成共识。大多数学者认为皮尔米尼奥实非西班牙人，唯有佩雷斯·德·乌贝尔从皮尔米尼奥有关作品内容断言后者确系西班牙僧侣。在其《萨卡拉普斯典藏》（*De singulis libris canonicis Sacarapus*）等著述中，佩雷斯发现了皮尔米尼奥大篇幅援引了胡利安、马丁、伊尔德丰索、伊西多尔等西班牙作家。

皮尔米尼奥的另一部作品是后人编纂的《皮尔米尼奥主教文存》（*Dicta abbatis Pirminii de singulis libris canonicix*）。它收入了作者的宗教文稿和少量颂歌，史料价值固不容否认，然文学价值不大。也正是基于其对天主教会的贡献，一些后世教士曾为他树碑立传，其中较为著名的有9世纪教士霍恩巴赫（Hornbach）的《第一生平》（*Vita Prima*）、沃曼（Warmann）的《第二生平》（*Vita Secunda*）和赖歇瑙（Reichenau）的《第三生平》（*Vita Tertia*）。

2. 贝尼托（Betoni）

贝尼托据传系西哥特贵族爱古尔福伯爵（El Conde Aigulfo）次子，阿拉伯人入侵后加入法兰克加洛林王朝查理大帝（Charlemagne）的军队，在罗兰（Roland）麾下参加抵抗运动。[①]后在圣塞纳修道院任职。据此，有不少学者认为贝尼托原本就是法兰克人。

---

① 没有阿拉伯人的入侵，也就没有加洛林王朝，更不会有西班牙及西班牙的崛起。查理大帝（742—814），又称查理曼大帝，法兰克王国加洛林王朝国王，以集权形式改变了王朝成员以“宫相”的身份涉理王国朝政的传统。同时也是神圣罗马帝国的奠基人。罗兰则是查理大帝的十二禁卫骑士之一，因战功卓著而成为传奇人物。

贝尼托毕生致力于正本清源，曾对埃利潘多的“选择主义”进行针锋相对的斗争。主要作品有《和谐教规》(*Concordia Regularum*)，关涉法兰克王国教会改良。对作品是否属于贝尼托，学术界无有定论。作品表现出强烈的厚今薄古倾向，他甚至很少提到西哥特作家作品。

3.《奥尔良的特奥多尔福》(*Teodulfo de Orleans*)

《奥尔良的特奥多尔福》是一部相当怪异的作品。首先，特奥多尔福据称生于萨拉戈萨，却缘何唤作“奥尔良的特奥多尔福”？其次，有关文献资料既谓他举家逃离了穆斯林西班牙，又缘何再被查理大帝逐出法兰克王国？传说中的三大发现（类似于风水先生或道士作法、帮助查理大帝未雨绸缪、免灾祛弊）毕竟是传说，否则也不至于因为“参与意大利东哥特人的密谋”之嫌而被羁押和驱逐。

特奥多尔福（Teodulfo de Orleans）据称是饱学之士，而且激情澎湃，被认为是仅次于阿尔瓦罗的中世纪西班牙拉丁诗人。然而，迄今为止罕有作品被确认出于其手。在貌似所属的诗作《赞美你的荣耀》(*Gloria Laus et Honor Tibi Sit*)中，歌颂天主的美丽诗句光焰四射、柔情横溢，为一代代天主教徒所传诵，至今仍在复活节期间被吟唱、朗诵。[①]此外，应查理大帝之邀创作了去希腊化著作《论圣灵》(*De Spiritu Sancto*)，以及狱中札记《反指控》(*Contra Indices*)和明显模仿奥维德的《列女志》(*Heroidas*)等。以下是特奥多尔福歌颂诗艺自由的作品：

世界被抛光后盛进盘子，
树上装点着一枚枚果实。
树下是巨大的语法根基，
孕育出无数清新的作品。
我们人人都是参天大树，
艺术是大树结出的硕果。

---

① Alfonsi, L.: *La Letteratura Latina Medievale*, MilanLUM, 1972, p.77.

有人左手持鞭右手执剑，
……
艺术头脑无须皇冠装饰，
只须美好的情感和意志，
它们高耸入云，犹教堂，
如大树：它们有权向着
四面八方伸展尖塔肢体。
……
修辞和思辨拣选了你们，
……
赋予你们鸟的自由翅膀、
狮的非凡勇气、建筑师
一样灵巧的双手和头脑。
……

诗人将诗艺比作美女：

她亭亭玉立，婀娜多姿，
……
就像喷泉水柱随风摇曳。
她口吐莲花，字字珠玑。
……
她与虔诚同名，是书的
伴侣，守护她就是美德。
……
她一手握剑，一手持盾，
驱逐了一切恶习和幽灵。
……①

① Recensuit Ernestus Duemmler (ed.), *Poetae Latini Aevi Carolini*, t.1, Berlin: Weidmann, 1964, pp.544—547.

4. 阿戈瓦尔多（Agobardo）

阿戈瓦尔多于769至840年生活在穆斯林西班牙，一生坎坷，但虔心不渝。据传，他曾因《为王子告路易皇帝书》（*Liber Apologeticus pro Filiis Ludouici Imperatoris Aduersus Patrem*）开罪虔诚者路易一世（Ludwig Ⅰ），故而被逐出里昂。被归入他名下的作品主要有《论圣赞》（*De Diuina Psalmodia*）和《论赞美诗修正》（*De Correctione Antiphonarii*）。据说二者是在他流放期间，应人之邀编纂的。它们都是颇具宗教改良意味的作品，在这些作品中作者有意删除了大量天主教繁文缛节，删除了大量花里胡哨。有鉴于此，这些作品文风简洁明快、清新爽朗，为几个世纪后路德改革埋下了伏笔。与此同时，他也曾参与“选择主义”之争，并坚定地支持埃利潘多。

5. 阿尔贝尔加的萨尔维奥（Salvio）和维吉兰（Vigilan）

萨尔维奥（？—962）曾在阿尔贝尔加任修道院院长，故名。据传为《贞女守则》（*Regula enim sanctus Virginis*）的作者。此外，还有一些颂歌也被归入了他的名下。维吉兰是前者的弟子，生卒年月不详。《圣地亚哥颂》（*Hymno a Santiago*）被认为是他的作品。

（三）纪事

阿尔丰索三世（Alfonso Ⅲ）在位期间，出现了大量诗体和散文体纪事。这与北方天主教后方的存在和穆斯林西班牙发展方向紧密相关。在众多纪事文学中，留存至今的主要有以下作品：

1.《阿尔贝尔登塞纪事》(*Chronica Albeldense*)

《阿尔贝尔登塞纪事》创作于9世纪80年代，因最早发现于阿尔贝尔登，故名。由于是佚名作品，作者情况不详。但是，根据其所记述的大量历史事件可以推断作者是穆斯林西班

阿尔丰索三世（中世纪插图）

牙天主教僧侣。迪亚斯·伊·迪亚斯是持此观点者之一，[①]理由是作品的西哥特王国部分大量借鉴了伊西多尔。据此，佚名作者的主要贡献在于梳理与记录8和9世纪穆斯林西班牙及其周边地区如阿斯图里亚斯的重要历史事件。作品对托莱多西哥特王朝及其继承者阿尔丰索三世的思念之情溢于言表。

2.《纪事与预言》（*Chronica et Profetiae*）

《纪事与预言》同样创作于9世纪80年代，或者稍早一些。其中的一个预言（或伪预言）多少使它有些与众不同。佚名作者预言883年（随后又说是886年）阿拉伯人将被逐出伊比利亚半岛。作品视阿斯图里亚斯为西班牙合法政权之所在，同时预言穆斯林占领区的天主教徒将发动起义，以推翻哈里发的统治。诸如此类，不一而足。

作品由三大部分组成。第一部分写西哥特王国，直至预言阿尔丰索三世将领导西班牙人将阿拉伯人驱逐出境；第二部分写关于穆斯林西班牙，其中既有对科尔多瓦哈里发谱系的详尽描述，也有对穆罕默德生平、事迹的记叙；第三部分是关于阿斯图里亚斯等基督徒退守地区的。作品在描写穆斯林入侵时批评了西哥特王国的种种弊端。

佚名作者被认为是穆斯林西班牙天主教教士，其明确的政治立场和宗教精神都证明了这一点。作者的另一个重要特征是其拉丁语的蜕化或谓变异。有学者注意到，公元9世纪末叶，穆斯林西班牙地区的拉丁文已经受到阿拉伯语的浸染，加之大多数天主教徒既不懂拉丁文，也不会阿拉伯语，作为方言或口语的卡斯蒂利亚语、加泰罗尼亚语、加利西亚-葡萄牙语等拉丁俗语在相关地区进一步流行起来。后者也开始反过来弱化拉丁文的存在基础。

3.《阿尔丰索三世纪实》（*Chronica de Alfonso Ⅲ*）

在现存的两部同名作品中，罗达版《阿尔丰索三世纪实》较为粗粝；相形之下，奥维耶多版显得更为典雅、细致。有学者认为前者可能是阿尔丰索三世的手笔，而后者虽则行文更加典雅，但内容却

---

① Díaz y Díaz: *De Isidoro al siglo XI . Ocho estudios sobre la vida literaria peninsular*, Barcelona: El Albir, 1976, p.179.

与前者如出一辙。因此，不少学者径直视后者为前者的典雅版；甚至刨根问底、钩沉索隐，发现后者极有可能只是前者的修订版，而修订人很有可能是与阿尔丰索三世过从甚密的奥维耶多的塞巴斯蒂安（Sebastián）主教。两个版本均吸收前述《纪事与预言》中的883年和886年预言。

然而，根据阿尔特塔（Arteta，Ubieto）的考证，作品的创作时间不会早于905年，而这时塞巴斯蒂安已离世多年。此外，作品写到德约等地的光复过程，可见一定是在883年之后，盖因阿拉伯人是在883年之后被迫撤离德约等北部地区的。此外，有学者认为奥维耶多版应该早于另一个罗达版才是，而后者只不过是前者的一个蹩脚的仿本或抄本。本著在意的是阿尔特塔对两个版本的语法分析。他从五个方面分析了罗达版的语法问题，并且得出结论：一、罗达版很可能属于几个作者，因此是一个结集本；二、罗达版显示了拉丁文的退化，而语言的退化妨碍了时人了解和理解历史文献、前朝典籍的可能性。用我国古人的话说，“灭人之国，必先去其史”；而欲去其史，必先去其文。

中世纪城堡

无论科尔多瓦哈里发如何开明、包容，拉丁文在穆斯林西班牙的急剧退化不仅是事实，而且不可避免。这其中的原因不言自明：一是阿拉伯语的强势存在；二是拉丁俗语的不断发展；三是早在西哥特时期，拉丁文就已然与古希腊罗马文化割裂，并迅速转化为天主教罗马教廷的御用工具，故而也几乎仅仅是伊比利亚各级天主教组织传教、布道的载体。如是，它脱离一般民众的趋势早已形成。

4. 海纳迪奥（Genadio）

海纳迪奥（？—926）曾在阿斯托尔加任主教，故人称阿斯托尔加的海纳迪奥。但是，由于他生在别尔索，故又被称为别尔索的海纳迪奥。史称他与阿尔丰索三世过从甚密，因此被钦定为阿斯托尔加主教。晚年离职，但继续致力于创办修道院、传教布道，同时可能组织编写了《圣约书》（*Testamentum*），并传抄了伊西多尔、格列高利一世和哲罗姆等人的作品。

《圣约书》当然不是传统意义上的《旧约》（*Vetus Testamentum*）或《新约》（*Novum Testamentum*），而是带有大量主观解释、夹叙夹议的神学著作，其间甚至不乏自传内容："有一天，我带着十二名同道和阿兰迪塞罗（Arandiselo）院长的祝福，离开了阿赫奥修道院，渴望找到一个静谧的处所。我们来到圣彼得修道院，它早已是一片废墟。我为了修复这座修道院，造了房子，种了葡萄、草木和庄稼……直至被任命为阿斯托尔加主教。"[①]

5. 里波尔学派（La Escuela de Ripoll）

加泰罗尼亚北部与法兰克王国接壤，因此二者历来关系密切。同时，与阿斯图里亚斯不同，加泰罗尼亚与阿拉伯人保持着亦敌亦友的关系。后来以卡斯蒂利亚和阿拉贡为主体的"光复战争"证明了这一点。里波尔学派正是借助于加泰罗尼亚的这种"得天独厚"的优势应运而生的。其主要成员希尔贝托（Gerberto）于公元10世纪中叶从法兰克王国抵达加泰罗尼亚里波尔，用了3年时间学习阿拉伯语和阿拉伯数学。嗣后，他当选教皇，史称西尔维斯特二世（Silvester Ⅱ，999—1003）。他的第一个重大举措便是号召在神圣罗马帝国废黜罗马数字，改用阿拉伯数字。这一重大举措为稍后西方数学的发展奠定了基础。而里波尔则早在10世纪末、11世纪初就出现了一部阿拉伯化《日历》（*Kalendarium*）和两部《几何学》（*Geometriae*）（*Liber Geometricae*）。前者为佚名作品，后者被认为是希塞蒙多（Gisemundo）的著作。

与此同时，希尔贝托通过拉丁文了解阿拉伯文学，尤其是阿拉伯

① Pérez de Úrbel, Justo: *El monasterio en la vida española de la Edad Media*, Barcelona: Labor, 1942, p.42.

诗歌。[①]

另一位里波尔学派的重要成员是所罗门（Salomon）。此人应为犹太改宗者，于公元10世纪后半叶在加泰罗尼亚创作《判决书》（*Sentencias*）。该书多处借鉴了伊西多尔。

鉴于加泰罗尼亚的特殊地位，里波尔学派的诗人曾经这么歌颂加泰罗尼亚乌赫尔伯爵苏尼弗雷多（Sunifredo）：

他光辉灿烂、和蔼可亲，
英勇善战也是世所罕见，
其英名使敌人闻风丧胆。
他是臣民的骄傲和救星。[②]

同样，苏尼弗雷多之子维尔弗雷多（Wilfredo）在佚名诗人的笔下熠熠生辉：

他的高尚品德无与伦比，
他高瞻远瞩、礼贤下士。
旷世英名哦，光耀寰宇，
星辰簇拥哦，金冠天赐。[③]

苏尼弗雷多父子造福一方，并以乌赫尔为原点，于公元10世纪统一了巴塞罗那、海罗纳、塞尔达尼亚、贝萨卢，并为里波尔、奥索纳、贝尔加达等地带来了繁荣，从而奠定了加泰罗尼亚在西班牙的地位。

公元10世纪末11世纪初，另一位里波尔佚名诗人发明了一整套曲谱。可惜时移世易，不仅这些曲谱散佚殆尽，残存至今的也成了天书，好在所填诗词留了下来。

① Bodelón, Serafín: *Literatura Latina de la Edad Media en España*, Barcelona: El Albir, 1976, p.70.
② Pérez de Úrbel, Justo: *El monasterio en la vida española de la Edad Media*, Barcelona: Labor, 1942, p.87.
③ Ibid.

截至10世纪末，里波尔的教会图书馆馆藏图书中除了大量基督教神学著作和古希腊罗马经典，凡十二万册。这在当时无异于天文数字，而且这个数字在11和12世纪继续扩大，尽管其中的相当一部分为佚名作品。这是因为里波尔学派的大多数作者没有署名的习惯。他们几乎是清一色的僧侣，“劳心而述，劳力而作”乃是修行传统。加之加泰罗尼亚的繁荣和发展为一方百姓提供了良好的生活环境，宗教事业也得到了明显的复苏。僧侣们事主之余歌颂太平、歌颂苏尼弗雷多父子，亦在情理之中。

绵延一个多世纪的里波尔学派留下了不少诗篇，其中不少作品体现了世俗化倾向。无论是《论时钟》（*De Horologio*）、《论星盘》（*De Astrolabio*）等世俗或科学题材作品，还是宗教诗篇如《韵律经文诗》（*Carmen de Metricalibus Uersibus*）、《舍此其谁》（*Eum sine Doctrina Nulla*）、《圣婴》（*Sancte Puer*）等，甚至都不同程度地具有阿拉伯化倾向。

第三节　西班牙拉丁文学（下）

公元11世纪，分化为若干小王国的北部原西哥特西班牙加大了反攻力度。卡斯蒂利亚、阿拉贡和莱昂等天主教王国开始了旨在收复领地的南征，是谓“光复战争”。这一时期的作品明显转向，战争题材擢升，科学题材下降，但宗教题材依然强盛。

一、《武士诗》(*Carmen Campidoctoris*)

公元11世纪，《熙德之歌》出现了，该诗原名《武士诗》，是西班牙中世纪史诗《熙德之歌》（*Poema del Cid*）的雏形（*Carmen Campidoctoris*），创作于公元11世纪末。这是迄今为止发现的最早记述熙德事迹的文学作品，但只是个残

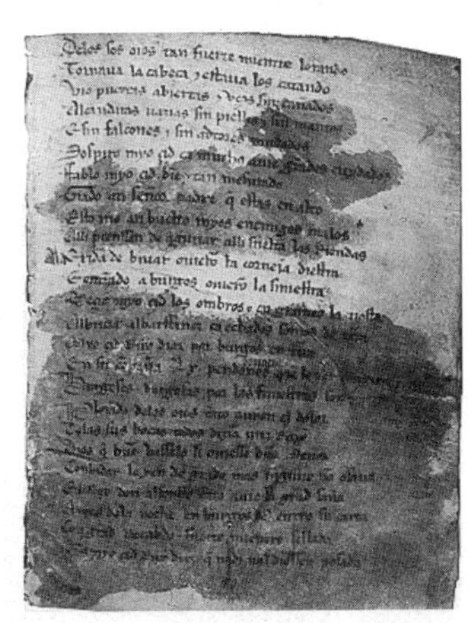

《武士诗》残片（马德里国家图书馆藏）

篇，仅四十四行，其余失传。据有关史料记载，熙德本名罗德里戈·迪亚斯·德·维瓦尔（Rodrigo Diaz de Vivar），公元11世纪40年代生于卡斯蒂利亚王国布尔戈斯（另说莱昂王国，盖因当时卡斯蒂利亚刚刚脱离莱昂，成为独立王国），从乃父那里继承了领地。由于该领地处在基督教王国与穆斯林王国边境，他从小耳濡目染，领略了战争的"自然法则"。青年时期加入骑士团，追随卡斯蒂利亚王子桑乔——后即位，史称桑乔二世（Sancho Ⅱ）。后者即位后一直致力于辅佐桑乔的统一（卡斯蒂利亚）大业，盖因西哥特人退收伊比利亚北部地区后不断分封领地，导致后人纷争不断。据此，熙德的大部分经历并非与穆斯林作战，而是在王族之中东征西讨。据有关学者考证，在此期间，熙德曾遭流放，并于11世纪80年代流亡至穆斯林阿尔-穆克塔迪尔（Al-Muqtadir）的领地。这在后人看来有变节之嫌，但在当时却司空见惯。阿尔丰索六世（Alfonso Ⅵ）在即位卡斯蒂利亚和莱昂国王之前，也曾流落至穆斯林安达卢斯。

11世纪80年代中叶，熙德被召回，并辅佐阿尔丰索六世从穆斯林手中夺回西哥特故都托莱多、围困萨拉戈萨等军事要塞。且说熙德于公元11世纪80年代末因"违抗军令"，再次被阿尔丰索六世放逐，并剥夺所有财产。从此，熙德开始独立开辟战场。11世纪末，熙德开始向南方进军，并于1098年占领瓦伦西亚。瓦伦西亚大教堂至今保存着他的手迹："我罗德里戈携妻在此签字。"落款时间为1098年。然而，12世纪初，熙德去世后，瓦伦西亚重新落入穆斯林之手。拉锯战争一直持续到12世纪末。

11世纪西班牙城堡

有关熙德的早期史料可以追溯到12世纪。在一部名为《阿尔梅里亚之歌》（*Prefatio de Almeria*）的佚名手稿中，有一篇叫作《阿尔丰索大帝纪事》（*Chronica Adefonsi Imperatoris*）的作品，熙德被描述为"战无不胜的武士"。但在另一作品

《罗德里戈史传》(*Historia Roderic*)中，他又被描绘成了十恶不赦的屠夫：

> 罗德里戈放弃萨拉戈萨，率领大军，浩浩荡荡地开赴纳海拉和卡拉霍拉。他毫不犹豫地攻占了这两座隶属于阿尔丰索国王的城池。不久又长驱直入，占领了阿尔贝里埃和罗格洛尼奥，并残酷地将这些地方夷为平地，其暴戾冷血忤逆，全然置教义道义于不顾……①

与此同时，穆斯林并未对熙德这个亦敌亦友的战将视而不见。他们用自己的方式记述了他的事迹。他们称熙德为"叛徒"("tagiya")，甚至"恶狗"("kalb ala'du")。然而，他们服膺于熙德的武艺和军事天才。在一部名曰《伊比利亚人的美德》(*Al-Djazira fi Mahasin ahl al-Yazira*)中，安达卢西亚作家伊本·巴萨姆(Ibn Bassam)这样写道：

> ……这个家伙武艺精湛，意志坚定，胆略过人，确是其上帝的宠儿。②

此外，阿尔-瓦卡西(Al-Waqasi)的《瓦伦西亚哀歌》(وقد اخترت فالنسيا)、伊本·阿尔卡玛(Ibn Alqama)的《丑恶事件的典雅纪实》(*Al-bayan al-wadih fi-l-mulimm al-fadih*)，以及阿尔-卡拉达布斯(Al-Kardabus)、阿尔-阿巴尔(Al-Abbar)、伊本·伊达里(Ibn Idari)、阿尔-亚蒂布(Al-Jatib)等人的著述对他均有涉及。

学术界普遍认为《武士诗》大约创作于1093年。而熙德一直要到12世纪中叶方始成为卡斯蒂利亚俗语谣曲的主人公。迪亚斯·伊·迪亚斯认为《武士诗》的作者当是里波尔僧侣。理由是同时期曾有大量类

---

① Michael, Ian: *La imagen del Cid en la historia, la literatura y la leyenda*, Madrid: Biblioteca Nacional, 17 de mayo de 2007, pp.1—3.

② Montaner Frutos, Alberto: "La leyenda y el mito", www.caminodelcid.org/, Burgos: Consorcio Camino del Cid, 2002.

史诗问世，譬如前述有关苏尼弗雷多父子的诗篇。它们从宗教颂歌演变而来，但世俗化倾向日渐明显。这在《武士诗》中体现为：一、熙德不仅是位身经百战的勇士，而且两次遭遇不公，被驱逐出境；二、熙德在流亡时期与摩尔人[①]（穆斯林）有过亲密接触；三、熙德曾替卡斯蒂利亚王国同加泰罗尼亚作战，而有关他的第一首"史诗"竟然嘲讽般地产生于里波尔，而非卡斯蒂利亚。后者使一些学者一度视熙德为虚构人物。[②]

《武士诗》凡32节[③]，原作的篇幅应远远多于这个数字。作品在韵律方面并不严谨。这在里波尔诗派实属正常。在现存里波尔诗篇中，大多数为"自由诗"，甚至"散文诗"。罗马至西哥特时期流行的亚历山大诗体已不被看重。作品由三部分组成：熙德大战纳瓦拉，熙德大战加西亚（García）[④]，熙德解围摩尔人。[⑤]

战争诗史古已有之，
哦，荷马、维吉尔，
多少人追随其后，
仿作无数。

陈年旧事有何趣味？
且听我们歌唱今人：
罗德里戈英勇事迹，
可歌可泣。

---

①"摩尔人"曾经是伊比利亚基督徒对阿拉伯人的统称，贬义，但在"光复战争"、文艺复兴运动，乃至20世纪上半叶都广泛应用。如今，西班牙学术界已不用或慎用这一称谓，取而代之以阿拉伯人或穆斯林。

② Menéndez Pidal, Ramón: *De Primitiva Lírica Española y Antigua Épica*, Buenos Aires: Espasa-Calpe, 1951, p.11.

③ 原始手稿散佚，但最早的手抄本（13世纪）现藏于巴黎的法国国家图书馆：拉丁文献第5132号。

④ 加西亚·奥尔多涅斯（？—1108），里奥哈伯爵。

⑤ 1082年，熙德为解救曾有恩于他的摩尔人，不惜同巴塞罗那伯爵（El Conde de Barcelona）开战。

且说英雄战无不胜，
光辉事迹难以尽述。
即使荷马还魂再世，
也要煞费工夫。[①]

法国国家图书馆藏本的前三节大意如斯。后来的卡斯蒂利亚语谣曲或史诗显然受其影响，明证之一是后者的早期表现，如《米奥·熙德之诗》（*El Poema del Mio Cid*）同样由三部分组成，只不过内容有所区别，变成了：熙德流亡、熙德完婚和熙德受辱。此外，稍晚于《武士诗》，却早于卡斯蒂利亚语同类作品的拉丁文《罗德里戈传》（*Gesta Roderici*）同前者毫无关系。二者无论内容还是风格，均相去甚远，却都提到了其他“诗传”或“纪实”。这些“诗传”或“纪实”皆已散佚。

二、桑皮罗（Sampiro）

桑皮罗，生卒年月不详，应为公元10世纪末、11世纪初别尔索僧侣。青少年时期（一说因系私生子）颠沛流离，直至受到莱昂国王韦尔穆多二世（Vermudo Ⅱ）的器重，并被钦定为御用公证员。他受理的第一份公证即为国王所赐：卡拉塞多修道院。该修道院原是国王年轻时的封地，是年用来安置一些流离失所的宗教僧。感动之余，桑皮罗也捐出了邻近的一小块地产。据说，那是他仅有的财产。

11世纪初，韦尔穆多二世与夙敌穆斯林大将阿尔曼苏尔（Almanzor）联手打败了卢纳伯爵米格尔（Miguel，el Conde de Luna）。桑皮罗时任御用公证员兼王后管家，便近水楼台先得月，获得了大片领地。从此，桑皮罗开始埋头写作。

他的《桑皮罗纪实》（*Chronicon de Sampiro*）被认为是阿尔丰索三世至阿尔丰索七世（Alfonso Ⅶ）期间，即866至1000年莱昂王国

① Montaner Frutos, Alberto: *Carmen Campidoctoris o Poema Latino del Campeador*, Madrid: Sociedad Estatal España Nuevo Milenio, 2001, pp.13—15.

的第一信史。但是，原著散佚，现存内容来自后世的三大《纪实》，它们分别改头换面，将桑皮罗的作品纳入其中：1120年创作于西罗斯（Silos）的《西罗斯纪实》（*Chronicon Silense*）、1130年的《佩拉约纪实》（*Chronicon de Pelayo*）和1160年创作于纳赫拉的《纳赫拉纪实》（*Chronicon Najerense*）。

《西罗斯纪实》是上述三者中最典雅，也可能最忠实于桑皮罗的一部。《佩拉约纪实》是佚名作者奉奥维耶多的佩拉约主教之命编纂的，故名。这部作品与桑皮罗的初衷及风格已大相径庭。有学者认为《西罗斯纪实》其所以忠实，是因为编纂者与桑皮罗持同样政治观点，而佩拉约却处处诟病韦尔穆多二世。但是，后者的一个重要贡献是他明确承认了桑皮罗这个源头，而且为后人提供了历史的另一种解读、另一张面孔。至于《纳赫拉纪实》则与桑皮罗相去更远，几可谓另起炉灶。此外，时隔短短40年，拉丁文的退化却显而易见，[①] 古罗马传统也渐行渐远：古罗马作家几乎已经完全淡出时人的视阈。

三、《加西亚记》（*Garcineida*）

《加西亚记》是一部讽刺性纪实作品。佚名作者在这部作品中批判了那些兴师动众、劳民伤财的圣徒遗骸挖掘和转移事例。因战乱之故，大批圣徒遗骨得不到体面安葬，这导致了教会和信众的不安。公元9世纪以降，以卡斯蒂利亚王国为首的基督教王国同阿拉伯人的力量对比开始发生变化，战争形势开始朝着有利于基督徒的方向逆转。到了公元10世纪，随着基督教王国领地的拓展，

《加西亚记》（克雷芒二世）

① Díaz y Díaz: *De Isidoro al siglo XI. Ocho estudios sobre la vida literaria peninsular*, Barcelona: El Albir,1976, p.186.

“光复战争”进入战略僵持阶段，基督徒在拉锯战中不断赢得胜利。教会和信众开始着手寻找、挖掘、清理和安葬圣徒遗骸和散佚圣器，可谓工程浩大，个中利益纠葛也随之显现。《加西亚记》清楚地发现了这一点，并一一历数，竭尽嬉笑怒骂之能事。其中一则关于克雷芒二世（Clement Ⅱ）[①]与乌尔班二世（Urban Ⅱ）[②]的一段对话道出了作者对教宗的不屑：

《加西亚记》（乌尔班二世）

乌尔班：克雷芒人如其名，
权力尽失无人敬。
克雷芒：乡巴佬称城里人，
改掉名字再回京。
乌尔班：无为教皇真没劲，
不如回家去种地。
克雷芒：贪心教皇不如民，
要来权力争名利……[③]

克雷芒在拉丁文有宽厚、仁慈之意，而克雷芒在任期内并无重要建树；而乌尔班（拉丁文有市民之意）却是第一次十字军东征的发动者。

类似著述在当时并非绝无仅有，尤其是针对劳民伤财的圣徒遗

① 克雷芒二世（1005—1047），德国籍，在位期间不足一年（1046年12月25日—1047年10月9日）。

② 乌尔班二世（1035—1099），法国籍，1088至1099年在位，中世纪四大拉丁神父之一，曾发起了第一次十字军东征，以重振罗马教廷和教皇的权威。其所推行的政教合一政策延续了教皇格列高利七世的教会改革，并取得重大进展，遏制了时由德国主导的神圣罗马帝国。

③ Sackur, E.(ed.): *Altercatio inter Urbanum et Clementem*, *MGH*, *Libelli de Lite Imperatorum et Pontificum Saeculis XI et XII Conscripti*, Ⅱ, Hannover, 1892, pp. 169—172.

骸发掘和安葬，如《关于圣徒的金银珍骸》(*Tractatus de Reliquiis Preciosorum Martirum Albini atque Rufini*)、《圣费利克斯遗骸从比利边塞古堡移至米利安修道院》(*Traslatio Corporis S. Felicis ex Castro Bilibiensi in Monasterium S. Aemiliani*)，以及《西班牙圣伊西多尔主教重殓仪式》(*Acta Translationis S. Isidori Episcopi Hispaniensis*)，等等。它们皆为公元11世纪著述。

学术界普遍认为《加西亚记》的作者是托莱多的高级僧侣。他熟谙天主教仪式和有关圣器，同时还十分了解梵蒂冈及教皇的饮食起居及各种穿戴、器具等。作品的批判精神，尤其是讽刺色彩不仅令时人震惊，而且时至今日仍使不少学者感到诧异。它在战事频仍、气氛沉闷的中世纪堪称“横空出世”，尽管并非绝无仅有。事实上，另有一位意大利僧侣——维罗纳主教拉蒂埃尔（Rathier）在其没有收件人的信札中或指名道姓，或指桑骂槐，对时弊竭尽针砭、挖苦。结果当然不妙，他被判终身监禁。《拉蒂埃尔信札》也罕有存世者现世。

《加西亚记》的作者不仅没有署名，而且从未指名道姓。但是，即使后世学者也能从中窥测到蛛丝马迹，并将有关人等对号入座。[①]

四、格里马尔多（Grimaldo）

1089年，格里马尔多在圣米利安修道院创作了《圣多明我生平》(*Vita Beati Dominici Confesoris Christi et Abbatis*)。作品明显受到了西哥特作家布劳利奥的影响。后者不仅写过一部叫作《圣米利安生平》(*Vita Sancti Aemiliani*）的作品，而且圣米利安修道院也是以其名字命名的。但两相比较，高下立见，盖因格里马尔多的拉丁文和学识已经退化得一塌糊涂，全然没了前辈的文采，更不必说博学。

此外，格里马尔多还留下了三首颂歌。他创作这些颂歌完全是勉为其难。适值圣费利克斯遗骸迁葬仪式隆重举行，格里马尔多许是心血来潮、率性为之。但正因为如此，他无意间传递了文质代变的道

① Lida, Rosa M.: “La Garcineida de García de Toledo” , *Estudios de Literatura Española y Comparada*, Buenos Aires: Losada, 1966, pp.1—13.

理或规律，显示了俗语化的通俗倾向。利达（Lida de Malkiel，Rosa）认为格里马尔多是贝尔塞奥（Berceo）等12和13世纪俗语诗人的先声。后者表明：

我要做罗曼司的卫士，
像邻居兄弟那样言说；
他们不那么博学多才，
却是另一类拉丁同胞。
美酒何须管瓶子好坏，
……①

五、奥斯马佚名诗人

1085年，托莱多光复。教皇格列高利三世（Gregory Ⅲ）向阿尔丰索六世（Alfonso Ⅵ）推荐了一名高级僧侣，他便是来自中世纪天主教重镇克吕尼的法国教士贝尔纳多（Bernardo）。后者的主要任务是辅佐阿尔丰索六世恢复天主教正统、执行教皇诏令，以肃清穆斯林影响。

斯人大刀阔斧，
砍伐荆棘蒺藜，
建立组织机构，
权力无所不及。②

这是11世纪奥斯马佚名诗人对贝尔纳多的记述。后者的一名弟子也有过类似描述，可见贝尔纳多的正本清源不仅力度非凡，而且效果显著。

与此同时，以奥斯马为中心，拉丁文学再度繁荣。此前的里波尔学派被认为没有引起卡斯蒂利亚的注意。这可能是因为战事之故，也

① Berceo: *Vida de Santo Domingo*, Madrid: Editorial Anaya, 1968, p.1.
② Bodelón, Serafín: *Literatura Latina de la Edad Media en España*, Madrid: Akal, 1989, p.82.

可能是后者有意对前者视而不见。除了贝尔纳多以及随之而来的一些法国僧侣，三大因素影响了卡斯蒂利亚的文化繁荣：一是圣地亚哥逐渐成为西欧基督徒的朝圣地，是谓圣地亚哥之路，朝圣者中有教士、乐手和行吟诗人；二是里波尔学派的影响；三是卡斯蒂利亚开始对阿拉伯人显示军事和政治优势，从而吸引了来自王国周边的大批志愿者，可谓众望所归。也正是在这一时期，指涉穆斯林的“摩尔人”这个称谓开始大量使用。

再说奥斯马的佚名诗人，归于他名下的三首颂歌分别为《天使的趾骨》（*Plaudat Phalanx Angelica*）、《来自万年历的信息》（*Nutis Iuge Excubias*）和《夜幕降临》（*Iam Noctis Umbra Tenuis*）。这些作品大抵写于1109年，时年奥斯马的彼得罗（Pedro de Osma）①主教谢世。而佚名诗人的作品都是献给这位高级僧侣的。在其中一首颂歌中，有这么几句：

幽暗的暮色开始消逝，
七彩的晨曦冉冉升起，
阳光紧接着普照大地，
同样的热忱照拂贫富。②

诗作被认为显示了某种均权思想。此外，佚名诗人还著有传记《奥斯马的圣彼得罗》（*Vita de S. Pedro de Osma*）。

六、《卢德辛迪生平》（*Vita Rudesindi*）

《卢德辛迪生平》于公元11世纪创作于加利西亚。关于作品的归属，学术界尚无定论。但一般认为它出自埃斯特万（Esteban）修士之手。作品继承了《圣米利安生平》和《圣多明我生平》等圣徒传。作品除了较为忠实地记叙了人物生平事迹，并无特殊文学贡献。倒是继

① 彼得的俗语化拼法。它与其他使徒一样，是中世纪西班牙最常见的名字。
② Díaz y Díaz: *Index Scriptorum Latinorum Hispanorum Medii Aevi*, Salamanca: Manuel C.Published, 1959, p.1108.

而出现的《卢德辛迪主教生平》(*Vita S. Rudesindi Episcopoi*)攫取了民间传说，从而一定程度上改变了前人的书写。该作被指为奥尔多尼奥（Ordoño）修士的手笔。

卢德辛迪是中世纪后期卡斯蒂利亚神职人员，其卡斯蒂利亚（西班牙）名应为罗森多（Rosendo），出身名门。乃父是塞拉诺瓦伯爵（El Conde de Celanova），母亲为卡斯蒂利亚王室成员。从小在卡维埃罗修道院接受教育，18岁出任主教，是中世纪伊比利亚半岛历史上最年轻的主教之一。公元10世纪末，被卡斯蒂利亚王室任命为加利西亚副王总督。在加利西亚任职期间，卢德辛迪向有关修道院捐赠了大量文献典籍，其中就有伊西多尔和格列高利一世的作品，有些还是他亲手抄写的。据此，他被认为是穆斯林西班牙时期最为重要的西哥特经典的传抄者和传播者。晚年效法阿斯托尔加主教海纳迪奥，隐退至塞拉诺瓦修道院。

七、其他卡斯蒂利亚作家作品

（一）圣地亚哥僧侣马丁（Martin de Santiago de Compostela）

1047年前后，圣地亚哥僧侣马丁创作了一部歌颂西班牙的散文诗。作品的绝大部分已经散佚，残存的片段中有这样一些语句：

荣光伴随着美德，
高贵似奇葩盛开，
英名正广播四方，
……
一手握剑，一手笔，
众星之星，耀天际。
……[①]

① Díaz y Díaz: *Index Scriptorum Latinorum Hispanorum Medii Aevi*, Salamanca: Manuel C. Published, p.866.

（二）《圣母马利亚之歌》（*Carmen in Laudem Mariae Uirginis*）

《圣母马利亚之歌》，佚名，问世于1071年前后。这是一部典型的颂歌，开篇写道：

哦，你光辉灿烂，
闪耀在王国之上，
圣母马利亚……[①]

（三）《哦，伊比利亚与日同晖》（*O Lux Iubear Iverie Sol*）

《哦，伊比利亚与日同晖》，佚名，创作时间为公元11世纪末。这也是一首颂歌，但已散佚。同样的情况还有很多，这中间就有《圣佩拉约之歌》（*Hymno a S. Pelayo*），其原作散佚，现存手抄本是两个世纪之后的产物。

（四）其他纪实

1.《桑皮罗纪实》（*Chronicon de Sampiro*）

前面说过，《桑皮罗纪实》创作于11世纪初，散佚；但受其影响，于11世纪先后产生了大量“小纪实”，被约之以“Chronicon”“Chrinica”“Memoria”“Notitia”等各种名目。它们较之于12世纪的《西罗斯纪实》、《佩拉约纪实》和《纳赫拉纪实》要短小得多，却是11世纪加利西亚崛起的重要见证。

2.《孔波斯特拉简明纪事》（*Chronicon Perbreve Compostellanum*）

现存于孔波斯特拉大学图书馆的第1055号手稿名曰《孔波斯特拉简明纪事》。该书应为某纪事片段，同时也是12世纪俗语版《孔波斯特拉史》（*Historia Compostelana*）的重要源泉。后者是一部署名史书，作者为海尔米雷斯（Gelmirez）。据迪亚斯·伊·迪亚斯考证，早

① Díaz y Díaz: *Index Scriptorum Latinorum Hispanorum Medii Aevi*, Salamanca: Manuel C. Published, p.806.

在公元10世纪，加利西亚就出现过类似纪事，[①]而《孔波斯特拉简明纪事》可以追溯到1055年。

3.《科尼布里加杂记》(*Chronicon Conimbriga Mixtum*)

《科尼布里加杂记》是另一部简史，它产生于1069年。它与同时期产生的《科尼布里加纪事》(*Notitia de Conimbria*)、《卢济塔尼亚纪事》(*Chronicon Lusitano*) 和《葡萄牙年鉴》(*Anales Portugalenses*) 形成互证，成为11世纪伊比利亚西北部地区历史文化发展的见证。科尼布里加距今科英布拉十余公里，曾经是中世纪葡萄牙的文化中心之一。但是，西班牙文史学家自然偏爱加利西亚纪事，认为后者更富有文学价值，[②]尽管《科尼布里加纪事》详细记述了阿尔丰索三世进攻科尼布里加和科英布拉等地的事迹。

4.《卡斯蒂利亚早期年鉴》(*Anales Castellanos Primeros*)

11世纪，《卡斯蒂利亚早期年鉴》问世。该年鉴现为法国国家图书馆藏品，编号6113。年鉴原稿散佚，现存于巴黎的6113号文献是13世纪的一个手抄本。作者痛感历史的断裂，并厚古薄今地认为，无论如何努力，都无法回到伊西多尔时代，而拉丁文的退化更是不可逆转。[③]

5.《潘普罗纳纪事》(*Chronicon Pampilonense*)

1086年前后出现的《潘普罗纳纪事》是纳瓦拉地区最早，也最为重要的历史文献之一。某些渊源可以追溯到公元8世纪，而有关桑乔三世（Sancho Ⅲ）的描述是其最为精彩的笔墨。这个史称桑乔大帝或伟大桑乔的国王曾致力于统一天主教西班牙。1000年，桑乔的母亲希梅娜（Jimena）联合莱昂的阿尔丰索五世（Alfonso Ⅴ）和卡斯蒂利亚的加西亚二世（Garci Ⅱ）结盟，对穆斯林发动进攻。1002年，穆斯林哈里发曼苏尔（Manzur）去世，穆斯林陷入分裂和混乱，无暇北顾。桑乔从母亲手中接过拳棒，开始着手统一西班牙

① Díaz y Díaz: *De Isidoro al siglo XI. Ocho estudios sobre la vida literaria peninsular*, Barcelona: El Albir,1976, p.213.

② Bodelón, Serafín: *Literatura Latina de la Edad Media en España*, Madrid: Akal, 1989, p.87.

③ Menéndez Pidal, Ramón: *Cuadernos de Historia de España, Boletín de la Real Academia de Historia*, 21—22, Madrid, 1954, pp.5—15.

各王国。1027年，加西亚二世在莱昂遇刺身亡，桑乔乘机接管卡斯蒂利亚，同时出兵讨伐莱昂王国，并于1034年将其纳入囊中。莱昂王国灭。这时，桑乔王国达到鼎盛，其领土西自加利西亚东抵巴塞罗那，整个伊比利亚北部完成统一，桑乔加冕“西班牙之王”。然而，翌年大帝驾崩，刚刚统一的王国又被分封给了桑乔的四个王子：拉米罗一世（Ramiro Ⅰ）得阿拉贡，费尔南多（Fernando）[①]领卡斯蒂利亚和莱昂，加西亚三世（Garci Ⅲ）获潘普罗纳（纳瓦罗），其余归贡萨罗（Gonzalo）。

（五）托莱多翻译中心

公元12世纪，以托莱多为中心，开始了被后人称之为“新百年翻译运动”的文化交流。所谓“新”是针对穆斯林安达卢斯于公元8世纪在伊比利亚半岛开启的“百年翻译运动”。鉴于本著将在第二章中对后者进行评述，在此恕不赘述。

复原后的13世纪托莱多古城墙

托莱多的三教合一

且说卡斯蒂利亚新翻译运动最早可以追溯到1085年。是年，阿尔丰索六世从穆斯林手中夺回西哥特首都托莱多。不久托莱多大主教雷蒙多利用卡斯蒂利亚宫廷对犹太人和留在当地的穆斯林所采取的宽容政策，着手兴建翻译学院、从事古典文献的移译工程。这一工程不仅得到了卡斯蒂利亚宫廷的认可，而且迅速在周边地区引发了类似的文化交流。其中比较重要的分别是创建于1208年

① 史称“斐迪南二世”。

阿尔丰索十世（托莱多翻译学校）

和1218年的帕伦西亚和萨拉曼卡的文化研究中心。到了13世纪中叶，史称“智者”的阿尔丰索十世（Alfonso X）全力支持翻译学院。这些学院或中心于中世纪末逐渐演变为大学。与此同时，大量古希腊罗马经典开始从阿拉伯语、希伯来语和拉丁语移译至卡斯蒂利亚语等拉丁俗语。

1. 贡迪萨尔沃（Gundisalvo）

鉴于雷蒙多（Raimundo）等先驱的译作不幸散佚，贡迪萨尔沃就成了托莱多翻译中心（又称翻译学校）的第一人。他的最大成就是将亚里士多德（Aristotle）的《物理学》（*Physica*）从阿拉伯语翻译成了拉丁文。此外，他还在犹太人的帮助下翻译了阿维森纳（Avicenna）[①]的《物理学》（*Sufficientia*），在胡安·伊斯帕伦塞（Juan Hispalense）的帮助下翻译了犹太哲学家阿维塞布朗（Avicebron）[②]的《生命之源》（*Fons*

---

① 阿维森纳（980—1037），原名阿布·阿里·侯赛因·本·阿卜杜拉·本·哈桑·本·阿里·本·西那，简称为伊本·西那，欧洲人尊其为阿维森纳，塔吉克人，生于布哈拉附近。中世纪波斯哲学家、医学家、自然科学家、文学家。青年时曾任宫廷御医，弱冠之年因王朝覆灭而迁居花剌子模，十一年后因政治原因逃至伊朗。其主要哲学著作深受亚里士多德的影响，有些甚至是从亚里士多德直接移译的。

② 阿维塞布朗（1021—1058），或阿维塞布洛，原名所罗门·本·盖比鲁勒，西班牙犹太人。生于马拉加，卒于瓦伦西亚。作为中世纪西方新柏拉图主义和犹太教的重要传人，阿维塞布朗又被尊称为犹太教的柏拉图。他拥护恩柏多克利（Empedocles）的哲学体系。早在千年之前，希腊派犹太哲学家菲洛（Philo）便对柏拉图哲学进行了东方化改良，并为其基督教化和伊斯兰教化奠定了基础，而阿维塞布朗又将这一哲学体系还给了西方。他的作品对中世纪的经院哲学产生了作用，对方济各派影响尤甚。

Vitae），以及与赫拉尔多（Gerardo）合作翻译了阿维森纳的《形而上学》（*Metaphysical*）。同时，他还翻译了阿尔法拉比（Alfarabi）[①]的《论理智》（*De Intellectu*）、阿维森纳的《灵魂自由》（*Liber de Anima*），创作了《作为科学源泉的理性之书》（*Liber Assignanda Ratione unde Ortae Sunt Scientiae*）。后者曾作为重要教材流转于13世纪卡斯蒂利亚和莱昂联合王国的有关教育机构。在迪亚斯·伊·迪亚斯的《中世纪西班牙拉丁作品名录》（*Index Scriptorum Latinorum Hispanorum Medii Aevi*）中，贡迪萨尔沃名下约有二十种译著，[②]其中包括阿维森纳的《论灵魂自由与第六感》（*Liber de anima seu sextus naturalium*）和《论宇宙和世界》（*Liber de Caelo et Mundo*），阿尔法拉比的《论东方科学》（*Liber de Ortu Scientiarum*）、《问题之源》（*Fontes Quaestionum*）和《通往幸福的实践》（*Liber Exercitationis ad Uiam Felicitatis*），安萨里（Algacel）[③]的《逻辑学》（*Logica*）和《哲学之书》（*Liber Phylosophiae*），以及波爱修斯（Boethius）[④]的《哲学的慰藉》（*De Divisione Phylosophiae*），等等。

2. 其他翻译家

胡安·伊斯帕伦塞、赫拉尔多、马科斯（Marcos）、米格尔（Miguel）、萨利奥（Salio）、埃尔曼（Hemann）等都是12至13世纪托莱多声名卓著的翻译家。胡安·伊斯帕伦塞，又称约翰·伊斯帕伦

---

① 法拉比（870—950），本名阿布·纳斯尔·穆罕默德·法拉比，西方称为阿尔法拉比或阿尔法拉比乌斯，是喀喇汗王朝初期著名医学家、哲学家、心理学家和音乐家。出生于中亚突厥斯坦附近的讹答剌城，讹答剌被阿拉伯人称为法拉布，阿布·纳斯尔·阿乐·法拉比也即来自法拉比的阿布纳斯尔。

② Díaz y Díaz: *Index Scriptorum Latinorum Hispanorum Medii Aevi*, Salamanca: Manuel C. Published,1959, pp.1013—1034.

③ 安萨里（1058—1111），全名穆罕默德·安萨里，波斯思想家、著名伊斯兰神学家、法理学家、哲学家、宇宙学家、心理学家和神秘主义者，是逊尼派伊斯兰思想史上的重要人物。他被认为是怀疑论的先驱，在他的主要著作《哲学家的矛盾》中，他改变了早期伊斯兰哲学，将它由伊斯兰玄学带入因果论时代。

④ 波爱修斯（480—524），又作波伊提乌，欧洲中世纪早期百科全书式思想家，在逻辑学、哲学、神学、数学、文学和音乐等方面均卓有建树，素有“罗马的最后一位哲学家”和“第一位经院哲学家”之称。波爱修斯的父亲是显赫的罗马首席执行官。童年时期失去双亲，由元老院抚养成人，受到良好的古典教育，对古希腊哲学和基督教神学造诣颇深。其出众的才华曾受到东哥特国王的赏识，但好景不长，于523年因被控阴谋叛国身陷囹圄，并于公元524年被秘密处死。《哲学的慰藉》是在狱中完成的。

塞或西班牙的约翰，约于1136年生于塞维利亚，1155年卒于托莱多。胡安除与贡迪萨尔沃合作翻译《生命之源》外，还独立完成了阿维森纳的《药典》(*Canon Medicinae*)，以及阿尔法拉比、安萨里、阿维塞布朗、阿尔卡比（Al-Qabīī）等人的作品。

赫拉尔多约于1114年生于克雷莫纳，1187年卒于托莱多，毕生致力于翻译事业，从阿拉伯文“译回”了大量古希腊经典，同时移译了阿拉伯《天文历》(*Kitab al-Medjisti*）和阿维森纳的《医学百科》(*Kitab al-tibb al Mansuri*）等。

米格尔约于1175年生于苏格兰，1232年卒于托莱多，本身在哲学、医学、天文学和几何学等方面造诣颇深。在托莱多完成的主要译作有亚里士多德的《动物志》(*Historia Animalium*)、《动物构造》(*De Partibus Animalium*)、《动物繁殖》(*De Generatione Animalium*）等。

前面说过，托莱多翻译学院延续了阿拉伯人在伊比利亚半岛的“百年翻译运动”，也是西方科学和理性精神复苏的表征，是亚里士多德主义取代柏拉图主义、世俗文化慢慢浸染宗教神学的过程。这无疑是文艺复兴运动的前奏之一。但所有这些在本著后述的穆斯林安达卢斯文学及文化中一直存在，而西班牙人可谓近水楼台先得月，几乎是踩在西班牙穆斯林和犹太人的肩膀上“回到”古希腊和科学理性的。

（六）《圣雅各之书》(*Liber Sancti Jacobi*)

《圣雅各之书》发源于中世纪后期西班牙另一个文化中心圣地亚哥·德·孔波斯特拉。但那是宗教圣地，与卡斯蒂利亚首都托莱多显示出完全不同的氛围。那里聚集了大批高级僧侣，还有络绎不绝的朝圣者从四面八方赶来。《圣雅各之书》正是在这样的氛围中产生的，它原是一部史诗般的宗教赞美诗，但原著散失，仅存于世的是1173年由阿尔纳多（Arnaldo）修士摘录的一些片段。第一部分是歌颂圣雅各的赞美诗，第二部分记述圣徒的种种奇迹，第三部分是圣徒遗骸的迁移过程，第四部分虚构了格列高利一世从罗马到圣地亚哥的朝圣之旅，第五部分是圣地亚哥之路（即朝觐之路）的详尽描述。有学者认为这部作品的原作者应是前来圣地亚哥朝觐的法国僧侣。[①]

它开篇模仿古希腊罗马史诗，请出缪斯助阵：

卡利俄普钟爱宏大主题，
请勿停息你的连珠妙语，
好好讴歌圣地亚哥使徒。

当然，这并非出于对古典传统的尊重，而是姑且为之。作者的宗教目的显而易见。果然，他虚构了雅各在西班牙的种种神迹：

且用欢乐乐章慢慢道来，
种种奇迹令人不胜感慨。
他是圣徒之王圣地亚哥，
是胜利之神，无与伦比。
他光荣了伊比利亚半岛，
是神圣西班牙的保护神。
他使野蛮人变成高尚者，
使异教徒成为了基督徒。
他牺牲自己成全了信仰，
从遥远的时代跟随吾主。
……[②]

这种明显具有安布罗西乌斯（Ambrosius）风格的赞美诗曾经出现在基督徒战将摩尔屠夫圣地亚哥的颂歌中，譬如：

你从天上来，脚踩祥云，

① Díaz y Díaz: *Index Scriptorum Latinorum Hispanorum Medii Aevi*, Salamanca: Manuel C. Published, 1959, pp.1044,1106.

② Rico, Francisco: *Las letras latinas del siglo Ⅻ en Galicia, León y Castilla*, Valencia: ABACO, 1969, p.24.

率领天兵天将手执金枪。
白马嘶鸣哦，斗篷飘逸，
信仰旗帜下的神圣骑兵。
……
圣地亚哥是他们的领袖。[①]

此外，关于圣徒遗骸的迁移，《圣雅各之书》收录了两首，其中一首为托列奥一世（Leo Ⅰ）书信所夹：

巨轮浩荡，从远方驶来，
在上帝庇护下踏浪而至。
它穿越茫茫无际的海面，
带来了圣地亚哥的遗骸。
巴勒斯坦到依里雅牧地[②]，
七天七夜，已成过去时。
终于抵达了神谕的福地，
普天同庆，迎接你莅临。[③]

另一首如下：

西班牙哦，你尽情欢乐，
让欢愉的灵魂尽情歌唱，
歌唱崇高，崇高地歌唱，
你的保护神他已经来到。
他化身战无不胜的英雄，
……[④]

① Bodelón, Serafín: *Literatura Latina de la Edad Media en España*, Madrid:Akal, 1989, p.95.
② 传说中的福地。
③ Bodelón, Serafín: *Literatura Latina de la Edad Media en España*, Madrid:Akal, 1989, p.95.
④ Op. cit. p. 96.

（七）《孔波斯特拉传略》（*Hystoria Compostela*）

《孔波斯特拉传略》又名《记述》（*Registrum*），据传出自加利西亚王迭戈（Diego）手笔，用加利西亚语（严格意义上说是夹杂着加利西亚方言和法国方言的拉丁语）写成。1100至1140年，迭戈以孔波斯特拉为首府，建立加利西亚王国，期间大力兴建基础设施，完善城市环境，并使之成为红衣大主教所在地，从而与卡斯蒂利亚首都托莱多分庭抗礼。他为了将孔波斯特拉打造成第二个罗马，不惜斥巨资派遣年轻僧侣赴罗马和法国克吕尼深造。《孔波斯特拉传略》可能是他在位期间创作的，但也有学者认为作者另有其人。后者极有可能是时任孔波斯特拉红衣大主教的乌戈（Hugo）麾下的写作班子集体创作的。它被认为是12世纪西班牙境内最富有文学色彩的历史著作，其地位仅次于俗语史诗《熙德之歌》。[①] 作品放弃了以伊西多尔为代表的西哥特拉丁文人的简约风格，取而代之以一种较为华丽、优美的文字。在一段描写圣地亚哥骚乱的文字中，作者这样写道：

> 骚乱人群开始进攻城堡，他们手持斧头、镰刀、利剑和一切可用作武器的玩意儿，拼命撞击城门，其猛烈程度令人恐惧。他们挥汗如雨，但终究未能攻克城堡。他们怒吼着，向着我们可敬的主教咬牙切齿，酷似一群被关入笼子、戴上锁链的狮子饥肠辘辘，却眼睁睁地看着其他动物在大快朵颐……[②]

（八）佩德罗·阿尔丰索（Pedro Alfonso）

佩德罗·阿尔丰索［拉丁文为Petrus Alfonsi，分别取自基督大师徒和阿拉贡君主；原名摩西·西法底（Mosé Sefardí）］，是位犹太改宗

---

① Moralejo, Luis: "Literatura Hispano-Latina Medieval", en Díez Borque (ed.) *Historia de las literaturas hispánicas no castellanas*, Madrid: Editorial Taurus, 1980, pp.13—137.

② Rico, Francisco: *Las letras latinas del siglo XII en Galicia, León y Castilla*, Valencia: ABACO, 1969, p.57.

者。由于他的加入，西班牙的拉丁文学才真正有了起色。

他生于1060年，弱冠之年即被选为阿拉贡国王阿尔丰索一世（Alfonso I）的御用医生，故改信了天主教。公元1111年，佩德罗奉命前往英国，出任英王亨利一世的御用医生。1115年创作《天文学》（*Astronomia*），此书在英国引起极大反响。两份手稿分别藏于牛津大学图书馆和大英博物馆。作品吸收了西班牙穆斯林的最新研究成果，并努力将天文学与哲学联系起来。他的另一部重要著作是《反犹对话录》（*Dialogus cum Judaeis*）。此书客观地梳理了西方反犹、排犹史，一方面显示了他改宗的决心，另一方面又多少蕴藏着一丝酸楚。随着"光复战争"的节节胜利，西班牙境内的排犹、反犹倾向日渐明显。在基督徒眼里，作为异教徒的犹太人和穆斯林属于"次等公民"，本质上没啥差别。

对于天主教西班牙而言，佩德罗的另一部作品无疑格外重要，它便是《教规》（*Disciplina Clericalis*）[①]，或谓关于教规的《教士故事》。其所以重要是因为它用寓言体写就，可以作为寓言故事或小说来阅读。佩德罗童年和少年时期在科尔多瓦度过，耳濡目染，受到了阿拉伯文学的影响。其作品故而不乏《卡里来和笛木乃》（*Livre de Calina et Dimna*）、《辛德巴》（*Sendebar*）和玛卡梅体小说的影子，因此有西方学者认为它是对阿拉伯故事框架叙事结构的集中展示[②]。但他同时又对苏格拉底（Socrates）、柏拉图、亚里士多德、索福克勒斯（Sophocles）、第欧根尼（Diogenes）、泰伦提乌斯（Terentius）、伊索（Aesopus）、西塞罗（Cicero）等古典作家有所借鉴。作品当时即被译成了英语和多种拉丁俗语（如法语、卡斯蒂利亚语和加泰罗尼亚语等），并可能对胡安·鲁伊斯（Juan Ruiz）、胡安·马努埃尔（Juan Manuel）、薄伽丘（Boccaccio）、乔叟（Chaucer）、塞万提

① 乔纳森·莱昂斯（Lyons，Jonathan）在《智慧宫——阿拉伯人如何改变了西方文明》（*The House of Wisdom: How the Arabs Transformed Western Civilization*）中多次提到这部作品，刘榜离等译作《教士的故事》。莱昂斯，乔纳森：《智慧宫——阿拉伯人如何改变了西方文明》，刘榜离等译，北京：新星出版社，2013年，第192—193页。

② 同上，第192页。

斯（Cervantes，Miguel de）、克维多（Quevedo，Francisco de）、拉封丹（La Fontaine）等欧洲作家产生了直接或间接影响。《教规》采用对话体，由三十四个寓言故事引出宗教和哲学话题，故而几乎是一部小说集；其作为立篇方式的范例（exemplum），稍后被一些西班牙作家如胡安·马努埃尔、塞万提斯等直接借用。

作者用一个简短的“序言”表达了创作目的，认为凡事需要思考，而哲学让人变得智慧。之后，在“关于虚伪”一节中，作者援引苏格拉底对其弟子的话说，不可以同时既信上帝又怀疑他，因为那是一种虚伪；另一种虚伪是沽名钓誉，即人前人后判若两人。随即便是一个个范例。这些范例是一位阿拉伯老人对儿子的临终教诲。他首先要求儿子不要比蚂蚁愚蠢，因为蚂蚁为了安全过冬，还知道整日里忙于搜罗和储藏食物；也不要比公鸡懒惰，因为后者每天早早起床，而且要照拂一群母鸡。这是一种类似于我国古训“闻鸡即起”“未雨绸缪”的思想。在“关于友谊”的范例中，老人表达了类似于我国由来已久的“高山流水，知音难觅”的思想。他问儿子有几个朋友，儿子想了想说，约有百余。老人教导儿子说，朋友一个足矣；交朋友不可只信其言，还要多观其行。老人又说，真正的朋友不易结交；儿子对此不置可否。于是，老人教儿子杀一只羊装入麻袋，假托不慎杀人害命，并驮至朋友面前，逐一请求帮助。结果倒好，竟没有一人出手相助。于是，老人说，他有半个朋友，让儿子不妨前去一试。儿子依法请求帮助，老人的朋友果真将麻袋收下，并在家中挖洞将它埋藏起来。

“关于智慧”，老人援引哲学家的话说，沉默是金，知而不言最是可贵。这让人想起老子的“大音希声”“大象无形”。老人还说最要不得的是言行不一和工于心计、猥琐小器。他以一个斤斤计较、满腹牢骚的潦倒诗人为例，表达了一种类似于“君子坦荡荡，小人长戚戚”的思想。

“关于诗人”，作者进行了分门别类，但核心思想是真正的诗人不仅宅心仁厚、诚实可靠，而且虚怀若谷、善于藏拙。“关于狐狸和骡子”，老人的故事是，狐狸固然狡猾，却栽在了骡子手中。后者因为三不像，也就引人注目，并颇令狐狸纳闷，而骡子则轻描淡写地为其“释疑解惑”:“你只要知道我有个高贵的马叔叔就可以了。”在老人看来，人不能混同于狐狸和骡子，盖因高贵不在于出身，而要看是他（她）诚实守信与否。这在片面讲究血统的中世纪何啻是发聋振聩！而佩德罗之所以否定出身、强调德行，显然与他的犹太改宗身份有关。由是，老人援引某智慧国王的话说，诚实比聪敏更重要。后者的故事说，当一位诗人在众人面前坦然照拂自己卑微的父亲时，他就是高贵的，否则便是自私和虚荣的；而自私自利是最可鄙的。对人对事，莫非如此。这些观念无不使人联想到中华传统美德，斯谓“儿不嫌母丑，狗不嫌家贫”；以及“君子成人之美，小人乘人之恶”，等等。

“关于人与蛇”，作者讲述了西班牙版《农夫与蛇》的故事。话说一个阿拉伯人救了一条受困的蛇，结果蛇恩将仇报，把阿拉伯人给缠住了。阿拉伯人问蛇何故恩将仇报，蛇说:“此乃本性也。”阿拉伯人情急之下向狐狸求救，狐狸说:“耳听为虚，眼见为实，我得从头看到你们的纠葛过程方能裁判。”于是，在狐狸的帮助下，阿拉伯人重新使蛇回到了受困状态。这时，狐狸对阿拉伯人说:“你要做的就是对它视而不见：走人。”这个故事最早可以追溯到伊索时代，我国流传的《农夫与蛇》和这个“关于人与蛇”的故事当是受了伊索的影响。然而，正所谓“人同此心，心同此理”，我国的《东郭先生和狼》与它有异曲同工之妙。

诸如此类，不一而足。因此，《教规》与其说是神学著作，毋宁说是寓言小说。作品囿于时代局限和个人偏见，明显具有厌女，甚至厌世倾向。他说到一个年轻人翻阅了所有关于女性的著作，最后决定选娶一房妻室。为保险起见，他去咨询远近闻名的一位智者，智者给他的“忠告”是给新娘建一座监狱似的、牢不可破的房子，让她与世隔绝。年轻人果真这么做了，而且每日锁门关窗。但妻子穷极无聊，终究还是红杏出墙了。这个故事被塞万提斯改头换面，写进了《堂吉诃德》。当然，《教规》的作者并未一竿子打翻一船人，他并写两面，说到所罗门对好女人的赞赏。但在举凡好女人的范例方面，作者却又只看到了女人的本能，譬如几近狡黠的所谓“精明”。至于一般生命的无谓、无聊，他多少接受了柏拉图思想。

他同样置哲学家于最高范畴，尽管有时他们给出的也不尽是好主意，譬如那个教新郎用城堡“保护”新娘的哲学家，给出的便是一个馊主意。他还说到一个国王，他饱食终日、无所事事，到了晚上又辗转反侧、难以入眠。为了催眠，他召来小说家给他讲故事，小说家讲了三个故事，而国王依然毫无睡意。于是小说家说，从前有个农夫得了一千枚钱，买了整整一个羊群，不料半路上遭遇大雨，桥被冲垮了。为了把羊群赶回家去，农夫租了一条小船，每次两只，将羊送过江去。这时，小说家睡着了，国王依然意兴盎然。他叫醒小说家，命他继续讲故事，小说家说，“农夫正在把他的羊一只只运过江去，这需要很长时间，等羊群全部过江之后，我再继续给陛下讲后面的故事吧”。[①]这或可令我国读者迁思那个著名的“从前有座庙，庙里有个老和尚，老和尚给小和尚讲故事，老和尚说从前有座庙……”没完没了。

总的说来，较之此前的神学著述，《教规》已然世俗到了几近“异端邪说”的地步。好在世俗化倾向已不仅是安达卢斯阿拉伯文学的一个重要侧面，说甚嚣尘上固可，谓其渐成主流亦不为过。盖因世俗化倾向符合西欧文化的发展方向：人文主义的发酵和萌生。受其影响，并遘于阿拉伯安达卢斯文化，世俗文学正在基督教西班牙悄悄滋长、蔓延，文艺复兴运动曙光曦微、端倪初露。

然而，佩德罗的作品已散佚殆尽，失传的作品虽然没有达到《教规》这么高的文学价值，却同样广受时人欢迎。其中，《论龙》（*De Dragone*）是一部天文学著作，具体内容是通过观察太阳和月亮以预测日全食和月全食。《论异同》（*De Eodem et Diuerso*）是关于美德与人欲的。在作者看来，人类最大的敌人始终是自己，而造成自我丧失，甚至堕落的原因归结起来无非是“财”、“色”和“权”，或谓“权欲”、“物欲”和“肉欲”。这与但丁《神曲》中的三兽（狮、狼、豹）说不谋而合。或者，后者受到前者的影响亦未可知。《自然问题》（*Quaestiones Naturales*）以探究自然规律为掩护，历数古典学术

① Alfonso, Pedro: *Disciplina Clericalis*, Madrid: Consejo Superior de Investigación Científica, 1948, pp.39—167.

之真谛。此外，他还从阿拉伯文翻译了欧几里得（Euclides）的《几何原本》（*Elementa*）。

（九）莱昂的圣马丁（Sancti Martin de León）

12世纪末，在阿尔丰索七世（Alfonso Ⅶ）的亲自主持下，伊西多尔的遗骸被迁移至莱昂。这激发了该地区研究和传承西哥特学术的热潮，而圣马丁是其中具影响力的人物之一。他是12世纪末活跃在莱昂地区的高级僧侣，曾长年生活和效力于莱昂的圣伊西多尔修道院。13世纪初，一位叫卢卡斯（Lucas）的修士记录下了马丁的生活和著述。据他在《西班牙圣伊西多尔奇迹之书》（*Liber Miraculorum Sancti Isidori Hispalensis*）中的描述，马丁是莱昂地区土生土长的神职人员，青年时代曾游历罗马、孔波斯特拉和耶路撒冷等地，回到莱昂后潜心著述。主要作品曾以手抄形式流传，两个世纪后由罗伦萨纳（Lorenzana）结集出版，冠之以《颂祷词》（*Sermones*），凡四卷，其中包含了不少反犹文章。这些文章如今读来颇显隐晦，但时人当心知肚明。譬如他在佩德罗改宗后仍指桑骂槐，对其动机颇为怀疑。有关学者大多认为这大抵是由于马丁的排犹反犹偏见，但在笔者看来却极有可能是因为佩德罗的著述具有鲜明的世俗色彩。早在罗马帝国消亡之前，由于基督教逐渐占领了文化制高点，世俗文学开始急剧衰微。王焕生先生在《古罗马文学史》中也曾有过明确的界说，谓“随着基督教的发展，基督教文学也逐渐兴起，并对世俗文学进行排挤。早期基督教文学的艺术审美价值不高，它主要偏重于圣书疏释和神学阐述、异教批判、教理宣讲等，即使文学性较强的赞美诗、颂祷词等也由于其宗教内容的局限性而影响了审美艺术的发展。这一时期的主要基督教作家有安布罗西乌斯、特尔图利安（Tertulianus）、拉克坦提乌斯（Lactantius）、奥古斯丁、哲罗姆和诗人康莫狄安（Commodianus）、普罗顿提乌斯等。基督教文学在许多方面继承了古典文学的因素，不过它对那些因素进行了重新审视，使其适应于教会观念。在这一过程中，世俗文学凭借自己悠久的传统和固有的成就，仍然顽强地坚持和维护着自己的生存，在公元476年西罗马帝国灭亡之后，它仍然存在了一段时间，最后匿迹于中世纪文学之中”。[1]

如前所述，西哥特文学几乎可以等同于基督教神学。如果没有穆斯林安达卢斯的存在，佩德罗的出现是难以想象的。当然，“光复战争”也不尽是宗教战争，其中世俗层面上的纠葛，如种族矛盾、民族纷争，也是不言而喻的。所有这些加之犹太身份和希伯来文化传统共同化合成了佩德罗的作品。他的作品显然不符合天主教正统的苛求。作为西哥特和古罗马基督教文化的继承者，马丁自然不会赞同佩德罗的价值倾向和表现方式。他的创作取向和文学价值自然也就乏善可陈了。

（十）《阿尔丰索大帝纪事》（*Chronicon de Imperador Alfonso*）与《阿尔梅里亚之歌》（*Poema de Almería*）

公元1147年，阿尔丰索七世发动旨在夺取阿尔梅里亚的远征。《阿尔丰索大帝纪事》在记述其丰功伟绩的同时，插入了《阿尔梅里亚之歌》。后者被认为是全书最精彩的一部分，素有西班牙第二史诗之称。作品已然残缺不全，作者也难以确认。好在《阿尔梅里亚之歌》相当完整，是少数没有失传的西班牙中世纪史诗之一。

《阿尔梅里亚之歌》唱道：

> 仁慈的国王哦，是强大的国王，
> 即使呜呼仙逝，好运眷顾依然；
> 赐予我们和平，赐予我们语言，
> 我们纵情歌唱，歌唱你的辉煌；
> 战争烟云已消，你的英名长存。
> ……

作品并未攫取古典史诗的风格，而是撇开缪斯、直奔主题。在歌

① 王焕生：《古罗马文学史》，北京：中央编译出版社，2008年，第471页。

颂阿尔丰索七世的同时，作品表达了战争的残酷：

为了几枚金币，我们血刃相向；
……
末了遗尸疆场，成为秃鹫美食。①

（十一）《罗德里戈传》（*Gesta Roderici*）

《罗德里戈传》是有关熙德的最早传奇作品，作于1099至1110年间，较谣曲体史诗《熙德之歌》早半个世纪左右，但稍晚于《武士诗》。和《武士诗》一脉相承，《罗德里戈传》以骑士而非国王或僧侣为传主，这在西班牙文学是破天荒的。两部作品在细节上差别较大，因而彼此当无关系。

作者首先阐明了立传目的，谓倘非如此，后人便会将这位出身名门、战无不胜的人丢入忘川。他继而讲述了熙德如何出生，如何在卡斯蒂利亚宫中长大，如何得到两代明君的信任，如何成为骑士，等等。作品凡七十七节，第七十五节写到熙德之死：1099年7月，熙德去世。熙德遗孀以非凡的气概召集丈夫留下的军队，指挥了瓦伦西亚战役。瓦伦西亚易守难攻，西班牙军队围城达七个月之久，终于攻克了这个堡垒。最后，卡斯蒂利亚国王赐予哀荣，熙德遗体被迁移至卡尔德尼亚圣彼得修道院安葬。

从风格上看，《罗德里戈传》对熙德的描写可谓相当逼真，不仅少有比喻和夸张出现，就连形容词也被尽量避免了。类似的“就事论事”体现了作者的客观姿态。作品由三部分组成，它们分别是时间分割：萨拉戈萨（1082至1084年）、萨拉戈萨（1089至1092年）和瓦伦西亚（1097至1098年）。通过这三个时间节点，作者将熙德生平的关键时刻和重要内容巧妙地串联起来，为后来的《熙德之歌》奠定了基础。

① Bodelón, Serafín: *Literatura Latina de la Edad Media en España*, Madrid: Akal, 1989, pp.106—107.

（十二）《佩拉约文集》（*Corpus Pelagianum*）

《佩拉约文集》，又称《佩拉约纪实》，是奥维埃多僧侣佩拉约于公元12世纪30年代前后编纂的一部纪事集，曾受到阿尔丰索三世的支持。出于个人原因和些许本位主义（僧侣所在圣萨尔瓦多教堂的需要），佩拉约夹杂了不少私货，譬如一些圣徒传或奇迹。故此，后人称他为“故事大王”（El fabulador）。第一集明显夹杂了虚构和伪作，但同时传承了西哥特时期宗教文献，如教皇约翰和乌尔班二世的信笺，以及有关诺亚方舟的传说，等等。第二部辑录了《塞巴斯蒂安纪事》（*Chronicon Sebastianis*），它极有可能是张冠李戴的结果。第三部便是前面提到的《桑皮罗纪实》，却对它进行了篡改。显而易见，佩拉约并不博学，对历史真实也毫无兴趣。本著之所以要提及一二，无非是为了说明某些僧侣是如何出于一己之私，任意篡改历史，将其演绎为“当代史”的。

（十三）《纳赫拉纪实》（*Chronicon Najerense*）与《桑乔二世之歌》（*Poema de Sancho Ⅱ*）

《纳赫拉纪实》问世于1160年，堪称卡斯蒂利亚的第一部世界“编年史”。这部作品以创世纪为开端，一直叙述至阿尔丰索六世。然而，所谓世界“编年史”，仅指其古代部分，甚至连古代部分也仅限于西方。随着罗马帝国的坍塌，纪事的范围缩小至西哥特王国；阿拉伯人入侵后，它也便成了卡斯蒂利亚王国史。虽然作者用拉丁文写作，却处处显示出他对卡斯蒂利亚王国的认同。值得一提的是，这种身份认同并未使其像佩拉约那样任意篡改前人的著述。作者写到了卡斯蒂利亚与莱昂的分分合合，以及熙德的光辉事迹。不同于前述作品的是，在《纳赫拉纪实》中，熙德的显赫家世不见了，他变得谦恭卑微，尽管战功卓著。关于桑乔二世，作者攫取了不少谣曲。其中，作者是这样渲染桑乔二世的：

帕里斯的英俊，

赫克托[1] 的骁勇，
如今斯人逝已，
长眠在奥尼亚，
死于胞妹之手[2]，
残忍无法无天。

同样，在熙德救主一节中，作者不吝笔墨，写到了武士的气概：

“凭你单人匹马
就能战胜我们？”
“你们若敢赐枪，”
罗德里戈说道，
“上帝必然佑我，
尔等看我厉害！”
勇士气贯长虹，
敌人闻之丧胆，
瞬间溃不成军，
熙德策马扬鞭，
径直杀入敌营，
救出国王桑乔。
桑乔翻身上马，
君臣合力杀敌。[3]

这些纪事固然仍用拉丁文敷衍而成，其本事却愈来愈多地被糅

① 古希腊神话中的赫拉克勒斯。
② 桑乔二世（1039？—1072），是费尔南多一世（Fernando Ⅰ）的长子。费尔南多一世临终时将领土分给了包括桑乔在内的五个孩子，其中桑乔得卡斯蒂利亚，其弟阿尔丰索得莱昂，另一个弟弟加西亚得加利西亚，大妹乌拉卡得萨莫拉，下妹埃尔维拉得托罗。桑乔继任卡斯蒂利亚国王后致力于统一西班牙，不惜手足相残，相传在围攻萨莫拉时以身殉职。
③ Menéndez Pidal, Ramón: *La España del Cid*, Madrid: Editorial Espasa-Calpe, 1968, pp.186—187.

进了世俗色彩。熙德的反复出现及其在同时期拉丁俗语中的表征说明了这一点，而佩德罗·阿尔丰索则以另一种方式更为明确地体现了前文艺复兴运动时期的某种人文主义倾向。与此同时并在之后几个世纪中，僧侣阶层，尤其是高级僧侣仍坚持“纯宗教”导向，并继续奉拉丁语为“官方语言”，从而导致拉丁文学顽强存在，及至文艺复兴运动时期；尽管其影响力不断退化，直至完全消弭。

作为本章的结束语，笔者不妨援引汤因比（Toynbee，Arnold Joseph）的一段话。汤因比在《历史研究》（*A Study of History*）中指出，阿拉伯人对西方的影响不仅仅局限于一般意义上的侵略与反侵略，也不仅仅是一种文化对另一种文化的影响，而是西方在经历了好几百年的无休止反攻（“光复运动”）中，“不仅把伊斯兰教的信徒们逐出了伊比利亚半岛，而且还大大超过了它的本来目的，（以至于——引者加）把西班牙人和葡萄牙人送到了海外，（并使之——引者加）遍布世界各大洲”。汤因比因此认为，在伊比利亚半岛上的穆斯林被完全驱逐和消灭以前，他们的文化就已经被利用并为其敌人服务了。“西班牙的穆斯林学者对于中世纪西方基督教的学者们所建筑起来的哲学大厦在不知不觉当中作出了贡献，古代希腊哲学家亚里士多德的有些作品也是首先通过阿拉伯的译本达到西方基督教世界的。同时西方文化所受到的许多‘东方’影响，本来人们认为是由于十字军进入叙利亚地区的缘故，事实上也是经过伊比利亚半岛的穆斯林那里来的。”①

① 汤因比：《历史研究》，曹未风等译，上海：上海人民出版社，1986年，第200—201页。

第二章　阿拉伯语文学

引言

一般认为，阿尔-安达卢斯是阿拉伯人对今安达卢西亚，甚而西班牙，乃至整个伊比利亚半岛的统称，意曰“旺达尔国”；而阿尔（al或ar）则是一个定冠词，后被西班牙人（西班牙语）采用，是谓“el”（阴性为“la”）。而今安达卢西亚之名便是由安达卢斯演变的，它位于西班牙东南部，是阿拉伯人被逐出伊比利亚之前在欧洲的最后领地。

时至今日，仍有西方学者视阿拉伯人和穆斯林为他者，甚至异端。因此，西方文史学界尚未完全正视阿拉伯人对欧洲的贡献，仅有极少数西方文史学家在涉及中世纪时提及一二。斯宾格勒（Spengler, Oswald）是其中一位，他在《西方的没落》（*The Decline of the West*）第二卷中写道：“阿拉伯文化是一种发现……但由于它完全为西方历史研究所遗漏，以至于我们甚至未能为它找到一个合适的名称。”[①]杰克逊·斯皮瓦格尔（Spielvogel, Jackson）则是更为客观、鲜明的一位。他在《西方文明简史》（*Western Civilization*）中说到阿拉伯穆斯林显示了积极吸收被征服者文化的意愿。他由此认为“阿拉伯人是罗马帝国残存的古希腊罗马文化的真正继承者。他们还欣然吸收了拜占庭文化和波

① 斯宾格勒，奥斯瓦尔德：《西方的没落》第二卷，吴琼译，上海：三联书店，2006年，第35页。

斯文化。公元8和9世纪，不计其数的希腊、叙利亚和波斯的科学与哲学作品被译成阿拉伯语”。[①] 其实还不仅是阿拉伯语，同时还有拉丁语和希伯来语。当西欧因日耳曼人的扫荡而文化衰落时，穆斯林创造了辉煌。这不仅从当时巴格达、大马士革和开罗的兴盛可见一斑，由伍麦叶和后伍麦叶王朝在伊比利亚东南部建立的众多城市及其伊斯兰文明也是明证。其中，作为安达卢斯首都的科尔多瓦早在公元9世纪便已拥有近十万居民。它仅次于君士坦丁堡，是当时全世界最大的城市之一。

公元8世纪，阿拉伯人在其王子、名将的率领下所向披靡，直逼君士坦丁堡和加洛林王朝。帝国在领土扩张的同时，肩负起了拯救和传播古典文明的重任。古希腊哲学在欧洲中世纪几乎被人忘却、陷于荒芜；而柏拉图、亚里士多德等古希腊哲人的作品却被大马士革（伍麦叶王朝首都）和其后的巴格达（阿拔斯王朝首都）等伊斯兰城市大量收藏，并被大量移译至阿拉伯语和拉丁语。除了古希腊罗马这个源头，数学和科学方面的著作还有来自印度和中国的影响。在印度古典学术和古典文学的传播中，造纸术发挥了重要作用。造纸术源自中国，是阿拉伯人于公元8世纪从中国引进的。[②] 阿拉伯人在巴格达创建了中东的第一座造纸厂。穆斯林书商蜂拥而至，图书馆也相继涌现。伍麦叶王朝带回欧洲的便是这一文化传播工程的赓续。“百年翻译运动”则是这一文化传播工程的见证。

“百年翻译运动”（Harakah al-Tarjamah）始于公元8世纪初。公元7世纪中叶，伊斯兰教产生，阿拉伯文化开始了长达几个世纪的中兴，在语言、宗教、哲学、文学、艺术、法学、科学技术方面得到了快速发展。穆罕默德（570—632）逝世后，四大哈里发致力于阿拉伯帝国的形成与扩张。铁骑所到之处正是人类古典文化的许多精髓所在。通过吸收拜占庭、波斯、巴比伦、古埃及、古希腊罗马，以及印度和中国文化，创造了辉煌的阿拉伯-伊斯兰文明，在人类文明史上留下了浩如烟海、灿若星斗的文化成果。这些成果既有直接移译自古典作家

① 斯皮瓦格尔，杰克逊：《西方文明简史》，董仲瑜等译，北京：北京大学出版社，2010年，第212页。

② 安田朴（Etiemble，Rene）：《中国文化西传欧洲史》（*L'Europe Chinoise*），耿昇译，北京：商务印书馆，2013年，第78—104页。

的经典著述，也有站在前人肩膀上发展的崭新作品。而“百年翻译运动”属于前者，它在东西方阿拉伯帝国同时展开。

首先，早在公元7世纪末叶，随着阿拉伯帝国的形成，穆斯林有识之士便开始着手收集和翻译被征服民族的文化典籍。公元711年，阿拉伯北非总督努赛尔（Musa bn Nusayr）派遣阿拉伯名将塔利格（Tariq bn Ziyad）进攻西哥特王朝。阿拉伯人长驱直入，迅速占领了伊比利亚半岛的大部分地区，并在塞维利亚建立总督府。稍后，伍麦叶王朝倾覆时的唯一后人阿布杜勒·拉赫曼（Abd al-Rahman Ⅰ）[①]以科尔多瓦为中心建立了独立于阿拔斯王朝的阿拉伯-伊斯兰安达卢斯。这就意味着8世纪中叶阿拔斯王朝的崛起并未能宣告伍麦叶王朝的终结。事实上，后者的王子或臣子们先后以爱弥尔（Emir）和哈里发（Califa）的身份一直统治安达卢斯达几个世纪之久，是谓后伍麦叶王朝。在此期间，科尔多瓦的伊斯兰学者在阿布杜勒·拉赫曼的率领下，开始翻译传播古典学术。据有关史料记载，公元8至10世纪，在哈里发们的大力资助和倡导下，大规模、有组织的译介活动在巴格达等文化重镇得以展开，这不仅催生了著名的“巴格达学派”，而且取代“亚历山大学派”，并与科尔多瓦和开罗形成了互动。

公元9至10世纪，科尔多瓦进入鼎盛时期。929年，阿布杜勒·拉赫曼三世（Abd al-Rahman Ⅲ）称王，即废“爱弥尔”，改称“哈里发”。[②]当时，科尔多瓦有图书馆七十座，而且每一座所藏丰富，仅哈里发的私馆就拥有四十余万册手稿。穆斯林从各地收集图书，然后将它们翻译成阿拉伯语和拉丁语。这些图书为后来的文艺复兴运动和航

拉赫曼三世

① 史称拉赫曼一世。

② 本内特，朱迪斯（Bennett，Judith M.）和霍利斯特，沃伦（Holiister，C. Warren）：《欧洲中世纪史》（*Medieval Europe: A Short History*），杨宁、李韵译，上海：社会科学院出版社，2007年，第92页。

海大发现奠定了基础。伍麦叶王子拉赫曼还在科尔多瓦修建了大清真寺，引来大批朝觐者和文人学士。[①]短短两个多世纪，仅犹太人就增加了三倍。这时，安达卢斯的民族和宗教成分已然相当复杂，占人口大多数的是西哥特王国留下的基督徒，其次是穆斯林，再次是犹太教徒，然后是处于社会最底层的斯拉夫奴隶和来源更为复杂的雇佣兵。穆斯林当局对异教徒采取了宽容姿态，但仍有不少基督徒和犹太教徒因不堪额外赋税而改信了伊斯兰教。

阿拉伯天文学（公元8世纪，阿尔罕布拉博物馆藏）

安达卢斯的穆斯林在翻译大量古典文献的同时，在自然科学和文学艺术方面也获得了长足的进步。他们的天文学、数学和物理学成就令时人叹为观止。这些成就不仅吸收了西方文明成果，而且建造了先进的天文台，并将中国罗盘运用到了天文观察；发展了印度的计数体系，创造了阿拉伯数字和计数方法。用美国学者格兰特（Glante，Eduardo）的话说，“1125至1200年之间，一个真正的翻译浪潮将希腊和阿拉伯科学的重要部分译成了拉丁文，13世纪译得更多（至阿尔丰索十世时期的新翻译运动——引者注）。自9世纪及10世纪早期大量希腊科学被译成阿拉伯文以来，科学史上没有任何事件可与之媲美”。[②]与此同时，他们在医学方面也卓有建树。文学方面更是选择了与西方中世纪截然不同的路径：早期的世俗化表现和后来的纯粹主义（如苏非神秘主义）形成了两个极端，介乎其中的则是丰富与多彩。

---

① 本内特，朱迪斯（Bennett，Judith M.）和霍利斯特，沃伦（Holiister，C. Warren）：《欧洲中世纪史》（*Medieval Europe: A Short History*），杨宁、李韵译，上海：社会科学院出版社，2007年，第92页。

② 格兰特，爱德华：《中世纪的物理科学思想》（*Physics in Mediege*），郝刘祥译，上海：复旦大学出版社，2000年，第17页。

简而言之，安达卢斯的阿拉伯语文学给出了迥异于同时期拉丁文学的另一片风景；其丰富性和超前性（或现代性）仿佛生生抹去了十几个世纪，即使是在今天仍可令人目瞪口呆或感同身受。相形之下，西哥特时期几可谓没有文学。

事实胜于雄辩，有关作品是最好的见证。

第一节　公元8至9世纪

一、早期安达卢斯文学

前面说过，安达卢斯大抵包括几乎整个伊比利亚半岛。这个“行省”，最初由伍麦叶王朝的大马士革哈里发掌管，但很快它就独树一帜，宣告独立了。拉赫曼一世在阿拔斯政变时从叙利亚流亡至半岛之后，建立起了第一个独立的爱弥尔王国，从而为西方伊斯兰文明奠定了第一块基石。这位具有良好教育背景，且精明练达的伍麦叶王子在半岛建立起来的这个王朝，持续了近三百年，创造了与西哥特王国截然不同的安达卢斯文化。他的同名继承者拉赫曼三世在前辈的基础上建立起西哈里发王朝，遂使科尔多瓦群贤毕至、人才辈出。于是，这座都城与巴格达、君士坦丁堡分庭抗礼，成为中世纪欧洲最文明的城市之一。然而，好景不长，这个后伍麦叶政权于13世纪急剧衰退，西哈里发帝国被瓜分为派别林立的小王国（最多时一度达到二十三个）。诸王国之间狼烟四起，厮杀不断。反之，基督徒的“光复战争”节节胜利。面对如此危急的形势，以塞维利亚为首的小王国首领犯下了一个致命错误：引狼入室，求助于摩洛哥的拉维王朝。尽管摩洛哥人曾于萨拉卡一役完胜基督徒，但其后任者却旋即将侵略矛头转向了穆斯林盟友，并据整个安达卢斯为己有。新君主狂热、粗野，好勇斗狠。《熙德之歌》中的角色布卡尔便是对这些野蛮侵略者的绝妙写照。正是在这些新统治者手中，安达卢斯的文化颓败拉开帷幕。同时，随着西班牙“光复战争”的节节推进，大批穆斯林迁至格拉纳达，从而创造了令人目眩的一抹余晖。

公元8世纪末叶的安达卢斯版图

科尔多瓦大清真寺

且允从头说起。公元8世纪，随着阿拉伯伊斯兰安达卢斯的建立，西班牙文学显示了前所未有的活力。这首先必须归功于阿布杜勒·拉赫曼（史称拉赫曼一世，实际上重建了一个独立于阿拔斯王朝的“后伍麦叶王朝”）。作为流亡至安达卢斯的伍麦叶王子，拉赫曼未因生母的女奴身份而妄自菲薄。相反，他志存高远，骁勇善战，且具有良好的文学修养，以优美的诗章和科尔多瓦大清真寺的修建获得了安达卢斯“第一诗人”的美誉。然而，因语言和“光复战争”等方面的原因，早期安达卢斯文学作品流传至今的为数不多。而拉赫曼的传世则无疑归功于他的显赫地位。

（一）阿布杜勒·拉赫曼一世

在一首题为《狂欢中的美女》（“La hermosa en la Orgía”）的诗中，阿布杜勒·拉赫曼一世这样讴歌心仪的女子：

她就像沙丘上的树枝，
随风摇曳、翩翩起舞，
我心结出火一样的果。
琥珀色鬈发轻抚面颊，
涂鸦出树林般的图案，
犹金丝在白银上游走。
风华正茂，光焰四射，

俨然春风装点了枝头。
白玉指尖簇拥着酒杯，
晨曦在天际露出端倪。
美酒从杯中荡漾溢出，
似一轮红日东升西落。
当佳酿遭遇她的嘴唇，
晚霞染红她洁白的脸。[①]

大意如此。奇怪的是王子心仪的美女居然是个金发碧眼的西方姑娘，而且还是把酒狂欢的姑娘。人们由此联想到初来乍到的穆斯林较之基督徒是何等开放。当然，从肤色的角度看，北非西非民族中固不乏金发碧眼者，但她们毕竟还是极少数；而在安达卢斯，由于凯尔特人和日耳曼人大量存在的缘故，金发碧眼的姑娘却可谓比比皆是。阿拉伯艾哈迈德·爱敏（Ahmad Amin）曾不无夸张地认为穆斯林男人如何青睐金发碧眼的西方姑娘[②]，尽管没有史料表明他们强人所难，却总是竭尽机巧以令心仪的姑娘动心、就范。至于他们遵从习俗或“先知所允”三妻四妾、见异思迁或男尊女卑（甚或种族、宗教偏见）所导致的后果，则难以避免。这在日后大量彩诗的拉丁俗语缀诗（哈尔恰）中可见一斑，其中的哀怨全都来自女基督徒，迄今为止无一例外。

在另一首《人间权力》（“Poderes terrenales”）中，诗人倾诉了他对人间沧桑的感怀：

没有人能对我说三道四：
“是我让这个人获得权力。”
我靠自己的勇气和运气、
利剑和长矛改变了命运。

① Reina, Francisco: *Poesía Andalusí* (الشعر الأندلسي), Madrid: Editorial Edaf, 2007, pp.113—114.
② 艾哈迈德·爱敏：《阿拉伯-伊斯兰文化史·正午时期（三）》，史希同、张洪仪译，北京：商务印书馆，2007年，第3—56页。

古来帝王犹如天上繁星，
此消彼长那是自然规律。
伍麦叶子孙在西方弥补！
幸运之星伴随幸运之人！
只要种子在土地上扎根，
王权将继续牢固、永恒！①

此外，他的那首描写椰枣树的著名诗歌被选入几乎所有的西班牙-阿拉伯诗集。它歌颂了第一株由阿拉伯本土移至安达卢斯的故乡的树：

吾于卢萨法，偶见椰枣树，
孑然立西方，远离故乡土。
君身似吾身，别乡在异处，
何其久矣哉，吾离吾民臣。
君身为异客，寂然默成长，
如吾独伫立，洪荒偏远角。
唯愿于此地，朝霞悦君意，
唯愿甘霖降，与君永相伴。②

奈克尔（A. R. Nykl）还翻译了此诗的另一版本：

嗟乎，椰枣树！你是独居的隐士，
恰似我，成长在远离故乡的土地。
枝叶呢喃婆娑，是你低声的抽泣。
幸你不是人类，无法用言呓倾诉；
倘你有思有志，怎能不哀伤追忆

① 艾哈迈德·爱敏：《阿拉伯-伊斯兰文化史·正午时期（三）》，史希同、张洪仪译，北京：商务印书馆，2007年，第3—56页。
② 奈克尔（Nykl，A. R.）：《西班牙-阿拉伯诗歌及其与行省古老行吟诗人的关系》（*Hispano-Arabic Poetry and its Relations with the Old Provençal Toubadours*, Madrid: Baltimore, 1946, p.18）。

那幼发拉底河岸和那椰枣园故里？
然你再无归期，一如我放逐此地。
只因阿拔斯的仇恨使我哀伤别离。①

（二）阿布尔·马赫希（Abu-l-Majsi）

阿布尔·马赫希（？—796）是继拉赫曼之后安达卢斯出现的又一位重要诗人，而且与后者过从甚密。在有关学者看来，早期的安达卢斯穆斯林尚未完全摆脱游牧民族的某些习尚，因而悬诗或类悬诗（“盖绥达”，Qasida）依然盛行。

悬诗可以追溯到公元6世纪。那是贾希利叶（Jahilia）时期（约公元475—622年），又称蒙昧或荒漠时期，指伊斯兰教产生之前的阿拉伯社会。这一时期（公元5世纪至6世纪中期）出现的悬诗，抒情和叙事并重。它们矜夸英雄、颂扬部落精神，具有鲜明的诗史色彩。悬诗大多由人们口口相传，由行吟诗人传播、承袭。优美的诗歌被悬挂在克尔白神庙内，故名。

随着悬诗的产生，谣曲类情歌应运而生。后者通常作为悬诗的起兴部分，即“纳西布”（Nasib）。当时著名的“悬诗”诗人乌姆鲁勒·盖斯（Umru al-Qays）又被称作阿拉伯“艳情诗”的鼻祖；而另一位著名的“悬诗”诗人安塔拉（Antarah bn Shaddad）则将艳情诗改造成了“贞情诗”（或“纯情诗”）。至伍麦叶朝，情诗极盛。“艳情诗”以诗人欧麦尔·本·艾比·赖比阿（Omar Abu Rabia）为代表；“贞情诗”则有盖斯·本·穆劳瓦哈（Qays bn al-Mulawwah）等重要作者。其中盖斯·本·穆劳瓦哈又被称为“莱伊拉的情痴”。他自幼爱上堂妹、美女莱伊拉，并向叔父求亲，遭到拒绝。盖斯苦恋不舍，最后因情而痴，在荒漠中四处游荡，与野兽为伍，不停地喝酒吟诗、倾诉心中悲伤，最后葬身沙漠。其爱情悲剧颇似我国的《梁山伯与祝英台》、欧洲的《罗密欧与朱丽叶》，被后世衍化成传奇故事、长篇叙事诗，广为流传、长盛不

① 奈克尔（Nykl，A. R.）：《西班牙-阿拉伯诗歌及其与行省古老行吟诗人的关系》（*Hispano-Arabic Poetry and its Relations with the Old Provençal Toubadours*, Madrid: Baltimore, 1946, p.18）。

衰。迄今为止，阿拉伯情诗一直得到广大读者的青睐。很多情诗被谱成歌曲，广为传唱；吟者如痴，听者如醉。而安塔拉则成了传奇人物，有《安塔拉传奇》（*Shirah Antarah bn Shaddad*）为证。黑格尔曾把悬诗称为“抒情而兼叙事的英雄歌集”，谓所用语调时而大胆夸张，时而节制，平静柔媚，描述了阿拉伯人前伊斯兰教时期的原始情状，例如部落的光荣、复仇的快意、爱情和冒险的热望以及喜怒哀乐等。“这在东方原始生活中是一种真正的诗，其中没有妄诞的幻想，没有散文气息，没有深化，没有牛鬼蛇神之类的东方怪物，有的是真实的独立自足的形象，尽管在辞藻比喻方面偶尔有些怪诞和近乎游戏。”[①]

马赫希的作品就有不少属于类悬诗，保持了相当的长度和为了爱情而怀旧感伤、游历寻觅等重要内容，并经常提到沙漠或草原、骏马或骆驼，有诗章残句为证：

向着你的仁爱和光辉，
我策马扬鞭远道而来，
哪怕日头燃烧着衣衫，
只为了抚慰我的心碎……[②]

这些诗句保持了悬诗的基本特征，虽然转合自由、结构松散，但通篇押韵合辙。全诗往往比兴丰富，明喻、暗喻、排比等交替出现。譬如将美女比作羚羊：妩媚的眼睛，修长的玉颈……

同时，马伊希热衷于表现灾难和疾病，他的题材和想象充满忧伤。在一首题为《失明》（“La ceguera”）的作品中，诗人将自己描写成一位因故丧失视觉的盲人：

我的女神她充满哀伤，
真主的审判已经完成。

① 仲跻昆：《阿拉伯文学通史》上卷，南京：译林出版社，2010年，第69页。

② Ribiera Mata, M. J.: *Literatura hispanoárabe*, Alicante: Universidad de Alicante, 2004, p.49.

如今她忍受我的失明，
在大地上盲目地行进。
她痛苦不堪呼天抢地，
令人心碎，令人流泪。
我的心房被彻底撕裂，
当她说出了肺腑之言：
世上没有比失明更惨！
自黑暗永远降临眼前，
我活着也是行尸走肉。
……
曾几何时我眼明似镜，
对人生命运了如指掌，
我指挥驼队穿越沙漠，
艰难险阻也不在话下；
骑着高大威猛的骆驼，
穿越迷雾、横扫敌阵，
……①

（三）哈萨娜·塔米米亚（Hassana at-Tamimiyya）

哈萨娜·塔米米亚应是安达卢斯土生土长的第一位女诗人，生卒年月不详；但据其作品及乃父阿布尔·马伊希的情况，人们大致可以推断她生活于公元8世纪末至9世纪初。在一首《质询诗》（"Interpelaciones a al-Hakam"）中，诗人为亡父质询哈克木一世（al-Hakam Ⅰ）：

哦，我的心充满悲伤，
因为父亲离开了人世……
我曾富足、幸福无比，
现在却要请求哈克木

① Resano, Fernando: *El esplendor de la poesía en la Taifa de Zaragoza*, Zaragoza: Mira, 2007, pp.11—12.

你的庇护和些许仁慈！
你的威名使天下归心，
令所有民族缴械称臣。
是你使得我无所畏惧，
你的庇佑让恐惧远遁。
请你的伟大光耀四方，
让穆斯林和非穆斯林
永远对殿下心悦诚服！①

塔米米亚还创作了不少颂诗，其中多数献给了科尔多瓦的君主。她的作品除了采用悬诗的某些方法，还借鉴了兴起于公元8世纪的轻歌体（Ziyaz）。

（四）艾扎勒（al-Gazal）

艾扎勒，原名叶哈亚·本·哈克姆（Yahya bn al-Hakm），因才貌出众而被誉为“羚羊”（艾扎勒）。他出生在今西班牙哈恩，年轻时期风流倜傥、放荡不羁，晚年潜心修行。他的作品充满自由精神，深受时人及拉赫曼二世（Abd al-Rahman Ⅱ）的喜爱，曾任后者的星象师，并曾出使拜占庭和丹麦。在丹麦期间写下了如下诗行：

她② 称赞我染发，为我祝福，
好似那样就使我青春回顾。
在我看来白发染黑就好比
在太阳外表罩上云雾一层，
可遮掩一时，但青春难敌，
因为掩藏的一切终将暴露。
不要否认满头华发的光彩，

① Reina, Francisco: *Poesía Andalusí* (الشعر الأندلسي), Madrid: Editorial Edaf, 2007, pp.113—114.
② 指丹麦王后。

那是内心理智之花的外露。[①]

他同时也是一位犀利的讽刺诗作者，因讽刺各色人等（如法官和太监）开罪了不少读者。由是，他固然深得拉赫曼二世的赏识，却难免获罪，甚至差点儿身陷囹圄。有一首讽刺诗写道：

……
本来不学无术却硬把官当。
信奉真主也只是胡说八道，
似醉鬼摇头晃脑信口雌黄。
小小苍蝇焉能将巨石驮起，
你乌龟再大也难推动巨轮。

诗人这样嘲讽科尔多瓦大法官，[②]并对富人炫富大加鞭笞：

我看到富人们一旦死掉，
贵重的石头把陵墓修造。
他们即使躺进坟墓里面，
也要向穷人显摆、炫耀。
其实泥土食人不分彼此，
富人怎么就比穷人更好？[③]

这是诗人对贫富差异的感慨，充满了人生哲理，令人联想到杜甫的“朱门酒肉臭，路有冻死骨”的诗句，抑或《红楼梦》中的《好了歌》。

有钱人家金无数，一路扬撒到坟墓。

① 仲跻昆：《阿拉伯文学通史》上卷，南京：译林出版社，2010年，第466页。
② Reina, Francisco: *Poesía Andalusí* (الشعر الأندلسي), Madrid: Editorial Edaf, 2007, p.116.
③ 仲跻昆：《阿拉伯文学通史》上卷，南京：译林出版社，2010年，第469页。

墓上筑起一座山，石砌砖垒不用土。
山高千尺接白云，楼高万丈连天路。
巍峨山峰摇首叹，岂是地下公平处？
贫富沧桑轮回事，大海昼夜成桑田。
古人若知儿孙命，方晓人生如一梦。
富人穷人一时了，奴才主子轮几度。
男人女人为何物，今朝罗绮明日布。
黄土地下你挨我，尊卑高下同归宿。[①]

（五）伊本·萨米尔（Ibn al-Samir）

伊本·萨米尔活跃于拉赫曼二世时期，曾任后者的星象师，主要作品为情诗，但也创作了不少颂歌，被认为是拉赫曼二世时期最重要的抒情诗人之一。以下是他脍炙人口的两首情诗：

自君忽别离，
夜夜自怜自。
再无爱之幸，
空有月邀日。
我思塔鲁布，
伊人美如画，
眼睛像羚羊。
世上最美丽，
音容驻我心，
我心在哭泣！
爱情摄我魂，
我魂在自焚！
既已爱上君，

① 艾哈迈德·爱敏：《阿拉伯-伊斯兰文化史》，史希同、张洪仪译，北京：商务印书馆，2007年，第125页。

怎能没有你……①

——《诗之一》(“Qasida Ⅰ”)

她是日月炼就的精华，
哪有宝石和珍珠可比？
她是安拉的开天辟地，
美轮美奂、无与伦比！
赞美她，安拉的创造，
胜过浩瀚海洋和大地！
……②

——《诗之三》(“Qasida Ⅲ”)

（六）阿布杜勒·拉赫曼二世

阿布杜勒·拉赫曼二世于公元792年生于托莱多，852年殁于科尔多瓦，822至852年在位。拉赫曼二世继承了乃父拉赫曼一世的衣钵，延续和扩大了安达卢斯的文化建设工程，但在位期间遭遇了第一次安达卢斯基督徒——莫斯阿拉伯（Mozárabes）的骚乱。

他同时也是一位才华横溢、风流倜傥的诗人。据传他曾疯狂地爱上了一个女奴，并与她生有一子。女奴为了让儿子继承大位，遂与太监勾结，欲加害于拉赫曼二世。后者在一首歌颂女奴特洛瓦（Trova）的情诗中写道：

正午太阳光芒万丈，
你昼夜在我心闪亮；
敌人剥夺我的守望，
我心带你亲征远方；
西蒙风吹裂了脸庞，

① 艾哈迈德·爱敏：《阿拉伯-伊斯兰文化史》，史希同、张洪仪译，北京：商务印书馆，2007年，第117页。

② Reina, Francisco: *Poesía Andalusí* (الشعر الأندلسي), Madrid: Editorial Edaf, 2007, pp.117—118.

烈日欲将石头点燃。[1]

——《致特洛瓦》("A Trova")

阿布杜勒·拉赫曼二世热爱文学，对星象学和奇闻轶事、方术和释梦也颇有兴趣。这在他的文学作品中体现为某种玄幻色彩。

科尔多瓦游荡着你的身影；
无人知晓，皆因暮色苍茫。
夤夜你张开双臂将我拥抱，
影影绰绰，欢迎大驾光临！[2]

——《致伊本·萨迈拉》
("Glosa a Ibn al-Samara")

这是阿拉伯文学源远流长的拜诗，类似于我国的"对歌"或"对联"。它是诗人对一位故友的回敬或调侃；前两句是故友的上联，后两句是诗人的下联。

(七)穆塔(Mut'a)

穆塔是齐尔雅卜（Ziryab）的女奴，生卒年月及来历不详，就连名字也可能是随意冠给的。她能歌善舞，是科尔多瓦有名的才女。为了取悦拉赫曼二世，齐尔雅卜忍痛割爱，将穆塔送进宫去。以下是穆塔暗恋拉赫曼二世时写下的一首短歌：

哦，你隐藏了情感，
就像天空遮蔽太阳？
心灵曾经寓居心房
我却因爱放飞了魂。
告诉我它何来何往？

---

① Reina, Francisco: *Poesía Andalusí* (الشعر الأندلسي), Madrid: Editorial Edaf, 2007, p.120.
② Ibid.

爱上了伍麦叶一个，
因为他，忘却羞赧！[1]

这首情歌伴随着诗人的音容笑貌和天生丽质广为流传，自然也博得了拉赫曼的心。据称二人倾情相爱，度过了一段美好的时光。它连同穆塔的才貌被传为美谈。

二、早期安达卢斯情歌（Hiyaz）

情歌或轻歌体是发轫于公元8世纪的一种安达卢斯的诗体，大都为配乐歌词。它是源远流长的阿拉伯情诗在安达卢斯的变体。它的主题未必都是男女恋情、卿卿我我，反而常常是怀乡的忧思、怀旧的感伤。

（一）伊本·希玛（Ibn al-Simma）

伊本·希玛，生卒年月不详，大约于公元8世纪来自叙利亚。里维埃拉·马塔（Ribiera Mata，María José）在《西班牙阿拉伯文学》（*Literatura hispanoárabe*）中援引过这位来自叙利亚的安达卢斯诗人，后者的一首古体情歌唱出了市民的百无聊赖：

有时，我因自恋自恃高甚；
青丝丰厚，扎成辫子盘起；
无忧无虑，生活无比烦闷；
早知今日，不如当个牧民。[2]

（二）拉赫曼一世

拉赫曼一世也有类似的感怀与忧伤，他思念草原，曾经这样唱道：

① Reina, Francisco: *Poesía Andalusí* (الشعر الأندلسي), Madrid: Editorial Edaf, 2007, p.121.

② Ribiera Mata, M. J.: *Literatura hispanoárabe*, Alicante: Universidad de Alicante, 2004, p.48.

让我去追鹤猎影吧，
追逐时光是我心志，
无论上山巅入地下！
当日头烧焦了道路，
我却只把战旗高擎。
我无需花园和城堡，
只需沙漠帐篷一顶。
……[①]

（三）其他情歌手

和马伊希的某些创作内容一致，情歌应当是由阿拉伯古典情诗和“悬诗”衍生的。到了公元9世纪，短小精悍的情歌大量涌现，并被配曲传唱。其中比较有名的情歌手还有伊本·纳希赫（Ibn Nasih）、伊本·阿卜迪·拉比（Ibn Abdi Rabbih）、哈克木一世和萨伊德·伊本·约迪（Said Ibn Yodi）等。除如拉赫曼一世、哈克木一世等权力人物外，早期情歌手鲜有被详尽记载的，但其作品却代代吟唱，传之弥久。

伊本·纳希赫在一首情歌中肆意比兴之法：

拉赫曼，请她怜悯你的奴仆，
你的瞌睡正将我心活活掩埋；
哦，我的热情换来她的冷漠，
尽管玫瑰色罂粟花绽放脸庞。
请她温柔再温柔，犹如其臀；
柔美再柔美，仿佛那对酥胸。[②]

拉比在一首情歌中回忆起巴格达和齐尔雅卜[③]：

① Ribiera Mata, M. J.: *Literatura hispanoárabe*, Alicante: Universidad de Alicante, 2004, p.49.
② Op. cit. p. 51.
③ 巴格达诗人、歌手，本名艾布·哈桑·阿里·伊本·纳菲（Abu l-Hasan Ali Ibn Nafi），833年（一说822年）移居科尔多瓦。他与女诗人穆塔的主人可能是同一人。

是谁滋润鸟儿歌喉？
天籁婉转无人可及。
无论何时何地何如，
美妙歌声不差分毫。
让我倾听她的歌唱，
譬如心脏跳动心房。
齐亚布若活到今天，
定会极度嫉妒忧伤。[①]

他的另一首情歌更加玄妙：

我的爱她夤夜来访，
徘徊于美梦和清醒；
通宵达旦彼此抚摸，
我用胳膊枕着她脸，
她用胳膊枕着我头。
我不知她是否神仙，
似太阳月亮或双眼，
牵引我那无尽欲望，
仿佛我已死于其间。[②]

哈克木一世的情歌表现了权力与爱情的关系：

柳枝在沙丘上起舞，
她轻盈地离我而去；
尽管我贵为哈里发，
爱情毫不理睬权术，
哪怕我已低三下四。

① Ribiera Mata, M. J.: *Literatura hispanoárabe*, Alicante: Universidad de Alicante, 2004, p.52.
② Op. cit. pp. 51—56.

谁能助我战胜欲望？
她们可不相信权力！[①]

萨伊德·伊本·约迪也有一些类似的情歌：

再无比这更令人愉悦：
把酒杯留在托盘上面
亲吻瓶儿那优美脖颈，
然后是对方嗔怪娇滴，
还有奇妙的眉目传情。
我似骏马曾自由驰骋，
爱情她催我一往无前。
我的命运亦未曾改变，
疆场上死神离我远去，
唯爱情枷锁套牢我身。[②]

另一首：

听你，我心离开我身，
胸中充满苦涩和郁闷。
我魂已随亚伊罕而去，
尽管我和你再未见面。
我顾影自怜呼唤芳名，
含泪向天如修士祈祷。[③]

---

① Ribiera Mata, M. J.: *Literatura hispanoárabe*, Alicante: Universidad de Alicante, 2004, p.53.
② Op. cit. p. 55.
③ Op. cit. p. 52.

第二节　公元10世纪

一、传统诗体

公元10世纪，安达卢斯诗坛始现繁荣景象，并于11世纪达到了高峰。其中，题材和风格的日益丰富是文学繁荣的重要表征；同时，文学思想进一步开放，这与沉闷而单调的拉丁文学形成了强烈反差。

（一）卡玛尔（Qamar）

卡玛尔是一位女诗人，她来自巴格达，并且是作为女奴被贩至安达卢斯的，亲历了经济文化繁荣的拉赫曼三世时代。她曾经是一名歌手，强闻博记，能吟唱冗长的"悬诗"和名目繁多的叙事诗，抵达安达卢斯后开始创作。其作品具有东方女性特有的细腻与婉约。然而，囿于社会地位，她的多数作品未能传世。

一

我为巴格达和伊拉克低泣，
它们的女子貌美犹如羚羊，
目光中燃烧着迷人的火焰，
身姿婀娜好像那幼发拉底。[①]
珍珠项链簇拥着如月脸庞，
美艳动人，她们活得精彩，
就连天上星辰也自叹弗如；
音容笑貌带一丝温婉幽怨，

① 指幼发拉底河，与位于东面的底格里斯河共同界定美索不达米亚。它发源于土耳其境内的安纳托利亚山区，依赖雨雪补给；流经叙利亚和伊拉克；下游在库尔纳与底格里斯河合流为阿拉伯河，最终注入波斯湾。

仿佛失恋人思念不归爱情。
哦，我以我心换我的家乡！
我一切的一切都归属于她，
其光辉自永至远令我感念。[①]

二

全西方找不出这样的人，
他就是我恩人伊卜拉辛，[②]
化身宅心仁厚古道热肠，
我寓居于他的慷慨无比，
……[③]

（二）阿布·马迈德（Abu Mamad）

阿布·马迈德，本名库蒂亚（Kutiyya），西哥特改宗者，生于公元10世纪初，殁于977年。他生长在科尔多瓦，曾在拉赫曼三世朝中任法官，同时从事文学创作。他从阿拉伯文学中汲取养分，却并未赋予阿拉伯文学以西方色彩。反之，同时代穆斯林诗人开始有意识借鉴西方文学和希伯来犹太文学。这种文化混杂也许是导致新诗体“嘉杂尔”（Gazal）诞生的基础。这种诗体改变了阿拉伯人的比兴方式，开始大量采用安达卢斯本地事物以表达情感：或显或隐、明指暗喻，时而将自然拟人化，时而借物言志、借物抒情。

阿布·马迈德在其诗作中这样描写日月：

品酒高傲的百合花旁，
等待玫瑰般黎明绽放。

---

① Resano, Fernando: *El esplendor de la poesía en la Taifa de Zaragoza*, Zaragoza: Mira, 2007, pp.122—123.

② 伊卜拉辛（Ibrahim），塞维利亚穆斯林，出生年月不详，910年去世。他从巴格达买下卡玛尔，并将她带到了安达卢斯。

③ Resano, Fernando: *El esplendor de la poesía en la Taifa de Zaragoza*, Zaragoza: Mira, 2007, p.122.

苍穹给予其同样食物，
一个是奶，一个是血。
若即若离的叛逆姐妹：
一个用洁白抗拒樟脑，
一个用嫣红匹敌榴石。

一个是行者的护身符，
一个是依依道别的娃。
或者，一个银丝飘洒，
另一个随风散播炭火。①

（三）伊本·法拉伊（Ibn Faray）

伊本·法拉伊于公元10世纪生活于今西班牙哈恩，生卒年月不详。他的一首流传至今的诗作中将美人比作春天：

春天奉献美丽果园，
金丝银线装点它们。
闪电拖拽风的尾巴，
再用花瓣将其点缀，
飘飘洒洒色彩斑驳，
它们是爱情的字符：
一些犹如多情的郎，
一些恰似善感的妹。
一些是羞涩的红花，
一些因失恋而苍白，
二者都是多情种子。
情哥情妹不期而遇，
两串珍珠似的情雨

① Reina, Francisco: *Poesía Andalusí* (الشعر الأندلسي), Madrid: Editorial Edaf, 2007, p.124.

对称地从面颊流落；
风在花园将其戏弄，
记下了他们的拥抱
和分别催生的泪滴。[①]

（四）伊本·哈尼（Ibn Hani）

伊本·哈尼（938—973）生长于塞维利亚的书香门第。适逢安达卢斯后伍麦叶黄金时代，塞维利亚成为继科尔多瓦和西哥特古都托莱多之后崛起的又一个穆斯林重镇。这一方面体现了后伍麦叶时代的繁荣，另一方面则为后来的“诸藩时代”（安达卢斯分裂成若干小王国）埋下了伏笔。但是，伊本·哈尼从小接受什叶派信条，在逊尼派占主导地位的安达卢斯难以左右逢源。因此，在创作了不少歌颂未曾得到应有爵禄之后，决定离开故乡赴埃及寻找机会，却最终滞留于马格里布并英年早逝。有关他的死因，学界说法不一：一曰遭人谋杀，一曰酗酒致死。

在马格里布期间，伊本·哈尼创作了大量讴歌法蒂玛王朝（Al-Sulalah al-Fatimiyyah）的诗作。这些颂歌使他名噪一时。法蒂玛王朝是伊斯兰什叶派在北非和中东建立的封建王朝。建立于公元909年，公元1171年灭亡。因其旗帜、服饰崇尚皆为绿色，故中国史书多称其为“绿衣大食”，西方则史称“南萨拉森帝国”（Imperium Saracen）。王朝以先知穆罕默德之女法蒂玛之名命名。

伊本·哈尼在其作品中将法蒂玛王朝的哈里发比作先知穆罕默德：

辅士就好像你的随从，
你就是传说的救世主，
……[②]

然而，伊本·哈尼的情诗似乎更值得称道。它们意象奇崛，比兴豪放。譬如他曾这样写道：

① Ribiera Mata, M. J.: *Literatura hispanoárabe*, Alicante: Universidad de Alicante, 2004, p.61.
② 仲跻昆：《阿拉伯文学通史》上卷，南京：译林出版社，2010年，第468—469页。

请拭去我未眠眼圈的痕迹，
再从我床铺拔掉根根荆棘！
不然取走你们给我的一切——
我不要被窃取了心的躯体。
你们何不放过我这个恋人，
将桎梏从俘虏的身上去除？
难道你们已经忘记了分离，
然渴极之人焉能将水忘记？[①]

（五）希雅里亚（Al-Hiyariyya）

希雅里亚是安达卢斯的又一位著名女诗人。由于鲜有资料记载，对她的身世我们依然知之甚少。目前所能找到的唯一踪迹是法拉伊在《花园之书》（*El libro de jardines*）中的记录——她的四首短诗：

一

仁者所谓生活可爱，
因其世界充满优惠，
丰衣足食人人幸福；
犹如美酒悠然杯中，
烛光杯影相映成趣。
没有比人更加幸福！
脸如太阳笑容灿烂，
光彩夺目令人陶醉，
紧随其后尊重敬爱。

① Ribiera Mata, M. J.: *Literatura hispanoárabe*, Alicante: Universidad de Alicante, 2004, p.66；译文参考了仲跻昆《阿拉伯文学通史》上卷，南京：译林出版社，2010年，第469页。

二

我的情人讨厌怨艾，
与他分手使他傲慢：
女子如靴可穿可脱！
于是我才反唇相讥：
你又何曾庇我于荫？

三

没有朋友多么孤寂！
孑然一人孤而更寂！
夜幕降临告别友人，
漫漫时光何以解忧？

四

真主，奴仆使我烦躁，
他们个个刁钻而古怪，
愚昧无知，冥顽不化，
但又悻悻然狡黠无比。

由此可见，这是一名贵族女诗人，她不仅有鲜明的阶级偏见，而且显示了某种女权精神（至少是爱情面前的男女平等）。

（六）安萨丽（Al-Ansari）

安萨丽生在突尼斯，公元10世纪末叶移居塞维利亚，并以其充满宗教情怀的作品闻名遐迩。

灿烂辉煌谁与争锋？

无须祈祷他就施惠。
我该如何表达感激？
看看项上戴满珠宝，
还有往日无数恩惠！
我因你而珠光宝气，
年轻美丽拜你所赐。
……[①]

安萨丽晚年被疾病所困，作品趋于悲观。在一首白描式作品中，她道出了老人的孤独与困苦：

七七春秋已矣，
妇人至此何如？
羸弱之躯摇曳，
仿佛蜘蛛网丝。
岁月使人变小，
四处寻找杖棒……[②]

（七）萨里夫·塔利克（Al-Sarif al-Taliq）

阿拉伯人名比较复杂，尤以名门望族为甚，往往是父亲、祖父、曾祖父……一连串名字的叠加。以萨里夫·塔利克（961—1009）为例，其本名马尔万·伊本·阿尔曼·伊本·马尔万·伊本·阿巴德·阿尔曼·纳希尔·阿布·阿巴德·马利克（Marwan ibn Abd al-Arman ibn Marwan ibn Abd al-Arman al-Nasir Abu Abd al-Maliq）译成中文长达三十余字。他是伍麦叶王子，因乃父强占其所爱女子而不惜弑父；是年仅16岁。他因此被判16年监禁，出狱后又恰好生活了16年。三个16，终其一生。

萨里夫·塔利克凭借良好的文学修养在狱中开始写诗。以下是他

① Reina, Francisco: *Poesía Andalusí* (الشعر الأندلسي), Madrid: Editorial Edaf, 2007, pp.127—128.
② Op. cit. p. 128.

的两首“盖绥达”：

一

树枝在沙丘上摇晃，
犹我的心散发欲望。
美丽在她脸上滋生，
犹月亮在天上荡漾，
永不凋零无比洁净！
眼似羚羊黑白分明，
像利箭穿透我的心。
珍珠项链是其笑容，
从脖子滑进了嘴中。
鬓发金黄飘洒脸上，
恰似阳光洒满银盆。
她的身段如此美丽，
仿佛树枝浑然天成。
腰肢妩媚好比柳条，
婀娜多姿充满爱意。
臀部着意一摇一摆，
分明激情燃在心里。
双手纤细巧垂两旁，
宛如我爱将她拥抱。
……

二

雷电使云层化作雨水，
花园中人有喜亦有悲。
大地就像无情的牢笼，

将植物紧紧锁于其中。
闪电使它们披上霓虹，
绸缎般色彩斑斓无比。
雨水栖息的朵朵乌云，
像骏马在闪电中奔腾。

群马似喜鹊四处逃窜，
然后在风中化为乌有。
这样的黑夜没有星星，
它们徒劳地寻找出路。
闪电最终点燃了黎明，
像一盏明灯照亮大地。

雷声变成天空的哭泣，
树叶似杯，任雨溢出。
黎明给花园穿上新衣，
妖娆分外，光彩夺目。
朝霞激活花园，就像
恋人们重新燃起激情。
……①

又是一个金发女郎！又是一个多情王子！又是一出爱情悲剧！塔利克王子的故事令人震颤，但他的诗作并未超越前述情歌。倒是一些传说不胫而走，谓阿尔-曼苏尔（Almanzor）之所以赦免他，完全是因为得到了穆罕默德的旨意。后者派了一只鸵鸟钻进了前者的梦里，告诉他塔利克应当得到赦免。塔利克故而又被称为“鸵鸟诗人”。

① Reina, Francisco: *Poesía Andalusí* (الشعر الأندلسي), Madrid: Editorial Edaf, 2007, p.131.

（八）伊本·法拉迪（Ibn al-Faradi）

伊本·法拉迪（962—1013？）生于科尔多瓦。他不仅是诗人，而且也是著名的历史学家。关于他的死因至今众说纷纭，但多数学者认为是战乱之故。诗人晚年适逢穆拉比特王朝来袭。这个王朝是11世纪初由来自撒哈拉的柏柏尔人在西非建立的。穆拉比特（Almorávid）一名来自阿拉伯语“مرابط”，意为“武僧”。中国宋代古籍《岭外代答》、《诸蕃志》和元代《异域志》等称其为“木兰皮国”，并视之为世界最西国度。王朝中兴对应了阿拔斯朝的衰落，其势力范围在鼎盛时期包括了今毛里塔尼亚、西撒哈拉、摩洛哥、直布罗陀、阿尔及利亚、特莱姆森、塞内加尔、马里和伊比利亚大部。

法拉迪主要生活在阿尔曼苏尔时代。后者的统治宣告了后伍麦叶爱弥尔或哈里发时代（Califato）的终结；而穆拉比特入侵后不久，安达卢斯即分裂为若干小王国，它们分别以科尔多瓦、塞维利亚、瓦伦西亚、巴达霍斯、莱万特、托莱多等地为中心，各自为政，且争斗不断。加之北方基督徒武装力量的威胁，安达卢斯不再安宁。由是，法拉迪表达了他对真主的虔诚，从而间接地道出了他对俗世的失望和追悔：

我是充满罪孽的囚徒，
真主啊，来到你门前。
心中惊恐，浑身颤抖，
惶惶然等待你的审判。
我犯下了深重的罪孽，
早已被你洞穿和知悉。
因为你，我充满恐惧，
但心底仍有希望之光。
那希望便是你，真主！
我心恐惧却希望不灭？
是的，等待你的审判，
我既恐惧又充满希望。

每当我诵读你的著述。
就会历数我所犯之罪，
桩桩件件都历历在目，
犹如旧账本一笔一笔。
我欠你太多需要偿还，
这令我永远无颜以对。
指引我吧，给我光明，
帮我脱离漆黑的墓穴。
我将在那里被人遗忘，
连同我的所爱和所得，
还有恕无可恕的罪孽。
我若得不到你的原谅，
就会带着永远的遗憾
和歉疚在无如中消弭。[①]

（九）拉马迪（Al-Ramadi）

拉马迪（917—1012），是公元10世纪安达卢斯诗坛“三朝元老”，经历了从哈克木二世到阿尔曼苏尔[②]再到“诸藩时代”[③]，凡九十余年（另说一百多年），可谓阅历丰富。也许正因为如此，他晚年多舛，不仅险些锒铛入狱，而且终究不免被处以“默刑”[④]。

爱神木虽香，却不能抵御烈火焚烧；
玫瑰花固凋，却依然暗香浮动水面；
百合花虽好，却只能用来陪伴墓葬；

① Reina, Francisco: *Poesía Andalusí* (الشعر الأندلسي), Madrid: Editorial Edaf, 2007, p.134.

② 阿尔曼苏尔（938—1002），原为哈克木二世的侍臣，后者去世后曾独揽大权，但很快招徕了穆拉比特王朝和北方基督徒的双面夹击。

③ “诸藩时代”指阿尔曼苏尔执政后期出现的诸侯时代。至此，科尔多瓦不再是安达卢斯的唯一的中心。塞维利亚、托莱多、萨拉戈萨、瓦伦西亚等分别成为相对独立的小王国，这总体上为来自北方的“光复战争”创造了有利条件，尽管西哥特的子孙们同样处在分分合合、战战和和的“诸侯”状态。

④ 禁止犯人说话的一种刑罚。

茉莉花固贱，却释放出高贵的馨香；
紫罗兰卷曲，恰似晚祷蹑行的窃贼；
玫瑰啊玫瑰，花中王后，少女面颊。

这是诗人留下的一首赞美玫瑰的诗作。类似作品还见诸于他的彩诗。

（十）什穆埃尔·哈纳吉德（Shmuel ha-Nagid）

据以色列学者哈维娃·以赛（Haviva Ishay）考证，“近现代犹太文学”诞生于公元10世纪拉赫曼三世时期。拉赫曼三世时期被安达卢斯的穆斯林和犹太人称作“黄金时期”。当时，经济发展，社会稳定，宗教包容，文化繁荣。犹太人和基督徒不必改信伊斯兰教也能跻身上流社会。而安达卢斯犹太文学的发轫正是基于这样的环境。除后面将要涉及的犹太彩诗作家外，在犹太古典文学中相对阙如的战争叙事也应运而生。[①] 而作为犹太近现代颂歌的鼻祖本·拉布拉特（Ben Labrat）也生活在公元10世纪，犹太人至今传唱的婚餐感恩歌据说便是由他创作的。[②]

什穆埃尔·哈纳吉德（993—1056）是安达卢斯犹太文学的奠基人之一。公元9世纪中叶，阿拉伯诗人艾布·泰玛姆·塔伊（Abu Tamam Altay）将贾希利叶时期的诗歌编纂成册，冠名《激情诗集》（*Diwan Alhamasa*）。这部诗集包括十扇诗门（Abwab Alshiir），每一扇诗门都有不同的主题：爱、酒、矜夸、哀悼等。第一扇也即最重要的一扇门为激情之门（Bab Alhamasa），其作品多具尚武精神，或可称之为战争诗歌、英雄诗歌。西班牙犹太人所主要借鉴的，正是这部阿拉伯诗集。而什穆埃尔·哈纳吉德及其儿子约瑟夫·哈纳吉德（Yehoseph ha-

---

① 以赛：《诗人什穆埃尔·哈纳吉德（993—1056）：犹太民族与阿拉伯叙事的奇特交汇》（“The Poetry of Shmuel haNagid (993—1056): A Special Meeting between Jewish Nation and Arabic Narration”），宗笑飞译，《外国文学动态》2015年第1期。

② 吉尔伯特，马丁（Gilbert，Martin）：《五千年犹太文明史》（*Letters to Auntie Fori: The 5,000-Year History of the Jewish People and Their Faith*），蔡永良等译，上海：三联书店，2010年，第116页。

Nagid）无疑是犹太战争诗歌的开创者。父子二人曾在柏柏尔人统治的小王国亦戎亦笔，以至于官拜大臣、身居高位。这些在他们的诗歌中均有反映，譬如参加安达卢西亚战争的亲身经历。不幸的是，流传至今的唯有父亲什穆埃尔所作的40首战争诗歌。这些作品反映了诗人活力四射而又矛盾重重的复杂品性；同时，也体现了他与阿拉伯战争诗歌和犹太传统的深切关联。

哈维娃·以赛认为什穆埃尔·哈纳吉德的战争诗歌，“是当时安达卢斯绝无仅有的犹太战争诗歌，也是他所有作品中最引人入胜的诗章。阅读、研究这些诗歌，我们可以发现许多极为有趣的因素，其中之一便是阿拉伯激情诗（我称之为‘叙事诗’）与什穆埃尔·哈纳吉德文学世界中属于犹太肌理的宗教和民族传统的复杂交汇”。

被他称为“叙事诗”的激情战争诗歌，在阿拉伯诗歌中极为丰富，也备受穆斯林推崇。它源自贾希利叶时期，比伊斯兰教更为悠久。这类诗歌颂扬勇敢和机智，并以矜夸部落胜利和光荣为主旨。后来哈里发时期的诗人保持了这种风格，并以相同的方式描述伊斯兰战争。“什穆埃尔·哈纳吉德勇敢地借鉴了这种阿拉伯诗风，并将其格律和意象大量运用到自己的战争‘叙事’中。值得注意的是，什穆埃尔·哈纳吉德的战争诗歌直接取材于真实的哈卡比、多兹、席尔曼①战役，举凡1038—1039年与阿尔梅里亚小国王祖希尔的战争；1039年攻打卡莫纳城的战役；同年10月4日的赫尼尔河战役；1041年进攻格拉纳达北部地区、与该地区的统治者雅达伊尔（Yaddayir）的战争。”

为描述这些战役，什穆埃尔·哈纳吉德在其战争诗歌中以《圣经》的地名来指代真实的地名。由是，在描写阿尔梅里亚战役的序曲部分，什穆埃尔·哈纳吉德将曾经的敌人伊本·阿巴德（Ibn Abad）称为“亚甲”（Agag），即《圣经》中臭名昭著的国王，并将后者所代表的阿尔梅里亚王国比作亚玛力，即以色列人的敌国。据《圣经》记载，这位国王被先知什穆埃尔打败并杀死，先知恰巧与我们的诗人什穆埃尔·哈纳吉德同名。

① 安达卢斯地名。

通过这种方式，什穆埃尔·哈纳吉德成功地用富于犹太民族主义色彩的笔触描绘了这场战役，这便是“民族颂”。其中的民族主义非常有利于宗教意识的生发。如此这般，真实的事件转化为犹太民族与其敌人的历史性战役，即上帝的选民与其敌人之间殊死搏斗。在作品中，诗人叙述了战争的混乱场景：怒号、流血、烟尘，而他借以表现的则是《圣经》的场景：上帝摧毁了所多玛和蛾摩拉。

通过这种类比，什穆埃尔·哈纳吉德得以因自而由地呼唤他的祖先和以色列的上帝。他呼唤上帝：“打击他们吧，如同你对西西拉（Sisra，《圣经》中以色列的敌人）”，“如同你为巴拉（Barak）和底波拉（Debora)。”他接着又说：“因应以撒，亚伯拉罕，莎拉，以及我的祖先雅各的功绩，请记得我——我祈求上帝护佑我，以及暗兰（意指摩西）的子孙——，在战争中庇护我……以及那些生活在麦比拉洞中的人们（指代父系与母系先人）。在这样的日子里，你岂能入眠？”

这些祈求激发了来自犹太文化悠远传统的某些意象。它们与发生在安达卢西亚的战役互相映照，并被融入了阿拉伯激情诗的结构之中，并以《圣经·出埃及记》中埃及大军在红海毁灭这一意象，来指涉阿尔梅里亚军队的溃败。什穆埃尔·哈纳吉德是这样描述这一胜利的（以下为我引用）：“以此抹去亚玛力人[①]西班牙的痕迹。”诗人因他的胜利对以色列的上帝充满感恩，有诗为证：

我已为他谱写了颂歌；
赞美之词如星辰闪烁……
我们民族的子孙与我
一同吟唱，将它置于
所有伟大的颂诗之上。
无论老人，还是稚童，
都能准确无误地吟诵。
当孩子问起此诗何如，

① 此处指阿尔梅里亚人。

尔等必将作如此回复：
“这是赞美上帝的颂词，
上帝挽救了他的伙伴，
伙伴于是谱写了诗章，
世代传颂救赎的上帝。
赞美之诗，伟大光荣；
因应万能上帝的荣耀，
及他卓绝无比的创造。”

于是，问题出现了：究竟是谁赢得了这场战役？是什穆埃尔·哈纳吉德和他的格拉纳达军队，还是什穆埃尔·哈纳吉德和亚伯拉罕、以撒和雅各，抑或什穆埃尔·哈纳吉德和以色列的上帝？究竟又是谁在这场战役中落败了？是阿尔梅里亚军队，还是亚玛力人？战役在哪里爆发？是在伊比利亚半岛的群山之间，还是在《圣经》的摩瑞亚山谷？

关于发生在1047年9月8日的历史性战役，什穆埃尔·哈纳吉德同时创作了两首诗作，以表现格拉纳达军队的胜利。那是格拉纳达人对隆达、塞维利亚、马拉加军队的一场殊死搏斗。什穆埃尔·哈纳吉德一反他一诗一战役的习惯做法，连写两诗，一首79节，另一首64节。两首诗作对战争的描述细致入微。这是一个很好的例证，足见“民族-叙事”之间相辅相成、相反相成的关系：一方面是“我”作为勇士的傲慢，另一方面是他作为诗人在借鉴阿拉伯激情诗时所体现的谦逊。第一首是经典的战争诗歌，什穆埃尔·哈纳吉德称之为“叙事诗”。反之，第二首被他称作“民族诗”，它描述了“我”的虔信，以及上帝如何令人纡尊降贵、五体投地的法力。

问题是：在这些诗歌中，究竟谁是胜利者？有时，胜利者是“我”这位英雄，行进在胜利者的传统行列；有时，胜利者又变成了上帝，他以超自然的力量摧枯拉朽地消灭敌人。

尽管这两首诗对于“谁是胜利者”这个问题的处理方法迥然有别，但它们采用的都是传统的诗体（盖绥达）。并且我认为：两首诗都以颂扬上帝开篇，具有鲜明的宗教色彩；结尾也都因胜利而颂扬上帝，矜夸诗人这时妙语连珠、滔滔不绝。

作为战争诗歌，这两大作品在开篇和结尾之间，细节毕露、竭尽夸饰，描写战争场景。“两首诗的明显差异之一是比重。在民族颂中（前面曾经提及，胜利者是上帝），其布道诗般的尾声是叙事诗（胜利者是勇士）的四倍。差异之二是颂扬上帝的方式。在叙事诗中，颂扬上帝的方式具有明显的口传特征，仿佛礼拜中的唱词。居于舞台中心的是胜利者的故事。与此相反，民族颂将胜利者的故事有意延宕，最后轻描淡写，仿佛讲述某个普通事件。它所展示的是上帝的伟大和神力。后者大量使用富含宗教色彩的词汇，如犹大、约瑟、锡安、锡安的子民、锡安山等。反之，这些词汇在叙事诗中是阙如的。如此，读者在阅读民族颂时，犹太情愫和宗教崇拜便会油然而生，仿佛身临其境。”

两首战争诗歌皆以同样的问题展开：“谁是赢者？”在叙事诗中，时空情景是清晰明确的，主体是“我们”——英勇的战士。而在民族颂中，主体却是“上帝”，事件的时间、地点，以及敌人则故意延宕，及至人神转化。

“在两大诗篇中，战争的描写撷取了传统的阿拉伯英雄激情诗风格，对阵双方的军人、武器、战马以及枪林剑海都被赋予了丰富多彩的比兴和真切。在这两大作品中，诗人按照历史脉络，将战事诉诸笔端，读者也依此了解战争经过，仿佛亲历了鲜活生动的旅行，而且知其然及所以然，最后设身处地，见证敌人溃败，并在尸横遍野的恐怖场景中结束旅程。”

如此等等，见微知著，分析这两首诗当可足见它们对同一内容的不同表现方式，从而印证民族颂与叙事诗的本质区别。“其中的某些差异固然微不足道，却足以看出叙事诗中的‘我’作为勇士实现自我价值的强势存在，以及他在战争中的自我矜夸。此外，在叙事诗中，着力渲染和描述的是战争过程和凯旋之师，它们占全诗凡十八节之多，只有其中三节是颂扬上帝的。而这种以自我为中心的取法恰恰延续了传统激情诗歌的英雄主义和自我矜夸，与民族颂适成对照，盖因后者将赞颂上帝置于首要地位，对勇士的矜夸则明显弱化。二者的区别由此可见一斑。”

在民族颂中，胜利几乎不是勇士的战绩，而仅仅作为一个契机，以便歌颂上帝，并将一切荣耀归于后者。

胜利本身被看作是上帝授予这一代人抑或诗人的一个奇迹。事实上，作品甚至未及出现“我们”、勇士们之类的指称。由于上帝的直接介入，敌人的失败是早已注定并被预见了的。我们因而看到，在叙事诗中，胜利之师是战场上的英雄；而在民族颂中，一切光荣归于上帝。

这两首诗清晰地表明，诗人的内心充满矛盾：一方面，他虽成就卓著，却因宗教信仰而对上帝充满虔诚；另一方面，在叙事诗中，他又竭尽自我矜夸之能事，赞扬他的战略战术和英武光荣。

“这两种对立的人生观撕扯着他的心，并在他所有的战争诗歌中得以体现。”在诗人笔下，历史真实只是粗糙的素材，可以依据自己的想法、立场，甚至是特定情景的特定情绪进行灵活加工、改编。

后来，在19世纪许多作家的文本中，譬如伊戈·施瓦茨（Yigal Shwartz）在《制高点》（*Vantage Point*）中发现，当人们假借《圣经》叙事以描述历史事件，便普遍具有了民族认同感和相似性。“这些相似性并不偶然，亦非巧合。事实上，它们在犹太文本中俯拾皆是，施瓦茨认为它们在文化上延续了以色列民族与其土地和上帝之间的圣约。显然，这也是19世纪普遍流行的犹太民族主义阐释。那么，11世纪呢？11世纪，犹太文化的民族主义立场在其诗歌中初露端倪。对这些诗歌进行深入解析，需要更多地关注它们对精神源头《圣经》的依赖。犹太诗歌无疑是安达卢斯犹太民族主义得以发展的语言介质（希伯来语）和艺术介质。毋庸置疑，它们的韵律和风格均师法阿拉伯诗歌，但其语言的选择和主旨的明确性却无疑是纯希伯来《圣经》式的。这难道不是一种再清楚不过的民族主义倾向吗？尽管其民族主义看起来似乎再清晰不过，并且与阿拉伯语诗歌有着诸多平行雷同，但有趣的是在所有研究中世纪犹太诗歌的学者中，只有康奈尔大学的罗斯·布兰（Ross Bran）教授关注到了这个问题，而且更为有趣的是，希伯来语并非他的母语。”

综上所述，以赛认为中世纪西班牙的犹太诗歌作为一种叙事，业已成为沟通时代社会各种文化的桥梁，其在展示冲突、表现犹太人生活方面凸显了他们渴望融合、成为大同社会一分子的愿景。同时，他们忠于祖先的遗产、土地、宗教和文化。

当然，这只是安达卢斯犹太民族的一个侧面，我们固可称之为主流，然因生活所迫或其他复杂因缘，也有一些犹太人选择了改宗，从而更为完全地融入了伊斯兰世界。

二、彩诗（Muwashah）

彩诗（或“彩锦诗”）原生于安达卢斯，是阿拉伯古典情歌的一种变体。它早在公元9世纪初的安达卢斯情歌中就已露出端倪。譬如，在纳希赫和拉比等人的某些作品中，每小节开始尝试采用相对独立的押韵方式，彩诗呼之欲出。而西班牙拉丁俗语（方言）文学的最早表征便是从彩诗生发的，是为哈尔恰或缀诗、缀句（الخرج, Jarcha）。彩诗的格律究竟来自阿拉伯古体诗还是罗曼司语歌谣，或二者结合所致，尚不得而知；但它显然是中世纪西方最早的韵律诗。不消说，古希腊罗马时代固然有大量格律诗，但它们大抵有格无韵。更为重要的是，由彩诗衍生的哈尔恰竟无心插柳地开了西方罗曼司语文学之先河。

然而，从内容的角度看，哈尔恰却颇似我国古诗中的“外一首”，内容竟可偏离“中心”，且大多采用阿拉伯安达卢斯方言、希伯来语或莫斯阿拉伯（阿尔哈米亚）语。后者系安达卢斯基督徒方言，即用阿拉伯字母拼写的罗曼司语。在已知的六百多首彩诗中，近三百首用古典阿拉伯语或阿拉伯方言写成，二百多首用希伯来语写成，五十首用阿尔哈米亚语写成，其余兼有上述不同语言。其中，二十余首哈尔恰直接采用罗曼司或阿尔哈米亚语，少数用阿拉伯语或希伯来语或二者的结合完成。正因为语言的混杂，这些彩诗的缀句也极富抒情性，恰似后来的弗拉门戈舞蹈，颇有些吉卜赛人的艺术风范。

哈尔恰依附在彩诗之后，作为全诗的概括或后缀，且大都为女性视角。由此可见，彩诗的主要受众当是女性，尤其是年轻女子。她们不仅是哈尔恰的创造者，而且极有可能也是西班牙早期歌谣（或“俚谣”）择吉尔（Zegel）的主要缔造者。后者所使用的语言固然仍大量是阿拉伯语，却混杂了更多的拉丁方言，直至演变为卡斯蒂利亚语民谣维良西科（Villancico）或歌谣（Canción）。

所谓彩诗，主要是指其押韵方式。一般阿拉伯古典情诗为全诗押韵合辙，而彩诗则采取双重押韵法，即全诗若干小节中，每一小节有相对独立的押韵合辙方式，每小节五至六行，但最后一节会呼应前面几节的韵脚，形成首尾呼应的“双重押韵”，是谓“彩带样循环押韵”。

科尔多瓦鲜花城废墟

公元822年（一说833年），著名歌唱家齐尔雅卜一行从巴格达来到科尔多瓦，创办了音乐学校，并广受欢迎。能歌善舞的人们不再满足于古典诗韵，开始尝试更为丰富的韵律。彩诗应运而生。一首彩诗往往由五小节组成，每小节又分两部分。仲跻昆先生在《阿拉伯文学通史》中对这种诗体进行了描述，谓彩诗的韵律大体上为“abab，cdcd，abab，efefef，abab，ghghgh，abab，ijijij，abab，klklkl，abab”；[①] 也有一些为aa，bbbaa，cccaa，dddaa或abccc，abddd，ab，如：

江河抽出利剑（a） 砍在垂柳枝上（b）
微风吹来习习（c）
满园春色浓郁（c）
一片绿荫匝地（c）
天籁声声不断（a） 催得百花开放（b）
君看群鸟齐鸣（d）

① 仲跻昆：《阿拉伯文学通史》上卷，南京：译林出版社，2010年，第497页。

大地出现黎明（d）
园中花香正浓（d）
云被闪电驱赶（a） 泪水不断流淌（b）[①]

又如：

高声呼唤叫酒家（a），请听客官把话拉（a）。
酒醉看人一个样（b），
酒水顺着指头洒（a），
醉来方知闹笑话（a）。

拉过酒坛凭桌坐（c），四碗四碗喝连着（c）。
眼前恍惚分不清（d），
太阳月亮竟认错（c），
想听故事且随我（c）。

眼疾皆为常流涕（e），泪水涟涟苦自己（e）。
自幼青梅伴竹马（f），
两小无猜不分离（e），
人随爱长盼婚期（e）。

……[②]

公元10世纪初，两位科尔多瓦诗人——穆卡丹·伊本·穆阿发（Muqaddan Ibn Mu'afa）和穆罕默德·伊本·迈赫姆德（Muhammad Ibn Mahmud）等正式启用彩诗体。但也有学者认为当时创作此类作品的另有其人；而最为现实的问题是，除了伊本·穆阿发和伊本·迈赫姆

① 仲跻昆：《阿拉伯文学通史》上卷，南京：译林出版社，2010年，第498页。
② 艾哈迈德·爱敏：《阿拉伯-伊斯兰文化史》，史希同、张洪仪译，北京：商务印书馆，2007年，第183页。

德留下了少许诗篇外，其他同时期彩诗作者的作品皆被岁月带走，至今没有发现幸免者。彩诗属异于阿拉伯古典格律诗的新生事物，在当时还常被视为不登大雅之堂的“小歌小调”，韵律相当自由、疏放。至于彩诗之名，则大抵要归功于阿卜迪·拉比。他在一首题为《璎珞》（*Poema del collar*）的长诗中率先将这种彩带样循环押韵方式比喻为“项链”，而“Muwashah”（或“Moaxaja”）正是阿拉伯语项链或彩带的音译。

（一）伊本·穆阿发

伊本·穆阿发被认为是彩诗的真正“发明者”，生卒年月不详，且生平难以查考，但文史学界基本认为生于9世纪末，卒于10世纪初。存世作品聊胜于无，以下是一首被西班牙学术网站归于他名下的彩诗，但押韵并不十分规范：

原野的鸽子，令我悲哀；
栖息于枝头，多么可爱！
自由自在，撒旦不惧；
无忧无虑，噩梦止步。
有朝一日，因故失心，
尔将似我，生不如死。

我心已死去，怎能不悲？
真主有知乎，能救我哉？
我心所爱，随爱而去！
病入膏肓，我身何愈？

我当何如，我当如何？
请别离去，我心所爱！[1]

① www.esacademic.com/muqaddan ibn muafa.

（二）伊本·迈赫姆德

伊本·迈赫姆德，又名卡布拉的盲人（El ciego de Cabra），被一些现代学者誉为“西班牙的荷马”。[1]塞万提斯在其“流浪汉喜剧”《鬼点子佩德罗》（*Pedro de Urdemalas*）中提到了迈赫姆德，谓：

遇到一个盲人，
为他服务十月，
听到许多事情，
墨林甘拜下风。
学了一种语言，
句句引人入胜；
还可用来作诗，
行行绚丽多彩。
……[2]

迄今为止，学术界尚未对彩诗做必要的整理。因此，有关作品仍散见并封存于文史档案，积满尘埃，或文史学者偶尔一提的遥远过去。然而，它倒是早早地“出口转内销”，在阿拉伯本土产生了反响。

三、玛卡梅（Maqama）

仲跻昆先生认为阿拉伯玛卡梅有一定的程式，“它往往有一个‘传讲人’，讲述主人公的种种趣闻轶事，而主人公则往往是一个聪明机智、能诗善文、浪迹江湖的乞丐”。[3]每一玛卡梅都是一次“如是我闻”似的传述。乞丐且行且述，讲述他的所见所闻，以及他依

---

① Díaz, Joaquín: *El ciego y sus coplas*, Madrid: Editorial Escuela Libre, 1996, p.7.
② Cervantes: *Obras completas*, XVI, Madrid: Alianza Editorial, 1998, p.77.
③ 仲跻昆：《阿拉伯文学通史》，南京：译林出版社，2010年，第446页。

靠三寸不烂之舌和诡计骗取钱财，从而形成一个个故事。而玛卡梅集便是这些故事的集合，它们因由同一主人公（叙述者）串联，所以既连贯，又独立成篇。由于玛卡梅产生于崇尚华丽辞藻的阿拔斯朝后期，大多具有竞华丽、炫文采的特点。它们甚至词不惊人死不休，故而广征博引，将冷僻词语、大量典故及《古兰经》和古诗文段落嵌入其中。

在仲先生看来，玛卡梅颇似我国古代“话本”和现代“鼓词”“评书”，又像某些韵体小说。“它并不重视故事情节、悬念，也没有心理刻画”，“而把更多的注意力放在显示文字技巧、语法、修辞上。这是因为最初编写玛卡梅的目的是用以教学，故事形式只是为了使这种‘教材’生动有趣、引人入胜罢了。但作者通过贯穿全书的主人公流浪文丐的种种趣闻轶事，往往有意无意地反映了当时社会的种种风情，揭露了某些社会弊端。因而，这种玛卡梅也就有了反映现实、批判现实的文学价值”。[①]

最早的玛卡梅产生于公元10世纪末叶，由赫迈扎尼（Al-Hamadhani，969—1007）和哈里里（Al-Hariri，1054—1122）始创。二者先后于公元10世纪末和11世纪分别创作了《玛卡梅集》（*Maqamas*）。

据学者费尔南多·德·拉·格兰哈（Fernando de la Granja）考察，受赫迈扎尼影响，玛卡梅来到安达卢斯几乎也是在10世纪末或11世纪初。它的第一位安达卢斯作者是阿赫迈德·伊本·阿斯加尔（Ahmad ibn al-Asgar）。有关此人的生平情况罕有确凿记载，但伊本·巴萨姆（Ibn Bassam）、伊本·雅康（Ibn Jakan）和伊本·萨义德（Ibn Said）三位安达卢斯学者均提到了他。格兰哈遴选了他的两个玛卡梅体故事[②]，它们可谓安达卢斯最早的原创小说。

前面说过，我们对伊本·阿斯加尔的生平知之甚少。格兰哈编选的两个玛卡梅体故事分别是《剑与笛》（*Epístola de Espada y Cálamo*）和《椰枣》（*Epístola de la Palmera*）。原文中的“Epístola”（Risāla）

① 仲跻昆：《阿拉伯文学通史》，南京：译林出版社，2010年，第446页。

② Granja, Fernando de la: *Maqamas y risalas andaluzas*, Madrid: Instituto Hispano-Arabe de Cultura, 1976, pp.2—53.

即“书信”，保留了玛卡梅的书信体形态。其中，《剑与笛》写剑笛之争，也即文武之争。著名阿拉伯文学研究家加西亚·戈麦斯（García Gómez，Emilio）曾在《穆斯林五诗人》（*Cinco poetas musulmanes*）中援引阿拉伯本土诗人的名句：

当我远行归来，笛子这样诉说：
“光荣属于利剑，而非悠扬笛声。”[①]

斯宾格勒曾经用（“诗”、“矛”和“剑”）“三字经”[②]概括阿拉伯骑士。同样，格兰哈也在“序言”中援引了类似的诗行：

宝剑胜过美诗文，
其利可断霸王棕。[③]

由此可见，剑笛之争在阿拉伯世界源远流长。然而，伊本·阿斯加尔颠覆了上述观点。在他看来，笛子和利剑各有千秋。前者是人与人对话的介质，后者是战争的象征，但无论前者还是后者，归根结底都应是和平的使者。作品与其说是书信体，毋宁说是对话体。作品辞藻绚丽，妙语连珠，体现了这类作品所追求的文采与雄辩。

一如两名骑手在跑马场角逐，两株杨柳在同一片土地斗艳，两颗晨星在地平线闪烁，两支利箭同时离弦，两朵鲜花竞相开放，抑或两片云彩在黑夜撞出雷电……凡此种种，皆为妒忌所致，值得夸耀，却必留后患。甲骑手一步之先夺得冠军，杨柳之一因一寸之长赢得对手，利箭总有偏差，星星有明暗之分，鲜花有贵贱之别，云彩的闪电也有强有弱。

---

① García Gómez, Emilio: *Cinco poetas musulmanes*, Madrid: Editorial Espasa-Calpe, 1944, p.47.

② 斯宾格勒：《西方的没落》第二卷，吴琼译，上海：三联书店，2006年，第176页。

③ Granja, Fernando de la: *Maqamas y risalas andaluzas*, Madrid: Instituto Hispano-Arabe de Cultura,1976, p.19.

落后者必伺机超越，勇气变成戾气，火药味儿由此产生，即便旁观者指指戳戳、议论纷纷，也难消妒忌者的阴暗心理。

且说宝剑和笛子犹如漫漫长夜的两盏明灯，引导人们走向荣耀，甚至登上最崇高的天庭去摘取星星……[①]

如此这般，作者描写了二者如何在虚荣的驱使下相互诋毁、彼此伤害：

笛子说："哦，伟大的真主！……最好的语言莫过于理智，而诚信是最宝贵的品质……"

利剑说："别跟我讲什么规律，别跟我讲自然法则，以及宗教和世道人心……我的雄辩是让强大的对手闭嘴，我的微笑建立在敌方的呜呼哀哉……"

笛子说："真主教我们看轻财物！炫耀不公（此处应为武力—引者注）是多么可悲！暴力玷污纯洁的友爱……使战争泛滥、欲望之箭穿梭……"

利剑说："你吃不到葡萄说葡萄酸，好比那乌云只打雷不下雨……"

笛子说："不会倾听的人总爱胡说八道……你的无礼说明了你的本质、你的阙如，同时恰好反证了我的价值。真金来自泥土，烈火采自顽石，人类不可或缺之水是最廉价元素。宝贵来自谦逊……就像珍珠来自贝壳，金枣来自棕榈，黎明来自长夜。难道不是这样吗？……"

利剑说："……眼睛是心灵的镜子，而你的眼神充满虚伪，你的身体羸弱无力，你的影子残缺不全[②]……你的眼泪像脏水[③]……"

---

① Granja, Fernando de la: *Maqamas y risalas andaluzas*, Madrid: Instituto Hispano-Arabe de Cultura, 1976, pp.32—33；省略号系引者所加。下同。

② 意为残疾（缺胳膊少腿）。

③ 指多愁善感、容易落泪。

笛子说："正所谓山外有山，天外有天；你是风，自有台风比你强。有道是，闪光的不一定是金子，你像冻结的水，拒人进入、无益旱地。你的热血之躯冷酷无情……睁开你的眼睛，承认你的无知，你会懂得自己是一柄没有灵魂的象牙剑把或一支镀金的木质利箭、插在雏菊丛中的一枝水仙……"

……[①]

相形之下，《椰枣》更像小说。它是复数叙述者"我们"的所见所闻。"我们"遇到一个男孩，男孩搭讪说："真主保佑你们远离晦气。我看你们不是迷路了，便是在寻找宝贵失物。也许我能帮助一二。俗话说，询问是打开了然之门的钥匙。"原来，"我们"（原文应为地主）为椰枣而来，但男孩谎称来者晚到一步，因为自家的枣全被鸟儿吃了个精光。于是，矛盾出现了。"我们"以雄辩的言辞循循善诱；男孩引经据典，有古诗文为证：

萨尔玛将我呵斥：
"你不能断我活路！"
我说椰枣本有限，
荒年此物更稀罕。
……

"我们"将信将疑，终不免软硬兼施，一会儿指真主起誓，一会儿拿诚信说事，逼迫男孩从实招来，无奈后者巧舌如簧、不为所动。

四、其他散文

公元10世纪的安达卢斯文坛繁花似锦，诗歌、散文相得益彰。其中，阿卜迪·拉比的《璎珞》——又被称为《罕世璎珞》（*El collar único*）——是这一时期最具原创性和影响力的作品，成书于10世纪初。

① Granja, Fernando de la: *Maqamas y risalas andaluzas*, Madrid: Instituto Hispano-Arabe de Cultura, 1976, pp.34—40.

作品凡二十五章，每章犹如一串宝石。譬如第一串为珍珠，第二串为祖母绿……处于中间位置的第十三串是“独一无二的宝石”，然后周而复始：珍珠、祖母绿等。作品的具体内容涵盖了阿拉伯世界政治、经济、历史、文化等诸多方面，其中有一章是专门论述诗歌和有关韵律的。

据有关资料记载，拉比的祖先是后伍麦叶君主的释奴，父辈方获自由。诗人从小在经塾接受启蒙教育；志学之年进入科尔多瓦大清真寺，师从著名学者诵读伊斯兰教经典以及文史和科学著作。因才华横溢、机敏过人，为拉赫曼二世所赏识。然而，拉比少年得志，多少有些桀骜不驯、轻佻放纵。这有其早期诗作为证：

她用手心斟上美酒，
粉掌映衬玫瑰玉液。
……[①]

诚然，随着年岁的增长，他越来越有感于世道炎凉和人间沧桑，感喟人生无常的作品遂时有产生。譬如以下这首短诗，充分体现了诗人的怨世之情：

希望远比云彩渺茫，
许诺恰似蜃景闪光。
奴隶开始当家做主，
四处横行皆是豺狼。
一拖再拖令人憋气，
一延再延遥遥无期。
有年无月光阴荏苒，
群狗抢食是谓现世。[②]

---

① Ribiera Mata, M. J.: *Literatura hispanoárabe*, Alicante: Universidad de Alicante, 2004, p.62.

② García Gómez, Emilio: *Poemas de Abd Rabbih*, Salamanca: Universidad de Salamanca, 1945, p.17.（译文参考了仲跻昆《阿拉伯文学通史》，南京：译林出版社，2010年，第502—503页）

《罕世璎珞》是拉比成熟时期的作品，因此风格沉稳而富有哲理。作者在编撰此书时博采广征，许多思想来自希腊、波斯、印度等文明古国，被认为是一部百科全书式的作品。它题材广泛，叙述风趣，涵括了时人所能掌握的几乎所有知识，如天文、医学、历史、政治、文学艺术、音乐舞蹈等。其中还包含了大量宗教经文和诗歌名篇、格言警句，乃至奇闻轶事。当然，文学是其主线，犹如串联璎珞的经线，将无数美妙素材和知识汇聚在一起，同时关涉圣战、血统、女人等诸多话题，可谓层层叠叠，然疏密有致。唯一的缺憾是作品基本没有涉及安达卢斯，因此是前安达卢斯的阿拉伯和“东方文化”的集大成之作。①

第三节　公元11世纪

公元11世纪是安达卢斯文学的鼎盛时期，尽管几经内讧和战火洗劫的西方穆斯林王国开始盛极而衰。这一时期除涌现出了一批蜚声海内外的大诗人、大作家，无论玛卡梅体小说还是彩诗都依然流行，而且产生了集大成的代表性人物。文学题材更为丰富，风格更为多样，显示了强大的艺术创造力。

一、彩诗的繁盛

这一时期，彩诗成为安达卢斯的标志性体裁，其代表诗人有伊本·巴亚（Ibn Bayya）、伊本·巴齐（Ibn Baqi）等。

（一）伊本·巴亚（？—1139），生平不详，但归于其名下的彩诗却流传了下来

你裙摆拖地翩翩而来，

① 当它传至北非时，有阿拉伯本土学者发出了“浪子回来”之喟。仲跻昆：《阿拉伯文学通史》，第503页。

掉进酒坛醉了我的爱。

你点燃了银色的欲望，
金色缠绕着熊熊火光。
牙齿如珍珠排列嘴上，
石榴籽般，粒粒甘甜。

欲喝美酒就举起酒杯，
杯中的玉液水样荡开。

播洒霞光，黎明降临，
花园苏醒，遍洒晨金。
请不要吹灭你的灯芯，
让它燃烧，与酒互映。

让雨水不停地落下来，
花儿快乐，笑开了怀。

王国的花园处处是景，
恰似项链由珠宝串成。
造物偏爱，月色如银；
美轮美奂，馨香怡人。

如雨，如晨，又如海；
有阿里[①]、欧麦尔[②]之才。

① 阿里（Ali ibn-Abi-Talib，600—661），穆罕默德的堂弟，伊斯兰教最早的信徒之一。

② 欧麦尔（Umar ibn al-Khttab，592—644），与穆罕默德先敌后友，最终成为穆罕默德的得力助手。穆罕默德去世后，欧麦尔协助阿布·布克尔执政；后者去世后，成为第二任哈里发。因此，称阿布·布克尔为“爱弥尔”当是根据安达卢斯习惯。

像狮子一样骁勇无比！
冲锋陷阵，所向披靡！
利剑和长矛谁人能敌？
战无不胜，堪称奇迹！

利剑沾上敌人的血液，
长矛用对手发辫点缀。

真容隐藏，戴着面纱，
仿佛月亮罩上了云霞。
旌旗历历，尽显潇洒；
世人竖起拇指将他夸。

真主保佑阿布·布克尔[①]，
爱弥尔至尊人到福来！[②]

（二）伊本·巴齐

伊本·巴齐（？—1145）于11世纪中后期出生在科尔多瓦，生平不详，但一些彩诗被归于其名下。其中，《爱情游戏我的心》（"El amor juguetea mi corazón"）曾广为流传，且迄今仍是人们言说和研究彩诗的重要依据之一。

爱情游戏我的心，
她因哀怨哭不停。

人啊，我心何堪？
她使我充满渴望，

---

① 阿布·布克尔（Abu Bukr，573—634），穆罕默德的岳父，伊斯兰教最早的信徒之一。
② Díaz, Joaquín: *El ciego y sus coplas*, Madrid: Editorial Escuela Libre, 1996, pp.165—166.

我却将她来欺瞒。

他如何对你负心？
目光如剑可杀狮。

满月之夜色着漆，
漆上结出石榴籽；
脸如重枣腰如枝。

过来啊，我的亲，
不要逃避我的情。

他说我脸似毒花，
目光若剑闪光华。
爱我岂不危险大？

我却不惜追得紧，
哪怕失败必无情。

我心失恋化作泪，
滴入黑夜变闪雷，
双手握紧热血脉。

万言难慰我寸心，
唯有洒泪浇痴情。[①]

此诗因倾诉对象徘徊于阴性和阳性之间，有学者疑其出自某同性恋者之手。诚然，倘使作者有意从女性视角倾诉爱情，那么“同性

① Díaz, Joaquín: *El ciego y sus coplas*, Madrid: Editorial Escuela Libre, 1996, p.150.

恋”之说就难以成立了。依此类推，衍生于彩诗的缀诗（哈尔恰）也完全有可能（至少部分地）出自男性诗人之手，尽管它们均采用女性口吻。有关情况还见诸拉马迪等（“双性恋者”）的表演，而安达卢斯的开放程度则由此可见一斑：

那些漫漫长夜，我将名声出卖；
皆因心魄已醉，
酒童歌女相随，
……[①]

酒童歌女性别不同，但都因爱恃宠：

夜夜把酒作乐，但求平衡尚在；
激情使之苗条，
左拥右揽相邀，
床上翻滚如潮，
恰似项链缠腰。[②]

二、其他诗人

11世纪，安达卢斯诗坛群星璀璨。据目前所掌握的资料，重要诗人凡数十人之多。在这些诗人当中，有伊本·舒海德（Ibn Shuhayd）、阿布·穆希拉·伊本·哈兹姆（Abu l-Mugira Ibn Hazm）、伊本·哈兹姆（Ibn Hazm）、加萨尼亚（Al-Gassaniyya）、婉拉黛·姆斯泰克菲（Wallada Al-Mustakfi）、伊本·宰敦（Ibn Zaydun）、穆塔迪德（Al-Mutadid）、阿巴迪亚（Al-Abbadiyya）、所罗门·伊本·加比罗尔（Salomón Ibn Gabirol）、摩西·伊本·埃兹拉（Moseh Ibn Ezra）、伊本·阿玛尔（Ibn Ammar）、穆阿台米德（Al-Mu’tamid）等。

---

① Ribiera Mata, M.: *Literatura hispanoárabe*, Alicante: Universidad de Alicante, 2004, p.58.
② Op. cit. p. 59.

（一）伊本·舒海德

伊本·舒海德（992—1034）出生于科尔多瓦的贵族家庭，从小受到良好教育，且博闻强记、才华横溢。因在王公贵胄中成长，从小耳濡目染，沾染了不少达官贵人和纨绔子弟的放浪习性，早期诗作免不了充斥风花雪月和美女佳酿。后期因官场失意，开始感喟世道炎凉。晚年身陷囹圄，最终瘫痪，及至死亡。

他的作品大都已散佚，残留至今的诗篇，如《自狱中》（“Desde la cárcel”），道出了他对人生的体悟和对艺术的追求：

除了激情赋予的诗章，
我此生可谓一无所有。
它独一无二激情铸就，
自口中溢出美丽流淌。
审美的夸张无与伦比，
一如我放荡不羁之名。
其实我是个不幸之人，
一生中唯有诗行相伴。
曾拥有无数羚羊美女，
我是这世上第一情圣？
她们的面颊以及眼睛，
见证的只有生离死别
和饥渴、耻辱、狱规。
过去的朋友有谁来过？
唯有残暴的狱卒为伍，
脚下燃烧着死亡炭火。
……①

① Reina, Francisco: *Poesía Andalusí* (الشعر الأندلسي), Madrid: Editorial Edaf, 2007, p.137.

伊本·舒海德同时还是一位寓言作家。《魔鬼与精灵》（*Risala del hada y el diablo*）是他的一个名篇。作品影射了使他身陷囹圄的谄媚之人。他们因妒生恨，对他恶意中伤。在阿拉伯的古老信仰中，每个诗人都有精灵或魔鬼附身。作者想象自己在精灵的带领下飞往冥界，与贾希利叶时期（Jahiliyyah）名流的精灵在一起，并与之品诗论文。作者借此含沙射影，攻击同时代文人骚客。最后，诸精灵一直认为他足以跻身于历代名家之列。据阿辛·帕拉西奥斯（Asín Palacios）所言，但丁的《神曲》受到了这类作品的影响。[①] 同理，中世纪基督教神学的"炼狱"说的兴盛也多少得益于阿拉伯和安达卢斯伊斯兰教思想（详见第四节）。

（二）阿布·穆希拉·伊本·哈兹姆

阿布·穆希拉·伊本·哈兹姆（？—1046）是伊本·哈兹姆的堂兄，因参与反阿尔曼苏尔的政治运动而遭到迫害。坐过牢，并被短暂流放，晚年同女奴库卢卜完婚。后者也是一位诗人。一生创作文学作品无数，但留存者极其罕觏。以下是一首归于其名下的短歌：

如何以黑矛和白剑
飞上苍穹与月为伴？
倘我能预见你的爱，
就当毕生迎候报复。
尊者不惜以身试法，
冒险生命又算什么？[②]

（三）加萨尼亚

加萨尼亚，生平不详。根据有关史料记载，他曾是阿尔梅里亚地区的著名诗人。作品主要为颂诗和情歌。其中大部分颂歌是献给阿米里（Al-Amiri）王子的，而其情歌则哀婉动人，尽管已难询所指。

---

① Asín Palacios: *La escatologia musulmana en la Divina comedia*, Madrid: E. Maestre, 1919 (Madrid: Instituto Hispano-Arabe de Cultura, 1961).

② Reina, Francisco: *Poesía Andalusí* (الشعر الأندلسي), Madrid: Editorial Edaf, 2007, p.140.

当有人说起离别。
哦，我情何以堪?
离别意味着死亡，
将痛苦留给生者。
曾几何时，你我
花前月下总相依，
人生之园美如斯，
馨香迷人花竞开;
夜色朦胧无忧患，
何愁那生死离别?
我们相依又相拥，
似树枝风中缠绕。
哦，但愿你知道，
你我虽别情未了。
无论东西远相隔，
此情此意不能忘。①

（四）库尔图比亚

库尔图比亚生活于公元10世纪和11世纪之交，生平不详，但有不少讽刺诗被归入其名下，其中一些具有明显的厌女及反基督教倾向：

一

婉拉黛生了孩子，
却没有嫁过男人，
仿佛马利亚受孕。
即使棕榈叶抖动，
也被她视作阳物。

① Reina, Francisco: *Poesía Andalusí* (الشعر الأندلسي), Madrid: Editorial Edaf, 2007, p.143.

二

你送给情人两只甜瓜，
甘甜怡人，没人不夸！
那浑圆恰似少女乳房，
无视阳物，高傲如她。

这样的作品即使在性解放旗帜高高飘扬的今天也有些罕觏。诗中嘲讽的婉拉黛极有可能是姆斯泰克菲公主。至于其中的反基督教倾向，则不由得让人想起公元8世纪西哥特拉丁文坛围绕“圣灵”之说的“选择主义”思想。富有讽刺意味的是，安达卢斯的穆斯林诗人似乎对此记忆犹新。

（五）婉拉黛·姆斯泰克菲

婉拉黛·姆斯泰克菲（？—1091）是哈里发姆斯泰克菲的女儿。这位伍麦叶公主才貌双全、兰质慧心，且又桀骜不驯。其父昏庸无能，在位期间不得民心，对后伍麦叶时代的终结负有一定责任。婉拉黛主要生活在父亲离世（1025）后的“诸藩时代”，但毕竟瘦死的骆驼比马大，一生养尊处优、以文会友，其住所俨然成了文学沙龙，免不了诗人云集，夜夜歌舞升平。据传她每天都会将自己的新作写在纱巾或衣服上供文友欣赏，及至在与众不同的长裙右侧绣上自我赞赏：

婉拉黛（油画）

感念真主兮，赐吾尊贵，
心怀骄矜兮，吾行吾路！

而在左侧，这位美女诗人则公然挑逗她的爱

慕者：

君其信吾兮，愿吾爱抚抚吾颊，
赠君吾吻兮，辗转寤寐寐之求。

著名诗人伊本·宰敦是沙龙的常客，而且两人一来二往产生了爱慕，以至于共浴爱河。有诗为证：

当黑暗降临，请将我等候！
我看黑夜最能将秘密保守。
同你在一起，我觉察不到，
放光的日月和满天的星斗。[①]

但她同时也是一位醋意十足的情人。据说因为宰敦青睐某歌女的琴艺，婉拉黛醋意大发，并从此与大诗人反目，尽管事实恐远比这复杂得多。

你若能公正对待我们的爱情，
就不至于青睐婢女不知重轻。
你抛弃鲜花盛开的甜美大树，
竟把那永不结果的枯枝来拥。
你明知我是苍穹高悬的月亮，
却迷上木星，哦，我的不幸。[②]

随后两人反目成仇，渐行渐远。婉拉黛不仅投入了他人的怀抱，而且对宰敦竭尽挖苦、讥嘲之能事：

---

① 仲跻昆：《阿拉伯文学通史》，南京：译林出版社，2010年，第489页。
② Reina, Francisco: *Poesía Andalusí* (الشعر الأندلسي), Madrid: Editorial Edaf, 2007, p.213.

一

“六艺大师”是你封号，
本性如此，难以改掉：
终身公子哥、鸡奸者、
通奸犯、王八蛋以及
色狼淫棍外加强盗坯。

二

伊本·宰敦何德何能，
竟敢诬蔑本人编罪名。
每当我与之不期而遇，
他就像阉驴躲闪不逮。

三

伊本·宰敦声名远播，
却只爱他人裤中阳物。
但见有男生进入椰林，
他就像那偷窥的淫鸟。①

婉拉黛的辛辣由此可见一斑。而且，文如其人，她对自己的概括也完全可以用她的“拜联”（联句）一语道破：

真主使我生来荣耀，
我行我素质本骄傲。

① Reina, Francisco: *Poesía Andalusí* (الشعر الأندلسي), Madrid: Editorial Edaf, 2007, pp.212—213.

我凭情人吻我面颊，
亦可赐吻所需之人。[①]

据说她曾将这“拜联”书于左右肩膀，这又从一个侧面折射出安达卢斯的开放。

（六）伊本·宰敦

伊本·宰敦（油画）

伊本·宰敦（1003—1071）出生于科尔多瓦名门望族，其祖先来自伊斯兰圣城麦加。父亲是教授和诗人，外祖父当过科尔多瓦大法官。宰敦自小聪慧，热爱诗文，弱冠之年声名鹊起，从而有机会结识婉拉黛公主并与之发生恋情。通过公主，宰敦跻身政坛。因此，婉拉黛同他反目不尽是因为怀疑他移情别恋，也多少还有对其功利主义的不屑。但爱情本身是甜蜜的，即便它未必长久。

你的一声问候，
　　你的回眸一望，
都会令我销魂，
　　让我终生难忘。
我不过是追求，
　　追求心中的希望，
我不过是想要，
　　想要对你偷偷张望。
我会保护你，
　　不让人说短道长，

① Reina, Francisco: *Poesía Andalusí* (الشعر الأندلسي), Madrid: Editorial Edaf, 2007, p.212.

我会尊敬你，
　　绝不会做非分之想。
我会小心谨慎，
　　警惕监视者的目光，
也许由于谨慎，
　　爱情会更地久天长。[①]

或者：

情人依依惜别，
却将耐心留下，
向你倾诉秘密，
还有绵绵衷肠，
希望归路非长。
哦，月光妹妹，
真主赋予时间！
别后黄夜漫漫，
相聚光阴太快，
使我由衷慨叹！

又或者：

我的目光生出花朵，
花茎弯弯挂满露珠，
仿佛因我睡眼蒙眬，
她才晶莹热泪婆娑。
阳光照耀玫瑰灿烂，
太阳因她攀上空中，

① 仲跻昆：《阿拉伯文学通史》，南京：译林出版社，2010年，第470页。

大地苏醒睡莲馨香，
空气因你清新晨风。[①]

西班牙学者雷伊纳认为婉拉黛同他反目的根本原因是他的世故和谨小慎微。二人因诗结合，也因诗分手。[②]这未免有些言过其实。从婉拉黛的作品看，她是由妒生恨；而宰敦则依然对她心存爱恋：

曾经多么亲近，
如今相隔天渊！
生离终已来临，
晨昏间着光明。
死亡随之临近，
哀悼我的哭丧。
……
谁能告诉我们，
美妙时光不真？
而今天涯咫尺，
只能眼泪相问。[③]

在另一首作品中，诗人对情敌进行了攻讦：

婉拉黛多么高贵！
她是座丰富宝藏，
可资人未来享用。
但愿她在爱弥尔[④]
和收藏家间从容！

① Reina, Francisco: *Poesía Andalusí* (الشعر الأندلسي), Madrid: Editorial Edaf, 2007, p.219.
② Op. cit. p. 217.
③ Op. cit. pp. 219—220.
④ 据有关史料记载，此爱弥尔非彼爱弥尔，而是科尔多瓦王麾下重臣伊本·阿卜杜斯（Ibn Abdus）。

人说她与爱弥尔，
我说也许或也许，
蝴蝶总是爱扑火。
你们或许不相信，
她的爱情我知道：
就像一桌好宴席，
可惜是我吃剩的，
留给老鼠打牙祭，
盖因美味我吃尽。[①]

由此可见，宰敦痴情未泯，倒是婉拉黛不依不饶。是她生性刁蛮、醋意太浓，还是他负心在先，甚而背信弃义？真实原因恐怕只有他们二人知晓，也许连他们自己也未必完全清楚。所谓“不识庐山真面目，只缘身在此山中”，许多爱情悲剧恰恰是误会所致。这其中自然少不了情敌如科尔多瓦王麾下重臣伊本·阿卜杜斯（Ibn Abdus）的影响。但愿他们地下有知，可以释然了。

作为著名诗人，宰敦的作品远不止于此。他的不少颂歌得到了塞维利亚王穆阿台迪德（Al-Mu’tadid）和穆阿台米德父子的青睐，他甚而因此官运亨通，位及宰相，以至于个别诗句被写进了《一千零一夜》。

药到病除皆因功德，
恢复了神勇和精神。
一如黎明出于黑暗，
宝剑出鞘闪亮无比。
祝您吾王万寿无疆！
……

——《塞维利亚王穆阿台迪德颂》
（“Panegírico al rey al- Mu’tadid de Sevilla”）[②]

① Reina, Francisco: *Poesía Andalusí* (الشعر الأندلسي), Madrid: Editorial Edaf, 2007, pp.223—224.
② Op. cit. p. 224.

瞧，早春已然来临，
光芒万丈寰宇清新。
我起誓，悲伤过后，
新王吾主诸事顺意。
……

——《塞维利亚王储穆阿台米德颂》
（“Panegírico al rey al- Mu’tamid de Sevilla”）①

看得出来，这是穆阿台迪德驾崩之际宰敦献给储君的颂诗，固不乏阿谀之意，却也体现了臣子本分。对其诠释可浅可深，浅谓人常，深则由此及彼，从而直抵宰敦世故庸俗的一面，并据此佐证婉拉黛之攻讦。

逝者已矣，生者如斯。生亦悻然，死亦悻然，人类概莫如此。哀哉呜呼！

（七）阿巴迪亚

阿巴迪亚身为下贱，却才高八斗。没人知道她来自何方，只知她曾是莱万特王阿米里（Al-Amiri）的女奴，后被赠与塞维利亚王穆阿台迪德。生卒年月不详，却创作了不少诗作和哲学述评。穆阿台迪德曾这样写道：

睡吧，有人却因你而无眠，
在漫漫长夜徒等死神来临。
没有人可以将你置之度外，
你却用无瑕天真将人遗忘。②

遗憾的是她的作品已散佚殆尽，唯有两行诗句留存于世：

① Reina, Francisco: *Poesía Andalusí* (الشعر الأندلسي), Madrid: Editorial Edaf, 2007, p.225.
② Op. cit. p. 236.

你若爱我，如斯感情，
必因情亡，爱似忘川。[①]

（八）所罗门·伊本·加比罗尔

所罗门·伊本·加比罗尔雕像

所罗门·伊本·加比罗尔（1020？—1058？），本名阿维塞布隆（Avicebrón），是犹太改宗诗人，生长于马拉加，后移居瓦伦西亚。因父母早亡，所罗门·伊本·加比罗尔有过艰辛的童年；后因早熟和聪慧好学，得到了萨拉戈萨重臣伊本·哈楠（Ibn Hanan）的呵护，并接受了苏非神秘主义思想。由是，他被认为是安达卢斯神秘主义的代表，其作品兼有喀巴拉神秘主义和苏非神秘主义色彩。

喀巴拉（又译卡巴拉）是古老的犹太神秘主义派别。喀巴拉（Kabala或Cabala）源自希伯来文“קַבָּלָה”，字面意思为“接受”，它是一套隐秘的教材，用来解释永恒神秘的造物主与短暂有限的宇宙之间的关系。虽然它被许多教派所引证，但因主张秘传和感悟而并未形成一个真正的宗派。在其核心思想中，有用数字和字母命理来解释《圣经·旧约》的信息。这在所罗门的作品中即有所表现。喀巴拉还有意将犹太神秘主义的注意力引向神本主义，如神性本质、创造和灵魂的起源、生命和命运的终极意义，以及人类在世界和宇宙的位置等各种本体论问题。它因而被看作是犹太教的密宗分支，靠少数精英秘密传授，并通过冥想得到感悟和超拔。

苏非（a1-Sufiyyah）是伊斯兰神秘主义派别的总称，又称苏非神秘主义。“苏非”（Sufi）一词系阿拉伯语“صوفي”的音译，其词源有多种说法。一说谓“羊毛”，表示信仰之虔诚、生活之质朴；又谓“赛法”（Safa），意曰“心灵洁净、行为纯正”；另谓“赛夫”（Saff），亦即

① Reina, Francisco: *Poesía Andalusí* (الشعر الأندلسي), Madrid: Editorial Edaf, 2007, p.236.

"面对真主品高位前"；甚或还有"苏法"（Suffah）之说，意为苏非派的品质和修持似先知穆罕默德从出的古老部族，故名。苏非派赋予伊斯兰教神秘奥义，主张苦行禁欲、虔诚礼拜、与世隔绝。中国伊斯兰学者曾将其译为"苏非行知"。苏非派于公元7世纪末8世纪初产生于伍麦叶王朝统治时期的库法和巴士拉等地，是穆斯林虔诚信仰与宗教修行（包括精神炼金）的产物。早期苏非派反对伍麦叶王朝和阿拔斯王朝的腐败奢靡，主张虔诚、节俭、守贫、苦行、冥思和禁欲。他们严格遵奉经训、教法和教规，效法先知穆罕默德及其弟子的简朴生活，常以粗粝的羊毛裹身。公元8世纪以降，随着翻译运动的兴起，苏非派由苦行禁欲主义逐渐转向神秘主义，并吸纳借鉴了古希腊、波斯和印度的哲学、宗教思想，提出了以爱安拉为核心的神智论、泛神论和人主合一论等，形成一套杂而不乱的苏非主义体系。及至公元11世纪，伊斯兰权威教义学家安萨里（al-Ghazzali）对苏非思想进行了综合归纳，并将神秘主义的纯爱、直觉和人主合一思想纳入伊斯兰教正统信仰，从而为正统伊斯兰教，尤其是逊尼派和官方所接受。12世纪末13世纪初，安达卢斯神秘主义哲学家伊本·阿拉比（Ibn al-Arabi）将苏非神秘主义发展成以"万有单一论"为核心的泛神论哲学思想体系，赋予神秘主义以哲理和思辨性质，从而进一步擢升了这一思想体系的影响力。

集喀巴拉与苏非思想于一身，所罗门·伊本·加比罗尔显示了非凡的混杂与神秘。《盖绥达》（"Qasida"）是他早期作品之一，就彰显了他的自信：

我是诗，是诗的主人，
是诗人和歌手的竖琴。
我的诗句似王冠璀璨，
是王者额头上的光环。
我生活了十六个春秋，
却有八十长者的头脑。
……

《喀巴拉》(*La Kabala*),又名《王国之冠》(*La Corona del Reino*)则是他的代表作之一,作品凡一千三百余行,表现了他的天人浑一观:

你是一,宇宙之本;
你是一,万物之源。

你是**一**,神秘之**和**;
智理至理混沌苍白,
皆因大**你**遥不可及。

你是一,不亏不盈,
你是一,不多不少。

你是一,却非常一,
你是数,却非常数。
你永恒,不增不减。

你是**你**,不可转喻;
你是**一**,不可界定。
你不接受任何外物。

于是乎,我在冥思,
自观没有言语错误。

你是**一**,超然物外,
又无不在万物之中。
……

你存在于万物之中,

却既无形，也无声，

你无须回答为什么，
也没有怎么和哪里。
你在，只因为**你**在，

你在，于时间之先，
你在，于空间之前。

你在，却充满神秘，
你在，又无适无莫；
无始无终谁能企及？

……[①]

这颇有些老子的味道，作品的长度也与《道德经》相仿，尽管所指不尽相同。老子谓“道生一，一生二，二生三，三生万物。万物负阴而抱阳，冲气以为和”（《道德经》第四十二章）。而所罗门·伊本·加比罗尔的大写的“你”何尝不是苏非意义上的“道”？况且，倘使将宗教当作哲学来考量，那么它们本质上都带有探询宇宙以及生命规律、本源和终极意义的诉求。只不过苏非神秘主义将这一诉求推向了极致，从而一方面夸大了人类认知的局限性，另一方面又将个人的灵性绝对化了。至于其中的天人浑一观，则与我国古代的天人合一观颇为相似，二者有异曲同工之妙。倘使二者之间没有影响和被影响关系，那么“人同此心，心同此理”的说法也就完全成立了。

① Reina, Francisco: *Poesía Andalusí* (الشعر الأندلسي), Madrid: Editorial Edaf, 2007, pp.247—248.

穆斯林、基督徒和犹太人

（九）犹太诗人

随着彩诗的流行，不少犹太诗人涉足其间。摩西·伊本·埃兹拉是其中之一。摩西·伊本·埃兹拉（1057—1138？）出生于格拉纳达的一个犹太家庭，是11世纪最负盛名的犹太诗人之一。他创作了大量彩诗，但流传至今的仅有十六首，以下是他的一首作品[①]：

爱人你为何向左，而不是右行至我？
回来吧，亲爱的，回到我温柔怀抱！
伊人言语已经蜕变，不再温柔不再甜美；
海誓山盟一去不返，锦书难托悔之太晚。

心破碎，泪湿襟，肝肠寸断未了情。
倘使决意要离开，且请听我来说清：
日短夜长无以为眠，倾诉衷肠聊作小诗；
伊人秀发如墨乌黑，伊人脸庞清秀似碧。

倘若有人问起我，容貌如何人何如；
皆因面纱遮脸形，还有黑袍不离身。
伊人容貌无可挑剔，伊人美德无与伦比；

① 此诗存有不同版本，这可能因传抄，也可能因翻译之故。

德似处子完美无瑕，貌若朝阳人见人爱。

男人因之乱了心，丧失理智无主意；
放浪形骸失分寸，自惭形秽总是情。
难道爱情本该残忍，不由分说就要分离？
难道人心如同人脸，要红就红说变就变？

夜阑人静说分别，噩梦丛中心惊骇；
旭日东升梦未央，酒杯在手话衷肠。
爱情奴仆痴情未了，或生或死不能自已；
伊人眼睛窃去我心，万能真主视而不见。

我心固碎，却还我来：
你不怜我，我又如何？
真主在上，无所不晓！[①]

这首彩诗除了出自犹太诗人之手而外，本身并无特殊之处。重要的是后面的缀句，它用阿拉伯语而非希伯来语写就。这从另一个角度印证了缀诗的流行。前面说过，它在安达卢斯基督徒笔下被称为哈尔恰，是西班牙拉丁俗语最早的抒情诗和文学形态。

（十）伊本·阿玛尔

伊本·阿玛尔生卒年月不详（一曰1031—1084），却是一位传奇人物。他曾在塞维利亚王穆阿台迪德父子宫中为官，系两朝元老，官拜宰相。但是，据有关史料记载，他的官运来自与穆阿台米德的暧昧关系。早在穆阿台米德还是王子时，伊本·阿玛尔就与他交情甚笃，乃至常有风流韵事传出。虽说同性恋或双性恋在安达卢斯的穆斯林中间并非禁忌，但发生在王子、储君身上多少有有伤风化之嫌。年轻王子

① Sáenz-Badillos, Angel: *Literatura andalusa*, Madrid: Universidad Complutense, 1977, pp.113—115.

因之而受到穆阿台迪德的责罚，伊本·阿玛尔也被贬至穆尔西亚为官。穆阿台迪德驾崩之后，穆阿台米德继位。不久，伊本·宰敦谢世，伊本·阿玛尔出任宰相。但正所谓太亲易疏，伊本·阿玛尔好景不长，并终因“不忠”、“忤逆”和“谋反”获罪，并被处以极刑。

他的诗作比兴丰富，风格雕琢，被誉为安达卢斯的“巴洛克”：

请斟满圆圆佳酿，
风醒来，晨未远；
启明星风中摇曳，
褪却了琥珀夜色，
樟脑白黎明累眼。
花园似姬好锦簇，
金箔银丝纺织成。
珍珠般串串霜露，
爱神木昂首挺立；
或如那英俊少年，
被羞涩玫瑰装点。
臂膀似河流洁白，
从绿色长袍探出；
风儿吹，人声喧，
阿巴德[1]利剑出鞘，
令敌人闻风丧胆。
……

——《穆阿台迪德颂》(“Panegírico a al- Mu’tadid”)[2]

三、哈兹姆及其《鸽子项链》(*El collar de la paloma*)

之所以要将哈兹姆（994—1064）单列出来，一是因为他的重

① 指穆阿台迪德，谓其姓。
② Reina, Francisco: *Poesía Andalusí* (الشعر الأندلسي), Madrid: Editorial Edaf, 2007, p.287.

要；二是因为他的代表作《鸽子项链》既是诗，也是文，很难归类。哈兹姆堪称安达卢斯最重要的诗人之一，他的世俗化倾向集成了安达卢斯的世俗文学，不少思想几乎游离于伊斯兰教教义。

《鸽子项链》的作者哈兹姆（铜像）

众所周知，伊斯兰教作为一种信仰体系，旨在通过笃尊唯一的真主达到规训人生的目的。它以信奉者个体（造化物）与真主（造物主）的关系为最高关系，据以确定人与他者、与自然的关系。但哈兹姆的爱情哲学打破了这种关系，他的爱情观超越时空，至今没有过时，故而不仅是系统论述世俗爱情的真正《爱经》，而且以较为中性，甚至特殊的女权倾向超越了奥维德。

哈兹姆出生在科尔多瓦的一个穆斯林家庭，但从小博览群书，且性格叛逆。青年时代和堂兄参与政治，并多次身陷囹圄或被驱逐、流放。据哈兹姆研究家加西亚·戈麦斯，这位性情特别、著述颇丰的穆斯林作家可能来自穆斯林化安达卢斯（中世纪穆斯林对西班牙南部的统称）的土著家庭。祖先皆为贫穷农民，后随社会地位缓慢攀升，及至父辈在科尔多瓦穆斯林宫廷谋得一官半职，方跻身于上流社会。但有关其祖先的非阿拉伯身世仅为西方学者的一面之词或一种推测，尚无真凭实据。而这种推测本身有意无意间蕴涵的文化思想或价值取向值得另文探究，但其中较为有趣的一件事情是哈兹姆的祖父或曾祖父也曾有志于文学创作。这一信息隐约出现于《鸽子项链》自传部分。尽管史料并未验证哈兹姆是否精通古希腊语和拉丁语，但奥尔特加·伊·加塞特（Ortega y Gasset, José）却认为哈兹姆明显继承了希腊-拉丁传统，并在其文学代表作《鸽子项链》中同时表现出新柏拉图主义和新亚里士多德主义倾向。[①]

《鸽子项链》创作于1023年，发表时间不详。前者由哈兹姆本人提及，而后者却只能归咎于时空烟尘。作者同时提到原著卷帙浩繁，而面世的只是屡次删减后所剩部分。至于缘何删减，他却只字未提。于是，类似于曹雪芹“披阅十载，增删五次”却终未给出结果的难题出现了。好在《鸽子项链》的爱情主题十分明确，谜底在于爱的不同形态、不同理解和不同因缘。而这些正是哈兹姆试图展示，并借以继承和突破传统的重要努力。

作品凡三十章，外加一个序和一个跋。哈兹姆在《序言》中发出一连串祈求：“愿真主保佑你我不再对正确的道路感到迷惘！愿他别再对我们的努力加大负荷！愿他以上佳的方式支持我们的虔信之旅！愿他阻止我们做出离经叛道的选择！愿他勿弃我们于无知、放弃、懦弱、固执、怪癖、盲目与堕落！”[②]这显然不是虔信者的祷词。首先，作者在《作品说明》中迫不及待地告诉读者，作品由三十章组成，前十章阐述什么是爱：一谓爱的本质，二谓爱的表征，三谓爱的梦幻，四谓爱的画像，五谓一见钟情，六谓日久生情，七谓爱的语言，八谓爱的表情，九谓爱的呼应，十谓爱的使者；中十二章描写爱的状态，譬如爱的冒险、爱的因果。从本质上说，爱是一系列冒险和偶然，它们有好有坏，有因有果；因有善因恶因，抑或非善非恶，果亦然哉，很难一概而论：一曰友爱，二曰情爱，三曰隐秘的爱，四曰张扬的爱，五曰顺从的爱，六曰矛盾的爱，七曰偏执的爱，八曰妥协的爱，九曰忠贞的爱，十曰水性杨花，十一曰疾病，十二曰死亡。后六章讲爱的问题，一讲过错，二讲嫉妒，三讲误会，四讲裂痕，五讲分手，六讲忘却。作为尾声，再特设外二章：第一章为罪过，第二章为禁欲。凡此种种，皆为说明爱有真假、善恶之分，而爱真主才是至真至善之爱。

① Ortega y Gasset: “Prólogo a *El collar de paloma*”, Ibn Hazm: *El collar de paloma*, García Gómez ed., Madrid: Alianza Editorial, 2012, pp.26—27.

② Ibn Hazm: *El collar de paloma*, García Gómez ed., Madrid: Alianza Editorial, 2012, pp. 117—118.

“赞美真主，真主万能。”[①] 和卷首语一样，后者似乎完全是虚晃一枪，只为掩人耳目。

哈兹姆纪念邮票

诗人认为爱的本质或真谛只可意会，不可言传；而且这意会还需要足够的爱的时间和空间。此外，诗人一方面口口声声谓爱需要信仰，即对真主的虔诚；另一方面又列举安达卢西亚历史上诸多男欢女爱，甚至道听途说的世俗恋情，譬如某某王子爱上花匠的女儿，某某国王爱上他的女奴，并谓遥远的埃及也是如此。反之，有穆斯林达官贵人娶妻纳妾，外加情人无数，可谓多多益善。在哈兹姆看来，爱是灵魂的结合。它们分别来到世上，机缘巧合，相遇相吸；真爱必合，错爱必分：即使不合，爱不能忘；即使不分，同床异梦。这也是世界万物的运行法则：同“性”相吸，异“性”相斥。至此，诗人居然不惜“冒穆斯林之大不韪”[②]：援引了《圣经·创世记》关于亚当和夏娃本属一体的说法（其异端倾向可见一斑！）。[③] 诗人同时认为爱不能只是单向的和单薄的。所谓单向是指单恋；而单薄则是吸引一方或双方的“优点”过于褊狭，一旦某个“优点”消失或不再成其为优点，那么爱也就随之荡然了。后者常见于单纯的外貌吸引。有诗为证：

吾爱汝兮，只因爱汝；
爱不移兮，无何无如。
情诚笃兮，不多不少；

① Ibn Hazm: *El collar de paloma*, García Gómez ed., Madrid: Alianza Editorial, 2012, pp. 123—125.
② 奥尔特加·伊·加塞特认为哈兹姆的爱情观几可与文艺复兴运动初萌时期的某些新柏拉图主义思想互为映照。
③ 尽管事实上安达卢斯的穆斯林一直相当开放、包容，其与古典希伯来文化的关系非常密切。这其中既有丰富伊斯兰神学的现实需要，也有与犹太人和西方基督徒和平共处的诉求。

真主知兮，虔心永驻！

万物生兮，所以不灭，
因其本兮，如是者也；
倘质易兮，本乃不同，
其陨者兮，必其然也。[①]

在之后的二十九个章节中，诗人夹叙夹议，亦诗亦文。关于“爱的表征”，诗人展示了他的东方式含蓄。他说，为了保守爱的秘密或者因为彼此思恋，恋人经常以泪洗面。有诗为证：

吾眼云霓阅，
流下无尽泪。
皆因汝之故，
未眠夜连夜。[②]

有时，恋人咫尺天涯，相思之苦绵绵不绝，令人绝望：

我遥望着她家每时每刻，
她却隐身其中踪影全无。
咫尺天涯，望尽天涯路，
或许它知道我将其窥探。
我听到屋中传来的脚步，
她却形同中国远得无辜。
一如渴极之人遇到水井，
却奈何无法将井水何如。
心中的人儿她仿佛已去，

---

① Ibn Hazm: *El collar de paloma*, Garcia Gómez ed., Madrid: Alianza Editorial, 2012, pp.129—130.
② Op. cit. p. 144.

就像生死两隔冰冷之墓。[1]

此外，哈兹姆认为爱的思念与爱一样重要。在“爱的妥协”（或“爱的满足”）一章里，诗人甚至这样描写真爱之后的无奈与宽宥：

当无法再拥有我的主人，
当他不再爱我转身而去，
我满足于他的区区衣物，
以及他曾经用过的东西；
诚如父亲雅各痛失约瑟[2]，
并因后者之死感到哀伤，
捡起后者衣衫视若珍宝，
结果治愈眼疾不再失明。[3]

在此，诗人援引了《圣经》，足见其对犹太经典和基督教掌故了然于心，也再次证明安达卢斯穆斯林当局对异教是包容的。然而，诗人在此突然启用了女性口吻，这多少有些让人遗憾，尽管现实生活中他才是个重情重义、对逝去爱人念念不忘的好男人。

反之，诗人在第六章中对那些好色之徒进行了批判。他认为没有人能同时爱上两个男人或女人，除非他（她）爱得不够深、不够真。有诗为证：

一人爱俩山盟海誓，
合二为一恰似摩尼[4]；

---

① Ibn Hazm: *El collar de paloma*, Garcia Gómez ed., Madrid: Alianza Editorial, 2012,p.275.
② 此掌故来自《圣经·旧约》，谓雅各生有十二子，约瑟行十一。小约瑟最受父亲宠爱，结果引发兄长们的嫉妒。一天，约瑟随兄长们外出放牧，被弃于遥远的井中。但是，他命大福大，不仅没死，反被商人带至埃及。后来，他竟然飞黄腾达，官至宰相，反过来施救于父亲和兄弟们。约瑟一百一十岁献世，安厝于埃及境内。这里所说的雅各并非《圣经·新约》中的使徒，约瑟亦非马利亚之夫。
③ Ibn Hazm: *El collar de paloma*, p.296.
④ 摩尼（？—274），摩尼教创始人，主张取基督教和佛教之所长，兼容并包，合二为一。

怎知心房不容水火，
真主也是无二独一。[①]

在另一个章节，诗人讲到真爱的忠诚和排他。有诗为证：

伊人尽入吾思，
血脉穿越躯体；
但见伊[②]之表情，
无视象之迁徙。[③]

但是，诗人不相信爱情面前的所谓友谊和公平。他给出的故事讲述某王子门下的一个贵族朋友的背信弃义：王子爱上了一个女奴，但又苦于无法与之朝夕相处，便差友人代劳，传递消息和信笺。这样鱼雁往来，年复一年，好不容易等到女奴被其主人拍卖，王子遂差朋友前去救赎，怎知那朋友近水楼台先得月，兀自悄悄买了那女奴并将其纳为小妾。有一天，女奴闲来无事，翻检丈夫书房，无意间发现了王子给她的最后一封信笺，于是真相大白。原来忘恩负义者另有其人。这时丈夫回来，见小妾手中拿着王子的救赎文书，却误以为是早期书信，说“自那之后再无新闻”。而她却回说：“不，对你而言皆是旧闻！”丈夫恍然大悟，后悔莫及。

关于怎样的女人可娶，诗人没有正面回答。所谓萝卜白菜各有所爱，或者见仁见智，这正是他的高明之处。因此，他顾左右而言他：

蛇蜥有色彩斑斓的外表，
但血液之中充满了毒素；
利剑之光多么璀璨夺目，
剑刃之下多少冤魂哭鬼？！

---

① Ibn Hazm: *El collar de paloma*, Garcia Gómez ed., Madrid: Alianza Editorial, 2012, p.166.
② 原文为“蚁”，比喻真情之精微与专注。
③ Ibn Hazm: *El collar de paloma*, Garcia Gómez ed., Madrid: Alianza Editorial, 2012, p.270.

……

真主的造化物万千不同，
没有最好，且爱你所有；
当世上没有唯一的甘泉，
爱你所爱是最好的选择。
哦，千万别再见异思迁，
饮鸩止渴不如忍受饥渴。[1]

诗人的回答显然是随遇而安、宁缺毋滥，这与他现实生活中刻骨铭心的爱情相吻合。据说他豆蔻年华就爱上了自己的侍女努阿姆（Nuam)。待她长大成人后，二人结为夫妻。只可惜天不假年，努阿姆英年早逝，给哈兹姆留下了无尽的思念。当然，哈兹姆有自己的偏见，比如他不屑于黑种人，却对金发碧眼的白种人褒奖有加。这多少也是当时的安达卢斯审美观。

同时，他还是一位爱国主义者，其名言是："宁要西班牙石[2]，不要大中华珠。"

四、穆阿台米德

穆阿台米德（1040—1095)，又称塞维利亚的穆阿台米德。作为塞维利亚王穆阿台迪德的法定继承人，穆阿台米德从小养尊处优，及至与诗人伊本·阿玛尔发生暧昧关系。青年时代，穆阿台米德风流倜傥，文武双全，沉溺于声色犬马。1068年，穆阿台迪德驾崩，穆阿台米德继位，塞维利亚从此成为安达卢斯名副其实的文学中心。穆阿台米德招贤纳士，广交文友；无数文人骚客自安达卢斯及北非、西西里岛等地慕名而至，云集于斯。在位期间，国运大好，科尔多瓦、瓦伦西亚等地先后归顺于他。但好景不长，北方基督徒大兵压境。阿尔丰索六世（Alfonso Ⅵ）于1085年率部夺回西哥特故都托莱多，并自称

① Ibn Hazm: *El collar de paloma*, Garcia Gómez ed., Madrid: Alianza Editorial, 2012, p.245.
② 原文为"rubí"，即产自安达卢斯的一种红宝石。

穆阿台米德时期的塞维利亚（11世纪）

“两宗之王”[①]，继续挥师南下，迫使穆阿台米德于1091年向穆拉比特王朝的开创者摩洛哥拉维王朝的伊本·塔什芬（Ibn Tashfin）求助，结果引狼入室，不仅丢了王位，还被流放至北非。晚年贫病交加，抑郁而终。

作为传奇人物，穆阿台米德留下了无数令人击节慨叹的奇闻轶事，其中不少被传为佳话。譬如青年时代携文友伊本·阿玛尔游历四方，某日在河边诗兴大发，大声吟出半联诗句：

风织涟漪一环环

伊本·阿玛尔未及对上下联，忽听河边一浣衣女子应声答道：

绳穿铠甲半片片[②]

穆阿台米德抬眼望去，但见她亭亭玉立，煞是可爱，随即上前搭讪，方知其身为女奴，却才貌双全。穆阿台米德对她一见钟情，将其高价买下，不久纳为妃子。他的早期诗歌不少因她而作。她就是伊阿蒂玛德（Itimad），本名鲁梅齐娅（Rumaykiyya）。

① 原文为“Emir de las dos religiones”。Monroe, James (ed.): *Hispano-Arabic Poetry*, Berkeley and Los Angeles, London: University of California Press, 1974, p.47.

② Al-Mu'tamid: *Poesía completa*, trad. de Miguel Hagerry, Granada: Comares, 2006, pp.13—14.（译文参考了仲跻昆《阿拉伯文学通史》上卷，南京：译林出版社，2010年，第475页）

我的眼睛看不到你，
你却分明在我心里。
多少相思多少眼泪，
彻夜无眠表达爱意。
我自以为意志坚定，
爱上你却那么轻易。
我的愿望非常简单：
从今和你永不分离！
若我远离这片土地，
你也定要矢志不渝。
我将你名嵌入诗行：
我的爱伊阿蒂玛德。[①]

这是一首藏头诗，原文每个联句的第一个字母串联起伊阿蒂玛德，并在最后予以说明。据说诗人对这位妃子宠爱有加。一次，她无意间看到有人在踩踏泥浆，竟也挽起裙摆前去玩耍。穆阿台米德得知后命人用上好麝香和琥珀粉制成“泥浆”，和以大量玫瑰花瓣，供爱妃玩耍。

你乘轻风入梦来，
仿佛玉臂枕颈椎，
仿佛因爱又无眠，
仿佛吻遍你酥身，
仿佛我已遂我心。
倘使你未入梦来，
这些何以太实在：
我因爱你识云霭。[②]

① Al-Mu'tamid: *Poesía completa,* Granada: Comares, 2006, p.64.（译文参考了仲跻昆《阿拉伯文学通史》上卷，南京：译林出版社，2010年，第476页）
② Op. cit. p. 65.

然而，作为王子，穆阿台米德并未满足于伊阿蒂玛德。他把他的情和诗献给了许多有名无名的女子，从而留下了大量哈兹姆所批评的“滥情”诗篇。下为一首献给情人“雅乌哈拉”（“Yawhara”）的艳情诗：

雅乌哈拉，
你为何将真名来藏匿？
你知道我爱你又敬你。
也许以为我是在骗你：
先用花言巧语使你信，
再拥你入怀、衔嘴里，
哪怕最终如斯被你欺。①

或者献给一名唤作维达德（Widad）的女子：

我为爱情干杯，
迷失在失恋中……
唯有记忆安慰，
那是你的倩影。
你已离开月光，
但它依然照我；
你似梦境远去，
我心仍在梦你。②

再或献给希赫尔（Sihr）的情诗：

我今恳求真主，
让我继续病重，

① Gil, Pedro: *Al-Mu'tamid, un rey de leyenda* (ملك الأسطورة), Sevilla: Alfar, 2013, p.117.
② Op. cit. p. 119.

躺在床上受罚；
皆因羚羊来访，
她是多么甜美，
情意绵绵无边。
我愿为爱痴狂，
不要让我痊愈。
希妹化作修辞，
是祥是光是爱。
我今恳求真主，
虽已病入膏肓，
却仍不求痊愈；
我愿永远忍受，
直至心死身亡。①

据说，穆阿台米德明令要求宫廷的一切器皿、用具均应饰以“相应”的华美情诗（17世纪的西班牙贵族几乎不折不扣地因袭了他们的习俗，这在贡戈拉的巴洛克主义风格中可见一斑）：

它深夜降临，身披白昼之光
光芒四射，如水晶缀满长袍，
宛如丘比特裹着战神的火焰，
将熊熊之火与流水融为一体。
恰似明镜哦，将其合而为一，
因为本质上二者已密不可分。

观赏者莫名所以：莫衷一是？
难道她就是水？是星辰闪烁？②

---

① Gil, Pedro: *Al-Mu'tamid, un rey de leyenda* (ملك الأسطورة), Sevilla: Alfar, 2013, p.121.

② López-Baralt: *Huellas del Islam en la literatura española*, Madrid: Ed. Hiperión, 1985, p.25.

然而，穆拉比特王朝在安达卢斯建立伊始，穆阿台米德即沦为阶下囚，不久又被流放至马格里布。素来锦衣玉食、享尽荣华富贵的君主成了含垢忍辱、不能自已的可怜虫。风烛残年，他的诗作见证了亡国之君的切肤之痛和彻骨之恨：

明知我是穆斯林，
竟不肯慈悲怜悯！
你喝我血食我肉，
只差将我骨头啃！
王儿见我陷囹圄，
痛彻肺腑碎了心。
可怜可怜我王儿！
他竟纡尊去乞怜。
……

——《镣铐》（“Las cadenas”）[①]

女儿们衣不蔽身，
我知其饥饿滋味。
她们已一无所有，
只能替人去纺织。
每次她们来看我，
满是羞辱和倦怠；
曾经锦衣和玉食，
如今赤脚陷泥淖。
稚嫩脸上无血色，
饥馑写遍幼小身；
目光滞呆尽是哀，
化作热泪天人悲。

① López-Baralt: *Huellas del Islam en la literatura española*, Madrid: Ed. Hiperión, 1985, 174.

……

——《我的女儿们》(“Mis hijas”)①

诗人对自己的下场和家人的悲苦，以及过去的岁月追悔莫及，但偶尔也会想入非非，期待有朝一日东山再起：

我知道塞维利亚在哭泣，
晨曦哭醒它的雄伟宫殿，
用充满馨香的洁白露水。
那馨香来自花园的花朵，
露水是广场上空的蓝泪。
……
塞维利亚切莫太过悲哀，
有朝一日迎回宫殿主人——
君王酷爱诗歌不会忘记，
王国臣民对他充满情意。

——《塞维利亚王》(“Rey de Sevilla”)②

或者绝望和自暴自弃：

太久人生对我言：
可怜囚徒是何感？
我的回答很简单：
……
生命对我已无益，
生不如死情何堪？
……
逝者如斯不复返，

① López-Baralt: *Huellas del Islam en la literatura española*, Madrid: Ed. Hiperión, 1985, p.169.
② Op. cit. p. 170.

一切皆有终结时。

——《太久人生》(“Larga vida”)[1]

五、其他诗人

乱世出英雄，乱世亦可出诗人。11世纪确是安达卢斯诗坛的鼎盛时期，人才辈出。除前述诗人外，较为著名的还有布阿蒂娜·穆阿台米德（Buatyna al-Mu’tamid）、阿伊莎·库尔图比亚（A’isa al-Qurtubiyya）、马拉齐亚（Al-Malaqiyya）、乌姆·凯莱姆（Umm al-Karam）、拉伊（Ar-Rayyi）、乌姆·巴尔巴里亚（Umm al-Barbariyya）、乌姆·舒玛迪（Umm SuMadih）、卡斯姆娜·雅乌迪（Qasmuna al-Yahudi）、伊本·哈姆迪斯（Ibn Hamdis）、伊本·阿卜顿（Ibn Abdun）、加萨尔（Al-Gazzar）、塔米娜·塔斯芬（Tamina Tasfin）、伊本·侯萨因（Ibn Husain）、西尔维娅（Silbiyya）、伊本·海法捷（Ibn Khafajah）[2]等，其中不少为女诗人，足见安达卢斯诗坛之繁盛景象。

（一）布阿蒂娜·穆阿台米德

布阿蒂娜·穆阿台米德是穆阿台米德的长公主，生卒年月不详，坊间谓其才识过人、“貌若羚羊”。但是，归入她名下的只有一首凄美的短歌：

请听我言，字字珠玑；
高贵身份，言行判定。
别忘了我曾身陷囹圄，
也勿忘阿巴德是我姓。
……
真主决意将我们分开，
父女永别，天各一方。
悲从中来，危机四伏。

① López-Baralt: *Huellas del Islam en la literatura española*, Madrid: Ed. Hiperión, 1985, p.182.
② 也作Ibn Jafaya。

阴谋和恐怖笼罩王国。

……

我四处逃遁遁无可遁，

落入男人之手，犹如

羊落虎口，不能自已。

他的卑劣，我的噩梦。

成为奴隶，任人摆布，

我哭我命，情何以堪。

……[①]

她现身说法，道出了穆拉比特王朝颠覆安达卢斯诸王国后引发的惨状。正所谓东边日出西边雨，几家欢喜几家愁，这是重新洗牌之后的景象。

（二）阿伊莎·库尔图比亚

阿伊莎·库尔图比亚生于名门望族，在科尔多瓦接受教育，从小机敏过人，素有“天才美少女”之称，但她红颜薄命，英年早逝。学者伊本·哈扬（Ibn Hayyan）谓她在伊斯兰教神学和哲学方面有很深的造诣，而且精通修辞学。[②]以下是她的两首短歌，其形态颇似绝句：

挥泪又怕人知情，

无泪不能抵汝心。[③]

或者：

母狮不甘居人穴，

倘须找谁作伴侣，

端非犬类或狼豺；

① Reina, Francisco: *Poesía Andalusí* (الشعر الأندلسي), Madrid: Editorial Edaf, 2007, pp.354—355.

② Op. cit. p. 356.

③ Op. cit. p. 357.

吾思郎君郎不如。[①]

（三）马拉齐亚

马拉齐亚（？—1077）生于马拉加，擅长寓言诗。她的一首《乌鸦与青丝》（“El cuervo y los cabellos de la juventud”）见证了光阴荏苒、物是人非的感喟：

一只乌鸦飞过眼前，
翩翩起伏群山之巅。
我对它说，欢迎你，
让我想起昔年青丝。[②]

（四）乌姆·凯莱姆

乌姆·凯莱姆（1051—1091），阿尔梅里亚公主，生平不详；根据有关资料推测，其经历颇似布阿蒂娜·穆阿台米德，但残留诗篇多为情歌，这再一次印证了安达卢斯的非凡风俗。

哦，多想和你幽会！
没有监视没有耳目。
多神奇呀！
我渴望幽会的人
虽辞犹在是我心！[③]

据称，公主年少，情窦初开，爱上了宫中的一位男侍，结果受到阻挠。男侍失踪，并不知所终。类似的情况也曾发生在另一位女诗人身上，她便是哈姆黛·宾特·齐亚德（Hamdah Bint Ziyad）。

---

① Reina, Francisco: *Poesía Andalusí* (الشعر الأندلسي), Madrid: Editorial Edaf, 2007, p.358.

② Op. cit. p. 359.

③ Op. cit. p. 365. 译文参考了仲跻昆《阿拉伯文学通史》上卷，南京：译林出版社，2010年，第494页。

（五）哈姆黛·宾特·齐亚德

哈姆黛·宾特·齐亚德出身书香门第，从小钟爱诗书。她的作品婉约并略带哀怨，为11世纪安达卢斯诗坛平添了一抹异样的风景。

泪水在河谷将我的隐秘揭穿，
在那里俊美将它的迹象展现。
于是它顺着河流向每座花园，
又从园中引起每条河谷抖颤。
羚羊群中有一只美丽的母羊，
令人神魂颠倒让人为之眷恋。
她低头凝眸沉思只为一件事，
那事让我辗转反侧难以安眠。
一旦她的长发垂下披在肩上，
你就会看到明月在黑夜天边，
就好像是晨光因为兄弟死了，
穿上黑色的衣服以服丧悼念。①

此诗道出了美少女顾影自怜，而她的性取向也因此而受到怀疑。关于女诗人后来的境况，现存史料无有记载，我们只能从她的些许诗章和残编揣测一二。

（六）拉伊

拉伊于1027年出生在马拉加，她也是一位美女诗人。留传诗章不多，但可喜的是后人在其故乡发现了她的手迹。那是她的一首短诗，或可见证她的典雅风格：

诗友为我指出瑕疵，

① Reina, Francisco: *Poesía Andalusí* (الشعر الأندلسي), Madrid: Editorial Edaf, 2007, p.495.

她的指责太过尖刻！
何不睁眼欣赏珠玑？
我恳求我一丝不苟，
字里行间也不放过。
纸张、墨水和古笛，
在我手上化作诗行：
瞧，它们就在这里，
珍珠项链由我串起！①

由此可见，诗话和批评在安达卢斯蔚然成风，人们在批评中如切如磋，如琢如磨，既有挑剔，也有自卫。

（七）乌姆·巴尔巴里亚

乌姆·巴尔巴里亚来自马格里布（宋代《诸蕃志》译为"默伽猎"），生卒年月不详，但大多数文史学家认为她是11世纪安达卢斯诗人，其作品在瓜达拉哈拉广为人知。迄今为止，其存世作品仅有五首。

一

你是完美化身，
高雅开了风气。
美丽众望所归，
无人可以企及。
你的声名远播，
无你生而无益。

二

请读懂我的处境，
不要再无端指责。

① Reina, Francisco: *Poesía Andalusí* (الشعر الأندلسي), Madrid: Editorial Edaf, 2007, pp.362—363.

原谅比挑剔重要，
……
倘我无意犯下错，
因你仁厚化作美。

三

黎明啊，请慢些来，
夜晚和白昼不同在。
白发不能骗取我爱，
且听我在此如是言：
别再如此冥顽不化，
岁月不是愚之资本。

四

如果不是因为这美酒
是音乐和激情的情敌，
我会将它同爱情和诗
串起一条美妙的项链，
让它们见证欲望火焰。

五

花园竹影婆娑，
露珠纷纷凋落。
仿佛风之巧手，
吹拂旌旗招展。①

这些作品题材广泛，遣词造韵却颇为自然、流畅，仿佛围炉夜话

① Reina, Francisco: *Poesía Andalusí* (الشعر الأندلسي), Madrid: Editorial Edaf, 2007, pp.362—363.

或内心独白。

（八）卡斯姆娜·雅乌迪

卡斯姆娜·雅乌迪，生卒年月不详。据有关史料记载，她出生在马格里布的一个犹太人家庭，后改宗并辗转至安达卢斯，曾在格拉纳达生活。她的作品也罕有留存。

一

太阳光芒万丈，
月亮因它闪亮；
但它也会被遮，
日食时常出现。

二

我见田野一片，
已是收割时节，
未见农夫现身，
不知是何原因。
青春匆匆逝去，
往事不堪回首。

三

羚羊徘徊花园，
恰似我的身影。
孤寂与我眼睛，
黑色相伴而生。
忍受此等生活，

这是命运安排！[1]

诗由心生，这些作品无不体现了诗人的心境。穆拉比特王朝伊始，犹太人在安达卢斯的处境有所恶化，这导致一些改宗者逃往北方、投入基督徒的怀抱，譬如佩德罗·阿尔丰索（详见第一章第三节）。

（九）塔米娜·塔斯芬

塔米娜·塔斯芬，生卒年月不详，却被证实为安达卢斯第一位穆拉比特哈里发约苏夫·塔斯芬（Yusuf b. Tasifin）的公主，第二任穆拉比特哈里发阿里·约苏夫（Ali b. Yusuf）的胞妹。她先后在阿拉伯本土和安达卢斯接受教育，学识渊博，才思敏捷。她的诗作罕有留存，目前归于其名下的仅有一首短歌：

她是太阳，寓居天庭，
雍容华贵，不慌不忙。
你无法企及她之所在，
她也难以降至你面前。[2]

（十）西尔维娅

西尔维娅生活于11世纪晚期，曾因不堪社会动荡，间或参与政治。有关史料对此偶有涉及，但主要依据仍是归于其名下的这首直谏诗：

已经到了非常时期，
最顽固的眼在落泪，
滴在地上与地同悲。
你，是人们的期待，
倘真主打了个瞌睡，

① Reina, Francisco: *Poesía Andalusí* (الشعر الأندلسي), Madrid: Editorial Edaf, 2007, pp.372—373.
② Op. cit. p. 378.

你有责任大呼其名，
“主啊，牧场已经干涸，
辽阔大地寸草不生。
民不聊生野兽肆虐，
翠绿之林不再绿色①，
无论它曾多么慷慨，
天堂变成火样地狱。
忘乎所以为所欲为，
难道不怕真主降临，
秘密仁慈化作惩治？”

（十一）加萨尔

加萨尔出生在萨拉戈萨，人们对其生平的了解大抵来自他的诗作。迄今仍有十余篇什留存，且大都气势不凡、充满讥嘲。以下是他的一首长诗残编：

你若接近某位国王，
向他展示你的诗才，
无格无韵尽是珠玑，
智者见之无不称奇，
却是王者眼中之钉，
不遭驱逐才是怪事。
……②

同样，他批评人们的排己式批评，谓朝廷之故往往也是众人之故：

别一味地谴责朝廷，

① 原文同其名，有森林之意，双关语。
② Reina, Francisco: *Poesía Andalusí* (الشعر الأندلسي), Madrid: Editorial Edaf, 2007, p.366.

熟视无睹自身言行。
朝廷之故世人之故，
没有土壤哪有其果？
倘使真主改变主意，
让你当个国王试试，
焉知可有片刻公心。[①]

这种批判有力，并看两面的精神并不多见。这也许正是加萨尔成功的“秘诀”之一。他在这些作品中有意无意地将自己纳入批判对象，令人感佩之余，又不能不有深长之思。

（十二）伊本·哈姆迪斯

有关伊本·哈姆迪斯（1058？—1132）的生平少有记载，但他同塞维利亚王穆阿台米德的友谊却广为人知。诗人博览群书，是有名的才子，因其诗作不拘形式而成为安达卢斯罕见的“自由诗人”。以下是他的一首“自由诗”，不仅形式自由，而且大胆引证了《圣经·旧约》：

哦，王宫，向你致敬！
你是安拉授意的创造，
美丽随岁月增长，
被口碑不断激活；
摩西固曾直面上帝，
却也得脱鞋光脚，
否则不能进入。
……
即使古波斯的宫殿，

① Reina, Francisco: *Poesía Andalusí* (الشعر الأندلسي), Madrid: Editorial Edaf, 2007, p.369.

苛斯洛厄[①] 遍布足迹，
也一定会相形见绌。
你辉煌灿烂尽显神圣，
非所罗门亲临而不能。
……[②]

（十三）伊本·阿卜顿

伊本·阿卜顿生于11世纪中叶，生平不详，但其作品将他锁定在反犹太主义阵营。由于战乱和政权更迭，哀鸿遍野、人心惶惶在所难免。于是，犹太人与穆斯林相安无事的局面再一次被打破。这在穆拉比特王朝可谓仅次于基督徒“光复战争”的种族倾轧。伊本·阿卜顿见证并参与了这场势力悬殊的反犹运动。

是非的慰藉留下印记；
缘何哭悼幻影与梦想？
我告诫你，不停告诫，
切勿轻信狮子的爪牙！

是非的妥协是场战争，
真正的赢者唯有矛剑。

和平从未被握在剑把，
而是靠矛锋利刃挣得。
切勿浑浑噩噩被欺骗，

① 苛斯洛厄（Cosroes），古波斯安息国高僧安世高（Parthamasiris，约二世纪）之王叔。安世高本名清，字世高，曾是安息国的王太子。其父谢世后继承王位，但一年之后就把王位让给了叔叔，并出家为僧。究其原因，除因父王去世痛感人生虚妄外，可能还有政治斗争等方面的因素。他曾遍游西域诸国，弘传佛法，后来又到中国，是小乘佛经汉译的第一人。事实上，印度佛教最初传入我国，是仗西域僧人所译。安世高可以说是佛经汉译的创始人，他首先译介了印度小乘佛教禅类的经典。苛斯洛厄继位后曾大兴土木，建造豪华宫殿。

② Reina, Francisco: *Poesía Andalusí* (الشعر الأندلسي), Madrid: Editorial Edaf, 2007, pp.375—376.

眼睛用来观察和明辨。
真主原谅我的座右铭：
命运也要防患或然率。

我们身上满是旧创伤，
它们常被无视被忽焉，
或者自欺欺人地忘却，
譬如采花人无视毒蛇。
勿忘记，即使有真主，
多少王国转眼成往昔！①

这是何等警醒的反犹精神，殊不知冤冤相报何时了。

（十四）伊本·侯萨因

伊本·侯萨因生于马拉加，是位著名的经学家、史学家和文学家。晚年移居塞维利亚，主张与基督徒媾和，甚至认为反基督教是一种短见。他的诗作具有鲜明的神秘主义倾向。

哦你，洞穿最隐秘的心！
哦你，给痛苦者以慰藉，
使他重新燃起希望之光，
让罪人得到救赎的机会！
你，使神奇充满了惬意。
对，我用虔心将你呼唤：
我的安拉，请听我倾诉，
我并不敬惜卑微的身躯，
尽管它是我甜蜜的支撑！
你，才是我真正的唯一！

① Reina, Francisco: *Poesía Andalusí* (الشعر الأندلسي), Madrid: Editorial Edaf, 2007, p.377.

我自我放逐，只为信你，
来到你的门前将你呼唤：
你，倘若不把门来开启，
痛苦终将使我瘫痪在地。
你，我不停地将你呼唤：
可怜的奴仆充满了虔诚，
请求真主你仁慈的安慰。
请看看罪人羸弱的躯体，
及渴望你无边仁慈的心！①

（十五）伊本·海法捷

伊本·海法捷（1058—1138）生于瓦伦西亚的舒格尔岛，小岛位于西地中海，四季常青，风景怡人。海法捷从小受穆斯林人文传统与地中海自然风景的陶冶，养成了优雅、夸饰的文风。他热爱家乡，喻安达卢斯为天堂：

安达卢斯人啊，你们真是好运！
处处泉水叮咚，还有江河森林。
永恒的天堂，就在你们的家园。
如果让我选择，这里最称我心。
你们，不必担心地狱之火熊熊；
你们身在天堂，怎会再进地狱？②

同时，天灾可免，人祸难逃，这里也曾遭受劫难。诗人这样描绘战争的残酷：

锋利的剑刃所向披靡，

① Reina, Francisco: *Poesía Andalusí* (الشعر الأندلسي), Madrid: Editorial Edaf, 2007, pp.379—380.
② Hamdan Hayyayi: *Vida y obra de Ibn Jafaya, poeta andalusí*, trad. de Paz Lecea, Madrid: Hiperión, 1992, p.46.

似狂飙横扫这片土地。
哦，我的故乡，战火
吞噬了你曾经的美丽！

多少人在此流连忘返，
如今却唯有目瞪口呆、
欲哭无泪，可怜故乡！
家破人亡，妻离子散，
问命运，迢迢天涯路！
……[①]

即便如此，海法捷的多数诗篇依然是用来讴歌家园的。家乡的日月、花园、植被、飞鸟，乃至乌云和阴影皆入化境。与此同时，家乡的父老乡亲，上至达官贵人，下到黎民百姓，也是他描绘的对象。所谓一方水土养一方人，在海法捷看来瓦伦西亚小伙儿个个英俊，姑娘个个靓丽。他还创造了许多充满哲理的意象，如“爱情的秘密，是将液体倒进渗漏的容器”；“睡吧，大地是我们身体的唯一墓穴和穹顶”；或者诗情画意，如“夜是天空的集市，集市上满是星星”；“喝一杯美酒，吸吮了朝霞”；诸如此类，不一而足。当然，他针砭时弊、讥嘲时人，谓“但见君主走来，惯于发号施令的脸上堆着笑颜，人们的希望随着他的脚步远去”；或者“禁欲是自由男人的品德”；等等。[②]

六、玛卡梅的繁盛

产生于10世纪、源自东方阿拉伯世界的玛卡梅体叙述作品在11世纪风行一时。因方便记事，它也得到了不少安达卢斯作家的青睐，尽管并未发展成真正的小说。

① Hamdan Hayyayi: *Vida y obra de Ibn Jafaya, poeta andalusí*, trad. de Paz Lecea, Madrid: Hiperión, 1992, p.39.
② Op. cit. pp. 65—142.

（一）艾布·穆塔里夫（Abu Mutarrif）

艾布·穆塔里夫是11世纪安达卢斯的玛卡梅作家和诗人，生卒年月不详，其生平也罕有记载。据埃及学者伊本·巴萨姆（Ibn Bassam）所言，穆塔里夫名下有数篇玛卡梅。其中，《关于时代诗人的玛卡梅》（*Maqama de los poetas de su tiempo*）是一部类似于我国诗话的长篇散文。作品这样开篇：

> 1039年5月的一天夜里，我在阿尔梅里亚大清真寺附近边走边想，迎面走来一位青年，他恭敬的问候使我心生愉悦……

二人互致问候，随即就诗坛展开讨论。年轻人对“我”的一首短歌提出质疑，认为它俗不可耐。此诗如下：

> 最美恋爱时光
> 是你害怕分离。
> 爱情若无纠纷，
> 哪来信札往来？

费尔南多·德·拉·格兰哈遍索所有，一直没有找到这首短歌。但无论如何，玛卡梅作者借此展开话题，从而对时代诗人进行了“诗话”式评点。其中，相当一部分诗人的作品已经散佚。

作者谈到了伊本·哈夫斯（Ibn Hafs），谓其作品精致、典雅；他也谈到了伊本·舒海德，谓其作品热情似火。他对宰敦的评价是“激情澎湃、恬美无比”。如此等等。[①]

（二）伊本·萨义德（Ibn Sahid）

伊本·萨义德是穆塔里夫的同代人，生平不详。他的玛卡梅显示了

① Granja, Fernando de la: *Maqamas y risalas andaluzas*, Madrid: Instituto Hispano-Arabe de Cultura, 1976, pp.74—77.

不同的风格。其中，《致友人的信》（*Epístola a un amigo*）是一部游记，记叙作者在某山区的“遭遇”。叙述者且走且停，将一个个故事串联起来，譬如第一个故事讲他在农村受到的礼遇。主人公不仅擅长吟诗，而且款待客人的方式也很奇特。他先是吟诗招待，然后招呼孩子们抓鸡。于是，一群孩子在房前屋后展开了人鸡追逐，最后母鸡筋疲力尽、瘫在地上，孩子们一哄而上将它逮住。接下来是杀鸡煺毛，最后是烹饪和布菜。布菜已毕，主人照例口吐莲花，念念有词。总之，这是一幅颇具牧歌色彩的理想主义画卷。美虽美矣，却显然是作者的一厢情愿，并不真实。

作者一路走去，真真假假，所见所闻颇多，且每每赋予了道德说教，间或也夹杂着动物寓言，甚至不乏充满嘲讽的嬉笑怒骂，譬如在说到一位偏僻之地的教士时，称其穷极无聊，为了挽留客人，不惜冒犯教规，竟以参观身段迷人的窈窕淑女为诱。[①]

第四节　公元12世纪

公元12世纪，随着北方基督徒王国“光复战争”的节节胜利，安达卢斯的穆斯林开始进入战略防守，加之内部纷争频仍，穆拉比特王朝岌岌可危。但文学依然兴盛，尽管“危机感”在慢慢升温。

就体裁而论，占统治地位的依旧是诗。其中，彩诗迎来了晚霞似的最后辉煌，催生了以伊本·祖赫尔（Ibn Zuhr）为代表的一代翘楚。艳情诗和其他短歌也依然流行。玛卡梅却明显衰微，取而代之的是来自东方的大量虚构类小说，如《卡里来和笛木乃》（*Calila y Dimna*）、《辛德巴》（*Sendebar*）[②]，甚至《一千零一夜》（*Las mil y una noches*）[③]。值得关注的玛卡梅也许仅有伊本·图非勒（Ibn Tufayl）的《哈伊·本·耶格赞的故事》（*Maqama de Hayyi bn Yagzan*）。该作写一个被放进木箱的弃婴顺水漂至一个草木丰盛

---

① Granja, Fernando de la: *Maqamas y risalas andaluzas*, Madrid: Instituto Hispano-Arabe de Cultura, 1976, pp.101—113.

② 又译《辛迪巴德》。

③ 又译《天方夜谭》。

的小岛，一只失去幼崽的母羚羊哺育了他。他和羚羊生活在一起，也便学会了羚羊的生活习性。长大后，他用树叶和羽毛遮羞，用木棍防身。母羚羊死后，他开始独自探询生存的奥秘，于是剖开母羊的尸体，从而发现了主宰生命的心脏。后来，他还发现了火的功用，学会了纺织和建筑，并且独自狩猎和驯养禽兽。一晃过去了数十年，他甚至学会了思考，并由浅入深、由表及里，领悟了万物的由来——神。这个故事被认为是苏非神秘主义寓言。[①]

一、彩诗的集成

经过两个世纪的发展，彩诗臻于成熟。大量彩诗被集成出版并广为流播。同时，由彩诗衍生的缀诗哈尔恰也广为流行，尽管目前发现的仅有五十余首。

（一）伊本·祖赫尔（1113—1199）

伊本·祖赫尔固为12世纪诗人，但其作品被认为是彩诗的典范，譬如以下这首：

伊本·祖赫尔

我掩面长叹，沉重倾诉（a）
欢情多么痛苦（b）

我心失去了她的启蒙（c）
她拒绝倾听我的哭声（d）
我如何埋藏无尽的痛（c）
逃避爱情，何堪此生（d）

“哦，心啊！”我在哭诉（a）情敌笑我悲苦（b）

① 仲跻昆：《阿拉伯文学通史》，南京：译林出版社，2010年，第507页。

泪珠簌簌，对景难诉（e）
哀情吟唱，残壁断垣（f）
情敌窃喜，因我倾吐（e）
“我发誓不再看你一眼”（f）

任凭春心哦，如火如荼（a）泪流双颊如注（b）

千般风流，凝眸历数（g）
如今向谁，倾吐衷情（h）
回首往事，满心痛楚（g）
暗自呜咽，热泪如倾（h）

我心悲怆哦，彷徨无主（a）旧情如今何处（b）

泪水涟涟，无悔无怨（i）
悲哉苦哉，是我心境（j）
身心疲惫，无眠辗转（i）
仰望银汉，沧波万顷（j）

仰天悲叹哦，星星无数（a）寒光闪闪如诉（b）

我心飞翔，约会羚羊（k）
羚羊虽小，比狮矫健（l）
我来赴约，她却怏怏（k）
惊鸿一瞥，倩影不见（l）[①]

① Abu al-Abbas Ahmad Ben Addullah: *Las moaxajas*, Navarra: Editorial Gobierno de Navarra Prensa Pública, 2001, p.56.（译文参考了仲跻昆《阿拉伯文学通史》，南京：译林出版社，2010年，第498—499页）

（二）图蒂利（Al-Tutili）

图蒂利是与祖赫尔同时代的另一位著名彩诗作者，出生年月不详，死于1126年。他的作品见证了拉丁俗语文学（哈尔恰）在安达卢斯的发生与发展：

泪如雨下，心在燃烧；
水火不容，除非爱情。

叹息将火一样的情感燃旺，
泪如雨注，导致洪水泛滥。
哦，我的生活，饱受指摘！
人生何其短，痛苦何其长。

见也无期，梦也无望；
身欲飞翔，心何以宁？

哦，卡拉巴，你窃取人的心，
使它们充满渴望、不能自己。
你仁慈呼唤让懊悔的人回头，
而我就在这里，无言地等候。

让我忏悔，别再逃跑；
我心似龛，泪是贡品。

来吧爱情，哪怕我为你而死。
你浑圆的臀部、忧伤的眼神，
爱你固然痛苦，但虽苦犹甜，
哪怕这爱让我犯错使我变坏。

夜多么短，爱在逃亡；

泪水涟涟，利剑伤心。

我禁不住投入了某人的怀抱，
她的名字我必不想对人言说。
因爱受伤我有理由保持缄默，
不信你们问她如何背信弃义。

我使感动，进我怀抱；
曾经沧海，再无真情。

你也曾信誓旦旦，却又放弃；
留给我的唯有这无尽的折磨。
你也曾山盟海誓，却又逃离；
说什么爱情永存，比唱好听：

我因爱使爱染病。
此情既然无结果，
让我如何不得病？

后三行为典型的缀诗哈尔恰：语气哀怨，女性视角。

二、女诗人

安达卢斯诗坛繁花似锦。其女诗人不仅较之于男性诗人毫不逊色，而且每每风骚独领。正是因为她们的存在，安达卢斯文坛才格外灿烂迷人、风景独好。相形之下，若非拉丁俗语文学的兴起，同时期的拉丁文坛完全可以用苍白二字来形容。

（一）哈芙莎（Hafsah ar-Rakuniyah）

哈芙莎（1135？—1190）生于格拉纳达，出身名门，是大家闺秀。她貌若天仙，才高八斗，故成名颇早。年方二八，情窦初开，爱上了达官艾布·加法尔（Abu Yafar），二人鱼雁往返，孕育了一段佳话。

哈芙莎大胆开放，全然无视年龄差别，向加法尔倾诉衷肠，演绎了一曲经典的凰求凤：

我对你是那么钟情，
　　竟至嫉妒别人眼睛，
我甚至嫉妒你本人，
　　以及你的时间空间。
若能将你收入眼帘，
　　直至世界末日来临，
我仍觉得不够过瘾，
　　因为这样并非永恒。①

哈芙莎主要生活在穆瓦希德王朝（Muwahhidun），它是12世纪中叶至13世纪中叶由柏柏尔在北非及安达卢斯建立的伊斯兰教王朝（1147—1269），西班牙语称“阿尔摩哈德王朝”（Almohade）。12世纪初，摩洛哥阿特拉斯山区的柏柏尔神学家伊本·图迈尔特（Ibn Tumald）自称救世主，受天命掀起推翻穆拉比特王朝的运动，提出了针对穆拉比特王朝的伊斯兰信条：穆瓦希德，意为“信仰独一的真主”。这一行动得到了广大穆斯林的支持。1121年，穆瓦希德王朝宣布成立，并展开推翻阿尔穆拉比特王朝的圣战。1128年，图迈尔特病故，他的继承者经过艰苦卓绝的战斗，终于建立了一个庞大的帝国，其领土包括安达卢斯和整个北非。帝国设若干总督区，依据范围大小分别称哈里发或爱弥尔，并确立了王朝世袭原则。

正在哈芙莎和加法尔的爱情走向婚姻殿堂的门槛之际，格拉纳达哈里发的王子艾布·萨义德也如痴似狂地爱上了哈芙莎。于是三人上

---

① Reina, Francisco: *Poesía Andalusí* (الشعر الأندلسي), Madrid: Editorial Edaf, 2007, p.449.（译文参考了仲跻昆《阿拉伯文学通史》上卷，南京：译林出版社，2010年，第490—491页）

演了经典的三角恋爱。结果可想而知，王子凭借权力剥夺了情敌的官爵，乃至性命。

哈芙莎曾经非常享受两个恋人的争风吃醋，但悲剧发生后她急流勇退，不仅终身未嫁，而且从此封笔。在她创作旺盛时期，格拉纳达的达官贵人以拥有她的签名作品为荣，一时间纸比金贵。正是因为大量手抄诗作的流传，哈芙莎是极少数几近完整保存作品的安达卢斯穆斯林作家之一。以下是哈芙莎初恋加法尔的诗篇：

我去看你，还是你来探询？
你之所爱，也是我之倾心。
我的嘴是清澈甘甜的泉源，
我的发是清新浓密的绿荫。
有朝一日你我在梦中邂逅，
我会希望你在烈日下干渴。
哲米勒，快答应布赛娜吧！
何必推三阻四、如此骄矜！①

哲米勒既指伍麦叶朝大诗人哲米勒（Jamil bn Ma’mar），也有“美男子”之意。布赛娜则是前者钟情的美女。哈芙莎的表白可谓直率；加法尔对她的进攻又惊又喜，遂作诗回敬：

岂敢劳您大驾，
花园不可移步；
登门须是鄙人，
微风拜见芳菲。②

女诗人于是又作诗自荐：

---

① Reina, Francisco: *Poesía Andalusí* (الشعر الأندلسي), Madrid: Editorial Edaf, 2007, p.449.（译文参考了仲跻昆《阿拉伯文学通史》，南京：译林出版社，2010年，第491页）
② Reina, Francisco: *Poesía Andalusí* (الشعر الأندلسي), Madrid: Editorial Edaf, 2007, pp.441—442.

访客其人，颈如羚羊；
发似黑夜，簇拥新月。
目光如炬，炯炯有神；
津胜美酒，无比香甜。
面颊霞染，黎明含羞；
芳唇露珠，银光闪闪。
等待相见，情意切切。
请问阁下，意下何如？①

然而，激情与爱情未必相等，尽管爱情往往催生激情。果不其然，艾布·萨义德王子的进攻扰乱了哈芙莎的芳心。她于是开始“脚踩两只船”，摇摆于二人之间。有诗为证：

哦，哈里发的王子，
高贵迷人犹如磁石。
我为呼唤盛大节日，
愿你可以为所欲为。
带着你的所恋所爱，
还有你无比的智慧。
你的光临驱散幽怨，
恰似白昼取代黑夜。②

与此同时，她继续保持着与加法尔的恋情：

派诗行把你探望，
化作你耳畔珠链。
花园虽不能移步，

① Reina, Francisco: *Poesía Andalusí* (الشعر الأندلسي), Madrid: Editorial Edaf, 2007, p.449.
② Op. cit. p. 445.

却送给了你芳香。

或者：

你是人中豪杰，
只要命运愿意。
……[①]

在这一过程中，两位情人步步紧逼，且相互中伤。哈芙莎陷入了矛盾和痛苦，直至悲剧发生，一代才女在孤寂和悔恨中等待香消玉殒。

（二）扎伊娜·马利亚（Zayna al-Mariyya）

关于这位女诗人的生平仅伊本·阿巴德·马利克（Ibn Abd al-Malik）偶有提及。后者在说到扎伊娜·马利亚时，也只能证明她是阿尔梅里亚人，却并未涉及其生卒年月。她名下仅一首短歌留存了下来：

你快马加鞭追逐欲望，
且听我向你倾诉衷肠。
男人不为爱争风吃醋，
却因为惝恍将爱遗忘。
我对他们是真心实意，
但有夫君在心的中央。
为了他的所爱和所想，
我会竭尽全力地拼抢。

这样的表白在安达卢斯女诗人的笔下并不多见。不少女诗人将美

① Reina, Francisco: *Poesía Andalusí* (الشعر الأندلسي), Madrid: Editorial Edaf, 2007, pp.447—449.

好年华和聪明才智献给了虚无缥缈的恋情，结果却多以悲剧告终，难免令人唏嘘叹惋。相形之下，扎伊娜·马利亚的夫妻之情反而朴素得让人感动，或许也更能引发读者的共鸣。

（三）阿斯玛·阿米里亚（Asma al-Amiriyya）

阿斯玛·阿米里亚生于塞维利亚，是阿尔曼苏尔的亲戚。由于安达卢斯被穆瓦希德（阿尔摩哈德）王朝占领，女诗人一家的财产被没收了。为争取新王的宽宥，女诗人写了不少赞美诗。其中一首留下了这样几行诗句：

我们心知肚明，
倘无真主庇佑
和新君的虔信，
王子无法获胜。
我们称颂新君，
膜拜他的光辉。
……[1]

（四）宾特·齐亚特姐妹

宾特·齐亚特姐妹（水彩画）

宾特·齐亚特姐妹指哈姆达·宾特·齐亚特（Hamda Bint Ziyad）和扎伊娜·宾特·齐亚特（Zaynab Bint Ziyad）。姐妹俩出生在瓜迪斯的一个教师家庭。家学渊源使姐妹俩自幼爱上了文学，出落成闭月羞花的美女后还联名作诗，被传为文坛佳话。以下

① Reina, Francisco: *Poesía Andalusí* (الشعر الأندلسي), Madrid: Editorial Edaf, 2007, p.545.

是她们的两首短歌：

一

泪水泄露隐私；
恰似眼前河水，
映出美丽轨迹：
清流环绕花园，
鲜花装点水面。
羚羊中的公羊，
使我情不自禁。
合上阴郁双眼，
夺走我的梦幻。
秀发飘洒散落，
露出一轮明月，
驱散黢黢黑暗。
……

二

阴谋欲将你我摧，
复仇却非你我揆。
诽谤袭来名誉损，
亲朋好友今安在？
……[①]

（五）萨义德姐妹

姆赫娅·萨义德（Muh Ya as-Sa’d）和妹妹乌姆·萨义德（Umm as-

① Reina, Francisco: *Poesía Andalusí* (الشعر الأندلسي), Madrid: Editorial Edaf, 2007, pp.546—547.

Said）是12世纪末13世纪初安达卢斯诗坛的另一对姐妹花。遗憾的是，姐姐姆赫娅的作品均已散佚，乌姆也只有极少数诗作留存于世。然而，在乌姆硕果仅存的几首短诗中，有一首弥足珍贵的神秘诗。由于安达卢斯女诗人大多擅长抒情诗，尤以情歌为后人所称道，乌姆的神秘诗便自然而然地成了稀罕的标本：

你许有幸亲吻草鞋，
在真主的天堂花园，
优美安宁充满和谐。
美酒佳酿令人陶醉，
来自天堂神圣醴泉，
我将用以沐浴心灵
——或可冷却其中欲火——
那是天下情之欲壑，
由情人们践踏所致。[①]

同时，她也写下了一些堪称经典的规劝诗歌和哲理诗，譬如：

亲近你的朋友，
他们是你选择。
远离你的亲戚，
注定不如蛇蝎。[②]

（六）扎伊娜·宾特·伊萨克（Zaynab Bint Ishaq）

扎伊娜·宾特·伊萨克是12世纪安达卢斯基督徒的代表。她作为“莫扎拉伯”（穆斯林统治下的基督徒），并不忌讳自己心有所属：

基督徒和穆斯林有何不同？

---

① Reina, Francisco: *Poesía Andalusí* (الشعر الأندلسي), Madrid: Editorial Edaf, 2007, pp.637—638.
② Op. cit. p. 638.

他们各有千秋、一样聪敏。
要说基督徒究竟好在哪里，
看他们既爱人类也爱动物，
便可有所感悟、略知一二。[①]

（七）巴利西娅（Al-Ballisiya）

据说巴利西娅是安达卢斯的一位文盲女诗人。既谓文盲，何为诗人？存疑是免不了的。但若我们想想荷马既为盲人，又如何将史诗收入囊中？而且，更为奇妙的是，他口中的诗章分明是色彩斑斓、迤逦多姿的画卷。总之，存疑归存疑，业已归入巴利西娅名下的诗篇的确不像出自文盲之口（手？）：

情人的脸庞，
犹玫瑰绽放。
是愠怒之色，
对无礼之人；
是温存之色，
对心之所爱。
我如何面对，
爱情的暴君？！[②]

（八）阿玛特·阿西斯（Amat al-Asis）

阿玛特·阿西斯（1153—1235？）生平不详，名下诗篇的归属也不无争议。以下是一首据传为其早年所作的情歌：

你的目光刺伤我魂，
我的眼睛使你脸红。
创伤背后还是创伤，

① Reina, Francisco: *Poesía Andalusí* (الشعر الأندلسي), Madrid: Editorial Edaf, 2007, p.561.
② Op. cit. p. 560.

难道傲慢胜过爱情？
先生吾君且听我言，
真情写在你的脸上，
何必逃遁不辞而别？
原告被告伤在心里！[①]

三、伊本·宰嘎格（Ibn az-Zaqqaq）

伊本·宰嘎格雕像（瓦伦西亚）

伊本·宰嘎格（1096—1134）生于瓦伦西亚，乃父是个大腹便便的胖子（故得名，意为大肚子或大皮囊之子），与穆阿台米德过从甚密。据说父子俩之所以携家带口移居瓦伦西亚，就是因为阿尔穆哈德王朝废黜了穆阿台米德。为将宰嘎格培养成著名诗人，乃父为其延请老师，并时常到亲戚海法捷家串门。

宰嘎格名下有颂诗、情歌、挽歌、讽刺诗等多种。以下是他的几首短诗：

一

罂粟满园花红似火，
风儿匆匆蹒跚越过，
乌云阵阵来势汹汹，
倾轧美酒似的花朵。
若问花儿何罪之有，
我说它窃美女腮红！[②]

① Reina, Francisco: *Poesía Andalusí* (الشعر الأندلسي), Madrid: Editorial Edaf, 2007, p.559.
② Op. cit. p. 541.

二

死亡从身边将你窃去，
它是人类共同的归宿。
我也难免有那么一天，
在某个地方和你团聚。

请来我梦中回答问题：
我们的生命是否精彩？
当后人经过我们墓地，
会向我们的友谊敬礼。[①]

三

我一生中最美时刻，
美酒佳酿千杯不醉。
她的美丽灿烂辉煌，
用完杯盏再用小嘴。
舌头嘴唇忙个不停
（珍珠水晶护送仙食），
腮上嫣红赛过胭脂，
亲吻犹如黎明添霞。
微醺渐渐变成大醉，
风吹柳枝左右摇晃；
我用双臂将她拥抱，
抱住了黎明的风光。[②]

在加西亚·戈麦斯看来，宰嘎格标志着安达卢斯诗坛的又一次辉煌。

① Reina, Francisco: *Poesía Andalusí* (الشعر الأندلسي), Madrid: Editorial Edaf, 2007, p.543.
② Op. cit. p. 540.

他的比喻新颖夺目、不拘一格，为诗坛带来了新的气象。[①]在他的作品中，玫瑰不再独领风骚，罂粟花因其娇艳有毒而占据重要地位。至于“我用双臂将她拥抱，/抱住了黎明的风光”则极具意象魅力，令人过目不忘。

四、萨夫万·伊本·伊德里斯（Safwan Ibn Idris）

萨夫万·伊本·伊德里斯（1165—1202）生于穆尔西亚，作品精致而富有张力。他的一首短歌曾使加西亚·洛尔卡入迷，并摹仿如下：

阿娇行至路旁，
驻足采撷柠檬，
将其扔进河中，
河中黄金流淌。[②]

萨夫万原诗如下：

羚羊婀娜多姿，
温婉惊艳并置。
采撷如血橙子，
扔进水池无数，
染出殷红一片，
仿佛可怜情人
抛下多少痴心，
染红一汪泪池。[③]

五、伊本·阿拉比（Ibn al-Arabi）

伊本·阿拉比（1165—1240？）疑是12世纪安达卢斯的文坛泰斗。

① Ribiera Mata, M. J.: *Literatura hispanoárabe*, Alicante: Universidad de Alicante, 2004, p.98.
② Op. cit. p. 99.
③ Ibid.

他生于穆尔西亚，故人称穆尔西亚的阿拉比（Al-Arabi de Murcia）。童年时期迁居塞维利亚，在当地清真寺接受启蒙教育。少年时期在两位苏非神秘主义“女神”的影响下走上玄思之路。她们分别是来自马切纳和科尔多瓦的雅斯米娜（Yasmina）和法蒂玛（Fatima）。弱冠之年，阿拉比在安达卢斯诗坛和伊斯兰教神学等领域脱颖而出。从此，他开始负笈远游，拜师求学，足迹遍布了大半个伊斯兰世界：先到马格里布，后至摩洛哥、突尼斯等地，1201年到麦加朝觐，两年后取道埃及，1204年抵达巴格达，1207年再回麦加。在旅行和迁徙中，阿拉比博闻强记、广采众家之长，逐步形成了自己的风格，并声名鹊起。1214年，他应大马士革苏丹之邀来到伊斯兰文化发祥地。至此，他的作品已超过了四百余部（集），博采众长，创立了伊斯兰神秘主义“一元”论和真主“独一”说。最后，阿拉比永远地留在了伍麦叶王朝的古都。

伊本·阿拉比

阿拉比在麦加结识了禁寺教长阿里·马肯丁（Ali Makin ad-Din），并爱上了后者女儿尼扎姆（Nizam），写下了大量以世俗之爱表达神圣之爱（反之亦然）的作品。这些作品后结集为《情思集》（*Qasidas de amor*），并广为流布。其他重要作品有《圣爱集》（*Qasidas de Amor Divino*）、《麦加启示录》（*Reveraciones de La Meca*）等。

（一）《情思集》

阿拉比的《情思集》堪称阿拉伯古典诗歌的集成与变异，它打破了阿拉伯语诗歌的传统格律和押韵方式，超前地表现出了现代自由诗的某些特征与取法。

我的心充满痛苦！
痛苦！
我的魂满是欢愉！

欢愉！
激情在我心中燃烧。
阴云在我魂魄萦绕。
哦，麝香！
哦，月亮！
哦，沙漠！
哦，绿色！
如此辉煌！
如此馨香！
哦，湿润的嘴，我喜欢！
哦，多么甘甜，我尝过！
月亮出来了，
晚霞是脸庞！
揭去了盖头，
是痛苦惊艳！
早晨的太阳爬上天空，
沙漠的植物移至花园。
我将其窥探，
用甘霖浇灌。
升是辉煌灿烂，
降是我的末日。
当美丽洒满了额头，
金冠童贞是我所爱；
……①

有些作品貌似普通，实则暗藏深意，譬如：

远在天边近在眼前，

① Reina, Francisco: *Poesía Andalusí* (الشعر الأندلسي), Madrid: Editorial Edaf, 2007, pp.552—553.

我梦无法将你企及。

又譬如：

心中升起爱的太阳，
人间生活充满光亮。
无论智者如何言说，
爱情始终最吸引人。

神圣之爱不离不弃，
否则人生黯淡无比。
距离之爱难以长久，
除非真爱在你身边。

再譬如：

玫瑰花开人见人爱，
将其滋润天雨慷慨。
满园鲜花向她致敬，
悻悻妒意不期而来。

你若真爱世间至美，
必将世间真爱追随。①

除了后一个“真爱”是大写之外，其他与一般情歌无异。而正因为这个大写的真爱，诗人的宗教情怀也便表露无遗矣。

① Ribiera Mata, M. J.: *Literatura hispanoárabe*, Alicante: Universidad de Alicante, 2004, pp.104—105; Reina, Francisco: *Poesía Andalusí* (الشعر الأندلسي), Madrid: Editorial Edaf, 2007, pp.552—554.

（二）《圣爱集》

《圣爱集》被认为是苏非主义的最高表征之一，它不仅体现了阿拉比作为诗人的睿智，也同时反映了他作为智者的诗兴：

废墟营房在我心中，
……
还有美女丰满酥胸，
靓丽恰似太阳当空，
皆为神圣崇高形容。
人们知道我心虔诚，
摈弃表象立场坚定，
寻求内涵才是真谛。①

或者：

吾心至大，
能容所达，
羚羊草场，
修士禅室，
信徒天房，
拜物教堂，
圣经旧约，
经典启示，
皆至爱哉；
无论何方，
爱即宗教；
不管何如，

① Ribiera Mata, M. J.: *Literatura hispanoárabe*, Alicante: Universidad de Alicante, 2004, pp.104—105.

爱即信仰。[①]

再或者用彩诗表现的苏非精神：

倘能瞥见，毫不稀奇：
质本隐秘，人性闪现；
就像恋人，都有醋意，
莫名其妙，其妙莫名。

来是激情，去非别离。
独一真主，决定运程；
热恋失恋，聚散有期，
来时美妙，去多要命。

不论庸常，还是秘密；
两个世界，我来裁定。
爱情奴隶，虔信真知；
你却吝啬，不予置评。

普通人等，难免失意；
皆因真知，藏而不显。
哪个少年，不曾热烈？
以为主佑，实系滥情。

已是曾经，追悔莫及。
仁慈真主，可怜可怜！
因为别离，我心悲戚；
你既离去，我情何堪？

① Reina, Francisco: *Poesía Andalusí* (الشعر الأندلسي), Madrid: Editorial Edaf, 2007, p.554.

真主弃我，我心憔悴；
但见人们，如此欢欣。
你在哪里？缘何别离？
不知别理，真是可怜！

“来者犹有，先人[①]已矣。
爱自长存，何必沮丧？
真爱万能，随时随地。
一旦虔信，主在你心！”[②]

西班牙学者阿辛·帕拉西奥斯在其《〈神曲〉中的穆斯林末世观》（*La escatología musulmana en la* Divina Comedia）中洞见肺腑，并就阿拉比对但丁的神秘影响进行了细致入微的辨识。譬如，但丁在《神曲》中所描写的九层地狱、九重天与阿拉比所描绘的七层地狱、十三殿堂非常相似，尤其是其中的惩罚和奖励方式几乎如出一辙。而我们在但丁之前的西方基督教神学著作和民间传说中未曾发现类似描写。又譬如但丁笔下灵魂抵达天堂的光辉耀目也曾出现在阿拉比的作品当中，那是穆罕默德升入灿烂天堂的情景。而后者夤夜逃离麦加也让人联想到但丁的地狱之行：

在人生的中途，我发现我已经迷失了正路，走进了一座幽暗的森林，啊！要说明这座森林多么荒凉、艰险、难行，是一件多么苦难的事啊！……

我说不清我是怎样走进这座森林的，因为我在离弃真理之路的时刻，充满了强烈的睡意……[③]

此外，只要读过阿拉比的《麦加启示录》和《夜行至仁慈真

① 指乌姆鲁勒·盖斯等古典诗人。
② Ribiera Mata, M. J.: *Literatura hispanoárabe*, Alicante: Universidad de Alicante, 2004, pp.106—107.
③ 但丁：《神曲·地狱篇》，田德望译，北京：人民文学出版社，2002年，第1页。

主》(*El viaje nocturno hacia la Majestad Generoso*),那么我们对《神曲》中天使与魔鬼争夺灵魂一幕也就不啻是似曾相识了,因为它们几乎完全一样。[①]同样,阿拉比关于天堂和地狱之间的描写(基督教神学称之为"Limbo"——"炼狱")固然源自伊斯兰教,且与穆罕默德逃亡时期的遭遇颇有几分相似,却也转而影响了但丁。如此等等,都是阿辛·帕拉西奥斯所阐发的。这些比照曾引发意大利"民族主义学者"的一片嘘声和西方中心主义的猛烈反诘。他们不是指责阿辛·帕拉西奥斯"牵强附会、望文生义",便是顾左右而言他,甚至谓其血统中的"阿拉伯基因"决定了他的"偏见"。但论证激发了更大的热情,几年以后,阿辛·帕拉西奥斯发现了更多的证据。他在1927年的《但丁与伊斯兰》(*Dante y el Islam*)一书中探赜索隐,且事实胜于雄辩,终究令人服膺地论证了但丁与安达卢斯阿拉伯文学的关系,即《神曲》与伊斯兰神秘主义诗人的诸多意象的"不谋而合"。[②]譬如,有关天国的描写,但丁的一圈一圈或一层一层的"磨盘"[③]意象完全来自伊斯兰文化:"我觉得好像一层发亮的、浓厚的、细密的、光滑的、如同日光照射下的金刚石一般的云裹住了我们。这颗永恒的宝石容纳我们,如同水容纳光线……而自身并不裂开。"[④]这在特雷莎的笔下成了水晶和宝石铸就的城堡,共七重。"上帝居住在最中心的一环;谁能抵达那里,就会与他合为一体;灵魂从而得以远离恶魔、免于伤害。"[⑤]在但丁和特雷莎之前,这样的意象在西方宗教神学和神秘主义中是阙如的。但丁在进入基督教天国的后两重(层)之前,用大量的笔墨描写了七重天,并在接近尾声处总结道:"我用目光逐一回顾走过的七个

① Asín Palacios, Miguel: *La escatología musulmana en la* Divina Comedia, Madrid: Real Academia, 1919.

② Asín Palacios: *Historia y crítica de una polémica*, Madrid: Libros Hiperión, 1924; *Dante y el Islam*, prólogo de Miguel Cruz Hernández, Pamplona y Navarra: Urgoiti Editores, 2007, pp.1—159.

③ 但丁:《神曲·天国篇》,第78页。

④ 同上。

⑤ Lopez-Barallt: *Islam in Spanish Literature*, trans. by Andrew Hurley, Leiden-New York-Koln: Brill, 1992, p.73.

天体，看到这个地球那样小，不禁对它那副可怜相微微一笑；我赞同那种把它看得最轻的意见是最好的意见……”[①] 早有西方学者认为天国的圆形（球形）或同心意象来自东方，例如佛教的曼陀罗。著名宗教学者埃利亚德则坚信天国的同心圆形意念来自曼陀罗，象征灵魂的寓所，初涉者需要一层层攀登，而中心也即灵魂。在他看来，这类意念或意象的最佳实例便是印尼爪哇岛的婆罗浮屠，它呈同心结构，必得一层层、一圈圈向内绕行，方能抵达圆心，那也是灵魂及灵魂所在的地方。[②] 这又会让我们联想到遍布中华大地的诸多佛塔那颇具归化色彩的内圆外方（或多边形）及其内置的螺旋形阶梯。

然而，还是阿辛·帕拉西奥斯给出了令人信服的推断。他在《伊斯兰神秘主义的灵魂居所及城堡图形与圣特雷莎》中再次将七重天意象同但丁从出的伊斯兰神秘主义联系在一起，认为类似意象在穆斯林作家笔下颇为常见，尤其是在阿拉比和一大批12世纪安达卢斯伊斯兰神秘主义诗人如安萨里的作品中可以找到美妙的“耦合”。[③]

当然，西方早期人文主义作家同样引起了安达卢斯穆斯林的关注，尽管程度有限（详见第六节）。

六、伊本·古斯曼（Ibn Quzman）

伊本·古斯曼（1086？—1160？）生于科尔多瓦，生卒年月存疑。自1881年在圣彼得堡发现他的《歌谣集》（*Cancionero*）以来，颇为学术界所关注。在该《歌谣集》中，古斯曼为西班牙语及其文学的发轫与发展提供了不可多得的佐证。他作为西班牙语俗语

---

① 但丁：《神曲·天国篇》，第141页。

② Eliade: *Traite d'histoire des religions.*（Lopez-Barallt: *Islam in Spanish Literature*, Leiden-New York-Koln: Brill, 1992, pp.75—87.）

③ Asín Palacios: “El símil de los castillos y moradas del alma en la mística islámica y en Santa Teresa”, *Al-Andalus.*（Lopez-Barallt: *Islam in Spanish Literature*, Leiden-New York-Koln: Brill, 1992, pp.75—87.）

的最早使用者之一，同时还是阿尔哈米亚语（Aljamiado）的重要实验者。所谓阿尔哈米亚语是用阿拉伯字母拼写的安达卢斯拉丁俗语。古斯曼用这种语言化合了阿拉伯语和拉丁俗语。它在16世纪西班牙基督徒当局迫害穆斯林期间，成了他们记录悲惨遭际的秘密文字。这是后话，但从中可见古斯曼等12世纪安达卢斯诗人曾经的努力——通过这种奇妙的语言混合使两种文化得以融合。当然，那只是文人的一厢情愿。据古斯曼在《歌谣集》中的自传性描写，人们不难猜测其可能拥有的西方血统：金发碧眼；尽管迄今为止仍没有确凿的资料可以证明这一点。至于他是否曾经由伊斯兰教改宗基督教，则更是无从查考。

古斯曼也是俚谣择吉尔（Zejel）诗体的重要推动者。这种诗体节奏明快、叙事性强，是中世纪晚期西班牙谣曲的重要源头，同时也是安达卢斯阿拉伯文学向拉丁俗语转化的重要介质。他固然留下了不少悬诗类长歌，但其择吉尔显然更为重要。后者由彩诗演变而来，但韵律更为自由，因而也更利于吟唱和叙事。

《致傲慢女》（*A una desdeñosa*）是他的一首择吉尔体情歌，每行由（六加六）十二音节组成，后半句押韵。这正是中世纪晚期西班牙语谣曲的主要特征：

理性丧失殆尽，巨大声望所致；
觊觎伊人美貌，施展手段有技。

你是麦加之幸，我正为你而疾！
使出浑身解数，吟出无数颂诗。
你却离我而去，牵手欢愉已毕？
亲爱的人儿哦，我罪何至于此？

遥想昔年如昨，相逢何必相识，
亦歌亦舞尽兴，但见幸福无际。
我愿为伊而生，尽管身世卑微；

经过不懈努力，总能出人头地。

惜我青春年少，远别乡亲故里；
千里万里行程，朝着圣地迁移。
千难万难何惧！朝朝沐浴更衣，
夜夜美梦似真，痴心日复一日。

那是美妙时光，我心紧随我意，
今天爱上娇娥，明天还有更丽。
……[①]

诗人并不以见异思迁、朝三暮四为耻，他的诗绪道出了阿拉伯贵族沉溺于声色犬马的放荡不羁。倘使遭遇矜持姑娘，他们便以傲慢斥之。阿拉伯文学研究家雷伊纳认为此类风俗今犹未绝。

在另一诗作《致白女郎》（*A una bella blanca*）中，诗人继续以感伤调记叙“失恋”，且对象是一位金发碧眼的西方美女：

我的小乖乖呀，你伤透我的心。
我心已破碎呀，你是否会知情？

……

我的小宝贝呀，那日三生有幸，

① Reina, Francisco: *Poesía Andalusí* (الشعر الأندلسي), Madrid: Editorial Edaf, 2007, pp.503—504；其忠实的西班牙语译文或为：

Perdí la razón, teniendo gran honra;
Que obró a su sabor, por una coqueta.
¡Ternera de Meca, por ti me muero!
De ti mi loor, toda hora renuevo.
¿Tu mano por qué soltóme tan pronto?
¿Qué hicieronse, di? Cariño y afecto.
…

得睹芳容若锦，胜于明月初升。

恰似春光满园，你是美丽化身，
鲜花权作地毯，在你脚下延伸，

……

美轮美奂之身，真主赋予卿卿，
姣妍无与伦比，而且永远白净。①

另有一些十六音节以八加八形式出现，偶句押韵。这也是西班牙早期拉丁俗语谣曲的常见形态。譬如这首《爱情火焰》（"La hoguera del amor"）：

爱情分明似那重负，没人能够肩负长久！
英俊小伙奋勇向前，美名可用性命换取。

当知有否爱情秘诀，相爱之人眉目倾诉。
明眸难藏内心感悟，巴别通天之塔仿佛；
骄傲矜持逃遁一空，爱情来时理智全无。
绵绵相思了无尽头，你可知道你心如缚？

……

伊人似水难以相拥，你却张开双臂何故？
你的身体颤抖不止，你的四肢如火如荼。
你若为爱寻找河水，水浇油火火更肆虐；
那火来自她的傲慢，将爱燃旺如啸如呼。②

---

① Reina, Francisco: *Poesía Andalusí* (الشعر الأندلسي), Madrid: Editorial Edaf, 2007, pp.507—509.
② Op. cit. pp. 509—510.

第五节　公元13世纪

1212年，基督徒发动了纳瓦斯德托洛萨战役并大获全胜。这一战役被认为是基督徒和穆斯林在伊比利亚旷日持久的拉锯战的终结。此后，北方基督教王国开始战略反攻，“光复战争”进入尾声。

随着基督徒“光复战争”的节节推进，穆斯林知识阶层以及文人骚客大批迁至格拉纳达以寻求庇护。在那儿，来自摩洛哥的王子穆罕默德·伊本·优素福·奈斯尔（Muhammad Ibn Yusuf Nasrid）很快建立起了奈斯尔王朝（Nasrid Dynasty，1232—1492）。这座西班牙穆斯林文化的政治堡垒固然很快风雨飘摇、大厦将倾，却神奇地结出了丰硕的文艺、科技之果。1492年格拉纳达陷落后，如今被称为摩尔人（摩里斯科）的穆斯林，有些改宗信奉了基督教，有些则回到了伊斯兰故土，有些甚至隐姓埋名。正是后者，在极其艰难的环境里创作出了举世震惊的神秘主义文学，亦称为阿尔哈米亚语文学，它用阿拉伯字母标音卡斯蒂利亚语（或其他罗曼司语）文本，因而他们的阿拉伯语音中夹杂着卡斯蒂利亚语语音。（直至本世纪，这种描述西班牙-阿拉伯民族毁灭的最后文字，才得以被研究、重视。）历史在1509年给西班牙的阿拉伯王国画了个句号：西穆斯林文化从此灰飞烟灭——令许多西班牙人愕然震惊的是（甚至还有非西班牙欧洲人士，如红衣主教黎塞留），菲利普三世下令驱逐了西班牙境内的最后一批穆斯林。这一戏剧性事件具有历史意义，在西班牙人普遍欢庆之余，也引起了激烈而旷日持久的争论，其滥觞延绵至今。

安达卢斯的穆斯林

几乎与此同时，1258年巴格达城沦为一片废墟，城中一切被蒙古人洗劫殆尽。在哈里发统治的最后数年中，帝国经济摇摇欲坠。尽管中央集权做过多次尝试以加强统治，但各行省管理机构已然拥兵自重。哈里发的尝试之一是建立庞杂的邮政体系，总部设在首府。邮政统领（或谓“邮政及情报服务大臣”）实则为间谍首脑。这个中世纪的“CIA”或“KGB”雇用了大批从事秘密活动的各色间谍。后者不拘性别，不限职业——游客、商人、游方郎中，应有尽有。据说，大约有1700多名老妪也充当了线人，从事地下间谍活动。然而，帝国终究无可奈何花落去，其崩塌无法避免；维齐尔们的权势日益强盛，他们大多数为外籍人士。较之于他们的强大，日渐衰微的哈里发完全陷入了左支右绌的被动局面。后期的征战，由于帝国缺乏行之有效的战略战术，其胜利亦变得有名无实、自欺欺人。帝国所采取的种种举措，非但未能推动社会改良，反使民怨日盛。即使像增设医院、鼓励教育等，从中渔利的也是贪官污吏。手工业、农业完全被忽视。总之，如前所说，蒙古人摧毁了巴格达后，这座城市已无力自保，哈里发宝座最终落入奥斯曼土耳其人之手。①

且说上述两个时间节点使安达卢斯文化的天平迅速倾斜，尽管以“三宗之王”自诩的阿尔丰索十世（Alfonso X）在托莱多开始了“新百年翻译运动”。在此不妨对犹太西法底文化的盛衰稍作回顾。有史可鉴，自迦太基王国时代起就居住在半岛的西班牙犹太人便将自己的勤劳和智慧奉献给了这片土地。在穆斯林帝国的统治下，他们人丁兴旺，文化昌盛。有些历史学家，如亚伯拉罕·莱昂·萨查尔（Abraham Leon Sachar）②甚至做过这样的臆测：他们或许是公元711年阿拉伯入侵者的同谋。在西哥特人的统治下，犹太人饱受迫害；而在穆斯林的统治下，他们的境况却大为改善。最为重要的是，他们的宗教信仰得到了应有的尊重。很快，犹太人便占据了社会生活的重要领域（他们纷纷从事医疗、银行、文艺创作，甚至政务参事等工作），并扮演了阿拉伯文化与基督教文化的中介。不

① López-Baralt: *Huellas del Islam en la literatura española*, Madrid: Hiperión, 1985, pp.20—21.

② 萨查尔：《犹太人历史》（*A History of Jews*, New York：Knoff，1965）。转引自 López-Baralt: *Huellas del Islam en la literatura española*, Madrid: Hiperión, 1985, p.27。

唯如此，西法底[1]的犹太人，也即西班牙犹太人，还凭借自身的智慧创造了璀璨夺目的文明。以色列·辛贝格（Israel Zinberg）[2]、米利亚斯·巴利克洛萨（Millás Ballicrosa）[3]、达维德·贡萨罗·马埃索（David Gonzalo Maeso）[4]、福瑞德兰德尔（M.Friendländer），以及巴格布（Bargebuhr）都曾斩钉截铁地断言：那是真正的希伯来“文艺复兴”和“黄金时期”。在巴格布看来，西班牙犹太人对阿拉伯文化的繁荣起到了极富创造性的积极影响（尽管他们不曾如波斯人那般改宗伊斯兰教）。[5]正如我们所知，数百年以来阿拉伯人曾经将神圣的《古兰经》语言转化为艺术，而犹太人却从未曾将“希伯来语”——他们的神圣语言化入艺术（尽管它本身也是艺术，尽管如今它早已纡尊降贵，变得相当实用，甚至出现在许多集会当中）——转化为包括文学在内的任何世俗用语。然而，他们却竭尽全力，使《圣经》语言在阿拉伯诗歌中获得再生并富有灵性。换言之，他们不惜用《圣经》语言模仿精美尔雅的阿拉伯诗歌，并最终创造了新的语言：西法底语脱颖而出，并催生了许多诗人。这使得西班牙犹太文化成为犹太历史上自远古至1948年成立以色列国以来最为辉煌璀璨的文化。几乎每一位阿拉伯诗人都有犹太人效仿，西班牙犹太人重新找回了《圣经》传统，引发了一场特殊的文艺复兴和异教运动。不过，我们还是听听一位西班牙犹太诗人的言辞吧，它见证了犹太民族所抵达的艺术成就。13世纪，哈里兹（Al-Harīzī）在其《玛卡梅之三》（*Tercer maqāma*）中写下了以下诗句：

---

① 西班牙犹太文化的统称。

② 辛贝格：《犹太文学史》（*A History of the Jews Literature*, Philadelphia, The Jewish Publication Society of America, 1972）。转引自López-Baralt: *Huellas del Islam en la literatura española*, Madrid: Hiperión, 1985, p.27。

③ 巴利克洛萨：《西班牙犹太文学》（*Literatura hebraicoespañola*, Barcelona: Nueva Colección Labor，1967）。

④ 马埃索：《犹太文学史手册》（*Manual de historia de la literatura hebrea*, Madrid: Editorial Gredos, 1960）。

⑤ 巴格布：《阿尔罕伯拉宫：11世纪西班牙摩尔人研究系列》（*The Alhambra: A Cycle of Studies on the Eleventh Century in Moorish Spain* Berlin: Walter de Gruyter，1968）。转引自López-Baralt: *Huellas del Islam en la literatura española*, Madrid: Hiperión, 1985, p.27。

如君所知，
最美诗章，
珍珠镶嵌；
俄斐黄金，
怎与媲美？
生于西国，
享誉普天。
遒劲悦耳，
灼热雄浑，
阳刚气概
他者不及。[①]

这些诗人当中，最博学、最具声望的当数所罗门·伊本·加比罗尔，海涅将其誉为“中世纪野蛮暗夜中歌唱的夜莺”[②]。他的《凯特玛库特》（*Keter Malkut*，或译《圣神王冠》）令人迁思西班牙后世诗人路易斯·德·莱昂修士（Fray Luis de León）[③]的宗教诗歌。诗作犹如一神论的盛大庆典，让人依稀得见柏拉图、普罗克洛斯、波菲利、普罗提诺，以及亚里士多德的印迹。我们还须谨记，当时在贝尔塞奥（Berceo）[④]这位伟大开创者的努力下，西班牙天主教刚刚采用自己的文字，尚在为如何用新的文字同艰涩难懂的古典风格进行对接而挖空心思。赫胡达·哈–莱维（Jehudá Ha-Leví）在献给恋人的诗行中，把《雅歌》中的一些简短艳情诗融入了自己的六言诗，并在晚年的著名诗歌《西奥尼达》（*Sionida*）中哀悼以色列的陷落。另一同时代作家摩西·伊本·埃兹拉则不仅是一位诗人，也同时是一位著名学者——他通过分析几代作

① 诗中指其他诗作相形见绌，甚至显得羸弱和女性化。
② López-Baralt: *Huellas del Islam en la literatura española*, Madrid: Hiperión, 1985, p.27.
③ 莱昂修士（1527—1591），西班牙诗人、奥古斯丁会修士，生于格拉纳达。
④ 贡萨洛·德·贝尔塞奥（1195—1268），被认为是最早使用卡斯蒂利亚语（也即西班牙语）的诗人。在此之前，宗教僧侣、上流社会只用罗马时代留下的“官方文字”——拉丁文，尽管日常生活中它已化生出许多变体，史称俗语，如意大利语、西班牙语、法语、葡萄牙语、罗马尼亚语等。

家及他们的生活时代来研究西班牙犹太史，并展示了娴熟的文学批评技巧。适值稚嫩的卡斯蒂利亚语史诗才刚刚结结巴巴地尝试着诵出第一节。伊本·埃兹拉面对流放，面对卡斯蒂利亚的文化荒漠，他毫不掩饰地表达了哀婉之情。在《我被迫来到这里》（*Vine forzado*）中他说：

> 在一群文盲之间，真理与知识之路茫茫。当我听到他们野蛮的语言，心中不免羞惭。我只好三缄其口。哦，世界为何变得如此不堪？它像紧缩的衣领，令我窒息！[①]

诚如人们期待的那样，这次西班牙犹太文艺复兴发生在多重领域：在哲学中，“人文鼻祖”[②]伊本·加比罗尔为其赢得了“犹太柏拉图”的称号。但是，真正登上思辨哲学巅峰的是摩西·迈蒙尼德（Moses Maimonides，生于公元1135年）[③]。毫无疑问，他也是最具影响力的西班牙犹太思想家，曾编撰犹太教律法，其他《解惑导言》（*Guide of the Perplexed*）是一部思想深刻的亚里士多德派杰作。他试图为信仰树立起理性的丰碑；斯宾诺莎（Spinoza）、阿尔伯特（Albertus Magnus）以及圣托马斯·阿奎那（St Thomas Aquinas）等文人都曾拜读过此书。那个时期，《圣经》研究也在两方面取得了长足的进展：首先，犹太神秘主义（Cabala）得到了发展。请别忘记摩西·德·莱昂的《光明之书》（*Zohar*）。其次是卡雷特学校（Caraite School）的创立，它致力于从哲学、历史和科学的角度研究大写的《圣经》。身处这所学校的亚伯拉罕·伊本·埃兹拉（Abraham Ibn ‘Ezra）是13世纪《圣经》注疏方面的巨擘。据亚历山大·哈比卜·阿尔金（A. Ḥabib Arkin）所言[④]，路易斯·德·莱昂修士或许是其关门弟子。

---

① López-Baralt: *Huellas del Islam en la literatura española*, Madrid: Hiperión, 1985, pp.27—29.

② 原文为拉丁文（fons vitae），本意为生命之源。

③ 迈蒙尼德（1135—1204），西班牙犹太哲学家、法学家、科学家、神学家和医学家。

④ 迪埃斯·马乔（Alejandro Díez Macho）：《作为诗人和学者的摩西·伊本·埃兹拉》（*Mose Ibn ‘Ezra como poeta y preceptista*, Madrid-Barcelona: Instituto Arias Montano，1953）。转引自 López-Baralt: *Huellas del Islam en la literatura española*, Madrid: Hiperión, 1985, p.28。

洛佩斯-巴拉尔特认为，“当犹太复兴在西班牙这片土地上似繁花盛开之时，欧洲其他国家的西班牙犹太兄弟姐妹正惨遭迫害，处在水深火热之中。他们被迫聚集在贫民区，也因之没有可能从事任何文化活动。像《圣经》评析家，法兰克犹太人拉什（Rashī）是硕果仅存者之一。由于与阿拉伯文化的联系，以及与半岛居民的长期和谐共存，西班牙犹太人才得以实现文化繁荣。然而，美景不长，机遇转瞬即逝。三民族和平共处的相对均衡发生倾斜，反犹太主义势力逐渐猖獗。1478年宗教法庭的建立，以及1492年逐犹浪潮的兴起，将西方的反犹主义推向极端”。①

一、阿布尔贝卡·德·隆达（Abulbeca de Ronda）

阿布尔贝卡·德·隆达，原名艾布·巴噶·萨拉赫·隆迪（Abu-l-Baqa Salah al-Rondi），13世纪安达卢斯女诗人，生于今西班牙隆达，因所作悲歌——《悼安达卢斯》（*Elegía a la caída de al-Andalus*）或谓《科尔多瓦和塞维利亚陷落》（*Elegía a la caída de Córdoba y Sevilla*）闻名遐迩。

作为13世纪安达卢斯最具盛名的诗人之一，她的作品见证了西方穆斯林王国无可奈何花落去的悲惨结局。以下是其悲歌片段：

世上本无十全十美，
莫被安逸蒙住双眼，
诸朝列国皆是明证，
欢乐之后必有苦难。
……

科学之都科尔多瓦
今安在？曾几何时，
多少学人攀登高峰！

① López-Baralt: *Huellas del Islam en la literatura española*, Madrid: Hiperión, 1985, p.28.

塞维利亚今又何在？

山水曾是多么优美！
大厦已倾旦夕之间，
国已不国王寇颠倒；
清真寺哦变成教堂，
钟声刺耳十字高耸！

同时，阿布尔贝卡还创作了一些玛卡梅体小说，《奴隶市场》（*El mercado de esclavos*）是其中比较有名的一篇。它叙述了安达卢斯一个奴隶市场的情况：

有一天，我怀着沉重的心情来到奴隶交易市场，看见一个金发女郎几乎衣不蔽体地被人拍卖。她五官俊俏，身材姣好，双乳坚挺，目光诱人；嘴唇犹如切开的果肉，晶莹剔透、吹弹得破；牙齿像两串珍珠，洁白无瑕。见了她，你才知道什么叫美妙与和谐。剪切般整齐的鬓发紧贴着太阳穴，脖子比初生树枝还要修长、挺直，腰身细得可用双手围住，臀部恰似浑圆的沙丘。纤纤手指仿佛专门用来抚摸；双脚似玉可供亲吻……

人们踮脚翘首，争先恐后，竞价声浪一阵高似一阵。标底一再突破，达官贵人皆志在必得。这时，有位少年匆匆而至，他倾其所有，无人可与匹敌。他为爱情而来……[①]

那少年交了赎金就晕厥过去，叙述者“我”伸出援手。原来他是“我”的朋友。有诗为证：

我把她送给你，
犹如一枚奇珠；

---

① Granja, Fernando de la: *Maqamas y risalas andaluzas*, Madrid: Instituto Hispano-Arabe de Cultura, 1976, pp.161—163.

我要请你笑纳，
嫣然可供把玩。
请勿将其示人，
世上识者寥寥！[①]

二、易卜拉欣·伊本·萨希尔（Ibrahim Ibn Sahl）

易卜拉欣·伊本·萨希尔（1212—1251）生于塞维利亚的一个犹太家庭。出生后不久，塞维利亚陷落，襁褓中的伊本·萨希尔随父母前往安达卢斯穆斯林的最后堡垒格拉纳达（一说在逃往突尼斯途中遭海盗袭击），不幸被袭，后辗转多地，最终回到塞维利亚境内。

伊本·萨希尔颠沛流离、命途多舛，但并未妨碍他成为一代诗人。当然，其鲜明的同性恋取向也曾引起时人的广泛争议，甚至犹太族群的诟病。

人们不断指责我对他的爱，
却不能不服膺于我的诗篇。

它们受到缪斯的格外青睐，
既已邂逅，怎能视而不见？

倘月亮有幸见到他的脸庞，
也会黯然神伤、自叹弗如。

倘初升旭日有幸把他来见，
也会含羞忍辱、满脸通红。

……[②]

---

① Granja, Fernando de la: *Maqamas y risalas andaluzas*, Madrid: Instituto Hispano-Arabe de Cultura, 1976, p.163.

② Reina, Francisco: *Poesía Andalusí* (الشعر الأندلسي), Madrid: Editorial Edaf, 2007, p.567.

在一首彩诗中，萨希尔不仅有意改变了韵律，而且将缀句反转成了引子，显示了不甘墨守成规的率性：

一声叹息，使我心碎；
自你不再现身，
我眼见证无眠。

我滚滚的热泪，见证我心；
你既离我而去，我死何惜？
多少次，我也曾决意放弃，
却又期许，
时有我待，
再会。

乐于梦中相见，我的月亮；
横亘你我之间，唯有失眠。
自你离我而去，我心失丧；
魂随你去，
发誓不再
回来。

让生命重新回到我的身体，
用你的回归填充我的心扉，
即使代价是缩短我的性命！
愿为你死。
我用命换
然否？

爱上他，我承认病得不轻！
他双目勾魂哦，面如满月，

英俊无比；月亮自愧弗如。
旭日见之，
满脸通红，
含羞！

……①

在另一首彩诗中，他依然故我：

一早就来，喝个痛快！
爱人相聚，禁忌何惧！

……

起来吧，请喝一杯美酒陈酿；
玉杯殷红，映照着琼浆荡漾，
在你羚羊般美妙高洁的手中。
纤腰若柳，脸庞如月，
心在诉说，爱在燃烧，
美哉！

……②

三、苏斯塔里（Al-Sustari）

苏斯塔里（1212—1269）生于纳瓦斯德托洛萨战事正酣之际，卒于前往麦加朝觐途中。他是13世纪最著名的苏非神秘主义诗人之一。其作品多采用择吉尔体，因此也是古斯曼之后最负盛名的择吉尔诗人之一。

① Reina, Francisco: *Poesía Andalusí* (الشعر الأندلسي), Madrid: Editorial Edaf, 2007, pp.619—620.
② Op. cit. p. 603.

我爱将我造访，时间充满欢愉，
我爱善于倾听，将我过错饶恕。
即使不被监视，精神战胜肉欲。

……

有个声音呼喊：赶快忏悔罪过！
不必惊慌失措，当我行在正途。
生命何其短暂，即使充满欢娱！
我知过往今来，有病皆从心入；
作为时代导师，我爱我之所爱，
倘有凡心私欲，艺术也难存在。
满月夤夜来访，无人得见其美，
照亮我的寓所，还有空空井台。
……①

四、乌姆·萨义德（Umm as-Said）

乌姆·萨义德（1220—？）被认为是安达卢斯唯一的苏非主义女诗人，只可惜其作品罕有存世。以下是她的两首短歌：

一

将吻其影兮，先知草鞋；
难觅影踪兮，心领神会。

也许有幸亲吻之，
在天国花园一隅。
那是崇高的恬适，

① Reina, Francisco: *Poesía Andalusí* (الشعر الأندلسي), Madrid: Editorial Edaf, 2007, pp.562—563.

神影庇佑着永恒。
和谐中杯觥交错,
品味圣泉的玉液。
我却用它来洗心,
并使其欲火泯灭。
古今多少痴情人,
用爱的背影疗伤!

二

亲戚似蛇蝎,
心思难猜测,
宁信陌生人,
远离亲和戚。[1]

这些作品显然是作者对人情世故的看破、对世态炎凉的矜夸。她固然大胆率真,却很难得到世俗社会的认可。

五、伊本·穆拉比(Ibn al-Murabi)

伊本·穆拉比,13世纪安达卢斯作家,生卒年月不详。他出身卑微,却颇有抱负,曾因讽刺上司、秉直谏言引起格拉纳达奈斯尔王朝穆罕默德四世(Allah Muhammad Ⅳ)的关注,但也同时受到了佞臣的攻击。他在一首致亡友的哀歌中唱出了人生的虚妄和孤独:

时辰已到,死神降临;
无比珍贵,金鸡日尽。

---

① Reina, Francisco: *Poesía Andalusí* (الشعر الأندلسي), Madrid: Editorial Edaf, 2007, pp.637—638.

我曾以为，彼人长命；
谁知噩耗，突然来袭，
剥我希望，夺我憧憬。
逝者已矣，我泪流溢。
……
除非同归，难有慰藉。[①]

诚然，最为世人称道的是其《节日玛卡梅》(*Maqama de la fiesta*)。这个故事具有明显的反讽色彩，是安达卢斯阿拉伯语文学中的一个有趣的例子。它写一个普通穆斯林家庭的矛盾纠葛，但角度非常特别。其中的女主人公是一个泼辣的“悍妇”，这在伊斯兰世界已属罕见，而男主人公则颇有几分我国清末民初“八旗弟子”的风范。两口子在某重大节日期间发生分歧，妻子抱怨丈夫终日游手好闲、无所事事，又曰邻家男人如何勤劳能干。于是，丈夫被迫无奈，应妻子之嘱到集市买羊。他根本不知道什么样的羊可以用来宰杀烹饪，就专拣大个的、凶猛的去买。结果当然不妙，他挑了一只正在发情的公羊。他花了不少冤枉银子不说，却根本牵不动那劲头十足的公羊。终于，公羊挣脱了绳索，像脱缰的野马，一个劲儿地在集市上横冲直撞，直撞得人仰马翻。不少摊贩遭了殃，便逮住那男主人公要赔偿。这一闹不要紧，却引来了警察和法官。法官判男主人公有过，并令其照单赔偿。

由于作品是以第一人称叙述的，就平添了几分幽默。借孔子的话说，这是个典型的四体不勤、粟麦不分的家伙。但他从一个角度体现了源远流长的厌女主义，同阿拉伯笑谈中的那个温柔贤惠、无论丈夫做什么都觉得有理的妻子适成反差。这种厌女主义将在14世纪的安达卢斯寓言中更加充分地体现出来。

① Granja, Fernando de la: *Maqamas y risalas andaluzas*, Madrid: Instituto Hispano-Arabe de Cultura, 1976, pp.181—182.

第六节 公元14—15世纪

公元14世纪，《卡里来和笛木乃》、《辛德巴》和《一千零一夜》的流行填补了安达卢斯社会和文学衰微所带来的阙如。其中《辛德巴》又名《骗术或厌女之书》（*Libro de los engaños e los asayamientos de las mugeres*），它对西班牙文学的影响当不亚于《一千零一夜》或《卡里来和笛木乃》。《辛德巴》与《卡里来和笛木乃》不同，寓言色彩减少了许多，但叙事手法更为成熟。作品凡23章（也即23个故事），围绕王子及其继母的种种纠葛展开故事。王子拒绝了一名宫女的爱情，宫女由爱而恨，诬告王子非礼。王子的继母（王后）利用此事排斥异己，欲置王子于死地。终于，昏庸的国王下达了处决令，从而以更为残酷的方式演绎了一出类似于大乘宗关于净饭王幽禁佛陀母子的故事。王子的老师为王子预请七日哀悼，国王允奏。几位智者依次为国王讲述稀奇古怪的传说，这些传说皆具厌女色彩。王后为了坚定国王的杀子之心，也使出浑身解数。最后，国王终于改变初衷，下令杀死了王后。

《辛德巴》和《一千零一夜》有异曲同工之妙，但成书时间更早。它和《卡里来和笛木乃》等东方故事在伊比利亚风靡一时，以至于圣彼得·帕斯瓜尔（Saint Peter Pascual）大主教不得不公开提醒基督徒对诸如此类的作品保持警惕。“朋友们，别再把宝贵的时间浪费在这些劳什子上。难道你们真的相信这些胡说八道吗？什么女人有害啦，小鸟说话啦……小鸟现在不会说话，过去也从来不曾说过话……这些谎言有害身心啊！”[①]的确，这些作品的天真背后充满了诡辩和狡黠，与基督教神学的正统教义并不一致。但它们的思想、情感和叙事方法却润物无声地浇灌了中世纪末叶至文艺复兴运动初期

① 转引自何塞·阿莱马尼（Alemani，J.）编译的《五卷书故事集：寓教于乐·序》（*Prólogo a Hitopadesa o provechosa enseñanza: colección de fábulas, cuentos y apólogos*, traducida del sánscrito por José Alemany y Bolufer, Granada: Vda. Sabatel, 1895），第4页。

的西班牙文学，催生了《动物之书》（*Libro de las bestias*）、《真爱之书》（*Libro de buen amor*）、《卢卡诺尔伯爵》（*El conde Lucanor*）等重要作品。这是后话。

先说奈斯尔王朝。1212年穆瓦希德王朝在纳瓦斯德托洛萨战役中败北，基督徒节节胜利，收复了安达卢斯的大片领土。且说13世纪30年代，麦地那海兹拉吉部落的后裔穆罕默德·伊本·优素福·奈斯尔与安达卢斯若干小王国结盟，重新组合力量，集编军队，以期阻止基督徒的前进步伐，同时着手在哈恩周围建立新穆斯林王朝。1232年，他率军攻占格拉纳达，并定都于斯，自称苏丹，又称哈里发或“贾利伯”（al-Ghalib，即胜利者），奈斯尔王朝就此诞生。王朝辖有格拉纳达周边地区，成为西班牙穆斯林反抗基督教势力的最后堡垒。他创新了行政管理和法律体系，推行强军政治，致力于发展生产、奖掖学术。外交政策也颇为灵活，王朝甚至不惜向卡斯蒂利亚王国称臣纳贡，同时利用基督教小王国的内部矛盾及其同其他穆斯林小王朝的斗争，发展、壮大自己。到了14世纪，在优素福四世（Yusuf Ⅳ）和穆罕默德五世（Muhammad Ⅴ）统治时期，朝廷励精图治，朝纲清明、经济发展，格拉纳达呈现出一派繁荣景象，成为继科尔多瓦、塞维利亚之后穆斯林安达卢斯的政治、经济和文化中心。尤其是阿尔罕布拉宫的建成，一定程度上复兴了西阿拉伯帝国的荣耀。但是，好景不长，穆罕默德五世驾崩后，王室成员争权夺利、内讧加剧。15世纪初，瘟疫肆虐，加之朝廷与基督徒之间战争频仍，终不免国

阿尔罕布拉宫狮子厅

力大衰。1469年，随着卡斯蒂利亚王位继任者伊萨贝尔（史称伊萨贝尔一世）和阿拉贡王储费尔南多（史称斐迪南二世）联姻，两个强大的基督徒王国在“天主教双王”的领导下使“光复战争”节节胜利。15世纪末，他们先后夺取穆斯林占领区马拉加、穆尔西亚等地，使格拉纳达陷入了重重包围。及至1492年，艾布·阿卜杜拉（Abu Abdulla）被迫投降，与费尔南多签订了和约。后者保证不侵犯穆斯林的宗教信仰和生活习俗，并效仿“特奥多米洛和约”，承诺给予格拉纳达穆斯林以一定的自治权。格拉纳达奈斯尔王朝宣告覆灭。

一、小说

（一）卢利（Llull, Ramon）

法国学者约瑟夫·贝迪耶（Joseph-Bedier）曾经致力于考证西方小说的本土源头。[①]这固然无可厚非，但问题是他同时竭力否定外来影响，[②]从而使不少西方后学陷入了学术排他性偏颇。这当然不是一句简单的西方中心主义可以含括，盖因一般情况下文学同现实的鱼水关系毋庸讳言。但问题是西班牙文学确实受到了阿拉伯文学的影响，而且这一影响留下了不可磨灭、无可否认的印记。著名阿拉伯-西班牙裔美国学者洛佩斯-巴拉尔特（López-Baralt，Luce）经过坚持不懈的努力，终于在1985年同时推出了《西班牙文学的伊斯兰元素》（*Huellas del Islam en la literatura española*）和《圣胡安·德·拉·克鲁斯与伊斯兰》（*San Juan de la Cruz y el Islam*）等重要著述，它们多少改变了西方学界的某些偏见，尤其是西班牙学者有意无意的去阿拉伯化倾向。但是，关于西班牙文学中阿拉伯元素的探讨只不过是刚刚开始，许多

---

① 贝迪耶，约瑟夫：《寓言：中世纪民间文学与文学史研究》（Bedier, Joseph: *Les Fabliaux·Études de littérature populaire et d'histoire littéraire du Moyen Age*, Paris: E. Bouillon, 1895）。

② 转引自梅嫩德斯·伊·佩拉约：《小说的起源》（*Orígenes de la novela*，t.1, Madrid: Bailly-Ballière é hijos, 1905, p. 37）。学者马丁·贝尔纳（Bernal，Martin）在《黑色雅典娜：古典文明的亚非之根》（*Black Athena the Afroasiatic Roots of Classical Civilization: The Fabrication of Ancient Greece 1785—1985*）中对此作了更为详尽的探赜。

拉蒙·卢利铜像

观点有待深入，许多问题有待探究，毕竟文学影响学不是简单的一加一等于二；况且目前的讨论基本集中在西班牙“黄金世纪”（16至17世纪）；更何况文学的影响或互文通常是隐形的，难有如铁证据、若镜事实。然而，文学影响学的魅力就在于此。它可以辨考若隐若现的存在，也可以假设若明若暗的可能。无论考镜还是假说，孰是孰非且留待逝者开口、来者洞识。

14世纪初，卢利（？—1315）的《动物之书》（*Libro de las bestias*）出版。该书原本只是《费利克斯或奇迹之书》（*Félix o Libro de las maravillas*）的一部分，但后来经常独立印行，成为伊比利亚地区最早的原创性动物寓言。作者拉蒙·卢利是极少数掌握阿拉伯语并改信伊斯兰教的西哥特贵族后裔之一。他的阿拉伯语名字叫رامون ليول。迄今为止，西班牙文学史家很少提及他，遑论我国寥若晨星的西语文学研究家。虽然他的《骑士团之书》（*Libro del Orden de Caballería*）因广泛借鉴阿拉伯骑士思想而为西班牙骑士文学确定了独特的维度，但是他的《动物之书》却明显撷取了另一种向度：世俗化。而这在西哥特拉丁文学中几乎是完全阙如的。用基佐（Guizot，F.P.）的话说，西哥特时期的西班牙遵从的是“神权政治的原则”。①

《动物之书》之所以被剥离原著，大抵是因为它的寓言性和世俗

① 基佐（Guizot，F.P.）：《西方文明史》（*History of Civilization in Europe*），程洪逵、阮芷译，北京：商务印书馆，2005年，第62页。

化倾向，即一定程度上是对西方伊索类寓言传统的扩充和对西哥特拉丁文学的反讽。首先，它那冗长的故事往往具有更为复杂的寓意。其次，它居高临下、指点江山的特点多少改变了古希腊寓言那种鲜明的自下而上、以弱制强的特点。众所周知，古希腊罗马寓言源自民间，来自社会底层，大多具有以小见大，甚至“以下犯上”的特点，因而必得借动物以寓言人事。[①]《动物寓言》则反其道而行之。主人公费利克斯假借两位来自使徒教团的长者引出故事，由人类问题观照动物世界，比如说人类争权夺利，由此引出动物大选。公牛不服狮子，说王者必须体魄强健而且心地善良，并说狮子根本不具备这些美德。公牛于是指责狮子蛮横无理，且残害并吞噬其他动物。因此，公牛提议让温良恭俭的老马来继任王位。这得到了包括牛、马、羊、兔等所有食草动物的支持；但狐狸不以为然，它振振有词，说上帝造物不是为了让大家彼此热爱的；上帝只需要大家爱他、尊他、崇拜他，却并没有禁止彼此为食。见双方争执不休，同样觊觎大王宝座的虎和豹发话了，说既然大家对候选存有异议，不如暂缓投票。这样，选举被耽搁下来，两天后，饥肠辘辘的狮、虎、豹、熊等不耐烦了，准备单方面推举狮子为王，而狮子最关心的却是如何填饱肚子，于是向狐狸和狼索要食物。狐狸灵机一动，说旁边就有一头小牛、一匹小马，足够几位大王美餐一顿了。狮子及其同僚不管三七二十一,三下五除二就分吃了小牛和马驹儿。公牛和老马气急败坏，找人理论，结果遇到一位农夫，农夫正好需要牲口，就拿老马当了坐骑，径直赶着公牛耕地去了。这时，主教的选举也在紧锣密鼓地进行，有选张三的，也有力推李四的，各方据理力争、彼此互不相让。且说老马和公牛被农夫使唤得疲惫不堪，说既有今日，何必当初，还不如老老实实地做狮子的臣民。正说着，农夫带来了屠夫，公牛自知来日无多，不禁涕泪交加，对老马说，早知如此，还不如和兄弟们在一起，至少彼此有个照应，也不至于任人宰

① 罗马寓言家费德鲁斯（Phaedrus）在总结希腊罗马寓言时说，受压迫的奴隶由于对许多事情不敢直言，便采用寓言形式来表达、借各种调笑来避免非难。王焕生：《欧洲寓言选·前言》，北京：人民文学出版社，2001年，第4页。

割。与此同时，狮子终于如愿当选大王。鉴于人类至高无上的基督有十二使徒，狮子在动物中同样遴选了一批近臣负责传达它的旨意。狐狸奉命招安食草动物，它花言巧语，使食草动物信以为真。结果，食肉动物因权利问题产生分歧，引发内讧；食草动物受狐狸蛊惑，也不再团结。由是，动物世界不再平静。狮王向人类打听什么动物最恶毒，结果被指是诱惑夏娃犯罪的蛇。狮王下令杀死了不少大蛇小蛇。结果老鼠繁衍成灾，话说一只老鼠为了躲避灾难，来到人间，被一位无聊的修士逮着；修士希望得到的不是老鼠，而是美女。结果老鼠变成了美女。修士试探着，问美女想不想成为太阳、月亮或者大山的妻子，美女说不，并一一说出了理由。最后，修士问她愿不愿意成为人妻，美女依然说不，理由是人类从不善待异类。最后，美女祈求上帝，把她变回了老鼠。同时，狐狸不满狮子的残暴，欲借大象之力除之而后快，便向后者猛进谗言，并讲述了一个故事，说有只小鹿为了避免成为狮子的盘中餐，谎称另一只狮子要自立为王，狮王听后大为恼怒，遂决定披挂亲征，结果看到河中倒影，误以为那就是敌人，竟一头撞进湍急的河流，被冲得无影无踪。小鹿尚且可以以弱胜强，况乎大象？可大象体大胆小，它反唇相讥，说某国王有两个骑士，他们各怀私心，因此总想在国王面前耀忠。一天，骑士甲捉住了国王身上的一只跳蚤，国王大喜，赏金百两。骑士乙闷闷不乐，便计上心来，故意将一只虱子放进国王的餐巾，当他捉虱子准备领赏时，国王勃然大怒，骂他如此不干不净，并下令鞭笞一百。

凡此种种，人类和动物的故事相辅相成，相得益彰。这其中的异教倾向自不待言，它关乎人类和动物世界互为镜鉴并断言人性不善、人间一片漆黑的观念则几可与但丁的《神曲》遥相呼应，而《神曲》与阿拉伯文学的关系已经得到了有关学者的论证[①]，在此恕不赘言。

《动物之书》中大大小小的寓言故事多达上百种，且相互关联，

① 阿辛·帕拉西奥斯甚至雄辩地证明了但丁《神曲》与阿拉伯文学的关系。Asin Palacios: *La Escatología musulmana en la Divina Comedia*, Madrid: Editorial Maestre, 1961（《〈神曲〉中的穆斯林末世观》，马德里：经典出版社，1961 年）.

相映成趣，构成了庞大的“超现实”体系。首先，狐狸见多识广，不停地拿人类说事；其次是公牛的哞哞声响彻云霄，吓得动物世界一片哆嗦，狮王派狐狸调查，于是公牛道出了许多肺腑之言，并断言世上最坏的就是人类；再次是狮王好奇，派大批使节出访人间各地，结果发现人类竟是如此不堪。不少细节令人迁思我国文史作品中的一些名段，比如绅士娶了小老婆，而小老婆为了铲除异己，不是勾引继子，就是竭尽诬陷之能事；平民百姓笑贫不笑娼，以至于不少“良家妇女”自甘堕落；或者农夫因马和公牛发了财，决定用财产和女儿换取名位，结果赔了夫人又折财；再或国王看上了一位宫女，不仅宫女和家人没有反抗，就连王后也是敢怒而不敢言，倒是豹子有勇，在得知母豹被狮王玷污后毅然决然地与之决斗，直到生命的最后一息。诸如此类的厚此薄彼也许深得时人的赞同，却难为正统基督教神学所认可。但如此众多的原创寓言未获西班牙及西方文史学家的关注，则本身就足以说明近现代西方人文的取舍与好恶。

此外，卢利另有《仁者之书》（*Llibre del Gentil e los tres savis*）、《骑士团之书》及《圣女布兰盖娜之书》（*Llibre de Evast e Blaquerna*）。它们和《费利克斯或奇迹之书》（包括《动物之书》）合称为卢利“四书”。由于通晓阿拉伯语[①]，卢利不仅深受阿拉伯文学的熏陶，而且多少攫取了苏非神秘主义思想。《仁者之书》的三个智者分别代表了三种文化：犹太文化、阿拉伯文化和基督教文化。这种将基督教文化与“异教”相提并论的做法也只有在阿拉伯占领区才可能出现。他的《骑士团之书》虽算不得真正的骑士小说，却是一部关于骑士小说的小说，从而也是西班牙迄今为止发现的第一部坐而论道的骑士小说。它叙述一位身经百战的骑士白发暮年的生活；他自知来日无多，并鉴于一生戎马、战功卓著，最怕在众目睽睽之下被死神夺取尊严。于是，他选择了隐居，买下一片花木葱茏、水源丰富的森林，并每日来到一棵参天大树下，坐在泉水边冥思苦想。他要寻找骑士道真谛，同时思索生命和死亡的问题。数年之后，有个一心想做骑士的年轻人睡

①《仁者之书》最初还是用阿拉伯语创作的，1378年被翻译成卡斯蒂利亚语，引起巨大反响。

在马背上，不知不觉地来到林中。老人把自己的心经和秘笈传给了年轻人，教他如何从长矛手变成骑士，并嘱他发扬光大骑士道精神。小说凡七部分，第一次明确地将骑士道界定为忠诚和勇敢、正义和高尚，同时就武艺与武器、智谋与功绩等诸多方面进行了规定。[①] 许多情景令人迁思阿拉伯英雄史诗《安塔拉传奇》。比如它关于坚苦卓绝、千锤百炼、百折不挠、终成伟业的怀想显然具有安塔拉的影子。塞万提斯在塑造堂吉诃德时就分明借鉴了《骑士团之书》。

（二）马拉加的乌玛尔（Umar de Málaga）

我们对这个乌玛尔的生平所知甚少，只知道他是马拉加人。他的作品最早见诸于15世纪初的一份阿罕布拉宫廷纪要，其中有一封乌玛尔致格拉纳达苏丹穆罕默德九世（Muhammad IX）的谏书。在谏书中，乌玛尔建议迁都至马拉加，理由是瘟疫正在格拉纳达附近肆虐。由此人们推断他应该生活在15世纪初叶。稍后，开罗的一个玛卡梅选本辑录了他的《瘟疫》（*Maqama de la peste*）。

《瘟疫》记叙了公元15世纪初叶肆虐于安达卢斯的一场瘟疫。它或许是致穆罕默德九世谏书的一个副产品。作品将阿罕布拉宫称为“女主人”，阐释了作者对瘟疫和迁都的看法。他首先援引先知的话：“你要逃离狮子。”继而用寓言的方式倾诉衷肠，谓：风暴将至，谁都会未雨绸缪、找个地方躲避，就连动物也是如此。敌人大兵压境，和平的牧人能不赶着羊群逃之夭夭？即使来不及带走羊群，丢羊保命亦是上策。还有，地震来时天崩地裂，大人不能不带着孩子离开房屋。作者由是广征博引，历数古来诗人有关“舍羊保命”的诗句，这不由得让人想起“丢卒保车”“丢车保帅”之谓。此外，作者竭尽文采，描写马拉加的人文和自然，谓它是人间天堂：山峦像翠屏，河海如碧玉，满目鲜花，遍地牛羊。各种果实挂满枝头；人们安居乐业，勤劳和平。他最后充满自豪地说：“太阳可以证明！”与此同时，作者终不忘以蚂蚁和麻雀的寓言结束劝谏：

① Llull: *Libro de la orden de caballería*, Madrid: Alianza Editorial, 2000, pp.15—47.

蚂蚁说："我为自己的收藏感到骄傲。"
麻雀说："我只相信真主的万能。"
蚂蚁说："只有自己拥有，才最安心踏实。"
麻雀说："相信真主就是拥有。"

它们正这么你一句我一言地说着，天上忽然阴云密布，霎时间大雨倾盆。蚂蚁来不及将贮备搬离地洞，结果食物被水溢出地面，成了麻雀的点心。①

（三）伊本·阿西姆（Ibn 'Asim）

伊本·阿西姆（1354—1426）于15世纪初编辑出版了一部安达卢斯《杂集》（*Libro de los jardines de flores acerca de bellas respuestas, chistes, sentencias, proverbios, cuentos y rarezas*），它包括故事、笑话、警句和奇闻轶事。其中有些故事堪称小小说，譬如《两个无花果》（*Las dos brevas*），讲的是从前有个农夫，一天他看见了两个无花果，因未见无花果树开花便结出了果子，以为它们是反季节奇果，于是采了准备献给国王。他信誓旦旦地驮着儿子前往王宫，而两个无花果就装在儿子头顶的小篮子里。爷儿俩一路走去，儿子悄悄从头顶的篮子里取一个吃了。农夫到王宫，见了国王，便命儿子献上奇果，这才发现篮子里只剩下一个果子。于是，他问儿子："另一个怎么没有了？"儿子于是拿起仅剩的无花果三口两口吞进了肚子，说："是这样没有的。"又譬如《为了让人光顾》（*Para que me vean*），故事发生在某集市，商贩们应接不暇，唯独阿斯梅家门可罗雀。阿斯梅于是点亮油灯，并将它挂在门口。路人觉得大惑不解，遂问他大白天点灯所为何来。他回答说："别的商铺生意兴隆，而我家却如此冷清，一定是因为顾客对我家视而不见，我要用油灯照亮他们的眼睛，让他们看见这里。"再譬如《吝啬的父亲》（*El padre avaro*），话说有个富翁非常吝啬，一天儿子望着一个梨摊央求父亲给买几个。父亲犹豫片刻，最后

① Granja, Fernando de la: *Maqamas y risalas andaluzas*, Madrid: Instituto Hispano-Arabe de Cultura, 1976, pp. 215—229.

挑了一个最小的，并对儿子说："尝尝就可以了，吃再多的梨也是这个味。"

这类作品传承了阿拉伯文学的幽默传统，并一定程度上影响了文艺复兴运动初期的广义的喜剧复兴。

二、诗歌

（一）伊本·贾蒂玛（Ibn Jatima）

伊本·贾蒂玛关注到了《十日谈》（*Decameron*），[①]这说明文艺复兴运动早期的拉丁俗语作家开始回馈安达卢斯。他在一首"游戏诗"中将诗人比作无用的镜子：

一群妇人列队从面前走过，
她们头顶盛满豆角的篮子。
鸟儿围着她们翻飞、嬉闹，
直至她们不住地用手蒙眼。
但是
　　她们
　　　　在你
　　　　　　面前
　　　　　　　　挪开
　　　　　　　　　　手掌
玉手纤细缀起珍珠一串、一串、一串。
夏日炎炎，诗人一文不值！
这就是炎日对我等的忠告。

——《弄镜》（"Juego de los espejos"）[②]

① Granja, Fernando de la: *Maqamas y risalas andaluzas*, Madrid: Instituto Hispano-Arabe de Cultura, 1976, p.178.
② Reina, Francisco: *Poesía Andalusí* (الشعر الأندلسي), Madrid: Editorial Edaf, 2007, p.643.

（二）伊本·贾蒂布（Ibn al-Jatib）

伊本·贾蒂布（1313—？）无疑是奈斯尔王朝最重要的诗人之一。他生长在格拉纳达，适值穆斯林安达卢斯最后的辉煌。在灿若云锦的阿罕布拉宫的辉映下，诗人几乎演绎了安达卢斯数百年令人击节赞叹的诗体与文质，其中既有古老的“盖绥达”和情歌，也有众多的颂歌、哀歌和彩诗。他甚至对某些传统诗体进行了改造，譬如取消了彩诗的“回旋”（犹如彩带环绕）部分，并将其由五至六节增加至十六节。

诗人悉知时势艰难，基督徒自纳瓦斯德托洛萨决战之后逐渐将穆斯林逼至半岛东南一隅。而奈斯尔王朝的只不过是强弩之末。因此，他在一首“盖绥达”中许下弘愿：

真主的哈里发，愿你增辉！
愿你像明月照亮漫漫长夜！
愿真主让你远离一切危难，
它们不再是人力可以驱散！[①]

在另一作品中，诗人将男女之爱与宗教之爱合二为一，于是俗爱和圣爱不再泾渭分明：

在**你**和我各自孤独的时空，
相逢赛蜜，更胜山盟海誓。
请你驻足，哪怕片刻于斯，
园中有疼痛的心将**你**注视。
多少次我向风儿呼唤着**你**，
而它却充耳不闻步履匆匆！[②]

① Reina, Francisco: *Poesía Andalusí* (الشعر الأندلسي), Madrid: Editorial Edaf, 2007, p.647.
② Op. cit. p. 648.

（三）伊本·扎姆拉克（Ibn Zamrak）

伊本·扎姆拉克，生卒年月不详，却是穆罕默德五世时期的当红诗人，否则他的众多诗作不会出现在宫墙上。后人据此无比艳羡，称他是世上最“昂贵的诗人”，其作品不仅写在纸上，而且镌刻在红宫，即阿罕布拉宫。

在一首“盖绥达”中，诗人先于马拉加的乌玛尔，不但将格拉纳达比作“贵妇人”和“女主人”，而且将城市脚下的三山比作“丈夫”的怀抱：

圣城女主人，端坐丈夫山；
绿色像彩带环绕在她腰间。
还有潺潺流水从脚下流过，
滋润着葱茏的树木和水渠。
……
萨比卡山上镶嵌着的皇冠，
是格拉纳达的颜面和荣耀。
所有星星皆欲下凡来装点
（真主的造化）阿罕布拉——
皇冠上最璀璨夺目的宝石。①

（四）伊本·卡伊西（Ibn Qaysi）

伊本·卡伊西，生卒年月不详，但据其作品大致可以断定他生活于15世纪的格拉纳达。当时，格拉纳达已是一座危城。周边城池接连陷落，诗人在作品中不停地痛悼：

我们被迫放弃家乡，
夜不能寐眼帘垂垂。

① Reina, Francisco: *Poesía Andalusí* (الشعر الأندلسي), Madrid: Editorial Edaf, 2007, p.658.

哀鸿遍野村落荒芜……

——《巴扎陷落》（“La caída de Baza”）

醒来吧，别再做梦！
听我来把真情诉说：
你们曾经涕泪横流，
要知道那不算什么，
现在我们开始泣血！

——《阿齐多纳失守》（“La pérdida de Archidona”）

时间结束，人民失去荣耀。
再没人知道安拉是否知道
这方水土，已是满目疮痍。
……

——《洛尔卡陷落》（“La caída de Lorca”）[①]

（五）无名氏

15世纪末叶，随着“天主教双王”的步步紧逼，格拉纳达危在旦夕，安达卢斯的无名诗人记下了最后一批穆斯林的悲恸。其中最负盛名的是长诗《为安达卢斯哭泣》（*Llanto por al-Andaluz*）。该诗凡286行，是迄今为止保存最完好的安达卢斯挽歌。

她的太阳在地平线上消失是真的吗？
她的月亮从此不再发光也是真的吗？
坚如磐石的雄伟宫殿在恐惧中颤抖，
令人向往的美丽庭院充满死亡之气。

我的朋友，家国顷刻坍塌是真的吗？

① Reina, Francisco: *Poesía Andalusí* (الشعر الأندلسي), Madrid: Editorial Edaf, 2007, pp.670—671.

高贵的人们被赶出西班牙是真的吗？
家园惨遭蹂躏，房舍夷为平地是真；
哈里发们及其王冠威风扫地也是真！

怎么可能？她神圣的面纱不可侵犯，
高耸入云的巍峨宫殿雄鹰难以企及。
哦，我的祖国，她是多么辉煌灿烂！
一朝倾覆却是满目疮痍、遍野哀鸿！

我的祖国，像一串巧夺天工的项链，
一粒粒珍珠璀璨夺目而今风光不再。
哦，安达卢斯，正被熊熊烈焰焚烧；
她的光荣和臣民被北方的肃杀扫荡！

哦，十字架的队伍占领了这片土地，
她曾经多么自由、多么丰饶和强大！
她的宗教和信徒如今安在？难道说
他们已经无所适从、从人间蒸发？

伊斯兰被人从这片丰饶的沃土拔除，
连同真理及其根脉被异教清扫干净。
十字架受到尊敬，其上帝无处不在。
虚伪的教士、神像和信仰充斥半岛。

清真寺变成了教堂，钟声响彻霄壤。
……①

与此同时，对犹太人的迫害也已在伊比利亚半岛如火如荼地展

① Reina, Francisco: *Poesía Andalusí* (الشعر الأندلسي), Madrid: Editorial Edaf, 2007, pp.672—673.

开。据匿名犹太作家记载，自1475年伊萨贝尔统治卡斯蒂利亚以后，对犹太人的剥夺和迫害就被提上了日程。[1] 其中最著名的是1490至1491年间的婴儿虐杀事件，史称“圣婴事件”。事件是由一起子虚乌有的犹太人虐杀基督教婴儿引发的，这一莫须有罪名使一大批安居托莱多附近的犹太人惨遭逼供和驱逐。从此，反犹开始常态化。重要的是，西班牙天主教军队在联合法兰西屡战英国并获得胜利的同时，开始觊觎耶路撒冷和更为遥远的东方。这显然是伊萨贝尔资助哥伦布探险的重要历史根由之一。

① 卡尔，雷蒙德（Carr，Raymond）:《西班牙史》（*Spain：A History*），潘诚译，上海：东方出版中心，2009年，第103—107页。

第一编

第三章　西班牙语文学

引言

精神文明的进程是缓慢的，而且极易倒退返祖。罗马帝国坍塌后的西方文化即是佐证：各小王国的文化几乎回到了洪荒时代。由是，西班牙语文学的历史并不悠久，但她终究具有古希腊罗马基因，中世纪又融汇了日耳曼和阿拉伯民族的血脉。15和16世纪，随着美洲的发现，西班牙语文学再经与古代印第安文学碰撞、化合，催生出更加绚烂的景观。仅就古典西班牙文学而言，从《真爱之书》《卢卡诺尔伯爵》《塞莱斯蒂娜》《小癞子》到塞万提斯、贡戈拉、洛佩·德·维加、卡尔德隆（Calderón de la Barca，Pedro），已可谓群星璀璨、天才频出。但是，西班牙文学对西方乃至世界文学的影响远未得到应有的阐发。这和西班牙作为罗马帝国之后的第一个“日不落帝国”的短命有关，以至于文学让位于意识形态属性更为稀薄的美术。后者当由格列柯（El Greco）、委拉斯盖兹（Silva Velázquez，Diego de）、戈雅（Goya y Lucientes，Francisco José de）至毕加索（Picasso，Pablo）、米罗（Miró，Juan）、达利（Dalí，Salvador）等一代代艺术家提供有力佐证和独好风景。

诚然，西班牙语文学并不缺乏后劲。西班牙语美洲现当代文学的强劲崛起当可为此留下浓重的注脚。作为特殊的意识形态，文学生产固然不直接受制于社会生产力和经济基础，但其传播方式和影响力却与后者密切相关。19世纪的法国文学和目下美国文学的流行当可更好地说明这一点。作为反证，西班牙语美洲的“文学爆炸”固然取决于这一文学本身所呈现的繁复、迤逦和奇妙，但其在全世界引发这般关注，却明显得益于“冷战”，即拉丁美洲作为东西方两大阵营的缓冲地带而使其文学同时受到美苏的推重。从这个意义上说，文学其实也很势利，盖因文学所来所去皆非真空。

为免于重复，我们不妨从头说起。

第一节　西班牙语的产生

朱光潜先生曾高度评价但丁的《论俗语》，认为它“是但丁最重要的理论著作”。他甚至用超过《神曲》的篇幅来谈论这部著作，谓“语言问题是中世纪末期欧洲各民族开始用近代地方语言写文学作品时所面临的一个普遍的重要的问题。当时创作家和理论家们对这个问题特别关心。在《论俗语》出版（1529）之后二十年（1549），法国近代文学奠基人之一，约瓦辛·杜·伯勒（Belly, Joachim du），也许在但丁的影响之下，写成了他的《法兰西语言的维护和光辉化》”。约瓦辛·杜·伯勒（又译杜培雷）是否受但丁的影响不得而知，但将自己的语言发扬光大其实是中世纪后期或文艺复兴初期欧洲各国（各民族）的当务之急，也是使文学从内容（宗教、神学）到载体（拉丁文）走向广大民众的一件大事。然而，和《神曲》不同，《论俗语》（*De Vulgari Eloquentia*）并非俗语写就，但丁用的是拉丁文。在这方面，阿尔丰索十世要彻底得多。阿尔丰索十世时期出版的许多文本都采用了卡斯蒂利亚王国的“俗语”：卡斯蒂利亚语，其中包括语文学著作《第八范畴》（*Octava esfera*）。卡斯蒂利亚语也是拉丁语的一种变体，长期以来受到诸多因素的浸染。它与一般僧侣和贵族的官方语言——拉丁文相对立，是卡斯蒂利亚地区的通俗语言。在漫长的西罗马时期，卡斯蒂利亚语只是南欧众多罗曼司语的一种。倘使把拉丁文比作“文言文”，那么卡斯蒂利亚语也就是我们所谓的“白话”了。它与拉丁文并存，是卡斯蒂利亚地区广大劳动人民的语言。卡斯蒂利亚地区最初的史诗（Gestas）或叙事诗（Epopeyas）正是通过这种语言由行吟诗人（Juglar或Travador）口口相传的。自阿尔丰索十世至15世纪末，经过两个世纪的阐扬和发展，卡斯蒂利亚语日臻完善。1492年，学者内布里哈（Nebrija，Antonio de）出版了《卡斯蒂利亚语语法》（*Gramática de la lengua castellana*），从而奠定了卡斯蒂利亚语在整个西班牙帝国的强势地位。内布里哈出生于1441年，青年时代在萨拉曼卡大学攻读语言和修辞，之后赴博洛尼亚进修，系统接受人文主义思想。他毕生致力于语言和修辞研究，先后出版了《卡斯蒂利亚语语法》和《卡斯蒂利亚语正字法》（*Ortografía castellana*, 1517）等重要著作。作为第一部完整的罗曼司语法专著，《卡斯蒂利亚语语法》被认为是西班牙文艺复兴运动的重要象征之一。[①] 它标志着卡斯蒂利亚语已经作为西班牙帝国的通用语言而正式取代了拉丁文的地位并从此“与帝国同在”。[②] 16世纪，随着美洲殖民地的扩展，卡斯蒂利亚语开始“遍地开花”，“无论你是英国人，还是法国人；无论你来自德国，还是来自弗拉门戈[③]，都必须掌握卡斯蒂利亚语”。[④] 而在文艺复兴时期意大利的礼仪权威卡斯蒂利奥内（Castiglione，Baldassare）伯爵看来，掌握卡斯蒂利亚语意味着掌握宫廷礼仪、皇家风范。[⑤]

然而，卡斯蒂利亚语的确立并非一帆风顺。以罗马教皇为首的天主教高级僧侣曾竭力阻挡西欧各国的“俗语化”浪潮，以至于到了16世纪罗马教廷仍明确规定教会和高级僧侣不得使用罗曼司语言。不过，这种无视现实的做法不仅不能阻止“俗语”的蔓延，反而使它们

① García de la Concha, V.: *Nebrija y el Renacimiento español*, Salamanca: Editorial de la Universidad de Salamanca, 1983.

② Menéndez Peláez y Arellano Ayuso: *Historia de la literatura española*, t. Ⅱ, Madrid: Editorial Evireste, 1993, pp.50—51.

③ 指西班牙南部犹太人、阿拉伯人、吉卜赛人集居的安达卢西亚地区。

④ Menéndez Peláez y Arellano Ayuso: *Historia de la literatura española*, t. Ⅱ, Madrid: Editorial Evireste, 1993, p.51.

⑤ 卡斯蒂利奥内（1478—1529），意大利贵族，著有《侍臣论》（*Il cortegiano*, 1528）。

取得了长足的发展。[①]

西班牙国王卡洛斯一世（Carlos Ⅰ，1500—1558），同时也曾是神圣罗马帝国查理五世。西班牙语世界至今盛传他在退位仪式上所说的话："我和我的坐骑用德语，和夫人们用意大利语，和臣子用法语，和上帝只用西班牙语。"[②]此话的真实度有待考证，但传言本身印证了西班牙王室对天主教的忠诚。

如今，西班牙语（español 或 castellano）是世界第三大语言（仅次于中文和英文），约有四亿多人口使用这一语言，他们遍布二十几个国家，有美洲的阿根廷、玻利维亚、智利、哥伦比亚、哥斯达黎加、古巴、多米尼加共和国、厄瓜多尔、萨尔瓦多、危地马拉、洪都拉斯、墨西哥、尼加拉瓜、巴拿马、巴拉圭、秘鲁、乌拉圭和委内瑞拉，以及非洲的赤道几内亚和西班牙本土。同时，西班牙语是联合国、欧盟和非洲联盟的官方语言。此外，它还在安道尔共和国、伯利兹、美国、加拿大、以色列、摩洛哥、荷兰、菲律宾、特立尼达和多巴哥、西撒哈拉等国和曾经的西属殖民地区域被广泛或局部使用。

用最简要的方式概括西班牙语的历史或由来，以下三个方面缺一不可：

一、古代语言

有人集居的地方就会有语言。前面说过，西班牙的历史可以追溯到遥远的前希腊罗马时期。布尔戈斯附近出土的人类最早祖先——智人先辈（Homo Antecessor）的头骨距今80万年。而直布罗陀是公元前6万年左右的尼安德特人化石的首次发现地。因此，有

---

① Bleiberg, Germán: *Antología de los elogios de la lengua eapañola*, Madrid: Editorial del Instituto de Cultura Hispánica, 1951; Menéndez Pidal: *La lengua de Colón*, Madrid: Editorial Espasa-Calpe, 1942.

② "Con mi caballo hablo en alemán, con las damas de la corte, en italiano; los asuntos de hombres los trato en francés, pero para hablar con Dios, uso sólo el español"（Burgos, Antonio: "Ave de silencio", *ABC de Sevilla*, 10 de Julio de 2014, http://sevilla.abc.es/hemeroteca）.

西班牙学者认为她应被命名为直布罗陀女人。至于公元前16000（学术界对其确切时间尚无定论）的阿尔塔米拉壁画，则属于马格德林（Magdalenian）文化，其略带夸饰的现实主义风格令人叹为观止。它们不仅色彩鲜艳，而且具有三维立体效果。再往后是席卷整个欧洲的巨石时期。大量用巨石垒筑的墓葬呈马蹄形沿着大西洋和南部海岸分布。在西班牙，它们从莱万特、梅塞塔到安达卢西亚的安特克拉断断续续延绵数千公里。曾有学者认为这些巨石建筑与希腊迈锡尼（Mycenaean）文化有关，但经碳-14检测，它们的时间要远远早于迈锡尼时代。公元前两千多年的阿尔梅里亚至葡萄牙的塔古斯河谷出现了青铜文明。但这一文明被统称为塔西斯（Tarsis）文明，但它到公元前一千八百多年就神秘地消失了。同样消失的还有阿加尔（Argar）文化。该文化已拥有高度发达的采矿和冶炼技术，其在阿尔梅里亚地区所创造的人口密度非常之高。与之相仿的是从事种植和养殖的拉曼恰居民，他们所创造的莫蒂利亚（Motilla）文化于公元前一千五百年左右达到鼎盛。再后来就是希腊人、凯尔特人（Celtas）、迦太基人（Cartagenos）、腓尼基人（Fenicios）和罗马人的先后侵入。

西班牙语学者拉佩萨（Lapesa，Rafael）从有关地名切入，将西班牙语的起源划分为“八大处”：一、混杂，这一点毋庸置疑；二、比利牛斯文化带，以比利牛斯山为中心发展起来的有关文化，这其中就有巴斯克语；三、塔西斯文化，有阿尔钢达演化的地名（Arganda）、人名（Argandanio）等为证；[①] 四、腓尼基文化，如加的斯（原Gades，今Cádiz）、马拉加（原Malaka，今Málaga）、伊斯帕尼亚（Hispania）等，皆由腓尼基人命名；五、希腊和希伯来文化，譬如希腊对伊比利亚（Iberia）的命名，又譬如犹太人在早期罗马帝国的存在。二者的文化成果经罗马帝国的传承和推延不仅在伊比利亚留下了难以磨灭的印记，而且是整个西方文明的重要源头（是谓“两希文明”）；六、其他

① 戈麦斯-莫雷诺（Gómez-Moreno，Manuel）在《关于伊比利亚人及其语言》（“Sobre los iberos y su lengua”，*Homenaje a Menéndez Pidal*, t. Ⅲ，Madrid: Editorial de la Universidad de Madrid, 1925, pp.475—499）中对塔西斯文化及其语言进行了探究，认为它对印欧语系在西班牙的演化产生了明显的影响。

东方文化，它们自古埃及、印度、波斯、阿拉伯等，其语言经与希腊语、拉丁语等融合，奠定了西班牙语的基础；七、法国和意大利文化，它们在历史上同西班牙其他文化互为影响；八、凯尔特文化，它和日耳曼部族文化一样，为西班牙留下了大量尚武词汇，其中就有英雄史诗（Gesta）、堡垒（Briga及其演化的Bra）等。[①]

早在古罗马时期，希腊地理学家斯特拉班·西斯潘尼斯（Estrabon Hyspanis）在其《第三地理书》（*Liber tertio de geographia*）中指出，伊比利亚“会集了各种语言”。[②]古希腊语自不待言，大量来历不明的词汇至今充斥西班牙语，如常用词“abarca”（凉鞋）、“abedul”（白桦树）、“álamo”（杨树）、“aliaga”（港口）、“aliso”（桤木）、“amelga”（田埂转腰带）、“artiga”（烧荒）、“baranda”（栏杆）、“barda”（马铠）、“barro”（泥巴）、“basca”（恶心）、“beleño”（天仙子）、“belesa”（蓝茉莉）、“berrendo”（杂色）、“berro”（水田芥）、“berrueco”（岩石）、“busto”（上半身转胸像）、“cantiga”（cántiga歌谣）、“colmena”（蜂房）、“cueto”（山丘转制高点）、“charco”（水洼）、“galápago”（砖模或铸锭）、“gancho”（发卡或钩针）、“garza”（鹭）、“huelga”（娱乐转罢工）、“huero”（空洞）、“légamo”（烂泥或泥浆）、“losa”（石板转负担）、“manteca”（奶油或果酱）、“perro”（狗）、“puerco”（猪）、“rebeco”（羚羊）、“serna”（下种耕地）、“silo”（谷仓）、“sima”（深渊）、“tajo”（切割或断口）、“tamo”（呢绒）、“tarugo”（木块）、“toca”（头巾）、“toro”（牛）等。诸如此类，可谓不胜枚举。

它们不仅是语汇，而且还是科技和思想，甚至还是生活方式，蕴涵着传统与价值。譬如当我们提到筷子时，便不仅仅是两根小木棒，而是鲜有不在脑海里浮现出国人用膳情景的；又譬如当我们说到杨柳时，也往往会联想到乡情，甚至“昔我往矣，杨柳依依；今我来思，雨雪霏霏”（《诗经》）之类的古老诗句。

在拉佩萨看来，罗马人固未使所有伊比利亚居民接受拉丁语，但

① Lapesa: *Historia de la lengua española*, Madrid: Editorial Gredos, 2008, pp.25—30.
② Op. cit. p. 31.

后者对诸如巴斯克语的间接影响也是显而易见的。[①] 与此同时，一些前拉丁语元素也顽强地留传下来，这不仅有公元2世纪的哈德良（Hadrian，117—138）的"方言"[②] 为证，而且经与阿拉伯语和希伯来语化合，催生了后来伊比利亚境内的拉丁俗语。

二、阿拉伯语

阿拉伯人的到来给伊比利亚增添了东方色彩，并与拉丁语共同缔造了西班牙语。从某种意义上说，正是由于阿拉伯语的叠加，西班牙语的丰富性在拉丁俗语中首屈一指。譬如名词：

（一）有关战争

阿拉伯人称一年一度针对基督徒占领区的进攻为"accifas"，称不定期扫荡为"algaras"；他们称首长为"adalides"，士兵为"atalayas"，后盾为"zaga"，箭为"alfanje"，箭囊为"aljaba"，头盔为"almófar"，堡垒为"alcazabas"，进攻为"rebatos"，战鼓为"tambor"，号角为"añafiles"，骑兵为"jinete"，如此等等。

（二）有关农事

阿拉伯人称安达卢斯为大花园。许多曾经的游牧民族在安达卢斯找到了"永远的家园"，他们辛勤耕耘，繁衍后代。于是，大量与农业相关的阿拉伯词汇进入了伊比利亚半岛，其中较为常见的有如"acelga"（甜菜）、"acequia"（水渠）、"alberca"（泳池）、"alcanfor"（樟脑）、"alcohol"（酒精）、"aljibe"（水库）、"azud"（水车）、"noria"（机井），或"alcachofa"（蓟花）、"alfalfas"（苜蓿）、"algarroba"（野豌豆）、"almunia"（庄稼地）、"alquería"（农舍）、"alubia"（菜豆）、"berenjena"（茄子）、"zanahoria"（胡萝卜），等等。

---

① Lapesa: *Historia de la lengua española*, Madrid: Editorial Gredos, 2008, pp. 36—43.

② 他生长在伊比利亚半岛，因而其拉丁语被罗马人视为"方言"。同上，第44页。

此外，像“algodón”（棉花）、“azafrán”（藏红花）、“azúcar”（蔗糖）、“palmera”（椰枣）等，则是由阿拉伯人引入欧洲的。

（三）有关劳动和科技

关于劳动（工作），西班牙语既有来自拉丁文的“trabajo”、“labor”，也有来自阿拉伯语的“tarea”，后来还有源自美洲的“chamba”等。阿拉伯人称纺织为“barragán”，刺绣为“recamar”，碗为“taza”，罐为“jarra”，硫磺为“azufre”，明矾为“alumbre”，水银为“azogue”，酒精为“alcohol”，象牙为“marfil”，樟脑为“alcanfor”，珍珠或变形珍珠为“aljófar”等。有关科学的词汇也有不少，其中比较常见的有“algebra”（代数）、“alquimia”（炼金术）、“alambique”（蒸馏器）、“redoma”（蒸馏瓶）等。

（四）有关贸易

随着阿拉伯人将近代贸易方式引入半岛，相关概念也扎下根来，例如仅关税或税收，他们就留下了“aranceles”、“tarifas”和“aduana”等，以及与之相关的“almacén”（仓储，后引申为市场或仓储式超市）、“bazar”或“albazar”（超市，维吾尔语中的大巴扎即由此衍生）、“almoneda”（拍卖）、“moneda”（货币）、“recua”（马帮）、“almotacén”（市场监察）、“quintal”（公担）、“fanega”（蒲式耳）、“cifra”（数字）、“cheque”（账单、支票）等。

（五）有关衣食住行

阿拉伯语中有关衣食住行的许多词汇融入了西班牙语。其中最常见的有“camisa”（衬衫）、“pantalón”（裤子）、“babuchas”（拖鞋）、“joya”（珠宝）；食品方面除了前面说到的，还有“aceite”（食用油）、“aceituna”（油橄榄）、“acelga”（甜菜）、“albondiga”（肉圆）、“alcuzcuz”（粗麦粉）、“almíbar”（糖浆）、“arroz”（大米）、“azufaifa”（枣）、“naranja”（橘子）、“soda”（苏打）等。居住方面，阿拉伯人留下了“arrabales”（乡野）、“aldeas”（村庄）、“azotea”（屋

顶阳台）、“alberca”（水池）、“alcoba”（卧室）、“almohada”（枕头）、“alfombra”（地毯）、“cojín”（靠垫）、“jofaina”（脸盆）、“sofá”（沙发）、“albañil”（泥瓦匠）、“azulejo”（琉璃瓦或瓷砖）、“taracea”（马赛克）等。还有广义的行，除却前面提到的，还有“ajedrez”（象棋）、“tajo”（夹缝）、“zaguán”（车道）等也成了西班牙语的常用词汇。至于地名，从“Madrid”（马德里，高原城堡）到“La Mancha”（高原或斑点），简直多如牛毛。据保守估计，在常用西班牙语中，阿拉伯语汇可能超过三分之一。①

当然，更为重要的是阿拉伯人发明了阿拉伯数字，并使其传入西方以及东印度地区，没有它，数学就无法发展。换言之，通过对印度数学的继承和发展，阿拉伯人不仅引进了“0”（ṣifr）的概念，而且使欧洲接受了十进位数理。后者不仅是数学运算中必不可少的概念，也是人类抽象思维发展的一个重要台阶。②

此外，阿拉伯还从波斯继承了卓越、敏锐的美学灵感。得益于波斯的影响，以及为适应不计其数的翻译需求，阿拉伯语日益丰盈，并愈来愈富有装饰性。它字体灵动，句式复杂，语法多变，称得上是最佳的外交语言。塞缪尔·莫里森（Morrison，Samuel Eliott）③指出，即使是在16世纪，阿拉伯语仍被认为是具有高度文化水准的优雅语言。哥伦布第一次远渡西印度时，还随身带着通晓阿拉伯语的犹太人路易斯·德·托雷斯（Torres，Luis de）。他认为大汗的宫廷里一定需要阿拉伯语翻译。这位犹太人后来在古巴下了船，当即就朝面面相觑的印第安人说了一通阿拉伯语。这个有趣的古老插曲足以证明，新世界

---

① Menéndez Pidal, Ramón: *Orígenes del español*, Madrid: Editorial Espasa-Calpe, 1926; Eguilaz, L. de: *Glosario etimológico de las palabras españolas de origin oriental*, Granada: Editorial de la Universidad de Granada, 1886; Neuvonen, E.K.: *Los arabismos en el español en el siglo XIII*, Helsinke: Harrassowich Press, 1941.

② Benet, Juan: *Astrología y astronomía del Renacentismo. La revolución copernicana*, Barcelona: Editorial Ariel, 1974; Millás Vallacrosa, J. M.: *Estudios sobre la historia de la ciencia española*, Barcelona: Editorial del Consejo Superior de Investigaciones Científicas, 1949.

③ Morrison, Samuel: *The European Discovery of America. The Southern Voyages 1492—1616*, New York: Oxford University Press, 1974.

听到的第一种外语居然是阿拉伯语。[①]

三、拉丁俗语

西班牙语作为拉丁俗语（rusticus sermo），当然主要是由拉丁语演变而来的。它以卡斯蒂利亚方言为基础，与其他西方语言，尤其是拉丁俗语相互影响，并吸收了大量阿拉伯语汇，形成了丰富、华美的特征。目前所能查考的早期西班牙俗语可以追溯到公元9世纪的民歌民谣，及至公元12世纪，随着《埃米利亚诺纪事》（*Glosas Emilianenses*）和《西罗斯纪事》（*Glosas Silenses*）等散文作品的出现而逐渐成熟。后者于1120年又以《西罗斯纪实》（*Chronicon Silense*）为名，与1130年的《佩拉约纪实》（*Chronicon de Pelayo*）和1160年的《纳赫拉纪实》（*Chronicon Najerense*）构成了12世纪桑皮罗“三部曲”。在这些作品中，拉丁文已明显让位于拉丁俗语。大量双元音词汇出现在这些文本中，有“ie”（如“abiesas”、“ierba”），“ue”（如“nuestro”、“duelo”），“au”或“ou”（如“autario”、“outerio”）。字母“z”被“ç”所取代（如“raçon”）；“honore”变成了“honor”，“corrale”变成“corral”，等等。受阿拉伯语的影响，早期拉丁俗语还使用过加“ˆ”或“ˇ”帽子的c、g、s和z等“变异字母”。拉丁文的不少双辅音“ll”词汇如“caballu”（马），变成了“kabalyo”（安达卢西亚）、“caballo”（卡斯蒂利亚-莱昂-阿拉贡）、“cavall”（加泰罗尼亚）；双辅音“nn”词汇如“annu”（年），变成了“año”（卡斯蒂利亚-莱昂-阿拉贡）、“any”（加泰罗尼亚）；等等。

与此同时，西班牙语吸收了一些法语和意大利语词汇，但语法上基本保留了拉丁文的动词变位，以及名词、形容词和副词的格、性和数；并借鉴阿拉伯语语法，增加了定冠词和不定冠词等。

13世纪，随着“光复战争”的节节胜利，以托莱多、里斯本等为中心的基督教王国迅速崛起。卡斯蒂利亚语（今西班牙语的基础和主体）、

① López-Baralt: *Huellas del Islam en la literatura española*, Madrid: Hiperión, 1985, pp.20—33. 参见《西班牙文学中的伊斯兰元素》，宗笑飞译，北京：中国社会科学出版社，2014年。

葡萄牙-加利西亚语、加泰罗尼亚语开始擢升为伊比利亚半岛的主要语言。及至1492年内布里哈（Nebrija，Antonio de）发表了《卡斯蒂利亚语语法》（*Gramática de la lengua castellana*），西班牙语发展成为成熟的语言。然而，和其他所有语言一样，它的演变和发展始终没有停止。16世纪，新大陆的征服给这一语言带来了新的元素：美洲印第安土著语言，以至于一个"x"有了四种发音——"x"（如"Expresidente"）、"j"（如"México"）、"s"（如"Xochimilco"）和"sh"（如"Xola"）。

朱光潜先生曾通过高度评价但丁的《论俗语》（*De vulgari eloquentia*），肯定俗语对西方的意义。他故而认为《论俗语》"是但丁最重要的理论著作"。他甚至用超过谈论《神曲》的篇幅来谈论这部著作，谓"语言问题是中世纪末期欧洲各民族开始用近代地方语言写文学作品时所面临的一个普遍的重要的问题。当时创作家和理论家们对这个问题特别关心。在《论俗语》出版（1529）之后二十年（1549），法国近代文学奠基人之一，约瓦辛·杜·伯勒（又译杜培雷）（Joachin du Belly），也许在但丁的影响之下，写成了他的《法兰西语言的维护和光辉化》"。[①]约瓦辛·杜·伯勒是否受但丁的影响不得而知，但将自己的语言发扬光大其实是中世纪后期或文艺复兴初期欧洲各国（各民族）的当务之急，也是使文学从内容（宗教、神学）到载体（拉丁语）走向广大民众的一件大事。然而，和《神曲》不同，《论俗语》并非以俗语写就，但丁用的是拉丁语。在这方面，阿尔丰索十世显然要彻底得多。阿尔丰索十世时期出版的许多文本都采用了卡斯蒂利亚王国的"俗语"卡斯蒂利亚语，其中包括语文学著作《第八范畴》（*Octava esfera*）。卡斯蒂利亚语也是拉丁语的一种变体，长期以来受到诸多因素的浸染。它与一般僧侣和贵族的官方语言——拉丁语相对立，是卡斯蒂利亚地区的通俗语言。在漫长的西罗马时期，卡斯蒂利亚语只是南欧众多罗曼司语的一种。倘使把拉丁语比作"文言文"，那么卡斯蒂利亚语也就是我们所谓的"白话"了。它与拉丁语并存，是卡斯蒂利亚地区广大劳动人民的

① 朱光潜：《西方美学史》，北京：人民文学出版社，1979年，第137—142页。

语言。卡斯蒂利亚地区最初的史诗（Gestas）或叙事诗（Epopeyas）正是通过这种语言由行吟诗人（Juglar或Trovador，后者直接源自阿拉伯语）口口相传的。自阿尔丰索十世至15世纪末，经过两个世纪的阐扬和发展，卡斯蒂利亚语日臻完善。1492年，在哥伦布开始首航美洲的同时，学者内布里哈出版了《卡斯蒂利亚语语法》，从而奠定了卡斯蒂利亚语在整个西班牙帝国的强势地位。内布里哈出生于1441年，青年时代在古城萨拉曼卡大学攻读语言和修辞，之后赴博洛尼亚进修，系统接受人文主义思想。他毕生致力于语言和修辞研究，先后出版了《卡斯蒂利亚语语法》和《卡斯蒂利亚语正字法》（*Reglas de ortografía española*, 1517）等重要著作。作为第一部完整的罗曼司语法专著，《卡斯蒂利亚语语法》被认为是西班牙文艺复兴运动的重要象征之一。[①]它标志着卡斯蒂利亚语已经作为西班牙帝国的通用语言而正式取代了拉丁语的地位并从此“与帝国同在”。16世纪，随着美洲殖民地的扩展，卡斯蒂利亚语开始“遍地开花”，“无论你是英国人，还是法国人；无论你来自德国，还是来自弗拉明戈，都必须掌握卡斯蒂利亚语”。而在文艺复兴时期意大利礼仪权威卡斯蒂利奥内看来，掌握卡斯蒂利亚语意味着掌握宫廷礼仪、皇家风范。然而，卡斯蒂利亚语的确立并非一帆风顺。以罗马教皇为首的天主教会曾竭力阻挡西欧各国的“俗语”浪潮，以至于到了16世纪仍明确规定教会和高级僧侣不得使用罗曼司语言。不过，这种无视现实的做法不仅不能阻止“俗语”的蔓延，反而使它们取得了长足的发展。

第二节　西班牙语文学的发生

文学和语言结伴而生，相辅相成。早在阿拉伯占领时期，西班牙俗语就伴随着文学产生，并留下了第一批“花朵”：哈尔恰——缀诗。面对这一埋没已久的文学现象，它的“出土”使西班牙文史学界欢呼

① García de la Cocha: *Nebrija y el Renacimiento español*, Salamanca: Universidad de Salamanca, 1983, p.11.

雀跃。达马索·阿隆索（Alonso, Dámaso）称其“改写了西班牙，乃至整个罗曼司语文学史”。[①]

一、哈尔恰

（一）概述

前面说过，哈尔恰是附着在彩诗中的缀句，故名缀诗。彩诗流行于公元10至13世纪的安达卢斯，是阿拉伯人在伊比利亚原创的。

彩诗体现了东西方文化的杂交和融合，是阿拉伯语、罗曼司语和希伯来语的“混血儿”。它的出现满足了世俗和宗教的双重需求，同时也是自由意象在文学创作中的体现。阿拉伯学者普遍认为，彩诗是古典长诗盖绥达的“异化”，是阿拉伯人入主安达卢斯以后由文化包容和语言会通所催生的通俗化和拉丁化成果。而罗曼司语学者则认为彩诗基本上可以视作罗曼司诗歌的源头，从阿拉伯诗歌脱胎而出，因而具有鲜明的阿拉伯色彩。[②]不消说，古希腊罗马时代固然有大量格律诗，但它们大抵有律无韵。更为重要的是，由彩诗衍生的哈尔恰竟无心插柳地开了西方罗曼司语文学之先河。

彩诗的格律究竟来自阿拉伯古体诗还是罗曼司语歌谣，或二者结合所致，尚不得而知。然而，彩诗的缀句（Jarcha，阿拉伯语意为“离开”或“别出”）却颇似我国古诗中的“外一首”，内容竟可偏离“中心”（markaz），且大多采用阿拉伯安达卢斯方言、希伯来语或莫斯阿拉伯（阿尔哈米亚）语写成。后者系安达卢斯基督徒方言，即用阿拉伯字母（或希伯来字母）拼写的拉丁俗语——罗曼司语。在已知的六百多首彩诗中，近三百首用古典阿拉伯语或阿拉伯方言写成，二百多首用希伯来语写成，五十首用阿尔哈米亚语写成，其余

① Alonso: “Cancionecillas de amigo mozárabes（Primavera temprana de la lírica europea）”, *RFE*, 33（1949）, pp.297—349.

② Monecal, María Rosa: *The Literature of al-Andalus*, Cambridge University Press, 2006, p.168.

兼有上述不同语言。其中，二十余首哈尔恰直接采用罗曼司或阿尔哈米亚语，少数用阿拉伯语或希伯来语或二者的结合完成。正因为语言的混杂，这些彩诗的缀句也极富抒情性，恰似后来的弗拉门戈舞蹈。[1]

哈尔恰可能借自其他诗歌，也更像民歌民谣，其口吻尤其值得关注：它通常与主诗无关或不甚相关，恰似餐后甜点一般：信手拈来，俯仰由人。

哈尔恰的主题与彩诗相仿，大体分为两类：歌颂爱情或英雄。颂歌类哈尔恰大都用古典阿拉伯语或希伯来语写成，并且大体延续了诗歌的主体内容。情爱类哈尔恰则不拘主体内容，往往别出心裁，可能画龙点睛，也可能画蛇添足、不相匹配。它们的共同特点是风格简朴，不尚修饰，时有强烈的感伤色彩。独立地看，我们很难确定哈尔恰作者的性别，有些哈尔恰甚至同时出现在两首以上不同的彩诗之后。这就更使人怀疑它们与彩诗作者的从属关系了。因此，哈尔恰的出现也许是时尚使然，也许是诗人信手拈来的民歌民谣，甚至读者或传抄者（如行吟诗人）的牵强附会，总之迄今为止难有定论。

哈尔恰由学者斯特伦（Stern，Samuel Milkos）于20世纪40年代首次发现，1948年他提供了缀于阿拉伯-犹太彩诗之后的二十个早期罗曼司语“断章”。之后，加西亚·戈麦斯、梅嫩德斯·皮达尔、赫格尔（Heger，Klaus）、索拉-索勒（Sola-Solé，Josep M.）、达马索·阿隆索、拉佩萨、弗兰克（Frenk，Marguit）、加尔梅斯·德·富恩特斯等迅速参与发掘和研究。及至1965年，加西亚·戈麦斯发表了著名的《阿拉伯文学中的罗曼司哈尔恰》（*Las jarchas romances de la serie árabe en su marco*），将他及有关同行发现的56首缀诗公诸于世，并对其进行了分析。迄今为止，学术界已发现六十余首缀诗，它们大都以女性口吻示人，或哀愁，或幽怨，从一个侧面展现了阿拉伯占领时期基督徒或改宗者（莫斯阿拉伯）的生存状态。

---

① Monecal, María Rosa: *The Literature of al-Andalus*, Cambridge University Press, 2006, p.168.

前面说过，彩诗产生于公元9世纪末10世纪初的安达卢斯，但目前所发现的哈尔恰最早始现于公元10世纪，这就使得西班牙俗语文学的发轫期较之1948年前所公认的时间提前了整整一个多世纪，从而超过了普罗旺斯民歌，成为近代西方最早的罗曼司抒情诗，[①]并且改变了学术界的某些传统观念，譬如近代罗曼司文学出自民间歌谣、传说或行吟诗人的说法[②]。后者基于教廷曾一直明令禁止教士、修女染指世俗文学，[③]显然并未觉察到缀于阿拉伯-犹太诗歌之后的哈尔恰。而哈尔恰的产生一方面是由于罗马教廷对阿拉伯占领区的基督徒鞭长莫及；另一方面在于后者渐渐偏离了天主教道统，并耳濡目染，对阿拉伯-犹太文学生发了某种认同感。

斯特伦发现的哈尔恰是一系列缀于犹太彩诗的早期罗曼司语作品，但相对于阿拉伯语彩诗的罗曼司语缀诗略晚一些。在这些生成于公元11至12世纪的西班牙犹太彩诗的罗曼司哈尔恰很快启发了加西亚·戈麦斯，后者于四年之后的1952年发现了24首阿拉伯语彩诗缀句，其时间可以追溯到公元10世纪初。1960年，德国学者赫格尔的发现将缀诗增加至53首。1965年，加西亚·戈麦斯将这个数字翻新至56首。后来，发现的步伐开始减缓。除去个别重复或雷同样本，目前有哈尔恰六十余首。其中四十余首缀于阿拉伯语彩诗，二十余首缀于希伯来语彩诗，其他为阿拉伯语或希伯来语缀诗。由于这些缀诗是用阿拉伯语和希伯来语字母拼写的罗曼司语诗句，因此在传抄过程中有所变化，甚至损耗。弗兰克教授以第11号哈尔恰为例，说明了这一情况：

Kn kyr tn'd y'mm'

---

① 比如庞德（Pound，Ezra）在《罗曼司精神》（*The Spirit of Romance*，1910）中高度赞扬罗曼司文学并将欧洲“抒情诗源头”普罗旺斯民歌与“叙事诗源头”荷马史诗相提并论。然而，古希腊并非没有抒情诗，西班牙的抒情诗“哈尔恰”又比普罗旺斯早一个世纪。

② Frenk: *Las jarchas mozarabes y los comienzos de la lírica románica*, México: Editorial de El Colegio de México, 1975, pp.9—41.

③ Op. cit. pp. 46—48.

Kn kyr tn'd mmh
Kn kyr t'gr 'l'qd y'mm
Kn tn'r 'l'qd y,mmh

这是同一诗句的四种版本（或变体），加西亚·戈麦斯译为："No quiere el mercader de collares，madre..."（"妈呀，商人真小气，不把项链贯……"）。[①]

同时，有关案例表明，早期西班牙境内的罗曼司语大都没有现代意义上的动词。后者由"弱动词"或动词化副词、名词、形容词替代，如：

Gryd bs'y yrmn'ls（依汝所愿，姐妹们哦！）
Km kntnyr 'mwm'ly（我如何才能免灾祛难？）
Sn 'lhbyb nn bbr'yw（没有情哥哥我不活：）
'dbl'ry dmnd'ry（他的踪迹何处觅？）

——第 4 号

Kfr' m?mh（我的妈呀，我当何如？）
Myw 'lhbyb 'st'dy'nh（情哥哥已在家门口。）

——第 14 号

'Isb'h bwnw g'r（美丽朝阳）
my dwn b'ns（来自何方？）
Y' lys k'wtry 'ms（温暖别人，）
'myby tn q'rys（冷却我心。）

——第 17 号

Sk'rs km bwn myb（若是好男悦我，）

① Frenk: *Las jarchas mozarabes y los comienzos de la lírica románica*, México: Editorial de El Colegio de México, 1975, p.107.

Byym 'd' 'lnzm dwk（亲吻两串珍珠，）
Bk'lh d'hb 'lmlwk（在我樱桃嘴中。）

——第 31 号[①]

此外，形式方面，缀诗延续了彩诗的韵律，譬如以下几首的尾韵：

Non quere tayir al-‘iqd, ya mamma,（妈呀，商人真小气）
Amana hula li.（不把珠宝贯。）
Coli' albo verad for a mew sidi:（我颈白如雪）
Non verad al-huli.（我爱难见饰。）

——第 11 号

Mamma, ay habibi!（妈呀，好个亲亲！）
Sua al-yummella saqrella,（眼碧发金，）
E el collo albo,（颈白如雪，）
e boquella hamrella.（唇红似血。）

——第 33 号（XIV：十四号）

Boquella al-' iqdi,（珍珠口衔，）
Dolye com' as-suhdi,（津似蜜甜，）
Ven, beyame.（来吻我吧！）
Habibi, yi ‘indi,（入我怀抱，）
Adunam', amande,（和我一体，）
como yawmi.（恰如昨昔。）

——第 XXXV（三十五）号[②]

Albo diya este diyah,（面对灿烂阳光，）

① Frenk: *Las jarchas mozarabes y los comienzos de la lírica románica*, México: Editorial de El Colegio de México, 1975, p.108.
② 弗兰克用阿拉伯数字表示她和索拉–索勒版序号，用罗马数字表示加西亚·戈麦斯版序号。Frenk: *Las jarchas mozarabes y los comienzos de la lírica románica*, p.112.

diya de l- ‘ansara haqqa!（适逢圣约翰日！）
Vestirey meu l-mudabbay（穿上美丽盛装，）
wa nasauqqu r-rumha saqqa.（放下一切杂事。）

——第 51 号

Amma ana habibi,（亲亲，如是我在，）
yatis meu corasoni,（心已陶醉；）
Si m’ giyan risa-ha,（汝目似箭，）
ala no queras manuni.（饶我不死！）

——第 61 号

如上所见，哈尔恰的主题多为爱情。幽怨和期待是其主要内容，且主人公或叙事者皆为女性，甚或怨妇。这显然与战争有关，从而使类似主题在后来的西班牙语谣曲中得到了发展。然而，清一色的女性口吻也让人不得不寻思其与安达卢斯穆斯林生活方式的某种关系。其中，母亲的形象非常显眼，而父亲却是完全阙如的。女主人公或叙事者也大多体现出童贞心怀，唯有少数案例给出了不同的倾向：她们不仅语调欢乐明快，而且态度积极主动（譬如第 XXXV 号缀诗）。

哈尔恰的另一个重要特征是内倾性。一切皆在人物内心：情感、梦想、悲喜、怨尤、哀愁、失望、拒绝……除了倾诉对象（母亲或情人），没有任何外在物事，就连时间（年份）和空间（地点）也是模糊的。斯皮策（Spitzer，Leo）由此认为作者应为城市歌手（而非一般行吟诗人）。[①] 而梅嫩德斯·皮达尔则将女性口吻和幽怨腔调阐释为“风尚使然”的“有意为之”。[②] 也有学者故此认为它们属于某个未知的特定诗群或流派（即使是在彩诗范畴当中）。[③]

① Spitzer: “The Mozarabic Lyric and Theodor Frings’ Theories”, *Comparative Literature*, 4（1952）, p.10.

② Menéndez Pidal: “La primitiva lírica europea. Estado actual del problema”, *RFE*, 43（1960）, p.205.

③ Frenk: *Las jarchas mozárabes y los comienzos de la lírica románica*, México: El Colegio de México, 1975, p.118.

在弗兰克看来，哈尔恰是典型的抒情诗，其中的矜夸和感喟（包括大量惊叹号的使用）更增添抒情效果。譬如：第26首中的“Amanu, amanu! ya l'malih!”（“慈悲啊，发发慈悲！哦，我的美男子！”）或者第58首中的“Laita non lo amase!”（不爱你该有多好！）。其中“Laita”是阿拉伯语，意为“但愿”。[①]

哈尔恰所表现的大胆和直接是又一个令人称奇和击节的方面。在加西亚·戈麦斯版第XXXII（三十二）号和弗兰克版第48号案例中曾分别出现大胆的邀请：

Ven 'indi, habibi!（情哥哥快来呀！）
seyas sabitore:（你若撒谎逃避：）
tu huida samaya,（必遭电打雷击，）
Imsi, adunu-ni!（快快到我怀里！）

Sabes ya, mio amor,（你知道，我的爱，）
que catame el morire;（没有你，我会殁；）
Imsi, ya imsi, habibi:（我的爱，快来呀：）
non se sin te ver dormire.（不见你，我无眠。）

索拉-索勒提供的另外两个案例也很说明问题：

Si si ven, ya sidi;（好啊，好啊，来吧主人；）
Cuando venis vos i（当你来到我的怀抱，）
La boquella hamra（我用小嘴将你亲吻，）
Sibarey ka-al-varsi.（它像赤鸽，如血殷红。）

——第 20 号

在另一版本中，这首哈尔恰变成了：

① Frenk: *Las jarchas mozárabes y los comienzos de la lírica románica*, México: El Colegio de México, 1975, p.119.

Si os vais, ya sidi?（你要走吗，我的主人？）
Qu'ante besaros he（哪天再来，让我吻你：）
(la) boquella hamra（用我小嘴，将你亲吻；）
fermelia ka-l-warsi.（犹如姜黄，其色殷红。）[①]

索拉-索勒的另一个案例是：

Tant' amare tant' amare!（爱入骨，爱入髓！）
habib, tant'amare!（情哥哥，我最爱！）
Enfermaron welios nidios（眼睛病得不轻，）
e dolen tan male.（心痛痛彻全身。）

——第 18 号

这是缀于11世纪安达卢斯犹太诗人约瑟夫·卡蒂布（Yosef al-Katib）一彩诗之后的哈尔恰。索拉-索勒和拉佩萨将“welios”直接译作“眼睛”，[②] 但也有一些学者存疑。[③] 有关问题在哈尔恰中并不少见，盖因杂糅的语言和不断的传抄使某些词语发生了变异。然而，也有一些哈尔恰给出了另一张面孔：熟悉化。譬如以下这首，竟出现在不同的彩诗当中：

Ya mamma mio a-habibi（哦，妈妈，我的亲亲）
bay-se e no me tornade（他已离去，不再回来。）
gar ke fare yo ya mamma（哦，母亲，我当何如？）
in no mio 'ina lesade.（我心好痛，无以安慰。）

——第 21 号

---

① Frenk: *Las jarchas mozárabes y los comienzos de la lírica románica*, México: El Colegio de México, 1975, pp.120—121.
② Amorós, Andrés（ed.）: *Antología comentada de la literatura española. Edad Media*, Barcelona: Editorial Castalia, 2012，p.162.
③ Frenk: *Las jarchas mozárabes y los comienzos de la lírica románica*, México: El Colegio de México, 1975, p.120.

在弗兰克版本中，最后一行变成了“No un beyiello lesarade?”（“叫我怎不心痛？”）。

前面说过，哈尔恰不尽是爱的期待和倾诉，也有失望和拒绝。譬如以下两首：

Non quero yo un hillello（不要小白脸，）
illa l-samarello.（我要成熟男。）

——第 32 号

Vay, ya raqi, vay tu viya,（滚，不要脸的东西！）
que non me tenes ak-niya.（你对我不安好心。）

——第 19 号

哈尔恰长短不一，少则两行，多则八行，每行二至十二音节不等。迄今为止，围绕哈尔恰的创作机制，学术界争论不休。其中，关于它的产生时间，人们的看法就不尽一致。有学者认为它产生于彩诗之前，是彩诗作者利用了罗曼司歌谣，而非相反；但大多数学者倾向于将哈尔恰和彩诗联系在一起，即认为前者是后者的缀句。前者有伊本·巴萨姆（Ibn Bassam）为证。他在公元12世纪谈到彩诗作者利用了安达卢斯阿拉伯俗语或拉丁俗语的某些“lafz”以作点缀。[①] 斯特伦和加西亚·戈麦斯在这一问题上高度一致，认为“lafz”指“表达”，而赫格尔却将其解读为“词汇”。[②] 如果只是个别词汇或词语，那么彩诗在前、缀诗在后就毋庸置疑了。否则，孰先孰后有待考证。然而，埃及学者伊本·萨那（Ibn Sana）给出了不同的说法，他曾明确无误地表示，哈尔恰是彩诗作者有意为之，[③] 尽管这给不少学者提供了口实。

① García Gómez: “La lírica hispano-árabe y la aparición de la lírica románica”, *Al-Andalus*, 21（1956）, p.312.

② Op. cit. p. 128.

③ Heger: *Die bisher veröffentlichten Hargas und ihre Deutungen*, 1960；转引自 Frenk: *Las jarchas mozárabes y los comienzos de la lírica románica*, México: El Colegio de México, 1975, p.129。

后者以哈尔恰的“任意性”和（彩诗内容及形式）“不协调”为据，否认其与彩诗同源。譬如赫格尔有“援引”说，认为哈尔恰很可能是彩诗作者的援引。而这些引文的由来则可能是当时流行的“断章”。[①]这附议了梅嫩德斯·皮达尔的说法，后者视哈尔恰为流行歌谣，而那些重复（出现于不同彩诗）的案例恰好说明了这一点。[②]

（二）比较

由此出发，论证将学术界引向了更为深广的领域，譬如前哈尔恰罗曼司歌谣。据有关学者考证，早在哈尔恰产生之前，安达卢斯及其周边地区已然出现了拉丁俗语歌谣，如卡斯蒂利亚民谣和葡萄牙-加利西亚民谣。然而，由于这两种民谣不能提供早于哈尔恰的文字样本，以至于学者们不得不拿15世纪的作品屈为比附。

葡萄牙-加利西亚民谣——“Cantigas d’amigo”，又称“情人谣”，确与哈尔恰有异曲同工之妙。譬如以下几个“断章”：

一

Que farei agor, amigo,（情哥哥，我该怎么办？）
pois que non queredes migo viver?（难道你不管我死活？）
Ca non poss’eu al ben querer.（我爱你却无好结果。）

二

Com’estou d’amor ferida!（我的爱饱受重创！）
——ai, Deus val!（啊咿呀，愿主保佑！）
Non ven o que ben queria!（他怎知我多爱他！）
——ai, Deus val!（啊咿呀，愿主保佑！）

---

① Frenk: *Las jarchas mozarabes y los comienzos de la lrica románica*, México: El Colegio de México, 1975, p.130.

② Menéndez Pidal: “La primitiva lírica europea. Estado actual del problema”, *RFE*, 43（1960）, p.302.

三

Mia madre, como viverei?（母亲呀，我该怎么活？）
en non dormio nen dormirei,（我无眠，并将永无眠，）
pois meu amig'en cas del-rei（只因我的爱他在宫廷，）
me tard' a tan longa sazon.（让我翘首等待多熬煎。）

四

Foi-s' un dia meu amigo d'aqui（一天，情哥哥离开此地，）
e non me viu, e por que o non vi（不再回来，我不得而见。）
Madr, ora morrerei.（妈妈呀，我要呜呼哀哉。）

这些歌谣在情境或格调上的确与哈尔恰有耦合之处，但目前尚未发现两者的亲缘关系。同样，15世纪的卡斯蒂利亚民谣维良西科（Villancico）体现了相似的取向：

一

¡Ay, cómo tardas, amigo!（啊咿，朋友，你怎么才来？！）
¡Ay, cómo tardas, amado!（啊咿，爱人，你怎么才来？！）

二

Buen amor tan deseado,（我心充满爱意，）
¿por qué me has olvidado?（你怎将我忘记？）

三

Madre mía, amores tengo:（我的妈呀，我已坠入爱河：）

ay de mí, que no los veo!（啊咿，而我却一无所获！）

四

Moriré de amores, madre,（母亲，我因爱而死，）
moriré.（因爱而亡。）

弗兰克曾就哈尔恰和维良西科进行比较，认为二者之间的确存在着令人费解的相似性。譬如以下几首：

哈尔恰（第 14 号）

Que fare, mamma?
Meu ak-habib est'ad yana.
妈妈呀，我当何如？
情哥哥已在家门口。

维良西科

No sé, mi madre,
si me le abra.
我的妈，我不知
是否替他把门开。

哈尔恰（第 9 号）

Vaise meu corayon de mib:
ya Rab! si se me tornarad?
Tan mal me doled li-l-habib!
Enfermo yed: cuand sanarad?
我的心已经走了：
拉布，他还回来？
亲亲让我心疼痛！
我的心病何时愈？

维良西科

Vanse mis amores, madre,
luengas tierras van morar:
yo no los puedo olvidar.
Quién me los hará tornar?
我爱走了，母亲，
去了遥远的地方：
我却不能将他忘。
谁能唤他往回转？

哈尔恰（第 59 号）

Si me quereses,
ya uomne bono,
si me quereses,

维良西科

Si vos quiésisedes,
señora mía,
si vos quiésisedes,

daras me uno	yo bien querría.
汝若爱我，	你若爱我，
好男人哦，	我的夫人，
汝若爱我，	你若爱我，
给我一个（把你给我）。	我心好逑。

在弗兰克看来，即使两者确有渊源，那么所从出的歌谣也一定是口传的、集体的，且已散佚。而散佚（或完全散佚）本身当可说明其口传特质：即从未进入书写体系。否则，时至今日，我们不可能对有关作品一无所知。[①]

总之，哈尔恰这个西班牙语文学新大陆不仅改写了西班牙语文学的历史，也部分改写了罗曼司语文学的历史。围绕这一发现所展开的争鸣仍在继续，我们有理由期待新的发现。

二、歌谣

（一）概述

谣曲犹如神话，是人类早期的文学创造。其口传特点保证了集体作为载体的基本创作和流传方式。二者相加也便有了史诗。然而，随着文字的使用，口传文学寿终正寝。

西班牙语歌谣（Canción，Cantar 或Romancero）是在一个特定环境中产生的近代口传文学形式。它可以追溯到公元14和15世纪，甚至更为悠远的哈尔恰时代。迄今为止，我们固然还没有发现公元10世纪左右的歌谣，但有关学者并未放弃探寻哈尔恰与罗曼司歌谣的可能姻缘。

退一步说，早在公元13世纪，罗曼司文学已在卡斯蒂利亚生发、流传，尽管岁月无情，它们只能以残编断章的方式偶见于拉丁文人墨客的笔端。1236年，拉丁作家卢卡斯·德·图伊（Lucas de Tuy）奉献了他所撷取的歌谣残片：

① Frenk: *Las jarchas mozarabes y los comienzos de la lírica románica*, México: El Colegio de México, 1975, p.144.

En Cañatañaçor（在卡尼亚塔尼亚索）

Almançor perdió ell atamor.（曼苏尔丢掉了宝座。）

这一歌谣最早或可追溯到公元11世纪初，也即曼苏尔归西的1002年。[①]

进入13世纪后，葡萄牙–加利西亚“情人谣”初露端倪。它以女性口吻特有的细腻和哀婉，孕育了内心独白式抒情歌谣。及至15世纪，这一文学现象发展成艳丽的景观。与“情人谣”几乎同时出现的是卡斯蒂利亚诗人贝尔塞奥（Berceo，Gonzalo de，1197—1264）。他从男性特有的视角改变了伊比利亚罗曼司语文学的阴柔风格，开西班牙语文学阳刚风气之先。他也是西班牙语文学的第一位署名作家。

和上述文学现象结伴而来的是源远流长的行吟诗人：Trovadores y juglares。他们明显受到了阿拉伯行吟传统的影响，或可谓后者在伊比利亚半岛的衍生。1383年，随着葡萄牙王后莱奥诺尔（Leonor）及其情人安德罗伯爵（Conde de Andeiro）的垮台，以及西班牙籍里斯本大主教的离世，坊间流传着这样一首诡异的歌谣：

如果你要羊肉，
安德罗能给你；
如果你要羊羔，
大主教会给你。[②]

桑蒂亚纳侯爵（Marqués de Santillana，1398—1458）不屑于这样的歌谣，谓“它们是下里巴人自得其乐的玩意儿”。[③]1445年，巴埃纳（Baena，Juan Alfonso de，1375—1434）的《歌谣集》（*Cancionero*）出版，但他在“序言”中闪烁其词，说真正的诗歌“是那些博学多才

① Menéndez Pidal: “Cantos románicos andalusíes continuadores de una lírica latina vulgar”, *Boletín de la Real Academia Española*, 31（1951）, p.187.

② Frenk: *Lírica española de tipo popular. Edad Media y Renacimiento*, Madrid: Ediciones Cátedra, 1982, p.57.

③ Frenk: *Entre folklore y literatura*, México: El Colegio de México, 1971, p.17.

的高人雅士发明的”，言下之意是他编纂的歌谣不然，[①]尽管入主那不勒斯的阿拉贡贵族正热衷于吟唱歌谣。[②]

13世纪中叶，阿尔丰索十世入主托莱多，他除了组织阿拉伯人和犹太人翻译各种典籍，还带头用卡斯蒂利亚语创作圣母颂。这些作品也许正是桑蒂亚纳侯爵和巴埃纳所说的高人雅士的发明。它们不仅韵律讲究，而且继承了西哥特拉丁文学的道统——宗教精神。当然，作为“光复战争”的重要见证和长篇叙事诗（又称“英雄史诗”），《熙德之歌》（*Cantar de Mío Cid*）[③]却是个例外。它是西班牙语中唯一被完整流传下来的长篇叙事诗，凡三千七百余行。这显然要归功于那些行吟诗人的不懈努力和“高人雅士”的手下留情（有关变体和众多版本说明了这一点）。

（二）早期歌谣

歌谣的民间性、口传性特征决定了它多变体、多散佚的命运。一如孔子编《诗》、二毛续《诗》[④]，我们也才有了《诗经》；反之，倘非15和16世纪有关学者和出版家的努力，可能不再有近代西班牙罗曼司歌谣的今天。同样，如果不是19世纪以降人们对歌谣的重视程度的不断提升，许多乱麻似的似是而非将难以澄清。

1. 民歌

被桑蒂亚纳侯爵称作“下里巴人自得其乐”的西班牙语歌谣的确是“无知百姓”歌之蹈之、哼哼唧唧的产物。它通常与民间音乐舞蹈和世俗仪式不可分割，其产生和流传过程往往难以查考。就西班牙语歌谣而言，早期案例多为情歌，而且相当简短，罕有较为纯粹的叙事作品。它和稍后的“边境谣”，尤其是《熙德之歌》不乏差距，尽管它无疑是后者的先声。弗兰克认为这些歌谣之所以在15和16世纪的西班牙受到重视，是因为其感性取向迎合了时人的胆怯。而这种胆怯

---

① Frenk: *Entre folklore y literatura*, México: El Colegio de México, 1971, p.16.

② Op. cit. pp. 17—18.

③ 又作*Cantar del Mio Cid*或*Poema del Mio Cid*或*Poema del cantar de Mio Cid*。

④ 西汉时鲁国毛亨和赵国毛苌注疏、正义的《诗经》，故也称毛诗。

则要归咎于宗教裁判所的高压政治。[①]在痛苦的沉默和无如中，人们开始怀念逝去的歌谣，譬如：

母亲，我要死了，
呜呼，好不寂寥！

或者：

清风轻抚我秀发，
同样吹拂了他们。[②]

如此简单的歌谣恰好与来自意大利的皮特拉克（Petrarca, Francesco）式十四行诗形成鲜明的反差。但后者严格的韵律和雕琢的词句不仅没有淹没前者，反倒使前者更显得古朴、爽朗。洛佩·德·维加曾改头换面，将犹太西法底歌谣插入作品，谓：

路人款款行，
叫我小玛丽；
叫我小玛丽，
我随路人行。

其原始版本为：

水手叫我小玛丽，
我随水手去远行。

另一首广为流传的犹太歌谣是《小黑女》（“La morenica”）

① Frenk: *Entre folklore y literatura*, México: El Colegio de México, 1971, p.20.
② Ibid.

别人叫我小黑女，
其实生来我本白。
为了炫耀好肤色，
丢了白皙变黝黑。

或者：

我固黝黑，
生来白皙；
只因放牧，
丢掉肤色。

早期歌谣固有变体，却不像古典谣曲那么丰富。可见歌谣的传播渠道并不通畅。这或因其主题局限和行吟诗人不屑传诵所致。当然，凡事皆有例外。在早期葡萄牙–加利西亚歌谣中有一首进入了希尔·维森特（Vicente，Gil）的视野：

我有一个好哥哥，
赠我一个金苹果……

令人不可思议的是这首歌谣居然原封不动地流传到了今天：在摩洛哥，人们至今可以听到行吟诗人的吟唱，所不同的只是原始歌谣中的人称发生了变化：

我有一个爱人，
为她买些苹果，
挑个纯金相送。[①]

关于歌谣内容，学术界进行了总结梳理。一般认为早期西班牙语

① Frenk: *Entre folklore y literatura*, México: El Colegio de México, 1971, pp.27—28.

歌谣内容简洁，修辞方面缺乏文人诗歌的丰富性，较之哈尔恰自然也大为逊色。譬如，比喻堪称古典诗词的灵魂，但是除了借代（譬如用眼睛指代人物、生命），弗兰克认为它在早期西班牙语民歌中却极为罕见。以下这些民歌就非常简单和直接：

一

我要忘掉爱情，
我把爱情忘掉。

我的初恋可疑，
感情并不真诚。
逢迎不是正理，
我要忘掉它们。

我的初恋已矣，
感情并不忠贞，
逢迎结出恶果，
我要忘掉它们。

二

你可知道，我的爱人？
昨夜夜深，我在等你：
大房洞开，蜡烛燃旺。

三

黝黑姑娘一个，
有人说我是耶，
有人说我非耶。

四

我的秀发蓬松，母亲，
风儿将它吹拂，缕缕。

五

玫瑰正在盛开，
风儿将它穿透。[①]

从审美的角度看，这些诗句的自然和质朴固然令人欣喜，但若将玫瑰视作豆蔻年华的少女，那么“玫瑰正在盛开，/风儿将它穿透”无疑成了美妙的隐喻。同样，漫无边际的大海暗喻了翘首凝视的妇人盼夫归来的心境：

翘望大海，
可怜妇人；
翘望大海，
无边无垠。

同样，河水和杨树成了少女倾诉爱情的对象，花前月下反转为顾影自怜：

我的爱情，
在河之滨；
我的爱情，
在杨树下。

① Frenk: *Entre folklore y literatura*, México: El Colegio de México, 1971, pp.63—65.

或者：

母亲给我生命，
来自泉寒水冷，
爱情饱受创伤。

又或者：

情悠悠，思悠悠，
亲爱的，奴心忧！
泪蒙眬，眼蒙眬，
似病重，奴心痛！

另有更为明确的哀怨，如：

离别愁，愁别离，
奴心不知何所依，
敢问郎君几时回。

在学者阿森西奥看来，泉水是西班牙早期民歌的一个富有象征意味的能指。它意指新鲜和富饶。[①] 但这显然只是一般而言，譬如：

我家门口有泉眼，
跨过涌流不湿脚。

或者：

玫瑰泉中水，

① Asencio, Eugenio: *Poética y realidad en el cancionero peninsular de la Edad Media*, Madrid: Editorial Gredos, 1957, p.252.

少男少女涤，
泉水清清流，
他们用小手，
洗净对方脸，
他们嬉清泉。

类似象征反复出现，有“姑娘和骑士”，也有“姑娘和情人”：

在我家门口，
有眼清清泉，
我用它洗涤，
洗净爱人衣。

如泉水一般经常出现在民歌中的另一个意象或象征是花园。正所谓“人同此心，心同此理”，鲜花、花园，乃至蝴蝶，都是中外文学共同的象征，意指爱情、青春等美好事物：

一

妈，我去采花，
采撷鲜艳玫瑰，
遇到我的亲亲，
就在花园一隅。

二

我是一只花蝴蝶，
飞来飞去忙不迭，
直至飞到我的枝，
紧紧抱住不松手。

和花枝一样具有象征意义的还有果实。譬如柠檬：

夫人，你进了
别人家的果园，
采了三个甜梨，
在那梨园中央，
留下你的信物，
那是爱的见证。

或者：

在那河岸，
采撷柠檬，
献给情哥。

同时，我们发现西班牙早期民歌并不缺乏明喻。譬如以下几首：

一

我的悲伤像海浪，
走了一浪又一浪。

二

菠萝破碎了，
一地刺和肉；
我心似菠萝，
唯有悲和痛。

三

已婚女子，
柠檬沐浴；
我拿泪珠（苦痛），
洗涤自己。

四

钟情我少女，
欢喜我心境：
有时是空气，
有时是火焰。[①]

这些早期民歌没有严格的头尾韵和格律，短则两行，长则十数，音节亦然，可谓自由无羁，不事雕琢。有时，为了押韵，这些民歌甚至不惜重复句子，如：

Si dixeren, digan,（要说，就让他们说去）
madre mia,（我的母亲）
si dixeren, digan.（要说，就让他们说去）

或者：

Po vida de mys ojos,（为了我的眼）
El cavallero,（骑士啊）
Po vida de mys ojos,（为了我的眼）
Bien os quiero.（好爱你）

① Frenk: *Entre folklore y literatura*, México: El Colegio de México, 1971, pp.63—78.

这样的情况在稍后由行吟诗人传诵的谣曲中留存下来，譬如：“A la subida subida, a la bajada bajada.”（上坡是上坡，下坡是下坡。）诸如此类，即使在现代民歌民谣中也是屡试不爽的表现方法，譬如加西亚·洛尔卡的《吉卜赛谣曲》，就有不少重复诗句：

¡Preciosa, corre, Preciosa,（乖乖快跑，乖乖快跑）
Que te coge el viento verde!（绿色飓风即将来临）
¡Preciosa, corre, Preciosa!（乖乖快跑，乖乖快跑）
…

——《乖乖和空气》（“Preciosa y el aire”）

或者：

Verde que quiero verde.（青色，我爱青色）
Verde viento. Verdes ramas.（青色风，青色枝）
…
Verde que quiero verde.（青色，我爱青色）
Verde viento. Verdes ramas.（青色风，青色枝）

——《梦游者之歌》（“Romance sonámbulo”）

在我国，类似的重复不仅在《诗经》中颇为常见，而且至今仍是乡土题材的有效表现方式，譬如《篱笆、女人和狗》的唱词：“碾子是碾子，缸是缸；爹是爹来，娘是娘。”这听起来像废话，却充满了泥土的气息。

2. 谣曲

谣曲又称罗曼采，与罗曼司（Romance）本是同源同宗的并蒂莲。它们一而二，二而一，难分难解。在西班牙，随着“光复战争”的节节胜利，战争中形成的各种传说成为行吟诗人的主要游唱内容。它顺应了人们对信息的渴望。同时，基督教王国的后方生活也为这些谣曲的传播者提供了想象的余地。他们迎合不同地域的信息诉求和审美需要，不断翻新内容，从而催生了大量的谣曲变体。

古典谣曲（Romance Viejo），也称古罗曼采，是西班牙语文学的重要源头之一。它发轫的确切年代同样难以查考，也许它们与流行于公元10至12世纪的哈尔恰或12和13世纪的情人谣等抒情色彩浓郁的民歌民谣和同时期的英雄传说、历史沧桑等有渊源关系。它们多以佚名散篇的形式通过行吟诗人的游唱在民间流传，不少篇什被巴埃纳、埃尔南多·德尔·卡斯蒂略（Castillo，Hernando del）收入《歌谣总集》（*Cancionero general*，1511—1540）[①]，1600年又由路易斯·桑切斯（Sánchez，Luis）汇编成册，谓《谣曲总集》（*Romancero general*）[②]。后者展示了西葡两国的古典谣曲及其主要变体，但规模不及前者。这些歌谣及其变体（或变奏）是西葡两国的文学宝藏，也是西葡罗曼语的载体和表现。

在西班牙语中，罗曼采专指十六音节（少数为十二音节）谣曲，每句一分为二，尾韵，但有时也有中韵（即前半句同样押韵）的情况。而一般歌谣（Cancionero）是比较自由的，音节和押韵方式各不相同。

古典谣曲（或古罗曼采）一般为每行两个八音节诗句，也有一些为两个六音节诗句，后半句押韵（因此也有人视之为一劈为二的“换气式诗句”）。西班牙古典谣曲的主要题材可分为：

（1）古代（即前西班牙历史）；

（2）西班牙（或葡萄牙）历史；

（3）骑士传说（如熙德、罗兰、特里斯当、兰斯罗特传奇）；

（4）历代国王或王后；

（5）爱情；

（6）虚构故事［如《女兵谣》（“La doncella guerrera”）、《夫记谣》（“Las señas del esposo”）等］；

（7）《圣经》故事；

（8）希腊罗马历史及其神话故事；

（9）宗教故事；

（10）摩尔人和“光复战争”。

多数谣曲都有一些变体，有些可谓变体众多。比方说《女兵谣》，

① 主要为14至16世纪署名诗人的作品，是谓“新谣曲”，详见第二卷。

②《谣曲总集》除收录古典佚名作品外，还有一些14至16世纪署名诗人的作品。

它表现了西班牙人民同仇敌忾、抗击摩尔侵略者的英勇气概，内容同我国的《木兰诗》如出一辙：

为抗击摩尔人入侵，国王他派人来征兵。
马科斯自叹年事高，膝下无子又添烦恼。
小女儿前去把名报，她替父从军志气高。
父亲嫌她是女儿装，她脱了红装换武装。
父亲嫌她小辫儿长，她拿起剪刀把发断。
姑娘举枪把战马跨，英姿飒爽要上前方。
临别她想起事一桩，要求父亲把名号换。
“就用马科斯你父名，英勇杀敌把功劳建。”
万马军中小马科斯，南征北战她名远扬。
有位王子爱上了她，怎么看她也不像男。
王后教他要细端详，以免出错太难收场。
“你把她带到大市场，试试她喜欢哪一样。
如果她真是女儿身，定会流连那花衣衫。”
马科斯不爱花衣衫，一心只要那销魂枪。
……
“那你就请她一起睡，如是女儿她准不来。”
“家乡有人捎急信来，老父病重我不能待。
你若是真心把我爱，请带着媒人聘礼来。”①

它的不同变体多出现于女兵同王后及王子的机智周旋，反映了不同时期、不同地区对相同人物、故事的不同感受。由于它们的形态生动自由、风格简洁朴素，谣曲一直受到后世诗人和读者的喜爱。从15世纪的希尔·维森特到17世纪的贡戈拉再到20世纪的加西亚·洛尔卡，谣曲作为一种独特的诗种一直具有旺盛的生命力，在西班牙（和葡萄牙）文学史上可谓源远流长。

① 译自Alvar, Manuel (ed.): *El romancero viejo y tradicional*, México: Editorial Porrúa, 1979。该集收录了有关谣曲的不少变体。下同。

和古典谣曲同时流行的还有一些表达人之常情的民歌（Canción，也有人称之为抒情诗）。它们大都短小精悍，脍炙人口。比如有一首描写俘虏心境的歌谣，充满了艺术魅力：

五月呀五月，
天气热起来，
麦子正拔节，
花儿遍地开。
云雀唱得欢，
夜莺打擂台。
情人成双对，
相爱多自在。
不知白天去，
凄苦我一人。
牢房独自挨；
不知黑夜来。
幸好有小鸟，
清早唱开怀。
箭手射杀它，
天理尚可待？[①]

这些歌谣（或歌曲）及前面说到的缀诗哈尔恰，和罗曼采及其他罗曼司谣曲共同缔造了西班牙语的早期文学，它们不仅颇似我国古代《诗经》中的某些篇什，也是罗曼语系的早期文学表征。众所周知，古代谣曲大都产生于文字出现之前的人类蒙昧时期，而具有古希腊罗马古典传统的一般西方基督徒在逐渐丧失了拉丁文（渐行渐远、高高在上）之后，其对古典文学的疏虞也在全面的文化退化中使自己沦落到了重新因循口口相传的歌谣传统的地步。这不能不说是一种历史的

① 董燕生译，转引自《西班牙文学》，北京：外语教学与研究出版社，1998年，第14页。

倒退。这种倒退是在14和15世纪以后，随着文艺复兴运动的高涨和罗曼司语的普遍生成，才开始逆转并产生飞跃的。

且说谣曲作为西方民族情感、民族记忆的重要载体，除了抒情功能，还造就了大量叙事诗，如《熙德之歌》和大量记述基督徒和穆斯林的作品。鉴于《熙德之歌》的重要性和史诗品质，本著另当别论；而对于其他众多谣曲，在此也只能点到为止。

简而言之，在上述以题材划分的十类谣曲中，相当一部分（数量上占绝对多数）属于边境谣。它们是基督徒和穆斯林长期争斗的结果。许多骑士故事、国侯列传及有关孤儿寡母和阿拉伯人（摩尔）的大量谣曲都可以归入广义的边境谣。譬如以下这首《夫记谣》（“Las señas del esposo”）：

“士兵士兵且稍停，前方战事可知情？”
“小姐所问为何来，莫非亲人在卖命？”
“只因夫君少年郎，从军一去未回还。”
“也许我们曾相识，请你说说他模样。”
“满头金发阿拉贡，我夫相貌高又俊。
我俩定情有物证，剑把嵌的是金银。”
“如此说来我知情，你的丈夫已牺牲。
不如你就再嫁人，独守空房实不应。”
“我已等他十余载，何妨再等十几年？”
“夫人夫人瞧仔细，我的剑把有标记。
你的丈夫没有死，现在就到你面前。”

再譬如以下这首《摩尔女莫赖玛》（“La mora Moraima”）：

我是摩尔莫赖玛，眉清目秀莫里娅[①]；
门口来了基督徒，小心别上他的当。
急不可待他开腔，仿佛颇知我心肠。

① 摩尔女的小化词，与莫赖玛相符，故译。

“摩尔小女把门开，安拉保佑莫赖玛。”
“素不相识知是谁，如何叫我把门开？”
“我是摩尔莫索特，你的母亲是我妹。
刚刚杀死基督徒，镇长正在追过来。
你若再不把门开，你舅必亡呜呼哀。”
听说他是我娘舅，急忙起床来穿戴，
但见身边没新衣，顺便裹件小披肩，
赶快上前把门开，娘舅快快请进来。

这样的谣曲并不多见，它记述了基督徒和穆斯林共处时期彼此之间的隔阂，甚或敌对状态，其紧张关系由此可见一斑，从而颠覆了某些边境谣曲或英雄史诗基督徒-摩尔人亦敌亦友的浪漫情态。

三、史诗

（一）概述

在漫长的“光复战争”时期，产生了大量“英雄史诗”，其前身是歌颂蛮悍的民间史诗（Gesta），在“光复战争”初期由行吟诗人口口相传，因此其主要内容是西班牙各王国抗击摩尔人的英雄事迹。对卡斯蒂利亚语文学而言，英雄史诗是其最初的丰碑。其中的英雄人物除了拥有古希腊罗马英雄的基因，还流淌着日耳曼武士的血液。他们叱咤于如火如荼的“光复战争”，又不可避免地沾染了阿拉伯人的气息。

卡斯蒂利亚英雄史诗产生的确切年代难以查考。根据目前掌握的资料来看，卡斯蒂利亚英雄史诗大抵可以追溯到11世纪。多数文史学家认为西班牙英雄史诗发轫于卡斯蒂利亚王国摆脱莱昂王国控制的英雄业绩。但也有不少学者赞同达马索·阿隆索的看法，仍视《罗兰之歌》（或《罗兰之歌》的一些变体）为卡斯蒂利亚英雄史诗的最初表征。这是因为罗兰的传说与卡斯蒂利亚历史密切相关（公元8世纪，法兰西国王查理大帝为抗击摩尔人入侵南欧，曾亲率大军在西班牙地区转战多年。罗兰是他的外甥，也是他麾下的一名骑士，最后因叛徒出卖而战死沙场）。

瓦尔布埃纳在《卡斯蒂利亚语文学》中认为现存的西班牙英雄史诗主要有以下几种：

（1）《堂胡利安伯爵之女与西班牙的陷落》（*Cantar de la hija del conde don Julián y la pérdida de España*）；

（2）《费尔南·贡萨莱斯伯爵之歌》（*Gesta del conde Fernán González*）；

（3）《桑丘·加西亚伯爵与叛徒夫人》（*La condesa traidora y el conde Sancho García*）；

（4）《加西亚王子的故事》（*Romance del infante García*）；

（5）《大桑丘-拉米罗·加西亚的儿子们》（*Los hijos de Sancho el Mayor- Ramiro y García*）；

（6）《桑丘二世与萨莫拉围困记》（*Gesta de Sancho II y el cerco de Zamora*）；

（7）《拉腊王子之歌》（*Gestas de los siete infantes de Lara*）；

（8）《熙德之歌》（*Cantar de Mío Cid*）；

（9）《龙塞斯瓦列斯之歌》（*Cantar de Roncesvalles*）；

（10）《贝尔纳多·德尔·卡尔皮奥之歌》（*Gesta de Bernardo de Carpio*）；

（11）《罗德里戈之歌》（*Cantar de Rodrigo*）；

（12）其他。

其他是有关法兰西国王、葡萄牙骑士和摩尔英雄［如《摩尔女萨义德之歌》（“La mora Said”）］的一些片段。凡此种种，除《熙德之歌》[①]《拉腊七王子》等少数品种外，大都不是严格意义上的史诗，而是在一些原始史诗基础上派生的谣曲。因此，《熙德之歌》可以说是硕果仅存的、真正意义上的西班牙英雄史诗。达马索·阿隆索认为它

① 现有赵金平译本，同名，上海译文出版社，1982年；屠孟超译本，同名，译林出版社，1997年；等等。

成形于1140年左右（但也有不少学者称稍晚于这一时间），[①] 1307年由佩尔·阿瓦特抄录（抄本现存西班牙国家图书馆），凡三千七百余行，开头部分散佚，且形式并不严格。它主要由八至十二音节诗句组成，韵律不断变化。另一个比较齐全的版本为谣曲体《熙德谣》（*Romancero del Cid*），八音节诗句，偶句押韵，凡五部分：《熙德之美德》（*La virtud del Cid*）、《萨莫拉之围》（*El cerco de Zamora*）、《熙德遭流放》（*El exilio del Cid*）、《两女婿不忠受罚》（*Los infantes castigados*）和《最后的时光：熙德之死》（*El final: la muerte del Cid*）。

熙德铜像

《熙德之歌》歌颂了卡斯蒂利亚国王阿尔丰索六世麾下骑士熙德的英雄业绩。且说熙德遭人诬陷，被判流放。为了个人名誉和光复大业，他忍辱负重，率领六十名弟兄继续与摩尔人战斗。在坚苦卓绝的战斗中，熙德身先士卒，收复了不少领地。他的队伍不断壮大，敌人闻风丧胆。在收复了巴塞罗那和瓦伦西亚后，熙德获准与妻子及两个爱女见面。这时，摩尔人趁机反扑，结果被熙德的队伍打得落花流水。国王终于赦免了熙德并亲自为熙德的两个女儿指婚。主动要求和熙德联姻的原是国王的宠臣卡里翁。后者早就垂涎于熙德的地位和财富，他的两位公子更是心怀叵测。大婚之后，在战场上毫无建树的两位女婿便借口回家省亲，带着各自的新娘和嫁妆离开了熙德。一路上，他们原形毕露，最终竟撇下受虐的妻子，带着她们的嫁妆远走高飞了。熙德对这些忘恩负义的家伙恨之入骨，他上书国王，要求与他们决斗。国王恩准了他的要求。决斗在熙德的三位爱将和卡里翁的三个公子间进

① Valbuena Prat, Angel: *La literatura castellana*, Ⅰ, Barcelona: Editorial Juventud, 1974, p.23. 有关情况详见第一章。

行。最后，卡里翁家族败北，并从此名誉扫地。与此同时，纳瓦拉和阿拉贡的王子正式向熙德的两个女儿求婚。国王亲自为其主持了婚礼。

《熙德之歌》已经完全不同于希腊罗马史诗。首先，它排除了一切神话因素，完全由人事构成；其次，它在史实的基础上增加了戏剧因素和大量议论。熙德原名罗德里戈·迪亚斯·德·比瓦尔。“熙德”一词源自阿拉伯语，意曰“主人”。它与其说是摩尔人对罗德里戈·迪亚斯的别称，毋宁说是西班牙行吟诗人赋予他的一个尊号。有关熙德的真实记录少之又少，这在一定程度上为艺术想象提供了可能。于是，西班牙人民抗击摩尔人的英雄业绩在熙德身上得以升华。而佞臣的诬陷、女婿的背叛构成了史诗的重要情节。它们不仅增强了史诗的戏剧效果，而且为人物塑造奠定了基础。熙德的忠诚、智慧和勇敢正是在命运起落的一波三折中逐渐显示出来的。诗人在一些重要转折时期巧妙地安排了叙述角度的转换。比如，当熙德含冤受屈时，一名年仅九岁的女孩成了对话的主体。英雄的功勋和委屈通过她单纯的目光和话语展示出来。

个人荣誉和光复大业互为因果，构成了西班牙英雄史诗的主旋律；但在《熙德之歌》中，光复大业仅仅作为背景存在，荣誉才是真正意义上的主题。这无疑为后来愈来愈脱离现实基础，一味地追求个人荣誉、实现个人理想的西班牙骑士文学奠定了基础。几个世纪后，当新古典主义兴起的时候，高乃伊以熙德为题材，创作了新古典主义杰作《熙德》，从而开了新的风气之先。于是，熙德成了新英雄主义理想的象征。

（二）《熙德之歌》

过去学术界多将《熙德之歌》这样的作品归结为日耳曼英雄史诗（Gesta）的影响，但随着结构主义批评和文献学的展开，其与近代法国英雄史诗的亲缘关系得到了显现，并逐渐占据主导地位。[①]这一方面与西哥特时期世俗文学的缺席相衔接，另一方面又反证了阿拉伯入侵和占领期间对西班牙和普罗旺斯等早期拉丁俗语歌谣的催化作用。这些歌谣与战争和英雄纪事的结合，便有了史诗，譬如《罗兰之

① Amorós, Andrés (ed.): *Antología comentada de la literatura española. Edad Media*, Barcelona: Editorial Castalia, 2012, p.173.

歌》（*Chanson de Roland*），又譬如《熙德之歌》。

且说熙德骁勇善战，替国王攻城掠地无数，却遭佞臣诬陷，被驱逐出境。流放中的骑士走投无路。有诗为证：

个个怀揣恻隐心，无人胆敢援手伸：
阿尔丰索王有禁令，四处张贴新布告。
日头尚未落下去，布尔戈斯王命到，
王印盖得明晃晃，白纸黑字写明了：
犯人鲁伊迪亚斯，众人不得留宿之，
倘若有谁犯禁令，勿谓言之不预者，
轻则剥夺其财产，还要挖眼受酷刑；
重则杀头丢性命，灵魂游荡难升天。
王命森严不可违，吓坏所有基督徒，
个个躲避恐不及，哪敢搭理他熙德？
骑士鲁伊迪亚斯，来到一家小客栈，
岂知门窗皆紧闭，让他吃了闭门羹。
阿尔丰索王有禁令，谁敢违抗留犯人？
只要熙德撞不坏，谁也不许把门开。
骑士随从大声叫，请人开门来歇脚。
可叹家家无人应，实乃人人皆自卫。
熙德骑着大马来，下马亲自去勘察，
敲门怎知门不开，奈何徒叹奈若何。
忽见小娃走过来，九岁娃儿甚可爱。
“我说熙德大英雄，你的利剑声名重，
国王有令昨晚颁，家喻户晓不含混，
王印盖得鲜又明，白纸黑字不容疑。
没人胆敢收留你，没人胆敢把门开。
倘若有谁犯禁令，没收财富和房产，
还要挖眼来惩罚，此等酷刑吓死人。
熙德大人请原谅，这里不是留你地，

上帝仁慈无不能，他会好好保佑你。”
女娃说罢这席话，回转家里把门拉。
熙德这才知就里，国王铁绝不留情，
悻悻离开那扇门，骑上战马向前行，
……①

作品并不尊重一般谣曲的格律和押韵方式，自由自在，无所羁绊，这显示了西班牙行吟诗人的某些独特性。梅嫩德斯·皮达尔等西班牙学者对此进行了卓有成效的探究，有关成果被归纳为不同于其他欧洲近代史诗的几大特征：

一、多数西班牙近代史诗已经散佚，其散佚率远高于其他欧洲国家。这反过来说明了中世纪西班牙史诗的丰富性。大量谣曲及其变体是其见证；

二、从12世纪到16世纪，中世纪西班牙史诗以（残编）谣曲的形式在民间流传，并通过戏剧和纪事（包括拉丁文纪事）等形式残存下来。这也是西班牙中世纪戏剧和纪事明显较同时期欧洲其他国家丰富的原因之一；

三、以《熙德之歌》为代表的西班牙史诗具有清新爽朗的现实主义风格，叙事简洁明快、张弛自如，人物个性鲜明、不落窠臼；

四、女性人物众多，且富有强烈的西班牙色彩：性感、热辣、忠贞，且各有各的柔情。②

如此等等，未必足以涵盖西班牙近代史诗的所有特征。譬如，古典史诗的神话因素被《熙德之歌》等完全剔除，宗教色彩也淡化到了几近于无的偶尔一提（但在后来的骑士小说中得到了强化），附着在古典英雄身上的神秘性也已荡然无存。熙德们是较之于凡人更勇敢、

① Amorós, Andrés (ed.): *Antología comentada de la literatura española. Edad Media*, Barcelona: Editorial Castalia, 2012, p.174.

② Deyermond, Alan: *El "Cantar de mío Cid" y la épica medieval española*, Madrid: Biblioteca General, 1989.

更智慧，也更忠诚（与国王和光复事业）的武士，仅此而已。此外，英雄与对手（摩尔人）的亦敌亦友关系使人物性格变得更为丰富。

回到《熙德之歌》，由于马德里的国家图书馆馆藏的“Vitr.7–17”手稿的第一页散佚，目前的“完本”加上了流放部分：

抑制不住此伤悲，两眼一酸狂落泪；
为遮泪面转过身，但见有人在唱吟。
自家大门洞开着，徒有四壁遭查询，
缸中无物灶无温，地乏皮毛床无被。
猎鹰不知何处去，唯有鹰笼空幽魂。
熙德见状长叹息，可爱家园成空宅。
骑士仰天把话说，一字一顿有分寸：
“吾主万福头上听，寓居天庭是万能！
我遭厄运非偶然，奸佞谗言施阴谋！”

英雄就此跨上马，跨上战马持缰绳。
悻悻离开比瓦尔，骑士战马如一体。
一路走来一路行，布尔戈斯前方现。
英雄不时耸耸肩，大声招呼随行人：
“我的朋友我的爱，我们被逐奈若何？”

熙德鲁伊迪亚斯，来到布尔戈斯境，
随行家眷和朋友，共有七十来个人。
他们有男也有女，一行来到新土地。
布尔戈斯男和女，不论是好还是歹，
个个眼中有温情，甚至忧伤和悲悯。
他们嘟囔嘴不停，反反复复一个理：
“上帝保佑好骑士，可惜君主不识人！”①

① Amorós, Andrés (ed.): *Antología comentada de la literatura española. Edad Media*, Barcelona: Editorial Castalia, 2012, p.178.

这是后人用谣曲补充的。《熙德之歌》变体颇多，因此移补阙如并非难事。但是，有关《熙德之歌》的归属和产生时间，西班牙语学界迄今不能达成共识。学者里盖尔（Riquer, Martín de）以西班牙国家图书馆馆藏“Vitr.7–17”手稿中的诗句（“这是阿巴德手笔，/写于1245年”）断定作品完成于1245年。但也有学者对此提出异议，认为这里所说的阿巴德或彼德·阿巴德（Per Abbat）极有可能是个假托，因为这个名字之普遍消解了它的意义。由是，有学者认为他充其量只是个散佚文本的抄录者。此外，梅嫩德斯·皮达尔却从作品的字里行间窥测到其形成时间分别为1110年和1140年。之所以有两个时间，是因为梅嫩德斯·皮达尔从语言风格的角度判定作品由两位行吟诗人“合作完成”：一个是圣埃斯特万人，另一个是梅迪纳塞利人。[①] 鉴于熙德死于1099年，以上时间均有可能。因此，有关争论和探究仍在继续。

熙德的女儿们（《熙德之歌》，19世纪插图）

再就是最富戏剧性的卡里翁两位贵族公子。他们分别娶了熙德的两个女儿，却背信弃义。他们仗着父亲地位显赫，还是国王亲信，根本没把熙德的两个爱女放在眼里：

> 公子命人去安营，声名赫赫卡里翁，
> 随从遵命扎帐篷，准备夜宿荒野岭。
> 是夜娇娥在怀里，娇娥柔情献爱意；
> 他们草草了却事，只等日头再升起，
> 一早借口父命到，打点行李欲启程，

① Amorós, Andrés (ed.): *Antología comentada de la literatura española. Edad Media*, Barcelona: Editorial Castalia, 2012, pp.180—181.

……
公子有令须急行，随从先行催马奔，
男男女女都远去，剩下公子及娇娥：
……
这时两位大公子，口吐恶语露狰容：
“埃尔维拉和索尔，仔细听好两贱货：
荒郊野岭是归宿，等着野兽来吞噬，
这是应受之惩罚，须在家族领地外。
我们就此来告别，报复熙德迪亚斯，
……”①

卡里翁两位公子之所以对熙德的两个爱女、他们各自的妻子施行报复，表面上是因为他们受到了熙德豢养的一头雄狮的惊吓。然而，他们如此穷凶极恶仅仅是因为雄狮的威胁？当然是另有蹊跷。首先，史诗的字里行间充满了熙德功高盖主的“罪过”；其次，宫中不缺奸佞小人，而卡里翁即是其中之一，其妒忌和谗言即或曾是熙德遭贬的原因。这或可令我们迁思岳飞的故事。然而，《熙德之歌》大团圆式的结局改变了古典史诗的悲剧形态，它反过来说明近代行吟诗人和一般受众的审美取向。

（三）其他史诗

除《熙德之歌》外，《龙塞瓦列斯》（*Roncesvalles*）、《罗德里戈的少年时代》（*Mocedades de Rodrigo*）、《费尔南·贡萨莱斯之书》（*Libro de Fernán González*）、《拉腊七王子》（*Siete infantes de Lara*）、《桑丘二世之歌》（*Cantar de Sancho II*）、《韦斯卡战役之歌》（*Cantar de la campana de Huesca*）等也是流传较广，并残留至今的史诗。此外，曾经流传，却已散佚的史诗有《叛徒伯爵夫人》（*La condesa traidora*）、《加西亚王子之歌》（*Romanz del infant García*）、《潜鲤贝尔纳尔

① Amorós, Andrés (ed.): *Antología comentada de la literatura española. Edad Media*, Barcelona: Editorial Castalia, 2012, p.184.

多》（*Bernardo el Carpio*）等。

先说《龙塞瓦列斯》。“龙塞瓦列斯”是西班牙人对比利牛斯山麓战略要塞龙塞沃的称谓。但是，《龙塞瓦列斯》所记叙和传诵的并非西班牙历史或历史人物，而是罗兰的故事。且说查理曼（又称查理大帝）是中世纪一位雄才大略的法兰克君主，在其扩张过程中，最大威胁来自伊比利亚半岛的阿拉伯人。为阻止后者向北扩张，查理大帝于公元778年率部翻越比利牛斯山，攻下今西班牙潘普洛纳。这时，阿拉伯人求和，并献上数名人质。查理曼得了人质，却并未停止进攻步伐，反而继续挥师南下，直至抵达西班牙古城萨拉戈萨。萨拉戈萨壁垒森严，易守难攻。查理曼围城达二月之久，却久攻不下。正在沮丧之际，忽闻后方吃紧。原来阿拉伯人抄了他的后路，使他不得不回马应战。这是这一历史的传记之一。然而，早在查理曼率领大队人马抵达翻越比利牛斯山、抵达海拔一千五百多米的龙塞沃山谷时，就遭到了伏击。查理曼原本是想出奇制胜、直扑阿拉伯人而去，岂料斜刺里杀出一队人马。但见山四周怪石嶙峋、山峦峥嵘，查理曼自知不可恋战，不得不留下后卫，自己亲率大军突围。正是在这次伏击中，查理曼失去了他的爱将罗兰。查理曼始终不知道那支以逸待劳的军队来自何方，尽管有人推测他们很可能是生活在比利牛斯山区的加斯科涅人。

公元9世纪以降，查理大帝和罗兰的故事开始口口相传。故事随着吟游诗人及时代的变迁而变迁。加之基督徒与穆斯林在伊比利亚半岛和地中海一带的争斗愈演愈烈，《罗兰之歌》应运而生，并且掺入了几个世纪的历史内容和宗教色彩。罗兰的故事逐渐演变为基督教与伊斯兰教长期“圣战”的一个重要篇章。

目前所能见到的《罗兰之歌》最早现身于公元11世纪。随后出现了现存的法兰西、英格兰、意大利、尼德兰、日耳曼、威尔士、斯堪的纳维亚地区有关文字抄写的八种版本。历代评论家一致认为牛津收藏的抄本价值最高。牛津抄本用盎格鲁-诺曼语写成，凡4002行，包括学术界根据其他抄本补上的4行。

《龙塞瓦列斯》应该是《罗兰之歌》的早期西班牙语版本，流传于公元13世纪上半叶。但是，流传至今的仅有1310年抄本的两页残编，从罗兰之死写到查理曼回师大败偷袭队伍：

君王用眼睛，四处来找寻，
找到罗兰身，斜躺在树根：
神态安且详，他似入梦乡。
君王见此景，下马看细心：
握紧罗兰手，手沾血须鬓，
鬓须血淋淋，鲜血流不停。
……①

由此可见，《龙塞瓦列斯》并非西班牙原创作品，但它无疑对西班牙英雄史诗产生了影响。它和《罗兰之歌》的有关变体曾广泛流布于中世纪西班牙基督徒占领区。

与《龙塞瓦列斯》不同，《罗德里戈的少年时代》产生于中世纪末叶，是关于熙德少年时代的一部史诗（或谓《熙德之歌》的延编）。除1300年由佚名教士抄写的一个版本外，目前尚存两个同名抄本残编，但内容相去甚远。

《罗德里戈的少年时代》从年仅12岁的少年熙德（罗德里戈）战胜希梅娜之父戈麦斯伯爵开始：

大地安然入静，天下无有战争。
堂戈麦斯伯爵，伤害迭戈太甚：
抢走他的牲口，打伤他的牧民。
迭戈仓皇逃遁，来到比瓦尔城，
去把亲兄弟寻，要与伯爵理论。
太阳刚刚升起，弟兄飞马前行，
战争拉开序幕，矛头直指敌兵。
杀回庄园牧场，夺回牲口牧人；

① Amorós, Andrés (ed.): *Antología comentada de la literatura española. Edad Media*, Barcelona: Editorial Castalia, 2012, p.190.

偷袭伯爵领地，烧光所见房营；
掳走溪边浣妇，雪耻何须理论。
……
且说整整九日，率领队伍驰骋，
儿子罗德里戈，就在他的身边，
卡沃是他祖父，迭戈是他父亲。
祖父本是伯爵，曾祖莱昂君主。
少年年方十二，十三尚差时日，
……

史诗的结尾是熙德·罗德里戈娶了敌人戈麦斯的爱女希梅娜，两家恩仇从此消弭。少年熙德骁勇无比，令人迁思我隋唐英雄小将罗成。遗憾的是史诗的最后几页已经散失。

四、阿尔丰索十世

对于世界，西欧也许是一个整体；但对于西欧，西班牙却是一个特例。这是由西班牙文化的多元与混杂所决定的。西班牙民族文学的形成和发展则是这种多元与混杂的一个明证。拿欧洲最早的抒情诗“哈尔恰”为例，追根溯源，竟也是东西方文化结合的产物。而这个“混血儿”的发现不仅使卡斯蒂利亚语（即西班牙语）文学的历史从12世纪上移到了11世纪，甚至更早，而且改写了以法国南部普罗旺斯民歌为最早抒情诗的欧洲文学的历史。

且说文艺复兴运动与人文主义相辅相成。但是，它们在欧洲诸新生国家的历时与向度却不尽相同，有关著述如汗牛充栋。一般文史学家倾向于把文艺复兴运动视作对中世纪的反动，而对古希腊罗马文艺思想和价值观的崇尚则被认为是该运动的标志。[①] 在意大利，文艺复

① Abellán, José Luis: *Historia crítica del pensamiento español: La Edad de Oro*, t.2, Madrid: Editorial Espasa-Calpe, 1979, p.19. Helton, T.: *The Renaissance*, Madison: University of Wesconsin Press, 1965, pp.11—17.

兴的重要先导是方济各教派的“激进主义”；而在西班牙，文艺复兴的最初动因却主要来自卡斯蒂利亚宫廷。其中，意大利语和意大利语文学、西班牙语和西班牙语文学（扩而言之即罗曼司语言文学和欧洲诸新生国家的语言文学）的发生和发展，无疑是文艺复兴运动精神动力——人文主义的原始土壤与重要表征。

一般文史学家认为13和14世纪之交方济各教派主张放弃形式主义的天主教经院神学和倡导走向民众、赞颂自然的做法是意大利文艺复兴运动的前奏，而诗人但丁（1265—1321）和画家乔托（1276—1337）则是向着文艺复兴前瞻的早期人文主义者。

19世纪，囿于对文艺复兴运动的狭隘理解，不少学者曾对西班牙早期人文主义表现持怀疑态度。但20世纪80年代以来，学界又开始普遍承认西班牙文艺复兴运动的独特历程。有关信息见诸何塞·安东尼奥·马拉瓦尔（Maravall，José Antonio）《15世纪的早期文艺复兴》（“El pre-renacimiento del siglo XV”）[①]、弗朗西斯科·里科（Rico，Francisco）《西班牙文学历史与批评》（*Historia y crítica de la literatura española*）、J.L.阿贝杨（Abellán，José Luis）《西班牙思想批评史·黄金世纪》（*Historia crítica del pensamiento español: la Edad de Oro*）等人著作。

自卡斯蒂利亚国王阿尔丰索十世（史称智者阿尔丰索，1221—1284）到15世纪末，西班牙人在驱赶阿拉伯人的同时，开始了文艺复兴运动前夕的一系列精神准备：接续阿拉伯人留下的文化遗产。而古希腊罗马文化恰恰就是阿拉伯人留给西班牙人的文化源泉之一。从这个意义上说，和意大利一样，西班牙也是欧洲文艺复兴运动的先驱，尽管其发展速度和向度较之前者明显缓慢和局限。

人不能拽着自己的小辫离开地面，任何文化思想的生成和发展都有其物质的经济的基础。因此，无论是“托古”，还是“图新”，都只是时代在文艺领域的反映，而真正缔造这个时代的却始终是它赖以存在的物质的经济的事实。当然，文艺反映赖以产生的物质的经济的事实并不总是消极的和滞后的。这一点在西班牙早期市民文学宫廷艺术

① García de la Concha (ed.), *Nebrija y la introducción del Renacimiento en España*, Salamanca: Editorial de la Universidad de Salamanca, 1983, pp.17—36.

中表现得十分明显。除却犹太文化、阿拉伯文化和吉卜赛文化以及西班牙本身的物质、经济基础，同意大利的特殊关系显然也是推动西班牙文艺复兴运动的重要因素（15和16世纪，西班牙不仅与罗马教廷过从甚密，而且拥有西西里、撒丁岛和意大利本土的不少领土并先后与威尼斯等一些城邦结盟）。

随着商业的兴盛，造纸、印刷、指南针和火药的应用，新大陆的发现，以及封建制度的衰落，精神领域才真正开始了回归古希腊罗马文艺的律动。由于西罗马帝国早已瓦解，神圣罗马帝国只是徒有虚名，而罗马天主教会也越来越无力提供一个稳定、统一的精神支柱；各行省纷纷独立，一些开明教士和世俗学人在构筑本王国或本民族文化基石的过程中将目光投向了古典文艺和传统价值。1453年，君士坦丁堡的陷落，宣告了东罗马帝国（拜占庭）的终结。于是，许多东方学者逃至意大利并随之带来了古典研究（尤其是古希腊文化研究）的学术传统（盖因希腊语一直是东罗马帝国的官方语言），从而推动了意大利的人文主义思想文化运动。人文主义视人性及其成就为研究对象，强调人的尊严以及哲学和神学体系的统一性和兼容性（也称混合性），从而否定了中世纪关于神权和赎罪的一系列压迫人性（尤其是创造性和征服自然的积极性）的消极传统。与此同时，人文主义积极借鉴古希腊罗马时期的精神资源，尤其重视古希腊罗马时期的文艺作品并以此提升人们的思想境界。因此，文艺复兴时期的最大成就是那些具有古典底蕴、突出人性美、自然美和创造性精神价值的文艺作品。15世纪末至16世纪，文艺复兴运动达到了第一个高峰，催生了达·芬奇、米开朗琪罗、拉斐尔等一代巨匠。

诸如此类几乎是学术界的共识。然而，文艺复兴的另一个源头却少有学人提及。这个源头便是西班牙。这是因为西班牙曾是东方人聚居的地方。西罗马帝国时期，西班牙是犹太人的主要聚居地之一；公元8世纪之后西班牙又因为阿拉伯人的入侵而成为东西方文化的中转站。如果说意大利人文主义的最初表现是13世纪末14世纪初方济各教派的“激进主义”（它放弃形式主义的经院神学，要求教士到百姓中去、到自然中去。这激发了一些诗人和艺术家在现实世界中寻找表现对象的乐趣。诗人但丁和画家乔托都是这方面的先行者，尽管他们的作品还没有完全摆脱宗教神学的影响)，那么西班牙的早期人文主义应该说是由卡斯蒂利亚宫廷的东方人推动的，而且也是在13世纪。从这个意义上说，文艺复兴运动几乎同时发轫于意大利和西班牙，而且后者对古典文艺的重视程度比同时期的意大利更高，归回力度更强，尽管其高峰期足足晚到了半个世纪。个中原因既涉及历史，也涉及政治经济。历史方面的原因首先是西班牙与古希腊罗马较之意大利有天然的距离，其次是西班牙长期处于抗击穆斯林统治的战争状态（当然，阿拉伯人的影响已经发挥了积极的作用：为西班牙文化的多元与繁荣奠定了基础。一如君士坦丁堡的陷落使许多东方学者逃至意大利，从而带来了古典研究的学术传统；西班牙安达卢斯王国培养了大批东方学者，他们在引进东方文明的同时翻译介绍了大量古希腊经典并直接催生了早期西班牙文学)。政治经济方面的原因还是“光复战争”。战争曾经使西班牙长期处于落后状态；但之后也恰恰是因为战争的胜利，西班牙建立了强盛、统一的帝国，从而在一定意义上延长了西班牙封建制度和“神圣罗马帝国”的寿命。

无论如何，西班牙最早回归古希腊罗马文化却是事实。前面说过，没有拜占庭东方学者的西迁，意大利的文艺复兴运动就难以兴盛；无独有偶，少了东方人的参与，西班牙回归古希腊罗马的律动也无从谈起。当然，这其中有一位国王发挥了举足轻重的作用。他便是史称“智者”的阿尔丰索十世。阿尔丰索十世于1252年即位，统治西班牙重要王国卡斯蒂利亚达三十二年。在这漫长的三十二年中，他一直致力于卡斯蒂利亚的文化建设。不少文史学者认为阿尔丰索是中世纪后期欧洲最伟大的人文学者。[①] 他毕生致力于发展和规范卡斯蒂利亚语并使它擢升为整个西班牙地区的通用语言（即西班牙语）；同时“博览兼听，谋及疏贱”，将一大批阿拉伯人和犹太人召集到宫中，指挥

① Carr, R.: *Historia de España*, Barcelona: Editorial Península, 2001, pp.100—105.

他们从阿拉伯文和希伯来文翻译了大量古希腊罗马经典[①]并对当时的几乎所有知识进行了百科全书式的整理。当时完成的主要作品有西班牙第一部国别史和古代世界史《西班牙编年通史》（*Crónica general-Estoria de España*）和《世界大通史》（*General e grand estoria*），第一部法学文献《法典七章》（*Las siete partidas*），第一部天文学专著《天文知识》（*Los libros de astronomía*），第一部珠宝鉴赏著作《宝石鉴》（*El lapidario*），第一本棋谱《博弈集》（*Libros de ajedrez*），第一本语文学著作《第八范畴》（*Octava esfera*）以及第一本"诗经"《蛮歌集》（*Cantigas profanas*），等等。[②]其中《蛮歌集》收录了四百二十首用葡萄牙-加利西亚语（又称加利西亚-葡萄牙语）和卡斯蒂利亚语创作的抒情诗。在这些抒情诗中，虽然仍有不少宗教赞美诗，但多数诗篇却充溢着世俗情怀。许多情歌更是哀婉动听，朗朗上口；气韵质朴，几近乎《诗》，譬如下面这首署名门第尼奥（Mendiniho）的作品：

来到圣西蒙山上，
涛声萦绕耳旁，
等待情人我无比心焦。

祭坛高筑在圣堂，
海浪将我环抱，
等待情人我无比心焦。

涛声萦绕耳旁，
我无力驾舟远航，
等待情人我无比心焦。

海浪将我环抱，

---

① Alborg, J. L.: *Historia de la literatura española*, Madrid: Editorial Gredos, 1975, pp.155—158.
② Beinart, H.: *Los judíos en España*, Madrid: Editorial Mapfre, 1993, pp.92—101.

我无力驾舟远航，
等待情人我无比心焦。

我无力驾舟远航，
下海徒送卿卿性命，
等待情人我无比心焦。

我无力驾舟远航，
下海徒送卿卿性命，
等待情人我无比心焦。①

不少穆斯林和犹太人在阿尔丰索十世宫中担任学者、翻译家、顾问、秘书、御医等重要角色。尤其是成立于13世纪的托莱多翻译学校，在阿尔丰索十世时期发挥了重要作用。托莱多是穆斯林和犹太人集居的地方，也是这所翻译学校的主力军。他们不仅把大量的阿拉伯文献、希伯来文献和古希腊文献翻译成拉丁文，而且还直接将一些文献翻译成了拉丁方言卡斯蒂利亚语。其中重要的翻译家有伊萨克·伊本·熙德（Isac Ibn Cid）、犹大·莫斯卡（Yoda Moska）、R.约瑟夫（R. Yosef）、R. 亚卜拉罕（R. Abrahan）等。至于阿拉伯人，除了建立以科尔多瓦为中心的伊斯兰文化体系，还向卡斯蒂利亚等西班牙王国输送了大批东方学者和翻译人才，其中不少人通晓古希腊文、拉丁文和卡斯蒂利亚语等伊比利亚半岛的拉丁方言。然而，受政治经济等多重因素的制约，犹太–阿拉伯译者的劳作大都被岁月的烟尘埋没了。许多作品必得到15世纪末乃至16和17世纪才真正进入人们的视阈，从而获得真正意义上的复兴（也许正因为如此，阿尔丰索十世时期尚未被多数文史学家视作文艺复兴运动的开端）。即便如此，古希腊文化对阿尔丰索十世时期所产生的深刻影响是毋庸置疑的。这在时人费尔南·佩雷斯·德·古斯曼（Pérez de Guzmán,

① *Antología de Alfonso X el Sabio*, México: Editorial Porrúa, 2000, p.201.

Fernán）的歌谣中可见一斑：

一如埃及智者拉比·摩西
记忆中的那个西班牙王国，
我的心中也早已有个胜地，
她便是那名不虚传的雅典。[①]

学术界从另一个角度阐发了阿尔丰索十世的丰功伟绩，谓他开创了西班牙语散文。在他之前，西班牙语主要作为口语，并在歌谣、史诗中存在，即使到了13世纪初的圣费尔南多（San Fernando）时期，也罕有散文作品出现。以《世界大通史》为例，西班牙语散文在叙述创世和远古、中古至近代已游刃有余，甚至可以说臻于成熟。此外，由于它是在阿尔丰索十世的直接指导下完成，"历史的当代化"色彩非常明显：一是犹太-希伯来思想，它体现在《圣经》式的创世纪至大卫、所罗门等犹太先贤时代的描写当中；二是古典情怀，它体现了阿尔丰索对古希腊罗马黄金时代及其重要经典的心向往之（他组织翻译的大量古希腊罗马经典从旁印证了我们的这一判断）；三是基督教神学与世俗精神的统一，它体现在《大通史》对天主教教义和世俗生活（包括王朝更迭、世事变迁、天灾人祸等诸多方面）的双重关注。《大通史》从远古走来、向未来奔去，原计划没有截止时间，至少要到阿尔丰索十世时期（尽管后者在《西班牙编年通史》中已有所体现），但因后者谢世而中断，仅完成了前四卷。它是近代欧洲的第一部世界通史，阿尔丰索十世的雄心可见一斑；尽管条件所限，它终究指向两希文明，对其他文明少有关注。

五、宗教文学

西班牙宗教文学源远流长，它至少可以追溯到西哥特时期。在我

① *Revista de la Biblioteca Nacional*, n.1—2, Lisboa, 1998, pp.18—21.

们业已翻检的早期中世纪西班牙文学中，占主导地位的是教士文学，也即广义的宗教文学。到了中世纪后期，随着人文主义的萌动，宗教文学一统天下的局面不复存在，但它依然顽强地存在并继续发生影响。

（一）宗教歌谣

宗教歌谣与上述世俗歌谣并存，是中世纪末叶西班牙文学的另一道风景，无论数量、影响均不在世俗歌谣之下。然而，随着世俗文化的高涨，尤其是文艺复兴运动的生发，宗教歌谣迅速衰微。流传至今并较为完整的作品有《灵肉之争》（*Disputa del cuerpo e del alma*）、《埃莱娜与马利亚》（*Elena y María*）、《耶稣生与死》（*Libro de la infancia y muerte de Jesús*）、《埃及圣母》（*La vida de Santa María Egipciaca*）等。

《灵肉之争》是天主教的一个重要话题，当然也是几乎所有宗教的核心话题之一，盖因灵魂和肉体的矛盾是人类摆脱野蛮时代以来的重要问题之一，《身心之争》当是其在西班牙的早期文学表征。作品产生于12世纪末，反映了天主教僧侣文化的一个侧面：

……
辗转反侧，不能入眠，
夜已深沉，两眼迷茫，
梦魇来袭，好不凄惨，
诸位先生，且听我言：
……
那是荒原，漆黑一片，
遁无可遁，惊恐万状，
没有出路，进退两难；
慌乱之中，人影乃见，
其身恶臭，其体已僵，
眼窝空空，面黑如酱，
须发蓬乱，大嘴洞张，
蠕虫成群，忽隐忽现。

欲问是谁，如此不堪，
且闻其声，又锐又尖，
恰似鸟叫，或谓兽鸣；
屏息定神，举目细看，
洁白小鸟，于彼皮囊，
开口说道：“因汝之故，
为了虚荣，还有欲望，
永驻地狱，换来熬煎，
永永远远，难升天堂。”
……①

作品在灵魂与肉体的对话中展开。肉体已经腐烂，飘忽无着的灵魂与其遭遇，于是便有了这番谴责声讨。小鸟作为灵魂的外化，可能是伊斯兰文化影响的结果。这一点，我们将在西班牙文学黄金世纪的宗教诗人胡安·德·拉·克鲁斯的作品中得到印证。

《埃莱娜与马利亚》延续了《灵肉之争》，但主人公变成了埃莱娜（希腊的海伦）和马利亚。她们分别代表两个不同的社会阶层：骑士和僧侣：

好个利嘴埃莱娜，
提高嗓门接了话，
句句理直又气壮，
不由分说朝前压：
“叫你闭嘴马利亚，
这样说话不像话，
……
出口伤害我情哥，
他是骑士顶呱呱：

① Amorós, Andrés (ed.): *Antología comentada de la literatura española. Edad Media*, Barcelona: Editorial Castalia, 2012, pp.196—197.

身量魁伟剑在手，
保卫家园是栋梁，
不像你的小白脸，
只会祷告叽喳喳，
……”

有理有据马利亚，
说起话来也不差：
“你个利嘴小疯婆，
不知地厚和天高！
你的情哥是潇洒，
吃吃喝喝把名扬，
穿好住好不用愁，
反正和平不打仗，
……

可知和平哪里来？
没有上帝不久长。”
……

诸如此类，不一而足。这颇似安达卢斯文学（《椰枣》）中的笛子和利剑之争。再说远点，则或可拿“廉颇蔺相如列传”的故事加以比附。

《耶稣生与死》是散佚长卷《东方三博士之书》（*Libre dels tres Reys d'Orient*）的残编，记叙了耶稣从降生到殉难的故事：

故事耳熟能详，
讲述东方博士，
得知耶稣降生，
循着星星找寻。
……

与此同时，生成于12世纪的宗教剧《东方三博士》（*Los Reyes Magos*）较为完整地流传了下来。它剥离（或应和）同名长诗，在宗教节日中反复上演，经久不衰。

《埃及圣母》凡一千五百余行，每行八音节，尾韵，产生时间不详。这一千五百多行也只是一个残编，祖本散佚。残编从马利亚母女的一次对话开始：

……
"女儿啊，我的宝贝，
为何不听父亲劝慰?
如你执意要当修女，
我们实在无能为力。
马利亚，上帝在上，
快快醒悟回到正常。
只要你肯真心回头，
嫁人生子必定幸福。
……"
母亲说罢泪眼婆娑，
怎奈女儿心意已决，
……
背井离乡远赴埃及，
无人知晓不辞而别。
……[①]

（二）宗教或类宗教传奇

在流传的诸多中世纪传奇中，除了《罗兰之歌》和《亚历山大之书》等少数外来文本，绝大多数是基督教内部衍生的圣徒传略。

① Amorós, Andrés (ed.): *Antología comentada de la literatura española. Edad Media*, Barcelona: Editorial Castalia, 2012, pp.201—202.

1.《亚历山大之书》(*Libro de Alexsandre*)

《亚历山大之书》约成于13世纪，用十四音节“亚历山大体”作就，尾韵。亚历山大大帝（Alexandro Magno，公元前356—前323），古马其顿帝国国王，欧洲历史上最伟大的军事统帅之一。弱冠之年，甫一继位即发动战争，很快统一希腊全境，进而横扫中亚，荡平波斯帝国，兵不血刃就占领了埃及。全盛时期帝国领土西起古希腊，东到印度恒河流域，南临尼罗河，北至药杀水[①]。

《亚历山大之书》现存有两个祖本，一个在马德里国家图书馆，并有“胡安·洛伦索·德·阿斯托尔加（Astorga，Juan Lorenso de）作”等结语；另一个在巴黎国家图书馆，结语为“贡萨洛·德·贝尔塞奥作”。虽然署名不同，但两个版本的内容却少有出入。作品描写了亚历山大大帝（又称亚历山大三世）的生平事迹。由于亚历山大大帝生前已是诸多神奇故事的主角，死后更是十足的传奇人物。这为后人的创作提供了广阔的想象空间。除了传奇故事，《亚历山大之书》引经据典，纵横捭阖，还穿插了大量说教；其中既有亚历山大在特洛伊废墟上的感怀（长达1688行），也有关乎风俗的道德评判和关乎地狱的可怖描述。

据《亚历山大之书》的描写，他皮肤白皙，金发碧眼（但据史料记载他却是一只眼睛漆黑如墨，另一只眼睛湛蓝如海），不仅声如洪钟，而且目光如炬，脸色微红，还有天生的体香。亚历山大石棺及其统治时期的铸币都显示亚历山大有圆圆的下巴、直挺的鼻子及微微凸起的额头。

亚历山大个头不高，但身材匀称。他行动敏捷，体力充沛，颇令人迁思两千年后的拿破仑。此人性情特别，时而仁慈，时而残酷，可谓喜怒无常。但他天资聪慧，且自幼酷爱诗歌，对荷马史诗颇为推崇。十二岁起师从亚里士多德，学习哲学、逻辑学、伦理学、政治学、几何学等，受到良好的教育。

人们相信亚历山大是半神半人，恰如有关伟人的传说。据说他是宙斯之子，降生之前就有电闪雷鸣，以至于占卜师们一个个惶惶不可终日，以为大灾即将来临，唯有一人断言“伟人即将诞生，他将统治

① 古地名，位于现中亚咸海锡尔河流域。《新唐书·西域传》中有记载，谓石国“西南有药杀水，入中国谓之真珠河，亦曰质河”。

世界”。

亚历山大的母亲据说是伊庇鲁斯的公主，天赋异术，喜与巨蟒共眠。她对儿子的影响很大。有关传说皆谓亚历山大远征期间常会写信给母亲叙述奇闻轶事。但因路途遥远，书信失多达少，从而给该传奇留下了空间。加之时间久远，又经口口相传，《亚历山大之书》几乎成了荷马史诗之后最富传奇色彩的作品之一。有关变体多多，但综合起来不外乎伟人半神半人的传奇生平。西班牙语版较为完整的《亚历山大之书》凡两千六百余节，一万余行。

……

来到这荒芜世界，极目眺望无人烟；
没有庄稼和牲口，犹如大海空茫茫；
待到有人往来时，但见彼此皆为敌：
强者押着弱者行，仿佛天定生与死。

国王见状甚费解，且看且行不知情：
有人自由有人非，非者扛着笼子行。
试问行者何如此，遂闻笼中是囚徒：
正被驱逐出故土，永无归期是命途。

……[①]

这是亚历山大抵达北非以后的一次见闻。经过两个月的围困，埃及一箭未发，投降称臣。亚历山大在埃及停留休整，并命人着手兴建港口城市亚历山大。年仅24岁的他被誉为法老，即太阳神阿蒙之子。

2.《阿波罗尼奥之书》(*Apollonii regis Tyri*)

阿波罗尼奥是个非常古老的传说，其来源可以追溯到公元3世

① Julia Butiñá (ed.), *Libro de Alexandre*, Madrid: Editorial Cátedra, 2007, pp.201—223.

纪。公元6世纪开始在西哥特王国流传，而西班牙语版《阿波罗尼奥之书》形成于13世纪。《阿波罗尼奥之书》凡二千六百二十四行，主要内容包括“圣母马利亚生平”、“耶稣的少年和殉难”及“东方三博士”。作者在该诗第三行明确表示要“用罗曼司新韵谱新曲”。因此，有文学史家认为它很可能是用早期西班牙语创作的第一首长诗。[①]它所记叙的传说非常怪异：古老王国的国王爱上了自己的女儿，为避免女儿出嫁，他昭告天下，谓谁想追求公主必先过他的谜语关，猜中者可以娶公主，不中者人头落地。且说阿波罗尼奥机敏过人，不仅揭开谜底、娶了公主，而且顺利地继承了王位。

老国王的谜面是这样的：

枝叶嫩绿兮，根须供奉；
我身强健兮，母乳滋养。

阿波罗尼奥的谜底是：

令人羞愧兮，真言难听；
你和公主兮，异情当断。
……
你是根须兮，公主华美；
岌岌乱伦兮，罪孽深重。[②]

以此为中心，作品敷衍出阿波罗尼奥的传奇人生。人们呼唤明君、痛恨昏聩之心之情昭然若揭。

3.《费尔南·贡萨莱斯之书》(*Libro de Fernán González*)

现存《费尔南·贡萨莱斯之书》也是13世纪的作品，据说是阿兰萨教士圣彼得（San Peter de Arlanza）的手笔。它显然是依据卡斯蒂利亚有关传说改编、整合的。费尔南·贡萨莱斯同样是人物传奇，叙

① Alborg, J. L.: *Historia de la literatura española*, Madrid: Editorial Gredos, 1975, p.131.
② Carmen Monedero (ed.), *Libro de Apolonio*, Madrid: Editorial Castalia, 1955, pp.17—36.

述卡斯蒂利亚的费尔南·贡萨莱斯伯爵被纳瓦拉国王俘获后爱上国王的妹妹并最终获得自由的故事。作者圣彼得·德·阿兰萨修士以费尔南·贡萨莱斯的生平事迹为主线，叙述了天主教在西班牙的发展史和费尔南·贡萨莱斯创建阿兰萨修道院的丰功伟绩。作品明显受到早期英雄谣曲的影响。

作品由三大部分组成，第一部分叙述费尔南·贡萨莱斯同曼苏尔的战争；第二部分写卡斯蒂利亚与纳瓦拉的关系；第三部分写卡斯蒂利亚的光复。作品富含宗教色彩，这也是人们将版权赋予阿兰萨圣彼得的原因，其次是费尔南·贡萨莱斯长眠于阿兰萨。

以圣父之名，他创造万物，
还使马利亚，育圣子基督；
……
我要说的是，费尔南伯爵。
……

费尔南伯爵，人才没得说，
合法又合理，神圣领地获。
且说立传者，是圣佩拉约，
苦修并得道，其志在宏筹。

佩拉约有言，指向费尔南：
“我的好伯爵，智慧无人及，
事业正兴旺，吾主庇佑你，
打击曼苏尔，获得大权力。

……”①

① Emilio Alarcos Llorach (ed.), *Libro de Fernán González*, Valencia: Editorial Castalia, 1955, pp.1—2.

其中，圣佩拉约冗长的叙述和说教曾遭交谪，但这正是大多数教士作品的特点。从某种意义上说，教义和世俗的交织恰恰是中世纪末叶大多数西班牙文学作品的常态，只不过随着人文主义的中兴和文艺复兴运动的高涨，前者逐渐失去了赖以传承的基础。

六、署名诗人

与古典谣曲并存的是文人写作。西班牙语文人写作的历史相当悠久，它至少可以追溯到12世纪甚至更早。这些作品勾勒出了拉丁文向西班牙文（或葡萄牙文、加利西亚文等）转化的轨迹，也是西班牙文学逐渐从拉丁文学、阿拉伯文学、犹太文学剥离并获得独特个性的最初表征。

一如最早的西班牙语是作为拉丁语方言出现的天主教经卷的旁批眉注（以利于讲这种方言的平民百姓理解），最初的西班牙文人也大都是教士僧侣。贡萨洛·德·贝尔塞奥教士（Berceo，Gonzalo de，1195？—1265？）是迄今为止发现的第一位西班牙署名诗人。他出生在西班牙小镇贝尔塞奥，故名德·贝尔塞奥；后在圣米扬德科戈雅修道院任相当于学士或研究员的边修或编外教士。他的主要作品有三部圣徒传：《西罗斯的圣多明各》（*La vida de Santo Domingo de Silos*）、《科戈雅的圣米扬》（*La vida de San Millán de la Corgolla*）和《圣女奥里娅》（*La vida de Santa Oria*），三首赞美诗：《圣母颂》（*Duelo de la Virgen y Loares de la Virgen*）、《圣母的奇迹》（*Milagros de Nuestra Señora*）和《圣母在耶稣受难日哭泣》（*El duelo que fizo la Virgen María el día de la Pasión de su Fijo Jesucristo*）以及三首一般意义上的宗教诗。《圣母的奇迹》被认为是贝尔塞奥的代表作，内容取自中世纪广泛流传的圣母马利亚的故事。该诗凡二十五节外加一个引子，讴歌了圣母的种种奇迹。比如一个心存敬畏的小偷被判处绞刑，圣母施法让他死里逃生；一个尘念未绝的修士被淹死在河里，圣母施法令他起死回生；一个类似于浮士德的人把灵魂卖给了魔鬼但很快又后悔了，圣母施法销毁了契约……诸如此类。胡安·路易斯·阿尔博格（Alborg，Juan Luis）认为贝尔塞奥除了把拉丁文罗曼司化或西班牙语化，基本上没有对传说中的故事进行修改加工。[①] 同样，贝尔塞奥的三部圣徒传也是根据相关拉丁文本移译的。

圣徒列传无疑是贝尔塞奥的代表作，尽管它们无一不是从当时流传的圣徒传略拿来的。其中，《西罗斯的圣多明各》来自格里马尔多（Grimaldo）修士的几乎同名拉丁文本《圣多明各生平》（*Vita Beati Dominici*）。后者流行于公元11世纪。

《西罗斯的圣多明各》由三部分组成，象征着"三位一体"。作品凡777节，而7又是礼拜的象征。作品是这样展开的：

以圣父的名义，他创造了一切；
还有耶稣基督，是光荣的圣子；
圣灵无所不在，栖于圣父圣子。
而我旨在叙述，一位普通圣徒。

我要替他作文，且用罗曼司语。
这是民间俗语，父老乡亲所言。
他们没啥文化，不如拉丁高雅，
但它朴实无华，恰似美酒一杯。

……[②]

《科戈雅的圣米扬》被认为是贝尔塞奥的处女作，凡469节，也由三部分组成。第一部分叙述圣徒生平，第二部分是他所经历的奇迹和最后升入天堂的情景，第三部分是他死后显灵并创造奇迹的经过。作品的直接来源是萨拉戈萨主教布劳利奥（Bralio de Zaragoza）的几乎同名拉丁文本《圣米扬生平》（*Vita Beati Aemiliani*），后者发表于公元7世纪中叶。关乎奇迹的种种描述也许是长诗最出彩的地方，譬如

① Alborg, J. L.: *Historia de la literatura española*, Madrid: Editorial Gredos, 1975, pp.118—119.
② Berceo: *Vida de Santo Domingo de Silos*, Madrid: Editorial Castalia, 1972, p.1.

第112至120节是这样叙述的：

魔鬼邪恶，狡黠无比，
变成人形，有肉有血，
狭路相逢，走到面前，
开口说话，掷地有声：

“米扬听言，尔罪大焉，
定力全无，尔性多变，
仿佛侏儒[①]，听任摆布；
左右摇晃，受人侮辱。

……”

魔鬼说罢，凶相毕露，
企图掌控，圣徒心志。
圣徒无惧，安然若素，
其心弥坚，犹如桃核。[②]

《圣女奥里娅》是作者的晚年杰作。奥里娅修女生活于11世纪，1070年谢世，其生平事迹曾广为传颂。在她短暂的二十七年人生中，奥里娅修女虔心向主，死后被罗马教廷封为圣女。贝尔塞奥的圣女传取材于穆尼奥（Munio）修士的同名拉丁文传略（*Vita Beati Aureae*），后者散佚。作品凡345节，由三部分外加一个引子组成。引子叙述了圣女的生平事迹，三部分则分别记叙了圣女的三次圣验：第一次为亲历天庭，第二次为拜谒圣母，第三次为享受天堂之乐。在游历天庭部分，作者借圣女之口描绘了天庭之美，包括寓居天堂的各色神圣及其美轮美奂的寓所。在拜谒圣母部分，作者再借圣女之口讲述了圣母的

① 原文“tos dichos”，意为两可之间。

② Berceo: *Vida de San Millán*, León: Editorial Edilesa, 1998, pp. 33—37.

慈祥及其众星捧月般围绕身旁的各色圣女。圣母对奥里娅说，“你既修行已满，故不久于人世”。如此云云。最后部分描述圣女应召升入天堂，入主“橄榄山”，此乃主赐仙境，以彰圣女得道。

以下是奥里娅拜谒圣母时的一段对白：

“圣母你若垂怜我，请速将我来收容，
差人前去昭示颁，兄弟姐妹祝贺来
贺我有幸侍候你，贺我称心又如意，
我心焦急不可耐，但请圣母早安排。”

“女儿且听我的言，你欲就此上天来？
……”
“女儿只想侍候你，就此上天不再回。
……”

“女儿有所不知哉，今晚你难上天来，
……
你须回到所来处，死后灵魂方升天。
……”①

诗人的另一重要作品是《最后的审判》或《最后审判前的征兆种种》（*Signos que aparecen antes del juicio final*）。该作综合了《圣经》及中世纪盛传的有关最后审判的种种描述，显示了爱因斯坦所说的“宗教恐惧”或“恐惧宗教”的某些特征。②

与贝尔塞奥同时期的其他文人作品有前述佚名作品《阿波罗尼奥之书》《亚历山大之书》《费尔南·贡萨莱斯之书》和《为耶路撒冷的

① *Poema de Santa Oria*, Madrid: Editorial Castalia, 1981（或CSIC., 1976, estrs. 170—179）等版本对该长诗是否属于贝尔塞奥尚有存疑。
② 爱因斯坦：《爱因斯坦文集》第1卷，许良英等编译，北京：商务印书馆，2011年，第403页。

陷落而哭泣》(*Llanto por la caída de Jerusalén*)等。其中《为耶路撒冷的陷落而哭泣》是迄今发现的西班牙《圣经》组诗中最重要、也是最完整的一篇作品。著名学者阿森西奥(Asencio, Eugenio)认为这一作品在创作风格上具有罕见的多元性。[①] 另一首叙述“原罪”的诗歌奇怪地把通常所谓的“苹果”变成了“无花果”。

第三节　文艺复兴运动的先驱

14和15世纪是西班牙人文主义从晨光熹微走向阳光普照的重要过渡时期。在这一时期,卡斯蒂利亚王国克服重重困难,进一步走向繁荣和强大。1295年,年仅十岁的费尔南多登上了卡斯蒂利亚和莱昂王国的王位,史称费尔南多四世。时值东北部的阿拉贡王国觊觎卡斯蒂利亚领土,又逢南方摩尔人虎视眈眈、伺机反扑;宫廷内部更是勾心斗角、党争不断。费尔南多四世根本无力承受这等内忧外患。一年后,卡斯蒂利亚已是四面楚歌。多亏费尔南多的母亲玛利亚·德·莫利纳关键时刻力挽狂澜,不仅保住了儿子的王位,而且维护了领土安全。1309年,长大成人的费尔南多四世不负众望,挥师南下并一举占领了直布罗陀,阻断了北非至格拉纳达的交通要道。1312年,费尔南多四世英年早逝,阿尔丰索十一世(Alfonso XI)继位。阿尔丰索十一世联合周边基督徒王国,终于在1344年夺取了阿尔赫西拉斯,从而彻底切断了摩尔人与摩洛哥等北非伊斯兰势力的联系并为卡斯蒂利亚带来了第一个太平盛世。

太平的结果是人文主义的发展。首先是《真爱之书》(*Libro de buen amor*)的诞生。作者胡安·鲁伊斯(Ruiz, Juan)是伊塔大司铎(Arcipreste de Hita),他在宗教“真爱”的幌子下大谈男女私情。史学家卡尔(Carr, Raymond)称《真爱之书》对阿尔丰索十一世

---

①《啊,耶路撒冷:十三世纪的叙事诗》(“¡Ay, Iherusalem! Planto narrativo del siglo XIII”),《西班牙新语文学杂志》(*NRFH*),墨西哥学院,1960年(总)第14期,第251—270页。

与情妇莱昂诺尔·德·古斯曼（Guzmán，Leonor de）的私情多有影射。[1] 原来阿尔丰索十一世曾与堂兄胡安·马努埃尔（Manuel，Juan）之女订有婚约，但最终却娶了葡萄牙公主为妻。大婚以后，阿尔丰索十一世对王后毫无兴趣，结果也便有了与莱昂诺尔的那段风流韵事。

如果说阿尔丰索十一世"红杏出墙"是因为自古君王多寂寞，以至于连婚姻都形同牢笼；那么在爱情婚姻方面俯仰由己的一般人等为何也一味地"拈花惹草""招蜂引蝶"？多数文史学家谓风气使然：时至斯日，无论阿拉伯人伊本·哈兹姆的爱情诗集《鸽子项链》，还是拉丁诗人奥维德的《爱的艺术》均已深入人心。

与此同时，胡安·马努埃尔从拉丁文化、阿拉伯文化和犹太希伯来文化汲取养分并在宫廷争斗的间隙"无心插柳"地创作了流芳千古的《卢卡诺尔伯爵》（*El conde Lucanor*）。

一、胡安·鲁伊斯与《真爱之书》

《真爱之书》[2] 是一部诗体巨著，素有欧洲"第二《爱经》"之称。一般认为它是由胡安·鲁伊斯（1283—1350）（大抵因他在瓜达拉哈拉的伊塔担任过大司铎，故史称"伊塔大司铎"）在1330至1343年间独立完成的。只可惜有关诗人的资料已经散佚殆尽，现存信息大都来自作品本身和少量书简。据诗人自述，他出生在阿尔卡拉城（两个半世纪后，塞万提斯也将在这里降生），青年时代就读于犹太人和阿拉伯人集居的历史文化名城托莱多，受到东方文化的浸染。由于托莱多主教的赏识，鲁伊斯一度担任托莱多地区的教皇信使，后来因为涉嫌泄露教会秘密而被宗教法庭革职并判处有

胡安·鲁伊斯

① Carr, Raymond: *Historia de España*, Barcelona: Editorial Península, 2011, p.109.
② 现有屠孟超译本，同名，北京：昆仑出版社，2000年。

期徒刑十三年。《真爱之书》据称是在狱中创作的（事有凑巧：两个半世纪后，《堂吉诃德》也是在狱中构思的）。他一生写过许多谣曲、情诗，曾为犹太人、摩尔人、盲人和学生创作歌词，但流传至今的只有《真爱之书》。作品包括十二篇相互关联的诗篇和三十二则寓言故事，凡一千七百二十八节、七千余行。作品以训诫的名义表现爱情，以真爱的名义掩饰肉欲。换言之，作品虽然没有忘记颂扬精神恋爱，但津津乐道的却是男欢女爱的世俗形态；虽然不乏高人远致的空谷幽兰，但细节毕露的却是男女爱情和世俗欲念。作品的主要内容是主人公的十余次求欢遭遇。环绕这一内容的既有肉欲先生和守节太太的寓言，也有展示东西方文明的各种价值观的民间传说。这种多元倾向反映了西班牙文化的混杂，同时也为西班牙文学奠定了某种基调。尤其是作品中有关拉皮条者（又称“薛婆”、“串寺婆”或“拉纤女人”）的描述，被认为是《塞莱斯蒂娜》的先声。[①] 而“Trotaconvento”一词却来自阿拉伯语，是安达卢斯穆斯林文学中经常出现的。此外，作品还对世俗生活中的拜金主义和僧侣阶层的某些虚伪行径进行了揶揄和批判，字里行间充满了幽默感。其中，有关金钱的一段描写可谓入木三分：

金钱有威力，怎不讨人爱；
笨伯变伶俐，谁个不崇拜；
跛子迈步走，哑巴金口开；
即便缺双手，见钱搂进怀。

莫看痴呆呆，村夫愚鲁相，

① 阿美里科·卡斯特罗（Castro，Américo）在《西班牙的历史真实》（*La realidad histórica de España*，México: Editorial Porrúa，1954，p.435）中指出，《真爱之书》的重要性体现在《塞莱斯蒂娜》对它的重视和借鉴。“倘使没有塞莱斯蒂娜，特洛塔康本托斯（‘串寺婆’）便是西班牙拉皮条者的代名词”；因为塞莱斯蒂娜初访梅利贝娅的情景与《真爱之书》中特洛塔康本托斯走访堂娜恩德里娜的那些场景如出一辙。杨绛曾把《塞莱斯蒂娜》译作《薛蕾丝蒂娜》（或《薛婆》），并称它是一部“反爱情故事的爱情故事”，一如《堂吉诃德》是一部“反骑士小说的骑士小说”（《旧书新解——读〈薛蕾丝蒂娜〉》，《杨绛文集》第四卷，北京：人民文学出版社，2004年，第308—326页）。

有钱身份变，位高学问长。
只须钱袋满，立即增声望；
家中空无物，命贱随风荡。

金钱握掌心，便是有福人，
欢愉乐融融，教皇来赐恩；
乐土买一方，天国享安稳。
所至有金钱，处处均可心。

我曾去罗马，教廷本神圣，
却见亦拜金，个个颇虔诚；
折腰又屈膝，衮衮齐供奉，
何人不顶礼，如将帝王迎。

天天跑教堂，日日串小巷，
绕颈玻璃球，恒言警迷惘，
薏苡为念珠，口出圣贤腔。

谲辞施巧计，得心且应手，
老妪善捭阖，入户穿堂走，
立誓指上苍，拳拳将心扣，
满腹怀不端，耆老市井游。

可寻此老妪，尤擅炼春药；
走家串户忙，接生不可少，
携带香粉盒，兼售胭脂膏。
少妇易受骗，目眩飘云霄。[①]

① 董燕生译，转引自《西班牙文学》，北京：外语教学与研究出版社，1998年，第18—19页。

凡此种种，无不表达了作者充满理性和睿智的批判态度，既洋溢着浓浓的人文主义思想，又对人性保持了清醒的认知。这种清醒的人文主义思想在后来的西班牙和欧洲作家的作品中将逐渐与人性的张扬并驾齐驱。比如一个多世纪后的《塞莱斯蒂娜》和两个世纪后的莎士比亚戏剧[①]，将愈来愈辩证。同时，由于作品基本采用古典谣曲的形式写成，韵律上比较自由。

然而，关于《真爱之书》是否出自鲁伊斯之手，目前尚有争论；有关作品内容的各种诠释也难有定论。[②]

首先，《真爱之书》现存的三个主要版本分别为14世纪的加约索本（简称G本）、14世纪的托莱多本（简称T本）和15世纪的萨拉曼卡本（简称S本）。[③]这几个版本都曾被岁月的尘埃所掩埋，直到18世纪末才重新面世并由托马斯·安东尼奥·桑切斯整理出版。在漫长的四个多世纪当中，它只不过是偶尔被人提及而已。此外，多数文史学家认为《真爱之书》原本就有两个版本。第一个完成于1330年。第二个是十三年后于1343年完成的；换言之，胡安·鲁伊斯曾于1343年对《真爱之书》进行了修改校订。

其次，现存的三个手抄本都没有书名。18世纪付梓出版后，此书一度被称作《伊塔大司铎之歌》。《真爱之书》是1898年由西班牙学者

①《莎士比亚全集》第五卷，朱生豪等译，北京：人民文学出版社，1997年，第423—552页。有诗为证：

老父衣百结，
儿女不相识；
老父满囊金，
儿女尽孝心。
命运如娼妓，
贫贱遭遗弃。

② Kirby, S.: “La crítica en torno al Libro de buen amor: logros y perspectivas”, *Actas del X Congreso de la Asociación Internacional de Hispanistas*, Barcelona: PPU, 1992, pp.241—247.

③ G本由贝尼托·马丁内斯·加约索（Martínez Gayoso, Benito）抄录，它是三个版本中最残缺不全的一个，现存西班牙皇家语言学院图书馆。T本较之G本更为完整，但抄写者佚名。T本原存托莱多大教堂，现存西班牙国家图书馆。S本是在萨拉曼卡发现的，由阿尔丰索·德·佩拉蒂纳斯（Peratinez, Allfonsus de）抄录，现存萨拉曼卡大学。这个手抄本最为完整。

拉蒙·梅嫩德斯·皮达尔命名的，依据是以下几行诗句：

上帝吾主，创造人物；
今有司铎，求你佑助，
助他完成，真爱之书，
净人之魂，乐人之躯。[①]

三个版本均以先知大卫的话作为开场白：

先知大卫以圣灵的名义对众生说："我将使你知……"《真爱之书》以此拉开序幕；然后是一系列正经的说教；最终又笔锋一抖，把人引进了模棱两可的境地："诚然，罪孽无非人事，倘使有人心欲降（我劝无可劝），屈从狂爱，此书不乏其例。""因此，无论是男是女，首肯与否，我书既奉知善、从善、爱上帝、得赎救之人，亦奉迷途不返、一心向狂之人：'我将使你知……'"

作品前言首尾呼应，内容煞是含混。作品主体部分以古希腊罗马"大战"开始，使人类色欲得以彰显。而后是主人公以第一人称叙述自己的风流韵事（有关作者生平的假定大都由此推演）。接下来是堂梅隆和堂娜恩德里娜的爱情纠葛。这部分被普遍认为是对12世纪拉丁喜剧的戏仿。再往后是作为佐证的一组寓言故事、一系列贬斥金钱和教会弊端的讽喻、一些隐晦的寓言和直接的说教。最后是堂肉欲和堂娜四旬斋的战斗故事。

主体之后附有一则导读和一系列圣母颂。但圣母颂过后又是一些充满矛盾和世俗欲念的歌谣，有些歌谣甚至颇为放荡不羁。

梅嫩德斯·皮达尔在《伊塔大司铎诗作之名》中称《真爱之书》是伊塔大司铎的"个人谣"，盖因整部作品仿佛产生于他生命历程的不同时期，从内容到形式都不尽相同。[②] 利达·德·马尔基埃尔则认为贯

① Ruiz, Juan: *El libro de buen amor*, Madrid: Ediciones Cátedra, 1992, est.13.
② Menéndez Pidal: *Poesía árabe y poesía europea*, Madrid: Editorial Espasa-Calpe, 1941, pp.139—145.

穿作品始终的唯有胡安·鲁伊斯的人文品格及其从出的文学土壤。[①]作品（经过一番冠冕堂皇的祷告和说教之后）切入正题：主人公的三次爱情冒险。经人穿针引线，主人公勾搭上了一位其名不详的夫人，但很快遭到了拒绝。之后，他又结识了面包店女老板并且证实自己命犯金星座，天性风流。于是，他变本加厉，把目标锁定在一位品貌兼优的夫人身上，但结果仍未如愿。初涉爱河就无功而返，主人公沮丧万分。这时，作品安插了他与爱情先生（Don Amor）的一次邂逅。作品假借这一插曲对爱情先生大加鞭笞，谓它是万恶之源。然而，爱情先生反唇相讥，末了又面授机宜。主人公听信爱情先生之言，很快找了一位虔婆。在虔婆的撺掇下，主人公轻松赢得了寡妇堂娜恩德里娜的信任。两人结婚后，主人公（大司铎）隐退，或谓摇身一变成了堂梅。之后，同样是在虔婆的安排下，主人公又猎取了一位夫人，只不过后者不久就溘然病逝了。为了“品尝一切”，主人公离开城市，来到瓜达拉马山区。他先后“遭遇”了四次爱情。头两次是纯肉欲的，对方是两个剽悍的村妇。第三个村妇得到了结婚的允诺，但很快又没有后话了。第四位最为凶悍，她见主人公囊中羞涩，就一脚将他踢开了。旅行结束后，适值四旬斋，他收到了堂娜四旬斋写给所有失恋司铎、僧侣的信。堂娜四旬斋在信中广而告之的是她与堂肉欲的一场决斗。双方互派荤腥军和素食军对垒鏖战，结果堂肉欲占了上风，堂娜四旬斋退居耶路撒冷。在堂肉欲的陪同下，爱情先生招摇过市，僧侣、市民迎迓犹恐不及。大司铎腾出寓所来款待二位，但爱情先生却自己搭起了帐篷。未几，主人公开始了新的冒险。他恳请虔婆替自己说服了一位新寡。但是他时运不佳，接连遭到尤物的拒绝。在虔婆的怂恿下，他决定引诱一位修女，之后是一位摩尔女人，但结果都是徒然，“只听得歌谣些许”。再之后，虔婆死了。主人公悲痛之中想起了人生七大罪孽、三大敌人（世俗、魔鬼和肉体）以及战胜这些敌人的神圣武器。最后，作者重申了他的善良意愿，并希望他的作品得以传播。

除此而外，作品还附有大量歌谣，其中仍不乏世俗色彩浓重者。

① Lida de Malkiel, M.R.: “Notas para la interpretación, influencia, fuentes y texto del Libro de buen amor”, *Revista de Filología Hispánica*, Madrid, 1940, Ⅱ, pp.105—151.

由于作品一直处在“临界”状态，即“出世”的布道和“入世”的狂欢之间，各路评家众说纷纭，莫衷一是。有评论家认为《真爱之书》是一部劝喻诗，其中的爱情描写无非是一些反面教材。[①] 但多数人认为伊塔大司铎“以儆效尤”是假，纵欲狂欢是真。[②] 此外，莱奥·斯皮瑟尔经过对中世纪阅读习惯的考察，认为《真爱之书》承袭了时人在“字里行间寻找深层涵义的习惯”[③]，何况胡安·鲁伊斯有言在先：“没有无谓之言，唯有理解之谬。”同时，作品大肆表现世俗生活，甚至毫不避讳粗俗俚语。虽然卡斯蒂利亚语早在阿尔丰索十世时期就得到了宫廷的认可与推广，但惯性使然并碍于罗马天主教教规，多数僧侣，尤其是高级僧侣仍以拉丁文为首选书写文字。而胡安·鲁伊斯却大胆使用“俗语”并将笔触伸向世俗生活的各个层面，反映中世纪末年西班牙僧侣阶层的矛盾心态。正因为其中的矛盾心态，作品难免具有“瞻前顾后”、徘徊于明暗之间的含混效果。

至于《真爱之书》的文学渊源，西班牙语文学界提供了大量线索。在此，西班牙文化的多元形态可见一斑。首先，拉丁诗人奥维德的影响几乎是个不争的事实。《爱的艺术》中的诸多理念不仅由爱情先生之口给出，而且通过堂梅隆先生和堂娜恩德里娜的缱绻和纠葛形象地体现出来。与此同时，12 世纪拉丁作家卡佩拉努斯（Capellanus, Andreas）的雅典爱情大全《论爱》（*De amore*）显然对胡安·鲁伊斯产生了影响。后者所谓的“狂爱”（“Loco amor”）和“真爱”（“Buen amor”）显然是前者所谓的“崇高之爱”或“纯粹之爱”（“Amor purus”）和“鄙俗之爱”或“混沌之爱”（“Amor mixtus”）的翻版。至于其中的大量故事或寓言，则或多或少受到了荷马、伊索等古希腊作家的影响。从形式的角度看，作品基本上由四行一节的亚历山大诗体和八音节谣曲体组成。同样，西班牙–阿拉伯文学无疑进入了胡

① Burke, James: “The *Libro de buen amor* and the medieval meditative sermon tradition”, *La Crónica*, Estremadura, 1980—1981, Ⅸ, pp.122—127.

② Burke, Peter: *La cultura popular en la Europa moderna*, trad. Antonio Feros, Madrid: Alianza Editorial, 1981.

③ Spitzer, Leo: “Note on the poetic and the empirical ‘Ⅰ’ in medieval authors”, *Estilo y estructura en la literatura española*, Barcelona: Editorial Crítica, 1979.

安·鲁伊斯的视阈。《鸽子项链》等脍炙人口的“摩尔作品”早已在卡斯蒂利亚地区广为流传。卡斯特罗认为《真爱之书》同伊本·哈兹姆的爱情自传形式和亦歌亦叙形式如出一辙。[①] 奥利维尔·阿辛（Asín, Oliver）则通过姓名比较，发现修女加罗萨（Garoza）之名源自阿拉伯文情人或未婚妻（Alaroza）一词。[②] 此外，达马索·阿隆索经过比照，也曾断言胡安·鲁伊斯的理想爱人并非出于欧洲传统，而是来自阿拉伯文学。[③] 在《真爱之书》中，伊塔大司铎自诩为“占星家”或“占星术痴迷者”。他虚构了一位占星家——“摩尔国王”阿尔卡洛斯，以证明这门学问的确凿性和可信性。叙述者/主人公（即阿尔卡洛斯）饶有兴致地为我们描绘了他自己创建的天宫图：他本人所属的星座恰恰是那颗充满爱欲的金星。事实上，大司铎对情爱的渴望，一次又一次地印证了这一点——星运使然：

> 我确实认为，它也是我的星座：
> 为邂逅的女郎效劳，乐此不疲，
> 她们对我眷顾，令我感激不尽，
> 我虽付出甚多，终究徒劳无功。[④]

事实确乎如此，对“女性”或“女主人”（dueñas）的爱恋，耗费了大司铎的所有时间和精力；但反过来，倘使没有这些爱情冒险，《真爱之书》也不会出现。维纳斯似乎的确赋予了这位因爱情而神志恍惚的大司铎以非凡的能力：使他“精力充沛”，“巧舌如簧”。尽管在爱情面前，他总是运气不佳，但在寻找爱情的过程中，他却从不

---

① 详见第一章。

② 转引自www.jaserrano.com/LBA/［西班牙学者何塞·安·塞拉诺（Serrano, José）专页］。

③ 同上。

④ 原文如下：

> “En este signo atal[venus] creo que yo nasçi:
> Siempre pune en server duenas que cosnoçi,
> El bien que me feçieron non lo desgradesçi,
> A muchas serví mucho, que nada acabesçí[*logré*].”

气馁。[1]

除此而外，犹太–希伯来文学及文化所在皆是。主人公和其中不少人物对《圣经》及各种传说如数家珍。当然，卡斯蒂利亚“俗语”文学的影响更是不言而喻的事实。从作品形式与古典谣曲的关系到作品内容与12和13世纪卡斯蒂利亚语佚名诗如《灵魂与肉体之争》《爱的理由》等，可见本土资源和现实生活都是首当其冲的源头活水。

二、堂胡安·马努埃尔与《卢卡诺尔伯爵》

和胡安·鲁伊斯同时代的另一位巨匠是胡安·马努埃尔（1282—1348）。胡安·马努埃尔是智者阿尔丰索十世的侄子。作为王亲国戚，胡安·马努埃尔又常常被尊称为堂胡安·马努埃尔。他自幼习文练武，接受良好的教育。据说他十二岁就开始金戈铁马，参加“光复战争”。长大成人后，又不可避免地卷入残酷的宫廷争斗，却总能逢凶化吉。他当过卡斯蒂利亚和莱昂联合王国的摄政王，同时与固守东南一隅格拉纳达的摩尔人首领保持了令人费解的似友非友、似敌非敌的奇异关系。后来，他在世袭领地上建造了一座修道院并从此专心写作，不问世事。

《卢卡诺尔伯爵》（全名《卢卡诺尔伯爵和帕特罗尼奥的故事》）

卡斯蒂利亚–莱昂联合王国城堡

① 洛佩斯–巴拉尔特：《西班牙文学中的伊斯兰元素》，宗笑飞译，北京：中国社会科学出版社，2014年。

胡安·马努埃尔

是他的代表作。它不仅是西班牙短篇小说的第一个里程碑，也是罗曼司欧洲的第一部短篇小说集，成书于1335年，比薄伽丘的《十日谈》早十多年，比乔叟的《坎特伯雷故事集》早五十多年。巧合的是，这三部作品，尤其是《卢卡诺尔伯爵》和《十日谈》无论形式还是意境，都十分相似。《十日谈》是十个青年男女在十天中讲述的一百个故事，《坎特伯雷故事集》是三十一名香客讲述的一系列故事，而《卢卡诺尔伯爵》则是由谋士帕特罗尼奥讲述的五十一个故事。这些故事作为谋士进言的“例证”，几乎独立成篇。只不过引出这些故事（“例证”）的是卢卡诺尔伯爵有关世道人心的一系列问题。这些问题起到了贯串始终的线绳作用。

除了《卢卡诺尔伯爵》，胡安·马努埃尔还著有《骑士与盾矛手》《国家书》《编年简史》《武器书》《教子书》《狩猎书》《歌集》《行吟规则》等。部分作品散佚。

（一）《卢卡诺尔伯爵》①

自从卡斯蒂利亚用自己的语言编撰了《西班牙编年通史》、《世界大通史》和《卡斯蒂利亚语语法》之后，卡斯蒂利亚语开始由民间转向官方。但据伊里索（Iriso，Silvia）统计，《卢卡诺尔伯爵》之前，只有少数民间故事和短篇小说使用了卡斯蒂利亚语，如阿尔丰索十世的《聪敏的悔过者》（*Cuento del sabio arrepentido*）、《长梦》（*Cuento del sueño largo*）、《勇敢的主教》（*Cuento del heroico potífice*），贝尔塞奥的《无耻的司事》（*El sacristán impúdico*）以及些许佚名之作《猫之书》（*El libro de los gatos*）和《训诫故事书》（*El libro de los ejemplos*）残编等。

① 现有刘玉树译本，北京：昆仑出版社，2000年；申宝楼译本，哈尔滨：黑龙江人民出版社，1996年。

胡安·马努埃尔虽然不是第一位用卡斯蒂利亚语创作叙事作品的作家，却是“有意将卡斯蒂利亚语变成典雅的叙事文学语言的第一人”①。不仅如此，他还是第一位具有明确“版本意识”的西班牙作家。他在《卢卡诺尔伯爵》的“序言”中说：“堂胡安深谙并亲眼目睹作品在传抄过程中出现的错误。这些错误不仅会改变作品本意、引起误解，而且每每归罪到编著者头上。堂胡安深恐发生此类情况，因而敬请读者注意……”他甚至恳请读者只读他藏于某修道院内的原著。至于原著中的“疏漏与谬误，则请读者谅他并非故意为之，而是天生愚笨所致……”如此云云，至今读来，亦无陈旧之感。

前面说过，《卢卡诺尔伯爵》比薄伽丘的《十日谈》早十多年，比乔叟的《坎特伯雷故事集》早五十多年，是第一部“俗语”短篇小说集。作品既有寓言故事，也有历史传说，可谓虚构与写实并重。

《卢卡诺尔伯爵》既是一部短篇小说集，同时又是一部处世良方录，可谓寓教于乐、开卷有益。其中，《故事一》教人如何驱凶避祸；《故事二》是一则有名的寓言，讲父子二人听从路人的议论，不知该父亲还是儿子骑牲口；《故事五》也是一则有名的寓言，写虚荣的乌鸦经不住狐狸的吹捧，丢了到嘴的奶酪；《故事六》劝人未雨绸缪；《故事七》写农妇梦想拿头顶的一罐蜂蜜发大财，结果一高兴打碎了蜜罐；《故事十二》教人怎样遇事不慌；《故事十四》是个不折不扣的苦肉计；《故事十八》是一段劝慰，类似于我们所谓的“失之东隅，收之桑榆”或者“塞翁失马，焉知非福”之说；《故事三十二》是《皇帝的新装》（*The Emperor's New Clothes*）的前身（“看不见皇帝新衣的是私生子”）；《故事五十》写一女子向苏丹提出一个问题，倘使他答不出来，她就决不委身于他：“什么是人的最佳品德和众善之母？”（苏丹周游列国，找到了答案，却不得不放弃初衷，因为他找到的答案是“廉耻”。）

如此等等。这些故事大都采撷于民间，其中不少篇什明显受到阿拉伯文学——如《卡里来和笛木乃》《天方夜谭》（即《一千零一

① Valbuena Prat, A.: *La literatura castellana*, Ⅰ, Barcelona: Editorial Juventud, 1974, pp.87—95.

夜》等寓言和传奇故事）的影响，同时又直接受惠于伊索寓言和伊比利亚及欧洲的民间传说，尤其是卢利的《动物之书》。可以说，和《动物之书》《真爱之书》一样，《卢卡诺尔伯爵》也是西班牙文化混杂的见证。

巴尔布埃纳·普拉特几乎逐篇分析了《卢卡诺尔伯爵》的源头与影响，认为狐狸装死的故事对伊塔大司铎胡安·鲁伊斯的寓言有明显的继承关系。[①] 但若再往前推移，则其源必然抵达卢利。但遗憾的是，卢利的改宗身份使其完全丧失了进入西班牙文学史的权利。关于这一点，“98年一代”作家阿索林（Azorín）在重新演绎那个故事时为两个胡安留下了“借条”，同时又为二者的由来留下了问号。另有一则寓言故事如《一个猎鸡者的眼泪》颇似“鳄鱼的眼泪”，可能与《猫之书》有关，但表现方式更接近《动物之书》。而马儿同仇敌忾对付狮子的故事据称是阿尔丰索十世时期的一个传说，至于这一传说的原始版本却付之阙如、无从查考了。吃扁豆充饥的穷人的故事倒应该是胡安·马努埃尔虚构的，后来进入了卡尔德隆的《人生如梦》（*La vida es sueño*）。一些比较抽象的故事如“谎言树”或“善之树”“恶之树”等，可能均来自东方，但经《卢卡诺尔伯爵》转而对格拉西安（Gracián，Baltasar）及其《古斯曼·德·阿尔法拉切》（*Guzmán de Alfarache*）产生了影响。乌鸦和猫头鹰的故事肯定源自东方，在《五卷书》和《卡里来和笛木乃》中都有表现。同样，狮子和公牛的故事也有东方文学的渊源，尽管最近的源头是《动物之书》。至于圣地亚哥教长与托莱多大魔法师的故事，则分明有阿拉伯文学的背景（如《四十晨与四十夜》）。但胡安·马努埃尔对这篇小说颇为用心，其中对高级僧侣阶层的讽刺挖苦可谓入木三分。而后人如鲁易斯·德·阿拉尔孔（Alarcón，Ruiz de）、里瓦斯侯爵（Marqués de Rivas）、卡尼萨雷斯（Cañizares，José de）又对这个故事进行了新的诠释和演绎。《看不见皇帝新衣的是私生子》来源不详，却是迄今为止《皇帝的新装》的最早版本。巴尔布埃纳·普拉特根据作品曾提到“摩尔人”而推断它同样来自阿拉伯多少有些牵强，但

① Valbuena Prat, A.: *La literatura castellana*, Ⅰ, Barcelona: Editorial Juventud, 1974, pp.87—95.

至少证明它确与安达卢斯有关。无论如何，这是《卢卡诺尔伯爵》中最耀眼的一颗明珠。话说三个骗子自告奋勇，要替国王织布，并称他们织出的布匹只有光荣的婚生子可以看见，而私生子是断然看不见的。而且，为了打消国王的疑虑，他们主动要求在完成工作之前受到看管。布匹织好后，国王为慎重起见，先命侍从前去打探。侍从听了三个骗子如此这般一番蛊惑，只能回说是那布如何的精美。当国王亲自驾临织坊时，那三个人只顾摆弄。国王当然什么也没有看见，但慑于私生子一说，又生怕血统不纯而丢了王位，于是只好硬着头皮赞扬一番。大臣们听到国王的赞许，哪敢直言。他们一个个明哲保身，赞美之色更是溢于言表。节日临近，三个骗子替国王量身定做的新装制成了。适值盛夏酷暑，国王穿上新装，骑马上街，好不惬意。市民早就听说看不见新装的是私生子，自然不敢乱开口。他们生怕别人看得见，只有自己看不见，一旦说出来就会名誉扫地，便个个噤若寒蝉。于是，必得有一位一无所有、傻里傻气的“黑人”（或“摩尔人”？）实话实说，对国王说：“陛下，您是光着身子哪……”这一说不要紧，周围的人也七嘴八舌地说开了。国王这才知道上当受骗，急着要拿骗子问罪，可哪里还有他们的影子。骗子们早就带着国王的赏赐远走高飞了。在安徒生那里，戳穿戏法的变成了孩子。正所谓童言无忌，童心之真显然更具有普遍意义。这是安徒生的点睛之笔，擢升了寓言的高度。由此可见，创新并不一定是“无中生有”，有所推进、有所提升、有所改变、有所推广都不无价值；即便有所反动，如图尼埃（Tournier, Michel）对笛福（Defoe, Daniel）（《礼拜五》对《鲁滨孙漂流记》）的颠覆亦未尝不可。此外，《驯悍记》是丈夫如何杀鸡儆猴，最终驯服悍妇的故事。且说某地首富有个女儿，她从小娇生惯养，凶悍无比。人们无不谈之色变。因此，无论她多么富有，也没有一人敢去提亲。后来，终于有一个小伙子决定娶她为妻了。众人都替他担心，未免捏一把汗。原来他是村里有名的文雅之士。洞房花烛之夜，贺喜的亲友相继离去，新郎不等新娘开口，便冲着家里的一条狗大吼大叫说：“你还不快去给我打洗脸水？！”见那狗摇着尾巴没有理会，他就拔出剑来劈头砍去。那狗当场死了。这时，他又指着一只猫大吼大叫起来：“怎么啦，你这混蛋，还不快去打水？！刚才狗不听话，我把它宰了，难道你没有看见？你要是不听话，我照样结果了你。”猫没有反应，于是他二话没说就一把拽住尾巴并将猫拼力摔将出去。可怜那猫被摔得脑浆四溅。最后，他又照样一刀砍死了家里的一匹马。就这样，他依次杀死了家里仅有的三只动物。新娘见状，直吓得瑟瑟发抖。这时，他怒气冲冲地走到她的面前，正待发出命令："你还不快去给我打水？！”新娘早乖乖地打水去了。从此往后，新娘成了村里最贤淑顺从的妻子，夫妻俩相亲相爱，幸福无比。这个故事显然影响到了莎士比亚。其他作家如埃雷拉、科拉松·德·莱昂等后世作家也都或多或少对《卢卡诺尔伯爵》有所借鉴。但胡安·马努埃尔第一个要感谢的恐怕就是卢利。

文学的优质种子一旦发芽，便会开花结果，像蒲公英一样，将自己播撒到四面八方。通过《卢卡诺尔伯爵》，不仅《卡里来和笛木乃》得到了传承，而且必将使卢利得到复活。同时，它以它的故事回馈了所从出的文化土壤，不仅影响了包括塞万提斯（Cervantes，Miguel de）、洛佩·德·维加（Lope de Vega，Félix）、蒂尔索·德·莫利纳（Tirso de Molina）、卡尔德隆等后来的西班牙作家，而且在安徒生（Andersen，Hans Christian）的《皇帝的新装》、莎士比亚（Shakespeare，William）的《驯悍记》（*The Taming of the Shrew*）、拉封丹（La Fontaine，Jean de）的《寓言诗》（*Fables*）等作品中留下了鲜明的印记。

除了这些故事，《卢卡诺尔伯爵》还附有一百多条谚语和警句。这些谚语和警句与其说是上述故事的补充或说明，毋宁说是当时普遍存在于文人作家之中的急于整理民间文化遗产的表征。前面说过，罗曼司作家重视民族文化遗产本身就是对中世纪拉丁文化和经院哲学的挑战，而民间文化以及上述故事所蕴涵的人本思想和来自东方的文化信息又强化了这种挑战。这或可称为欧洲人文主义时期文学一枚硬币的两面，互为因果、相反相成、相辅相成。

（二）《骑士与盾矛手》（*Libro del cavallero et del escudero*）

《骑士与盾矛手》创作于1326年前后，是胡安·马努埃尔的原创作品。此作品既具有早期骑士小说的韵味，同时又不失为一部劝世之作。

作品由五十一部分组成，其中包括一个序言和一个引子，但第四至第十六章散佚。作品以骑士小说的形式展开，讲述一名青年盾矛手受王国利益感召，来到一个类似于“圆桌会议”的骑士团，最后被封为骑士的故事。骑士团由一位理想的国王担任首领。故事至此中断（后人对其中的散佚部分进行了颇具想象力的“续补”），[①]再往后便到了第十七章。这时，一位老骑士正在回答问题。这些问题显然是有人在前面几章提出来的。问题关涉骑士道、国家、社会及人生最大的悲苦和快乐。老骑士希望对方继续在军团服务，直至出人头地。多年以后，年轻人不负所望，成长为一名优秀的骑士。为了报答老骑士并继续聆听他的教诲，年轻的骑士来到后者隐修的处所。这时，老骑士没有答应年轻骑士的归隐请求，于是年轻的骑士只好回到自己的王国。未几，年轻的骑士实在无法抗拒求知的欲望，再一次找到老骑士隐修的地方。老骑士被他不懈的精神所感动，终于对他进行了百科全书式的教导。后来，老骑士寿终正寝，年轻的骑士也已不再年轻，但他已经接受了全方位的教育。最后，骑士重返故里。他此后的所作所为受到人们的称赞。作品至此结束。骑士作为中世纪后期西班牙各王国抗击摩尔人入侵的主力军，留下了许多可歌可泣的英雄事迹。因此，在西班牙，骑士阶层并没有像在法国或英国那样迅速衰微、变成单靠封地剥削农民的末等贵族。胡安·马努埃尔作为王亲国戚，从小跟随父亲马努埃尔亲王转战南北，有过辉煌的戎马生涯，只不过后来因为厌倦政治斗争而选择了隐修和写作。因此，他笔下的骑士道更多的是治国安邦之道和对人生、国家和社会的哲学思考，与塞万提斯竭力讥嘲的骑士道不可同日而语。作品中的老骑士相当程度上是“夫子自道”。而作者对于权力、金钱的淡漠，对于知识、德行的渴求则充分表现了他卓尔不群的人文主义精神，但创作形式方面却不由得让人联想卢利的《骑士团之书》。

由于散佚和续补，《骑士与盾矛手》版本较多，目前比较权威的是布莱瓜根据西班牙国家图书馆6376号手稿编纂的格雷多斯（1981）校订本。

① Taylor, B.: “Los capítulos perdidos del Libro del cavallero et del escudero y el Libro de la cavallería”, *Incipit*, México, 1984, Ⅳ, pp.51—69.

（三）《国家书》（*Libro de los estados*）

《国家书》是一部高扬人性大旗的哲理小说或哲学散文。作品对中世纪神学，尤其是宗教神秘主义采取了怀疑的态度，尽管这种怀疑态度是以若隐若现的方式表露出来的。此外，对人及人类的乐观姿态使作品具有明显的人文主义色彩。全书以对话的形式展开。异教徒国家摩拉般王国大臣图林和王子约阿斯从死亡话题切入，就国家制度和人性教育等问题进行了一次促膝长谈。长谈不仅没有对基督教的一般教义提出质疑，而且从根本上揭示了通过信奉上帝达到灵魂救赎的奥秘。

约阿斯是异教徒摩拉般国王的唯一继承人。国王为了把约阿斯培养成无忧无虑的快乐之人，派遣心腹大臣图林对其实施骑士道教育。然而，一如释迦牟尼，约阿斯一出门便遭遇了“生老病死”中最后也是最关键一环：一次葬礼。于是，图林不得不对王子讲述有关死亡和人生、肉体和灵魂的道理。然而，约阿斯不满足于图林的讲解。为了彻底了解肉体和灵魂的关系，约阿斯无视王国的法律，擅自聘请了一位名叫胡利奥的基督徒任教师。胡利奥倾其所知，为王子讲述了灵魂救赎的关键及途径。他滔滔不绝，从人性到法律、欲望到信仰，对不同的宗教进行“客观”的比较，最终引导王子认识了基督教的真理，并劝说王子约阿斯、大臣图林以及国王和全体臣民接受了洗礼。

之后是有关国家制度和法的一系列谈话，堂胡安·马努埃尔借此倾诉自己的政治抱负和建国理念。其中的不少篇幅规定了国王和教皇、大臣和僧侣及普通市民的职责及行为规范，颇具指点江山、激扬文字的理想主义色彩。

第四节　其他早期人文主义作家

“斗帐重茵香雾重，膏粱那可共功名。三更骑报河冰合，铁马何人从我行。”这是南宋诗人陆游在《夜寒》中的一番慨叹。西班牙的情况有所不同。一方面，旷日持久的“光复战争”延缓了骑士文化的衰微；而另一方面，方兴未艾的人文主义又避免了“健儿宁斗死，壮士耻为儒”（杜甫《送蔡希曾都尉还陇右因寄高三十五书记》）之类的偏颇。尤其是到了14和15世纪，西班牙的王孙公子几乎个个能文能武。于是，宫廷诗人数量激增。宫廷诗人的大量出现，标志着文学地位的提升，也极大地推动了西班牙文学的发展。西班牙文坛因之而开始呈现出繁荣的景象。

一、洛佩斯·德·阿亚拉（López de Ayala, Pedro）

佩德罗·洛佩斯·德·阿亚拉（1332—1407）是最早的卡斯蒂利亚宫廷诗人之一。他集朝臣、骑士和作家于一身，担任过卡斯蒂利亚王国的掌玺大臣（Canciller）。他翻译或组织翻译了不少古希腊罗马经典和意大利作家的作品，其中有薄伽丘的作品和李维乌斯的《罗马史》的第一、第二和第四章。他还是个性情中人，同时更是个矛盾的人；一生酷爱女人，又十分拘泥于伦理道德；热衷于政治变革，又始终对国王忠心耿耿。梅嫩德斯·伊·佩拉约认为洛佩斯·德·阿亚拉是继智者阿尔丰索十世之后西班牙最完美的文人之一。[①] 他的诗作《宫廷韵文》（*Libro de poemas o Rimado de palacio*）长达八千五百余行，凡三大部分，素有“诗体《卢卡诺尔伯爵》”之称。第一部分以说教开始，即从“十戒”等宗教话题敷衍开来，但很快笔锋一抖，贬谪起时弊来了，而且从宫廷到教会、从文坛到市井，无所不及。笔触之辛辣常常令人联想到但丁、彼特拉克和薄伽丘。第二部分是在葡萄牙人的监狱里完成的，相反比较抒情，在慨叹西方分裂的同时充满了对自由的渴望和虔诚的祈祷。第三部分是在晚年完成的，内容接近于第一部分。它从大格列高利的道德论切入，但迅速掉转笔锋，对时弊进行揶揄并逐渐将揶揄的对象由时弊拓展至人性的痼疾。也许是因为长诗完成于不同时期，形式上不够统一。这可能也是风气使然，纵观《真爱之书》和《卢卡诺尔伯爵》，自由和松散仿佛也是一种时尚。此外，作者还写过一部影响深远的历史著作，史称《阿亚拉纪事》（*La crónica de Ayala*）。

① Menéndez y Pelayo: *Antología de poetas líricos castellanos*, Ⅰ, Santander: Editorial Nacional, 1944, p.346.

《宫廷韵文》被认为是西班牙语及西班牙语文学的一个里程碑。用巴尔布埃纳·普拉特的话说，它是“推动西班牙文艺复兴运动”“对卡斯蒂利亚语产生明显影响”的巨作。[①]它在继承四行诗（如“哈尔恰”）等民歌形式，并在此基础上大量起用灵活的亚历山大诗体（主重音在第六音节和最后一个音节。其灵活性体现在韵律结构——重音随意义而变，因此既适合于叙事又可用于表达复杂的情感）。其中前七百零六节是四行诗。继而是六行诗（主要韵脚为AAABAB）和八行两韵诗（主要韵脚为ABBAACCA）。至此，西方古典诗歌中的阴韵（两个音节押韵）、阳韵（最后一个辅音押韵）、头韵、中韵、内韵等都得到了不同程度的体现。除十四行诗外，其他拉丁诗体也大都在他的作品中落下脚来。有鉴于此，学者米切尔·加西亚认为《宫廷韵文》与其说是一首长诗，毋宁说是一部诗集。[②]以下是洛佩斯·德·阿亚拉的一段有关商人的指摘：

关于商人，有何可言？
坑蒙拐骗，是其职业。
他们发誓，同时毁约，
忘却上帝，只顾眼前。

买进卖出，皆是学问，
低价进来，高价出去，
但愿上帝，怜其狡黠，
童叟皆欺，顾客何笨！

……[③]

---

① Valbuena Prat: *La literatura castellana*, Ⅰ, Barcelona: Editorial Juventud, 1974, p.96.
② López de Ayala, Pedro: *Rimado de palacio*, Michael García (ed.), Madrid: Editorial Gredos, 1978, p.3.
③ 同上，第298—299节。

这样的指责，农耕社会普遍存在。我国坊间的所谓三六九等或“三教九流”中，商人仅胜于娼，居第七（“三教”即儒、道、释，而“九流”的说法固始现于《汉书·艺文志》，然后变化多端。有关言说皆因时因地而异，且不可胜数。但是，坊间流传较多的有上中下“三九流”之说，上者谓：一佛祖、二天帝、三皇上、四官宦、五阁老、六宰相、七进士、八举人、九解元。中者谓：一秀才、二医师、三丹青、四皮影、五弹唱、六卜卦、七僧人、八道士、九棋琴。下者谓：一戏子、二吹拉、三马戏、四理发、五澡堂、六搓背、七修脚、八配种、九娼妓；但另有一说更加深入人心，谓：一官二吏、三僧四道、五医六工、七商八娼、九儒十丐。个中偏见不言而喻）。

二、洛佩斯·德·门多萨（López de Mendoza, Iñigo）

和洛佩斯·德·阿亚拉一样，伊尼戈·洛佩斯·德·门多萨（1398—1458）也是王亲国戚，史称桑蒂亚纳侯爵（Marqués de Santillana）。所不同的是，后者在政治上冲动、好斗，先是反皇派，曾率军征讨卡斯蒂利亚国王胡安二世；后是保皇派，在“光复战争”中与卡斯蒂利亚国王并肩作战。他戎马一生，争斗不断。即便如此，他依然称得上是一位“理想”的骑士：一手握剑，一手执笔。他虽然不懂拉丁文，却通晓法文和意大利文，更有一批饱学之士众星捧月般围绕在他的身旁。他编纂了西班牙第一部《成语词典》[原名《老妇人围炉说成语》(*Refranes* o *Refranes que las viejas dizen tras el huego*)]，同时创作了《蓬萨小喜剧》(*Comedia de Ponza*)、《恋人的地狱》(*Infierno de los enamorados*) 等长诗。《蓬萨小喜剧》是一首叙事诗，写阿拉贡国王阿尔丰索五世攻打那不勒斯并不慎被俘的经过。诗人在界定“喜剧”时说，“喜剧是开始辛苦，后来幸福的故事”。《恋人的地狱》截取了但丁《地狱篇》的一个片段，写历史和神话传说中的各色恋人在地狱中饱受煎熬的情景。与此同时，他还模仿意大利诗人，创作了四十二首《意大利式十四行诗》(*Sonetos endecasílabos al itálico modo*)。这些作品明显受到彼特拉克的影响，与前面两首所持的保守态度大相径庭。桑蒂亚纳侯爵也许不是第一个创作十四行诗的西班牙诗人，却是第一个潜心钻研十四行诗并身体力行的人（此后，十四行诗开始植根于西班牙并在博斯坎和加尔西拉索笔下得到了发扬光大）。但另一方面，他又十分注意保留西班牙传统，比如某些山歌，有趣地带着些许行吟诗人的遗风：类似于说书人的“口头禅”。

你那令人陶醉的脸庞，
就像玫瑰花瓣儿一样，
颜色如此娇艳鲜嫩呵，
先生们，绝对举世无双。
——《波里斯姑娘》（“Mozuela de Bores”）[①]

这里的“先生们”是行吟诗人的口头禅，颇似中国说书人或章回小说中的“列位”或“列位看官”。15世纪甫始，行吟诗人在西班牙逐渐销声匿迹，但他们所留下的还不仅仅是鲜活的记忆。对于桑蒂亚纳侯爵这样的“宫廷诗人”，行吟诗多少意味着一种倾向、一段根脉。也许正是为了保留这样一种（有悖于拉丁道统的）倾向、一段（属于民族文化的）根脉，他宁肯让自己笔下的对象一会儿“你”，一会儿“先生们”地矛盾着。

三、梅纳（Mena, Juan de）

15世纪的另一位重要诗人是胡安·德·梅纳（1411—1456）。梅纳在萨拉曼卡大学获得艺术硕士后不久即赴罗马深造。未几，进宫任胡安二世（Juan Ⅱ）的拉丁文秘书。应国王的要求，他在很短的时间里翻译（缩写）了荷马史诗《伊利亚特》（*Iliad*）。之后，他又被国王任命为史官，尽管迄今为止并没有发现他编撰的任何历史著作。他沉醉于诗的海洋，常常寝食两忘，曰：

① López de Mendoza, Iñigo: “Villancico Ⅸ”, *Poesía completa*, Madrid: Editorial Castalia, 2003.

我不知道自己身在何处，
也不晓得活在哪个世界。[①]

因此，文学史家巴尔布埃纳·普拉特称他为“第一个纯粹的诗人”。[②]

作为“纯粹的诗人”，梅纳在当时堪称特例。但他对当时上流社会的尚武精神非但毫不反感，而且颇为赞赏。只不过痴迷文字的程度使他根本无暇旁顾。他的《明暗》（*Claro escuro*）和《迷宫》——后者又称《命运的迷宫》（*Laberinto de fortuna*）或《三百节》（*Trescientas*）——不仅瑰丽文雅、流传甚广，而且对贡戈拉等后来的巴洛克诗人产生过一定的影响；但风气使然，当时的“名人榜”（“历代名人”或“卡斯蒂利亚名士”）中并没有他的名字。

《明暗》由八音节诗句和十音节诗句构成，两种诗句交替出现。八音节来自传统谣曲，爽朗明快；十音节来自彼特拉克等意大利诗人，典雅晦涩，被认为是西班牙巴洛克文风的先声。[③]《迷宫》是一首长诗，凡三百节，歌颂了西班牙的英勇伟大，尽管多数意象和比喻来自罗马诗人维吉尔、奥维德和其他古希腊罗马作家。作品气势恢宏，除了内容庞杂（历史的追怀和联翩的浮想夹杂着斑驳陆离的生生死死），形式上也明显趋于雕琢、变化和隐晦。利达·德·马尔基尔认为《迷宫》中充满了双关语和“天堂”-“地狱”互指互涉。[④]正因为如此，巴尔布埃纳·普拉特认为梅嫩德斯·伊·佩拉约并没有完全理解《迷宫》的涵义。[⑤]梅纳奇崛的遣词本领不仅令时人瞠目，而且至今闪烁着自由和智慧的光芒。比如他说“我从未见过如此完结的死亡”（Nunca vi muerte tan muerta），或者“那是多么美妙的死亡……

① Valbuena Prat: *La literatura castellana*, Ⅰ, Barcelona: Editorial Juventud, 1974, p.139.

② Ibid.

③ Blecua, José Manuel :“Prólogo al *Laberinto de fortuna*”，转引自 Valbuena Prat: *La literatura castellana*, Ⅰ, Barcelona: Editorial Juventud, 1974, p.144。

④ Lida de Malkiel, M.R.: *Juna de Mena, poeta del prerrenacimiento español*, México: Editorial de El Colegio de México, 1950, pp.11—67.

⑤ Valbuena Prat: *La literatura castellana*, Ⅰ, Barcelona: Editorial Juventud, 1974, p.144.

倘使死亡在生中死亡……”(Que bueno fuera el morir... / Casi muriera en nascer...);“哦病中的人类，哦人类的病重”(Oh enferma humanidad, / oh humana enfermedad);“彼时死亡复杀戮，水中波浪推波浪”(Mientras morían e mientras matavan, / de parte del agua ya crecen las ondas);等等。诸如此类的“绝望”伴随着炽热的爱情，如“我奉你若神，我爱你之人”(si vos ore por divina / o vos ame por humana);“倘使我在火焰中死去 / 你将没有也许再见到 / 每天一个胡安·德·梅纳”(e si muero en este fuego / no quizá fallaréis luego / cada día un Juan de Mena);等等。凡此种种，我们将在克维多、贡戈拉或格拉西安等巴洛克诗人中看到更加绚烂的色彩、听到更加响亮的音符。

四、曼里克(Manrique，Jorge)

德·梅纳之后是豪尔赫·曼里克(1440？—1479)。曼里克同样出生于贵族家庭，从小受到良好的人文教育，而且成名颇早，素有“诗坛神童”之称。他文武双全，在短暂的一生中几度投笔从戎，随父堂罗德里格斯转战南北，直至为伊萨贝尔女王命丧疆场。《悼亡父》，全名《悼亡父堂罗德里格斯·曼里克》(*Coplas a la muerte de su padre Rodríguez Manrique*)被认为是他的代表作，全诗四十三节，前十七节用来缅怀西班牙历朝英烈、讴歌父亲罗德里格斯·曼里克的丰功伟绩。在他看来，父亲虽然生命短暂，但荣耀长在。后二十六节表现了他对荣誉、人生、爱情等诸多方面的独特见解。

其他作品尽收《歌集》(*Poesía de cancionero*)之中。曼里克是继胡安·德·梅纳之后又一个在同一首诗中采用不同格律的作家，而且比前者更大胆、更自由。他在《悼亡父》中不仅突破了同音节的制约，而且放弃了严格的AAAA，AABB或ABBA，ABAB等传统押韵方式。[①] 此外，和德·梅纳一样，他也是最早直面死亡主题的西班牙诗人之一。其中的悲壮和现实愈来愈接近于现代人的生死观。

---

① 谓“Coplas de pie quebrado”，赵振江直译为“跛足”歌谣。见《西班牙与西班牙语美洲诗歌导论》，北京大学出版社，2002年，第44页。

醒来吧，沉睡的灵魂
和那永世不灭的精神，
请看
生活怎样滚滚向前，
死亡怎样默默降临……

逝者如斯，
有多少帝王将相
和多少英雄豪杰
可歌可泣，
谁又能逃脱
死亡的追击？

无论是主教还是国王，
无论是修士还是教士，
无论你多么高明，
死神都一视同仁……

——《悼亡父》[1]

五、其他诗人

14和15世纪，西班牙诗坛人才辈出。但囿于当时的印制水平和传播渠道，一代又一代才华横溢的诗人犹如逐浪之水，一波起时一波落，多半来去匆匆，没有留下痕迹。于是，有心人除了在民间收集古典谣曲外，还汇编并出版了一些时人的佚名或署名散篇。其中既有新编谣曲，也有其他短歌和长诗。1445年的《巴埃纳歌集》（*Cancionero de Baena*）便是其中一部比较有名并流传至今的诗歌汇编。从这些汇编中，今人已经无法了解相当一部分作品的归属

① Manrique, Jorge: *Poesía*, Madrid: Ediciones Cátedra, 1989, pp.71—99.

和来历。比如1348年左右问世的《阿尔丰索十一世之歌》(*Poema de Alfonso XI*)，凡2455节，每节四句（ABAB韵），八音节，据称是加利西亚人罗德里格·亚涅斯的手笔。作品继承了古典史诗的特征，但同时又具有后世纪事诗人的风采。又如《道德格言》(*Proverbio morales*)，年代不详，但作者是一个叫作拉比·堂塞姆·托卜的阿拉伯人。作品音节不尽一致，却始终以ABAB押韵。

此外，一些佚名或难以归属的作品或以民歌形式，或以不规则的亚历山大体写成，体现出愈来愈鲜明的现实主义倾向。譬如，除洛佩斯·德·阿亚拉、桑蒂亚纳侯爵、德·梅纳、曼里克外，《巴埃纳歌集》收有大量佚名诗作和马西亚斯（Macías）、费鲁斯（Ferrús，Pero）、赫雷纳（Jerena，Garci-Ferrandes）、维利亚桑蒂诺（Villasantino）等14和15世纪诗人的作品。其中马西亚斯是一位颇具天分的“现代”行吟诗人，对民间传说情有独钟。费鲁斯热衷于历史故事和骑士文学，但形式上已经受到意大利诗人但丁和彼特拉克的影响。赫雷纳和维利亚桑蒂诺被认为是早期意大利派诗人。前者浪漫，后者怪谲。在巴埃纳收集的作品中，维利亚桑蒂诺既是个用辞藻讨好权贵的老派“行吟诗人”，也是个热爱自然、善于自嘲的“现实主义歌手”。他一方面靠赞美权贵及其城市的诗作维持体面的生活，另一方面在赞美和自嘲中守护尊严的底线。比如，他置身于塞维利亚和托莱多修女的争执，讴歌两个城市的美丽风光和两城女性的青春美貌，却把自己描写成年迈龙钟、皱纹如沟的丑“老黑”。巴埃纳和桑蒂亚纳侯爵曾给予极高的评价。

和维利亚桑蒂诺同时代的另一位重要诗人是来自日内瓦的米塞尔·弗朗西斯科·因佩里亚尔（Imperial，Micer Francisco）。此翁通晓阿拉伯语，熟谙意大利文学，被认为是但丁在卡斯蒂利亚地区的第一传播者。他在1405年的一首作品中第一次将但丁与荷马、贺拉斯、维吉尔相提并论：

闭嘴吧诗人，沉默吧作家，
在荷马、贺拉斯、维吉尔

和但丁面前，奥维德也要禁声，
……[①]

他在作品中不断提到但丁。此外，他对大自然的歌唱亦非应时应景的点缀，而是发自肺腑的感发：

我睁开眼睛看到一片草原：
炽烈的玫瑰、芬芳的鲜花
和青青的月桂树，一丛丛
围绕在我的身边。还有那
两眼涌泉汇成的潺潺小溪。
……[②]

更有甚者，他在《七美德赋》中与但丁“互文”，并采用十音节诗句，将《天堂》的个别片段直接引入作品。

其他对后人产生影响的诗人还有桑切斯·塔拉维拉（Sánchez Talavera，又作Calavera）、佩雷斯·德·里维拉（Pérez de Rivera）、佩雷斯·德·古斯曼（Pérez de Guzmán）和马丁内斯·梅迪纳兄弟（los hermanos Martínez Medina）等。其中桑切斯·塔拉维拉哀悼鲁伊·迪亚斯·德·门多萨（Díaz de Mendoza，Ruy）的诗作被认为是曼里克《悼亡父》的先声。佩雷斯·德·里维拉的骑士故事诗对后来的骑士小说当不无影响。而佩雷斯·德·古斯曼作为阿亚拉的侄子已是无上荣耀，竟还非得是桑蒂亚纳侯爵的叔父，因此留下《翩翩少年那喀索斯》（*El gentil niño Narciso*）也是极其正常的现身说法。他在作品中以那喀索斯神话奉劝天生丽质的美人，同时借此告诫自己也告诫世上所有资质超群的人们不可学水仙过于自恋。至于马丁内斯·梅迪纳兄弟的哲学和宗教诗作，后人少有评论。但其中的道德说教却是后来的许多文学

① Imperial, Micer Francisco: *Dezir a las syete virtudes*, Madrid: Editorial Espasa-Calpe, 1977, p.19.
② Op. cit. p. 78.

作品中一以贯之的内容。

继《巴埃纳歌集》之后，埃尔南多·德尔·卡斯蒂略（Castillo, Hernando del）和弗朗西斯科·阿森霍·巴尔比埃里（Barbieri, Francisco Asenjo）又分别于16世纪初编选并出版《歌谣总集》（*Cancionero general*）和《乐歌集》（*Cancionero musical*）。其中前者收录的大都是此前流行的卡斯蒂利亚语短歌，如加尔西·桑切斯·德·巴达霍斯（Sánchez de Badajoz, Garci）、佩德罗·德·卡塔赫纳（Cartagena, Pedro de）、格瓦拉（Guevara, Antonio de）以及犹太诗人罗德里格·德科塔（Decota, Rodrigo）等人的情歌。

六、其他作家

随着《卢卡诺尔伯爵》和《十日谈》的流行，早期市民小说（或谓故事）逐步发展起来。其中塔拉维拉大司铎的《鞭子》（*Carbacho*）是少数得以流传至今的准小说之一。顾名思义，作品是对“世俗”的鞭笞，但同时又对某些世俗习惯津津乐道。它明显受惠于伊塔大司铎，或可说是《真爱之书》的散文版。同时，它又是加泰罗尼亚和阿拉贡文化的一个缩影，其中的不少风土人情透着浓浓的加泰罗尼亚和阿拉贡味。小说由四部分组成，第一部分写世俗对十戒的悖逆和七大罪孽的产生。第二部分写坏女人和好女人的区别。第三、第四部分是关于男人的，显得有些单薄。作品好像一幅充满揶揄的风俗画，人们的嘴脸被作家犀利的笔触刻画得血肉淋漓。

同时期最重要的爱情小说当推迭戈·德·圣佩德罗（Sanpedro, Diego de）的《爱情牢笼》（*Cárcel de amor*）。作品发表于1492年，叙述一对恋人的爱情悲剧。男主人公莱里亚诺爱上了高卢公主拉乌雷奥拉。作者（或谓叙述者迭戈·德·圣佩德罗）被莱里亚诺的诚挚的爱情所感动，出面游说。于是，两个年轻人相爱了。诗人佩尔西乌斯（Persius）[①]被描写成“与人为恶”的无耻小人：他非但从中作梗，

① 佩尔西乌斯（34—62），古罗马斯多葛派诗人，以讽刺见长，曾被一些学者认为是《塞莱斯蒂娜》或该作第一幕的原作者。

竭尽挑拨离间之能事，还在高卢国王面前中伤莱里亚诺。高卢王听信佩尔西乌斯的谗言，将公主关入大牢。奈何公主对莱里亚诺痴心不渝。而后者为救公主竟不惜发动武装起义。高卢王恼羞成怒，将公主判处死刑。行刑前，莱里亚诺率部赶到，不仅解救了公主，还一剑杀死了佩尔西乌斯。但公主这时已经心灰意冷。她断然拒绝了莱里亚诺的爱情。从此，可怜的莱里亚诺除了吞噬拉乌雷奥拉的绝情信，便再也没有进食。临终，他撑着奄奄一息的躯体，用生命的最后热忱反驳友人对女性的不屑和对爱情的怀疑。

作品波澜迭起，且极其煽情。先是欲爱不能的相思之苦，峰回路转之后公主又突然变卦了。这种处理方式固然奇崛怪谲，但避免了一般故事大团圆式的喜剧结局。圣佩德罗的另一部作品《阿纳尔特和卢森达的爱情故事》（*Tratado de los amores de Arnalte y Lucenda*）则逊色得多。

上述作家、诗人，尤其是宫廷诗人的出现极大地推动了西班牙文学的发展。风气使然，文学逐步成为上流社会的最高崇尚和世俗生活的主要精神载体。这样一来，文学与社会的互动关系迅速形成，西班牙文艺复兴运动如沐春风、势不可挡。同时期或稍晚产生的其余诗人，我们将在第二卷中适当顾及。

当然，传统的拉丁文学和宗教文学继续存在，但影响愈来愈小。像伊尼戈·门多萨修士（Fray Mendoza，Iñigo）、安布罗西奥·蒙特西诺修士（Fray Montesino，Ambrosio）那样的16世纪著名宗教诗人，即便有天主教国王们为其撑腰，也免不了被澎湃的人文主义潮流挤到了一边。极少数例外，如胡安·德·帕迪利亚（Padilla，Juan de），因为巧妙地在规守中有机结合了世俗题材，才勉强于当时的主流诗坛争得一席之地。

第二编

第一章　拉丁文学

纵观西班牙拉丁文学（尤其是西哥特文学），宗教思想无疑是其主要内容。这除了为后来的哥特式小说提供了玄想的土壤，其最重要的贡献之一恐怕是神学（抑或广义文学）所激发的传奇与神秘。

第一节　信仰与预言

中世纪东西哥特文学其实并未为后人提供多少可资借鉴的艺术想象，除非我们直接拿《圣经》或基督教神学说事。譬如《旧约》关于预言（禁果–魔鬼–原罪）的言说，又或者上帝如何通过天使给马利亚报喜，再或者摩西如何穿越红海，等等。因此，与其说东西哥特文学成就了后来的哥特式小说，毋宁说宗教影响了后者。当然，早在16世纪，指向中世纪东西哥特作家的某些玄想确乎为某些哥特式小说的生发奠定了基础。

太史公在《陈涉世家》中谓“夜篝火，狐鸣呼曰：大楚兴，陈胜王”。说的是陈胜起义时故弄玄虚，让人学狐说话，从而为其“王侯将相，宁有种乎”之类的造反理论增添不无矛盾的神秘色彩。15世纪末，确切地说是1492年（是年哥伦布发现美洲），随着“天主教双王”攻克格拉纳达，滞留于西班牙的穆斯林遭受了灭顶之灾：他们被迫改宗。于是，一批多少有些自我安慰或自欺欺人的预言产生了。它们继承了西哥特时期某些神学家的蹩脚衣钵，开始以“先知预言”的形式炮制震古铄今的神话。时空赐予了这种可能性，譬如被迫改宗的阿拉伯人是这样伪托圣伊西多尔的：

> 悲哉西班牙穆斯林！
> 昔日雄踞隆达山巅，
> 俯瞰直布罗陀海峡，
> 还有马拉加的美景，
> ……
> 厄运连连今何悲戚！
> 他们个个懊悔莫及，
> 他们不知逃往何处，
> 他们不知慰藉安在。[①]

“圣伊西多尔”还神秘地预言，这些灾变将发生在“三个五百年后的第三个十年”。[②]他指的是1530年。这令人迁思《启示录》中的某些神谕，或者浪漫传奇中的骑士道，甚至某些西印度编年史：

> 东方将会出现强大的魔鬼，他将一步步逼近古老的君士坦丁堡，并杀死希腊国王。[③]

或者，西班牙将遭到一位“巨人”[④]的攻击；鲜血将会一直流淌。[⑤]这些预言均被认为出自“圣伊西多尔”之手，而事实并非如此。

① Sánchez Alvarez, Mercedes: *El manuscrito miscelaneo 774 de la Biblioteca Nacional de París*, Madrid, Editorial Gredos (CLEAM), 1982, pp. 248—249.（洛佩斯–巴拉尔特：《西班牙文学中的伊斯兰元素》，宗笑飞译注，北京：中国社会科学出版社，2014年。）

② 同上，第246页。

③ 同上，第247页。

④“巨人”的原文为“jabarín”，即“jabalí”，原指“野猪”，来自阿拉伯语jabaliyy（جبلي）。有趣的是阿拉伯语“جبار”（jabbar）不仅有“巨人”的涵义，还有“暴君”或“压迫者”之意。洛佩斯–巴拉尔特：《西班牙文学中的伊斯兰元素》，宗笑飞译注，北京：中国社会科学出版社，2014年。

⑤ 同上，第248页。

它们只不过是绝望的穆斯林借西哥特名人聊以自慰罢了。

类似预言（或谓神话）颇多，最具戏剧性的是格拉纳达的“圣山铅板”和托宾大教堂的“钟楼手稿”。托宾大教堂的钟楼（尖塔）曾是清真寺的宣礼塔。1580年，为了扩建天主教堂，这座宣礼塔被拆毁了，于是人们发现了一个铅盒，内有用西班牙语和阿拉伯语两种语言书写的世界末日预言。这个文本曾被认为是福音传道者圣约翰的手迹，它在当时引发的震撼可比1947年在死海附近洞穴中发现《死海古卷》(*The Dead Sea Scrolls*)。[①] 只不过后者是真实的前元年古卷，而前者却是安达卢斯穆斯林生造的。

且说西班牙当局组织学者对“钟楼手稿”(又称“钟楼羊皮书”）进行了旷日持久的分析。据卡巴内拉斯（Cabanelas，Dario）考证，在奉命从事这项研究的神学家、法学家和手稿鉴定家中，有不少格拉纳达的加尔默罗赤脚女修道院的修女，在她们之前甚至还有圣胡安·德·拉·克鲁斯。[②] 在15年后的1595年，又有了更为奇崛的发现：人们在格拉纳达的圣山上发现了铅板，上面镌刻着古朴的阿拉伯文字，同时还有一些是拉丁文。据说这些圆形的铅板共19块。[③] 这些铅板被仿制成公元初年的模样，内容包括《圣雅各所见之伟大神迹》(*Los grandes misterios que vio Santiago*)、《圣母所见之谜境与神迹》(*Enigmas y misterios que vio la Virgen*)、《神圣的本质》(*De la esencia veneranda*)、《信仰的准则》(*Sentencias acerca de la fe*）等。这些书被认为出自特西丰（Tesifon）或他的兄弟塞西利奥（Cecilio）之手。据说二人均曾师从圣雅各（西班牙语为圣地亚哥,有关“神迹”曾为西哥特作家–神学家所津津乐道，详见第二节）。这些铅板甫一发现，就引起了天主教会的重视。格拉纳达大主教，佩德罗·瓦卡·德·卡斯特罗对这些铅板的发掘更是充满了热情。它们详细描绘了基督和圣母的外貌特征，他们骑着高头大马升入天堂，简直如同穆罕默德骑

① Harvey, L. P.: “Un manuscrito aljamiado de la Universidad de Cambridge”, *Al-And.*, XXIII, 1958, pp. 49—74.

② Cabanelas, Dario: *El morisco granadino Alonso del Castillo*, Granada, Patronato de la Alhambra, 1965.

③ Op. cit. p. 200.

着飞马（burāq，即 براق）登上七重霄。铅板还记录了圣母、圣子和圣彼得的对话。当后者问及16世纪的格拉纳达将发生什么、穆斯林又将如何时，圣母、圣子竟用阿拉伯语一一作答！神学界由此爆发了旷日持久的争论。

这些预言甚至以《古兰经》为依据，对即将来临的灾难进行了解释，认为西班牙穆斯林之所以蒙受灾难，是因为他们违反并且遗忘了先辈的教诲。这种关于未来的"玄奥"解释在摩尔老妪对《古兰经》的"注疏"中可见一斑。她认为如今这种可怕的灾难完全是由穆斯林前辈造成的：

> 我的孩子，你当坚信——因为《古兰经》正是这样昭示——：哭泣者是一切悲剧的起因，过去的（哭泣者）注定要让如今的（哭泣者）来承受……我还要告诉你，我的孩子，所有人都害怕被抛弃：因为易卜拉欣（Ibrahim，原文如此）害怕，路加（Lut，原文如此）惊惧，雅各（Yacub，原文如此）颤抖，缪斯（Muça）不安，托比亚（Tobiat）忍受一切，于是安拉帮助他们，所罗门和以撒关心他们……[①]

另一些预言家则相信穆罕默德自己或阿里·伊本·贾比尔·法拉希尤（伊本·尤美尔，Ibn Yumayr），甚至圣伊西多尔早就预见了伊斯兰教的命运。在巴黎国家图书馆的第774号手稿中，穆罕默德为西班牙穆斯林的衰落扼腕叹息：

> （伊本）阿巴克，（愿安拉怜悯他）对我们说，有一天真主的使者穆罕默德（愿安拉保佑他，给他救赎……）做完晚祷，背靠布道坛，远望着落日，放声恸哭。
>
> （伊本）阿巴克，（愿安拉怜悯他）问道：

① "安拉向我们预言了……那些发生在亚当之后的事件……可以看出，这解释是有悠久的历史渊源的。" Arevalo, Mancebo de: *Tafcira*, Biblioteca de la Junta, Madrid, Centro de Estudios Históricos, fol. 73v.

“哦，安拉的使者！你为何恸哭，泪水都沾湿了胡须？”先知穆罕默德（愿安拉保佑他，给他救赎）说：“我哭泣，是因为我看到真主向我启示，有座遥远的岛屿叫作安达卢斯，穆斯林将会遍布其中，而她将是第一个抛弃伊斯兰教的地方。”[①]

尽管1600年4月伊比利亚半岛的神学家们鉴定的结果是该遗物真实可信，但仍有很多反对的声音，这其中就包括蒙塔诺（Montano，Benito Arias）及格拉纳达的穆斯林改宗者，耶稣会士伊纳爵·德·拉斯·卡萨斯（Las Casas，Ignacio de）。最终，铅板被送往马德里，又从那里辗转抵达罗马。19世纪，何塞·德·戈多伊·阿尔坎塔拉（Alcantara，José de Godoy）最终否认了这些铅板的真实性，并确定它们是由异教徒伪造的。[②]

1609年，在西班牙当局驱逐穆斯林前夕，这种自欺欺人的行为带有明确的现实目的：使穆斯林免受灾难，同时调和伊斯兰教和基督教的矛盾。这是一种绝望的外交努力。铅板别出心裁，尝试调和两种宗教。于是，伊斯兰教的两句箴言“真主唯一”和“穆罕默德是真主的使者”变成了“La illaha illa allah, wa-yasu’ruh allah”（意为“主是唯一，耶稣是神灵”）。洛佩斯-巴拉尔特（López-Baralt，Luce）认为哈维的分析很贴切，后者谓这既符合基督教教义，又明显具有伊斯兰教精神。[③]当然，有人怀疑这是“官方”翻译家阿隆索·德尔·卡斯蒂略（Castillo，Alonso del）和米格尔·德·露娜（Luna，Miguel de）的手笔：他们用这种冒险的方式满足了敌对双方的诉求。至于钟楼手稿，在如今看来它们是那么的可怜，盖因它们对阻止穆斯林被驱逐这一历史事件没有产生任何作用。这些失败的手稿充其量是西班牙伊斯

① *El manuscrito miscelaneo 774 de la Biblioteca Nacional de París*，p. 252；转引自 López-Baralt: *Huellas del Islam en la literatura española*，pp.140—142（译文参见《西班牙文学中的伊斯兰元素》，宗笑飞译，北京：中国社会科学出版社，2014年）。

② Godoy Alcantara, José de: *Historia crítica de los falsos cronicones*, Madrid: Rivadeneyra, 1868.（López-Baralt: *Huellas del Islam en la literatura española*, p.142.）

③ Harvey: “Un manuscrito aljamiado de la Universidad de Cambridge”, *Al-And.*, XXIII, 1958, p.14.

兰教的最后挣扎。但它们确实引起了时人的关注，塞万提斯和洛佩·德·维加对此均有耳闻。[①]

但是，穆斯林的预言表达了非凡的乐观精神。在上述例子中，他们无时无刻不在用这种乐观精神自我救赎。针对当时非常流行的一则预言，阿斯纳尔·卡尔多纳（Cardona，Aznar）说：

> 他们（摩尔人）相信，借信仰与传统，真主会派法蒂玛人（Al-Fatimi）骑着绿色大马自天而降。因此，他们将得到保佑，而基督徒将死无葬身之地。正是这些法蒂玛人，在数个世纪前，曾单枪匹马深入丛林，英勇搏杀英王的军队。[②]

1569年，格拉纳达有位叫作萨卡林（Zacarin）的穆斯林男子，也曾预言说，穆斯林将对西班牙进行新的“征服”：

> 在直布罗陀海峡，将会出现一座铜桥，摩尔人将会跨越大桥，重新征服整个西班牙，直至占领加利西亚。[③]

同样，“圣伊西多尔”以预言家的庄重宣告“一千五百零一年的时光车轮即将驶来，西班牙人将蒙受苦难，遭到历史车轮的蹂躏。他们将无处逃遁，无所适从……只有那些摩尔人或摩尔人的朋友才能幸免于难……尽管到那时，西班牙不再有人吟诵《古兰经》”。但是，在此之前，摩尔人“将被迫接受圣油（洗礼)”，并且“受到不公正的待遇”。[④]事实上，这“1501年的车轮”甫一来临，改宗运动便拉开了序幕。然而，“圣伊西多尔有言”：

---

① 塞万提斯《贝雪莱斯》及《双狗对话录》及洛佩·德·维加《圣伊西多尔和圣彼得的青年时代》。

② Cardaillac, Denise: *Morisques et chretiens*, Paris: Klincksieck, 1977, p. 51.

③ Ibid.

④ Op. cit. p. 244.

当1502年的时间车轮来临之际，基督徒将面临巨大的窘境，他们将被撕成碎片，只有那些摩尔人的朋友才能幸免于难。基督徒的命运将取决于他们对摩尔人的态度。那些迫害摩尔人的基督徒将经历最为前所未有的灾难：疾病、恶魔的侵袭，恶魔的城堡将对他们打开，直至（他们）走进末日……摩尔人终将重新占领西班牙，摧毁恶魔的城堡。[①]

另一预言的作者也流露了类似的乐观情绪，尽管事实完全相反。阿里·伊本·贾比尔·法拉希尤（'Ali Ibu Jābir Alfārasiyo）为我们讲述了这样一个故事：某位大马士革隐士偶遇奇迹，他碰到一个拇指般大小的小人，并请他坐在手掌上。后者向他讲述了西班牙穆斯林的未来，认为灾难皆系“恶行”之果，也就是说摩尔人犯下了太多罪行——他们对自己的传统漠不关心，甚至忘却了神圣的宗教。据手稿给出的“日期”，灾难将会发生在“公元902年”——书写有误，应作（14）92年，或按伊斯兰历902加622（西历伊斯兰元年）。正是这个时候，阿拉贡的摩尔人开始被迫改宗。作者虽则痛恨压迫者，却不加掩饰地怀念着他“珍贵的宝岛西班牙”。他知道，摩尔人注定要经历悲惨的遭遇，这是他们的宿命：“在崇尚十字架、喜食猪肉的国度，安拉（一切赞美归于他！）派来的国王艾哈迈德将被迫应战。”[②]最后，预言家断言土耳其将前来援助摩尔人，最终恢复伊斯兰的辉煌：

首先回到伊斯兰怀抱的，将是西西里岛，而后是奥利维斯岛（也即马略卡群岛）……最后是整个西班牙。[③]

这胜利辉煌灿烂，预言家的描述令人惊讶：

基督教国王将成为俘虏，被遣送至瓦伦西亚。他将在那

① Cardaillac, Denise: *Morisques et chretiens*, Paris: Klincksieck, 1977, pp.244—245.
② Op. cit. p. 240.
③ Op. cit. p. 241.

里改奉伊斯兰教。基督徒仓皇逃窜，聚集在河流之城（可能指托莱多，引者注）。三位穆斯林君主将以武力攻城，他们同餐共饮，为彼此祝福祈祷；最后，一位前往蒙卡尤（Monkayo，原文如此），一位前往苏埃拉（Çuera），一位会前往伊姆卡（Himca，塞维利亚）。

基督徒看到他们的国王被俘，便纷纷归顺伊斯兰教。穆斯林将成为征服者，安拉（一切赞美归于他！）赐予他们力量。[①]

君士坦丁大帝（Constantinus I Magnus）也曾预言，说会有救世主来到人间："在圣彼得和圣保罗的祭坛上，喂饱你的战马吧，当你归去来兮，整个君士坦丁堡将会欢迎你；整个日落之地（西方）都将归属于你。"[②] 同样，有关手稿谓1582年一位名叫亚历山大·卡斯蒂利亚诺（Castellano，Alexander）的摩尔人将从土耳其返回西班牙，以检验预言是否灵验。土耳其非常希望穆斯林能够战胜西班牙基督徒，而这场圣战的胜利取决于一位相貌非凡的人物：弥赛亚。事实上，卡斯特拉诺自诩是这位"奇才"的发现者，并说"他有预言的特征，无人知晓他住在何处。他体量魁伟，臂膀巨大，是常人两倍，且手长六指，指甲如刀"。[③]

当然，历史证明这些令人感动的乐观预言只不过是自欺欺人。预言家们虽然想象力丰富，却最终只收得无果之花。他们虚构了民族的未来，至今仍令我们唏嘘慨叹，盖因历史最终给出了相反的答案。摩尔人在西班牙这片土地上逐渐销声匿迹：他们不是被同化，便是被"珍贵的宝岛西班牙"逐出门去。后来的阿尔哈米亚语手稿证明了这一切。这种"未来的导向"成了摩尔人身份的幻影。它所虚构的政治地图指向了历史的反面。

当然，鼓舞士气也好，幻由心生也罢，公元9世纪的基督徒们也曾有过类似想象，譬如《纪事与预言》，其佚名作者预言883年（随后

---

① Cardaillac, Denise: *Morisques et chretiens*, Paris: Klincksieck, 1977, p.242.

② Op. cit. p. 405.

③ Op. cit. p. 406.

又说是886年）阿拉伯人将被逐出伊比利亚半岛。作品视阿斯图里亚斯为西班牙基督徒的合法政权之所在，同时预言穆斯林占领区的天主教徒将发动起义以推翻哈里发的统治。但奇怪的是这样的预言罕有存留。倒是穆斯林们的预言大量流传了下来，这很可能要部分地归功于神秘的阿尔哈米亚语。

总之，有关预言数量之众、内容之庞杂，令人感喟。它们糅合了传说、宗教、文学、历史等多种形式。穆斯林借助这些预言重构了历史、设计了未来。诚如阿美里科·卡斯特罗所言，他们借文学想象忘却痛苦、重塑精神。“这在阿拉伯文化中非常普遍，几乎没有其他民族可与阿拉伯人匹敌。关于这一点，塞万提斯和拉斐尔（Sanzio，Raffaello）都曾反复强调。”[①] 如今，这些预言早被时间烟尘所掩埋，尽管在中世纪末至文艺复兴运动时期，拉蒙·卢利（Llull，Ramon）以及更为著名的诺查丹玛斯（Nostradamus）等都曾沉溺于斯，以至于到了乐此不疲的地步。

第二节　信仰与传奇

爱因斯坦（Einstein，Albert）在《宗教与科学》（*Religion and Science*）一文中对宗教信仰进行了大而化之的分类，称原始宗教为“恐惧宗教”，即人们因惧生教、因骇信教。这与我国古人所谓的“幻由心生”是一致的，而且符合马克思主义关于宗教起源的言说。同时，爱因斯坦认为第二类宗教是“道德宗教”，即人们出于心灵慰藉或终极关怀而催生的信仰。为尊重起见或基于抚慰的需要，许多科学家们即或不信上帝，也不会直接否定其存在。第三类宗教显然是爱因斯坦真诚拥抱的“宇宙宗教”，[②] 这是物质和精神的双重或双向求索，它服从于人类广义的艺术和科学的探询，是源远流长的“爱智”精神

① 塞万提斯甚至在作品中伪托或戏称《堂吉诃德》是根据一个叫贝南赫里的阿拉伯人的手稿创作（翻译）的。

② 爱因斯坦：《爱因斯坦文集》第1卷，许良英等编译，北京：商务印书馆，2011年，第403—405页。

在现代与未来的延展。它体现了哲学或科学本体论及“我是谁”“从哪里来”“到哪里去”等既向内又向外的无限诘问和求知欲望。

在穆斯林占领伊比利亚半岛期间，宗教与文学合流，起到了凝聚人心、激励斗志的作用，这在文艺复兴运动中兴之前的几乎所有西班牙传奇中均有表征。而且，有关表征与世俗需要紧密结合，孕育出充满传奇色彩的人物和故事，其所体现的信仰，大抵属于爱因斯坦所说的第二类宗教，即道德或伦理宗教，尽管伊斯兰文化早已润物无声地化入了他们的心志。

且说早在公元8世纪，当西哥特的遗老遗少还在梦想宗教复国之际，《安塔拉传奇》等阿拉伯传奇开始进入西班牙基督徒的视阈。① 当然，这并不能否定拉丁纪实的作用，同样不能否定来自北方的影响，譬如法史诗和英国传奇，甚至更为悠远的日耳曼叙事诗。问题是，穆斯林的影子早已无处不在。就说卡斯蒂利亚伯爵费尔南·贡萨莱斯（González，Fernán）以阿拉伯宝马换取卡斯蒂利亚独立吧，那宝马即来自阿拉伯世界，抑或汗血宝马也未可知。纪实或传奇［《第一纪实统编》（*Primera Crónica General*）］的书写者谓费尔南·贡萨莱斯在与曼苏尔的战斗中缴获这匹宝马，而在他前往莱昂拜谒莱昂国王桑丘（Sancho）时，后者一眼看中了那匹宝马，并提出以一千银锭的高价让费尔南·贡萨莱斯割爱。交易谈成，但桑丘国王终于未能在既定时限付清欠款，不得不答应“债主”要求：让卡斯蒂利亚独立。桑丘和莱昂王国无论如何都没有想到，一匹阿拉伯马注定要在不远的将来使整个伊比利亚臣服于卡斯蒂利亚。在有关细节方面，《第一纪实统编》将与历史传奇《费尔南·贡萨莱斯》（*Poema de Fernán González*）完全契合。但这并不重要，重要的是事件背后的文化或宗教思想。在梅嫩德斯·皮达尔看来，这样的故事在西方传奇中固不乏先例，却明显具有伊斯兰文化的色彩，即穆斯林关乎交换和信誉的一系列观念与习惯。②

① Al-Badi, Lutfi Abdel: *La épica árabe y su influencia en la épica castellana*, Santiago de Chile, Instituto Chileno-Árabe de Cultura, 1964, p.43.

② Menéndez Pidal: *Los godos y la epopeya española*, Madrid: Editorial Espasa-Calpe, 1956, pp.43—45.

问题终于有了答案。20世纪60年代，西班牙人在奥尼亚大教堂的一隅偶然发现了费尔南·贡萨莱斯曾孙女特里希迪娅（Trigidia）公主的灵柩。公主身边的几件阿拉伯衣裳完好无损：一件长1米36的披风和两件刺绣上衣。它们的面料全部来自安达卢斯，不仅色彩斑斓，而且绣着马和猎鹰。据有关方面考证，这些衣物生产于公元10世纪，甚至更早。[①]

1915年，学者里维拉（Ribera，Julián）以穆斯林作家伊本·巴萨姆（Ibn Bassam）的作品为例，阐述了阿拉伯文学对半岛拉丁文学，尤其是罗曼司语文学的影响。伊本·巴萨姆在其作品中提到彩诗及阿拉伯叙事诗是如何进入罗曼司语文学的，或者反过来说，罗曼司语文学是如何利用阿拉伯文学以构建其新方法、新形态的。[②] 那便是后来的西班牙谣曲（当时阿拉伯安达卢斯的哈尔恰和择吉尔）。

然而，更为重要的是，由于宗教僧侣掌控了文坛，文化保守主义摒弃了天主教神学或《圣经》之外的一切想象。用伊西多尔的话说，文学“必须忠实于历史及其蕴涵的生活和道德真实”。[③] 但文学背叛了他和他的传统。在英国以圆桌骑士为轴心的传奇开始生成之际，西班牙的拉丁俗语文学受阿拉伯文学的影响也开始（或者已然开始）了冲破“真实”的玄想。这样说来，早期法国文学倒是较为审慎地承继了忠实传统，以至于有学者认为《罗兰之歌》太过平实无奇。[④]

公元10世纪，安达卢斯诗人阿卜迪·拉比（Ibn Abdi Rabbih）的《璎珞》——又被称为《罕世璎珞》（*El collar único*）——为伊比利亚提供了一个堪比《卡里来和笛木乃》（*Calila y Dimna*）的文学范本。诗人谈古论今，对世界进行了充满诗意和想象的矜夸。连同他的彩诗，以及更为悠久的《安塔拉传奇》，《罕世璎珞》在穆斯林和基督徒后来长达数个世纪的拉锯战和双方且战且和、亦敌亦友的交织中散

---

① Flemimg, Ernest: *Tejidos artísticos*, t.4, Barcelona: Biblioteca de Artes Industriales, 1928, pp.11—16.

② Marín, Francisco: “Epopeya árabe y epopeya castellana”, *Bolletín de Orientalistas*, Madrid, 15(1979), pp.169—175.

③ Menéndez Pidal: La Chanson de Roland y *el neotradicionalismo*, Madrid: Editorial Espasa-Calpe, 1959, p.445.

④ Galmés de Fuentes: *El libro de las batallas*, Madrid: Editorial Gredos, 1975, p.19.

播、流传。而这无疑影响了《武士诗》(《熙德之歌》)等西班牙诗史和传奇。至于由此衍生的骑士小说，则是更为玄妙的后话。而在它们的流布过程中，源自阿拉伯安达卢斯的游吟或行吟诗人（Trovadores[①]或Juglares）功不可没。用后者的话说，熙德正是西班牙的安塔拉：

> 我叫罗伊迪亚斯，
> 是混血的安塔拉。[②]

于是，圣战、血统、女性崇拜（也许只是为了抒情）[③]、神奇的坐骑、灵异的武器[④]、会说话的动物、身首异处的尸体的哭泣等，成了西班牙传奇的家常便饭。正因为有了这些传奇，后来的神秘——文学与宗教的契合也便顺理成章了。

不消说，文学从来都有意识形态属性。任何新奇都不会是无源之水、无本之木，也不会是毫无意义的自生自灭。简而言之，西班牙早期文学的信仰与传奇大抵有意无意地体现了“光复战争”的需要，而阿拉伯文学春风化雨般的影响不仅没有消解基督徒的斗志，反而使之有增无减。同时，它也是一把双刃剑，既有利于基督徒的“光复战争”，也为西班牙世俗精神的萌发埋下了一粒种子；恰似神学虽为天主教的繁盛作出了贡献，但同样也为它的分化与衰微奠定了基础：过程中不乏钻牛角尖式的怀疑与反诘，以及极端虔诚的思辨与玄想。

第三节　信仰与神秘

众所周知，圣父、圣子、圣灵“三位一体”是基督教的核心理

---

① “Trovador”源自阿拉伯语。

② *Cantar de Mio Cid*, Madrid: Alianza Editorial, 1987, p.193.

③ 在《拉腊七王子》中，战争双方女人的头巾具有旗帜般神圣的意义，一旦被敌人摘得，便是奇耻大辱。

④ 加尔梅斯·德·富恩特斯考证的结果之一是《罗兰之歌》中宝剑的名字源自阿拉伯语（“Almace”和“Durendal”）。Galmés de Fuentes: *El libro de las batallas*, Madrid: Editorial Gredos, 1975, p.231.

念。然而，诚如胡适所谓，“在不疑处有疑”是学人本分，即使对某些神学家也是如此；如此，指向“三位一体”，尤其是圣灵的怀疑和争鸣故而从未停歇，尽管随着时间的推移，有关理念被习以为常，甚至被定格为“纯粹的精神”，譬如某种绝对信仰、绝对力或本原想象。但是，习常或争论的淡出并不意味着问题的解决。

《路加福音》（*Evangelium Secundum Lucam*）说道：大天使加百利（Gabrielus）奉圣父之命前往拿撒勒通知马利亚，谓圣灵将降临其身，并使她怀孕。其时，她虽已许配约瑟，却还是童贞，故而甚是不解。于是，天使安慰她说，她怀了圣子。[1]

大意如此。诚然，围绕圣灵说，中世纪神学（或/和文学）进行了旷日持久的阐释与争鸣，并多少影响了文艺复兴运动。有关演绎或争鸣当可说明信仰是如何被演绎、建构、怀疑和重构的。

话得从西哥特神学家埃利潘多说起。前面说过，他是地道的托莱多人，因宣扬基督并非上帝之子而“闻名遐迩”。在他看来，基督降生是人类自然繁衍的结果，而非“圣灵之功”。为自圆其说，他认为“基督是上帝的选择，而非上帝之子”。“选择主义”由此得名。这一观点被认为有可能受到了伊斯兰教的影响。盖因当时穆斯林已然将伊比利亚占为己有，而其与天主教的和平共处也是有条件的：伊斯兰教迅速擢升为主流意识形态，《古兰经》和有关穆罕默德的著述，乃至诸多阿拉伯诗文（当然还有不少被天主教会有意忘却的古希腊罗马经典）亦被相继移译到了拉丁文。如是，伊斯兰教，甚至更为悠远的犹太教、佛教和古希腊哲学等东西方思想关于“觉悟者”“觉醒者”的说法无疑进入了埃利潘多等天主教僧侣的视阈。这或可反证天主教道统对埃利潘多大为不满当非简单的“内部矛盾”。于是，埃利潘多招致大多数天主教僧侣的批判无可避免。一时间舆论哗然。但哗然的结果反使“选择主义”不胫而走，并得到了穆斯林“友人”的支持，同

---

① 参见《圣经》（1992年中文版，第1590页）。鉴于《圣经》中译版本的人名、地名与今习常用法不尽一致，故此述略。在希伯来语中，“灵”（Ruach）这个词原本意指“气息、呼吸、风”等，后转意为精神。有关圣灵的指涉则可追溯到《旧约》摩西、扫罗、大卫等。自大卫起，圣灵的显现甚至不再以突如其来的唯一形式出现，他留在大卫身上、弥漫其身。

时也为费利克斯、费德利奥等少数天主教僧侣所认可。后者认为“圣灵-圣母”之说不仅有违自然法则，且对约瑟也颇为不公。反之，承认基督乃上帝所选，才合情合理，也才令人信服。[1]

埃利潘多由此出发，并一发而不可收。他在其作品《信征》和有关信笺、辩论中大肆宣扬“选择主义”。他的思想被天主教道统视为修正主义和异端邪说，有天主教同道甚至斥责他是天主教叛徒、穆斯林奸细。但历史开了个大玩笑。公元800年，“离经叛道”的埃利潘多死于穆斯林的一次谋杀。时任科尔多瓦艾米尔的后伍麦叶王子——哈盖姆一世对托莱多的“混乱状态”十分不满，故派其亲信阿穆鲁前去整肃。根据《特奥多米洛和约》，托莱多作为西哥特王国的故都享有高度自治。因此，那里除了穆斯林，还集居着大量西哥特遗老遗少和西法底犹太人；宗教信仰也比较庞杂，可谓伊斯兰教、天主教和犹太教三教并列。关键是大批前朝贵胄和宗教僧侣继续对伊比利亚半岛发挥着影响力，从而危及伊斯兰安达卢斯的稳定。阿穆鲁抵达托莱多之后，设宴“犒劳”各界名士，应邀者四百有余，其中就包括埃利潘多等天主教高级僧侣。是夜，赴宴宾客陆续到齐，阿穆鲁命人关闭门窗、点燃毒香，四百余人全数遇害、无一幸免。遇害者被连夜埋入预先挖好的巨坑之中，是谓中世纪著名的托莱多大屠杀，史称“坑宴”。

与此同时，围绕“选择主义”的争鸣在伊比利亚及其周边地区继续发酵。譬如，有个叫作皮尔米尼奥的僧侣，于公元8世纪中叶成功离开半岛。随行的还有其他一些教士和西哥特文献。他们从今加泰罗尼亚北部经地中海逃至罗马，后到莱茵河流域及今瑞士、比利时和卢森堡一带，一路上传教、布道，并创办了若干修道院。有关皮尔米尼奥的身世，学术界至今没有达成共识。大多数学者认为皮尔米尼奥实非西哥特人，唯有佩雷斯·德·乌贝尔皓首穷经，借有关文献及皮尔米尼奥本人的作品钩沉索隐，终于将后者定格为西哥特僧侣。在《萨

---

① Flórez, Enrique: *Symbolus Fidei*, t. Ⅳ, Madrid: Antonio Marín, 1750, pp.533—562. 这改变了圣奥古斯丁关于上帝之灵对一切生命起作用的说法（“他是爱的引力”。见《忏悔录》第13卷第7章第8节或《论三位一体》第2卷第1章），也扬弃了阿奎那关于神圣之爱的观点（《神学大全》第4卷第20章）。

卡拉普斯典藏》等著述中，佩雷斯发现了皮尔米尼奥曾大篇幅援引埃利潘多以及胡利安、马丁、伊尔德丰索、伊西多尔等西哥特作家的确凿证据。皮尔米尼奥的另一部作品是后人编纂的《皮尔米尼奥主教文存》。它辑录了作者的宗教文稿和少量颂歌，凡数十篇，史料价值固不容否认，然文学价值不大。他所取法的是折中态度，即认为圣灵在马利亚受孕过程中发挥了重要作用。也正是基于其折中主义（又曰间接主义）对天主教会的贡献，一些后世教士曾为他树碑立传，其中较为著名的有9世纪教士霍恩巴赫的《第一生平》、沃曼的《第二生平》和赖歇瑙的《第三生平》。

和他几乎同时逃离伊比利亚半岛，并参与争鸣的另一位僧侣是贝尼托。此人据传为西哥特贵族爱古尔福伯爵的次子，阿拉伯大军逼近比利牛斯山脉时加入法兰克加洛林王朝查理大帝的军队，并在罗兰麾下参加抗阿战争，后在圣塞纳修道院任职。据此，有不少学者认为贝尼托原本就是法兰克人。这倒无妨。关键是贝尼托毕生致力于正本清源、对埃利潘多的“选择主义”进行针锋相对的斗争，认为后者的一切“新见”都是哗众取宠、图谋不轨。他的主要作品为《协和教规》，关涉法兰克王国的宗教改良。然而，学术界对此作品的归属迄今没有定论。贝尼托表现出强烈的厚古薄今倾向自不待言，且很少提到西哥特作家作品。

与贝尼托志同道合的人委实不少，奥尔良的特奥多尔福便是其中一位。后者著述颇丰，但流传较寡。后人以其名号命名的文集《奥尔良的特奥多尔福》是一部相当怪异的作品。首先，特奥多尔福据称生于萨拉戈萨，却缘何唤作“奥尔良的特奥多尔福”？其次，有关文献资料既谓他信守天主教教义并举家逃离穆斯林统治的伊比利亚半岛，缘何又被查理大帝逐出法兰克王国？传说中的三大发现（类似于风水先生或道士作法、帮助查理大帝未雨绸缪、免灾祛弊）毕竟是传说，否则也不至于因为“参与意大利东哥特人争夺天主教大权的密谋”而被羁押和驱逐。

有关史料称特奥多尔福为饱学之士。因捍卫天主教道统有功，且激情澎湃，特奥多尔福还被认为是中世纪最杰出的拉丁诗人之一。然而，迄今为止罕有作品被确认出于其手。在貌似所属，并应教皇保罗一世（Paul Ⅰ）之邀创作的长诗《赞美你的荣耀》中，歌颂天主及其圣灵的美丽诗句光焰四射、才情横溢，为一代代天主教徒所传诵，至今仍在复活节期间被西班牙的一些天主教神父吟唱、朗诵。此外，他还应查理大帝之邀创作了符合道统的反选择主义著作《论圣灵》。晚年被法兰克王国羁押，期间撰写狱中札记《反指控》和明显模仿奥维德的《列女志》等，世俗情怀有所升腾。

中世纪中后期，罗马教廷通过神圣罗马帝国和政教合一的西方新兴王国使选择主义销声匿迹。但好景不长，文艺复兴运动悄悄发育，反圣灵论开始变脸，并以新的、更加强劲的方式呈现出来。那便是世俗喜剧的兴盛。

宗教政治的高压政策固然使喜剧乃至一般意义上的幽默远离了中世纪文艺，却并不意味着它对幽默的疏虞和排斥以同样强劲的方式影响了日常生活。从但丁时代的俗语文学以及民间喜剧的兴起当可想见，人们的日常生活中并不缺乏幽默。保存较多的中世纪卡斯蒂利亚语谣曲则是这方面的最佳见证。屈为比附，即便是在古代，我国的幽默（调笑）的基因也从未中断。从先秦诸子笔下洋溢着讽刺意味的诙谐段子，如《守株待兔》《揠苗助长》等，到后来愈来愈向下指涉的各种笑话（见《笑林广记》），以至于当今无处不在的黄绿段子，真可谓源远流长、绵延不绝。诚然，政治高压确实是幽默和调侃、喜剧或闹剧的最大敌人。反过来说，如果没有万历年间因变革引发的相对宽松的社会氛围，《金瓶梅》及冯梦龙的《笑史》《笑林》等就不可能出现；如果不是乾隆中晚期相对开放的时代背景，《笑林广记》也不可能编撰成如此规模。而西方喜剧原是颇有渊源的，阿里斯托芬和米南德等古希腊喜剧创作显然是西方喜剧的源头和根基。只不过从阿里斯托芬到米南德就已然显示出了向下的趋势。相对而言，阿里斯托芬的喜剧因其讥嘲权贵名人而指向形上，而米南德的喜剧则因表现家长里短相对指向形下。即使在“文化大革命”时期，幽默也仍是我国人民日常生活的重要调料，尽管当时的文艺作品确实罕有幽默或喜剧的影子。从某种意义上说，东方传统的进入确实是中世纪末年西方喜剧，乃至幽默传统复苏的一剂强心针。且不说阿拉伯文学如何充满了诙谐和幽默。

再说中世纪末叶，西方宗教政治的高压态势相当程度上是在文艺界的调笑声中被慢慢消解的。开始是东学西渐，阿拉伯人经由伊比利亚半岛将相对轻松、奇崛的东方文学翻译成拉丁文。在众多作品中，数夸张的《天方夜谭》和幽默的《卡里来和笛木乃》影响最大。于是，巨人、阿里巴巴和两个人做梦的故事不胫而走；狡猾的笛木乃、聪敏的和愚钝的动物，以及农夫和农妇的逗笑故事广为流传，并如阵阵清风吹动了静滞的西方文坛。14世纪，意大利作家萨凯蒂（Sacchetti）（尤其是赫拉尔多夫妇的故事）显然受到了《卡里来和笛木乃》的影响。在萨凯蒂笔下，虔信的赫拉尔多老人古怪而可笑，70高龄时居然心血来潮，从佛罗伦萨出发去邻近的一个村庄参加比武大会，结果被几个居心不良的家伙戏弄了一番（他们将一把铁兰草塞进其坐骑的屁股，使那匹马突然狂奔起来还不时地弓背跳跃，直到回到佛罗伦萨才消歇下来）。在所有人的哄笑声中，他妻子将这位被愚弄的老人接回家里，一边让他躺在床上给他治疗身上的挫伤，一边对他愚蠢而疯狂的举动大加呵斥。这在后来被塞万提斯（《堂吉诃德》）推向了极致。15世纪，波尔契（Pulci）和博亚尔多（Boiardo）则以玩笑的态度对待之前的文学或文学人物。前者为骑士奥兰多的故事添加了不少民间笑料，后者则索性让奥兰多这么一位身经百战的人坠入情网后变成了笨拙害羞、被安赫丽卡玩弄于股掌之间的傻瓜。这种调笑在阿里奥斯托（Ariosto）和拉伯雷（Rabelais）的笔下演化为“戏说”与“大话”或“狂欢”，而在曼里克等人的喜剧中则已然发展为“恶搞”。这种比严格意义上的讽刺更为随意，但也更有感染力的调笑与文艺复兴早期蓬勃兴起的喜剧化合成一股强大的文化力量，将相对僵硬的中世纪慢慢解构、熔化。

如此，在《疯狂的奥兰多》（*Orlando Furioso*）中骑士“因迷恋安赫丽卡而发疯”。都说描写他发疯的过程和心理变化是阿里奥斯托最出彩的地方，因为作者借此嘲笑离奇的冒险，歌颂爱情、忠贞和勇敢，并由此体现出人文主义思想。福伦戈（Folengo）在其长诗《巴尔杜斯》(*Baldus*)中则有意将意大利俗语，尤其是日常生活中带有戏谑和嬉闹功能的词汇和概念同一本正经的拉丁语杂糅起来，以便用前者颠覆后者。作品因此而获得了强烈的喜剧效果。这颇让人联想到韩寒等年轻写手对某些八股腔和主流意识形态中某些空洞语汇的讽刺性模仿。巴赫金认为拉伯雷的狂欢(《巨人传》)(*Gargantua et Pantagruel*)多少受到了《巴尔杜斯》的影响。几乎是在同一时期，巨人卡冈都亚降生了，他呱呱坠地就能喝掉上千头奶牛的乳汁，以至于在摇篮里就迫不及待地将一头奶牛吞入腹中。而这一直被认为是拉伯雷人文主义的表征：从另一个角度表现了人的精神(也即以巨人嘲笑巨神，或以巨人丑化巨神)。

狂欢之后是恶搞。这是宗教僧侣们始料未及(即使想见也难以阻止)的。在西班牙作家曼里克(Manrique，Miguel)等人的喜剧中调笑和狂欢获得了新的维度。于是，约瑟变成了笑容可掬的老头儿，他甚至会说这样搞笑的话：

呵，不幸的老头！
命运是如此漆黑，
做马利亚的丈夫，
被她糟践了名誉。
我看她已经怀孕，
却不知何时何如；
听说是圣灵所为，
而我却一无所知。[①]

或者，还有无名诗人的恶搞：

修行生活
固然圣洁，

① Gómez Manrique: *La representación del nacimiento de Nuestro Señor* [Texte imprimé], Madrid: M. Aguilar, 1942, p.1.

只因他们
皆系耆老。[1]

类似恶搞颇多。听众、读者在哈哈的笑声中被消解并消解了一切。

就这样，萨凯蒂或普尔契、博亚尔多或阿里奥斯托、福伦戈或拉伯雷、曼里克或无数无名诗人的讥嘲调笑和恶搞嬉皮笑脸地在民间蔓延。到了15和16世纪，南欧大小不等的各色喜剧院、喜剧场如雨后春笋，大量涌现，从而以燎原之势对教廷和宫廷文化形成了重重包围。

俗话说，"笑一笑，十年少"。生活不能没有笑，逗笑也确是西方近现代文艺的要素之一。但含泪的笑、高雅的笑往往并不多见，多数调笑大抵只为搞笑、指向低俗。这一方面迎合了人们的低级趣味，另一方面或可对高雅道统造成更大、也更为广泛的杀伤。比如卡冈都亚暴殄天物，用手指"梳头""洗脸"之后，便拉屎、撒尿、清嗓门、打嗝、放屁、打呵欠、吐痰、咳嗽、呜咽、打喷嚏、流鼻涕……又比如庞大固埃在教会图书馆里看到的《囊中因缘》《法式裤裆考》《神女卖笑》《修女产子》《童贞女之赝品》《寡妇光臀写真》《臀外科新手术》《放屁新方》种种以及曼里克们的诸多恶搞；再比如薄伽丘（Boccaccio）们或伊塔司铎们兴高采烈的性描写、性指涉。这些不是很让我们联想到当下充斥文坛艺坛的搞笑作品和下半身写作吗？至于曼里克对圣灵的嘲讽，则已然达到了不惮的地步。

亚里士多德早就说过，"索福克勒斯（Sophocles）是与荷马同类的摹仿艺术家，因为他们都摹仿高贵者；而从另一个角度来看……喜剧摹仿低劣的人；这些人不是无恶不作的歹徒——滑稽只是丑陋的一种表现"[2]。这些丑陋从创作主体滑自己之稽、滑他者之稽，直至滑天下之大稽。传统价值及崇高、庄严、典雅等在大庭广众的嬉笑和狂欢中逐渐坍塌，乃至分崩离析。

---

① Encina, Juan del: *Egloga de Plácida y Victoriano*, en *Obras comletas*, t.3, Madrid: Ediciones Cátedra, 1981, p.33.

② 亚里士多德：《诗学》，陈中梅译，商务印书馆，1996年，第42—59页。

也许正是基于诸如此类的立场和观点，体现市民价值（或许还包括喜剧和悲剧兼容并包，甚至在悲剧中掺入笑料）的莎士比亚受到了老托尔斯泰的批判。如果不是因为他的悲剧作品，单凭喜剧他是断断无法高踞世界文学之巅的。然而，即使作为悲剧作家，据有关莎学家的新近考证，莎士比亚居然也会借哈姆雷特们之口夹杂大量性指涉，以博观众一笑及一般市民的青睐；[①] 或许，其在当时的逗笑效果当不亚于当下的许多小品、相声、电影、电视或二人转。

当然，凡事总有例外。而但丁也许是最有分量的例外之一。真所谓众人皆醉他独醒，他面对人生歧途的感怀发人深省："在人生的中途，我发现我已经迷失了正路，走进了一座幽暗的森林，啊！要说明这座森林多么荒凉、艰险、难行，是一件多么苦难的事啊！……我说不清我是怎样走进这座森林的，因为我在离弃真理之路的时刻，充满了强烈的睡意……"[②] 于是他遭遇了三只猛兽：狮、豹和狼。它们分别象征傲慢、肉欲和贪婪。这且不论，但说他在《神曲》中反复提到"三位一体"，并谓圣父即神圣之力、圣子即最高智慧、圣灵乃本原之爱。[③] 如此等等，不仅是中世纪道统一脉相承，而且多少撷取了阿拉伯人的思想，譬如其与阿拉伯文学的关系已由阿辛·帕拉西奥斯所考证，而阿维森纳（Avicenna）有关灵魂的理论显然也为但丁无视选择主义提供了旁证。在阿维森纳看来，无灵就无法说明一切运动，而神真是通过无形的灵来支配一切的，[④] 否则隐形而又无处不在、无所不能的神就会永远处于被怀疑的境地。

与此同时，纯爱主义大行其道，并同宗教裁判所矛盾地并存。而选择主义、怀疑主义和路德改革一定程度上形成合力，对天主教道统产生了威胁。

15世纪末，西班牙在取得"光复战争"节节胜利的同时，创立了臭名昭著的宗教裁判所（或称异端审判所），面向全欧讨伐异端（而

---

① 小白：《好色的哈姆雷特》，北京：人民文学出版社，2009年。
② 但丁：《神曲·地狱篇》，田德望译，北京：人民文学出版社，2002年，第1页。
③ 同上，第15页。
④ 阿维森纳：《论灵魂》，王太庆译，北京：商务印书馆，1997年，第8—52页。

罗马宗教裁判所，即现圣座信理部前身，成立于1542年）。它不仅是天主教女王伊萨贝尔效忠天主的信示，也是天主教危机的显证：首先是天主教内部的分化：一、新教的蔓延，二、思想的混乱；其次是资本的萌生、市民阶层的崛起。而在西班牙，还要加上一个不容忽略的历史因素：大批穆斯林和犹太人的存在。大量史料证明，后者也是西班牙宗教裁判所高压政治的主要牺牲品，许多天主教诗人则因被指血统不纯或心怀异端而受到迫害。正因为如此，极端非理性主义、反世俗主义和反穆斯林主义、反犹主义开始兴盛，并一发而不可收。匿名十四行诗由此产生：

上帝啊，请勿动摇我，对你的爱。
无论是你承诺给予的天堂，
还是令人畏惧的地狱，
都不能动摇我对你的爱。

主啊，摇动我吧，让我见你，
你被钉在十字架上，
摇动我吧，让我看到你受伤的身躯
和你的死亡、你遭遇的羞辱。

摇动我吧，用你的爱，使我领悟，
即使没有天堂，我也一样爱你；
即使没有地狱，我也照样惧你。

为了让我爱你，你无须赐予，
即使我的希望没有希望，
我还是因为爱你而爱你。[1]

---

① Huff: "*No me mueve, mi Dios*" : *Its Theme in Spanish Tradition*, Washington: Catholic University of America Press, 1948, pp. 1—2.（译文参考了宗笑飞译《西班牙文学中的伊斯兰元素》，北京：中国社会科学出版社，2014年）

这首诗被认为出于摩尔改宗[①]诗人之手，既与宗教裁判所的高压政策有关，也是信仰危机的反映。围绕该诗，天主教神学展开了旷日持久的争论。这些争论从一个侧面见证了道统的溃退。洛佩斯–巴拉尔特详细地记述了有关争论。首先，西班牙文史学家梅嫩德斯·伊·佩拉约认为这首十四行诗“被法国静默宗[②]误读，并被当作纯爱理论的范本而广为流传”。[③]言下之意是它有异教基因。同样，修女玛莉·西莉亚·哈弗（Huff，Mary Ciria）援引梅嫩德斯，认为“因静默宗的缘故，西班牙的这首十四行诗早就开始令法国宗教当局感到了不安”，盖因“其纯真程度颇有些异乎寻常”。[④]其次，天主教神学中并非缺乏相关传统。虔信或纯爱之说几乎和基督教一样古老。《新约》借约翰之口宣称：“纯爱消除恐惧。”圣保罗在思考无私之爱时想到的只是万能的上帝，从而忘却了天堂与地狱。罗马教廷也曾关注这一观念。公元3世纪，亚历山大的圣克莱门特（Clement）在其《子座》（*Stromata*）中将人分为三大类：一是奴隶，他们信仰上帝是因为惧怕地狱；二是商人，他们信奉上帝是觊觎天堂；三是上帝之子，他们无私无畏地热爱上帝。圣克莱门特认为不应以第三类否定前两类，盖因恐惧和希望合情合理。同时，纯爱说也曾得到神学家圣奥古斯丁的重视。然而，到了中世纪，纯爱说开始成为问题。在《无私之爱的历史问题》（“Pour l'Histoire du problème de l'amour au moyen âge”）一文中，皮尔·罗赛洛（Rousselot，Pierre）指出，12世纪以降，这一观念就受到了怀疑。这就将17世纪的波舒埃和费内龙之争的源头上溯了整整五个世纪。神学家阿贝拉多认为信仰（对上帝的爱）必须是无条件的、纯而又纯的。圣维克托的雨果（Hugo du St. Victor）则相反，他认为没有信仰是纯而又纯、毫不利己的。于是，问题远未解决。然而，圣

① 所谓改宗，是指穆斯林和犹太人被迫改信天主教。

② 16和17世纪天主教神秘主义教派，主张无为，即放弃主动行为，以被动的、静默的等待求得最终与上帝合二为一。与北非伊斯兰教的默祷派和意大利的天主教隐逸主义十分相似。

③ López-Baralt: *Huellas del Islam en la literatura española*, Madrid: Hiperión, 1985, p.101.

④ Huff: "*No me mueve, mi Dios*": *Its Theme in Spanish Tradition*, pp. 37—38.

托马斯·阿奎那（Thomas Aquinas）作为天主教神学的正统作家曾以极大的努力对这些问题进行了总结性解释，即在信仰和自我之间建立某种平衡。他认为二者相辅相成，不能彼此否定。换言之，对天堂的渴望和对地狱的恐惧是虔信的基础。他并且认为上帝是"一切存在之原、一切无根之根"。[①] 总之，天主教僧侣就上述问题以及更为久远的圣灵问题争论不休。一方面，方济各（Francisco de Sales）因为阐释"无私之爱"而使其作品《关于圣爱》（*Traité de l'amour de Dieu*）免遭罗马教廷的谴责。但在《灵性词典》（*Dictionnarie de spiritualité*）中，圣方济各对"无私之爱"作了别样的解释，谓虔信即无私。这显然不同于圣托马斯的观点。然而，方济各相信，当神圣之爱出现时，一切杂念将随之消弭："当圣爱来临时，世俗杂念就会消失，纯粹之爱就会占据整个心灵……"[②]

方济各的忠实信徒，贝莱大主教加缪（Camus，Jean-Pierre）在《捍卫纯爱，反对俗爱》（*Défense du pur amour contre les ataques de l'amour-propre*，1640）中坚定地传承了导师的衣钵。但是，他很快受到了攻击，对手很可能是一位耶稣会教士。这又掀起了轩然大波。另一方面，西蒙德（Sirmond）在《捍卫美德》（*La Défense de la vertu*，1641）中大肆攻击加缪。加缪较之其导师相对温和，他其实并不完全排斥灵魂对天堂的渴望和对地狱的恐惧。他在援引传记作家儒安维尔（Joinville）时，说圣路易（Louis Ⅸ）[③] 的兄弟圣毅华（Yves）受命赴东方保卫大马士革，路遇一虔信老妪，后者一手举着火把，一手提着水罐；火把用来焚烧天堂，水罐用来浇灭地狱。她说这样一来，人们就不必再惦念天堂和地狱了，只要一心爱主便是。加缪为那妇人冠名，称之为"仁慈"，并视之为"纯爱"的象征。但是，西蒙

① 托马斯·阿奎那：《神学大全》（*Summa Theologica*），第1卷，第2章，第3条。

② Dictionnaire de Spiritualité Ⅰ: 2, Paris: Beauchesne, 1953, p.611，转引自López-Baralt: *Huellas del Islam en la literatura española*, Madrid: Hiperión, 1985, p.102。

③ 路易九世（1214—1270），被尊为"圣路易"，法国卡佩王朝第九任国王（1226—1270年在位），被奉为中世纪法国乃至全欧君主的楷模，史称"完美怪物"。在中世纪欧洲，要成为一个模范君主至少应具备以下几个条件：虔信的基督徒、参加十字军东征、克己奉公、公正无私等，而他被认为具备了以上的全部"美德"。

德认为有关老妪的故事纯属虚构。即便如此，贝莱大主教仍坚持以《圣路易生平虔信史，仁慈时代仁慈老妪的真爱形象》（*La Charité ou le portrait de la vraie charité histoire devote tirée de la vie du Saint Louis*）为名记述了这个故事，并请人绘制了老妪的画像。[①]

这一论争被费内龙（Fénelon）和波舒埃（Bossuet）推向高潮，但结果很糟。个中缘由除了费内龙背靠罗马教廷（尤其是圣克莱门特教皇的支持），故而疯狂捍卫无私之爱，认为："信仰者，信仰也，是不容讨论的"，况且"信仰是一种精神需要，因此圣父有形无形、圣灵或是或非并不重要"。[②]这颇似路德关于上帝的说法："那个你以心相通且有所依赖者其实就是上帝。"[③]况且，无法实证既是信仰存在的有力基础，也为怀疑论者和无神论者提供了更为充足的理由。问题是教廷的腐败和奢靡早已蔚然成风。这正是波舒埃抨击"纯爱主义"的主要理由。后者在《〈关于内心生活〉[④]的各种著述和故事考》（*Divers écris ou memoires sur le livre* Explication des maxims des saints, 1697）中针锋相对，充分肯定了圣托马斯的观点。然而，费内龙的真正威胁来自教廷本身。罗马教廷在诺森十世教皇的主持下对费内龙进行了清算，提出了二十三项纠正意见，其中就牵涉到脱离实际的纯粹主义。16和17世纪的神秘主义者和四大"赤脚修会"虽然没有直接参与这场论战，却以自己的方式、用自己的知行间接地给出了答案。

此后，随着人文主义，尤其是理性主义和科学主义的中兴，神学失去了重心，围绕圣灵说的论争逐渐消歇，但宗教精神依然存在，并时而与科学的未知及柏拉图的"绝对理念"或黑格尔的"绝对精神"殊途同归。这倒是应了费内龙的某些说法。

文艺复兴运动轰轰烈烈的狂欢固然为资产阶级战胜封建王朝及其

---

① 儒安维尔是一位"被广泛引用，却很少有人予以置评的作家"。他讲述的故事明显来自伊斯兰教，因此反倒无法在16和17世纪的西班牙流传。Batallon: *Varia lección de clásicos españoles*, Madrid: Editorial Gredos, 1964, pp.419—440.

② Batallon: *Varia lección de clásicos españoles*, Madrid: Editorial Gredos, 1964, p.439.

③《路德宗新教教会认信集》（*Die Bekenntnisschiri ften der evangelischi-lutherischenKirch*），转引自卡斯培（Kasper，Walter）《现代语境中的上帝观念》（*Der Gott Jesu Christi*），罗选民译，上海：华东师范大学出版社，2011年，第7页。

④ 费内龙所著，发表于1697年。

精神支柱奠定了思想基础，但即使在启蒙运动之后，资产阶级登上历史舞台依然靠的是武装斗争。这且不说。马克思主义从来不认为宗教是脱离社会生活的“自在物”。学者卡斯特罗（Castro，Américo）断言，随着文艺复兴运动的兴起，一方面人们前所未有地强调理智和理想的力量，另一方面也前所未有地重视对身边现世价值的追求。两种倾向都在15和16世纪新兴的文学体裁中获得了新生。塞万提斯称西方第一部悲喜剧《塞莱斯蒂娜》（*La Celestina*）是一本“神书”，同时也是一本“人书”。这种观点清晰地表达了上述情况：亦庄亦谐的风格和雅俗对立的人物。流浪汉文学和喜剧站到了英雄史诗和悲剧与神学的对立面。

在卡斯特罗看来，但丁时代的意大利已经十分明确地认识到了这两种艺术形式，在那里它们分别以费契诺（Ficino）的新柏拉图主义，如桑纳扎罗（Sannazaro）的《阿卡地亚》（*Arcadia*）和波尔契那充满世俗精神的《摩尔干提》（*Morgante*）为代表。两者产生过程中有过交锋，即人文的、世俗的一方对神奇的、超然的另一方的猛烈攻击。那些理想的原型忙不迭地借助于喜剧顺坡而下，而这坡儿则是通过诸如阿里奥斯托和他的追随者们的作品作铺垫的。伊拉斯谟（Erasmus）看到了这一点。他带着恶意的喜悦在《愚人颂》（*Moriae encomium*）中说：“面对震撼了奥林匹斯山的人，众神之父、人类的君王不得不放下了他的权杖……当他想操练那项时常奏效的技能时，我是想说，当他想繁殖小朱庇特的时候，这个可怜的矮子像小丑那样戴上了面具……我想，我的先生们，人类繁衍的工具是那样东西……那样东西，是那样东西，而非毕达哥拉斯派所说的数，那样东西才是万物的、生命的神圣源泉。”① 我们仿佛听到了流浪汉面对奥林匹斯山倒塌的哈哈大笑。在这一点上，伊拉斯谟的思想的确影响了流浪汉小说的兴起和调笑文艺的发展。反过来，《小癞子》（*El Lazarrillo de Tormes*）的故事或周星驰、赵本山的调笑远比伊拉斯谟的反宗教批判或持不同政见者的反体制攻击要更有力量。

① Castro: *El pensamiento de Cervantes*, Madrid: Hernando, 1925, p.20.

伊拉斯谟熟谙并偏爱的卢恰诺就曾彻头彻尾地展示过这种颠覆的本领。米希利奥对公鸡说："我恳求你说一说特洛伊城被围困的事儿是否像荷马所写的那样。公鸡说：相信我，那个时候不像书中写的那样，根本没有那么美好：埃杰克斯没有那么高大，雅典娜也不像很多人想象的那么貌美倾城。"[①] 图口舌之快、无所顾忌的阿里奥斯托不是也表现过相同的精神吗？请看这段描写：

> 埃涅阿斯并非那么虔诚，
> 阿喀琉斯的臂膀也不是强壮无敌，
> 赫克托耳更不像传说的那么勇敢……
> 奥古斯都亦非维吉尔所吹嘘的那般神圣与善良。[②]

怀疑主义一旦决堤、世俗精神一俟苏醒，便几何级生长、发散，从而为16世纪西方艺术的发展开辟出一片空前自由、丰腴的土壤，在那里精神只为凡人和世俗而兴奋。文学与宗教展开了真正的较量，后者被古典的权威光环与时代的杰出智慧所湮没，顿时显得岌岌可危。文学毫无阻力地走向世界，公然将天国抛诸脑后。而调笑在这里起到了关键作用。这也造成了另一个后果：在人们经历了文艺复兴胜利的第一次陶醉之后，天主教会终于在16世纪中叶改变阵容，全面退防，于是一次被动的反击开始了：通过特兰托教务会议对文学进行了强有力的监视，遏制了那些骑士小说以及宣讲、涉及、叙述或教授淫荡或淫秽之物的书籍。[③] 但是，生机勃勃的调笑一发而不可收并逐渐融入了西方文化乃至对一般人等的精神生活产生了深刻的影响。

于是，以明图尔诺（Minturno）为代表的保守派与以钦提奥（Cinthio）为代表的激进派围绕悲剧和喜剧进行了旷日持久的古今之争，尽管这一争论并未（甚至至今没有被）上升到政治的高度。在

---

① Castro: *El pensamiento de Cervantes*, Madrid: Hernando, 1925, p.20.

② Cervantes: *Don Quijote*, ed. de Clemencin, t.4, Madrid: Acuado, 1835, p.55.

③ Zweig, Andrea: *La Inquisición española en la historia y literatura*, Woshington: Woshington University, 1986, pp.23—61.

这期间，贺拉斯（Horatius）的《诗艺》（*Ars Poetica*）由于在悲剧和喜剧的认知上对亚里士多德多有修正，因而以“寓教于乐”思想以及将喜剧和悲剧一视同仁的态度（欲使人笑，必自先笑；欲使人哭，必自先哭）契合了人文主义和喜剧化表演的需要。

上述喜剧化倾向部分地被天主教神秘主义[①]诗人所继承。圣特雷莎·德·赫苏斯（Santa Teresa de Jesús）将“圣灵”说演化为令人啼笑皆非的“带色”文字。其时路德改革运动如火如荼，罗马教廷已然无暇顾及她的文学表演。圣特雷莎本名特雷莎·桑切斯·德·塞佩达·伊·阿乌马达（Teresa Sánchez de Cepeda y Ahumada），生于阿维拉，从小热爱文学，先在奥古斯丁会修读并为圣奥古斯丁的《忏悔录》所感动，后应一位修女姑姑的影响加入加尔默罗会，开始参加并领导加尔默罗会的变革。这时，传统势力和宗教裁判所对她进行了严厉的报复，使她的支持者不得不求助于国王费利佩二世（Felipe Ⅱ）（史称腓力二世）。在国王的过问下，特雷莎得以在规定范围内实施她旨在清除宗教腐败（其实也是社会腐化）的变革计划：清欲苦修。这项变革被认为是加尔默罗会历次改革运动中影响最为深远的一次。为了推行其变革思想，她身体力行，在该会的隐修院苦修了三十年，并于1562年在故乡阿维拉成立了隐修所。隐修所实行严格的戒律，并最终发展成为声名卓著的加尔默罗女修会。为了扩大影响，她又着手建立了一批纪律严明的男修会。新修会修士一律着草鞋，不穿袜，故又被称为赤脚修士。圣胡安·德·拉·克鲁斯（San Juan de la Cruz）便是特雷莎麾下的一名修士。

她的散文作品可粗分为两部分：一部分属于自传，另一部分是神秘主义创作，尽管它们本质上相辅相成。比如她这样描述“亲身经历”的奇迹：假借天使看到了神的肉身降临身边，“他并不伟岸，或者应该说是身量小巧，但相貌俊俏。他的面容如此红润，使人猜想他

① 且不说天主教神秘主义是否与苏非神秘主义有关，圣灵之争显然是天主教“内讧”的结果，并多少印证了这样一种说法，谓《旧约》为“圣父时代”、《新约》和神职教会的产生为“圣子时代”，而今为“圣灵时代”。见《圣灵的教会——方济各会改革的教诲观念与历史神学》，转引自《现代语境中的上帝观念》，第209页。

来历不凡，仿佛光焰万丈。我见他手执一杆长长的金色投枪；但定睛一看却是一条红棍，犹如燃烧的铁器。我觉得它数次插入我的躯体，钻进我的脏腑。当他拔出铁枪时，我只感到浑身沸腾着对上帝的伟大而真挚的爱。痛苦如此愉悦，以至于我禁不住失声呼唤这伟大的而温柔之至的痛苦。我要唯一的要，我想唯一的想：灵魂和上帝同在。这痛苦并非来自肉体（尽管它多余而渺小地存在于一旁），而是精神所至。这是灵魂和上帝之间的一种温柔的邂逅，它使灵魂快乐地粉碎。我真诚地祈望那些以为我妄语骗人的读者经历同样的奇迹。”[①]

这里既有对圣灵说的戏谑式演绎，也有文艺复兴运动期间的世俗化表演。诚然，真所谓无神论者无法用奇迹治病，特雷莎的文学表演被其同道指称为“圣女亲历”。这免不了使人想起魏晋及魏晋以降我国的神怪小说。鲁迅有言：“中国本信巫，秦汉以来，神仙之说盛行，汉末又大畅巫风，而鬼道愈炽；会小乘佛教亦入中土，渐见流传。凡此，皆张皇鬼神，称道灵异，故自晋讫隋，特多鬼神志怪之书。其书有出于文人者，有出于教徒者。文人之作，虽非如释道二家，意在自神其教，然亦非有意为小说，盖当时以为幽明虽殊途，而人鬼乃皆实有，故其叙述异事，与记载人间常事，自视固无诚妄之别矣。”[②] “人同此心，心同此理”，著名学者卡斯特罗也认为特雷莎的奇迹令人瞠目，而且其“诲淫程度”远远超过了人文主义杰作《塞莱斯蒂娜》。[③]这其中有否“诲淫”成分自是见仁见智，但特雷莎有关圣灵的描写确实达到了前无古人、后无来者、登峰造极的地步。而这恰恰就是西班牙神秘主义诗人达到的维度。面对人性和科学的理性挑战，不仅神秘主义如是，甚至整个神学都逐渐滑向了两个极端：世俗化和玄之又玄的神秘主义。它们在特雷莎的作品中合二为一，从而使基督教神学经历了一次具有明显内倾色彩的大转向。

然而，特雷莎并非世俗文人，她确是一位苦修者。以我们现在的

---

① Castro, Américo: *Teresa la Santa y otros ensayos*, Madrid: Editorial Alfaguara, 1972, pp.52—53.

②《鲁迅全集》第9卷，北京：人民文学出版社，1981年，第43页。

③ Castro, Américo: *Teresa la Santa y otros ensayos*, Madrid: Editorial Alfaguara, 1972, p.53.

认知方式看去，诸如此类的奇迹恐怕只能是错觉使然或布道需要。前者可能是生理和心理在特定条件下的一种反射，后者则纯属虚构。而她的神秘主义诗歌则明显具有伊斯兰神秘主义的印记，主要由《净化之路》（*Camino de perfección*）、《寓所》（*Las moradas*）［或《内心的城堡》（*El castillo interior*）］和《关于〈雅歌〉的思考》（*Meditaciones Sobre* El Cantar de los Cantares）组成。《净化之路》应同道请求而始作于1565年，主要用以劝人苦修，从而达到心灵的净化与升华。在这部作品中，特雷莎还明确表达了从自身做起以捍卫教义、消除天主教腐败和反对路德宗教改革运动的折中态度。《寓所》被认为是她的代表作之一，集中体现了她的苦修精神和神秘主义思想。“寓所”比喻天堂，同时指涉心灵："它是一座钻石和水晶砌成的城堡……犹如重重天堂。"①作品中充塞着“欢乐的痛苦”“被大写的爱人温柔地刺痛”等对语和反题。卡斯特罗把诸如此类模棱两可的双关语称为“大胆的暗示”。②

《关于〈雅歌〉的思考》体现了西班牙神秘主义与犹太文化剪不断、理还乱的冤家关系。犹太人和阿拉伯人为西班牙文艺复兴运动注入了最初的养分。但是，随着西班牙崛起而成为不可一世的帝国，犹太人和残留在西班牙境内的阿拉伯人曾多次遭受迫害。西班牙人普遍以具有纯洁的欧洲血统为荣，即便像特雷莎这样的圣女也不能免俗。曾几何时，她的父亲迫于政治和经济的双重压力，放弃了犹太教而改信天主教。③这一过程既残酷又屈辱，虽然特雷莎并非亲身经历，但血统问题却是无法回避的。因此，她曾一而再，再而三地在其作品中提到血统问题。有学者甚至认为她之所以不惜一切代价创办新修会，多少与血统问题有关。也正因为如此，新修会接纳了大批改宗

① 根据教义，灵魂只有走到第七重即最后一重，才能与上帝团聚。萨因斯·罗德里盖斯（Saínz Rodríguez）称《寓所》为“西方神秘主义的巅峰之作”，认为它无论叙述逻辑还是精神内涵，都可与亚里士多德的《形而上学》相媲美。Sainz Rodríguez: *Introducción a la historia de la literatura mística en España*, Madrid: Editorial Espasa, 1984, p.35.

② Castro, Américo: *Teresa la Santa y otros ensayos*, Madrid: Editorial Alfaguara, 1972, p.53.

③ Menéndez Peláez: *Historia de la literatura española*, t.1, Madrid: Editorial Evireste, 1993, p.211.

者——新基督徒。当然，一如她的其他指涉，血统也免不了具有双重意义：世俗意义上的血统和精神层面上的纯粹。然而，《关于〈雅歌〉的思考》回到了希伯来文化的源头，把《雅歌》（*El Cantar de los Cantares*）解读得如同初民男欢女爱一般，天真烂漫，但不经意中作者已经陡转笔锋，回到了对精神丈夫圣父或圣子的爱恋。至于特雷莎的某些思想是否和犹太神秘主义有关，则不得而知。但可以断言的是，西班牙是中世纪犹太神秘主义的大本营。犹太神秘主义固然始现于公元1世纪，但其主要“灵轮”经典《光明之书》和《隐喻之书》却是由西班牙犹太人分别于12和13世纪撰写的。而且，由于1492年及以后的几次宗族和宗教迫害、驱逐都使犹太人饱受创伤，喀巴拉犹太神秘主义愈来愈为西班牙犹太人所倚重。因此，特雷莎的城堡七重说很可能来自犹太教和犹太神秘主义关于上帝和天堂的说法。和犹太文化一样，阿拉伯文化也是西班牙文化的一个重要源头，尽管当时的西班牙人大都不愿直接或公开承认这一点。但有关研究家从特雷莎关于心灵→城堡以及“东方珍珠”等比喻中引申出她同伊斯兰文化的关系。比如，根据洛佩斯-巴拉尔特的分析，特雷莎的心灵→城堡七重说并非源自奥古斯丁关于抵达上帝所在的不同阶段，而是来自伊斯兰教有关真主为不同信徒建造的七座城堡：玉堡、金堡、银堡、铁堡、铜堡、矾堡和土堡。此外，洛佩斯-巴拉尔特还顺藤摸瓜，牵出了特雷莎在这方面的先驱，如弗朗西斯科·德·奥苏玛修士（Fray Francisco de Osuma）、圣贝尔纳尔迪诺（San Bernardino）等。前者在《精神ABC》（*Abecedario espiritual y ley de Amor*）中就曾把心灵比作（伊斯兰）城堡，并指魔鬼入侵这些城堡的三大主要途径是“欺骗”、“恐惧”和“饥饿”。圣贝尔纳尔迪诺也常拿城堡喻心灵，并称必须“从上到下，从前到后，从左到右，全方位防御”。①

和散文一样，特雷莎的诗作也全都是神秘主义的产物，主张今生为来世铺路；形式上讲究深沉和凝重，不屑于辞藻华丽。她的诗作数量不多，但影响很大。她在一首名为《我生因为我不生》（“Vivo sin

① López-Baralt: *Huellas del Islam en la literatura española*, Madrid: Hiperión, 1985, pp.81—89.

vivir en mí”）的诗中这样写道：

我生因为我不生，
但愿如是还我死：
我死因为我不死。

俗爱一去不复返，
生命徒然留我身。
我曾得到主的爱，
生在人间心在天。
灵魂从此有归属，
留下丹青纸一片：
我死因为我不死。
……

我生因为我会死，
倘非如此我怎生？
但愿希望早成真，
换我一颗圣洁心。
死神切莫再等待，
给我生命终结令。
我死因为我不死。
……①

塞万提斯曾用“迷醉”形容特雷莎的境界，曰：

丰腴的圣女，幸运的慈母，
用乳汁把众人的心儿哺育……

① Santa Teresa: *Obras completas*, Madrid: BAC, 1970, p.77.

你曾在迷醉中与上帝交往。
请上帝呼唤灵魂让你升腾，
抵达天庭的路已畅通无阻。
上帝已将全部的宠爱赐予，
滋润灵魂并使之日益丰盈。
……
如今你离开人寰飞向天庭，
英灵弃绝尘世和一切虚荣，
与上帝分享那不灭的永生……[①]

多数文学史家认为圣女特雷莎的奇妙之处在于用普通的语汇表现深奥的思想：模棱两可地扮演了正方与反方（“三位一体”说与选择主义）。诚如梅嫩德斯·皮达尔所说的那样，她是唯一善于用习常语言表述超验神奇的宗教诗人。[②]因此，她的诗是说出来的，却用最简单和最自然的方式表达了最深刻的感受和信仰。于是，神秘的信仰是那么可感、那么家常，但同时又透着玄奥、透着含混。

① Cervantes, Miguel de: *Obras completas*, Madrid, Castalia, 1999, pp.1190—1221.
② Menéndez Pidal: “El estilo de Santa Teresa”, en *La lengua de Cristóbal Colón*, Madrid: Editorial Espasa, 1942, p.156.

第二章　阿拉伯语文学

从发生学的角度看，阿尔-安达卢斯文学对于早期西班牙语文学的影响当远甚于西哥特拉丁文学。除却哈尔恰这个直接衍生于安达卢斯文学（彩诗）的“早产子”，无论直接还是间接，早期西班牙文学几乎毫无例外地受到了阿拉伯文学的影响，尽管这些影响并非全都积极、正面。谓予不信，姑且列举一二。

第一节　彩诗、俚谣与西班牙古典歌谣

西班牙境内最初的文学表征是一个混血儿：哈尔恰和早期歌谣。其中，哈尔恰是附着在彩诗中的缀句，故又称缀诗；而彩诗流行于公元10至13世纪的安达卢斯，是阿拉伯人在伊比利亚的原创诗体。早期歌谣则不仅与彩诗有亲缘关系，而且还直接继承了阿拉伯安达卢斯俚谣的血脉。

一、彩诗的由来与哈尔恰的产生

彩诗体现了东西方文化的杂交和融合，是阿拉伯语、罗曼司语和希伯来语的“混血儿”。它的出现满足了世俗和宗教的双重需求，同时也是自由意象在文学创作中的体现。阿拉伯学者普遍认为，彩诗是古典长诗盖绥达的“异化”，是阿拉伯人入主安达卢斯以后由文化包

容和语言会通所催生的通俗化和拉丁化成果。而罗曼司语学者则认为彩诗基本上可以视作罗曼司诗歌的源头，从阿拉伯诗歌脱胎而出，因而具有鲜明的阿拉伯色彩。[①]

彩诗的格律究竟来自阿拉伯古体诗还是罗曼司语歌谣，或二者结合所致，尚不得而知。然而，彩诗的缀句（الخرج，Jarcha，阿拉伯语意为“离开”或“别出”）却颇似我国古诗中的“外一首”，内容竟可偏离“中心”（markaz），且大多采用阿拉伯安达卢斯方言、希伯来语或莫斯阿拉伯（阿尔哈米亚）语写成。后者系安达卢斯基督徒方言，即用阿拉伯字母（或希伯来字母）拼写的拉丁俗语——罗曼司语。在已知的六百多首彩诗中，近三百首用古典阿拉伯语或阿拉伯方言写成，二百多首用希伯来语写成，五十首用阿尔哈米亚语写成，其余兼有上述不同语言。其中，二十余首哈尔恰直接采用罗曼司或阿尔哈米亚语，少数用阿拉伯语或希伯来语或二者的结合完成。正因为语言的混杂，这些彩诗的缀句也极富抒情性[②]，恰似后来的弗拉门戈舞蹈。

所谓彩诗，主要是指其押韵方式。一般阿拉伯古典情诗为全诗押韵合辙，而彩诗则采取双重押韵法，即全诗若干小节中，每一小节有相对独立的押韵合辙方式，每小节五至六行，但最后一节会呼应前面几节的韵脚，形成首尾呼应的“双重押韵”，是谓“彩带样循环押韵”。

具体说来，彩诗的结构不同于传统的阿拉伯古典诗歌。基于“悬诗”相互传统，阿拉伯古典诗歌多采用长诗（“盖绥达”）形式，每首大多由十个以上的诗节“拜特”组成。每个诗节又分为上下联（又称联句）；下联押韵，一韵到底。这使得“盖绥达”形式整齐、韵脚清晰，故而朗朗上口，具有史诗特征。这种诗歌形式一直为阿拉伯人所推崇，并于阿拔斯时期达到鼎盛。彩诗则不同，它韵脚多变，因而形式更为复杂。根据其变韵特点，它又分“全彩诗”和“秃头诗”两大类。“全彩诗”以锁韵诗节开篇，全诗往往由六个锁韵诗节和五个

① Monecal, María Rosa: *The Literature of al-Andalus*, Cambridge University Press, 2006, p.168.
② Op. cit. p. 168.

拜特诗节穿插而成（况且此拜特非传统拜特，它与传统长诗中两联句“拜特”不同，形式更自由，每个诗节有二至五行不等）。这样，锁韵诗节–拜特诗节–锁韵诗节–拜特诗节–锁韵诗节……交替出现。“秃头诗”不以锁韵诗节开头，但也由五个拜特诗节和五个锁韵诗节穿插而成，构成拜特诗节–锁韵诗节–拜特诗节–锁韵诗节的连贯形式。每首彩诗皆有统一锁韵，诗句的韵律却可以随机改变。锁韵诗节也长短不一，既有两联句，也有四联句，甚至八联句、十联句。“全彩诗”一旦锁韵确定，其他诗节就不再变韵。拜特诗节则因单句或联句不同，不同诗节的韵律略有区别。每一拜特诗节二至五行不等。

彩诗（或“彩锦诗”）原生于安达卢斯，早在公元9世纪初的安达卢斯情歌中就已露出端倪。譬如，在纳希赫和拉比等人的某些作品中，每小节开始尝试采用相对独立的押韵方式，彩诗呼之欲出。而西班牙拉丁俗语（方言）文学的最早表征便是从彩诗生发的，是为哈尔恰或缀诗、缀句。虽然，彩诗的格律究竟来自阿拉伯古体诗还是罗曼司语歌谣，或二者结合所致，尚不得而知；但它显然是中世纪西方最早的韵律诗。不消说，古希腊罗马时代固然有大量格律诗，但它们大抵有律无韵。更为重要的是，由彩诗衍生的哈尔恰竟无心插柳地开了西方罗曼司语文学之先河。

然而，从内容的角度看，哈尔恰却颇似我国古诗中的“外一首”，内容竟可偏离“中心”，且大多采用阿拉伯安达卢斯方言、希伯来语或莫斯阿拉伯（阿尔哈米亚）语。后者系安达卢斯基督徒方言，即用阿拉伯字母拼写的罗曼司语。在已知的六百多首彩诗中，近三百首用古典阿拉伯语或阿拉伯方言写成，二百多首用希伯来语写成，五十首用阿尔哈米亚语写成，其余兼有上述不同语言。其中，二十余首哈尔恰直接采用罗曼司或阿尔哈米亚语，少数用阿拉伯语或希伯来语或二者的结合完成。正因为语言的混杂，这些彩诗的缀句也极富抒情性，恰似后来的弗拉门戈舞蹈，颇有些吉卜赛人的艺术风范。

哈尔恰依附在彩诗之后，作为全诗的概括或后缀，且大都为女性视角。由此可见，彩诗的主要受众当是女性，尤其是年轻女子。她们不仅是哈尔恰的创造者，而且极有可能也是西班牙早期歌谣（或“俚谣”）择吉尔的主要缔造者。后者所使用的语言固然仍大量使用阿拉伯语，却混杂了更多的拉丁方言，直至演变为卡斯蒂利亚语民谣维良西科（Villancico）或歌谣（Canción）。

所谓彩诗，主要是指其押韵方式。一般阿拉伯古典情诗为全诗押韵合辙，而彩诗则采取双重押韵法，即全诗若干小节中，每一小节有相对独立的押韵合辙方式，每小节五至六行，但最后一节会呼应前面几节的韵脚，形成首尾呼应的“双重押韵”，是谓“彩带样循环押韵”。

公元822年（一说833年），著名歌唱家齐尔雅卜一行从巴格达来到科尔多瓦，创办了音乐学校，并广受欢迎。能歌善舞的人们不再满足于古典诗韵，开始尝试更为丰富的韵律。彩诗应运而生。一首彩诗往往由五小节组成，每小节又分两部分。仲跻昆先生在《阿拉伯文学通史》中对这种诗体进行了描述，谓彩诗的韵律大体上为“abab，cdcd，abab，efefef，abab，ghghgh，abab，ijijij，abab，klklkl，abab”；[①]也有一些为aa，bbbaa，cccaa，dddaa或abccc，abddd，ab，如：

江河抽出利剑（a）砍在垂柳枝上（b）
微风吹来习习（c）
满园春色浓郁（c）
一片绿荫匝地（c）
天籁声声不断（a）催得百花开放（b）
君看群鸟齐鸣（d）
大地出现黎明（d）
园中花香正浓（d）
云被闪电驱赶（a）泪水不断流淌（b）[②]

又如：

① 仲跻昆：《阿拉伯文学通史》上卷，南京：译林出版社，2010年，第497页。
② 同上，第498页。

高声呼唤叫酒家（a），请听客官把话拉（a）。
酒醉看人一个样（b），
酒水顺着指头洒（a），
醉来方知闹笑话（a）。

拉过酒坛凭桌坐（c），四碗四碗喝连着（c）。
眼前恍惚分不清（d），
太阳月亮竟认错（c），
想听故事且随我（c）。

眼疾皆为常流涕（e），泪水涟涟苦自己。（e）
自幼青梅伴竹马，（f）
两小无猜不分离，（e）
人随爱长盼婚期。（e）

……[①]

公元10世纪初，两位科尔多瓦诗人——穆卡丹·伊本·穆阿发（Muqaddan Ibn Mu'afa）和穆罕默德·伊本·迈赫姆德（Muhammad Ibn Mahmud）等正式启用彩诗体。但也有学者认为当时创作此类作品的另有其人；而最为现实的问题是，除了伊本·穆阿发和伊本·迈赫姆德留下了少许诗篇外，其他同时期彩诗作者的作品皆被岁月带走，至今没有发现幸免者。这除了彩诗属于阿拉伯古典格律诗的新生事物，在当时还常被视为不登大雅之堂的“小歌小调”，韵律相当自由、疏放。至于彩诗之名，则大抵要归功于阿卜迪·拉比。他在一首题为《璎珞》（*Poema del collar*）的长诗中率先将这种彩带样循环押韵方式比喻为“项链”，而“Muwashah”（或“Moaxaja”）正是阿拉伯语项链或彩带的音译。

① 艾哈迈德·爱敏：《阿拉伯-伊斯兰文化史》，史希同、张洪仪译，北京：商务印书馆，2007年，第183页。

安达卢斯诗人伊本·穆阿发被认为是彩诗的真正“发明者”，生卒年月不详，且生平难以查考，但文史学界基本认为生于9世纪末，卒于10世纪初。存世作品聊胜于无，以下是一首被西班牙学术网站归于他名下的彩诗，但押韵并不十分规范：

原野的鸽子，令我悲哀；
栖息于枝头，多么可爱！

自由自在，撒旦不惧；
无忧无虑，噩梦止步。
有朝一日，因故失心，
尔将似我，生不如死。

我心已死去，怎能不悲？
真主有知乎，能救我哉？

我心所爱，随爱而去！
病入膏肓，我身何愈？

我当何如，我当如何？
请别离去，我心所爱！[①]

另一位重要的彩诗作者是伊本·迈赫姆德，又名卡布拉的盲人（El ciego de Cabra）。他被一些现代学者誉为“西班牙的荷马”。[②]塞万提斯在其“流浪汉喜剧”《鬼点子佩德罗》（*Pedro de Urdemalas*）中提到了迈赫姆德，谓：

遇到一个盲人，

① 译自：www.esacademic.com/muqaddan ibn muafa.
② Díaz, Joaquín: *El ciego y sus coplas*, Madrid: Editorial Escuela Libre, 1996, p.7.

为他服务十月，
听到许多事情，
墨林甘拜下风。
学了一种语言，
句句引人入胜；
还可用来作诗，
行行绚丽多彩。
……①

迄今为止，学术界尚未对彩诗做必要的整理。因此，有关作品仍散见并封存于文史档案，积满尘埃，或文史学者偶尔一提的遥远过去。然而，它倒是早早地“出口转内销”，在阿拉伯本土产生了反响。

二、哈尔恰的形式与内容

哈尔恰可能借自其他诗歌，也更像民歌民谣，其口吻尤其值得关注：它通常与主诗无关或不甚相关，恰似餐后甜点一般：信手拈来，俯仰由人。

哈尔恰的主题与彩诗相仿，大体分为两类：歌颂爱情或英雄。颂歌类哈尔恰大都用古典阿拉伯语或希伯来语写成，并且大体延续了诗歌的主体内容。情爱类哈尔恰则不拘主体内容，往往别出心裁，可能画龙点睛，也可能画蛇添足、不相匹配。它们的共同特点是风格简朴，不尚修饰，时有强烈的感伤色彩。独立地看，我们很难确定哈尔恰作者的性别，有些哈尔恰甚至同时出现在两首以上不同的彩诗之后。这就更使人怀疑它们与彩诗作者的从属关系了。因此，哈尔恰的出现也许是时尚使然，也许是诗人信手拈来的民歌民谣，甚至读者或传抄者（如行吟诗人）的牵强附会，总之迄今为止难有定论。

哈尔恰由学者斯特伦于20世纪40年代首次发现，1948年他提供

---

① Cervantes: *Obras completas*, XVI, Madrid: Alianza Editorial, 1998, p.77.

了缀于阿拉伯–犹太彩诗之后的二十个早期罗曼司语“断章”。之后，加西亚·戈麦斯、梅嫩德斯·皮达尔、赫格尔、索拉–索勒、达马索·阿隆索、拉佩萨、弗兰克、加尔梅斯·德·富恩特斯等迅速参与发掘和研究。及至1965年，加西亚·戈麦斯发表了著名的《阿拉伯文学中的罗曼司哈尔恰》，将他及有关同行发现的56首缀诗公之于世，并对其进行了分析。迄今为止，学术界已发现六十余首缀诗，它们大都以女性口吻示人，或哀愁，或幽怨，从一个侧面展现了阿拉伯占领时期基督徒或改宗者（莫斯阿拉伯）的生存状态。

如上所述，彩诗产生于公元9世纪末10世纪初的安达卢斯，但目前所发现的哈尔恰最早始现于公元10世纪，这就使得西班牙俗语文学的发轫期较之1948年前所公认的时间提前了整整一个多世纪，从而超过了普罗旺斯民歌，成为近代西方最早的罗曼司抒情诗，[①]并且改变了学术界的某些传统观念，譬如近代罗曼司文学出自民间歌谣、传说或行吟诗人的说法[②]。后者基于教廷曾一直明令禁止教士、修女染指世俗文学，[③]显然并未觉察到缀于阿拉伯–犹太诗歌之后的哈尔恰。而哈尔恰的产生一方面是由于罗马教廷对阿拉伯占领区的基督徒鞭长莫及；另一方面在于后者渐渐偏离了天主教道统，并耳濡目染，对阿拉伯–犹太文学生发了某种认同感。

斯特伦发现的哈尔恰是一系列缀于犹太彩诗的早期罗曼司语作品，但相对于阿拉伯语彩诗的罗曼司语缀诗略晚一些。在这些生成于公元11至12世纪的西班牙犹太彩诗的罗曼司哈尔恰很快启发了加西亚·戈麦斯，后者于四年之后的1952年发现了24首阿拉伯语彩诗缀句，其时间可以追溯到公元10世纪初。1960年，德国学者赫格尔的发现将缀诗增加至53首。1965年，加西亚·戈麦斯将这个数字翻新至56首。后来，发现的步伐开始减缓。除去个别重复或雷同样本，目前有哈尔恰六十

① 比如庞德在《罗曼司精神》（1910）中高度赞扬罗曼司文学并将欧洲“抒情诗源头”普罗旺斯民歌与“叙事诗源头”荷马史诗相提并论。然而，古希腊并非没有抒情诗，西班牙的抒情诗“哈尔恰”又比普罗旺斯早一个世纪。

② Frenk: *Las jarchas mozárabes y los comienzos de la lírica románica*, México: El Colegio de México, 1975, pp.9—41.

③ Op. cit. pp. 46—48.

余首。其中四十余首缀于阿拉伯语彩诗，二十余首缀于希伯来语彩诗，其他为阿拉伯语或希伯来语缀诗。由于这些缀诗是用阿拉伯语和希伯来语字母拼写的罗曼司语诗句，因此在传抄过程中有所变化，甚至损耗。弗兰克教授以第11号哈尔恰为例，说明了这一情况：

Kn kyr tn'd y'mm'
Kn kyr tn'd mmh
Kn kyr t'gr 'l'qd y'mm
Kn tn'r 'l'qd y,mmh

这是同一诗句的四种版本（或变体），加西亚·戈麦斯译为："No quiere el mercader de collares, madre..."（"妈呀，商人真小气，不把项链贯……"）[①]

同时，有关案例表明，早期西班牙境内的罗曼司语大都没有古典拉丁文或现代西班牙语的动词。后者由"弱动词"或动词化副词、名词、形容词替代。更为重要的是，不少诗句甚至缺乏元音，这更印证了它们与阿拉伯语的亲缘关系。如：

Gryd bs'y yrmn'ls（依汝所愿，姐妹们哦！）
Km kntnyr 'mwm'ly（我如何才能免灾祛难？）
Sn 'lhbyb nn bbr'yw（没有情哥我不活：）
'dbl'ry dmnd'ry（他的踪迹何处觅？）

——第 4 号

Kfr' m?mh（我的妈呀，我当何如？）
Myw 'lhbyb 'st'dy'nh（情哥哥已在家门口。）

——第 14 号

① Frenk: *Las jarchas mozárabes y los comienzos de la lírica románica*, México: El Colegio de México, 1975, p.107.

'Isb'h bwnw g'r（美丽朝阳）
my dwn b'ns（来自何方？）
Y' lys k'wtry 'ms（温暖别人，）
'myby tn q'rys（冷却我心。）

——第 17 号

Sk'rs km bwn myb（若是好男悦我，）
Byym 'd' 'lnzm dwk（亲吻两串珍珠，）
Bk'lh d'hb 'lmlwk（在我樱桃嘴中。）

——第 31 号[①]

此外，形式方面，缀诗延续了彩诗的韵律，譬如以下几首的尾韵：

Non quere tayir al- 'iqd, ya mamma,（妈呀，商人真小气）
Amana hula li.（不把珠宝贯。）
Coli' albo verad for a mew sidi:（我颈白如雪）
Non verad al-huli.（我爱难见饰。）

——第 11 号

Mamma, ay habibi!（妈呀，好个亲亲！）
Sua al-yummella saqrella,（眼碧发金，）
E el collo albo,（颈白如雪，）
e boquella hamrella.（唇红似血。）

——第 33 号（XIV：十四号）

Boquella al-' iqdi,（珍珠口衔，）
Dolye com' as-suhdi,（津似蜜甜，）
Ven, beyame.（来吻我吧！）

① Frenk: *Las jarchas mozárabes y los comienzos de la lírica románica*, México: El Colegio de México, 1975, p.108.

Habibi, yi 'indi, (入我怀抱,)
Adunam', amande, (和我一体,)
como yawmi. (恰如昨昔。)

——第 XXXV(三十五)号[①]

Albo diya este diyah, (面对灿烂阳光,)
diya de l- 'ansara haqqa! (适逢圣约翰日!)
Vestirey meu l-mudabbay (穿上美丽盛装,)
wa nasauqqu r-rumha saqqa. (放下一切杂事。)

——第 51 号

Amma ana habibi, (亲亲,如是我在,)
yatis meu corasoni, (心已陶醉;)
Si m' giyan risa-ha, (汝目似箭,)
ala no queras manuni. (饶我不死!)

——第 61 号

如上所见，哈尔恰的主题多为爱情；幽怨和期待是其主要内容，且主人公或叙事者皆为女性，甚或怨妇。这显然与战争有关，从而使类似主题在后来的西班牙语谣曲中得到了发展。然而，清一色的女性口吻也让人不得不寻思其与安达卢斯穆斯林生活方式的某种关系。其中，母亲的形象非常显眼，而父亲却是完全阙如的。女主人公或叙事者也大多体现出童贞心怀，唯有少数案例给出了不同的倾向：她们不仅语调欢乐明快，而且态度积极主动（譬如第XXXV号缀诗）。

哈尔恰的另一个重要特征是内倾性。一切皆在人物内心：情感、梦想、悲喜、怨尤、哀愁、失望、拒绝……除了倾诉对象（母亲或情人），没有任何外在物事，就连时间（年份）和空间（地点）也是模

① 弗兰克用阿拉伯数字表示她和索拉-索勒版序号，用罗马数字表示加西亚·戈麦斯版序号。Frenk: *Las jarchas mozárabes y los comienzos de la lírica románica*, México: El Colegio de México, 1975, p.112.

糊的。斯皮策（Spitzer，Leo）由此认为作者应为城市歌手（而非一般行吟诗人）。[①]而梅嫩德斯·皮达尔则将女性口吻和幽怨腔调阐释为“风尚使然”的“有意为之”。[②]也有学者故此认为它们属于某个未知的特定诗群或流派（即使是在彩诗范畴当中）。[③]

在弗兰克看来，哈尔恰是典型的抒情诗，其中的矜夸和感喟（包括大量惊叹号的使用）更增添了抒情效果。譬如：第26首中的“Amanu, amanu! ya l'malih!”（“慈悲啊，发发慈悲！哦，我的美男子！”）或者第58首中的“Laita non lo amase!”（不爱你该有多好！）。其中“Laita”是阿拉伯语，意为“但愿”。[④]

哈尔恰所表现的大胆和直接是又一个令人称奇和击节的方面。在加西亚·戈麦斯版第XXXII（三十二）号和弗兰克版第48号案例中曾分别出现大胆的邀请：

Ven 'indi, habibi!（情哥哥快来呀！）
seyas sabitore:（你若撒谎逃避：）
tu huida samaya,（必遭电打雷击，）
Imsi, adunu-ni!（快快到我怀里！）

Sabes ya, mio amor,（你知道，我的爱，）
que catame el morire;（没有你，我会殁；）
Imsi, ya imsi，habibi:（我的爱，快来呀：）
non se sin te ver dormire.（不见你，我无眠。）

索拉-索勒提供的另外两个案例也很能说明问题：

① Spitzer: “The Mozarabic Lyric and Theodor Frings' Theories”, *Comparative Literature*, 4(1952), p.10.
② Menéndez Pidal: “La primitiva lírica europea. Estado actual del problema”, *RFE*, 43(1960), p.205.
③ Frenk: *Las jarchas mozárabes y los comienzos de la lírica románica*, México: El Colegio de México, 1975, p.118.
④ Op. cit. p. 119.

Si si ven, ya sidi;（好啊，好啊，来吧主人；）
Cuando venis vos i（当你来到我的怀抱，）
La boquella hamra（我用小嘴将你亲吻，）
Sibarey ka-al-varsi.（它像赤鸽，如血殷红。）

——第 20 号

在另一版本中，这首哈尔恰变成了：

Si os vais, ya sidi?（你要走吗，我的主人？）
Qu'ante beṣaros he（哪天再来，让我吻你：）
(la) boquella hamra（用我小嘴，将你亲吻；）
fermelia ka-l-warsi.（犹如姜黄，其色殷红。）[①]

索拉-索勒的另一个案例是：

Tant' amare tant' amare!（爱入骨，爱入髓！）
habib, tant' amare!（情哥哥，我最爱！）
Enfermaron welios nidios（眼睛病得不轻，）
e dolen tan male.（心痛痛彻全身。）

——第 18 号

这是缀于 11 世纪安达卢斯犹太诗人约瑟夫·卡蒂布彩诗之后的哈尔恰。索拉-索勒和拉佩萨将“welios”直接译作“眼睛”，[②] 但也有一些学者存疑。[③] 有关问题在哈尔恰中并不少见，盖因杂糅的语言和不断的传抄使某些词语发生了变异。然而，也有一些哈尔恰给出了另一

① Frenk: *Las jarchas mozárabes y los comienzos de la lírica románica*, México: El Colegio de México, 1975, pp.120—121.
② Amorós, Andrés (ed.): *Antología comentada de la literatura española. Edad Media*, Barcelona: Editorial Castalia, 2012, p.162.
③ Frenk: *Las jarchas mozárabes y los comienzos de la lírica románica*, México: El Colegio de México, 1975, p.120.

张面孔：熟悉化。譬如以下这首，竟出现在不同的彩诗当中：

Ya mamma mio a-habibi（哦，妈妈，我的亲亲）
bay-se e no me tornade（他已离去，不再回来。）
gar ke fare yo ya mamma（哦，母亲，我当何如？）
in no mio 'ina lesade.（我心好痛，无以安慰。）

——第 21 号

在弗兰克版本中，最后一行变成了“No un beyiello lesarade?”（“叫我怎不心痛？”）。

前面说过，哈尔恰不尽是爱的期待和倾诉，也有失望和拒绝。譬如以下两首：

Non quero yo un hillello（不要小白脸，）
illa l-samarello.（我要成熟男。）

——第 32 号

Vay, ya raqi, vay tu viya,（滚，不要脸的东西！）
que non me tenes ak-niya.（你对我不安好心。）

——第 19 号

哈尔恰长短不一，少则两行，多则八行，每行二至十二音节不等。迄今为止，围绕哈尔恰的创作机制，学术界争论不休。其中，关于它的产生时间，人们的看法就不尽一致。有学者认为它产生于彩诗之前，是彩诗作者利用了罗曼司歌谣，而非相反；但大多数学者倾向于将哈尔恰和彩诗联系在一起，即认为前者是后者的缀句。前者有伊本·巴萨姆为证。他在公元12世纪谈到彩诗作者利用了安达卢斯阿拉伯俗语或拉丁俗语的某些“lafz”以作点缀。[1] 斯特伦和加西亚·戈麦斯在这一问题上高度

① García Gómez: “La lírica hispano-árabe y la aparición de la lírica románica”, *Al-Andalus*, 21(1956), p.312.

一致，认为“lafz”指“表达”，而赫格尔却将其解读为“词汇”。[①]如果只是个别词汇或词语，那么彩诗在前、缀诗在后就毋庸置疑了。否则，孰先孰后有待考证。然而，埃及学者伊本·萨那给出了不同的说法，他曾明确无误地表示，哈尔恰是彩诗作者有意为之，[②]尽管这给不少学者提供了口实。后者从哈尔恰的“任意性”和（彩诗内容及形式）“不协调”为据，否认其与彩诗同源。譬如赫格尔有“援引”说，认为哈尔恰很可能是彩诗作者的援引。而这些引文的由来则可能是当时流行的“断章”。[③]这附议了梅嫩德斯·皮达尔的说法，后者视哈尔恰为流行歌谣，而那些重复（出现于不同彩诗）的案例恰好说明了这一点。[④]

第二节　安达卢斯俚谣与西班牙古典歌谣

自公元10世纪彩诗产生以后，安达卢斯地区（包括今西班牙大部及北非马格里布地区）有了自己崭新的文学形式。彩诗采用多韵体形式，因而不同于一韵到底的阿拉伯传统长诗。同时，彩诗语言清新，富于生活气息；韵脚灵活多变，令人耳目一新。这种诗体在11—13世纪达到鼎盛。与此同时，还有一种新的诗歌形式在安达卢斯这片土地上怡然衍生，并于12世纪达到巅峰，这就是俚谣（Zajal或Zejel）。俚谣与彩诗具有一定的相似性，二者皆为多重韵、多诗节，其中主韵反复出现，副韵不断变化。[⑤]但俚谣的不同之处在于：它不再沿用古典阿拉伯语（尽管彩诗的缀句哈尔恰也撷取了安达卢斯拉丁俗语），而是以西班牙-阿拉伯本地方言、俗语，甚至拉丁俗语为主，这又恰好

① García Gómez: “La lírica hispano-árabe y la aparición de la lírica románica”, *Al-Andalus*, 21(1956), p.128.

② Heger: *Die bisher veröffentlichten Hargas und ihre Deutungen*, 1960；转引自Frenk: *Las jarchas mozárabes y los comienzos de la lírica románica*, México: El Colegio de México, 1975, p.129。

③ Frenk: *Las jarchas mozárabes y los comienzos de la lírica románica*, México: El Colegio de México, 1975, p.130.

④ Menéndez Pidal: “La primitiva lírica europea. Estado actual del problema”, *RFE*, 43(1960), p.302.

⑤ 仲跻昆：《阿拉伯文学通史》上卷，南京：译林出版社，2010年，第499页。

与缀诗哈尔恰殊途同归。因此，从某种意义上说，俚谣与哈尔恰同宗同源，尽管创作主体有所不同。鉴于此，曾有诗人、学者对其表示不屑。最早持这一观点的有安达卢斯时期最为著名的文学史家伊本·巴萨姆。他在代表作《半岛名人佳作撷珍》（*Al-Dhakhīra fī mahāsin ahl al-gazīra*）中剔除了用经典阿拉伯语创作的彩诗，理由是彩诗的格律有时会偏离古典阿拉伯诗歌传统。彩诗如此，遑论离经叛道的俚谣。另一位阿拉伯中世纪文学史家伊本·赛义德（Ibn Sa'īd）同样认为俚谣采用安达卢斯下里巴人的语言，并且在结构、主旨和意趣方面乏善可陈。历史学家伊本·赫勒敦（Ibn Khaldun）则赞同伊本·赛义德的观点，并在其《绪论》（*Muqaddamah*）末章中对俚谣进行了负面评价。阿拉伯学者阿卜杜·阿齐兹·艾哈瓦尼（Abdu Aqiz Ahawani）也在一篇题为《伊本·赛义德〈奇谈撷选〉》（*El Kitab al-Muqtataf min Azahir al-Turaf* de Ibn Sa'īd）的檄文中再次无视俚谣的价值，并指伊本·赫勒敦所有关于俚谣和彩诗的评骘与伊本·赛义德的观点一脉相承。艾哈瓦尼还在《绪论》和《奇谈撷选》（*El Kitab al-Muqtataf min Azahir al-Turaf*）注疏中对二者有关彩诗和俚谣的评述进行了比照，认为二者的观点如出一辙。伊赫桑·阿巴斯（Ihsan Abbas）甚至断言俚谣的语言是彻头彻尾的大白话，“还不时夹杂着一些罗曼司词汇”[①]。总之，中世纪阿拉伯学者皆以清教徒式的矜持或古板看扁俚谣，他们对任何通俗文学或标新立异皆漠然相向或不以为然。及至16世纪依然如此。在文选《百花之园》（*Azhār al-Riyāḍ*）中，俚谣仍然阙如。[②]

一、俚谣的产生

精神文明总是步履蹒跚，而且一不小心就会出现梗阻和倒退。罗马帝国消亡以后，日耳曼人在南欧建立的东西哥特王国几乎一夜之间回到了蛮荒。因此，东西哥特时期几乎没有产生像样的文学。而近代

① Abbas, Ihsan: *Tāṭrīkh al-Adab al-Andalusī, 'Aṣr al-Tawā'if wa 'l-murābitīn*, Beirut: Dār al-Thāqafa, 1962, p.264.

② Al-Maqqarī , Ahamd b. Muhammad: *Azhār al-Riyād*, vol. Ⅰ, http://www.noorsa.net/files/file/001642.pdf, p.116.

西班牙、意大利文学几乎是在阿拉伯人的刺激下从头开始的，口口相传的谣曲则是其初始阶段的不二选择。

然而，囿于俚谣和哈尔恰一样，是东西文化的杂种，西方学界视上述"道统"为圭臬的也大有人在。1933年，最早研究俚谣的德国学者尼克尔（Nykl，A.R.）在《伊本·古斯曼〈歌谣集〉》（*El cancionero de Aben Guzmān*）[①]中就曾援引科林（Colin，G.S.）的话说，"俚谣就是彩诗，只不过它是以西班牙本地方言而非古典阿拉伯创作的彩诗"。[②]此外，学者斯特恩（Stern，S.M.）于1951年撰文称俚谣为"类彩诗"，是"在将彩诗转化为阿拉伯安达卢斯方言的过程中形成的"。[③]加西亚·戈麦斯（García Gómez，Emilio）曾同样认为，俚谣与彩诗同宗同源，并重申"二者的不同之处在于，俚谣用阿拉伯俗语，而彩诗使用的是非经典阿拉伯语（I'rāb）"。长期以来，学界几乎一概排斥"方言俚语"，进而视俚谣为不登大雅之堂的民间小曲。人们常常拿"伊本·宰敦的经典"来反衬伊本·古斯曼的俚谣。人们甚至通过一个词汇在俚谣中的使用频率，来判断它如何不入经典阿拉伯诗歌规范。

但是，随着时间的推移，也有学者对上述陈见发出了质疑。在新版《伊斯兰百科》（*Encyclopedia of Islam*）中，科林肯定了伊本·古斯曼的俚谣，但理由仍是其主要词汇并未脱离古典阿拉伯语，充其量是其变体："阿拉伯语经岁月浸润、水土化合，其词汇已大为丰富，同时渐渐摆脱了古典阿拉伯语语法的束缚。"

加西亚·戈麦斯在其1972年出版的三卷本《古斯曼全集》（*Todo Ben Quzmān*）[④]中，就俚谣的语言是否纯属安达卢斯方言这一问题表达了更为明确的态度，修订了他之前的观点。"事实上，"他说，"伊本·古斯曼无疑经常使用古典阿拉伯语。我们甚而可以大胆推说，使用古典阿拉伯语乃是一种惯性。反之，伊本·古斯曼的方言同样与生

① 原文如此。也作"Ibn Quzman"。

② Abu-Haidar: *Hispano-Arabic Literature and the Early Provençial Lyrics*, Richmond: Curzon Press, 2011, p.31.

③ Op. cit. p. 31.

④ 原文如此。

俱来、不可避免。”①

如今，学者们开始越来越重视俚谣的价值，有关研究方兴未艾。人们发现俚谣所使用的语言并非全然来自安达卢斯方言，它也不可避免地包含着许多古典阿拉伯语及其变体。俚谣大师则多为精通经典阿拉伯文学的饱学之士，他们不仅能背诵长篇累牍的古典韵律诗，而且艺术造诣较之任何同时代大师都毫不逊色。换言之，他们并不像传统所认为的那样都是下里巴人。换一种角度来看，重视俚谣不仅有助于了解阿拉伯诗歌丰富多彩的发展脉络，而且有助于厘清它与西方早期诗歌形式的某些因缘。

首先，必须承认的是俚谣并非无根之萍。它与丰厚的东部阿拉伯文化有着千丝万缕的联系。公元8世纪，安达卢斯地区的阿卜杜·拉赫曼一世自立为艾米尔，在西班牙建立了阿拉伯后伍麦叶王朝。此时，以巴格达为中心的东部阿拉伯阿巴斯王朝进入鼎盛。西部后伍麦叶王朝一方面急于与东部抗衡，发展独具特色的政治、经济和文化体系；另一方面又不得不向东部学习，特别是继承其丰厚的文化资源。在此，首要的便是借鉴阿拉伯诗歌传统，并加以改良。俚谣和彩诗就被众多阿拉伯文人视为东部诙谐文学的西方奇葩。

其次，早在彩诗和俚谣产生之前的公元8—9世纪，以艳情诗和各种打油诗为标志的诙谐文学（المجون）就已兴盛于巴格达阿拔斯王朝。时人普遍认为文学作品必得趣味盎然，有娱乐功用，才有价值。因此，11和12世纪安达卢斯诙谐文学的出现并非无源之水。公元9世纪，文学巨擘伊本·古太白（Ibn Qutaybah）就曾在其《故事源》（*'Uyūn al-Akhbār*）“序言”中解析了诙谐文学的特点和价值，并一语道出了俚谣的本质。他固然不像先于自己的贾希兹（公元8世纪伟大的阿拉伯文人，文风诙谐犀利）那样诙谐幽默、生性奔放，而是以严谨著称，却也认为作家可以采用轻松幽默的方式以吸引受众：“辱骂和斥责人们的幽默，那才是非法和不道德的。所有这些（幽默）在法拉兹达格的诗中很少见到，但后者恰恰不敬女性。而我，决不允许

① García Gómez, E.: *Todo Ben Guzmān*, Vol. Ⅲ. Madrid: Editorial Gredos, S.A. p.19.

你们使用这类不严谨的语言，除非是讲述各类或长或短的故事。”[①]他认为，如果一个作家字字合规，就失去了自我和魅力，读者也会觉得索然寡味。

此外，彩诗和俚谣出现之前，《故事源》就在安达卢斯地区非常流行。伊本·拉比的《罕世璎珞》主要的素材和灵感来源即是《故事源》。《故事源》共四册，分十卷。每卷论述一个专题。是一本论述修身养性、齐家治国的巨著。篇目依次为：君王篇（一译统治篇）、战争篇、政治篇、本性与卑劣篇、学问与阐述篇、修行篇、兄弟篇、需要篇、食品篇和妇女篇。在君王篇中，作者谈到了君王应有的举止、应行的策略。伊本·古太白在书中经常援引他人的言行以阐述自己的观点。开场白常常是：我从 × × 书中读到过这样的话/我从一本印度书中读到过（这句开场白在书中尤为常见，说明《故事源》受到印度文学影响很大）/我在《新约》中读过，等等，颇有佛经中“如是我闻”的意味。《故事源》一书是当时阿拉伯、印度、波斯、希腊–罗马等多元文化交融的产物。而《罕世璎珞》则将故事分为二十五个部分，并与《故事源》相同，将国家和战争置于首篇，而将食物和女性置于末篇。其次，在行文方式上，《罕世璎珞》也大抵效法《故事源》，但这是另一个话题，本文不再讨论。

回到东部诙谐文学，其主要代表文人除了以上提到的贾希兹、伊本·古太白之外，还有阿拔斯时期的酒诗人艾布·努瓦斯（Abu Nuwas）。艾布·努瓦斯据说曾创作一万两三千首联句“بيت”诗，且内容、题材各不相同，主要有颂诗、挽诗、情诗、讽刺诗、劝世诗等几大类。当然，最重要的还是其咏酒诗，这也为他赢得了“酒诗人”的美誉。其中最能体现诙谐、幽默的语言风格和谐趣意境的当属其艳情诗、讽刺诗和咏酒诗。西班牙伊斯兰时期，艾布·努瓦斯的诗歌受到安达卢斯诗人的推崇和追捧，人人都竞相效仿。谁的诗歌如果被指有艾布·努瓦斯之风，那便是平生得意之事。

同时，《一千零一夜》以及各种阿拉伯民间笑话和玛卡梅的广为

---

① Ibn Qutayba:‘*Uyun al-Akhbār*, Vol.Ⅰ, Cario: Al-mu’sasa al-miṣrīy al-amma li-ta‘līf wa ‘l-tarjama wa ‘l-Ṭabā’ wa ‘l-nashar, 1963, p. mīm.

流传，也对安达卢斯诙谐文学的发展产生了一定的影响。《一千零一夜》以及各种阿拉伯民间传说在安达卢斯时期尚未定型，其对俚谣的影响或在润物无声、潜移默化之中。而玛卡梅则比较特殊。公元10—12世纪，玛卡梅体小说经过近3个世纪的发展，其思想内容、创作方法和语言特征已臻完善，并开始产生变异。早在9世纪玛卡梅问世之时，其主要目的是教授阿拉伯语（可参见赫迈扎尼《玛卡梅集》），因此多选用趣味性强、幽默诙谐或颇具讽刺意味的故事，内容则以反映下层百姓生活为主，间或有讽刺统治者昏庸、世风凋敝的文字，但语言上赫迈扎尼则竭尽雕琢之能事，在韵律、对仗方面也非常讲究。其旖旎的语言风格甚至颇有卖弄学识之嫌。而自哈里里开始，玛卡梅的故事情节变得更加生动有趣，也更利于反映底层生活。但总体说来，后者的语言仍略显艰深玄奥。公元10—12世纪，与彩诗相仿，安达卢斯的玛卡梅在继承中有所创新，但语言仍延续前人的创作风格，此时兴盛的彩诗也多采用古典阿拉伯语。在这种情形下，俚谣作者们便有意使用方言、土语，甚至某些粗俗鄙陋的语言以抗衡雕琢旖旎的文风，从而对传统写作形成一种“反动”。

在阿布·海达尔（Abu Haidar，J.A.）看来，迄今为止东西方学者都很少视其为值得钻研的课题。19世纪贾马里亚·巴尔别里（Giammaria Barbieri，Boase）以降，西方学者对彩诗和俚谣的所有兴趣几乎仅限于它们能为12世纪普罗旺斯民歌和阿基坦宫廷情诗提供哪些可能的注解。换言之，这两种诗歌形式之所以被研究是因为它们或有文学史价值：乃近代西欧文学发轫的渊源与研究“基数”。[①]

西班牙–阿拉伯俚谣于12世纪达到顶峰。时值游吟诗人（Juglares或Trovadores，后者直接源自阿拉伯语）成为诗歌、音乐乃至各种民间文艺的传播者。而且，他们不仅在民间，即或在宫廷之内也充当了时鲜艺人的角色。他们受到社会各阶层的喜爱。上至王公贵胄，下到黎民百姓，无不对其馈赠津津乐道。梅嫩德斯·皮达尔有一部描写这

① Abu Haidar: *Hispano-Arabic Literature and the Early Provençial Lyrics*, Richmond: Curzon Press, 2011, p.31.

些江湖艺人的著述，他将后者誉称为“诗艺传播者”。[①]简言之，游吟诗人以歌咏、音乐，抑或形形色色举止夸张的行为艺术如戏仿、舞蹈乃至杂耍取悦观众，同时为他们带来各色故事、新闻。学者弗朗西斯科·利西尼亚诺·萨埃斯（Liciniano Sáez，Francisco）拿“游吟诗人”以指代“所有娱人逗乐”的表演者。[②]埃德蒙德·法拉尔（Faral，Edmond）也持相同观点，认为游吟诗人“以娱乐众生为业”。[③]梅嫩德斯·皮达尔则以极其简练的语言给出了游吟诗人的行为本质，认为“消遣”（solaz）和“使开心”（solazar）才是游吟诗人娱乐众生的第一个关键词。[④]

海达尔断言，在西班牙基督徒王国，游吟诗人和俚谣作者是可以画等号的。这一观点来自他对伊本·古斯曼（Ibn Guzmān）的了解。

二、伊本·古斯曼及其《歌谣集》（*Diwan Ibn Guzmān al-gurṭabīi*）

首先必须说明的是，之所以选择伊本·古斯曼的《歌谣集》，是因为他的作品充分体现并代表了那个时代的俚谣（无论就语言、内容，还是韵律、风格而言）。事实上，我们甚至可以说，他的《歌谣集》决定了同时期乃至后来俚谣的发展向度。

伊本·古斯曼（1078—1160），生于科尔多瓦，出身世家，被视为安达卢斯文学的代表作家和俚谣的巨擘。据说，他一生中的大部分时间都在塞维利亚度过，且地位显赫，但并非一帆风顺。文坛上，他一直追求标新立异、使自己不同凡响。因此，在众多文人竞相效法东部阿拉伯或大量创作彩诗之际，他却选择了俚谣，并且以安达卢斯方言进行创作。这也使得他一跃而成为俚谣泰斗，博得“إمام الزجالين”之称号，同时奠定了其在安达卢斯文坛的地位。如此，他的俚谣不仅在

① Menéndaz Pidal: *Poesía juglaresca y juglares: aspectos de la historia literaria y cultural de España*, Madrid: Espasa-Calpe, 1975, p.100.

② Op. cit. p.12.

③ Ibid.

④ Ibid.

安达卢斯地区流布甚广，而且一直流传到东阿拉伯地区。他因此被视为可与东部艾布·努瓦斯遥相呼应的时代翘楚。

关于伊本·古斯曼的外貌，我们无从查考，只能根据他在一首俚谣中的自诩演绎推断：金发碧眼，体量伟岸，身材高挑，体格强健：

你且看我，身形挺拔，
双臂修长，金发碧眼，
神清目朗，……[①]

有学者故而指他是混血儿，并认为这或许可以解释他为何精通安达卢斯拉丁方言，但苦于没有证据，这只能流于猜度。伊本·古斯曼生活考究，衣必光鲜，居必广宇，食必丰美。对朋友他一诺千金、重情重义。这些特点，都可以在他的俚谣中窥见一二。

伊本·古斯曼俚谣韵律专家戈顿曾说："如果没有伊本·古斯曼的193首俚谣的发现，这种诗歌形式就只能是一个空洞的名词。"1896年，伊本·古斯曼《歌谣集》的149首俚谣手稿副本由德国学者大卫·德·古兹伯格（Gunzburg，David de）在彼得堡发现并付梓，从而逐渐引起学界的关注。但是，《歌谣集》始终没有得到学术界应有的重视，迄今仅有极少数西方学者视若珍宝。究其原因，大致有二：一是伊本·古斯曼的《歌谣集》大多以安达卢斯方言写成，这使得许多阿拉伯学者并不关心，甚至认为它难登大雅之堂；二是在东方学者的脑海中，始终有这样一种观念，即俚谣和彩诗是东西方文化的混血儿，不东不西，不算东西，进而将其视为另类（الأدب الأعجمي）。不过，近年来情况正在改变，阿拉伯学者开始翻译、研究《歌谣集》。自1995年埃及首次出版伊本·古斯曼《歌谣集》全本之后，这部"阿拉伯世界的第一俚谣集"开始受到学界的重视。在西方，自1933年德国东方学者尼克尔出版《伊本·古斯曼〈歌谣集〉》一书以降，由他翻译注

① Ibn Guzmān: *Diwān Ibn Guzmān*, Vidrīk Kūrnītī ed., Cario: Al-majālis al-a'la l-thagāfa, 1995, p.70.

疏的《歌谣集》拉丁语系版本（序言则保留了原来的语言）也相继出版。之后是1972年西班牙学者加西亚·戈麦斯的《伊本·古斯曼研究大全》。编者根据伊本·古斯曼俚谣的不同手抄本，将有关作品翻译成西班牙语。但由于年代久远，不少手抄本存在着诸多错误，致使戈麦斯的西班牙语译本也出现了以讹传讹的现象，给后来的解读和分析带来了一定的障碍。1980年，马德里西班牙阿拉伯学院教授韦德里科·库林特（Kūrnītī，Vidrīk）发表《伊本·古斯曼〈歌谣集〉：文风、语言及韵律》（*Dīwān Ibn Guzmān: nushan wa lukht wa 'ruḍan*），该书第一次从安达卢斯方言分析了伊本·古斯曼的特点。2001年，阿拉伯裔美国学者艾布·海达尔出版了《西班牙阿拉伯文学与早期普罗旺斯诗歌》（*Hispano-Arabic Literature and the Early Provençial Lyrics*）一书，并辟专章纠正了戈麦斯著述中的讹误，同时分析了伊本·古斯曼俚谣的语言风格，是推进俚谣研究的重要一步。

1896年发现的149首俚谣，加上后来的收集、整理，伊本·古斯曼流传至今的俚谣共有193首，均被收录在他的《歌谣集》中。这些是研究安达卢斯通俗文学乃至社会、民风的重要资料库。

首先，伊本·古斯曼俚谣主题上延续了古典阿拉伯诗歌传统。自蒙昧时期起，赞颂即被视为阿拉伯古典诗歌的基本主题，或最重要的主题之一。因此，颂诗在阿拉伯传统诗歌中比比皆是。它们有利于记录、研究阿拉伯历史，记述统治者的功绩和宫廷生活，展示学者们的学识智慧。颂诗内容一般由两方面组成：第一类不外乎传统颂诗，其赞颂对象多为统治者或是王公贵胄，诗人歌颂他们的慷慨、仁慈、英勇和宽厚等高贵品质，诗人甚至以此为谋生之计，期待获得被赞颂者的赏赐。第二类则是矜夸类颂诗，或矜夸自己的风雅俊朗，或部族首领、同道的骁勇彪悍，以及争战故事等。彩诗在安达卢斯地区兴起后，基本延续了这个主题，俚谣也不例外。在《歌谣集》中，称颂统治者、执法者、王公贵族以及伊玛目等教长的颂诗就有近40首，占近四分之一的篇幅。在一首称颂统治者阿布·伊斯哈格·本·穆瓦萨里的诗中，伊本·古斯曼写道：

世间王公，众人福祉
血统高贵，强健身体
尊贵荣耀，无人可比
倾其所有，何谈悦己
乐善好施，换来谢意
……[①]

第二类颂诗，即矜夸类颂诗，在《歌谣集》中也十分常见。伊本·古斯曼对自己的外貌赞赏有加，几乎达到了自恋的程度。前面所引其自诩俊朗的俚谣即是显证。关于性格，他也曾不无矜夸地写下了：

我恰似镰刀一把，
正直似利刃弯弯。[②]

伊本·古斯曼及同时代俚谣诗人大都放浪形骸，并以此为荣。他们甚至大肆渲染自己的放荡行为，丝毫不觉得羞赧。这几可谓俚谣诗人的共性特征。即使在俚谣的另一重要主题——挽歌当中，诗人也毫不掩其诙谐乃至略显轻浮的本性。例如，在其第83首俚谣第14节中，古斯曼是如此缅怀先君的：

自你走后，众人无依，
好似秃头，虱子戚戚。[③]

除了颂诗、挽歌之外，俚谣的另一个主题便是爱情。这在《歌谣集》中也有鲜明的体现。总体说来，《歌谣集》也即颂歌、挽歌和情歌的集合，几无例外。一首歌颂梦中情人的谣曲这样写道：

① Ibn Guzmān: *Diwān Ibn Guzmān*, Vidrīk Kūrnītī ed., Cario: Al-majālis al-a'la l-thagāfa, 1995, p.241.
② Abu-Haidar: *Hispano-Arabic Literature and the Early Provençial Lyrics*, Richmond: Curzon Press, 2011, p.35.
③ Ibid.

我的心上人呀，你伤透我的心。
我心已破碎呀，你是否会知情？
……
我的心上人呀，那日三生有幸，
得睹芳容若锦，胜于明月初升。

恰似春光满园，你是美丽化身，
鲜花权作地毯，在你脚下延伸，
……
美轮美奂之身，真主赋予卿卿，
姣妍无与伦比，而且永远白净。[①]

要之，俚谣的主题一方面延续了传统阿拉伯诗歌的主题，另一方面又明显加入了新的元素如语汇、旨趣和意境。也正是这种新的写作风格，使得俚谣独树一帜，成为阿拉伯诗坛玲珑璀璨的明珠。

这种新的写作风格的首要体现，便是其语言。德国学者维克多·克莱普勒（Klemperer，Victor）在《第三帝国的语言》（*LTI Lingua Tertii Imperii*）中曾经说过：一个人有可能言不由衷，“但是在其语言风格中，他的本质会暴露无遗”。[②]虽然他说的是希特勒时期的纳粹式语言风格，但我们可以进行类似的推理：一个人使用的词汇可能会有变化，但整体风格却无法掩盖其性格特征，亦即人们常说的“风格即人”。

在古斯曼之后，阿拉伯语的指小名词与西班牙语中的指小名词相互交融，就很难确定孰先孰后了。例如，西班牙语中的albufera（滨海湖），就显然是阿拉伯语指小名词 البحيرة 的音译。类似例证很多。而指小名词的使用，成为了俚谣语言的又一大特征。如前所述，作者常借此表达亲昵、爱恋。且看伊本·古斯曼的小诗：

---

① Ibn Guzmān: *Diwān Ibn Guzmān*, p.177.

② 克莱普勒：《第三帝国的语言》，印芝虹译，北京：商务印书馆，2013年，第3页。

قد تممت الزجيل ، و هو من قلبي المقطوع

（这首小小俚谣哦，出自我破碎的心。）[①]

说到俚谣，伊本·古斯曼几乎言必用“小俚谣”这个词，以表达他对俚谣不无自豪的爱恋，他甚至在第65首俚谣末尾说：“和这首诙谐小诗相比，所有诗歌都一无是处。”

除了指小名词，伊本·古斯曼还十分钟情于使用另外三个词汇：“رقاعة”（插科打诨或戏谑逗乐）、“خلاعة”（放浪形骸或风流成性）以及“عوج”（暗藏玄机或话中有话），这三个词几乎成了他的标识。[②] 由此，我们也能看出他自身放浪不羁的性格特征。

他反复强调，放弃放浪形骸的生活方式，就等于让他放弃他的艺术感觉。他甚至在这样的表述中加上经典阿拉伯语气词إن，以及限制性小品词（同样是经典阿拉伯语）إنما，意在强调其对放浪生活的重视：

إن ترك الخلاعه عندى الجنون（第 90 首俚谣，第 1 节）

（倘疯狂赐予我放浪之路）

إنما الخلاع فهي اوكد اشغالى（第 25 首俚谣，第 2 节）

（忙忙碌碌皆为放浪形骸）[③]

俚谣的第一个语言共性便是方言。有学者认为它是纯粹的安达卢斯俚语，夹杂了大量的罗曼司语元素；但越来越多的学者认为，俚谣的语言并非纯粹的罗曼司俗语，而是一种阿拉伯古典语言的变体。它灵活多变，不受古典阿拉伯语语法的束缚，更能体现幽默、诙谐的风格，也更适合表达安达卢斯普通民众的情感与心理诉求。

且看一句早期的匿名俚谣诗句：

---

① Abu-Haidar: *Hispano-Arabic Literature and the Early Provençial Lyrics*, Richmond: Curzon Press, 2011, p.95.

② Abu-Haidar: *Hispano-Arabic Literature and the Early Provençial Lyrics*, Richmond: Curzon Press, 2011.

③ 以上两句俚谣皆转引自 Abu-Haidar: *Hispano-Arabic Literature and the Early Provençial Lyrics*, Richmond: Curzon Press, 2011, p.36。

شربربت بماخور　　على دف و طنبور
（我饮酒来船为皿，敲起鼓来拨动琴。）[1]

此 شربربت 乃是古典阿拉伯语 شربت（我饮酒）的变体，作者如此挪用，是想通过一种随意拉长或缩小词汇的方式，来达到幽默、欢娱的艺术效果，让我们仿佛看到饮者酩酊大醉、口齿不清却又絮絮叨叨说个不停的滑稽场面。再看伊本·古斯曼在一首俚谣中写下的诗句：

لسّ عار عندك يا قطب المآثر
أن نكون وشاّح و زجاّل و شاعر
……
（丰功伟绩的创造者啊，我们
做彩诗作者、俚谣手和诗人
……不会有损你的威仪）[2]

此处的لسّ乃是古典阿拉伯语 ليس 的缩写。隐去（或谓省略）词汇中的某个字母，在俚谣中非常普遍。例如，伊本·古斯曼常常用“ه”来表示“هو”（他）；用“ل”来表示“له”（为他）；把“أنت”（你）写成“أت”；将“كيف”（怎样）写成“كف”；把“رأيت”（我看见）中的字母“أ”隐去，使之变成“ريت”，如此等等。俚谣诗人为实现某种艺术效果，或使诗句朗朗上口、易于流传而常常改变词汇、吞没尾音，甚至借方言口语、外来语（如柏柏尔语、罗曼司语）等强化效果。这颇有几分当今网络语言的特性，如“这样子=酱紫”“不要=表”等。

也正因为如此，俚谣往往受到传统阿拉伯学者文人的诟病，被指韵律松散失规，语言简单粗俗。他们认为这样的作品实在难登大雅之

① Ḥāzim al-Garṭājannī: *Minhāj al-bulaghā' wa-sirāj al-udabā'*, Tunis & Beirut: Dār al-Kharab al-Islamī, 1966, p.332.
② Kūrnītī: *Dīwān Ibn Guzmān: nushan wa lukht wa 'ruḍan*, Madrid: Instituto Hispano-Arabe, 1980, p.48.

堂，从而将其从文学史中抹去。而事实上，许多作者如伊本·古斯曼，对古典阿拉伯语的精通程度当不亚于穆泰奈比或艾布·努瓦斯。他们语言之丰富、骈偶之旖旎、对仗之考究非同时代其他诗人可比。他们对古典阿拉伯诗文的娴熟则几乎到了可以信手拈来的地步。譬如，《歌谣集》序言便是一篇美轮美奂的阿拉伯骈文。而俚谣作者之所以乐于大量采用诙谐、幽默的方言俚语，则大抵是因为后者符合他们表达的旨趣。有诗为证：

هذا الزجيل ما ارقعو
يتسلى بيه من يسمعو
لا سيما إن كان معو
طن طن طن[①]

（这首俚谣多么鲁莽，
闻者听了如此癫狂
最好还有乐器相伴
来点儿当！当！当！）

我想援引艾布·海达尔博士的一段引文，来表明俚谣作者大量采用方言俚语进行创作的初衷。这段引文据说出自摩洛哥拉巴特公共图书馆的第D985号手稿，作者为13世纪文人阿布·雅赫耶·欧拜德拉·扎杰里（Abū Yaḥyā Ubaydallāh al-Zajjālī）。他在手稿中写道：

“我将作品分为两部分，目的有二。第一部分我认为适宜颂扬先知（愿他平安）的传统。这是本书最有价值的部分，也会令读者获益匪浅。这部分我以经典阿拉伯语写成，语言优美，娓娓动听，并且引用大量的阿拉伯语格言、警句，以及前朝大师们的精美演说。我选择它们，是因为其教

① 穆德哈里（Mudghallīs）俚谣，转引自Abu-Haidar: *Hispano-Arabic Literature and the Early Provençial Lyrics*, Richmond: Curzon Press, 2011, p.35。

化功用，且内容丰富、主题鲜明。其二，本书的第二部分使用下里巴人的俗言俚语和乡村野夫的恶言谩骂。它们尽是些通俗的、不合时宜的阿拉伯土语和滑稽笑话，是常年挂在人们嘴边的方言俚语，有些甚至尚未摆脱动物的粗野，其趣在于使听众开怀大笑。要是我用经典阿拉伯语来呈现后半部分的内容，那对我而言将更为轻松容易。但那样会使它失去原有的色彩和滋味。所以，我保留它们的原汁原味，以为不失其趣。它们足以帮助人们消解愁闷、转苦为乐，变他们的紧张和压力为轻松和愉悦。”[①]（下画线为笔者所加）

这段话道出了俚谣创作的初衷和本质，也写出了俚谣作者们的难言之隐和尴尬境地。

俚谣的另一个语言特点是大量使用指小名词。据统计，在伊本·古斯曼《歌谣集》中，指小名词的使用多达近二百次，其中许多指小名词的单个使用频率也在十次左右，例如شويه（有“小事、一会儿”等意，竟出现了多达10次），شريبة（饮料的指小名词，可理解为“喝点小酒”“小酌两口”，出现了六次），الزجيل（小俚谣，出现了六次）等。这些指小名词的频繁使用有亲昵（如前引诗中出现的الزجيل）、调侃、打趣的意味。有学者甚至认为，伊本·古斯曼使用指小名词，是受到了西班牙本土拉丁俗语的影响，因为阿拉伯语在进入安达卢斯之前是没有指小名词的。而伊本·古斯曼作品中的相关指小名词在同时期及之前的安达卢斯阿拉伯文学作品中也很少出现，倒是在同时期的罗曼司语中一直大量存在。对于此观点正确与否，需要从专门的语言学角度，对安达卢斯之前的文学文本做大量考证来研究解决，这里只能点到为止。但无可否认的是，在伊本·古斯曼时期，指小名词的使用频率确实有了质的变化，且被赋予了更多的感情色彩。这在拉丁俗语西班牙语中至今体现得十分明显。

在古斯曼之后，阿拉伯语的指小名词与西班牙语中的指小名词相互交融，就很难确定孰先孰后了。例如，西班牙语中的指小名词

① Abu-Haidar: *Hispano-Arabic Literature and the Early Provençial Lyrics*, Richmond: Curzon Press, 2011, p.38.

albufera（滨海湖），就显然是阿拉伯语指小名词البحيرة的音译。类似例证很多。总之，指小名词的使用，成为了俚谣语言的又一大特征。如前所述，作者常借此表达亲昵、爱恋。且看伊本·古斯曼的小诗：

قد تممت الزجيل ، و هو من قلبي المقطوع ①

（这首小小俚谣哦，出自我破碎的心）

说到俚谣，伊本·古斯曼几乎言必用“小俚谣”这个词，以表达他对俚谣不无自豪的爱恋，他甚至在第65首俚谣末尾说：“和这首诙谐小诗相比，所有诗歌都一无是处。”

除了指小名词（也作小化词，西班牙语中多表示亲昵），伊本·古斯曼还十分钟情于使用另外三个词汇：“رقاعة”（插科打诨或戏谑逗乐）、“خلاعة”（放浪形骸或风流成性）以及“عوج”（暗藏玄机或话中有话），这三个词几乎成了他的标志语。②“风格即人”，由此我们也能看出他自身放浪不羁的性格特征。

他反复强调，放弃放浪形骸的生活方式，就等于让他放弃他的艺术感觉。他甚至在这样的表述之前加上强调语气的经典阿拉伯语إن，以及限制性小品词（同样是经典阿拉伯语）إنما，意在强调其对放浪生活的重视：

إن ترك الخلاعه عندى الجنون（第90首俚谣，第1节）

（倘疯狂赐予我放浪之路）

إنما الخلاع فهي اوكد اشغالى（第25首俚谣，第2节）

（忙忙碌碌皆为放浪形骸）③

更有甚者，海达尔在摩洛哥第D985号手稿中发现了这样的诗句（他称之为厚颜无耻）：

① Abu-Haidar: *Hispano-Arabic Literature and the Early Provençial Lyrics*, Richmond: Curzon Press, 2011, p.95.

② Ibid.

③ Op. cit. p.36.

المنحوس في بيض يعثر

（人若倒霉，下身都能将自己绊倒）[①]

这句话与经典阿拉伯语形成鲜明的对比：

الفأر المنحوس يرى الجبن و لا يرى القط

（倒霉老鼠，只见奶酪，不见有猫）[②]

由此，海达尔援引梅嫩德斯·皮达尔的话说，俚谣首先是一种“诙谐文学”（hazl），它以它的滑稽、通俗（有时甚至不乏粗俗），实现了“贵族与下里巴人的耦合”：借艺术之名“率性而为”。[③]

三、西班牙古典歌谣

安达卢斯俚谣本身就是西班牙古典谣曲的初始形态。阿拉伯语和拉丁俗语杂糅的生活化语汇则是俚谣的根基，同时也为伊本·古斯曼等俚谣作者奠定了诙谐、滑稽、放浪不羁的文风；而在俚谣格律方面，伊本·古斯曼不仅改变了阿拉伯诗歌传统，而且对西班牙谣曲及其韵律产生了决定性影响。

先说内容。首先是作为彩诗的衍生物缀诗——哈尔恰，它完全具备了俚谣的世俗化特征，譬如以下几首：

一

依汝所愿，姐妹们哦！
我如何才能免灾祛难？

① 这里的“下身”具有性指涉。
② 见手稿，第235页。
③ Menéndaz Pidal: *Poesía juglaresca y juglares: aspectos de la historia literaria y cultural de España*, Madrid: Espasa-Calpe, 1975, p.101.

没有情哥我不活：
他的踪迹何处觅？

二

若是好男悦我，
亲吻两串珍珠，
在我樱桃嘴中。

三

情哥哥快来呀！
你若撒谎逃避：
必遭电打雷击，
快快到我怀里！

四

你知道，我的爱，
没有你，我会殁；
我的爱，快来呀：
不见你，我无眠。

五

珍珠口衔，
津似蜜甜，
来吻我吧！
入我怀抱，
和我一体，

恰如昨昔。[①]

这样大胆热辣的情感表达，在西哥特拉丁时期是难以想见的；即或坊间曾经有过，也早已被强大的宗教所淹没（或谓阉割）了。迄今为止，我们尚未发现一首类似的西哥特拉丁情歌。这不能不说是一种怪异现象。

至于后来的罗曼司歌谣（或谣曲）则更是充满了俚谣的世俗化特征。譬如葡萄牙–加利西亚的“情人谣”：

情哥哥，我该怎么办？
难道你不管我死活？
我爱你却无好结果。

我的爱饱受重创！
啊咿呀，愿主保佑！
他怎知我多爱他！
啊咿呀，愿主保佑！

母亲呀，我该怎么活？
我无眠，并将永无眠，
只因我的爱他在宫廷，
让我翘首等待多熬煎。

一天，情哥哥离开此地，
不再回来，我不得而见。
妈妈呀，我要呜呼哀哉。

① 弗兰克用阿拉伯数字表示她和索拉–索勒版序号，用罗马数字表示加西亚·戈麦斯版序号。Frenk: *Las jarchas mozárabes y los comienzos de la lírica románica*, México: El Colegio de México, 1975, p.112.

而所谓的维良西科（卡斯蒂利亚村民谣或山民谣）则庶几是俚谣的罗曼司语翻版，故而也常常直接被称为俚谣。以其最初的表征为例，则几乎与哈尔恰并无二致：

哈尔恰	维良西科
一	一
妈妈呀，我当何如？ 情哥哥已在家门口。	我的妈，我不知 是否替他把门开。
二	二
我的心已经走了： 拉布，他还回来？ 亲亲让我心疼痛！ 我的心病何时愈？	我爱走了，母亲， 去了遥远的地方： 我却不能将他忘。 谁能唤他往回转？
三	三
汝若爱我， 好男人哦， 汝若爱我， 给我一个（把你给我）。	你若爱我， 我的夫人， 你若爱我， 我心好逑。①

再说形式。传统阿拉伯诗歌对格律的要求十分严格。悬诗以降，阿拉伯古诗便形成了大致十六种格律，如长律（八音步格律）、延律

① 所不同的只是哈尔恰多从女性口吻，而维良西科则是杂糅的。Frenk: *Las jarchas mozárabes y los comienzos de la lírica románica*, México: El Colegio de México, 1975, p.144.

（六音步格律）等，而且基本采用一韵到底的形式。到安达卢斯时期，彩诗开始采用变韵的方式，形成灵活多变的多韵体诗。伊本·古斯曼更是在彩诗的基础上创造了多重格、多重韵。其中既有传统的8+8格，也有6+6格，甚至4+4格，押韵方式也更加自由。

西班牙谣曲所遵循的8+8格和6+6格、偶句押韵方式，固然有阿拉伯古典诗歌的印迹，但显然更加受惠于伊本·古斯曼这个“近亲”。19世纪，人们发现后者的手稿时终于恍然大悟：原来西班牙古典谣曲的所指“Cancionero”直接来源于他的同名诗集。当然，囿于政治、历史、文化和宗教等诸多原因，西班牙基督徒在“光复战争”期间就已启用“Romancero”这一词汇以取代“Cancionero”，尽管后者更具有生命力。因为“Romancero”源自罗曼司语（Romance）,无法涵盖所有谣曲。而“Cancionero”则不仅是罗曼司语，而且指代所有歌谣。而伊本·古斯曼的《歌谣集》之所以被翻译成“Cancionero de Ibn Guzmān”，显然是因为最早翻译其谣曲的文人认为他的诗歌与西班牙早期谣曲有源流关系。

这里且说伊本·古斯曼早期俚谣有单句诗和联句诗两种，单句诗多为两节或三节，押韵方式为AAAD，BBBD，CCCD或AAAAD，BBBD，CCCCD。如他的一首歌颂是这样的：

بشعاع يهيا كل شغل
أي مدينة، الشمس فيها فضل
والقمر يذّ عن اقامه شكل
ابن الابرش لذا الامور الصعاب

معشوق الصور، معشوق المنظر
كل (شي) عند بالجمال يذكر
وإذا قلت طيب المحضر
فيدلك بأن مولد طآب

لفظ بغنيك عن العشا و الغدا

انا و غير نسكت اذ يبدا
يمضوا الناس اليه و هم أعدا
ثم يتفرّقوا و هم أصحاب ①

译成中文大意如此：

像光芒面对纷扰
太阳也格外明朗
皓月为其添俊朗
伊本·艾布拉什
能消除所有困窘

这姿容令人迷恋
谈吐优雅让人念
如你渴望甘甜水
他会带你将甘泉

话语似黄昏明日
我等众人却沉默
只因这仅是开始
人们敌意来面对
离去却成其友朋。

他的联句诗则采用偶句押韵的形式，如AB，CB，DB，ED，而联句多诗节的作品，其押韵方式则为：AB，AB，CB，DB，ED，GF，HF，IF，JD，KX，LX，MX，ND，……众所周知，拉丁诗歌是有格（律）而无韵的，其格律由音节和重音搭配生成，恰似我国古典诗词中的平仄；而西班牙古典谣曲从一开始就既有律又有韵不啻是受了伊本·古斯曼的影响，

① Ibn Guzmān: *Diwān Ibn Guzmān*, Vidrīk Kūrnītī ed., Cario: Al-majālis al-a'la l-thagāfa, 1995, pp.241—242.

自然是整个阿拉伯古典诗歌的赓续。我们来看看下面几首小诗：

عن ربيع نقول لك　　ذاك الأبيض الأشقر
صاحب العمامة　　المشاكل المنظر
المليح الأخلاق　　الحلو بحال السكر
الشريف بعلم　　ولجود قتّال①

（我对你说拉比阿　　皮肤洁白又粉润
他乃众民之领袖　　容貌清朗又英俊
品性高雅且聪慧　　见之犹如沐春风
学识丰富且深邃　　见了仇敌也慷慨）

还有一首情歌，每行由（六加六）十二音节联句组成，偶句押韵。这正是中世纪晚期西班牙语谣曲的主要特征：

理性丧失殆尽，巨大声望所致；
觊觎伊人美貌，施展手段有技。

你是麦加之幸，我正为你而疾！
使出浑身解数，吟出无数颂诗。
你却离我而去，牵手欢愉已毕？
亲爱的人儿哦，我罪何至于此？

遥想昔年如昨，相逢何必相识，
亦歌亦舞尽兴，但见幸福无际。
我愿为伊而生，尽管身世卑微；
经过不懈努力，总能出人头地。

惜我青春年少，远别乡亲故里；

① Ibn Guzmān: *Diwān Ibn Guzmān*, Vidrīk Kūrnītī ed., Cario: Al-majālis al-a'la l-thagāfa, 1995, p.188.

千里万里行程，朝着圣地迁移。
千难万难何惧！朝朝沐浴更衣，
夜夜美梦似真，痴心日复一日。

那是美妙时光，我心紧随我意，
今天爱上娇娥，明天还有更丽。
……①

另有一些十六音节以八加八形式出现，偶句押韵。如：

爱情分明似那重负，没人能够肩负长久！
英俊小伙奋勇向前，美名可用性命换取。

当知有否爱情秘诀，相爱之人眉目倾诉。
明眸难藏内心感悟，巴别通天之塔仿佛；
骄傲矜持逃遁一空，爱情来时理智全无。
绵绵乡思了无尽头，你可知道你心如缚？②

前面说过，由于在阿拉伯人进入伊比利亚半岛之前，拉丁诗人的作品有律无韵，而西班牙早期谣曲既有律又有韵正是受到了阿拉伯安达卢斯诗歌的影响，而作为个中桥梁的伊本·古斯曼理应受到人们的重视，遗憾的是，迄今为止仍罕有学者对此进行深入细致的探赜考

---

① Reina, Francisco: *Poesía Andalusí* (الشعر الأندلسي), Madrid: Editorial Edaf, 2007, pp.503—504；其忠实的西班牙语译文或为：

Perdí la razón, teniendo gran honra;
Que obró a su sabor, por una coqueta.
¡Ternera de Meca, por ti me muero!
De ti mi loor, toda hora renuevo.
¿Tu mano por qué soltóme tan pronto?
¿Qué hicieronse, di? Cariño y afecto.
…

② Op. cit. pp.509—510.

究。因此，我的方法是择其相同相似之处进行平行比较。

在西班牙，谣曲又被基督徒称为罗曼采，与罗曼司（Romance）本是同源同宗的并蒂莲。它们一而二，二而一，难分难解。随着“光复战争”的节节胜利，战争中形成的各种传说成为行吟诗人的主要游唱内容。它顺应了人们对信息的渴望。同时，基督教王国的后方生活也为这些谣曲的传播者提供了想象的余地。他们迎合不同地域的信息诉求和审美需要，不断翻新内容，从而催生了大量的谣曲变体。

古典谣曲（Romances viejos），也称古罗曼采，是西班牙语文学的重要源头之一。它发轫的确切年代同样难以查考，也许它们与流行于公元10至12世纪的哈尔恰或12和13世纪的俚谣等抒情色彩浓郁的民歌民谣和同时期的英雄传说等有渊源关系。它们多以佚名散篇的形式通过行吟诗人的游唱在民间流传，不少篇什被巴埃纳、埃尔南多·德尔·卡斯蒂略收入《歌谣总集》（1511—1540）[①]，1600年又由路易斯·桑切斯汇编成册，谓《谣曲总集》[②]。后者展示了西葡两国的古典谣曲及其主要变体，但规模不及前者。这些歌谣及其变体（或变奏）是西葡两国的文学宝藏，也是西葡罗曼语的载体和表现。

在西班牙语中，罗曼采专指十六音节（少数为十二音节）谣曲，每句一分为二，尾韵，但有时也有中韵（即前半句同样押韵）的情况。而一般歌谣（Cancionero）是比较自由的，音节和押韵方式各不相同。

多数谣曲都有一些变体，有些可谓变体众多。比如上卷说到的《女兵谣》，它表现了西班牙人民同仇敌忾、抗击摩尔侵略者的英勇气概，内容同我国的《木兰诗》如出一辙：

为抗击摩尔人入侵，国王他派人来征兵。
马科斯自叹年事高，膝下无子又添烦恼。
小女儿前去把名报，她替父从军志气高。
父亲嫌她是女儿装，她脱了红装换武装。

① 主要为14至16世纪署名诗人的作品，是谓“新谣曲”。详见第二卷。
②《谣曲总集》除收录古典佚名作品外，还有一些14至16世纪署名诗人的作品。

父亲嫌她小辫儿长，她拿起剪刀把发断。
姑娘举枪把战马跨，英姿飒爽要上前方。
临别她想起事一桩，要求父亲把名号换。
“就用马科斯你父名，英勇杀敌把功劳建。”
万马军中小马科斯，南征北战她名远扬。
有位王子爱上了她，怎么看她也不像男。
王后教他要细端详，以免出错太难收场。
“你把她带到大市场，试试她喜欢哪一样。
如果她真是女儿身，定会流连那花衣衫。”
马科斯不爱花衣衫，一心只要那销魂枪。[1]

以上西班牙谣曲是我从现有西班牙文学史料中攫取的。其中最后一首的不同变体多出现于女兵同王后及王子的机智周旋，反映了不同时期、不同地区对相同人物、故事的不同感受。由于它们的形态生动自由、风格简洁朴素，谣曲一直受到后世诗人和读者的喜爱。从15世纪的希尔·维森特到17世纪的贡戈拉再到20世纪的加西亚·洛尔卡，谣曲作为一种独特的诗种一直具有旺盛的生命力，在西班牙（和葡萄牙）文学史上可谓源远流长。

和上述古典谣曲同时流行的还有一些表达人之常情的民歌（Canción，也有人称之为抒情诗）。它们大都短小精悍，脍炙人口。比如有一首描写俘虏心境的歌谣，充满了艺术魅力，但韵律有异于上述谣曲，倒与伊本·古斯曼的某些情歌有异曲同工之妙（详见第一编）。

这些歌谣（或歌曲）及曾经说到的缀诗哈尔恰和罗曼司谣曲共同缔造了西班牙语的早期文学，它们颇似我国古代《诗经》中的某些篇什，是罗曼语系的早期文学表达。众所周知，古代谣曲大都产生于文字出现之前的人类蒙昧时期，而具有古希腊罗马古典传统的一般西方基督徒在逐渐丧失了拉丁文（渐行渐远、高高在上）之后，其对古典文学的疏虞也在全面的文化退化中使自己沦落到了重新因循口口相传

① 陈众议：《西班牙文学——黄金世纪研究》，南京：译林出版社，2007年，第23—24页。

的歌谣传统的地步。这不能不说是一种历史的倒退。这种倒退在11至14世纪罗曼司谣曲中体现得尤其明显。而后，随着文艺复兴运动的高涨和罗曼司语的普遍生成，西班牙语文学在反弹中迅速崛起。

简而言之，在上述以题材划分的十类谣曲中，相当一部分（数量上占绝对多数）属于边境谣。它们是基督徒和穆斯林长期争斗的结果，也是基督教文化和伊斯兰文化交融的结果。由于产生年代的相近性，格律的相似性，以及内容的相关性，我们不难看出伊本·古斯曼的《歌谣集》对西班牙古典谣曲的多方面的影响。然而，苦于年代久远，以及中世纪文学创作常采用匿名方式，对于其中的交互影响我们大多只能通过文本的平行比较方式来进行推导和论证，期待后续的研究能有进一步的发现和推进。

第三节　卢利寓言及其影响

寓言与喜剧相仿，具有先抑后扬的特点，即从最初平民甚至奴隶对达官贵胄的揶揄逐渐演变为自嘲或对包括弱者和妇女在内的一切人等的讽喻。讽喻一切不仅在卢利的《动物之书》中已有体现，在胡安·鲁伊斯的《真爱之书》和胡安·马努埃尔的《卢卡诺尔伯爵》中体现得更为明确。

先说某些阿拉伯文学的厌女倾向在《真爱之书》中体现得淋漓尽致。当然，厌女倾向古来有之，即使是在西方。法国学者布吕莱（Brule，Pierre）在《古希腊人和他们的世界》（*Les Grecs et Leur Monde*）中曾有过这样的描述："在构成古希腊社会的各种矛盾关系中，似乎男女之间的对立矛盾是一种普遍的存在。"[①]这种情形可以追溯到希腊神话。普罗米修斯和潘多拉作为第一个男人和第一个女人就构成了一对矛盾。而前者的善和后者的恶则多少体现了男权社会对古来造人猜想的巨大影响。而由此生发的厌女思想不仅与父权制有关，

---

① 布吕莱（Brule，Pierre）:《古希腊人和他们的世界》（*Les Grecs et Leur Monde*），王美华译，南京：译林出版社，2006年，第14页。荷马史诗从海伦到克吕泰涅斯特拉的描写印证了这一点。

而且本质上是私有制的产物。[①]从某种意义上说，厌女思想的存在或复苏也是中世纪晚期西班牙封建社会，甚至资本原始积累时期意识形态的反映。

虽然《创世记》中亚当和夏娃的故事同样具有男尊女卑的色彩，但人人生而有罪的犹太-基督教思想一定程度上淡化了西方文化的厌女倾向。在基督教神学家看来，人人平等并不取决于世界秩序或人类社会的理性因素，而是基于人与基督的关系。圣保罗（Saint Paulus，约公元3—67年）曾写信给小亚细亚的凯尔特人，说所有受洗的基督徒在上帝面前完全平等，并没有民族、种族或"自主的、为奴的，男或女"之分。教会原则上或理论上坚守这一教义，它在早期吸收信徒的过程中起了重要作用，在之后的男女关系上同样发挥了作用；因为依此原则，包括奴隶或女子在内的所有人都具有等同价值。与圣保罗相似的表述见诸格列高利一世所强调的人人生而平等。[②]它不仅是中世纪西方男女平等的理论由来，也为卢梭（Rousseau，Jean-Jacques）等启蒙巨人提供了法理依据。

然而，由阿拉伯人带入的厌女思想一定意义上成了西方男尊女卑思想复苏的催化剂。西班牙文艺复兴早期出现的《真爱之书》当是这方面的一个明证。作品以类似于《鸽子项链》式的叙事方式展开（关于这一点，我们稍后再说），对社会各阶层男女关系进行了一次既大胆又矛盾的演绎。大概是因为过于大胆，且多少有伤风化的倾向，作者未敢署名。所谓胡安·鲁伊斯或伊塔大司铎源于后人（具体说来是梅嫩德斯·伊·佩拉约）在作品字里行间读出的"藏头诗"，孰真孰假还难有定论。作品诞生于14世纪初叶，包括12篇相互关联的诗篇和32则寓言故事，虽则以训诫的名义表现爱情，然字里行间却充满了

① 恩格斯在《家庭、私有制和国家的起源》中写道："随着男子在家庭中的实际统治的确立，实行男子独裁的最后障碍便崩毁了。这种独裁，由于母权制的颠覆、父权制的实行、对偶婚制向一夫一妻制的逐步过渡而被确定下来，并且永久化了。"《马克思恩格斯选集》第4卷，北京：人民出版社，1995年，第162页。

② 福克斯：《公元2世纪以来地中海异教徒和基督徒在君士坦丁堡的改宗》（Robin Lane Fox: *Pagans and Christians in the Mediterranean World from the Second Century AD to the Conversion of Constantine*, Harmondsworth: Penguin Press, 1986），第301页。

世俗情怀，甚至异教倾向和斑驳杂色。作品以大祭司和老媒婆之间的肮脏交易为主线，引出作者或时人对爱情，尤其是女人的看法。在反复论述什么样的女子可爱、什么样的女子不可爱之后，大祭司通过媒婆结识了各种各样的女子，这其中既有修女，也有大家闺秀；既有村妇，也不乏不谙世事的少女。作品虽然表面上客观公允，并写两面（如圣洁之爱与世俗之爱，在世俗之爱中又有善爱与恶爱、大女人与小女人之分），但本质上却充满了厌女倾向。比如在“商人的妻子”一则中，商人为了预防太太红杏出墙，在她阴阜上画了一只羔羊。商人离家后，太太与人鬼混，羔羊也就不复存在了。当得知老公将回，女人让情夫在原先的位置上重新画了只羊。商人回家一看，发现此羊已非彼羊，遂怒斥道：“我画的明明是只小羊羔，如何成了一只大公羊，还生出了一对犄角[①]？”女人答道：“谁让你走了这许多日子，小羊自然长成大羊了。”又比如在“大祭司称心如意”一则中，媒婆凭借三寸不烂之舌并巧设机关，让“最正经的女子”投入男人的怀抱。再比如在“媒婆说合祭司与修女”一则中，作品借媒婆之口说，找个修女最没话说，她不会要求结婚，且能守口如瓶，谈情说爱还很在行。[②]诸如此类，不一而足。奇怪的是，唯一令大司铎不能如愿的恰恰是摩尔女子。摩尔女子为了敷衍大祭司，提出了“一个要求”，那便是他必须证明自己的善良。结果可想而知，当大祭司努力证明自己善良的经过恰恰成了他不能再染指对方的过程。这在《卢卡诺尔伯爵》中演化为摩尔女子对苏丹的机智抗拒。

这种厌女倾向一发而不可收，直至演变为尼采（Nietzsche, Friedrich Wilhelm）等现代西方哲人对女人的诸多不屑。而尼采的不屑正是《真爱之书》字里行间阐发的观点，比如“女人生来就有共同之处，你越是禁止，她就越发好奇”，或者“要让女人变得正经、平静和安宁，责备、鞭笞和辱骂是唯一的途径”，等等。[③]

以寓言性“事例”引出意义或教训的写法源自《卡里来和笛木

① 在西班牙，长犄角与戴绿帽子同义。

② 胡安·鲁伊斯：《真爱之书》，屠孟超译，北京：昆仑出版社，2000年，第284—285页。

③ 同上，第114页。

乃》，却为西班牙早期作家所广泛采用。《费利克斯或奇迹之书》和《真爱之书》使用了这种方法，《卢卡诺尔伯爵》也不避讳。后者是西班牙早期人文主义作家胡安·马努埃尔创作于1335年的寓言体短篇小说集。作为史称智者的阿尔丰索十世的亲侄，胡安·马努埃尔在阿拉伯人、犹太人和基督徒集聚的托莱多古都耳濡目染，受到了东西方多元文化的熏陶。更有甚者，他虽曾于青年时期参加"光复战争"，却始终与科尔多瓦的摩尔贵族保持着亦敌亦友的关系。后因不满宫廷政治退避三舍，在世袭庄园中修建修道院并潜心写作。

《卢卡诺尔伯爵》比《十日谈》早，比《坎特布雷故事集》（*The Canterbury Tales*）更早，堪称近代西方短篇小说的鼻祖，它与阿拉伯文学的关系可谓千丝万缕，而其中的厌女色彩更可谓一脉相承。在第七事例中，《卡里来和笛木乃》中的修士变成了贪婪的妇人。她顶着一罐蜜去市场，一路上想入非非，于是蜜生钱，钱生鸡，鸡生蛋，蛋再生鸡，更多的鸡换更多的钱，这样无穷无尽地循环，她就成了方圆最富的人了。她这么想着，便手舞足蹈起来，一不小心打翻了蜜罐，美梦顿时成了泡影。这还不够，女人的任性也是《卢卡诺尔伯爵》刻意表现的。在事例第二十七则中，任性的王后自食苦果送了命；但在第三十则中，同样任性的女人却演绎了不折不扣的西方版"幽王举烽"。

泼妇自然更是作品攻击的对象。在第三十五事例中，一位绅士娶了一名悍妇，她虽有钱有貌，却强悍无比、远近知名，新郎在大婚之日为她准备了三件礼物。第一件礼物是一条狗。新娘刚进门，新郎就命令那狗前去打洗手水，那狗只管摇头摆尾，新郎不由分说，一刀下去将狗劈死了。第二件礼物是一只猫。狗血溅厅堂，那猫如何知道个中凶险，不料新郎又大声命令它打水。猫自然毫无动静，结果刀起头落，猫步了狗的后尘。第三件礼物是一匹马，其时正在门口吃草，新郎顿时朝它大声呵斥。见对方毫无反应，他便冲上去宰了那马。悍妇见状大惊失色，连忙跑去打洗手水，并从此对丈夫百依百顺。这个故事后来被莎士比亚（Shakespeare，William）借去成了《驯悍记》（*Taming of the Shrew*）。

和《真爱之书》一样，《卢卡诺尔伯爵》大抵有三大来源。一是东方文学，这其中除了阿拉伯文学，应当还有阿尔-安达卢斯作家的有关作品；二是西方文学及相关民间传说，这有“皇帝的新装”、“浮士德”之类为证；三是生活，毕竟文学、宗教、法律等是一回事，日常生活是另一回事，彼此关联，却不能完全等同；而大男子主义在西方可谓源远流长，关于这一点，前面已有阐述。①

东方式厌女思想与西班牙等西方国家的大男子主义传统关系如何另当别论，尽管学者奥隆索（Oronzo，Giordano）在《中世纪民间信仰》（*Religiosidad popular de la alta Edad Media*）中反复引证其东方影响，认为在东方人看来，女人是祸水，天生向恶。②这里虽有孔老夫子等古代东方哲人的偏见（《论语·阳货》），但本质上却是阶级社会意识形态的反映。同样，阿尔-安达卢斯大诗人伊本·哈兹姆也曾在其著述中批评阿拉伯妇女，尤其是安达卢西亚的穆斯林妇女，称她们“毫无精神追求，是受下半身支配的动物”。③

由是，《辛德巴》认为教育男孩的理想办法便是让他或他们尽早了解女人的骗术及其心志，甚至扬言“男人不应恭维女人”、“不怕男人的女人就不是好女人”，等等。④如此云云，难免令人迁思尼采的鞭子说。《卡里来和笛木乃》则强调女人的贪婪、善变与不忠，说女人是最糟的旅伴，因为女人和君王一样喜怒无常。⑤而君王的暴戾和厌女（或因妒生恨）则不啻是《一千零一夜》的楔子。

当然，女人或雌性动物在《卡里来和笛木乃》中有时也以正面形象出现。这与古印度及东方文化对女人的多重看法有关。再则，寓言

---

① 美国学者詹达和哈梅尔明确指出，中世纪西方是女性的牢狱。她们的地位远不如希腊罗马时代。“男性是优越的，它是占统治地位的性别，女性不过是丈夫的附属品，是他的财产。”（《人类性文化史》，张铭译，北京：中国妇女出版社，1988年，第39页。）即使是文艺复兴运动之后，实际情况也没有改变，以至于胡安娜·伊内斯修女（Sor Juana Inés de la Cruz）必得穷其所有以批判宗教界内外的性别歧视。

② Oronzo, G.: *Religiosidad popular de la alta Edad Media*, Madrid: Editorial Gredos, 1983, p.264.

③ Sánchez, M.: *Historia de España*, t.3, Madrid: Editorial Gredos, 1979, p.72.

④ *Sendebar*, Lacarra ed., Madrid: Ediciones Cátedra, 1989, p.69.

⑤ *Calila y Dimna*, Cacho Blecua ed., Madrid: Editorial Castalia, 1984, pp.128—154.

与现实的关系好比阿拉伯及相关东方文学与西班牙寓言或寓言体文学的关系，其影响有时鲜明，有时却不尽然。这归功于寓言本身的多义性和隐喻性，同时也是由文学借鉴的多重性和多层次性所决定的，不能一概而论。而这里涉及的影响也罢，互文也罢，却大多是显性的，它们从一个侧面见证了中世纪晚期至文艺复兴运动初期的东西方文学之交、思想之交。

第四节　哈兹姆及其影响

1919年，西班牙学者阿辛·帕拉西奥斯发表《〈神曲〉的穆斯林末世观》。该著雄辩地阐释了但丁是如何借鉴西班牙阿拉伯作家伊本·阿拉比（1165—1240）的，从而一度掀起中世纪东学西渐的研究热潮，遗憾的是西方中心主义并未使其产生应有的效应，有关成果几乎被封存于极少数研究者的书阁。

和伊本·阿拉比一样，伊本·哈兹姆出生在西班牙，却并未像前者——他的晚辈（阿拉比）那样怀着朝圣的心灵游历祖先的东方，并最终定居麦加、殁于大马士革。哈兹姆走的是另一条路，他的世俗化影响为沉闷的中世纪打开了一扇清新之窗。

前面说过，哈兹姆的《鸽子项链》创作于1023年。倘使读者对西班牙天主教诗人伊塔大司铎胡安·鲁伊斯的《真爱之书》有所关注，就会自然而然地想到二者的关联。对此，我们稍后再说。回到《鸽子项链》，诗人认为爱的本质或真谛只可意会，不可言传；而且这意会还需要足够的爱的时间和空间。此外，诗人一方面口口声声谓爱需要信仰，即对真主的虔诚；另一方面又列举安达卢斯历史上诸多男欢女爱，甚至道听途说的世俗恋情，譬如某某王子爱上花匠的女儿，某某国王爱上他的女奴，并谓遥远的埃及也是如此。反之，有穆斯林达官贵人娶妻纳妾，外加情人无数，可谓多多益善。在哈兹姆看来，爱是灵魂的结合。它们分别来到世上，机缘巧合，相遇相吸；真爱必合，错爱必分：即使不合，爱不能忘；即使不分，同床异梦。这也是世界万物的运行法则：同“性”相吸，异“性”相斥。至此，诗人居然不惜冒穆斯林之大不韪——援引了《圣经·创世记》关于亚当和夏娃本属一体的说法（其异端倾向可见一斑！）。诗人同时认为爱不能只是单向的和单薄的。所谓单向是指单恋；而单薄则是吸引一方或双方的“优点”过于褊狭，一旦某个“优点”消失或不再成其为优点，那么爱也就随之荡然无存了。后者常见于单纯的外貌吸引。在之后的二十九个章节中，诗人夹叙夹议，亦诗亦文。关于“爱的表征”，诗人展示了他的东方式含蓄。他说，为了保守爱的秘密或者因为彼此思念，恋人经常以泪洗面。在第六章，诗人对那些好色之徒进行了批判。他认为没有人能同时爱上两个男人或女人，除非他（她）爱得不够深、不够真。在另一个章节，诗人讲到真爱的忠诚和排他。

然而，哈兹姆的产生并非偶然。他一方面继承了阿拉伯和安达卢斯世俗文学的某些传统，另一方面也是对中世纪拉丁文学的反动。前面说过，中世纪的拉丁文学基本上是宗教文学；偶有传奇出现，也大都指向天主教历史、教义或意象，譬如圣杯，譬如东方三博士，譬如十字军东征等，唯有少数后期抒情诗（或谣曲）开始摆脱禁欲主义的束缚、关注世俗情感。这些谣曲恰好是从安达卢斯世俗文学派生的，即哈尔恰（缀诗）。当然，因天时地利人和之故，西班牙叙事文学同样受到了阿拉伯和阿拉伯安达卢斯文学的影响，开始较早地摆脱天主教拉丁文学的禁欲主义传统。对此，哈兹姆及其所代表的安达卢斯世俗文学功不可没。

花开数朵，各表一枝。先说中世纪拉丁文学。如今的中世纪欧洲文学史淡化了宗教色彩，因此所记述的大都为传奇、谣曲及其所结合或演绎的英雄史诗之类。而事实上，宗教文学才是中世纪的主流文学。就西班牙而言，罗马帝国坍塌后建立的西哥特王国就曾致力于传承天主教文化，却对罗马古典时期的文学传统视而不见。因之，公元6世纪伊比利亚半岛最重要的“诗人”当非圣伊西多尔莫属。而这位号称时代泰斗的西哥特文人，本质上只不过是圣奥古斯丁的传人。公元8世纪初，随着阿拉伯人的入侵，伊比利亚半岛基本沦陷，但残存的西哥特王国依然奉行天主教精神，尤其是在法兰克王国施行政教合一之后。由是，随后的几个世纪，无论在逐渐崛起的卡斯蒂利亚、阿拉贡王国，还是在阿拉伯占领的安达卢斯基督教居民中，占主导地位的依然是天主教文学（对于后者，阿拉伯统治者给予了相当的宽容）。譬如诗歌，用波德隆的话说，它除了宗教颂歌，几乎乏善可陈。[1] 又譬如《东方三博士》(*Los Reyes Magos*)，它大抵是中世纪伊比利亚半岛最脍炙人口的一出宗教剧，其产生年代难以查考，但内容却是天主教徒们耳熟能详的：取材于《圣经》。之所以是“东方三博士”，而非别的故事，则多少与阿拉伯人对伊比利亚的占领有关。在相当长的一个时期，西班牙各天主教王国同阿拉伯人保持着亦敌亦友的关系。这在《熙德之歌》和许多“摩尔谣曲”中表现得十分清晰。后者虽属“抵抗文学”，但其世俗情怀又明显受到了阿拉伯和安达卢斯文学的影响。

再说西班牙骑士传奇。恩格斯（Engels，Friedrich Von）在说到《罗兰之歌》(*Chanson de Roland*) 等中世纪骑士传奇时说过，“那种中世纪的骑士之爱，就根本不是夫妻之爱。恰好相反……”[2] 但中世纪的西班牙骑士传奇却明显富于世俗情怀。这不能不说是拜阿拉伯人所赐。首先是阿拉伯人在伊比利亚半岛的长期存在，它是西班牙旷日持久的“光复战争”的因由，故而也是天主教徒们的关注焦点，而这本身所给出的现实维度不可能不成为文学的土壤。其次是阿拉伯文学和安达卢斯文学的影响。前面说过，阿拉伯文学不尽是伊斯兰神秘主义，它同时孕育了以哈兹姆为代表的世俗文人。而“百年翻译运动”无疑是阿拉伯人主动邀请西方老祖宗的壮举，大量古希腊经典正是在阿拉伯人的努力下重新回到了西方读者的视阈。

还有谣曲。早在西班牙语作为拉丁方言定型之前，衍生于安达卢斯阿拉伯语“彩诗”的哈尔恰抒情诗便开始在伊比利亚天主教徒中流行起来。这种抒情诗最早产生于公元10世纪，比普罗旺斯民歌至少早一个世纪，它不仅具有鲜明的世俗化倾向，且“歌手”多为情窦初开的少女。那些夹杂在“彩诗”中的哈尔恰于20世纪中叶被发现并逐渐为世人所知，它们明显出自天主教徒之手，其文字体现了伊比利亚拉

---

① Bodelón: *Literatura latina de la Edad Media en España*, Madrid: Akal, 1989, pp.51—56.

②《马克思恩格斯选集》第4卷，北京：人民出版社，1995年，第68页。

丁方言——卡斯蒂利亚语的雏形，而中世纪末叶的西班牙谣曲即由此发轫。其中一首哈尔恰写道：

美丽的朝阳，
你来自何方？
你温暖别人，
却冷落我心。[①]

另一首更为直接：

倘使你是爱我的好男人，
就请吻我樱桃般的嘴唇，
它还你两串洁白的珍珠。[②]

再者，安达卢斯文学不仅催生了哈尔恰及后来的许多无名氏谣曲，而且直接影响了西班牙文学鼻祖伊塔大司铎胡安·鲁伊斯。这位僧侣的《真爱之书》素有欧洲第二《爱经》[③]之称，本质上却是对《鸽子项链》的一次大胆模仿，从而奠定了西班牙文学的一个向度。

《真爱之书》大约成书于1330至1343年之间。有关胡安·鲁伊斯的信息已然散佚殆尽，作品的归属是后人根据一首藏头诗及诗人的一些信笺推断的。据称，他出生于阿尔卡拉（两个半世纪后，它便是塞万提斯的故乡，阿尔卡拉亦是阿拉伯语“城堡”一词的音译），青年时代就读于历史文化名城托莱多。而托莱多正是东西方文化的交汇处，“智者”阿尔丰索十世曾在此组织基督徒、穆斯林和犹太人发起“新翻译运动”。鲁伊斯一度担任托莱多地区的教皇信使，后因涉嫌泄露机密而被革职并判处有期徒刑十三年。《真爱之书》据说是

---

① Frenk, Margit: *Las jarchas mozárabes y los comienzos de la lírica románica*, México: El Colegio de México, 1975, p.107.
② Op. cit. p.109.
③“第一《爱经》”为古罗马诗人奥维德的《爱的艺术》(*Ars Amatoria*)。

他在狱中创作的（事有凑巧，《堂吉诃德》也是在狱中构思的）。他一生写过不少谣曲和颂歌，但流传至今的唯有《真爱之书》。作品凡一千七百二十八节，七千余行。所谓真爱，是指圣爱，即对上帝的爱。作品以说教的形式开始，但迅速转向世俗情爱。换言之，它以训诫和圣爱的名义表现世俗爱情，可谓打着红旗反红旗。一如哈兹姆，诗人一边宣扬空灵、纯粹的真爱（圣爱），一边细节毕露、津津乐道地描写男女之爱：作品围绕男主人公的十余次求爱遭遇，引出肉欲先生和守节太太的寓言，其中夹杂了大量东西方世俗观念和民间传说。这种多元倾向一方面反映了西班牙文化的多元混杂，另一方面却是对哈兹姆的致敬。尤其是媒婆（Alcahueta，该词源自阿拉伯语，意为拉皮条者）的出现，不能不让人联想到哈兹姆及其所代表的西班牙–阿拉伯文学。诚如西班牙学者阿美里科·卡斯特罗（Castro，Américo）所说的那样："欲了解伊比利亚文学，必先了解西班牙–阿拉伯文学。"[①]谓予不信，我们不妨再拿《鸽子项链》和《真爱之书》稍作比较：

《鸽子项链》	《真爱之书》
阿布尔说过，"要让灵魂适当保持童贞，以便抵达真理"。	卡同说过，而且在理："不能忘却白发的人，就无法成为圣人。"[②]
爱情使人盲信，即使对方妄言，你必信以为真。（第 2 章）	无论对方说啥，你皆信以为真。（第 164 页）
爱情使吝啬鬼慷慨，抑郁者展眉，怯懦者勇敢，粗鄙者温柔，愚钝者聪颖，邋遢者洁净，苍老者年轻，禁欲者享受……（第 2 章）	爱情使粗鄙者变得温柔，使沉默者开口，使懦弱者勇敢，使懒惰者勤劳，使苍老者年轻……（第 156—157 页）

① 卡斯特罗：《西班牙历史：基督徒、摩尔人和犹太人》（*España en su historia: cristianos, moros y judíos*, Buenos Aires: Ed. Espasa, 1948），第417页。
② 胡安·鲁伊斯：《真爱之书》，屠孟超译，北京：昆仑出版社，2000年。下同。

最好找一个机敏强干、忠诚可靠的中间人……他们可以是你的仆人，或者令人信赖的老妪：手执拐杖，脖系念珠……哦，口若悬河，无恶不作！（第 11 章）	找一位能言善辩、机敏过人的拉纤女……她若是你的亲戚，那便是最佳人选，不然就叫那些老妪：天天祷告，脖系念珠……哦，她无恶不作！（第 436—439 页）

……

虽说奥维德的《爱的艺术》(*Ars Amatoria*）也是关于爱情的，却与《鸽子项链》和《真爱之书》有质的不同，前者侧重于技巧（即男人追求女人的“艺术”，故一度被罗马当局斥为“诲淫”)，而后两者才是真正描写爱情的：既有对爱情的本质探究，也有对爱情的形态描写。至于来自《鸽子项链》的幽默，卡斯特罗认为它多少帮助大司铎化解了原罪说和世俗之爱水火不容的矛盾冲突。[1]而大司铎赖以解嘲和嘲讽的老虔婆，则是阿拉伯文学中经常出现的。这个老虔婆最终进入了《塞莱斯蒂娜》，从而为世界文学长廊平添了喜剧色彩。

此外，我们同样或可由哈兹姆追怀西方短篇小说鼻祖胡安·马努埃尔的《卢卡诺尔伯爵》。它成书于1335年，比薄伽丘的《十日谈》早十多年，比乔叟的《坎特伯雷故事集》早半个世纪。和《鸽子项链》一样，《卢卡诺尔伯爵》围绕一个主题展开，尽管它并非爱情，而是人性。前者每一种爱的形态、每一首爱的诗篇都伴随着“日常事例”；同样，后者的每一个故事都用来说明一个问题，而问题的提出则往往基于某一“日常事例”。当然，《卢卡诺尔伯爵》不仅与《鸽子项链》有关，它甚至直接搬来了阿拉伯笑话。譬如朱哈带着儿子、赶着毛驴到市场上去。半路上，他对儿子说：“你走累了，我来赶毛驴，你骑上去吧。”人们见了就笑，他们指着朱哈的儿子说：“你太

① 卡斯特罗：《西班牙历史：基督徒，摩尔人和犹太人》(*España en su historia: cristianos, moros y judíos*, Buenos Aires: Ed. Espasa, 1948），第387—392页。

不孝顺了，自己骑驴，倒让爸爸受累。”儿子于是对朱哈说："爸爸你骑吧，我来赶驴。”可是，朱哈刚骑上去，人们又笑开了，说："这个做父亲的不像话，自己享受，让孩子受累。”朱哈说："孩子，要不咱爷儿俩一起骑吧，这毛驴驮得动。”父子俩骑着毛驴没走多远，又有人指着他俩笑谈起来，说："这父子俩太不懂得怜惜牲口，这毛驴那么瘦弱，怎么驮得动父子俩呀？”朱哈只得对儿子说："孩子，咱下去吧，要不别人会说咱父子俩心太狠呢。”父子俩下来，走在毛驴旁边。这时，人们又指着他们哈哈大笑，说："这父子俩真傻，赶着毛驴不骑……”① 朱哈的故事在阿拉伯世界家喻户晓，它们几乎可以说是阿拉伯幽默的别称。据说朱哈确有其人，生活在公元7至8世纪的法扎拉（部落），是一位诙谐幽默、爱讲笑话的名士。马努埃尔将他的这个笑话原封不动地搬进了他的《卢卡诺尔伯爵》，只不过把毛驴变作了马。最后，马努埃尔的结论是：你每做一件事，不可能得到所有人的赞同，即使你做得再好，坏人也不会满意，因为他们无机可乘；你做得不好，则好人就会遭殃……② 这又和朱哈的结论如出一辙。一言以蔽之："走自己的路，让别人说去吧！”虽说“人同此心，心同此理”，但两个人骑驴的笑话作为寓言进入西班牙文学发轫时期的重要作品，却再一次印证了阿拉伯作家的巨大影响。此外，还有一个不是巧合的巧合，那便是《卢卡诺尔伯爵》和《卡里来和笛木乃》一样，都由五十几个寓言故事构成。而《卡里来和笛木乃》进入伊比利亚半岛的时间，几乎可以追溯到后伍麦叶时代。

第五节　玛卡梅小说及其影响

马丁·贝尔纳（Bernal，Martin）在《黑色雅典娜》（*Black Athena the Afroasiatic Roots of Classical Civilization: The Fabrication of Ancient Greece 1785—1985*）中指出，18世纪以降，基于种族主义等原因，

① 祥京、纪平：《外国笑话集锦》，长沙：湖南人民出版社，1982年，第143—144页。
② 胡安·马努埃尔：《卢卡诺尔伯爵》，刘玉树译，北京：昆仑出版社，2000年，第7—8页。

西方文明的东方因缘被有意地忽视和否定了。[①] 同样，约翰·霍布森认为，随着西方中心主义的兴盛，东方的影响被人为地忽略和抹杀了。[②] 这些观点同样适用于西班牙与阿拉伯世界的关系。虽曾有极端的西方中心主义者鉴于近代西班牙与东方剪不断理还乱的亲缘关系，认为它是一个另类；然事实是：没有西班牙就难有近现代西方的文艺复兴，一如没有古希腊也很难设想西方会有如此这般的古典文明。总之，没有东方，又何来西方？这并非基于辩证法的有无相生，而是囿于西方文化自古以来就无法与东方的贡献划清界限。

在一定程度上，《黑色雅典娜》和约翰·霍布森（Hobson，John M.）的《西方文明的东方起源》（*The Eastern Origins of Western Civilization*）是对西方古典债务的一次清算，而洛佩斯–巴拉尔特的《西班牙文学的伊斯兰印记》则勾勒了阿拉伯文学在中世纪中叶至文艺复兴运动（甚至现代）西班牙文学中的鲜明印迹。[③]

正是通过西班牙，阿拉伯和近代东方文化（甚至中国的“四大发明”等）才得以进入西方，于是也便有了但丁（尤其是《神曲》对阿拉伯文学）的借鉴，[④] 更有了伊比利亚文学及其文化那不可磨灭的伊斯兰色泽。1998年，摩洛哥学者穆罕默德·阿卡赖（Akalay，Mohamed）在其博士论文的基础上完成了《玛卡梅与流浪汉小说》（*Las maqamat y la picaresca: Al-Hamadanî y al-Harîrî; Lazarillo y Guzmán*）一书，[⑤]从而使流浪汉小说这一“最具原创精神的”西班牙文学现象的原创性再次受到了质疑。当然，即或西班牙流浪汉小说借鉴了玛卡梅体小说，也并不影响前者在文学史上的地位，更何况迄今为止，人们仍无法考证《小癞子》的作者究竟是谁：基督徒，还是穆斯林改宗者？

---

① 贝尔纳：《黑色雅典娜：古典文明的亚非之根》，郝田虎、程英译，长春：吉林出版集团，2011年，第1—401页。

② 霍布森：《西方文明的东方起源》，孙建党译，济南：山东画报出版社，2009年，第1—315页。

③ Lopez-Baralt: *Huellas del Islam en la literatura española*, Madrid: Ed. Hiperión, 1985, p.262.

④ Asin Palacios: *Dante y el Islam*, Madrid: Ed. Voluntad, 1927, p.327.

⑤ Akalay: *Las Maqamat y la Picaresca*, Tanger: Ed. Tanger, 1998, p.205.

早在1928年，西班牙左派学者、人民阵线的贡萨莱斯·帕伦西亚（Gonzélez Palencia，Angel）就曾指出，西班牙流浪汉小说与阿拉伯玛卡梅有着“明显的相似之处”。[①]之后，世界在热战和冷战中飘摇，直至1968年，受苏联和中国社会主义思想的影响，西班牙作家胡安·贝尔内特（Vernet，Juan）旧事重提，认为玛卡梅“以其非凡的生命力先后在波斯、希伯来和西班牙文学中扎下根来”。[②]同样，英国东方学者哈米尔顿·拉斯金（Ruskin，Hamilton）在《玛卡梅文学与西班牙流浪汉小说》（“The Maqamat and the Spanish Picaresque Novel”）一文中再次发表类似的观点：“阿拉伯玛卡梅显然在中世纪文学中留下了印记。”“前者对西班牙流浪汉小说的影响也是可以想见的。”[③]前不久，仲跻昆先生在《阿拉伯文学通史》中同样认为，“一般认为兴起于16和17世纪的西班牙的‘流浪汉小说’（Picaresca）是受阿拉伯‘玛卡梅’的影响产生的”。[④]

此类言论颇多，但终究未及证说两者的源流关系。这种悬而未决的状况一直延续至今，尽管阿卡赖在其著作中列举了西班牙流浪汉小说与阿拉伯玛卡梅的大量足以令人信服的相似性。受其启发，我们大致可以列出西班牙流浪汉小说与玛卡梅的以下雷同[⑤]：

（一）出身卑微，浪迹天涯。

1. 离乡背井。哈里里的主人公和小癞子都从小没有父亲。他们的母亲分别说到他们的父亲，说他们的离世与一场战争有关。在《小癞子》（*Lazarillo de Tormes*）中，战争被明确定性为“捍卫正教”，而且地点就在赫尔韦斯。它隶属于安达卢西亚，是西班牙光复战争的最后堡垒之一。不仅如此，小癞子的继父被描绘成一个

① Gonzalez Palencia: *Historia de la literatura arábigo-española*: Barcelona: Ed. Labor, 1928, p.20.

② Vernet: *Literatura árabe*, Barcelona: Ed. Labor, 1968, p.96.

③ Haydar, Adnan: “Adab al Maqamat wa l-riwaya al-tasarrudiyya al isbaniyya”, *Afaq Arabiyya*, Bagdad, 1980, p.58.

④ 仲跻昆：《阿拉伯文学通史》上卷，南京：译林出版社，2010年，第458页。

⑤ 其中（一）和（二）是在阿卡赖平行比较的基础上敷衍而成的，特此说明。阿卡赖的最大贡献是对大量西班牙流浪汉小说和玛卡梅的平行研究，最大的缺憾是对后者进入西班牙的历史因由关注不够，甚至基本不予置评。

"黑人"。这其中颇有几分针对阿拉伯人的寓意。此外，两位母亲时隔数个世纪，却几乎以同样的口吻告诫即将远去的幼小的孩子：靠你自己！[①]

作为流浪汉，离乡背井是不可避免的，但《小癞子》与哈里里《玛卡梅集》的上述巧合值得引起关注。作为先决条件，古斯曼·德·阿尔法拉切小时候同样只有母亲，没有父亲，而他离开母亲，也是因为家里太穷。

2. 居无定所。赫迈扎尼在《玛卡梅集》第四十一篇中写道："亚历山大是我老家，/正因为如此我必须流浪。/我晚上在萨马，/白天就到了伊拉克。"[②]

哈里里在《玛卡梅集》第五十篇中也有过类似的叙述："我生在萨鲁伊，长在马背上，年纪轻轻就历尽坎坷。我到处流浪，惯看人间沧桑……"[③] 此外，哈里里的主人公出生的地方在巴格达附近，那儿有一条河。如果这也是巧合，那就真的是无巧不成书了。

《小癞子》的主人公自述道："我叫托美思河的癞子……有一晚，我妈偶然在磨房里，她肚子里正怀着我，忽然阵痛，当下就生产了，所以我说自己生在那条河里是千真万确的。我八岁那年……有个住店的瞎子看中我可以领他走路，问我妈要我。她就把我交托给瞎子……她求瞎子顾念我是孤儿，好好看待我。"[④] 小癞子从此跟随瞎子浪迹天涯，后来又几易主人，历尽人间苦寒。

另一部重要的流浪汉小说《古斯曼·德·阿尔法拉切》中的主人公一样出身贫寒，从小四处流浪，"我一路流浪，今天在这里，明天在那里，四处乞讨，任凭人们随意施舍。不瞒您说，意大利人最为慷慨，将我变得非常贪吃，以至于不忍放弃这乞讨的营生……"[⑤]

---

① 转引自 Akalay: *Las Maqamat y la Picaresca*, Tanger: Ed. Tanger, 1998, pp.169—170；《小癞子》,《杨绛译文集》第三卷，南京：译林出版社，1994年，第1613页。

② Akalay: *Las Maqamat y la Picaresca*, Tanger: Ed. Tanger, 1998, p.166.

③ Ibid.

④ 佚名：《小癞子》,《杨绛译文集》第三卷，南京：译林出版社，1994年，第1611—1613页。

⑤ Aleman: *Guzmán de Alfarache* (T.I), Madrid: Ediciones Cátedra, 1984, p.376.

3. 饥肠辘辘。

无论是赫迈扎尼还是哈里里的《玛卡梅集》，都有大量篇幅用来描写流浪者的窘境。其中最让人过目不忘的是他们饥肠辘辘的样子。当然，既为乞丐，饥寒交迫是免不了的。问题是，无论阿拉伯玛卡梅，还是西班牙流浪汉小说，表现饥饿的方法如出一辙。

赫迈扎尼在《玛卡梅集》第二十二篇中有这么一段：一天，有位"好心人"请流浪汉吃饭。"好心人"滔滔不绝，直说得天花乱坠，而且越说越起劲，饿得流浪汉两眼发黑。最后不仅饭没吃成，还害得流浪汉两天不想吃东西。

同样，小癞子的描写入木三分："快两点了，我瞧他像死人似的没一点要吃饭的意思，立刻觉得征象不妙。我随后又注意到大门已经上锁……他坐了一会儿问我说：'孩子，你吃饭了吗？'我说：'没有呢，先生，我碰到您的时候，还没打八点。''那时候还早，可是我已经吃过早点。我告诉你，我早上吃了点儿东西就整天不吃了……'您大人可以料想，我听了这话差点儿晕倒，不仅因为肚里空虚，实在是看到自己运气坏尽坏绝了……可是我尽力克制，脸上不露，只说：'先生，我谢天照应，不是个贪嘴孩子。我不是吹牛，我在年岁相仿的孩子里胃口最秀气，从前几个主人至今还为这个夸我呢。'他说：'你有这种美德，我就更喜欢你了。敞着肚子吃的是猪，上等人吃东西都有节制。'我暗想：'我还看不透你吗？我投奔的主子都把挨饿当作良药或美德，真是活见鬼！'"①

(二) 愤世嫉俗，冷嘲热讽。

赫迈扎尼的《玛卡梅集》愤世嫉俗，有诗为证：

这时代是小人横行霸道，
穷成了君子的象征符号，
君子要向小人乞求哀告，
这标志着世界末日来到。

① 佚名：《小癞子》，《杨绛译文集》第三卷，南京：译林出版社，1994年，第1631—1632页。

或者：

这个时代多灾难，
处处不公真凶残，
愚昧为美受称赞，
理智成丑被责难，
金钱好似幽灵般，
但总围着小人转。[①]

哈里里的玛卡梅没有如此直白的社会批判言论，但他们对上流社会的批判可谓一针见血。譬如第九篇玛卡梅关于法官及其女儿的贪婪和愚蠢，简直令人捧腹。话说作品主人公以三寸不烂之舌说服大法官，让他相信自己有点石成金的本事。法官把女儿嫁给了他，却得知女婿的所谓点石成金其实是读书（而且是文学）和耍嘴皮子。这颇有几分古时中国书生的旨趣，所谓"书中自有黄金屋，书中自有颜如玉"是也。

另有第十篇玛卡梅，说的是市长大人有断袖之癖，故事主人公为了骗取钱财，不惜"以身相许"，最后当然是"坏人"丢了"夫人"又折兵。其中的滑稽可想而知。

《小癞子》对社会的批判鞭辟入里。贫穷的瞎子是那个社会的边缘人物。都说当时的西班牙遍地黄金，但赤贫却瘟疫似的在其城乡蔓延。然而，就是瞎子这么一个边缘得不能再边缘的小人物，居然导演了让小癞子哭笑不得的一出出"好戏"。其中最令人难忘的要数"吃葡萄"一节。这里的幽默令人迁思另一部阿拉伯名著《卡里来和笛木乃》。

且说瞎子"已经用膝盖顶了我好几下，又揍了我好几拳了。我们坐在一围栏上，他说：'这回我让你放量吃。这串葡萄咱们俩各吃一半。你摘一颗，我摘一颗，这样平分。不过你得答应我，每次只摘一

① 仲跻昆：《阿拉伯文学通史》上卷，南京：译林出版社，2010年，第449—450页。

颗，不许多摘；我也一样，咱们就这么直吃到完，谁也不能作弊。’我们讲定就吃。可是那奸贼第二次摘的时候改变了注意，两颗一摘，料想我也那样。我瞧他说了话不当话，不甘落后，还要胜他一着；我只要吃得及，每次摘两颗、三颗，或者还不止。那串葡萄吃完，他还拿着光杆儿不放手，摇头说：‘癞子，你作弊了。我可以对天发誓，你是三颗三颗吃的。’我说：‘没的事啊，干吗疑心我三颗三颗吃的？’那乖觉透顶的瞎子答道：‘你知道我怎么瞧透你是三颗三颗吃的？我两颗两颗吃，你始终没嘀咕一声呀。’”结果自然不妙，以至于后来不得不离开瞎子，另择主人。

小癞子后来的主人中居然有一个侍从。他出身卑微，却装得比绅士（或者骑士）还要虚荣。他身为别人的侍从，吃了上顿没下顿，却要雇个廉价的小侍从（小癞子）陪他装模作样。有一天，他饥肠辘辘回到家里，但见孩子拿着乞来的面包：“哪儿来的？是干净手揉的面吗？”说罢，他就取过面包迫不及待地啃了起来。

（三）劣迹斑斑，只为生存。

小偷小摸、小蒙小骗是流浪汉的生存法则。赫迈扎尼在《玛卡梅集》第三篇中描述主人公行骗的方式：他有时扮成瞎子，有时举着写满痛苦和不幸的字牌在市场上博取同情。他在字牌上说自己有一群嗷嗷待哺的孩子，或者再将自己装扮成失去劳动能力的重度残废。哈里里的主人公则能偷即偷，能骗即骗。这颇似古斯曼的作为。

小癞子的做法是“监守自盗”。他趁新主人不在家，请修锁匠复制了食品柜的钥匙。从此以后，“我等他一出门，马上开了我的面包乐园，捧起一个面包就咬，不到两遍信经的工夫，早就把它消灭得无影无踪，也没忘了重把柜子锁上”。但好景不长，“他屈指计算着日子，点数了好半天，说道：‘这柜子要不是好好儿锁着，就该说面包有人偷了。以后我得记个数，免得不清不楚。这里还有九个面包和一块零头……’”[①] 这样一来，“我的肠胃预料又得照旧守斋，立刻感到饥饿的抽搐……前两天养粗了胃口，饿来越发难熬……上帝保佑苦

① 佚名：《小癞子》，《杨绛译文集》第三卷，南京：译林出版社，1994年，第1624页。

人，瞧我这样困苦，就启示我一个不无小补的办法。我想：'这只柜子旧了，又很大，还有些小小的窟窿，说不定老鼠钻进去吃残了面包。'……我主人回来吃饭，开柜看见面包破破残残……他把柜子周身细看，找到些窟窿，疑心钻进了老鼠去……找些小木片儿，把旧柜子上的窟窿一一修补。”主人刚补好窟窿，小癞子就用小刀在别的地方凿了洞。于是，主人只好买了老鼠夹和奶酪来捉老鼠，结果奶酪没了，老鼠没夹着。小癞子假惺惺地说，那可能不是老鼠惹的祸，而是因为家里有蛇。主人最怕这玩意儿，就嘱人请了捉蛇的。那天夜里，忙了一夜，又没正经进食的小癞子饿得实在顶不住了，又故伎重演，结果被捉蛇的一棒下去打晕了，嘴里还衔着那把复制的钥匙。这下主人终于恍然大悟，将小癞子赶出门去。

（四）良心发现，弃旧图新。

哈里里《玛卡梅集》第五十篇讲述了流浪汉的悔恨。为了生存，流浪者被迫留下不少劣迹。但是，他最后良心发现、追悔莫及。小癞子固然因为时来运转（且不知何故，小说必得匆匆结束），没有说出后悔的话来，倒是《古斯曼·德·阿尔法拉切》(*Guszmán de Alfarache*)有一番“推心置腹”的忠告留给世人：“你想健康快乐、平安富有、无怨无悔地生活吗？请记住我的忠告：你必须像临终忏悔那样好好反省，同时遵守法律的规定……靠你勤劳生活，而不是游手好闲、贪念别人……”①

虽然存在着诸多相似性，但学术界终因缺乏西班牙作家现身说法的“铁证”而未能就玛卡梅对流浪汉小说的影响作出明确界定。②然而，作家的话能全信吗？对文学资源三缄其口者有之，声东击西的也不乏其人。此外，塞万提斯曾自诩鼻祖，谓之前的小说不是摹仿（别人），便是翻译。

文学体裁的演变或消长证明不同民族在类似生产力、社会发展状态下完全可能产生某些相似性。因此，倘使西班牙流浪汉小说是在与阿拉伯玛卡梅完全隔绝的情况下产生的，那么我们也许只能感喟“人

① Alemán: *Guzmán de Alfarache* (T.I), Madrid: Ediciones Cátedra, 1984, p.276.
② Akalay: *Las Maqamat y la Picaresca*, Tanger: Ed. Tanger,1998, pp.164—165.

同此心，心同此理”了。但是，玛卡梅确实早在《小癞子》产生之前就已进入西班牙并且引起了不小的关注。问题是，不仅《小癞子》及之后涌现的流浪汉小说只字不提玛卡梅，就连对阿拉伯文学的一般肯定在16和17世纪的西班牙文学中也是阙如的。[①] 再则，《小癞子》的佚名显然是作者有意为之，是谓语匿名。这使他与玛卡梅的关系因此而更加难以查考。退一步说，即使《小癞子》是署名作品，作者也会撇清他与玛卡梅及任何阿拉伯文学的关系，盖当时正值西班牙反宗教改革运动高潮，西班牙天主教同时对一切异教采取零容忍态度。[②] 16世纪初至17世纪中，所有穆斯林或犹太人不是被强制改教，便是被驱逐出境。在这样的情势下，阿拉伯文学及整个伊斯兰世界成了反面教材、讥嘲对象，所有基督徒对之不是噤若寒蝉，便是撇清关系犹恐不及。

诚然，不可否认的是西班牙严峻的社会问题无疑是《小癞子》赖以产生的土壤。16世纪中叶，穷兵黩武的西班牙一方面继续向美洲大量派遣军队，肆意掠夺印第安人，以满足上流社会的骄奢淫逸；另一方面，全国各地金融和商业的盛行在消耗黄金白银的同时，阻碍了人们曾经引以为荣的农业和手工业的发展。同时，社会风气和劳动力的匮乏以及残疾军人队伍的扩大，也是导致农业和手工业破败的重要原因。而这些都是产生流浪汉阶层的重要原因。同时，骑士小说被禁和一个英雄时代的结束，造成了大众读物的阙如，从而为新文学体裁的诞生提供了空间。学者阿美里科·卡斯特罗在分析流浪汉小说成因时就曾指出，“流浪汉是反英雄。流浪汉小说显然是一种反英雄冲动，随着骑士小说和神话史诗的终结而产生”。[③] 之后，著名学者里科此外又从发生学的角度提出了六大渊源：一、西班牙民间传说；二、《金驴记》（*Metamorphoses*）；三、《塞莱斯蒂娜》；四、《教皇格

① 塞万提斯也许是个例外，但他（《堂吉诃德》）对阿拉伯文学历史的指称（调笑）在时人看来并非出于敬意，而是恰好相反。

② García Fernández: “La inquisición y los conversos”, *Clio & Crimen*, No.2, 2005, pp.207—236.

③ 卡斯特罗：《流浪汉小说探源》，转引自陈众议《西班牙文学——黄金世纪研究》，南京：译林出版社，2007年，第130页。

列高利九世诏令》（“Decanum Dahir”，也即杨绛先生在伦敦看到的那本插图手抄稿[①]）；五、希尔·维森特的谐趣剧；六、弗朗西斯科·德利卡多（Delicado，Francisco）的《安达卢西亚女郎》（*La lozana andaluza*，1528）。[②]然而，鉴于《小癞子》问世不久即被宗教法庭打入另册，1571年解禁时又是以删节作为前提的，因此《献辞》中“您大人”的姓名被有意隐略不是没有可能。

由是，我们或可引申出比较文学所面临的一大难题，即不同作家作品之间的某些相似性在缺乏作家、作品明确证说的情况下如何给出影响学意义上的界定和结论。首先，无论如何，《小癞子》及西班牙流浪汉小说与阿拉伯玛卡梅的关系是必须探讨的（此外，《小癞子》被禁的原因或许不尽是它对西班牙的“不恭”，极可能还在于它延续了玛卡梅的传统：是西班牙的玛卡梅）。其次，尽管目前缺乏直接的“铁证”，但两者的关系之所以必须探讨是因为：一、赫迈扎尼和哈里里的玛卡梅早在几个世纪前就已进入西班牙读者的视阈；二、阿拉伯文学对同时期和之前之后西班牙其他文学体裁（如谣曲、骑士小说等）的影响也是印证了两者的亲缘关系的旁证。

玛卡梅早在公元12世纪就已在西班牙流传。据贡萨莱斯·帕伦西亚查证，玛卡梅最早传入安达卢西亚是在1180年。是年，安达卢西亚的法学家兼文学家阿赫迈德·伊本·阿斯加尔摹仿赫迈扎尼或哈里里，用拉丁文创作了一系列玛卡梅。之前，艾布·塔希尔·穆罕默德·萨拉古斯蒂（Abu at-Tahir Muhammad as-Saraqusti，？—1144）则用阿拉伯文创作了五十篇玛卡梅。同时，为哈里里注疏的安达卢西亚阿拉伯文人有欧盖勒·本·阿蒂叶（Uqayl bn Atiyah，？—1211）、阿赫迈德·萨里西（Ahmad ash-Sharishi，1161—1222）等。尤为重要的是，阿赫迈

① 杨绛先生因《路加福音》中有个叫拉撒路的癞皮花子，故而将《托美思河上的小拉撒路》译成了《小癞子》。“早在欧洲13世纪的趣剧里就有个瞎眼花子的领路孩子；14世纪的欧洲文献里，那个领路孩子有了名字，叫小拉撒路……”《杨绛文集》第八卷，北京：人民文学出版社，2004年，第226—227页。

② 里科：《西班牙流浪汉小说》，转引自陈众议《西班牙文学——黄金世纪研究》，南京：译林出版社，2007年，第134页。

德·萨里西被公认为是当时世界上最伟大的玛卡梅学家。[①]

如果说这些情况尚不足以说明玛卡梅对西班牙流浪汉小说的影响，那么其他阿拉伯文学对早期西班牙文学的影响当可从旁提供佐证。众所周知，阿拔斯王朝的“百年翻译运动”所译作品多为古希腊经典，而阿拉伯及东方文学只是作为附带品被偶尔牵入的。倒是在阿尔丰索十世时期，卡斯蒂利亚王国开始主动译介阿拉伯文学，从而引发了新一轮翻译高潮（史家称之为“新翻译运动”）。在两大翻译运动之间，穆斯林统治下的安达卢西亚及其周边地区其实一直没有停止促使东西文学互动的移译。明证之一便是《卡里来和笛木乃》。据梅嫩德斯·伊·佩拉约考证，它早在公元9世纪便开始进入伊比利亚基督徒读者的视阈，而且是以署名作品的形式出现的：作者为阿卜杜拉·本·阿尔莫卡法（Abdullah bn al-Muqaffa），由一位名叫萨西（Sasi）的人翻译出版。[②] 译本从出的叙利亚阿拉伯文版生成于公元6世纪，其中三分之一的篇什与《五卷书》（*Panchatantra*）有关。与此同时，伊斯兰民歌民谣和传奇故事生下根来。尤其是民歌民谣，由于朗朗上口而得以在阿拉伯裔和非阿拉伯裔居民中流传。从现有资料看，最早的安达卢西亚文学可能生成于公元8至9世纪。公元10世纪，著名学者伊本·阿卜迪·拉比西行，他带去了大量阿拉伯文学作品，编纂了著名的《罕世璎珞》。《罕世璎珞》凡25卷，广泛萃取阿拉伯诗文精华，被认为是东方诗学巨著，不仅对西班牙文学产生了深远的影响，而且“出口转内销”、在阿拉伯世界广为流传。后来兴盛于阿拉伯世界和伊比利亚半岛的“俚谣”或“择吉尔二韵诗”（“Zajal”或“Zejel”）很可能就是从拉比时代生发的。它接近于古二重韵诗，主要采用拉丁方言，诗句包含几个韵节，主韵在韵节之末，比较适合于行吟诗人吟唱。这种诗体在12世纪初叶达到高峰，催生了以伊本·古斯曼为代表的“择吉尔二韵诗”群。它直接影响了西班牙谣曲的发生与发展。公元10世纪广泛流行于伊比利亚南部的西班牙阿拉伯–犹太多韵

① González Palencia: *Historia de la literatura arábigo-española*, Barcelona: Labor, 1945, p.120.

② Menéndez y Pelayo: *Orígenes de la novela*, t.1, Madrid: Nueva Biblioteca de Autores Españoles, 1906, p.28.

诗——“彩诗”即“穆娲啥哈”（“Muwashah”）也是在同样背景下产生的，而缀于“穆娲啥哈”当中的早期西班牙语诗歌“缀诗”即“哈尔恰”（“Jarcha”）则是其衍生物。而“哈尔恰”被认为是西班牙乃至欧洲最早的抒情诗和俗语文学。同时期的另一位重要作家伊本·哈兹姆前面已经提到。他的《鸽子项链》不仅是一部爱情叙事诗，而且其叙事手法与两个世纪之后流传的《辛德巴》有异曲同工之妙。二者对西班牙文学的影响当不亚于《卡里来和笛木乃》。《辛德巴》与《卡里来和笛木乃》不同，寓言色彩减少了许多，但叙事手法更为圆熟。到了14世纪，《卡里来和笛木乃》《辛德巴》等阿拉伯故事在伊比利亚风靡一时，以至于圣彼得·帕斯瓜尔大主教不得不公开提醒基督徒对诸如此类的作品保持警惕。的确，这些作品的天真背后充满了诡辩和狡黠，与基督教神学的正统教义并不一致。但它们的思想、情感和它们的幽默、它们的叙事方法却润物无声地浇灌了中世纪末叶至文艺复兴运动初期的西班牙文学，催生了《动物之书》《真爱之书》《卢卡诺尔伯爵》等重要作品，从而为西班牙的动物寓言、骑士文学、短篇小说等奠定了基础。

在洛佩斯-巴拉尔特看来，最早的西班牙文学作为阿拉伯语和希伯来语诗歌的缀句而出现，便是一种讽刺。这些哈尔恰（Jarcha，即哈尔恰谣曲）出现于彩诗（Muwashah）的每个诗节尾部。而最早发现这些诗句的，并非西班牙文学研究家，而是以色列希伯来语学者斯特恩（Stern，S. M.）。当他最初发现这些诗句时，简直喜出望外，却又无所适从。他不知该如何界定这些诗行。直至多年以后，奈克尔、加西亚·戈麦斯、梅嫩德斯·皮达尔和达马索·阿隆索（Alonso，Damaso）等前来相助。客观地说，就连梅嫩德斯·皮达尔也无法解读这些夹杂在阿拉伯彩诗中的莫斯阿拉伯哈尔恰，因而只得求助于精通两种语言的学者，其研究难度可想而知。迄今为止，许多学者接过了这些谣曲的研究接力棒，这其中有詹姆斯·蒙露（Monroe，James）、理查德·希区柯克（Hitchcock，Richard）、玛尔吉特·弗兰克（Marguit Frenk）等。这种早期吟诵诗是文化混杂的产物，其突出表现为诗歌语言并非后来的卡斯蒂利亚语，而是莫斯阿拉伯语。这种语言尽管称不上诘屈聱牙，却是阿拉伯语和罗曼司方言的混合物，是用阿拉伯（间或希伯来）字母拼写的安达卢西亚罗曼司方言，因而没有元音。唯其如此，理查德·希区柯克才会断言，这些哈尔恰将难以用任何别的语言书写或移译。事实上，希区柯克甚至有过这样的猜想：哈尔恰的语言也许根本不是莫斯阿拉伯语，而是西方的阿拉伯俗语。在此，我们稍作逗留，再来回顾一下阿里斯·瑞沃斯（Elias Rivers）所举之例，它当可证明解读原始哈尔恰文本是多么困难。首先，我们以阿拉伯和希伯来字母来书写（从右至左），然后再按字面意义进行直译，即尽可能将其还原成莫斯阿拉伯语。能读懂原始语言的读者，会立刻注意到“解读”或“移译”的失误，因为我们将不可避免地搀入元音。显而易见，这种诗句只能由同时兼具阿拉伯语和希伯来语阅读能力的专家和东方学者来进行移译，但结果是他们“仍不能将其准确地转化为其他语言”。[①]

第六节　阿拉伯骑士文学及其影响

骑士小说或传奇是在罗马帝国坍塌之后的欧洲逐渐产生的。亚瑟王（King Arthur）和圆桌骑士的故事被认为是欧洲最早的骑士传说，大抵始现于公元12世纪。这显然与不列颠的战争与统一有关，或可说是不列颠民族史诗。稍后发生的高卢骑士传奇则围绕特里斯坦（Tristan，又作特里斯当）和查理大帝及其麾下战将罗兰展开，与之并行的有来自不列颠的亚瑟王、兰斯洛特、圣杯等传奇故事。同时期或稍晚的德国骑士传说也大致与这些故事有关，其中影响最为广泛的是兰斯洛特（Lancelot）和特里斯坦传奇。

用中世纪文史学家乔治·狄克诺尔（Ticknor，George）的话说，这些骑士传说来源于战争，但真正成形却必得在战事消歇、社会安定时期。“和平时期，人们需要消遣，于是先辈的事迹成了传奇的元素，于是骑士小说也便随之产生了。”[②]

---

① López-Baralt: *Huellas del Islam en la literatura española*, Madrid: Hiperión, 1985, pp.39—40.

② Ticknor, George: *Historia de la literatura*, v. Ⅱ, trans.Pascual Gayangos, Madrid: Publicidad, 1851, pp.229—231.

也许正因为西班牙一直处于针对阿拉伯人的“光复战争”，骑士文学才姗姗来迟。但是，它后来居上，成了名副其实的骑士文学重镇。不仅产生了大量骑士传说，而且催生了反骑士小说《堂吉诃德》。

阿拉伯人虽于公元8世纪占领了大半个伊比利亚，但卡斯蒂利亚、阿拉贡、莱昂等西哥特王国的“光复战争”一直没有停息。于是，大量的边境谣应运而生，它们大都来源于真人真事，诸如贝尔纳多公子（Doncello Bernardo）、费尔南·贡萨莱斯伯爵（El Conde Fernán González）、腊拉七王子（Siete Infantes de Lara）、熙德（罗德里戈·迪亚斯）等英雄人物。这些谣曲形式上借鉴了阿拉伯安达卢西亚彩诗。其中影响最大的要数《熙德之歌》，它讲述了卡斯蒂利亚人民反击阿拉伯入侵者的英雄事迹，而熙德（阿拉伯语，意曰“主人”或“老爷”）本人在瓦伦西亚过着摩尔人式的生活，并且十分痴迷穆斯林文学。此外，脍炙人口的《女兵谣》（“La doncella guerrera”）的部分变体和《夫记谣》（“Las señas del esposo”）、《摩尔王之歌》（“El rey moro”）等，无不是从充满传奇色彩的“光复战争”中衍生的。

另一方面，阿拉伯人在后伍麦叶和阿拔斯王朝的运筹下，适时地用东方文明和古希腊文化填补了罗马帝国覆灭后留下的文化真空。以阿威罗伊为首的安达卢斯思想家、哲学家在这方面起到了关键作用。阿威罗伊曾仔细研究并解读了亚里士多德等古希腊哲学家的著作，而他的解读自13世纪起，便被陆续移译成拉丁文，成为中世纪欧洲研究亚里士多德思想的钥匙。有了这些大思想家，安达卢西亚也一跃而成为欧洲学术中心，并为欧洲各王国吸纳古希腊文明铺路搭桥。[①]

此外，原生于伊比利亚半岛的阿拉伯文学，如从择吉尔韵诗衍变的彩诗（后者反过来影响了阿拉伯本土文学），对西班牙文学产生了深刻的影响。从某种意义上说，它们甚至可以说是西班牙语文学的重要源头。这些诗集融叙事与抒情为一体，十分契合史诗或传奇主题的表现。大量伊比利亚谣曲与择吉尔韵诗和彩诗的亲缘关系自不待言，而谣曲与骑士传说（英雄史诗）的关系同样不言而喻。

---

① دكتور جودت الركابي : في الأدب الأندلسي، دار المعارف بمصر، 1960 م.

虽然骑士这个称谓可以追溯到古罗马时代，但欧洲中世纪骑士阶层的产生为骑士文学提供了现实生活的土壤。然而，生活是一回事，文学是另一回事。文学不完全取决于生活及社会生产力水平，也不完全等同于社会意识形态。文学的生发与变迁有一定的内部规律。而阿拉伯文学的影响，无疑是伊比利亚骑士文学产生与繁盛的重要原因，同时一定程度上也为它的价值取向和审美向度奠定了基础。

卡斯蒂利亚语最早的叙事文学据称是勇者桑丘（Sancho el Bravo）时期的《训诫之书》（*Castigos y documentos*）。此书完成于1292年，是桑丘国王"按骑士的要求"用来教育王子费尔南多的。从文体学的角度看，它明显受到了哈兹姆的影响。哈兹姆的《鸽子项链》便是一部集寓言、历史和传说为一体的训诫之书，而且早在前一个世纪就翻译成了拉丁文并流行于智者阿尔丰索时期。哈兹姆与伊本·巴哲（Ibn Bājjah）基本为同时代人。后者于11世纪末出生在今西班牙萨拉戈萨，并于12世纪带领其弟子用富于神秘色彩的伊斯兰美学丰富了西班牙人的审美方式。之后又有阿威罗伊等阿拉伯哲学家为中世纪西班牙注入了"群灵不朽"的论点，即不朽的并不是个体，而是普遍的精神。他们有关美的是与不是、在与不在的似是而非、似非而是的玄妙界定[①]为新柏拉图主义反击亚里士多德主义提供了武器，尽管这种反击并不能改变亚里士多德取代柏拉图的时代诉求。

《训诫之书》——包括其后不久的《卢卡诺尔伯爵》——中的一些经典故事还直接源自《卡里来和笛木乃》，它们用充满哲理和道德说教的方式开场，然后引出作为例证的故事，无论叙事结构或故事内容，均不乏《卡里来和笛木乃》的影响。[②]诸如《卢卡诺尔伯爵》中的《一个名叫堂娜特鲁哈娜女人的故事》（与《卡里来和笛木乃》中因幻想而打翻了蜜罐的修士故事相同）、《乌鸦和雕鸮的故事》（即《卡

① Menéndez y Pelayo: *Historia de las ideas estéticas en España*, Madrid, CSIC, 1974, p.343.

② *Libro de gentil y tres sabio*, Madrid, Biblioteca de Autores Cristianos, 2007, pp.277—321.

里来和笛木乃》中《猫头鹰与乌鸦》的缩影)、《狮子与公牛的故事》(亦是《卡里来和笛木乃》中《狮子与黄牛篇》的删节与改编),如此等等。而这两部著作,距《卡里来和笛木乃》古西班牙译本的问世,不过半个多世纪,其影响如新烤的面包一般馨香缭绕。[1] 这种叙事形式,在稍后的骑士小说中广泛出现,并在《真爱之书》,乃至在塞万提斯的《训诫小说》中产生了回响。首先是拉蒙·卢利的"《四书》",即《仁者之书》(*Llibre del Gentil e los tres savis*)、《骑士团之书》、《圣女布兰盖娜之书》(*Llibre de Evast e Blaquerna*)和《费利克斯或奇迹之书》(包括《动物之书》)。由于通晓阿拉伯语[2],卢利不仅深受阿拉伯文学的熏陶,而且多少攫取了苏非神秘主义思想。《仁者之书》的三个智者分别代表了三种文化:犹太文化、阿拉伯文化和基督教文化。这种将基督教文化与"异教"相提并论的做法也只有在阿拉伯占领区才可能出现。他的《骑士团之书》虽算不得真正的骑士小说,却是一部关于骑士小说的小说,从而也是西班牙迄今为止发现的第一部坐而论道的骑士小说。它叙述一位身经百战的骑士白发暮年的生活;他自知来日无多,并鉴于一生戎马、战功卓著,最怕在众目睽睽之下被死神夺取尊严。于是,他选择了隐居,买下一片花木葱茏、水源丰富的森林,并每日来到一棵参天大树下,坐在泉水边冥思苦想。他要寻找骑士道真谛,同时思索生命和死亡的问题。数年之后,有个一心想做骑士的年轻人睡在马背上,不知不觉地来到林中。老人把自己的心经和秘笈传给了年轻人,教他如何从长矛手变成骑士,并嘱他发扬光大骑士道精神。小说凡七部分,第一次明确地将骑士道界定为忠诚和勇敢、正义和高尚,同时就武艺与武器、智谋与功绩等诸多方面进行了规定。[3] 许多情景令人迁思阿拉伯英雄史诗《安塔拉传奇》。比如它关于坚苦卓绝、千锤百炼、百折不挠、终成伟业的怀想显然具有安塔

① 此处仅指古西班牙语《卡里来和笛木乃》译本。迄今所知,该译本首现于1251年,当为智者阿尔丰索十世组织大规模翻译运动时,自阿拉伯文直接译出。此前,其拉丁文或希腊文译本当已在安达卢西亚地区广为流传。

②《仁者之书》最初还是用阿拉伯语创作的,1378年被翻译成卡斯蒂利亚语,引起巨大反响。

③ Llull: *Libro de la orden de caballería*, Madrid: Alianza Editorial, 2000, pp.15—47.

拉的影子。塞万提斯在塑造堂吉诃德时就分明借鉴了《骑士团之书》。

14世纪，方济各教士安塞尔莫·图尔梅达（Anselmo Turmeda）改宗（易名阿卜达央·阿尔居曼，Abū-Muḥammad ‘Abd-Al·lāh b. ‘Abd-Al·lāh al-Tarjumān al-Mayūrqī即 الميورقـــي الترجمـــان الله عبـد بـن الله عبـد محمد بـو），这在西班牙掀起轩然大波。此公一不做二不休，还用这标准的穆斯林姓名和标准的阿拉伯语创作了《古利维之旅》（*Viaje a Gulliver*），全身心地进入了伊斯兰的七城堡世界。而这时骑士小说正逐渐流行起来。

与此同时，西班牙语第一部骑士小说《西法尔骑士之书》（*Libro del cavallero Zifar*）诞生了，作品由《上帝的骑士》和《门顿国王西法尔》两部分组成。[①]《西法尔骑士之书》写西法尔从一个普通青年擢升为骑士和门顿国王的事迹。作品除西法尔营救妻子格里玛、在魔塘历险以及西法尔之子罗伯安在神秘岛登陆等少数几个神奇段落外，基本上采用了写实手法。但这些神奇段落基本没有犹太-基督教文化色彩，倒更像是从《一千零一夜》拷贝的，其中得见辛巴达数次航海的魔幻经历。然而，恰恰是神奇与真实的交相辉映见证了它与阿拉伯传奇的亲缘关系，同时也奠定了西班牙骑士小说的特殊风格。但是，在20世纪60年代以前，一般文史学家并不重视《西法尔骑士之书》，直至1965年罗杰·沃克（Walker，Roger）发表《〈西法尔骑士之书〉的有机构成》（“The unity of *El libro del cavallero Zifar*”）一文。罗杰·沃克在肯定小说的文学价值时认为，《西法尔骑士之书》的作者不仅开了西班牙骑士小说的先河，而且具有很高的艺术造诣。[②]

15和16世纪是骑士小说的繁荣时期。没有哪个西方国家像西班牙这样钟情于骑士小说。西班牙骑士小说的产量更是绝无仅有，累计

---

① 参见权威文学史家阿尔博格（Alborg，Juan Luis）的《西班牙文学史》第1卷（*Historia de literatura Española*, Madrid: Gredos, 1975）及贝利尼（Bellini，Giuseppe）的《新西班牙语文学史》（*Nueva historia de la literatura hispanoamericana*, Madrid: Castalia, 1997），等等。

② Walker, Roger: “The Unity of *El libro del Cavallero Zifar*”, *BHS*, XLII(1965), pp.149—159；另见《〈西法尔骑士之书〉中的传统与技巧》（*Tradition and technique in* El libro del cavallero Zifar, London: Tamesis Books, 1974, XVI, p.252）。

达百余部。这在当时无疑是个天文数字，足见其流行的程度。而当时的实际产量可能远远超过这个数字。

从简单的现实维度看，骑士小说之所以繁荣是因为西班牙赢得了“光复战争”的胜利，而骑士阶层作为“光复战争”的主力军立下了汗马功劳。同时，“光复战争”的胜利又使骑士阶层实际上完成了历史使命。作为中坚力量，骑士在抗击摩尔人统治的战斗中谱写了无数可歌可泣的篇章，因此仍是许多西班牙人心目中的英雄。骑士小说则是这种心态的反映。另一方面，火枪的发明使战争和军队改变了形式。同时，大部分骑士都已被封王封侯，远离了铁马金戈，开始了文明的贵族生活。于是，过去的骑士生活被逐渐艺术化。比如，多数骑士小说的主人公不是一手举剑、一手握笔，就是浪漫的冒险家；他们为了信仰、荣誉或某个意中人不惜赴汤蹈火、在所不辞；他们往往孤军奋战、特立独行，具有鲜明的个人英雄主义倾向，同时不乏神秘色彩。

《白骑士蒂朗》（*Tirante el Blanco*，又译《骑士蒂朗》，几乎是对《骑士团之书》的亦步亦趋的推演）；《阿马狄斯》（*Amadis de Goula*，又译《高卢的阿马狄斯》）；《埃斯普兰迪安的英雄业绩》（*Las Sergas de Esplandián*）；《希腊人堂利苏阿尔特》（*Don Lisuarte de Grecia*）和《帕尔梅林·德·奥利瓦》（*Palmerin de Oliva*）是当时最为流行的骑士小说。它们的共同特点是主人公具有崇高的理想和精湛的武功，即他们为爱情、信仰和荣誉不惜冒险甚至牺牲生命；他们惩暴安良，见义勇为，而且总是单枪匹马。在这些作品中，最著名的无疑是《阿马狄斯》和《白骑士蒂朗》。

《阿马狄斯》曾在全欧洲广为流传，对此后的骑士小说产生了巨大影响。小说的作者和初版时间一直是有关文史学家争论不休的话题。曾有研究家称小说的作者是葡萄牙人儒安·瓦斯科·洛佩拉（Vasco Lopela, Juan），但不久即遭西班牙学者否定。根据西班牙学者的考证，作品由巴利亚多利德的一名地方长官加尔西·罗德里格斯·德尔·蒙塔尔沃（Garci Rodríguez del Montalvo）于1508年定稿，同年在萨拉戈萨出版。但加尔西·罗德里格斯·德尔·蒙塔尔沃在“序言”中又自称是续写者。此类伪托在当时可谓风气使然，也可能与阿拉伯等东方传奇流行在先有关。然而，事实是，作品问世后不久即有多种续写本追随，其中的一个版本竟从最初的四卷扩展至十余卷。其次，主人公是在苏格兰长大成人的。盖因他是高卢王佩里翁的私生子，出生后即被抛入大海并险些送命。这几乎是对《安塔拉传奇》的有意摹仿。后者最终的成书年代约在10世纪，但其故事早已在阿拉伯民间广为流传，同样是描写一位部落头领的私生子，依靠自己的骁勇、仗义和执着，最终立下赫赫战功，并赢得爱情。无论如何，《阿马狄斯》对西班牙文学所产生的影响首屈一指。除了使骑士小说在西班牙风靡之外，它还直接影响了塞万提斯。从某种意义上说，《堂吉诃德》几乎是对《阿马狄斯》的一种不折不扣的戏仿。

许多文史学家认为阿马狄斯是欧洲骑士理想的典型形象。他在海上获救后渐渐长大，弱冠之年便已擢升为骑士的他来到英国王宫，不久便爱上了奥里阿娜公主。为了爱情，阿马狄斯开始了无数惊心动魄的冒险，这其中自然少不了抗击摩尔人的战斗。当他无意中得知自己的非凡身世后，便正式表白了爱意。这时，佞臣阿尔卡劳斯暗中破坏并挑唆国王将他逐出宫门。然而，公主对阿马狄斯痴情不渝；国王恼羞成怒，遂将她遣送罗马。途中阴差阳错，公主落难，但终被阿马狄斯所救。最后，阿马狄斯粉碎了佞臣的篡位阴谋，国王对他大为赞赏，不仅亲自为他和公主主婚，而且主动退位让贤，把王位交给了他。这时，阿马狄斯已然将人生意义升华为精神追求，而完美的爱情和婚姻只不过是他追求精神超越的过程之一。正所谓生命不止，战斗不息，阿马狄斯开始新的冒险。对阿马狄斯而言，重要的是冒险（追求）本身，而非结果。于是，其荣誉和爱情认知也就超越了圆桌骑士的“圣杯”或德法传奇的攻城夺地。这只有在《安塔拉传奇》之后的阿拉伯–波斯文学中才能找到其源头。至于它如何与西方古老的柏拉图主义殊途同归，则是另一个话题，需要说明的是，在以往的中世纪骑士谣曲（英雄史诗）中这类爱情描写是完全阙如的。

《白骑士蒂朗》也是塞万提斯在《堂吉诃德》中多次提到的骑士小说。它最初是在西班牙的瓦伦西亚出版的，而且用的是卡塔罗尼亚语（卡塔兰）。作者在献词中称该小说系由英文至葡萄牙文再至卡塔兰文翻译而成。这种假托也曾引起关于作者及初版时间的不少争论，它和《阿马狄斯》作者的伪托一并被塞万提斯继承，从而创造性地转化为“元小说”。

一般认为《白骑士蒂朗》的作者是西班牙人儒亚诺·马托雷尔（Joanot Martorell）和马蒂·儒安·德·加尔巴（Martí Joan de Galba）。小说前半部分与《骑士团之书》类似，描写瓦洛亚克伯爵受命于英国国王，率领军队击溃了摩尔人后归隐山林。与此同时，年轻的白骑士蒂朗赴英国参加英国国王和法国公主的大婚典礼，路遇瓦洛亚克并得到后者的真传。如此，蒂朗在一系列骑士比武中胜出，被英王封为“骑士之花”，后效命于法国国王，率领军队赴罗得岛抗击摩尔人。和他并肩而行的是法国王子菲力普，他们不久抵达西西里岛，受到了西西里人的热烈欢迎，并同时爱上了西西里公主。在成人之美、促成了菲力普和西西里公主的好事之后，蒂朗抵达罗得岛，把摩尔人驱逐出境，之后重返西西里岛，参加了菲力普和公主的婚礼。后来，蒂朗受命于君士坦丁堡皇帝，挥师抗击土耳其军队，并和储君卡梅西娜公主产生了爱情。最后一部分为苏安续写部分，描写蒂朗在非洲海岸遇险后沦为俘虏，结果又因英勇善战而得到突尼斯国王赏识。最后，蒂朗准备与卡梅西娜公主完婚并继承皇位，却途中染病，不治而亡。卡梅西娜见到蒂朗的遗体后殉情而死。于是，蒂朗的爱情在这里具备了某种神话般的悲剧效应和崇高的精神境界。

这些骑士小说迎合了一般读者的消遣心态。它们处理人物和情节的方式虽然不尽相同，但总体上是程式化的；内容更是游离于当时的社会现实，难以全面反映文艺复兴时期高涨的人文主义精神。因此，它们基本上是前文艺复兴时期的文学遗产，或者文艺复兴运动时期的一个插曲，体现了封建时代尤其是中小贵族阶层的审美理想。

但是，为了追求可信度，骑士小说往往重视逼真。《阿马狄斯》的作者对其幻想的“真实性”充满自信。小说的开场不具丝毫奇幻色彩，叙述力求逼真。但随着情节的展开，夸张和想象占据了主要地位。

《白骑士蒂朗》同样以写实开始，故事也更加真实可信。诚如作者在“序言”中宣称的那样，“经验证明，人们的记性相当薄弱，不仅容易将遥远的过去遗忘，而且眼前的事情也经常难以记住。因此，用文字记叙古来英雄好汉的丰功伟绩是十分必要的……罗马著名演说家塔利奥就是这样说的”。作者于是历数古来英雄好汉，并说白骑士蒂朗是“其中尤为出众，非同一般”的一个。①

可见，逼真是骑士小说赖以风靡的重要因素。这是亚里士多德主义取代柏拉图主义的结果。而《堂吉诃德》从一开始就打破了小说的逼真性，自始至终都在摹仿之摹仿和否定之否定中徘徊。首先，塞万提斯是对想象或虚构的对象化表现。他在“序言”中否定了骑士小说的真实性；小说的开篇也充满了不确定性，谓语“不久以前，有位绅士住在拉曼恰的一个村上，村名我不想提了”。人物的真实姓名也忽而吉哈诺，忽而吉哈达，一味地似是而非。至于那个“真正的作者”，即阿拉伯历史学家，则被认为充满了元文学意味和反逼真戏拟。盖因经过长达八个世纪的侵入与光复战争，阿拉伯人的著述在一般西班牙人眼里几乎是可以和“天方夜谭”画等号的。明证之一是16世纪西班牙全国对改教摩尔人的歧视与迫害。这一点，西班牙学者洛佩斯-巴拉尔特亦曾引据前人研究，分析《堂吉诃德》在开篇中，就曾借由对杜尔西内娅身份的讽刺，揭露了当时犹太或是摩尔改宗者身份低微，极力掩饰其血统出身的可叹可怜处境，表达了对宗教法庭迫害改宗者的愤慨。② 而《堂吉诃德》中的叙述者或我或他，则更是意味深长。其第九章这样写道：“这使我非常沮丧。依我看，这个趣味无穷的故事大部分是散失了。我想到散失的大部分无从寻觅，才读了那一小段反惹得心痒难搔。那样一位好骑士，却没个博学者负责把他的丰功伟绩记录下来，我认为事情和情理上都说不过去。凡是游侠骑士，所谓漫游冒险的人物，从来少不了有摇笔杆子的为他们写传作记。他们都有

①（西班牙）马托雷尔与加尔巴合著：《骑士蒂朗》，王央乐译，北京：人民文学出版社，1993年，第4页。

② López-Baralt: *Huellas del Islam en la literatura española*, Madrid: Hiperión, 1985, p.37.

一两个好像专为他们用的博学大师，不仅把他们的功业记载下来，就连他们琐碎无聊的心思，不论多么隐秘，都会一一描绘。”[①]

于是，第三人称叙述者退隐了。“我”终于在一个集市上发现了阿拉伯历史学家的手稿，而它正是踏破铁鞋无觅处的《堂吉诃德》。试想，面对一个由阿拉伯人撰写的卡斯蒂利亚骑士小说，其可信度如何尚且不论，时人恐怕马上会联想到《一千零一夜》或《卡里来和笛木乃》之类的阿拉伯传奇。

其次，骑士之美，美在风流倜傥、英武盖世，而堂吉诃德却自始至终都是个反英雄、反骑士形象。五十多岁的老绅士，无所事事、想入非非暂且不论，单说他那穷困潦倒、骨瘦如柴的样子，就足以解构此骑士故事的真实性了。况且塞万提斯在“序言”中说得明白，“这部奇情异想的故事，不用精确的核实，不用天文学的观测，不用几何学的证明，不用修辞学的辩护，也不准备向谁说教，把文学和神学搅和在一起……你只消做到描写的时候摹仿真实，摹仿得愈亲切，作品就愈好”。[②]塞万提斯甚至借“友人”极而言之，谓即使有人“证明你写的是谎话，也不能剁掉你写下这句谎话的手啊”。[③]凡此种种，无疑道出了塞万提斯的虚构观。而这一虚构观也即他的真实观。

然而，蒙田说过：“强劲的想象可以产生事实。”[④]骑士小说恰恰是一种致使“美梦成真”的强大想象。它一定程度上是对中世纪真实生活的否定，一如哥特式小说是对中世纪神学的否定。而塞万提斯则是否定之否定；并以子之矛，攻子之盾。其中的想象或幻想基于骑士小说，又超乎骑士小说，这其中多少掺杂了阿拉伯及东方文学想象和类哥特式小说的某些元素。

且说阿拉伯文学对于骑士道的奇思妙想深刻影响了西班牙文学。从《骑士团之书》中的无名氏老者，到《阿马狄斯》中的高卢人，均

---

①《堂吉诃德》，杨绛译，北京：人民文学出版社，1987年2月版，第52页。
② 同上，第8页。
③ 同上，第6页。
④《蒙田随笔》（*Les essays de Montaigne*），梁宗岱等译，北京：人民文学出版社，2005年，第69页。

是西班牙骑士文学从“理论”到“实践”过程的见证。它们成就了《堂吉诃德》，并通过后者使自己获得了再生。在这些西班牙小说中，现实目的明显让位于精神追求，光复领土、寻找圣杯等“实际”行为被相对空灵的精神目标所取代。爱情成为重要介质。

虽然西班牙骑士小说大都以抗击摩尔人或保卫基督教神圣教义为宗旨，但阿拉伯“异教”文化却润物无声地浸染了它们的字里行间。这就构成了对“真实”的颠覆。逼真的描写被相对神秘的意境所统摄，从而为骑士小说的“天真烂漫”平添了一份凝重与神奇。

首先，阿拉伯语的“futuwwat”（فتوة意为青年）被西方史学家直接翻译成“骑士”或“精神骑士”。[①]但阿拉伯语中的这个词汇是具有伊斯兰神秘色彩的。换言之，伊斯兰文化并不赋予“骑士”以任何封建团体的现实色彩与工具理性。它是一种类似于阿威罗伊的纯粹形而上学的精神之道。法国伊斯兰文化学者亨利·科尔宾（Corbin，Henry）在《骑士精神》（*El hombre y su ángel: iniciación de la caballería espitritual*）一书中指出：在伊斯兰文化中，骑士这个词意味着一种生存方式[②]。“它和波斯语中‘yavani’（意为青春）的涵义相近，一方面等同于拉丁语系的‘青年’，指纯粹的生理年龄；另一方面，它又明显具有精神内涵，指涉无关乎生理年龄的心灵状态。而这种状态可以战胜生理局限。因此，‘futuwwat’指涉特殊而年轻的精神状态。它常见于从普通青年‘sâlik’（سالك意为行动者）到骑士的升华阶段。”[③]而“sâlik”这个词几可完全等同于拉丁语系的“朝圣者”或汉语中的“行者”。他在完成了一系列考验之后，逐渐从外部转向内心，从而达到升华：成为精神的人、真正的人“fatâ”（فتي青年）。这个时候，生理的青春已经逝去，留下的是心理的、永恒的青春。在此之前，出于世俗目的，这个年轻人只知道横冲直撞、赴汤蹈火，甚至不无亵渎言行、成为“亚伯拉

① Al-Sulami: *Futuwah. Tratado de caballería sufi*, Barcelona: Paidós Orientalia, 1991.

② Corbin, Henry: *El hombre y su ángel: iniciación de la caballería espitritual*, trad. María Tabuyo y Agustín López, Barcelosna: Destino, 1995, p.37.

③ Ibid.

罕”。而“骑士”则意味着心灵的崇高和无比的激情、无上的荣光，是“sâlik”和“fatâ”之和。他勇敢、忠诚，虔心向着伊斯兰，为伊斯兰的理想而战。这其中既包括锄强扶弱，也包括怜惜妇幼。这在卢利的《骑士团之书》以及后来的西班牙骑士中表现得非常明显，同时也通过苏非思想在伊朗、叙利亚等伊斯兰国家传承下来：至今活跃于伊朗的青年运动社团（力量之家“zorjaneh”）便是这一传统的延续或变体。

其次，西班牙-阿拉伯文学研究家洛佩斯-巴拉尔特断言，西班牙的卡拉特拉瓦、圣地亚哥、阿尔康塔拉等骑士团，便是伊斯兰骑士思想与西方骑士精神的完美融合。[①]从这个意义上说，同时代的萨拉丁（Saladin Yusuf）传说当远胜于《安塔拉传奇》。他英勇抗击十字军的事迹，经由阿拉伯人和十字军传至西方，在西方国家，尤其是在阿拉伯统治地区引起巨大轰动，[②]以至于到了19世纪仍有西方作家对之念念不忘。[③]

14世纪中叶，格拉纳达的阿拉伯学者伊本·胡戴尔（Ibn Hudail）以萨拉丁事迹为蓝本，创作了两卷本传记小说《骑士的荣耀》（*La Gloria de los caballeros*）。此作详细演绎了伊斯兰骑士的美德，并突出体现了骑士与坐骑的特殊关系。由此，玛利亚·维盖拉·莫林斯（Molins，María Viqueira）在其《阿拉伯安达卢西亚与马》（*La Andalucia árabe y el caballo*）中诠释了骑士与马的关系。这一点连同伊斯兰意义上的骑士道，在《阿马狄斯》中得到了明确体现。[④]其第一个层面是前面说到的逼真。这个层面在几乎所有西班牙骑士小说中都得到充分展示。但第二个层面却唯有在《阿马狄斯》或《骑士蒂

① López-Baralt: *Huellas del Islam en la literatura española*, Madrid: Hiperión, 1985, p.30.

② Maalouf: *Las cruzadas vistas por los árabes*, Madrid: Alianza Editorial, 1989, pp.233—234; Sinclair: *Jerusalen: la lucha religiosa por la Ciudad Sagrada*, Madrid: Edaf, 1997, pp.113—120.

③ 参见司各特（Scott，Walter）的《艾凡赫》（*Ivanhoe*）[又称《狮心王查理》（*Richard: The Lionheart*）]。

④ 而且和《骑士蒂朗》等诸多骑士一样，阿马狄斯对君士坦丁堡及耶路撒冷耿耿于怀。只不过骑士蒂朗“实际”参与了东征，并立下了赫赫战功，而阿马狄斯却在东征途中陷入了一系列类似于尤利西斯或辛巴达的冒险。

朗》等少数优秀作品中得以窥见。尤其是在《阿马狄斯》当中，骑士文学的精神层面得到了凸显与提升。虽然童年不幸，但和萨拉丁一样，阿马狄斯在青少年时代逐渐找到了自我。因为信仰和力量使他们逐渐获得了尊敬。之后，是一个类似于图兰多和阿拉伯波斯圆形建筑的多重门宫。作品使有关骑士道与精神、骑士道与爱情等一系列心灵的罗盘快速转动起来。这是一个灵战胜肉的过程。之后才是骑士不畏艰险的建奇功、立大业。战斗不仅是为了攻城夺地；爱情也摆脱了世俗羁绊，擢升到精神的高度。与此同时，大量动物的出现为小说奠定了寓言基础。狼、蛇、鹿、牛、狮子等，改变了骑士小说的发展方向。盖因在相当一部分骑士小说中，格斗、阴谋和滥情充斥。而《阿马狄斯》则相当淡定地回到了寓言的传统。从某种意义上说，它的精神至上倾向是向着传统（包括伊斯兰文化传统）的一次回归，并借以反抗文艺复兴时期以轻喜剧为主要表现方式的市民文化。而这种反动被塞万提斯有意无意地继承并升华、放大。

洛佩斯–巴拉尔特在《西班牙文学的伊斯兰元素》中明确指出，塞万提斯具有伊斯兰倾向。如此观点是否正确姑且不论，但《堂吉诃德》确实亦步亦趋地摹仿（并借此反讽）了《阿马狄斯》，从而将骑士的精神之爱擢升到了空前的高度。由此而言，塞万提斯伪托阿拉伯人的做法也不仅是文学噱头，它多少表达了作者对阿拉伯人的敬意。盖因西班牙文学，尤其是骑士文学受阿拉伯影响实在太多，有关细节亟待深入研究。

第七节　《卡里来和笛木乃》及其影响

伊本·穆格法（Ibn Muqaffa）的阿拉伯语版《卡里来和笛木乃》的主要故事原型来自印度《五卷书》，这已是不争的事实。他在“序言”中开宗明义，说“这本题名‘卡里来和笛木乃’的书，是印度学者撰写的一部寓言故事集”[①]。《五卷书》的故事流传于公元前

① 伊本·穆格法：《卡里来和笛木乃》，叙利亚，大马士革：伍麦叶书局，1963年，第16页。

6世纪到公元12世纪，而最早的成书年代则据考为公元5世纪。公元6世纪，即波斯萨珊王朝的库思老一世（Khosrau Ⅰ Anushirvan，531？—579）时期，《五卷书》被一名波斯医生翻译成巴列维语，但该译本已经散佚。公元570年前后，一位名叫“布德”（Bud）的教士再由巴列维语移译至古叙利亚文，为《卡里来卡和笛木乃卡》。这个译名更接近于巴列维语译本以及梵语原版，因为“狮子与公牛”在梵文中的原型是两只胡狼，分别为“迦罗吒迦”（Karataka）和“达摩那迦”（Damnaka）。巴列维文在翻译时保留了尾音“迦”。[①] 公元750年，伊本·穆格法的《卡里来和笛木乃》阿拉伯语译本问世，后者主要依从巴列维文和古叙利亚文本《五卷书》，并且省略了尾音“迦”，故事内容也比前两个译本丰富一些。20世纪初，美国语言学学者富兰克林·艾爵顿（Franklin Edgerton）出版了《重构的〈五卷书〉》（Panchatantra *reconstructed*）。该研究著作附有《五卷书》英译本。他在1915年另一位美国学者赫特尔的研究成果基础上，大体还原了《五卷书》的梵文原著（关于《五卷书》及《卡里来和笛木乃》翻译的详细流变见表1）。

伊本·穆格法本《卡里来和笛木乃》描述的是印度哲学家白德巴为了规劝骄傲自大、飞扬跋扈的国王德卜舍利姆而讲述的一系列故事（“事例”）。全书共二十一篇（在原来《五卷书》十二篇的基础上，加入了波斯寓言三篇，阿拉伯寓言六篇，其中主体故事十六篇），由大大小小五十多个故事组成，均假托动物之口，传述作者嘉许的各色美德，涉及交友处世、君臣之道等诸多方面，其中比较经典的有狮子与公牛的故事（讲述狮子与公牛最初交好，但在臣属的挑拨之下血汗生嫌隙，终至两败俱伤的故事）、猫头鹰与乌鸦的故事（讲述乌鸦如何通过反间计战胜了欺压它们的猫头鹰）等，流传较广且变体最多的有老人与三个儿子的故事（讲述老人如何考验三个儿子的生存本领）、修士与蜜罐的故事（想入非非的修士一不小心打翻了蜜罐，致使发财梦成为泡影）等。伊本·穆格法对《五

① 余玉萍：《伊本·穆格法及其改革思想》，北京：中国商务出版社，2007年，第32—33页。

卷书》进行了丰富和改写，不少故事更显生动；有些则删减点繁，使之变得更为简单明了。但同时他又掺入了大段的说教，直陈观点，规劝君主要体恤民情、宽容慎怒、品行端正、赏罚分明。可以说，他的《卡里来和笛木乃》以优美典雅的语言，细致入微的描述，繁简相宜的故事，开启了阿拔斯时期清新质朴、雅俗共赏的文风，因而也备受文史学界的推崇。由其从出的译本可谓奕代继作、迭见不鲜，成为“借各种意图和语言文字流行、传播”的古老作品之一①。

第八节 《卢卡诺尔伯爵》的借鉴与模仿

《卢卡诺尔伯爵》前面已有涉及，需要补充的是，自卡斯蒂利亚用俗语编撰了《西班牙编年通史》、《世界大通史》和《卡斯蒂利亚语语法》之后，卡斯蒂利亚语便开始成为卡斯蒂利亚的官方语言，并随之逐渐擢升为西班牙通用语言。然而，拉丁文的强大惯性依然存在。据统计，在《卢卡诺尔伯爵》之前，只有少数歌谣和民间故事使用卡斯蒂利亚语，如阿尔丰索十世的《聪敏的悔过者》《长梦》《勇敢的主教》，贝尔塞奥的《无耻的司事》，佚名之作《猫之书》《训诫故事书》，以及一些翻译作品（如《伊索寓言》《卡里来和笛木乃》②），等等。

《卢卡诺尔伯爵》堪称西班牙第一部“俗语”小说。作品既有寓言故事，也有历史传说，可谓虚构与写实并重。小说由五部分组成，第一部分为五十一个事例，系作品主体；第二部分为堂胡安因感谢赫里卡领主唐哈伊梅的厚爱而作的解释，主要内容包括一百条谚语和警句；第三部分是帕特罗尼奥向卢卡诺尔伯爵表达的歉意，由五十条

① 伊本·穆格法：《卡里来和笛木乃》，李唯中译，天津：天津古籍出版社，2004年，第354页。

② 印度故事集，来自《五卷书》，经阿拉伯人或犹太人演绎后于中世纪引入西罗马帝国，13世纪（阿尔丰索十世时期）再由拉丁文译成卡斯蒂利亚语。其中比较著名的故事有《食铁鼠的故事》《四个旅伴的故事》《变成老鼠的姑娘》《魔鬼和小偷之争》等。

谚语和警句组成；第四部分为帕特罗尼奥向卢卡诺尔伯爵所作的解释，是三十条谚语和警句。最后一部分为关于圣体和其他道德方面的说明，是关乎神学的说教或解脱“罪责”的辩护。与其他部分相比，第一部分不仅重要，而且具有相对的独立性，其内容丰富多彩，素为文史学界所推崇。①本章所要讨论的，是其与《卡里来和笛木乃》的关联。

问世于1335年的《卢卡诺尔伯爵》对《卡里来和笛木乃》的借鉴与模仿是十分明显的。前者不仅直接攫取后者的故事，而且在叙事手法上有明显的传承关系。印度学者D. P. 辛加尔（Singhal，D. P.）曾在《印度与世界文明》（*India and World Civilization*）一书中指出，印度的《五卷书》对西方寓言故事产生了极大的影响，但它无疑是以《卡里来和笛木乃》为媒介的②。为便于比较，且让我们通过表1来看看《卡里来和笛木乃》的翻译史：

表1

版　　本	年　　代	内容及特点
《五卷书》梵文原本	公元前6世纪—公元6世纪	共十二篇，主要内容见艾爵顿复原本
藏文译本	时间不详，应早于6世纪	已散佚
巴列维文译本	公元6世纪初	正式将此故事名为《卡里来卡和笛木乃卡》（据古叙利亚译本推测），已散佚
古叙利亚译本	大约570年	取名《卡里来卡和笛木乃卡》
阿拉伯语译本（伊本·穆格法）	公元750年	据巴列维文译出，将内容由原来的12篇扩充到21篇

① 刘玉树译本即据此而来。胡安·马努埃尔：《卢卡诺尔伯爵》，刘玉树译，北京：昆仑出版社，2000年。

② 辛加尔：《印度与世界文明》，庄万友等译，北京：商务印书馆，2015年，第232页。

（续表）

<table>
<tr><th colspan="2">版　本</th><th>年　代</th><th>内容及特点</th></tr>
<tr><td rowspan="11">右侧均为据阿拉伯译本直接译出的版本</td><td>古叙利亚第二译本</td><td>公元8—10世纪</td><td>内容不详</td></tr>
<tr><td>希腊文译本</td><td>约1080年</td><td>后又被译为拉丁文（疑为犹太人彼得吕斯·阿方西《教士的故事》一书，他将其带至英国）</td></tr>
<tr><td>波斯文新译本</td><td>约1120年</td><td>又被称为“安瓦尔·苏海里译本”</td></tr>
<tr><td rowspan="2">希伯来文译本（由此译本衍生出诸多新文字译本）</td><td>12世纪初</td><td>被一位叫罗比·哲尔的犹太人译为希伯来语，后被犹太教徒卡普瓦转译为拉丁文，由此又被译为多种欧洲现代文字</td></tr>
<tr><td>1227年</td><td>雅各布·本·阿齐尔（《西夫尔·希沙里穆》的编者）的希伯来文译本，近乎全译本</td></tr>
<tr><td>古西班牙语译本</td><td>1251年</td><td>由此又衍生出另一个拉丁语译本“雷蒙德译本”</td></tr>
<tr><td>拉丁文诗译本</td><td>13世纪</td><td>名为《勇敢的伊索普斯》，诗体文译本</td></tr>
<tr><td>土耳其文译本</td><td>16世纪</td><td>该译本因被译为法文（1724年出版）和西班牙文（1652—1658年出版）而出名</td></tr>
<tr><td>英文译本</td><td>1819年</td><td>神父温德汉姆·纳什布勒翻译</td></tr>
<tr><td>俄文新译本</td><td>1889年</td><td>译者为米哈伊尔·阿塔亚</td></tr>
</table>

注：此表依从李唯中译本《卡里来和笛木乃》（天津古籍出版社，2004年）。

由此可见，古西班牙（卡斯蒂利亚）语译本《卡里来和笛木乃》问世于1251年，且之前已有希伯来语的两种译本存在。彼时，安达卢斯处在多语言、多文化并存杂糅的非常时期，《卡里来和笛木乃》的许多故事早已在民间流传，为人们所耳熟能详。堂胡安·曼努埃尔在创作《卢卡诺尔伯爵》时，适值古西班牙语译本问世半个世纪之后（1335）。而他作为博览群书，又十分熟悉和关注安达卢斯的一代文豪，必然对其中的许多故事了然于心。《卢卡诺尔伯爵》的许多事例便是明证。同样，为便于比较，此处特将艾爵顿版《五卷书》与《卡里来和笛木乃》和《卢卡诺尔伯爵》的部分故事内容（顺序有所调整）列表如下（表2），以期探析三者的同源关系，特别是《卢卡诺尔伯爵》对《卡里来和笛木乃》的借鉴、模仿：

表2

<table>
<tr><th colspan="2">《五卷书》</th><th colspan="2">《卡里来和笛木乃》</th><th>《卢卡诺尔伯爵》（故事顺序有调整）</th><th>《卢卡诺尔伯爵》的借鉴与影响</th></tr>
<tr><td colspan="2">第一卷　朋友的决裂（狮子与公牛）</td><td colspan="2">第一章　狮子与公牛（共18个故事）</td><td>共51个故事，摘录37个</td><td></td></tr>
<tr><td>一级故事</td><td>二级故事</td><td>一级故事</td><td>二级故事</td><td></td><td></td></tr>
<tr><td colspan="2">猴子和木匠</td><td>老人与三个儿子</td><td>人与恶狼的故事</td><td>老人和儿子骑驴</td><td>阿拉伯民间笑话</td></tr>
<tr><td colspan="2">胡狼与鼓</td><td colspan="2">猴子和木匠</td><td rowspan="3">英王理查德在对摩尔人作战中奋力一跳建奇功</td><td rowspan="3">书中唯一一个带有嵌套的故事</td></tr>
<tr><td rowspan="2">和尚与骗子</td><td>胡狼与公羊</td><td colspan="2" rowspan="2">狼与鼓的故事</td></tr>
<tr><td>织工与鸨母</td></tr>
<tr><td colspan="2">老鸦与黑蛇</td><td rowspan="2">老鸦与黑蛇</td><td rowspan="2">鸬鹚与螃蟹</td><td>狐狸与乌鸦</td><td>《伊索寓言》故事</td></tr>
<tr><td colspan="2">鸬鹚与螃蟹</td><td>燕子看见播种亚麻</td><td></td></tr>
<tr><td colspan="2">小兔与狮王</td><td colspan="2">小兔与狮王</td><td>两匹马与一头狮子</td><td></td></tr>
<tr><td colspan="2">虱子与跳蚤</td><td colspan="2">三尾鱼</td><td>清洗肝脏者的苦恼</td><td></td></tr>
<tr><td colspan="2">雄狮的随从与骆驼</td><td colspan="2">虱子与跳蚤</td><td>羽扇豆充饥的穷汉</td><td></td></tr>
<tr><td colspan="2">海鸥与海怪</td><td colspan="2">小故事鸭子与月影、蜂蜜与睡莲、苍蝇与象王</td><td>圣地亚哥教长与托莱多大魔法师</td><td></td></tr>
<tr><td colspan="2">野鸭与乌龟</td><td colspan="2">雄狮、乌鸦、狐狸和狼</td><td>狐狸与公鸡</td><td></td></tr>
</table>

（续表）

<table>
<tr><th>《五卷书》</th><th colspan="4">《卡里来和笛木乃》</th><th>《卢卡诺尔伯爵》（故事顺序有调整）</th><th>《卢卡诺尔伯爵》的借鉴与影响</th></tr>
<tr><td>三尾鱼</td><td colspan="3">海鸥与海怪</td><td>野鸭与乌龟</td><td>猎石鸡者的眼泪</td><td></td></tr>
<tr><td>猴子、萤火虫与鸟</td><td colspan="4">猴子与萤火虫</td><td>圣徒多明各为死亡富豪祈祷</td><td></td></tr>
<tr><td>骗子与傻子</td><td colspan="4">傻子与坏人</td><td rowspan="2">堂洛伦索·苏雷亚斯在保卫塞维利亚之战中立功</td><td></td></tr>
<tr><td>白鹭、蛇与幼鼠</td><td colspan="4">吃铁的老鼠</td><td></td></tr>
<tr><td>吃铁的老鼠</td><td colspan="4">第二章　笛木乃的审判</td><td rowspan="2">堂佩德罗·梅伦德斯·德·巴尔德斯因祸免灾（塞翁失马）</td><td></td></tr>
<tr><td></td><td colspan="4">商妻、画师、女仆</td><td></td></tr>
<tr><td></td><td colspan="4">冒充医师丧命记</td><td>国王被炼金术士欺骗</td><td></td></tr>
<tr><td></td><td colspan="4">耕夫与其二妻（五十步笑百步）</td><td>哲人教育国王</td><td></td></tr>
<tr><td></td><td colspan="4">猎隼、鹦鹉和隼匠</td><td>狮子与公牛</td><td>《卡》中第一、二章的缩写</td></tr>
<tr><td>第二卷　朋友的获得（斑鸠）</td><td colspan="4">第三章　鸽子（每一列均为前列的嵌套故事）</td><td>蚂蚁的谋生之道——辛苦劳作</td><td></td></tr>
<tr><td>老鼠与和尚</td><td rowspan="4">鸽子、老鼠、羚羊、乌鸦</td><td rowspan="4">老鼠、修士与客人</td><td rowspan="4">女人换芝麻</td><td rowspan="4">狼、猎人、野猪与羚羊</td><td>国王考验三个儿子</td><td>《卡》中《老人与三个儿子》</td></tr>
<tr><td>换芝麻的故事</td><td>普罗文萨伯爵如何逃脱囚禁</td><td></td></tr>
<tr><td>贪心的胡狼</td><td>谎言是如何欺骗真理的</td><td></td></tr>
<tr><td>捕获鹿的故事</td><td>一只躺在路上装死的狐狸</td><td></td></tr>
<tr><td>第三卷　战争与和平（猫头鹰与乌鸦）</td><td colspan="4">第四章　猫头鹰和乌鸦（后一列均为前列同行的嵌套故事）</td><td>塞维利亚国王的故事（穆阿台米德与爱妃）</td><td></td></tr>
</table>

（续表）

<table>
<tr><th>《五卷书》</th><th colspan="3">《卡里来和笛木乃》</th><th>《卢卡诺尔伯爵》（故事顺序有调整）</th><th>《卢卡诺尔伯爵》的借鉴与影响</th></tr>
<tr><td>披着豹子皮的驴（该故事同样见诸《伊索寓言》）</td><td rowspan="8">猫头鹰与乌鸦</td><td rowspan="2">白鹭与乌鸦</td><td>象王、兔王、月王</td><td>乌鸦的苦肉计</td><td>《卡》中猫头鹰与乌鸦故事的梗概</td></tr>
<tr><td>群鸟选王</td><td>野兔、黄莺与狸猫</td><td rowspan="2">一位国王与谎称能织出奇妙布匹的骗子们之间的故事</td><td rowspan="2">《皇帝的新装》原型</td></tr>
<tr><td>象王、小兔与月亮</td><td colspan="2">修士与骗子的故事</td></tr>
<tr><td>鹧鸪与小兔</td><td colspan="2">商人妻子与小偷</td><td>猎隼与老鹰和草鹭的故事</td><td></td></tr>
<tr><td>婆罗门与恶人们</td><td colspan="2">修士、盗贼与魔鬼</td><td>一个小伙子娶了一个凶悍女子</td><td>《悍妇记》原型</td></tr>
<tr><td>老人、年轻妻子与贼</td><td colspan="2">木匠与妻子</td><td>汉子身背宝石溺死河中</td><td></td></tr>
<tr><td>婆罗门、贼与食人妖</td><td colspan="2">雌鼠择夫</td><td>汉子与燕子、麻雀周旋</td><td></td></tr>
<tr><td>戴绿帽的木匠</td><td colspan="2">蟒蛇与蛙王</td><td>一个阴险女人</td><td></td></tr>
<tr><td>处女老鼠</td><td>猴子与雄龟</td><td colspan="2">雄狮与胡狼</td><td>善、恶，聪明人与疯子</td><td></td></tr>
<tr><td>黑蛇与青蛙王子</td><td>修士与黄鼬</td><td colspan="2">修士与蜜罐</td><td>堂娜特鲁阿娜的空欢喜</td><td>《卡》中《修士与蜜罐》</td></tr>
<tr><td>第四卷　得而复失（猴子和雄龟）</td><td>老鼠与老猫</td><td colspan="2">骑在象牙上的人</td><td>侠义三骑士侠义忠君</td><td></td></tr>
<tr><td>缺心少耳的驴</td><td colspan="3">国王与芳兹鸟</td><td rowspan="2">甘心听命于魔鬼的汉子贪得无厌
一位哲人误入烟花巷</td><td></td></tr>
<tr><td>第五卷　不思而行（婆罗门与鼬鼠）</td><td colspan="3">狮王与胡狼（信任）</td><td></td></tr>
<tr><td rowspan="2">建造空中楼阁的婆罗门</td><td rowspan="2">依拉泽、毕拉兹和王后</td><td colspan="2">雌鸽屈死</td><td>考验朋友（真友谊难得）</td><td></td></tr>
<tr><td colspan="2">猴子与扁豆</td><td>苏丹企图霸占臣属之妻</td><td></td></tr>
</table>

（续表）

<table>
<tr><th>《五卷书》</th><th colspan="3">《卡里来和笛木乃》</th><th>《卢卡诺尔伯爵》（故事顺序有调整）</th><th>《卢卡诺尔伯爵》的借鉴与影响</th></tr>
<tr><td>杀害和尚的理发匠</td><td colspan="3">母狮、猎人与胡狼</td><td rowspan="2">一个傲慢的国王</td><td></td></tr>
<tr><td></td><td>修士与来客</td><td colspan="2">乌鸦学步</td><td></td></tr>
<tr><td></td><td>鼠王米赫拉伊兹</td><td>尼罗河国王</td><td>驴子与驯鹿</td><td></td><td></td></tr>
<tr><td></td><td colspan="3">行者与银匠、蛇、猴子和老虎</td><td></td><td></td></tr>
<tr><td></td><td colspan="3">王子与旅伴</td><td></td><td></td></tr>
<tr><td></td><td colspan="3">鸽子、狐狸和苍鹭</td><td></td><td></td></tr>
</table>

注：此表参考了余玉萍教授对艾爵顿版《五卷书》与《卡里来和笛木乃》的比较研究，见《伊本·穆格法及其改革思想》，第116—117页。

由此可见，《卢卡诺尔伯爵》至少有四个故事直接移植自《卡里来和笛木乃》。这四个故事分别是事例七《堂娜特鲁阿娜的空欢喜》（*Lo que sucedió a una mujer que se llamaba doña Truhana*，原型为《卡里来和笛木乃》中的《修士与蜜罐》的故事）、事例十九《乌鸦的苦肉计》（*Lo que sucedió a los cuervos con los búhos*，原型为《卡里来和笛木乃》中的《猫头鹰与乌鸦》的故事）、事例二十二《狮子与公牛》（*Lo que sucedió al león y al toro*，原型为《卡里来和笛木乃》中的《狮子与公牛》的故事）、事例二十四《一位国王考验三个儿子》（*Lo que sucedió a un rey que quería probar a sus tres hijos*，原型为《卡里来和笛木乃》中的《老人与三个儿子》的故事）。这四个故事内容上完全一致，叙述形式也如出一辙，只不过《卢卡诺尔伯爵》更为简约，其所攫取的大抵是《卡里来和笛木乃》的故事精髓。本文不妨择其一二，以为例证：

在《乌鸦的苦肉计》中，帕特罗尼奥讲述了一群受猫头鹰欺诈的乌鸦，决定实施反间计，于是拔掉了一只乌鸦的大部分羽毛，使其仅可勉强飞行。他们借此迷惑猫头鹰，让后者失去警觉，误以为脱毛乌鸦是来投靠它们的。然而，一只足智多谋的猫头鹰识破了乌鸦的诡计，所憾其他同类不仅不听从它的忠告，反而引发了内讧。最终，猫头鹰被歼灭，乌鸦大获全胜。

这个故事与《卡里来和笛木乃》中《猫头鹰与乌鸦》的故事完全相同，尽管叙述更加简明，全文不过六百字。而在《卡里来和笛木乃》中，这个故事前后嵌入了九个小故事，全文洋洋洒洒，达二万三千余字，仅主干部分也多达五千余字。

再看《狮子与公牛》。它同样照搬《卡里来和笛木乃》，讲述狮子与公牛如何反目成仇。受狐狸（在《卡里来和笛木乃》中，狐狸即笛木乃）的挑拨，狮子与公牛渐生罅隙，并最终兵戎相见、两败俱伤。《卢卡诺尔伯爵》中的这个故事比较简练，全文不过一千二百字，其规模较之《卡里来和笛木乃》相去甚远。后者嵌套的十八个故事使主干大为延宕、扩展。

还有《堂娜特鲁阿娜的一场空欢喜》亦复如此。故事的内容是：有个女人叫堂娜特鲁阿娜，家境相当贫穷寥落。一天，她头顶一罐蜂蜜去赶集。路上，她幻想卖了蜂蜜换鸡蛋，再用鸡蛋孵母鸡，如此鸡生蛋、蛋生鸡，她就能比所有邻居更富有了。然后，她想象着如何让子女结婚成家，如何子孙满堂。那样一来，她就会在众多女婿、儿媳的簇拥下大摇大摆地走上街头，享受人们羡慕的目光和无数的赞许。想到这里，她不禁开怀大笑，还在脑门上拍了一掌，结果蜜罐掉到地上摔个粉碎。这个故事，迄今已有多种变体，有版本置主人公为婆罗门，有版本置主人公为修士，在《卢卡诺尔伯爵》中主人公化身为一个女人。值得一提的是，此故事的篇幅与《卡里来和笛木乃》中的《教士与蜂蜜》相当。

大体上说，《卢卡诺尔伯爵》的故事比较简略。除直接源自《卡里来和笛木乃》的四个故事外，其他故事也大多短小精悍，有的甚至只有寥寥数语；长不过三千，短则四五百字。这或许是因为罗曼司语短篇小说形成之初，作者有意为之。而《卡里来和笛木乃》，特别是《一千零一夜》的套盒技术容易将故事敷衍成卷帙浩繁的长篇小说。在《卢卡诺尔伯爵》中，仅有《英王理查德在对摩尔人作战中奋力一跳建奇功》一个故事有二级嵌套，但叙述仍然简约。这从另一个侧面见证了作者的创作意图：表达政见、规劝君主、告诫世人，因而作者每每在事例之后进行富有哲理性的归纳总结、阐明观点。

除内容模仿之外，《卢卡诺尔伯爵》的叙事架构和文学灵感同样受惠于《卡里来和笛木乃》。美国俄勒冈大学罗曼司语系教授大卫·A.威克斯（Wacks，David A.）在《伊比利亚框架叙事——中世纪西班牙玛卡梅和框架叙事》（*Framing Iberia-Maqāmāt and Framtale Narratives in Medieval Spain*）中用“框架叙事”这个概念指代受阿拉伯叙事影响的早期伊比利亚叙事方式，认为框架叙事自14世纪初始现于安达卢斯，并迅速影响了当地的叙事文学。[①]英国作家多丽丝·莱辛在谈到《卡里来和笛木乃》时也曾断言：这类“故事以其独特的方式——故事套故事，环环相扣——展开。在此之前，西方并没有这种叙事方式”，及至薄伽丘和乔叟等几位受到来自东方的影响……[②]然而，堂胡安·马努埃尔首当其冲，是受到东方影响的西方文人，他的名字理应在“框架叙事”中占有一席之地。而《卡里来和笛木乃》正是其作品所从出的主要源泉。

自《卡里来和笛木乃》的故事主体部分（第五篇）以降，每篇故事均以下列方式开启：“国王德卜舍里姆对哲学家白德巴说：‘请给我举一个例子，说明××情况吧。’”抑或“国王德卜舍里姆对哲学家白德巴说：‘关于××情况，我已经知道了，如果方便，请给我举例谈谈吧’。”而在每篇故事的结尾，则会有“这便是关于××的例子”，甚或哲理性的总结如“对怀有敌意的那些人，无论他们的表现怎样友好、谦恭，也不应该受他们的骗、上他们的当”，如此云云。

在《卢卡诺尔伯爵》中，这种框架结构或叙事范式被完全承继下来。在作品“序言”中，马努埃尔就曾写道：“序言到此结束，后面开始正文。本书以一位大领主与其谋士谈话的形式写就，这位领主名叫

① David A. Wacks: *Framing Iberia-Maqāmāt and Framtale Narratives in Medieval Spain*, Leiden & Boston: Brill, 2007, p. 41.

② 多丽丝·莱辛：《时光噬痕：观点与评论》，龙飞译，北京：作家出版社，2010年，第54页。

卢卡诺尔伯爵，谋士名叫帕特罗尼奥”，而正文的开篇恰似《卡里来和笛木乃》:“有一次，卢卡诺尔伯爵与其谋士帕特罗尼奥密谈，伯爵对他说:‘帕特罗尼奥，(陈述问题)，我希望听取您对此事的意见，并给我出谋划策。’”或者“一日，卢卡诺尔伯爵在密室中对其谋士帕特罗尼奥说了如下一番话”，诸如此类，与《卡里来和笛木乃》并无二致。更为重要的是，《卢卡诺尔伯爵》的每则事例恰恰是《卡里来和笛木乃》主体故事的呈现方式，而且每则事例皆由谋士进行总结，道出个中意蕴；卢卡诺尔伯爵听后便会感到心情舒畅，抑或对结果十分满意。与《卡里来和笛木乃》不同的是，《卢卡诺尔伯爵》每篇结尾均有作者的评议，或“有诗为证”，如“舍己利人必有因，平白无故切勿信”“莫管他人说短长，是非利弊自掂量”，等等；有时甚至引经据典，与我们通常所谓的子曰诗云颇有几分相似。

通过以上比较分析，或可得出如下结论：问世于14世纪的《卢卡诺尔伯爵》对《卡里来和笛木乃》的借鉴毋庸置疑。但是，问题在于反复出现于《卡里来和笛木乃》和《一千零一夜》的复杂嵌套结构并未受到堂胡安·马努埃尔的关注（仅一处除外）。当然，《卡里来和笛木乃》中的嵌套或套盒模式，较之于《一千零一夜》（定型于15和16世纪）的多层嵌套模式又显然简单了许多。这多少印证了小说由简单到繁复、丰富的发展轨迹。相形之下，《卢卡诺尔伯爵》只能用“短小精悍”一言以蔽之了。而《卡里来和笛木乃》在流传过程中，又相继对乔叟的《坎特伯雷故事集》产生了影响。《智慧宫》记述了犹太人彼得吕斯·阿方西（Petrus Alfonsi）[①]约于11世纪在其改写的《教士的故事》中，将嵌套式框架叙述结构带到了英国[②]（参见表1）；拉封丹寓言、薄伽丘的《十日谈》则进一步从《卡里来和笛木乃》汲取营养。尤其是在后者，嵌套方式已臻圆熟，其内容也更为丰富。但这不在本文的讨论范围。

① 即佩德罗·阿尔丰索（见第一编）。

② 乔纳森·莱昂斯：《智慧宫——阿拉伯人如何改变了西方文明》，刘榜离等译，北京：新星出版社，2013年，第192页。

总之，《卢卡诺尔伯爵》作为西班牙和罗曼司俗语小说的开山之作，借鉴了《卡里来和笛木乃》，继而影响了西方文学的发展进程。这是东学西渐的一个显证，也是东西方文化交融、化合的重要环节，理应得到东西方学界的更大关注。

第九节 《卡里来和笛木乃》与塞万提斯

洛佩斯-巴拉尔特关于《堂吉诃德》的议论令人回味。她说作者以描写主人公的食谱开篇，谓堂吉诃德生活在一个痴迷于“污秽食物”的国度，这种痴迷会使人立刻意识到西班牙人（堂吉诃德）的闪族特征。塞万提斯也是这样告诉读者的：堂吉诃德吃着煎腌肉摊鸡蛋（字面意思为“悲苦与破碎”），暗喻堂吉诃德新近改宗，故而吃这道菜不啻为悲苦。此外，乡下人（老基督徒）桑丘·潘沙一遍又一遍地反复念叨着他的“七指厚肥膘”，以猪猡自嘲。这对改宗者而言，也是十分恶心的。此外，人物阿尔东莎·洛伦索的出现也意味深长：这位摩尔人翻译了哈梅特·贝南赫里的阿拉伯语手稿《堂吉诃德》，他在读到“这位杜尔西内娅·德·托波索是拉·曼却腌猪肉的第一把好手”时，不禁哈哈大笑。如果不是洛佩斯-巴拉尔特稍作解释，我们便不会觉得这有什么可笑之处。首先，她使我们明白，杜尔西内娅是摩尔镇的杜尔西内娅，或“摩尔人杜尔西内娅”。这是隐藏在这个名字背后的信息。更妙的是，杜尔西内娅还会做腌猪肉，这是她竭力扮演基督徒以掩盖自己摩尔血统的有力证据。唯其如此，那个翻译了《堂吉诃德》的摩尔人（当然也是改宗了的，否则无法继续在西班牙安身立命），但他必得是隐藏得很深的穆斯林，否则不会精通阿拉伯语，也不会有能力将《堂吉诃德》从阿拉伯语译出。当时，这种语言在西班牙被禁数十载。如此会心的大笑（或许还掺杂着些许苦涩），当是因为同病相怜。他一定是在杜尔西内娅的表演中看到了自己的处境。毋庸讳言，他一定也是在自嘲，同时嘲笑那个社会。适值西班牙宗教裁判所白色恐怖肆虐，塞万提斯堪称最为敏锐、犀利的作家之一，其丰富性、深刻性、戏谑性由此可见一斑。

一、故事的流传

前面虽然对《五卷书》至《卡里来和笛木乃》的演变已有概括，在此不妨换一个角度，对文学流传学派代表人物本菲（Benfey, Theodore）的《五卷书》西渐研究作一番回溯。后者至今没有引起塞学界的足够重视，更未有人将本菲及本菲之后的流传学思想运用到塞万提斯研究中来。这就势必造成塞万提斯与东方文学这一重要关系研究的学理性缺失或断裂。

刘魁立先生在描述本菲思想时，图解如下：

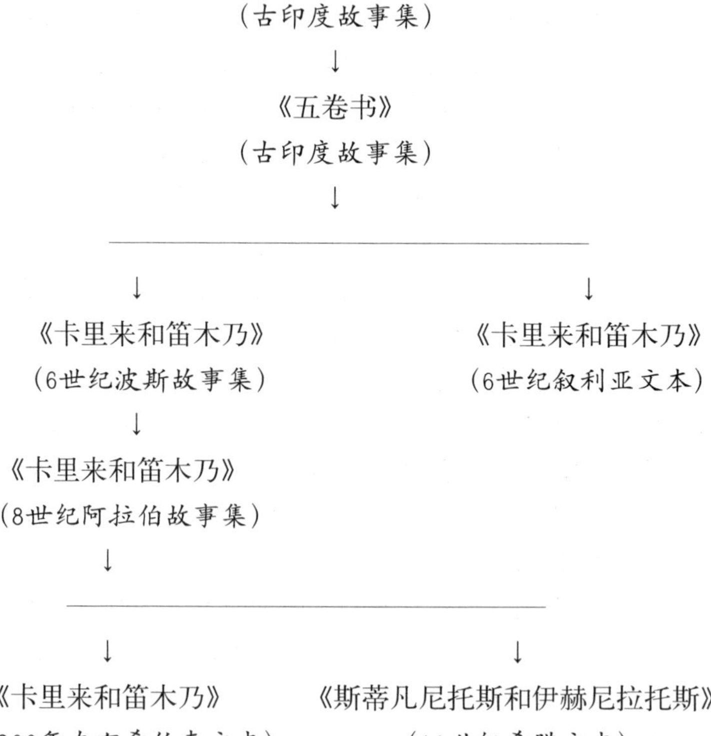

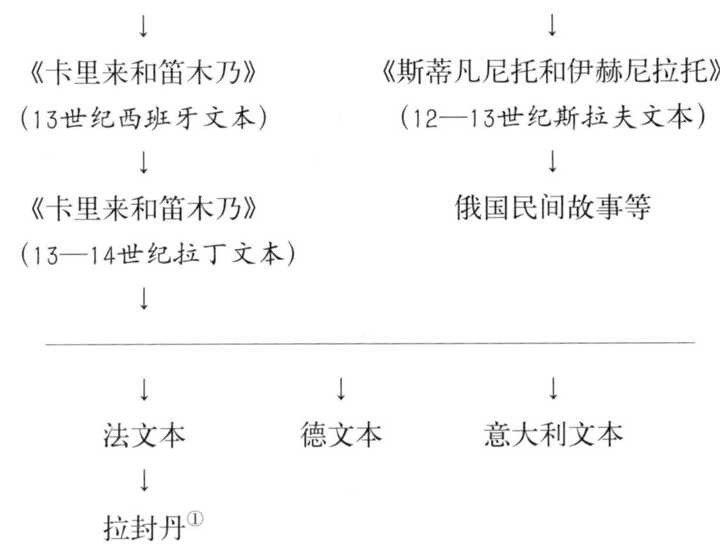

马科斯·缪勒（Müller，Max）虽然是神话学派的标志性人物，但他并不排斥流传学派，尤其是对本菲有关《五卷书》西渐的观点表示了充分的包容与尊重。他的故事流动理论支持并且补充了本菲的观点，并拿《五卷书》中的一个故事为例，以验证它从一个民族到另一个民族的流传过程往往既是因袭，也是改造，从而使同一故事具备了不同的色彩。在他看来，这个故事是这样演变的：

> 一、**印度**　有个婆罗门，他把乞讨来的一罐粥挂在木楔子上，下面置了张床。他躺在床上望着粥罐幻想起来：要是遇到荒年，这一罐粥可就值钱了，它至少能卖一百钱；用这一百钱能买两只羊，羊再生羊，就变成了一群羊；再用羊换水牛，用水牛换马，用马生马，卖掉之后能换多少金子啊！于是，有钱人家的闺女嫁给了他，还替他生了个儿子；儿子要他抱，他怕烦就躲到马棚里看书去了。但儿子找来了，

① 刘魁立：《欧洲民间文学研究中的流传学派》，《民间文学论坛》，1983年第3期。

他只好招呼太太来管教。太太没听见，他就站起来打儿子，结果一不小心打翻了粥罐。

二、**阿拉伯**　故事中的婆罗门变成了修士。修士攒了一罐子油和蜜，幻想卖掉它们换来第一个第纳尔，用它去买十只母山羊，母山羊再生小羊，这样过不了几年，他就有几百只羊了。然后，再用羊买牛，换地，继而盖豪宅，娶个如花似玉的美妻，生个儿子，儿子不听话，他就用拐杖打。想到这里，修士扬起拐杖，结果不小心打破了罐子。油和蜜淋了他一脸。[①]

三、**希腊**　有位国王问他的谋士：如果一个人想入非非，结果又会如何？谋士回答说：从前有对夫妇，有一次丈夫对妻子说，我想让你生个儿子，有了儿子，我们就更加幸福了。我们来想一想，看给他起个什么名字。妻子回说，你想得倒美，简直就像那个满脸奶油蜜糖却一口没吃到的人。听说从前有个乞丐，妻子接着说，床顶上挂着一罐奶油蜂蜜。一天，他幻想高价买了那罐奶油蜂蜜，以便用换来的钱买羊。羊生羊，五年之后就会有一大群羊。再用羊换牛。这样，用不了几年，他可就发财致富啦。于是他想到要建一栋房子，四面镶金嵌银，还要买好多奴隶，并且结婚生子。孩子将由他亲自教育，不勤俭的该打的打，该罚的罚。结果随手抄起一根棍子来，不慎打碎了蜜罐，奶油蜂蜜淋了他一脸。

四、**德国**　有一对夫妇，他们懒惰成性。为了不必每天外出放羊，他们拿仅有的两只山羊换了一箱蜜蜂。蜜蜂非常勤劳，替他们酿了很多蜜。他们把蜂蜜装在一只陶罐里，搁到柜顶上。为了防备小偷和老鼠，他们在床边放了一根木棍，以便躺在床上就可以驱

① 又译《凯里来与迪木奈》（如天津古籍出版社2004年）或《卡里来和笛木乃》，本文选自后者，林兴华译，北京：人民文学出版社，1978年。

赶小偷和老鼠。夫妇俩不到晌午是不起床的。有一天，丈夫躺在床上对妻子说，听说女人都贪吃，尤其爱吃甜食。我怕你偷吃蜂蜜，不如我们把它卖了换只鹅回来吧。鹅能下蛋，而且可以随便放养。妻子说，还是等我们有了孩子再说吧，叫孩子去放鹅……丈夫反诘说，你想得美，现在的孩子哪有这么听话。妻子于是说，他不听话我就用这棍子做家法。她挥舞着木棍，一不小心打碎了蜜罐。

五、**法国**（拉封丹）有个村妇叫贝莱特，她头顶一罐牛奶到集市上去卖，一路上想入非非，要用牛奶换来的钱置家业，家业日益扩大，使她过上了富裕生活。她高兴得手舞足蹈，结果头顶的奶罐掉下来摔了个粉碎。[①]

缪勒忽略了一个至关重要的环节：西班牙。由于其与阿拉伯文化的特殊关系，西班牙的拉丁文本应该是在希腊本之前出现的，尽管确切时间已无从考证。但起码安达卢斯是最早拥有《卡里来和笛木乃》的西方土地。及至12世纪，西班牙的拉丁文本出现了国王和谋士，并将其中的水牛变成了黄牛和奶牛，而且故事的人物和功能发生了改变：变成了妻子对丈夫的规劝。很显然，希腊本依从的是西班牙本。

从内容上讲，这是一个类似于《南柯一梦》或《崂山道士》的寓言故事，其中的讽刺意味和戏谑精神不言自明。它从印度经阿拉伯人和希伯来人传至西班牙，从而在西方衍生出了诸如此类的变体。奇怪的是迄今为止从未有人将它同《堂吉诃德》联系在一起。

二、影响的由来

虽然学术界尚未达成共识，但西班牙和阿拉伯学者却一直认为，伊比利亚是文艺复兴运动的一个重要源头。首先，后者是东西方文化

① 刘魁立：《欧洲民间文学研究中的流传学派》，《民间文学论坛》，1983年第3期。

的重要节点。早在古罗马帝国时期，伊比利亚便是犹太人的主要聚居地之一；公元8世纪之后，西班牙又因为阿拉伯人的入侵而成为东西方文化的桥梁。其次，作为西方伊斯兰国家，前西班牙王国科尔多瓦等地早在中世纪中叶就开始大量译介古希腊罗马经典，是谓穆斯林翻译运动。12世纪以降，卡斯蒂利亚王国又在智者阿尔丰索等基督教新主的领导下重开翻译学校，并结集穆斯林和犹太学者参与古希腊罗马文献和阿拉伯经典著作的翻译工作，虽然所译多以医学、天文、数学等科技著作为主，但也有大量的哲学等人文科学著作，是谓新翻译运动。在此过程中，我国的四大发明相继由阿拉伯人和犹太人传入欧洲。西班牙则近水楼台先得月，并逐渐在光复战争获得主动权。

由于阿尔丰索十世时期雕版印刷术在卡斯蒂利亚风行一时；之后（约14世纪末）又引入了木活字印刷，从而加速了文艺复兴的律动。然而，由于种种原因，东方译者的劳作大都被岁月的烟尘埋没了。许多作品必得等到近现代才真正进入人们的视阈。也许正因为如此，长期以来，阿尔丰索十世时期未被多数文史学家视作文艺复兴运动的开端。

从拉丁俗语文学的角度看，西班牙文学更是充满了东方文学基因。以现有资料看，最早的伊比利亚的阿拉伯文学作品可能生成于公元8世纪前后。随着著名诗人、学者伊本·阿卜迪·拉比的西行，伊比利亚很快衍生出了影响深远的彩诗。这些作品一方面用盎然的诗意描绘了安达卢西亚，使得东方的穆斯林心向往之；另一方面又通过对安达卢西亚传神的描绘，传播了富有地方色彩和充满谐趣的新阿拉伯诗韵。这一诗体在12世纪初叶达到高峰，并反过来影响了北非的阿拉伯文学。与此同时，伊本·古太白的《故事源》（*'Uyūn al-Akhbār*）和伊本·阿卜杜·拉比的《罕世璎珞》于9世纪先后进入伊比利亚半岛。其中《故事源》记录了不少逗笑故事，如《向穆罕默德献蜜》《戏盲人》《鱼吃爸爸》等都是脍炙人口、充满谐趣的说笑。而《罕世璎珞》则在讲述奇闻轶事的过程中穿插了不少笑话。据说这也是奉了真主的旨意。先知穆罕默德就曾告诫他的追随者，要尽量保持幽默并让自己及周围的人感到快乐。也许正因为如此，在阿拔斯王朝时期，讲笑话逐渐演变为一大职业，不少人以此为生。笑话集锦、幽默故事、诙谐段子比比皆是。这显然十分不同于西方传统。总体上说，幽默不是西方传统。荷马、维吉尔、但丁的作品中几乎找不到幽默的影子。古希腊时期，就连喜剧也颇受道统的轻视，在亚里士多德看来，悲剧表现崇高和美，而喜剧则表现丑陋，几乎是下里巴人的把戏。

然而，阿拉伯人在西班牙创作的文学作品及其影响一直未被纳入西班牙文学史，也没有得到应有的重视。但它们对西班牙文学的影响却有目共睹，无处不在。

此外，公元8至10世纪，入侵南欧的摩尔人在伍麦叶王子们的感召下，致力于把包括阿拉伯文学在内的东方经典翻译成拉丁语和卡斯蒂利亚语，其中就有《卡里来和笛木乃》和《一千零一夜》。

以塞万提斯的涉猎之广泛，他不可能没有接触到这些作品，何况他年轻时曾在阿尔及尔生活多年。他表现这段生活经历（尽管痛苦）的《阿尔及尔的交易》和《阿尔及尔的囚徒》充满了戏剧倾向和对幽默的偏好。此外，塞万提斯在《〈训诫小说集〉序言》中写道："我还明白，自己是第一个用西班牙语写小说的人。现在印出来的许多西班牙语小说都是从外语翻译过来的，而这些作品却是我自己创作的，既非模仿，也非剽窃……"[①]言下之意，流浪汉小说不是小说，而更早的《卢卡诺尔伯爵》却是对别人的"模仿"。《卢卡诺尔伯爵》显然受到了《卡里来和笛木乃》的影响。无论是它的形式（伯爵和谋士的问答）还是内容（大多为寓言故事）都明显雷同于《卡里来和笛木乃》，许多地方甚至如出一辙（其诙谐的风格和诸如《三个撒谎的织布匠》《强悍的妇人》——前者在安徒生笔下演化成了《皇帝的新装》，后者则为莎士比亚的《驯悍记》提供素材和灵感——等明显带有《卡里来和笛木乃》的气息）。因此，塞万提斯的话不是无的放矢，它是有针对性的。

然而，塞万提斯就曾在《堂吉诃德》第一部第九章中突然改变叙事者，用第一人称戏言道：

"有一天，我正在托莱多[②]的阿尔咖那市场。有个孩子跑来，拿着

①《塞万提斯全集》中文版第五卷，第5页。

② 请注意，托莱多恰恰是中世纪阿拉伯、希伯来和西方文化的交汇地，其于11世纪创办的翻译学院闻名遐迩。

些旧抄本和旧手稿向一个丝绸商人兜售。我爱看书，连街上的破字纸都不放过。因此我从那孩子出卖的故纸堆里抽出一本看看，识出上面写的是阿拉伯文。我虽然认得出，却看不懂，所以想就近找个通晓西班牙文的摩尔人来替我译读。要找这种翻译并不困难，即使要翻译更好更古老的文字也找得到人。我可巧找到一个。我讲明自己的要求，把本子交给他。他从半中间翻开，读了一段就笑起来。我问他笑什么，他说：笑旁边加的一个批语。我叫他讲给我听；他一边笑一边说：'书页边上有这么一句批语：据说，故事里市场提起的这个杜尔西内娅·台尔·托波索是腌猪肉的第一把手，村子里的女人没一个及得她。'

"我听他提起杜尔西内娅·台尔·托波索这个名字，不胜惊讶；立刻猜测到这些抄本里有堂吉诃德的故事。我心上这么想，就直催他把开头一段翻给我听。他依言把阿拉伯文随口译成西班牙文，说这是《堂吉诃德·台·拉·曼却传》，作者是阿拉伯历史家熙德·阿梅德·贝南黑利。我听到这个书名，真是十二分的乖觉才没把快活露在脸上。我从丝绸商人手里抢下这笔买卖，花半个瑞尔收买了那孩子的全部手稿和抄本。如果他是个机灵的小子，看透我多么急切，为这笔交易尽可以讨价六个瑞尔以上，稳稳的可以成交。我马上带着摩尔人走出市场，跑到大教堂的走廊里。我请他把抄本里讲到堂吉诃德的部分全翻成西班牙文……"①

这不是很有趣吗？它印证了丹埃尔·雨埃在《小说起源》中所说的"小说源自东方"的观点，同时也间接地印证了笔者对于《堂吉诃德》和《卡里来和笛木乃》的联想。

更为重要的是，《卡里来和笛木乃》的讽刺意味和戏谑精神同《堂吉诃德》具有近乎"通感"的灵犀。倘使没有《卡里来和笛木乃》在西班牙的移译和流传，那么塞万提斯的讽刺和戏谑倒是"人同此心，心同此理"的最佳佐证了，但问题是在他之前，西班牙明明已经引进了这些东方故事。因此，说《堂吉诃德》受到了《卡里来和笛木乃》的影响，当非无稽之谈。虽然目前还没有直接的证据说明两者的关系，但阿拉伯文学中的讽刺意味和戏谑精神或可成为进一步探讨塞万提斯反讽的重要

① 塞万提斯：《堂吉诃德》，杨绛译，北京：人民文学出版社，2006年7月版，第53—54页。

起点。何况在塞万提斯之前，没有哪一种西方作品具有如此强烈的反讽精神，而堂吉诃德与骑士小说的关系，恰恰建立在这种反讽之上。

毋庸讳言，有关《堂吉诃德》反讽精神的研究浩如烟海，但它们始终没有在其源头上提出令人信服的观点。那么，塞万提斯何以采用诸如此类的反讽方法而非别的?《卡里来和笛木乃》等东方文学或可为这方面的研究提供有力的证据。

西班牙塞学家梅嫩德斯·伊·佩拉约曾经写道："在最近一个时期的某些奇谈怪论中，塞万提斯被顶礼膜拜。其中最可笑的，是有人对他进行所谓的实证研究，或任意或机械，或直白或隐晦，挖空心思地从科学或哲学的高度将种种奇特的思想赋予给了塞万提斯，从而将《堂吉诃德》变成了最纯粹、最丰富、最牛皮的百科全书。而事实上，塞万提斯的思想，如果称得上科学，也只是一般意义上的姑妄言之，充其量不会超越16世纪西班牙文化的水平，甚至根本无法上升到（真正）科学的高度。塞万提斯已经名满全球，没有必要再为他涂金添彩。把他当作伟大的作家或伟大的诗人（这没啥差别）就足够了。再则，单纯的文学批评将丝毫不会减损塞万提斯的光辉。相反，那些隐喻的、象征的、神秘的探究对他却可能是一种丑化。""那些所谓的研究错就错在一味地要将塞万提斯的伟大归功于其他才学，而非艺术(也许在他们看来艺术是最不足道的)。他们拜塞万提斯为神学家、法学家、医学家、地理学家，谁知道还有什么家。他们确实拥有各种各样的才艺和技术，却无视美的存在。他们的阅读仿佛是强按牛头饮水，一生中或许从来没有真正欣赏过一部伟大而不朽的文学作品。他们对美视而不见，更无从感受审美的愉悦。他们迫于阅读所享受的普遍而崇高的声誉，勉强为之，却一辈子都不会真正去欣赏。于是，那些不朽的杰作被纳入了他们的理智。即便他们不那么骄傲，即便他们也会用人类惯有的品行和道理去加以评判，却永远无法理解艺术作品赖以存在的唯一理由，那便是艺术作品的完美程度。于是，他们只好对此避而不谈。"① 梅嫩德斯·伊·佩拉约认为，除了欣赏，相对科学、

① Menéndez y Pelayo: *Historia de las ideas estéticas en España*, Madrid: CSIC, 1974, pp.742—743.

公允的研究必须建立在历史还原，即真正的实证的基础上。正因为如此，他的做法与流传学派不谋而合。

20世纪初，梅嫩德斯·伊·佩拉约开始了旷日持久的探源工作（见《塞万提斯研究》之《塞万提斯的文学渊源》），找到了塞万提斯的主要文学由来，包括桑丘的可能原型。然而，梅嫩德斯·伊·佩拉约的钩沉索隐仅仅局限于西方文学和西方传统，而且堂吉诃德的原型也仍然只是阿马狄斯等骑士类人物。至于塞万提斯何以用这种反讽的手法"模仿"骑士小说，梅嫩德斯·德·佩拉约同样也是讳莫如深。倒是惯于声东击西的博尔赫斯在《〈吉诃德〉的部分魔术》一文中写道："令人惊奇的是，第九章开头说《堂吉诃德》这部小说全然是从阿拉伯文翻译过来的，塞万提斯在托莱多的市场上买到手稿，并雇了个摩尔人将它翻译出来。他把摩尔人请到家里，住了一个半月，终于译完了手稿。这使我们想到了卡莱尔，他伪托《成衣匠的改制》是德国出版的迪奥金尼斯·丢弗斯德罗克博士同名作品的节译本。还有卡斯蒂利亚犹太教博士摩西·德·莱昂的《光明之书》也伪托是3世纪一位巴勒斯坦犹太教博士的作品。稀奇古怪的混淆游戏在第二部中达到了顶点。书中的主人公说他看过（《堂吉诃德》）第一部，于是《堂吉诃德》的主人公成了自己的读者……这不由得令人迁思《罗摩衍那》，即蚁蛭描写罗摩功绩及其同妖魔作战的史诗。史诗末篇写罗摩的两个儿子不知生父是谁，他们栖身森林，由一个苦行僧教会读书识字。奇怪的是，那位苦行僧即蚁蛭本人，而他教两个少年时所用的课本竟是《罗摩衍那》。一天，罗摩宰马设宴，蚁蛭带两位门徒前来，并让他们用琵琶伴奏演唱了《罗摩衍那》。罗摩听了自己的故事，认了自己的儿子，酬谢了诗人……《一千零一夜》中也有类似写法。这个神奇的故事集由一个中心故事衍生出许多小故事来，枝繁叶茂，令人眼花缭乱，但不是层层递进、主次分明，因而原本深刻的效果变成了波斯地毯似的浮光掠影……最令人困惑的是那个神奇的第六百零二夜的穿插。那夜，国王从王后嘴里听到了她自己的故事，他听到那个包括所有故事的故事之纲，还不可思议地听到了故事本身。读者是否已经清楚地觉察到这一穿插所蕴涵的无穷的可能性和奇异的危险性？故事将周而复始，即王后不断讲下去，国王将永远听下去，而《一千零一夜》的故事将难有完结……《一千零一夜》中的一千零一夜何以令我们感到不安？堂吉诃德成为《堂吉诃德》又何以令我们不安呢？我觉得我已经有了答案：如果虚构作品中的人物成了读者或观众，那么作为读者或观众的我们就有可能成为虚构的人物。卡莱尔在1833年写道，世界历史是一部无限推延的神书，是由所有人共同写下的，同时它也写了所有人……”①

现代塞学家卡斯特罗等固然没有在《堂吉诃德》和阿拉伯文学之间架起桥梁，但其对15世纪意大利戏剧与阿拉伯幽默的关系考辨多少证实了某种间接关系。② 同样，虽然本土资源说一直是西方塞学的“主旋律”，但塞万提斯显然在戏仿中将东学西渐的历史引入了化境，成为其展开幻想翅膀的重要资源。

一如《红楼梦》是《西厢记》《牡丹亭》《娇红记》等中国古典文学的推延，《堂吉诃德》何尝不可以是《卡里来和笛木乃》及《阿马狄斯》等东西方古典文学的推延？塞万提斯的回答应该是肯定的，他写道：堂吉诃德闲来无事，读骑士小说入了迷，终于走火入魔，要效法骑士去行侠仗义……做骑士梦的堂吉诃德不是很像那个故事中做尽发财梦的印度婆罗门或阿拉伯教士吗？如果像西方演绎的多数情况那样，再把农夫（或教士）的棍子变成长矛，让他在梦中肆意挥舞，不就更像堂吉诃德了吗？而塞万提斯不正是假托阿拉伯人、为我们推延“神书”、给我们这些老老少少的做梦人讲做梦故事的那个谋士或妻子吗？

当然，反过来看，文学接受历史或影响的方式并不简单。从塞万提斯戏说阿拉伯影响的角度看，我们也完全可以认为他那是在划清界限。此外，巴赫金所谓的反史诗的“小说精神”也已在文艺复兴运动时期的大量喜剧和《巨人传》之类的作品中得到彰显。

① Borges: *Obras completas*, Ⅱ, Buenos Aires: EMECE, 1960, pp.46—48.

② Castro, Américo: *El pensamiento de Cervantes*, Barcelona; Noquer, 1972, pp.271—273.

第三章　西班牙语文学

西班牙文学的诞生固然受惠于西哥特拉丁传统和阿拉伯安达卢斯文化，但长达七八个世纪的“光复运动”对之不可谓不重要。事实上，无论是西班牙语（卡斯蒂利亚语）的产生和成熟，还是大量歌谣和史诗的出现，都与“光复战争”直接关联。至于稍后的《真爱之书》和《卢卡诺尔伯爵》等杰作，也多少沾染了战争的硝烟和气息。当然，鉴于史部已对有关情况作了必要的梳理，在此仅就三大作品的主要内容和文学贡献展开讨论。

第一节　《熙德之歌》的两重性

《熙德之歌》被认为是西班牙文学的第一座高峰。它的出现具有双重意义：其一，标志着西班牙语的成熟；其二，西班牙语文学从此扬起风帆，开始远航。正是因为它的重要，围绕《熙德之歌》的争论始终没有停歇，除了版本、作者等方面的考据，主要焦点大致有二：一、《熙德之歌》的世俗化倾向的由来；二、《熙德之歌》的英雄主义与天主教精神的关系。

有关争论源自斯皮策和梅嫩德斯·皮达尔的一次交锋。前者认为较之于查理大帝的国王加教士式天主教英雄，熙德充其量只能算是一个有那么一点民族主义色彩的“游侠”。换言之，《熙德之歌》讴歌的既不是天主教精神，亦非集体主义思想，而是个人英雄主义。斯皮策的立论基础之一是熙德攻克安达卢斯重镇瓦伦西亚并未被赋予任何宗教色彩，这与后来十字军夺回耶路撒冷的高调形成了强力的反差。[1]显然，斯皮策心目中的宗教英雄史诗是《罗兰之歌》，而《熙德之歌》只不过是个人传奇。我们或可由此推导出日后骑士小说在西班牙盛行的原因。但问题是瓦伦西亚毕竟不是耶路撒冷，熙德也不是罗兰或查理大帝。前面（第一章）说过，西班牙文学从一开始就受到了阿拉伯传奇的浸润。

与此相反，梅嫩德斯·皮达尔和班德拉·戈麦斯（Bandera Gómez, Cesáreo）却坚定地认为熙德是典型的天主教英雄。在梅嫩德斯·皮达尔看来，熙德的英雄主义逐步让位给了天主教西班牙的光复事业。班德拉·戈麦斯则断言，民族英雄和天主教徒，在熙德身上不仅不构成矛盾，而且相辅相成、相得益彰。[2]这显然更符合作品的本意：

> “上帝就在天上，我要向他起誓，
> 我将全力以赴，跨上宝马坐骑，
> 一手紧握利剑，一手长矛挺直，
> 驰骋辽阔原野，勇斗摩尔顽敌。
> ……”[3]（第 497 至 505 行）

或者：

> “只要上帝愿意，我们无比感激：
> 我要兴建教区，在这瓦伦西亚，
> ……
> 向卡斯蒂利亚，将此消息传递。”

---

① Spitzer, Leo: “Sobre el carácter histórico del *Cantar de Mio Cid* ”, *Nueva Rivista de Filología Hispánica*, México, 2(1948), pp.105—112.

② Menéndez Pidal: “Poesía e historia en el *Mío Cid*” , *Nueva Rivista de Filología Hispánica*, México, 2(1948), pp.113—117.

③ *Cantar de Mio Cid*, Madrid: Alianza Editorial, 1987；鉴于该作版本众多，为便于读者方家查考，以下以行数为示。

……
“一切归于上帝，我们多么欣喜！
主教即将降临，瓦伦西亚土地，
……”（第 1297 至 1322 行）

又或者：

武士忠于上帝，熙德且听我言：
“上帝安排一切，前方战事正酣；
尔乃上帝所选，拥有神圣庇护，
不怕冲锋陷阵，杀敌一马当先。
……”（第 2361 至 2365 行）

但是，在斯皮策、卡尔·沃斯勒（Vossler，Karl）等人看来，这里的“上帝”和“教区”“主教”无非是随口一说，仿佛行吟诗人的口头禅，并不能抵消《熙德之歌》的世俗化倾向。①杰拉尔德·布列南（Brenan，Gerald）甚至认为熙德攻城掠地“仅仅是为了攻城掠地，完全没有法国传奇的十字军精神”。②

另一方面，我们或可说攻城掠地也许正是熙德效忠上帝的最好方式：

领地天天扩大，感激与日俱增，
不为人世所动，而是基督上帝，
……（第 1622 至 1625 行）

用阿美里科·卡斯特罗的话说，“领地天赐，因为他相信保佑其战

① Vossler, Karl: *Algunos caracteres de la cultura española*, Madrid: Editorial Espasa-Calpe, 1944, p.11.

② Brenan, Gerald: *The Literature of the Spanish People*, Cambridge: Cambridge University Press, 1953, p.44.

胜敌人的是圣意”。[1]

此外，法国传奇的十字军精神很可能与有关作品的成书时间有关。早在11世纪后半叶，罗马教廷就曾在号召十字军东征的动员令中昭告天下："毫无疑问，为上帝而战、为基督徒兄弟阵亡者，都将得到上帝的宽恕：原谅他的一切罪过，并使他获得永生……"[2]而法兰克王国的骑士们从一开始就是十字军主力。反之，《熙德之歌》是地道的本土货，其产生时间固然不会早于《罗兰之歌》，但显然没有受到十字军东征的影响，盖因西班牙当时正全力对抗伊比利亚的穆斯林，不仅没有精力参与东征，而且在“第一战场”（西方本土）牵制强大的天主教夙敌。1100至1101年，考虑到西班牙基督徒对远征耶路撒冷的热情，罗马教廷甚至明令禁止西班牙基督徒参与东征，谓坚守阵地、同侵入天主教腹部的摩尔人作战比东征更为重要。[3]

当然，无论熙德多么伟大崇高（为上帝、为国王、为基督徒兄弟姐妹和祖国同胞而战），世俗的、功利的个人英雄主义也是不可或缺的要素。而后者既是他攻城掠地、所向披靡的重要条件，也是他屡遭奸佞小人嫉妒、陷害和国王猜忌、流放的原因。二者相反相成，戏剧性地推动人物一步步走向更大的辉煌、更大的危机。其实，《熙德之歌》中有没有宗教精神并不重要，想想我们的岳飞，一切不是很好理解吗？

至于忠诚，无论在宗教还是世俗意义上，都是骑士的高尚品德。熙德既忠于上帝，也忠于国王，这在中世纪天主教王国是合二为一的。对此，不仅法兰克王国、英格兰王国等君君臣臣心知肚明，其骑士皆身体力行；罗马教廷也从来旗帜鲜明。譬如从乌尔班二世（Urban Ⅱ）发动第一次“十字军东征”到教皇亚历山大三世（Alexander Ⅲ）都曾明确告诫西班牙骑士，谓收复国土。后者甚

① Castro, Américo: *La realidad histórica de España*, México: Fondo de Cultura Económica, 1962, p.420.

② Op. cit. p.422.

③ Menéndez Pidal: *Castilla, la tradición, el idioma*, Madrid: Editorial Espasa-Calpe, 1971, pp.125—126.

至明确告诫西班牙骑士，守护“阿尔丰索领土乃尔等天职”。[①]由是，不少宗教僧侣投笔从戎，成了熙德麾下的骁勇战士：

方才唱完弥撒，神圣三位一体，
前来投奔军营，离开故乡土地，
杀个摩尔贼兵，但求血浇块垒，
早已双手发痒，上阵不能自制，
……（第 2370 至 2373 行）

反过来，熙德的抱负也随之加码：

摩洛哥有盛名，依仗堡垒庙寺，
且看有朝一日，我等奔袭而至，
夜摧敌人坚城，令其闻风丧胆；
……
敌人投降称臣，我却稳坐圣地，
……（第 2499 至 2510 行）

由于瓦伦西亚的光复，卡斯蒂利亚国王阿尔丰索赦免了熙德。在此之前，熙德一直是“孤军奋战”。根据阿拉伯学者本·阿尔卡马（Ben Alcama）记载，熙德是在1089年第一次被逐或流放之后攻克瓦伦西亚的，从而博得了阿尔丰索国王的宽宥。[②]

然而，文学批评界又有话说，谓史学家的判断固然精准，却未必符合艺术逻辑。有学者认为，曼苏尔离世后，科尔多瓦的中心地位开始动摇，穆斯林进入诸侯时代，不少首领为了和平，主动向基督徒王国媾和，即所谓的“以财换和”。于是，基督徒和穆斯林之间有一个断断续续的休

① Menéndez Pidal: *Castilla, la tradición, el idioma*, Madrid: Editorial Espasa-Calpe, 1971, pp.125—126.
② Menéndez Pidal: *En torno al Poema del Cid*, Barcelona-Buenos Aires: Editorial Espasa-Calpe, 1963, p.123.

战期。11世纪末，北方基督徒王国随之将注意力转向了经济和民生。于是，梅嫩德斯·皮达尔等西班牙学者由此认为，熙德与国王之间的关系不尽是历史。[①]换言之，它更多地服从于艺术的需要，即戏剧性。这反证了熙德抗击摩尔人的决心，尽管从目的论的角度看，它既可以是忠君信宗的佐证，也可以是个人英雄主义或冒进主义的表现。这也就从一个侧面体现了《熙德之歌》的多维性和人物的两重性、复杂性。

总之，伊斯兰文学的影响、与穆斯林的军事对抗以及远离十字军东征等因素无疑是西班牙中世纪诗史宗教精神相对稀疏的主要原因。但这并不影响《熙德之歌》的艺术价值。如前所说，它的世俗化倾向为日后西班牙骑士小说的兴盛奠定了基础。

第二节 《真爱之书》的心理图景

我不情愿简单地套用理论，尤其是套用弗洛伊德（Freud, Sigmund）理论，因为它把复杂多变的心理问题简单化了。但是，弗洛伊德并非一无是处，譬如他的潜意识理论为文学批评提供了有益的视角。同理，若将“道德焦虑”之类的说法用之于我们的大司铎，也是十分贴切的。这就是说，潜意识或无意识对作家的创作产生了悄无声息的影响：笔背叛了作家。而作家的那些说教，又恰恰反证了“力比多”蓬勃的能量：他真实而不无矛盾的心理图景；用我们古人的话说，那叫欲盖弥彰。当然，将作者大司铎与人物大司铎混为一谈显然是不合适的。

《真爱之书》开宗明义，将爱情一分为二：圣爱与俗爱。作者在“前言”中写道：“‘我要教导你，指示你当行之路。我要定睛在你身上劝诫你。’先知大卫通过圣灵在《诗篇》第三十一篇第十节对我们每个人说了上面写的这番话。这一小节话我的理解有三点：有些哲学博士说，这三点都存在于心灵，完全属于心灵。它们是悟性、意志和记忆。我说，如果这三点都很好，那么灵魂就能得到安慰，躯体的生命

① Menéndez Pidal: *La España del Cid*, Madrid: Editorial Espasa-Calpe, 1956, pp.43—100.

得到延长，并能有效地得到荣誉和美名，因为有了良好的悟性，人就能认清善恶。所以，为了领会上帝的戒律，大卫对上帝的几个要求之一就是‘求你赐我悟性’，因为人的悟性好，就能敬畏上帝，而这是全部智慧的开端，就像先知说的那样：‘敬畏耶和华是智慧的开端。’凡是敬畏上帝的人都有良好的悟性。征引为如此，上述先知说：‘凡遵行圣命的都有良好的悟性。’所罗门在他的《智慧书》中说：‘敬畏上帝的人必然行为正确。’”①

同时，作者又说：“我虽才疏学浅，异常粗鲁，但我明白，人世间狂爱折中罪孽会使灵魂和躯体失去多少好的东西，又会给它们准备并带来多少坏的东西。我写这篇短文的目的就是这样选择并以良好的愿望爱上帝、使我的灵魂得救、进入天堂。我写了这本新书，里面讲到有些人在世俗的狂爱方面犯的罪孽和他们使用的某些方法和技巧，以及骗人的狡诈手段。凡是想使自己得到拯救的、具有良好悟性的男男女女，读到或听到这些东西便会有所选择和行动，便能对《诗篇》的作者说：‘我选择了忠信之道。’另外，悟性差一些的人也不会陷入沉沦，因为那些顽固坚持做坏事的人读到并看到自己所思或所行之事，发现自己用来犯罪和欺骗妇女的许多手法被公之于众，也会调整自己的记忆、珍惜自己的声誉，因为人一旦遭到蔑视，那是非常残酷的事。”②

然而，奇怪的是他接下来又有一段不负责任的话，谓“罪孽乃人间本事”。“如果有些人（我并不劝他们那样做）喜欢狂爱，那么这儿也能找到几种方法。因此，对所有男女，无论头脑清醒还是糊涂，或者悟性好赖……我这本书完全可以说是他们行程中的‘启示’。”③

最后一节令人诧异。基督教神学的经典作家，无论奥古斯丁还是伊西多尔，是从不放弃拯救灵魂的。胡安·鲁伊斯却不然。他居然可

① 鲁伊斯：《真爱之书》，屠孟超译，北京：昆仑出版社，2000年，第3—4页。引文稍有改动。

② 同上，第6页。

③ 同上，第7页。

以说“罪孽乃人间本事”。这完全是对原罪说的歪曲。即使人类生而有罪，也不表示他可以继续犯罪；即使他可能继续犯罪，也不应该任由其犯罪。奥古斯丁援引主的话说，万物各从其类，却皆可心中有仁，包兽类。[①]那么，胡安·鲁伊斯何以放弃拯救而放任自流呢？西班牙学界迄今争论不休。

首先，作者的叙事“放荡不羁”：

亚里士多德说得在理，
世人为二事忙个不停：
第一孜孜矻矻为生存，
第二心心念念想异性。

……

智者所言，千真万确，
人兽禽畜，所有动物，
求偶寻欢，本性使然，
人类此性，表现更甚。（第71至73节）

虽然作者引经据典，但所来皆非基督教圣言、经典；其言固然“人同心，心同理”，所谓“食色，性也”，但毕竟脱不了诲淫之嫌，盖因作品以大量篇幅描写大司铎（大祭司）对各色女子的求爱过程。其中有一桩这样写道：

喜欢女人，始于青春，
习惯既成，无须讳言，
找个伊人，共享欢欣，

① 奥古斯丁：《忏悔录》，周士良译，北京：商务印书馆，2013年，第330—331页。

大家闺秀，最是可心。

血统高贵，出身名门，
知书达理，闺阁千金；
举止文雅，头脑聪颖，
大门不出，品行端正。

体态轻盈，楚楚动人，
精力旺盛，相貌水灵；
表面娇羞，内则大方，
既有礼貌，又有风情。

活泼开朗，安分守己，
懂得幽默，讨人欢喜；
……

关键是：

家有万金，无须聘礼
……（第 166 至 172 节）

另一桩恰好相反，说的是几个山姑，大司铎称她们没见过世面，最易得手。其中一位这么说：

你是贵客，不必客气，
吃饱喝足，才能舒心；
……

礼品只要，丝带一根
首饰一枚，价格不菲，

衬衫一件，颜色鲜艳，
再有几样，锡质玩意。

头巾一条，要有条纹，
皮靴一双，但愿高跟；
……
聘礼一到，大事即成，
你是郎君，我是夫人。
……（第 1032 至 1038 节）

还有一桩讲大司铎如何钟情于堂娜维纳斯。这个女人，顾名思义，显然对古罗马爱神有所指涉。在此，屡战屡败的大司铎，以为新寡最易得手，向她发起了猛烈的进攻。然而，堂娜维纳斯的亡夫堂阿莫尔（Amor，意为爱情）却是爱情的化身。先说那妇人：

身段优美，表情迷人，
健康活泼，聪敏伶俐，
彬彬有礼，颇有分寸；
风度翩翩，充满情意。

再说大司铎费尽心机，结果却被教训一番，算是上了一课。那妇人借亡夫之言教导说：

我夫在天，其灵有言，①
谓奥维德，也要惭愧；
……

别再以为，世上女人，

① 或谓托梦。

不论年龄，只要纠缠，
讨好百般，总会就范；
……（第 576 至 652 节）

实则不然。无论大司铎听信堂娜维纳斯的教导，如何死缠烂打，那妇人仍不为所动。于是，大司铎只好另辟蹊径。他前去求助于媒婆。这是作品中最意味深长的一笔。从此，媒婆（或虔婆）登上了西班牙文坛，并必将成就西班牙文学的一个耀眼的人物：塞莱斯蒂娜。那是后话。且说老媒婆开始替大司铎拉起皮条来：

这位老妪，忠心耿耿，
拿人钱财，替人谋事，
任何好事，一谈就成，
……

老媒婆靠三寸不烂之舌行走江湖，果然厉害：

老妪有道，令人倾倒，
说有技巧，交了信抄，
姑娘系上，定情腰带，
还将戒指，戴到指上。
……（第 910 至 919 节）

总之，《真爱之书》于世道人心，诚极洞达，并说两面。作者在“前言”中反复提到的真爱，其实只是一个高高在上、浮于空中的宏大理论。相反，世俗之爱却无处不在，况且这俗爱的主角还是一位“鼎鼎大名”的高级僧侣。他几可谓《十日谈》式人物，亦堪称唐璜之预演。这在中世纪末确实令人瞠目。文艺复兴运动固然晨光熹微，但在“光复战争”中强劲崛起的西班牙毕竟露出了政教合一的端倪。历史证明，宗教裁判所就要建立，白色恐怖即将笼罩伊比利亚半岛，但同时社会还会有另一张面孔，是为西班牙“黄金世纪”（或“黄金时期”）。

不消说，中国读者看到这样的诗句及其“前言”，一定会想到兰陵笑笑生的作为。后者在《金瓶梅》开场白中有词为证：

丈夫只手把吴钩，
欲斩万人头。
如何铁石，
打成心性，
却为花柔？
请看项籍并刘季，
一似使人愁。
只因撞着，
虞姬戚氏，
豪杰都休。[①]

这就是所谓的英雄难过美人关吧。自古英雄尚且如此，况市井小人乎？话说西门庆菽麦不知、丁字不识，却混个丑态皮相，一生骄奢淫逸，终不免精极而亡。历代文人对其中之淫多有贬抑，若非它“于世情，盖诚极洞达……并写两面”（鲁迅《中国小说史略》）[②]，恐将永远难逃禁毁厄运。然而，世情多变，大明隆庆至万历年间“太平盛世”的骄奢淫逸已在西方上演。事实上，古来温饱而思淫欲，于是：

二八佳人体似酥，
腰间仗剑斩愚夫。
虽然不见人头落，
暗里教君骨髓枯。

①《金瓶梅词话》，北京：人民文学出版社，1991年，第47页。
②《鲁迅全集》第9卷，北京：人民文学出版社，1981年，第180页。

这些都是兰陵笑笑生和臧否者劝人节欲向善的托词，然他字里行间却跳动着乐此不疲的诲淫之心。同样，早在古罗马“黄金时期”，诗人奥维德也曾赤裸裸地诲淫过一把。他在《爱的艺术》（《爱经》）中教男人如何博取女人芳心。他说要猎取爱情，最好到公共场所，例如剧场、柱廊、广场和海滩。他还对种种技巧津津乐道，谓买通女人身边的丫鬟、仆人传递情书。他提醒人们求爱过程中注意言谈举止，要竭尽恭维、大胆承诺，还要显得真诚。尤其令人大跌眼镜的是他居然教人使诈，譬如不要吝惜眼泪，实在没有眼泪就设法用手揉捏眼睛，使之落泪。他同时教男人在得到女性后如何继续伪装、使诈，以博对方信赖。与此同时，他又反过来教女性如何得到男人的感情、博得他们欢心，譬如教她们学习唱歌跳舞、念诗诵词，以及如何当哭则哭、当笑则笑，如何步履轻盈、举止文雅，如何谈情说爱、投其所好。

此外，《真爱之书》中穿插了大量寓言。这些寓言大都指向贪婪、嫉妒、虚伪、懒惰等。其中，有一则写到两个懒汉的故事。话说两个懒汉同时看中了一个姑娘，姑娘为了摆脱他们的纠缠，便机智地谎称自己喜欢懒惰的男人，让他们比谁更懒惰。甲因腿有伤，故称自己比乙懒惰，理由是有一天他在河边偷懒，口渴了想喝水，结果宁可渴得嗓子冒烟说不出话来，也不愿低下头去喝口河水。这还不算，他连走路都懒得挪两只脚，所以一只脚上楼，从楼梯上摔了下来，结果成了跛子。乙摇摇头，说自己才是世上最懒的人，有一天感冒了，鼻涕流下来他都懒得去擦拭一下；另一天，下着大雨，屋漏了，雨水正好滴到床上，他眼看着那水不断滴在眼睛上，结果眼睛受伤了，成了独眼龙。

作品更多的是动物寓言，但鉴于前文“卢利及其影响”一节已有涉及，在此恕不赘述。

需要说明的是，本文无意就大司铎的“阳奉阴违”或诲淫与否给出定论。至于他缘何穿插大量动物寓言，则姑且存疑或权且看作时尚使然吧，况且从实际效果看，这些寓言多少消释了作品的“诲淫度”。加之大司铎虽然大肆铺陈了各种凤求凰、凰求凤和男欢女爱经过，却终究失意多于满意、败绩多于胜绩。凡此种种，使得此等“新爱经”

逃脱了15世纪西班牙大地轰轰烈烈的禁毁劫难。

第三节 《卢卡诺尔伯爵》的旧与新
——以第二十五和第五十个故事为例

作为近代西方文坛的第一部小说集，《卢卡诺尔伯爵》的故事渊源一直是学术界讨论的焦点。它关涉作品的原创性。

学者雷伊纳尔多·阿耶贝（Ayerbe Chaux，Reinaldo）经过多年的钩沉探赜和潜心研究，基本厘清了多数小说——故事或范例（Exemplum）的由来：深受印度故事影响的阿拉伯安达卢斯文学。[①] 然而，我的问题是，迄今为止，西班牙古典作家从来没有在其著述中明确承认这些由来。故而我们依然是在没有确凿证据的情况下进行平行研究，所能做到的大抵是内容、方法、结构、风格等方面的相似性比照。幸亏时有先后，物有形影，否则还真不好说。盖因“人同此心，心同此理”，人类不同地区、不同种族或民族在生产力和社会形态相近的情况下产生相似的文学形态也是完全可能的。关于这一点，文学体裁在不同大陆板块的消长更迭已经给出证明。神话传说、歌谣史诗、散文戏剧，及至格律诗和小说，几乎是所有民族文学的共同发展基本顺序或路径，就连哥伦布之前的美洲大陆的印第安部落的文学体裁的盛衰也是如此。

诚然，胡安·马努埃尔的移植似乎是有意识的，这丝毫没有消减其作品的影响力。这固然与当时的版权意识淡薄有关，但同时也说明胡安·马努埃尔在利用和改编不同故事时是独具匠心的。用著名学者阿尔丰索·索特罗（Sotelo，Alfonso）的话说，“堂胡安·马努埃尔有意识艺术地攫取、糅合、改编当时流行的文学资源，并对有关故事的叙述结构进行了调整，同时保留了生动的细节和鲜活的情景”。[②]

---

① Ayerbe Chaux, Reinaldo: *El conde Lucanor-Materia tradicional y originalidad creadora*, Madrid: Editorial Turanzas, 1975.

② Manuel Juan: *El conde Lucanor*, Alonso Sotelo (ed), Madrid: Ediciones Cátedra, 1984, p.53.

除阿耶贝之外，一批研究家对《卢卡诺尔伯爵》的文学渊源进行了探赜索隐。利达（Lida de Malkiel，Rosa）从故事或范例入手，对多明我会的一系列说教展开了条分缕析，认为胡安·马努埃尔作品的主要创作思路来自这些说教，[①]认为他“极其智慧地将多明我会钟爱的道德教化故事转化成了完美的世俗文学”。[②]她这里所说的“世俗”也包括俗语本身，盖因即使到了公元16世纪，天主教会仍顽固地坚守着拉丁文，并明令禁止僧侣们将《圣经》或神学作品移译至西班牙语等“粗鄙的”市井语言。

同时，利达教授认为胡安·马努埃尔的另一特点或贡献在于将古老的、遥远的故事当代化、本土化。这其中自然包括来自东方，尤其是阿拉伯世界的文学资源。尽管利达并未就后者进行具体分析，只是礼节性的一笔带过而已。[③]此外，鉴于前人已然对《卢卡诺尔伯爵》的古典资源进行了深入细致的评析，我们不妨循着阿美里科·卡斯特罗和奥尔蒂斯（Ortiz，Mariana）[④]等人的思路对它与近邻阿拉伯安达卢斯文学的关系略作评述。为避免重复，此处仅以作品第二十五和第五十个故事为例。这两个故事均以萨拉丁（Saladin Yusuf）为轴心。这或可说明胡安·马努埃尔对这个人物的重视程度。

胡安·马努埃尔笔下的萨拉丁

众所周知，萨拉丁·优素福（1138—1193）是12世纪阿拉伯著名的军事家和政治家，曾创立阿尤布王

① Lida de Malkiel: *Estudios de literatura española y comparada*, Buenos Aires: Eudeba, 1966, pp.92—133.

② Op. cit. p.111.

③ Op. cit. pp.92—97.

④ Ortiz: “El personaje de Saladino en la literatura hispánica”, *Revista de la Escuela Universitaria Castilla-La Mancha*, La Mancha, 1(1987), pp.105—118.

朝。他在抗击西方“十字军东征”中表现出卓越的领导才能，其领袖风范和骑士风度在伊斯兰世界闻名遐迩。因为功勋卓著，尤其是因为他率领军队夺取了耶路撒冷，统一了今叙利亚和伊拉克等广袤领土，并使埃及回到了伊斯兰教大家庭。在这过程中，萨拉丁多次在敌人的暗杀和伏击中化险为夷。为了收复叙利亚，萨拉丁不惜血本，被认为是世上最慷慨的人。为了收复耶路撒冷，他火攻十字军，并在活捉统帅后又将其仁慈地释放了，条件是后者承诺不再与穆斯林为敌。公元1187年9月2日恰好是穆罕默德耶路撒冷“登宵节”，萨拉丁攻克了这座圣城。与半个多世纪前十字军攻克耶路撒冷的大开杀戒截然相反，萨拉丁兵不血刃就与十字军签署了和平协议。消息传到西方，令教皇乌尔班三世（Urban Ⅲ）当即心脏病发作并很快咽了气。然而，为了安抚基督徒，萨拉丁下令保护了圣墓大教堂。正是在这样的情形下，格列高利八世（Gregory Ⅷ）呼吁法兰克王国、英格兰王国和神圣罗马帝国联合组成十字军，发动了第三次东征。被萨拉丁释放的军事统帅背信弃义，和“狮心王”理查（Richard Ⅰ of England）率领基督徒杀回耶路撒冷。基督徒和穆斯林血战数月，不分胜负。最后，萨拉丁和“狮心王”都倒下了。萨拉丁顾不得自身安危，给“狮心王”送去了新鲜果品和最好的医生。“狮心王”大为感动。双方签署和约，穆斯林占有巴勒斯坦内地，基督徒占有滨海地带，耶路撒冷向基督徒朝觐者开放。理查随即启程回国。稍后，两军又签署了为期三年的停战协定。根据该协定，穆斯林继续拥有耶路撒冷，十字军占有海岸线，但基督徒有权自由出入圣地。1193年3月4日，萨拉丁因感染伤寒医治无效而溘然离世。他的事迹从此被穆斯林所神化。

西谚说得好，“宁与敌方骑士为伍，不与邻家小人做伴”，为萨拉丁树碑立传的西方作家故而延绵不绝，如19世纪西班牙的皮奥·拉赫纳（Rajna，Pío）、法国的加斯通·巴黎（Paris，Gaston）、意大利的费奥拉万蒂（Fioravanti，A.）和20世纪的西班牙学者型作家阿美里科·卡斯特罗等。后者在比较了西班牙、法国和意大利的不同萨拉丁之后，发现每一个国家皆以自己的价值取向来塑造自己的萨拉丁，保留了交叉（认同）部分，省略了那些可能引起冲突或歧义的细节。可见，“西方人眼中的萨拉丁并非那个历史的、真实的萨拉丁，而是想象的、艺术的萨拉丁，有时彼此之间毫无瓜葛”[①]。

但是，细节的不同并不影响萨拉丁在西方文学中体现（或谓西方普遍认可）的某些特征。它们见证了萨拉丁在基督徒世界逐渐被尊敬并使其传奇经久不衰的经过。在有关中世纪传说中，萨拉丁并未被赋予美德。用阿美里科·卡斯特罗的话说，“在西方早期文学表现中……萨拉丁被描绘成了狡黠的冒险家，不仅贪婪，而且残忍。而正是这些使他登上了苏丹的宝座（就像《萨拉丁之诗》所传诵的那样）”。总之，萨拉丁的美德为西方认可经过了不少节点，其中之一便是胡安·马努埃尔的《卢卡诺尔伯爵》。

在阿美里科·卡斯特罗看来，最初的转折点来自人们对教会，尤其是对“十字军东征”的怀疑。因为教会的鼓动，无数妻子失去了丈夫，无数儿子失去了父亲，或者白发人送黑发人。在意大利文学中，但丁是较早关注萨拉丁的作家之一，他在《神曲·地狱篇》中提到了这位苏丹。此后是薄伽丘的《十日谈》。尽管着墨不多，但他们笔下的萨拉丁都是“放荡不羁”、崇尚艺术或俗爱的异教徒。其中，萨拉丁的故事在《十日谈》是个小插曲，与《卢卡诺尔伯爵》的第五十个故事有相似之处，因此很可能是受了后者的影响。在法兰西文学中，加斯通·巴黎谓13和14世纪的法国歌谣将萨拉丁塑造成了幸运的爱情冒险家，但不乏向善之心。在西班牙，13世纪的传奇《海外大征服》（*Gran conquista de Ultramar*）虽然同样写到了萨拉丁，但后者依然是个狡黠的和缺乏信仰的人物。而《卢卡诺尔伯爵》却是西方最早正面肯定萨拉丁的文学著作。这多少受到了安达卢斯穆斯林的影响，也与西班牙没有直接参与“十字军东征”有关。穆斯林在安达卢斯的长期存在、霸占基督徒领土的同时，也给后者带来了别样的文明。

且说胡安·马努埃尔在《卢卡诺尔伯爵》中认为人类的美德不仅属于基督徒，同样可以属于其他人类。由是，萨拉丁的宗教信仰和军事才能淡出了胡安·马努埃尔的视野。用阿美里科·卡斯特罗的话说，

① Castro: *Hacia Cervantes*, Madrid: Editorial Taurus, 1967, pp.48—49.

胡安·马努埃尔笔下的萨拉丁是用来佐证美德，即英雄（或骑士）品格的。这种品格不仅彰显于外在的行为，同时也隐含于内在的自律和节制。[①] 于是，萨拉丁成了善于倾听忠告的明君。

二

在第二十五个故事《话说普罗旺斯伯爵听从萨拉丁的劝告结束了牢狱之灾》(*Lo que sucedió al conde de Provenza con Saladino, que era sultán de Babilonia*) 中，胡安·马努埃尔写了两个“女婿”(伯爵爱女的两个追求者)，一个富有，但德行稍欠；另一个贫穷，但心地善良。除此之外，故事还套着另一个更大的故事：大写的人。帕特罗尼奥是这样向卢卡诺尔伯爵概括一般“人之自身”的：

> 要知道，一切利弊好坏皆来自或生于人之自身，无论他处于何时何地、何种状态。如是，即使是婚姻这样的大事，也要看这个男人或女人的所作所为、所知所言。[②]

拿我们古人的话说，叫作“听其言，观其行”。德行好坏，皆由心生。当然，这只是一般而言，环境可以改变德行，反之亦然。因此，胡安·马努埃尔所说的“Omne”正是拉丁时代的“Vir”：大写的人，有德行、有灵魂、有抱负、能自省、不苟且的人。帕特罗尼奥用无数“范例”来说明这个大写的人。而萨拉丁给予普罗旺斯伯爵的，正是这样的“范例”：善诱。

在第二十五个故事中，人物在评价好女婿时，谓“宁要人花钱，不要钱花人”。但有时情况没那么简单，譬如作品的另一个“范例”说了：儿子不知道自己该去找出走（可能是去远方朝觐）的爸，还是留下来安慰伤心的妈。这样的两难选择在生活中可谓比比皆是。这就

---

① Castro: *Hacia Cervantes*, Madrid: Editorial Taurus, 1967, p.72.

② Manuel, Juan: *El conde Lucanor*, Alonso Sotelo (ed.), Madrid: Ediciones Cátedra, 1984, p.183.

牵涉到如何看待两个“女婿”的问题了，其源泉估计是生活本身，而非文学。

至于萨拉丁，则是作品讨论大写之人的一个聚焦点。故事中的三个主要人物分别是萨拉丁、普罗旺斯伯爵和一位年轻的绅士。萨拉丁有恩于普罗旺斯伯爵，因为他俘虏并释放了后者。这个关系显然对应着历史。三个人物固然出身名门，胡安·马努埃尔更不待言，但帕特罗尼奥却偏偏要说身份和财产都不能说明一个人的德行与价值：

> 大写之人不在于他是否出身名门，也不在于他拥有多少财产，而在其为上帝和世界做了多少善事。[①]

如此这般，三个人物各美其美，代表人性的正极。普罗旺斯伯爵是十字军将领，为收复圣地赴汤蹈火，被俘后以人格魅力博得萨拉丁的信任。萨拉丁以宽厚和智慧取胜，并使伯爵感动和服膺。他们化敌为友，互为谋士。譬如，在萨拉丁的帮助下，伯爵选择了品行端方的女婿，那个年轻而贫穷的绅士。萨拉丁的形象由此擢升为“大写的人”、骑士典范。正因为如此，西班牙“黄金世纪”的两位顶尖的大师演绎了这个故事：洛佩·德·维加的《可尊敬的贫穷》(*La pobreza estimada*) 和卡尔德隆的《卢卡诺尔伯爵》(*El conde Lucanor*)。遗憾的是，洛佩不仅将萨拉丁变成了阿尔及尔苏丹，将普罗旺斯伯爵变成了瓦伦西亚没落贵族，并且曲解了胡安·马努埃尔：将那个富有的“女婿”描绘成了“血统不纯”，而非品行不端。这当然与16世纪的宗教高压政策和排犹、反穆斯林有关。但这样一来，高贵便又同出身画上了等号。卡尔德隆虽然也对人物进行了改编，但大体上保持了胡安·马努埃尔的价值取向：萨拉丁成了埃及苏丹，而普罗旺斯伯爵成了西班牙公爵。后者被苏丹所俘，但为避免预言灵验（作品安排了一个俄狄浦斯式的可怕预言），二人互换角色。这当然是建立在充分信任基础上的。也正是出于信任，苏丹接受了公爵女儿罗西蒙达的请求：释放乃

① Manuel, Juan: *El conde Lucanor*, Alonso Sotelo (ed.), Madrid: Ediciones Cátedra, 1984, p.178.

父并替她选择夫婿。公爵面对爱女的三个追求者举棋不定，而苏丹给出了答案，选择了方正的卢卡诺尔（这里有戏谑的成分，卡尔德隆在“跋诗”中进行了点评）。罗西蒙达和公爵服膺于苏丹的理由，接受了他的建议。而后者看在罗西蒙达救父心切的分上，宽恕并释放了公爵。

类似的故事还出现在《阿本塞拉赫》（*El Abencerraje*）中，基督教王国的贵族堂罗德里戈俘获了摩尔贵族阿本塞拉赫，后者请求罗德里戈将其释放，理由是自己正在迎娶新娘的路上。当罗德里戈听说新娘哈丽法违抗父命，决意同心爱的人结为夫妻时，竟深受感动，决定将阿本塞拉赫释放。而后者为了报恩，发誓三天以后情愿回来领罚。阿本塞拉赫和哈丽法结婚后，果然信守诺言，竟不顾新娘的再三挽留，独自踏上了践诺之路。罗德里戈大受感动，决定成全这对患难夫妻，便亲自恳求哈丽法的父亲，结果不仅给阿本塞拉赫以自由，而且使他得到了哈丽法父亲的祝福。这是基督徒和穆斯林的一次完美的骑士之交，其艺术想象多少蕴涵着有关萨拉丁的传奇。

二

第五十个故事《苏丹萨拉丁遭遇下属之妻》（*Lo que sucedió a Saladino con la mujer de un vasallo suyo*）则从另一个角度表现了同样的主题：忠诚和信义，外加一个廉耻。故事的主要情节一是苏丹背信弃义，爱上了朋友之妻；二是苏丹遭到朋友之妻的拒绝，并因之受到触动。故事照例以卢卡诺尔伯爵的问题开始：“什么是人最可宝贵的？”帕特罗尼奥于是说到了“妻子的故事”。在此，萨拉丁成了巴比伦苏丹，因为爱上了朋友的妻子，结果背信弃义，欲将她据为己有。这时，普罗旺斯伯爵是这样劝诱的：“爱情是如此强大，以至于一切规劝都相形见绌……”于是，故事成了苏丹和女人之间的对话。首先是苏丹的告白和保证：只要她愿意接受爱情，他将满足她的一切要求。而她的回答却只有一个诘问：“世上最可宝贵的是什么？”[①] 苏丹不知道

① Manuel, Juan: *El conde Lucanor*, Alonso Sotelo (ed.), Madrid: Ediciones Cátedra, 1984, p.294.

世上最可宝贵的是什么，便化装成游吟诗人，前去向远在罗马的教皇讨要答案。

且说苏丹路遇一对法国父子，苏丹曾有恩于他们。父子认出了苏丹，得知苏丹是来寻找答案的，便毫不犹豫地告诉他说：

> 世上最可宝贵的是廉耻，廉耻是百善之母。因为有廉耻……人可以放弃一切不善之举……①

其次是女人要求苏丹知行合一：

> 先生，您的答案非常正确：……廉耻是世上最可宝贵的，是百善之母。先生，您既然已经知道什么是最可宝贵的了，您也就是世上最善的人了。我恳请您将最可宝贵的东西留在心里，并对自己的欲念感到羞愧……②

类似故事固然很多，但出现在萨拉丁身上却是首次。胡安·马努埃尔用这样的“反向推定”描写了萨拉丁复杂的人性：他作为凡人的一面，即他的欲望，以及他战胜欲望的知行。换言之，他本性向善。

我们的古人说，“知错能改，善莫大焉”。胡安·马努埃尔的这个故事看上去极其简单，却具有寓言特有的力量，况且它是在第二十五个故事的二十五个之后重新诠释和演义萨拉丁的，便兀自有了不同凡响的意义：表面上顺应了中世纪传说对萨拉丁的否定（谓他是个诡计多端的冒险家），却本质上用浪子回头说颠覆了这种否定，是为否定之否定。

第五十和第二十五相加，也便成就了一个有血有肉的萨拉丁。

总之，《卢卡诺尔伯爵》同萨拉丁传奇，以及几乎整个阿拉伯小说的渊源是显而易见的。更多证据在“卢利寓言及其影响”一节中

---

① Manuel, Juan: *El conde Lucanor*, Alonso Sotelo (ed.), Madrid: Ediciones Cátedra, 1984, p.298.

② Op. cit. p.299.

已有表述，在此恕不重复。然而，重要的是，胡安·马努埃尔以其独特的方式超越了此前的传说。在他的笔下，故事生出了翅膀，人物长出了血肉。正因为如此，从西班牙到丹麦，胡安·马努埃尔的影子无处不在。

人名索引

伊本·阿拉比 Ibn al-Arabi 153，202，203，417

书名索引

主要参考书目

一、外文：

Alfonso el Sabio: *Cantigas de Santa María*, Edición de Walter Mettmann, Coimbra: Universidade de Coimbra, 1959;

——*Antología*, México: Editorial Porrúa, 1971;

——*Antología de Alfonso X el Sabio*, Antonio G. Solalinde (ed.), Madrid: Espasa-Calpe, 1965;

Alfonso, Pedro: *Disciplina Clericalis*, Madrid: Consejo Superior de Investigación Científica, 1948;

Al-Mu'tamid: *Poesía completa*, trad. de Miguel Hagerry, Granada: Comares, 2006;

Alonso, Dámaso: "Cancioncillas 'de amigo' mozárabes", *RFE*, XXXIII (1949), Madrid, pp.297—349;

——*De los siglos oscuros al siglo de oro*, Madrid: Gredos, 1964;

Al-Sulami: Futuwah. Tratado de caballería sufi, Barcelona: Paidós Orientalia, 1991;

Alvar, Manuel (ed.): *El romancero viejo y tradicional*, México: Editorial Porrúa, 1979;

Amorós, Andrés (ed.): *Antología comentada de la literatura española. Edad Media*, Barcelona: Editorial Castalia, 2012;

Anonymous: *Dictionnaire de spiritualité, Ascétique et mystique, doctrine et histoire*. Vol. 2, Paris: Beauchesne, 1953;

——*El Zahar*, Versión castellana Dujeune, 5 Vols., Buenos Aires: Editorial Sigal, 1977;

Apringii Pacensis Episcopi: *Tractatus in Apocalypsin*, Scriptores Ecclesiastici Hispano-Latini Veteris et Medii Aevi, Vols.10—11, El Escorial: La Ciudad de Dios, 1941;

Araluce Cuenca, José R.: *El Libro de los Estados, Don Juan Manuel y la Sociedad de Su Tiempo*, Madrid: Ediciones Porrúa, 1976;

Armistead, Samuel G.: "La Gesta de las Mocedades de Rodrigo: Reflections of a Lost Epic Poem in the Crónica de los Reyes de Castilla and the Crónica General de 1344", Diss: Princeton University, 1955;

——"La perspectiva histórica del *Poema de Fernán González*", *Papeles de Son Armadans*, 61 (1961) , pp.9—18;

——*A Lost Version of the Cantar de gesta de las Mocedades de Rodrigo: Reflected in the Second fiedaction of Rodríguez de Almela's Compendio historia*, Berkeley-Los Angeles: University of California, 1963;

Asencio, Eugenio: *Poética y realidad en el cancionero peninsular de la Edad Media*, Madrid: Editorial Gredos, 1957;

——"Ay, Iherusalem! Planto narrativo del siglo XIII", NRF*H*, 14 (1960), El Colegio de México, pp.251—270;

Asín Palacios, Miguel: *La escatología musulmana de la Divina comedia. Seguida de la historia y crítica de una polémica*, Madrid: Instituto Hispano-Arabe de Cultura, 1961;

——*Dante y el Islam*, prólogo de Miguel Cruz Hernández, Pamplona y Navarra: Urgoiti Editores, 2007;

Auerbach, Erich: *Literary Language and Its Public in Late Latin Antiquity and in the Middle Ages*, Translated by Ralph Manheim, New York: Pantheon Books, 1965;

Avila, Juan de: *Obras completas*, 2 Vols., Madrid: Ed. Católica, 1952;

Ayerbe Chaux, Reinaldo: *El conde Lucanor-Materia tradicional y originalidad creadora*, Madrid: Editorial Turanzas, 1975;

Azuceta, J. M (ed.): *Cancionero de Baena*, 3 Vols., Madrid: CSIC, 1966;

Baehr, Rudolf: *Manual de métrica española*, Madrid: Gredos, 1970;

Ballicrosa, Millás: *Literatura hebraicoespañola*, Barcelona, Nueva Colección Labor, 1967;

Bandera Gómez, Cesáreo: *El Poema de Mío Cid: poesía historia, mit*, Madrid: Gredos, 1969;

Bargebuhr, Frederick P.: *The Alhambra: A Cycle of Studies on the Eleventh Century in Moorish Spain*, Berlin: Walter de Gruyter & Co., 1968;

Beato de Liébana y Heterio de Osma: *Aduersus Elipandum Libri Duo*, Paul Tombeur (ed.), Turnhout: Brepols Publishers, 2009;

Beinart, H.: *Los judíos en España*, Madrid: Editorial Mapfre, 1993;

Ben Addullah: *Las moaxajas*, Navarra: Editorial Gobierno de Navarra Prensa Pública, 2001;

Berceo, Gonzalo de: *Los Milagros de Nuestra Señor*, Edición de Brian Dutton, Londres: Tamesis, 1971;

——*Vida de Santo Domingo*, Madrid: Editorial Anaya, 1968;

Blanco Aguinaga, Carlos (et al.), Historia social de la literatura española (en lengua castellana), Vol. Ⅰ, Madrid: Castalia, 1986;

Bodelón, Serafín: *Literatura Latina de la Edad Media en España*, Madrid: Ediciones Akal, 1989;

Brenan, Gerald: *The Literature of the Spanish People*, Cambridge: Cambridge University Press, 1953;

Brooke, Christopher: *Medieval Church and Society*, New York: New York University Press, 1972;

Burke, James: "The *Libro de buen amor* and the medieval meditative sermon tradition", *La Crónica*, Ⅸ (1980—1981), Estremadura, pp.122—127;

Burke, Peter: *La cultura popular en la Europa moderna*, trad. Antonio Feros, Madrid: Alianza Editorial, 1981;

Burns, Robert: *Emperor of Culture: Alfonso X, the Learned of Castile and his Thirteenth-Century Renaissance*, Philadelphia: University of Pennsylvania

Press, 1990;

——*El Reino de Valencia en el Siglo XIII (Iglesia y Sociedad)*, Translated by Josep Maria Bernadas and Juan Coy, 2 Vols., Valencia: Del Cenia al Segura, 1982;

Cabanelas Rodríguez, Darío: "Notas para la historia de Algazel en España", *Al-And*, XVII (1952), Madrid, pp.223—232;

——*El morisco granadino Alonso del Castillo*, Granada, Patronato de la Alhambra, 1965;

Calila y Dimna, Cacho Blecua ed., Madrid: Editorial Castalia, 1984;

Cantarino, Vicente: *Entre monjes y musulmanes. El conflicto que fue España*, Madrid: Alhambra, 1978;

Corbin, Henry: *El hombre y su ángel: iniciación de la caballería espiritual*, trad. María Tabuyo y Agustín López, Barcelosna: Destino, 1995;

Caro Baroja, Julio: *Los moriscos del reino de Granada*, Madrid: Ed.Istmo, 1957;

Carr, R.: *Historia de España*, Barcelona: Editorial Península, 2001;

Carrasco, María Soledad: *The Moorish Nouel. El Abencerraje and Pérez de Hita*, Boston: Twayne Publishers, 1976;

Caruana Gdmez de Barreda, Jaime (ed.): *El Fuero latino de Teruel*, Teruel: Instituto de Estudios Turolenses, 1974;

Castro, La realidad *histórica de España*, México: Fondo de Cultura Económica, 1962;

——*España en su historia. Cristianos, moros y judíos*, Buenos Aires: Losada, 1948;

Cervantes, Miguel de: *Obras completas*, XVI, Madrid: Alianza Editorial, 1998;

——*Obras completas*, Madrid: Castalia, 1999;

Codoñer Merino, Carmen(ed.): *El De Viris Illustribus de Isidoro*, Salamanca: Ed. Usado/Cantidad, 1964;

Cook, Robert Francis: *The Sense of the "Song of Roland"*, Ithaca: Cornell University Press, 1987;

Corntinente, José María: "Notas sobre la poesía amorosa de Ibn Abd Rabbih"*Al-And.*, XXXV(1970), pp.355—380;

Corominas, Juan y J. A. Pascual: *Diccionario Crítico Etimológico Castellano e Hispánic*, Madrid: Gredos, 1980;

Corriente, Federico: "La poesía estrófica de Ibn al-Arabi de Murcia", *Al-And.* II (1985), pp.233—245;

Crawford, J.P.Wickersham: "El horóscopo del hijo del rey Alcaraz en el *Libro de buen amor*", *RFE*, XII (1925), pp.184—190;

Crónica del Rey Don Enrique II , Crónica del Rey Don Juan I , and Crónica del Rey Don Enrique III , *BAE*, Vol. 68;

Crónica del Rey Don Pedro, *BAE*, Vol. 66;

Curtius, Ernst Robert: *Literatura europea y Edad Media latina*, México: FCE, 1955;

Chasca, Edmund de: *El Arte Juglaresco en el "Cantar de Mio Cid"*, Madrid: Gredos, 1972;

Chico Picaza, María Victoria: *Composición Pictórica en el Códice Rico de las "Cantigas de Santa María"*, 2 Vols., Madrid: Editorial de la Universidad Complutense, 1987;

Daniel, Norman: *Héroes and Saracens. An Interpretation of the Chansons de Geste*, Edinburgh: Edinburgh University Press, 1984;

Davis, Gifford: "The Development of a National Theme in Medieval Castilian Literature", *Hispanic Review*, 3 (1935), University of Pennsylvania Press, pp.149—161;

"National Sentiment in the *Poema de Fernán González* and in the *Poema de Alfonso Onceno*", *Hispanic Review*, 16 (1948), University of Pennsylvania Press, pp.61—68;

Davis, Wendy and Paul Fouracre (eds.): *The Settlement of Disputes in Early Medieval Europe*, Cambridge: Cambridge University Press, 1986;

De Chasca, Edmund.: *El arte juglaresco en el "Cantar de Mío Cid"*, Madrid: Gredos, 1972;

De la Cruz, Fray Valentín: *Fernán González. Su pueblo y su vida*, Burgos:

Publicaciones de la Institución Fernán González, 1972;

Deyermond, Alan (ed.), *Historia y crítica de la literatura española. Edad Media.*, Barcelona: Crítica, 1980 (Primer Suplemento, Barcelona: Crítica, 1990);

De Vries, Jan: *Heroic Songs and Heroic Legend*, London: Oxford University Press, 1963;

Deyermond, Alan: *Poetry and the Clergy: Studies on the Mocedades de Rodrigo*, London: Tamesis, 1968;

——*El "Cantar de mío Cid" y la épica medieval española*, Madrid: Biblioteca General, 1989;

——*Historia de la literatura española. La Edad Media*, Barcelona: Ariel, 1974;

Díaz, Joaquín: *El ciego y sus coplas*, Madrid: Editorial Escuela Libre, 1996;

Díaz y Díaz, Manuel (ed.): *Isidoriana: Estudios sobre San Isidoro de Sevilla en el XIV Centenario de Su Nacimiento*, León: Centro de Estudios San Isidoro, 1961;

——*Estudio de la presencia de Eugenio de Toledo*, Salamanca: Universidad de Salamanca, 1958;

——*Index Scriptorum Latinorum Hispanorum Medii Aevi*, Salamanca: Manuel C. Published, 1959;

——*De Isidoro al siglo XI. Ocho estudios sobre la vida literaria peninsular*, Barcelona: El Albir, 1976;

——*Valerio del Bierzo. Su persona. Su obra*, León: Ed. Centro de Estudios e Investigación San Isidoro, 2006;

Díez Borque (ed.): *Historia de las literaturas hispánicas no castellanas*, Madrid: Editorial Taurus, 1980;

Díez Macho, Alejandro: *Mošé Ibn 'Ezra como poeta y preceptista*, Biblioteca Hebraicoespañola, Vol.5, Madrid-Barcelona: Instituto Arias Montano, 1953;

Díez Rodríguez, Miguel (et al.): *Literatura española: Textos, crítica y relaciones, Edad Media y Siglos de Oro*, México: Editorial Alhambra, 1985;

Duggan, Joseph J.: *The Song of Roland: Formúlale Style and Poetic Craft*, Berkeley-Los Angeles: University of California Press, 1973;

Durin Gudiol, Antonio (ed.): *Colección diplomática de la Catedral de Huesca, Fuentes para la historia de Pirineo*, Vol. 5, Zaragoza: CSIC, 1965;

Dutton, Brian: "Gonzalo de Berceo and the cantares de gesta", *Bulletin of Hispanic Studies*, 38 (1961), Liverpool University Press, pp.197—205;

Eguilaz, L. de: *Glosario etimológico de las palabras españolas de origen oriental*, Granada: Editorial de la Universidad de Granada, 1886;

Encina, Juan del: *Égloga de Plácida y Victoriano*, en *Obras comletas*, t.3, Madrid: Ediciones Cátedra, 1981;

Entwistle, W. J.: "The Liberation of Castile", *Modern Language Review*, 19 (1924), Modern Humanities Research Association, pp.471—472;

Epalza, Mikel de: *Moros y Moriscos en el Levante Peninsular (Sharq al-Andalus): Introducción Bibliográfica*, Alicante: Universidad de Alicante, 1983;

Faulhaber, Charles B.: *Latin Rhetorical Theory in Thirteenth- and Fourteenth-Century Castile*, Berkeley: University of California Press, 1972;

Fita y Colomg, Fidel and Bienvenido Oliver y Esteller (eds.): *Colección de las Cortes de los antiguos reinos de Aragón y de Valencia y el Principado de Cataluña*, 27 Vols., Madrid: Real Academia de Historia, 1895—1922;

Flórez, Enrique: *Symbolus Fidei*, t.iv, Madrid: Antonio Marín, 1750;

Ford, J. D. M.: *Old Spanish Readings*, New York: Gordian Press, 1967;

Fox, Robin Lane: *Pagans and Christians in the Mediterranean World from the Second Century AD to the Conversion of Constantine*, Harmondsworth: Penguin Press, 1986;

Frenk, Margit: *Las jarchas mozárabes y los comienzos de la lírica románica*, México: El Colegio de México, 1975;

——*Entre folklore y literatura*, México: El Colegio de México, 1971;

——*Lírica española de tipo popular. Edad Media y Renacimiento*, Madrid: Ediciones Cátedra, 1982;

Fuentes, César: *Mundo Gótico*, Barcelona: Llinars del Valles, 2007;

Galmés de Fuentes, Alvarro: *Epica árabe y épica castellana*, Barcelona: Ariel, 1978;

——*Libro de las batallas. Narraciones épico-caballeresas*, Madrid: Gredos, 1975;

García Arenal, Mercedes: *Los moriscos*, Madrid: Ed.Nacional, 1975;

García Bellido, Antonio: *Los más remotos nombres de España*, Madrid: Editorial Arbor, 1947;

García de la Concha, V.: *Nebrija y el Renacimiento español*, Salamanca: Editorial de la Universidad de Salamanca, 1983;

García Gómez, Emilio: *Cinco poetas musulmanes. Biografías y estudios*, 2 ed. Austral, Madrid: Espasa-Calpe, 1959;

——*Poemas de Abd Rabbih*, Salamanca: Universidad de Salamanca, 1945;

——*Poemas arábigoandaluces*, 4 ed. Austral, Madrid: Espasa-Calpe, 1959;

——*Las jarchas romances de la serie árabe en su marco*, Barcelona: Seix Barral, 1975;

Gil, Juan (ed.): *Corpus scriptorum muzarabicorum*, Madrid: Instituto Antonio de Nebrija, CSIC, 1973;

Gil, Pedro: *Al-Mu'tamid, un rey de leyenda* (ملك الأسطورة), Sevilla: Alfar, 2013;

Godoy Alcantara, José de: *Historia crítica de los falsos cronicones*, Madrid: Rivadeneyra, 1868;

Gómez Manrique: *La representación del nacimiento de Nuestro Señor* [Texte imprimé], Madrid: M. Aguilar, 1942;

González-Casanovas, Roberto J.: *The Apostolic Hero and Community in Ramon Llull's Blanquerna: A Literary Study of a Medieval Utopia*, New York: Peter Lang, 1995;

González Palencia, Angel: *Los Mozárabes de Toledo*, Madrid: Instituto de Valencia de San Juan, 1926—1930;

——*Historia de la literatura arábigoespañola*, Barcelona: Labor, 1945;

Gonzalo Maeso, David: *Manual de historia de literatura hebrea*, Madrid: Gredos, 1960;

Granja, Fernando de la: *Cinco poetas musulmanes*, Madrid: Editorial Espasa-Calpe, 1944;

——*Maqamas y risalas andaluzas*, Madrid: Instituto Hispano-Arabe de Cultura, 1976;

Gregory Ⅰ: *Morales*, F.111, Seville, 1514, Madrid: Biblioteca Nacional;

Hagerty, Miguel José: *Los libros plúmbeos del Sacromonte*, Madrid: Nacional, 1980;

Hamdan Hayyayi: *Vida y obra de Ibn Jafaya, poeta andalusí*, trad. de Paz Lecea, Madrid: Hiperión, 1992;

Harvey, L.P.: "Un manuscrito aljamiado de la Universidad de Cambridge", *Al-And.*, XXⅢ, 1958, pp.49—74;

Hatzfeld, Helmut: *Estudios literarios sobre la mística española*, Madrid: Gredos, 1968;

Helton, T.: *The Renaissance*, Madison: University of Wesconsin Press, 1965;

Huici Miranda, Ambrosio: *Historia Musulmana de Valencia y Su Región*, 3 Vols., Valencia: Ayuntamiento de Valencia, 1969—1970;

——*Historia Política del Imperio Almohade.* Tetuán: Editorial Marroquí, 1957;

Ibn Hazm: *El collar de paloma*, García Gómez (ed.), Madrid: Alianza Editorial, 2012;

Imperial, Micer Francisco: *Dezir a las syete virtudes*, Madrid: Editorial Espasa-Calpe, 1977;

Isidoro de Sevilla: *Isidore of Seville's Etymologies*, Throop P. trans. Vermont: Medieval MS Press, 2005;

——*Las etimologías*, Ⅲ, Madrid: Biblioteca de Autores Cristianos, 1993;

Jackson, Gabriel: Introducción a la España Medieval, Madrid: Alianza Editorial, 1974;

Jesús Moreno, Pedro Peira: Crestomatía románica medieval, Madrid: Cátedra, 1979;

Keller, J. P.: "El misterioso origen de Fernán González", *Nueva Revista de Filología Hispánica*, 10 (1956), El Colegio de México, pp.41—44;

Kirby, S.: "La crítica en torno al Libro de buen amor: logros y perspectivas", *Actas del X Congreso de la Asociación Internacional de Hispanistas*, Barcelona: PPU, 1992, pp.241—247;

Lacarra, José María: *Ideales de la vida en la España del siglo XVI : el caballero y el moro*, Zaragoza: Librería General, 1949;

Lacarra, María Eugenia: *El Poema de Mío Cid: realidad histórica e ideología*, Madrid: Porrúa Turanzas, 1980;

Lapesa, Rafael: *Historia de la lengua española*, Madrid: Gredos, 1980;

Leandro de Sevilla: *De institutione virginum et contemptu mundi*, traducción, estudio y notas de Jaime Velázquez, Madrid: Fundación Universitaria Española, 1979;

Libro de Alexandre, Ed. Julia Butiñá, Madrid: Editorial Cátedra, 2007;

Libro de Apolonio, Ed. Carmen Monedero, Madrid: Editorial Castalia, 1955;

Libro de Fernán González, Ed. Emilio Alarcos Llorach, Valencia: Editorial Castalia, 1955;

Lida de Malkiel, R.: "Notas para el texto del *Alexandre* y para las fuentes del *Fernán González*", *Revista de Filología Hispánica*, 7 (1945), Madrid, pp.47—51;

——*Juna de Mena, poeta del prerrenacimiento español*, México: Editorial de El Colegio de México, 1950;

——*La tradición clásica en España*, Barcelona: Ariel, 1975;

Lindley Cintra, F.: "*Líber Regum*, fonte comum do *Poema de Fernán González* e do *Laberinto* de Juan de Mena", *Boletim de Filología*, 13 (1952), Universidad de Chile, pp.289—315.

Lomax, Derek W.: *The Reconquest of Spain*, London and New York: Longman, 1978;

López-Baralt, Luce: *Huellas del Islam en la literatura estpañola. De Juan Ruiz a Juan Goytisolo*, Madrid: Hiperión, 1985;

López de Ayala, Pedro: *Crónica de Castilla*, Madrid: Editorial Castalia, 1987;

——*Rimado de palacio*, Michael García (ed.), Madrid: Editorial Gredos, 1978;

López de Mendoza, Iñigo: *Poesía completa*, Madrid: Editorial Castalia, 2003;

López Estrada, Francisco: *Introducción a la literatura medieval española*, Madrid: Gredos, 1984;

López Pereira, José Eduardo: *Continuatio Isidoriana Hispana. Crónica Mozárabe de 754. Estudio, edición crítica y traducción*, León: Centro de Estudios e Investigación San Isidoro, 2009;

Lukacs, George: *Teoría de la novela*, Barcelona: Edhasa, 1971;

Llull, Ramon: *Libro de la orden de caballería*, Madrid, Alianza Editorial, 2000;

Maeso, Gonzalo: *Manual de historia de la literatura hebrea*, Madrid: Editorial Gredos, 1960;

Mainer, J. C. (dir.): *Historia de la literatura española. Entre oralidad y escritura. La Edad Media* (por Mª Jesús Lacarra y Juan Manuel Cacho Blecua), Barcelona: Crítica, 2012;

Manuel, Juan: *Obras Completas*, Blecua (ed.), 2 Vols., Madrid: Gredos, 1981—1983;

——*El conde Lucanor*, Alonso Sotelo (ed), Madrid: Ediciones Cátedra, 1984;

Manrique, Jorge: *Poesía*, Madrid: Ediciones Cátedra, 1989;

Mansilla y Reoyo, Demetrio (ed.): *La Documentación Pontificia hasta Inocencio III, 965–1216*, Monumenta Hispaniae Vaticana, Vol. 1, Rome: Instituto Espaiñol de Estudios Eclesiásticos, 1955;

Maravall, José Antonio: *El concepto de España en la Edad Media*, Madrid: Instituto de Estudios Políticos, 1954;

Marcos Marín, Francisco: *Poesía narrativa árabe y épica hispánica*, Madrid: Gredos, 1971;

"El legado árabe de la épica hispánica", *Nueva Revista de Filología Hispánica*, 30 (1981), El Colegio de México, pp.396—419;

——*Literatura Castellana Medieval. De las Jarchas a Alfonso X*, Madrid: Cincel, 1980;

Marden, C. C.(ed.): *Poema de Fernán González. Texto crítico con introducción, notas y glosario*, Baltimore: The Johns Hopkins University Press, 1904;

Mariana, Juan de: *Historia General de España*, 2 Vols., Madrid: Alhambra, 1852;

Marín, Francisco: "Epopeya árabe y epopeya castellana", *Bolletín de Orientalistas*, Madrid, 15(1979), pp.169—175;

Martín, José Carlos: Chronica Byzantia-Arabica. *Contribución a la discusión sobre su autoría y datación, y traducción anotada*, URL: E-Spania 1, Junio, 2006;

Masdeu, J. F.: *Historia crítica de España y de la cultura española*, 2 Vols., Madrid: Imprenta de Sancha, 1972;

Menéndez Peláez y Arellano Ayuso: *Historia de la literatura española*, Madrid: Editorial Evireste, 1993;

Menéndez Pelayo, Marcelino (ed.): *Poetas Líricos Castellanos (Romance Viejos Castellanos). Primavera y Flor de Romances.* 8 Vols., Madrid: Hernando y Compania, 1923;

——*Orígenes de la Novela*, Madrid: CSIC, 1961;

——Historia de las ideas estéticas en España, *Vol. I, Madrid: CSIC, 1974*;

——Los grandes polígrafos españoles, *Madrid: Fundación Ignacio Larramendi, 1999*;

Menéndez Pidal, Ramón: "Poesía e historia en el *Mío Cid* ", *Nueva Revista de Filología Hispánica,* 3 (1949), El Colegio de México, pp.113—117;

——*La lengua de Colón*, Madrid: Editorial Espasa-Calpe, 1942;

——*Reliquias de la poesía épica española*, Madrid: Espasa-Calpe, 1951;

——*Romancero Hispánico*, Madrid: Espasa-Calpe, 1953;

——*En torno al Poema del Cid*, Barcelona-Buenos Aires: Espasa-Calpe, 1963;

——*Castilla, la tradición, el idioma*, Madrid: Espasa-Calpe, 1971;

——*Crestomatta del Español Medieval*, 2Vols., Madrid: Gredos, 1982;

Menocal, María Rosa: *The Arabic Role in Medieval Literary History*, Philadelphia: University of Pennsylvania Press, 1987;

Michael, Ian: *La imagen del Cid en la historia, la literatura y la leyenda*, Madrid: Biblioteca Nacional, 2007;

Millás Vallacrosa, J. M.: *Estudios sobre la historia de la ciencia española*, Barcelona: Editorial del Consejo Superior de Investigaciones Científicas, 1949;

Mitre, Emilio: La *España medieval. Sociedades. Estados. Culturas*, Madrid: Ediciones Istmo, 1976;

Monecal, María Rosa: *The Literature of al-Andalus*, Cambridge University Press, 2006;

Monroe, James T. (ed.): *Hispano-Arabic Poetry*, Berkeley/Los Angeles/ London: University of California Press, 1974;

——*The Literature of Al-Andalus*, Berkeley: University of California, 2006;

Montaner Frutos, Alberto: *Carmen Campidoctoris o Poema Latino del Campeador*, Madrid: Sociedad Estatal España Nuevo Milenio, 2001;

Morrison, Samuel: *The European Discovery of America. The Southern Voyages 1492—1616*, New York: Oxford University Press, 1974;

Nasr, Seyyed Hossein: *Introduction to Islamic Cosmological Doctrine*, Cambridge: Harvard University Press, 1964;

——*Three Muslim sages: Avicenna, Suhrawardi, Ibn Arabi*, Cambridge: Harvard University Press, 1964;

Neuvonen, E.K.: *Los arabismos en el español en el siglo XIII*, Helsinke: Harrassowich Press, 1941;

Nykl, A. R.: *Hispano-Arabic Poetry and its Relationes with the Old Provencial Toubadours*, Madrid: Baltimore, 1946;

O'Callaghan, Joseph F.: *A History of Medieval Spain*, Ithaca: Cornell University Press, 1983;

Oronzo, G.: *Religiosidad popular de la alta Edad Media*, Madrid: Editorial Gredos, 1983;

Ortega y Gasset: "Prólogo a *El collar de paloma*", Ibn Hazm: *El collar de paloma*, García Gómez (ed.), Madrid: Alianza Editorial, 2012, pp.1—27;

Osuna, Francisco de: *Tercer abecedario spiritual*, Madrid: BAC, 1972;

Pattison, D.G.: *From Legend to Chronicle. The Treatment of Epic Material in Alphonsine Historiography*, Oxford: The Society for the Study of Medieval Languages and Literature; Médium Aevum Monographs, New Series 13, 1983;

Pedreza, F. B. y Rodríguez, M.: *Manual de literatura española. Edad Media*, Navarra: Cénlit, 1984;

Pérès, Henri: *Esplendor de Al-Andalus. La poesía andaluza en árabe clásico en el Siglo XI: Sus aspectos generales, sus principales temas y su valor documental*, Trans. de Mercedes García Arenal, Madrid: Hiperión, 1983;

Pérez de Urbel, Justo: *El Condado de Castilla*, Madrid: Editorial Siglo Ilustrado, 1970;

——*El* monasterio en la vida española *de la Edad Media*, Barcelona: Labor, 1942;

Pérez de Hita, Ginés: *Guerras civiles de Granada*, Madrid: E. Bailly-Baillière, 1913;

Pericot y García, L.: *Historia de España*, Barcelona: Instituto Gallach de Librería y Ediciones, 1958;

Pirenne, Henri: *Maometto e Carlomagno*, Bari: Laterza, 1939;

Quiles, Ismael: *San Isidoro de Sevilla,* Madrid: Editorial Espasa-Calpe, 1965;

Raby, Edward: A History of Christian-Latin Poetry *From the Beginnings to the Close of the Middle Ages*, Oxford: At The Clarendon Press, 1953;

Reina, Francisco: *Poesía Andalusí* (الشعر الأندلسي), Madrid: Editorial Edaf, 2007;

Resano, Fernando: *El esplendor de la poesía en la Taifa de Zaragoza*, Zaragoza: Mira, 2007;

Ribiera Mata, M.J.: *Literatura hispanoárabe*, Alicante: Universidad de Alicante, 2004;

Richardson, Henry B.: *An Etymological Vocabulary to the Libro de Buen Amor of Juan Ruiz, Arcipreste de Hita*, New Haven: Vale University Romance Studies, 1930;

Rico, Francisco (dir.), *Historia y crítica de la literatura española: Edad Media*, Vols. 1 y Suplemento 1 (coord. A. Deyermond), Barcelona: Crítica, 1980 y 1991;

——*Las letras latinas del siglo XII en Galicia, León y Castilla*, Valencia: ABACO, 1969;

Riquer, Martín de: *Los cantares de gesta franceses. Sus problemas. Su relación con España*, Madrid: Editorial Gredos, 1952;

Rodrigues Lapa, M.: *Cantigas d'escarnho e de mal dizer dos cancioneiros medievais galego-portugueses*, Lisboa: Editorial Galaxia, 1970;

Rodríguez-Moruno, Antonio (ed.): *Cancionero de romances. Anvers, 1550*, Madrid: Castalia, 1967;

Ruiz, Juan: *El libro de buen amor*, Madrid: Ediciones Cátedra, 1992;

Sachar, Abraham Leon: *A History of Jews*, New York: Knoff, 1965;

Sánchez Alvarez, Mercedes: *El manuscrito miscelaneo 774 de la Biblioteca Nacional de París*, Madrid: Editorial Gredos (CLEAM), 1982;

Sackur, E. (ed.): *Altercatio inter Urbanum et Clementem, MGH, Libelli de Lite Imperatorum et Pontificum Saeculis XI et XII Conscripti, II* , Hannover, 1892;

Sáenz-Badillos, Angel: *Literatura andalusa*, Madrid: Universidad Complutense, 1977;

Sainz Rodríguez: *Introducción a la historia de la literatura mística en España*, Madrid: Editorial Espasa, 1984;

Semaan, Khalil Ⅰ.: *Islam and the Medieval West*, Albany: State University of New York Press, 1980;

Sendebar, Lacarra ed., Madrid: Ediciones Cátedra, 1989;

Seniff, Dennis P.: Antología de la literatura hispánica medieval, Madrid: Gredos, 1992;

Serrano, Luciano P. (ed.): *Poema de Fernán González*, Madrid: Gráficas Sol, 1943;

——"La obra *Morales* de San Gregorio en la literatura hispanogoda", *Revista de Archivos, Bibliotecas y Museos*, 24 (1911), Madrid, pp.182—189;

Smith, Colin: *Estudios cidianos*, Madrid: Cupsa Editorial, 1977;

Spitzer, Leo: "Sobre el carácter histórico del Cantar de Mío Cid", *Nueva Revista de Filología Hispánica*, 2 (1948), El Colegio de México, pp.105—117;

——*Lingüística e historia literaria*, Madrid: Credos, 1968;

Suárez Fernández, Luis: *Historia de España. Edad Media*, Madrid: Gredos, 1975;

Taylor, B.: "Los capítulos perdidos del Libro del cavallero et del escudero y el Libro de la cavallería", *Incipit*, Ⅳ (1984), México, pp.51—69;

Ticknor, George: *Historia de la literatura española*, Madrid: Rivadeneyra, 1881—1885;

Valbuena Prat, A.: *La literatura castellana*, Ⅰ, Barcelona: Editorial Juventud, 1974;

Vernet, Juan: *Astrología y astronomía en el Renacimiento. La revolución copernicana*, Barcelona: Ariel Quincenal, 1974;

——*La cultura hispanoárabe en Oriente y Occidente*, Barcelona: Ariel, 1978;

——*Literatura árabe*, Barcelona: Ed. Labor, 1968;

Vicens-Vives, Jaime: Historia de España y América, Barcelona: Vicens-Vives, 1972;

Victorio, Juan (ed.): *Poema de Fernán González*, Madrid: Cátedra, 1981;

Viña Liste, José Ma.: Cronología de la literatura española: Edad Media, pról. de Camilo José Cela, Madrid: Cátedra, 1991;

Vossler, Karl: *Algunos caracteres de la cultura española*, Madrid: Espasa-Calpe, 1944;

Weckman, Luis: Panorama de la cultura medieval, México: UNAM, 1962;

Zweig, Andrea: *La Inquisición española en la historia y literatura*, Woshington: Woshington University, 1986.

阿拉伯语参考书目

1. د. جودت الركابي: *في الأدب الأندلسيّ*، دار المعارف بمصر، 1960 .
2. د. محمد زكريا عناني: *الموشحات الأندلسية*، عالم المعرفة ،1980.
3. إبن حزم الأندلسيّ : *طوق الحمامة*، دار مكتبة الحياة، 2006.
4. د. شريف علاونه: *المقامات الأندلسيّ*، دائرة المكتبات و الوثائق الوطنية بالأردنية، 2008.
5. عبد الله بن المقفع: *كليلة و دمنة*، المكتبة الأموية بدمشق،1963.
6. د. محمد عبد المنعم خفاجي: *الأدب في التراث الصوفيّ*، مكتبة غريب.
7. د. حازم عبد الله خضر: *ابن شهيد الأندلسي*،منشورات وزارة الثقافة و الاعلام، 1984.
8. *ألف ليلة و لبية*، ناشر كلمات عربية للترجمة و النشر،2012.
9. علي الجارم: *قصة في إسبانيا*، دار المعارف بمصر، 1963.
10. يوسف بقاعي: *شرح مقامات الحريري*، دار الكتاب اللبناني،بيروت،1981.

11. محمد عبده: *شرح مقامات بديع الزمان الهمذاني*، دار الكتب العلمية، بيروت، 2002.

12. ابن الحداد الأندلسي: *ديوان ابن الحداد الأندلسي*، دار الكتب العلمية،1990.

13. إبن هاني الأندلسي: *ديوان إبن هاني الأندلسي* .

http://al-hakawati.net/arabic/civilizations/diwanindex5a1.pdf

14. إبن خفاجة الأندلسي: *ديوان إبن خفاجة الأندلسي* .

http://ftpmirror.your.org/pub/wikimedia/images/wikisource/ar/5/5e/ديوان_ابن_خفاجة_الأندلسي.pdf

15. د. محمد التونجي: ديوان إبن عبد ربيه الأندلسي، دارالكتاب العربي، 1993.

二、中文：

阿维森纳：《论灵魂》，王太庆译，北京：商务印书馆，1997年；

艾哈迈德・爱敏：《阿拉伯–伊斯兰文化史・正午时期（三）》，史希同、张洪仪译，北京：商务印书馆，2007年；

爱因斯坦：《爱因斯坦文集》第1卷，许良英等编译，北京：商务印书馆，2011年；

奥古斯丁：《忏悔录》，周士良译，北京：商务印书馆，2013年；

安田朴：《中国文化西传欧洲史》，耿昇译，北京：商务印书馆，2013年；

本内特和沃伦：《欧洲中世纪史》，杨宁、李韵译，上海：社会科学院出版社，2007年；

布吕莱：《古希腊人和他们的世界》，王美华译，南京：译林出版社，2006年；

但丁：《神曲・地狱篇》，田德望译，北京：人民文学出版社，2002年；

格茨：《欧洲中世纪生活》，王亚平译，北京：东方出版社，2002年；

格兰特，爱德华：《中世纪的物理科学思想》（剑桥科学史丛书），郝刘祥译，上海：复旦大学出版社，2000年；

霍布森：《西方文明的东方起源》，孙建党译，济南：山东画报出版社，

2009年；
吉尔伯特：《五千年犹太文明史》，蔡永良等译，上海：三联书店，2010年；
基佐：《西方文明史》，程洪逵、阮芷译，北京：商务印书馆，2005年；
卡斯培：《现代语境中的上帝观念》，罗选民译，上海：华东师范大学出版社，2011年；
莱昂斯：《智慧宫——阿拉伯人如何改变了西方文明》，刘榜离等译，北京：新星出版社，2013年；
雷蒙德：《西班牙史》，潘诚译，上海：东方出版中心，2009年；
洛佩斯-巴拉尔特：《西班牙文学中的伊斯兰元素》，宗笑飞译，北京：中国社会科学出版社，2014年；
马丁-贝尔纳：《黑色雅典娜：古典文明的亚非之根》，郝田虎等译，长春：吉林出版集团，2011年；
《马克思恩格斯选集》第4卷，北京：人民出版社，1995年；
《莎士比亚全集》，朱生豪等译，北京：人民文学出版社，1997年；
《十三经注疏》，北京：中华书局，1980年；
斯宾格勒：《西方的没落》第二卷，吴琼译，上海：三联书店，2006年；
斯皮瓦格尔：《西方文明简史》，董仲瑜等译，北京：北京大学出版社，2010年；
汤因比：《历史研究》，曹未风等译，上海：上海人民出版社，1986年；
王焕生：《古罗马文学史》，北京：中央编译出版社，2008年；
仲跻昆：《阿拉伯文学通史》上卷，南京：译林出版社，2010年；
朱光潜：《西方美学史》，北京：人民文学出版社，1979年。